완전한 행복

정유정
장편소설

은행나무

1부

그녀의
오리들

1장

엄마는 오리 먹이를 잘 만든다. 지유는 만드는 법을 잘 안다.

먼저 돼지고기를 사야 한다. 머리나 갈비, 뒷다리 같은 덩어리 고기를 뼈째 사는 게 좋다. 엄마는 항상 도매시장에 간다. 마트에서 파는 살코기는 양에 비해 비싸기 때문이다. 물론 엄마는 '비싸서'라고 말하지 않는다. 대놓고 돈 얘기를 하는 건 상스러운 짓이니까. 대신 이렇게 말한다. 오리도 칼슘이 필요해.

고기 손질도 엄마가 한다. 필요한 도구는 다음과 같다. 첫째, 중식도. 뼈를 토막 내는 칼이다. 손도끼처럼 생겼고 손도끼만큼 무겁다. 이 칼을 쓰려면 손잡이를 양손으로 잡고 머리 위까지 들어올려야 한다. 이때 주의할 점은, 머뭇거려서는 안 된다는 것이다. 무심한 표정으로 한 방에 탕 내리쳐야 한다. 엄마는 그렇게 한다.

두 번째로 '뼈 칼'이 있어야 한다. 뼈에 붙은 살을 바르는 길고 날카로운 칼이다. 포장지를 벗기듯, 갈빗살을 한꺼번에 싹 발라준다. '고기 칼'은 힘줄을 끊을 때 쓴다. 관절과 연골을 도려낼 때도 쓴다. '회칼'은 고기를 얇게 뜰 때 필요하다. 포를 뜨는 이유는 지유도 잘 모른다. 물어볼 기회가 없었다. 회칼을 쓸 땐, 엄마에게 말을 걸 수 없다. 집중력이 흐트러지면 엄마의 손을 뜨게 되니까.

손질이 끝난 고기는 찜기 두 개에 나누어서 삶는다. 뼈에 남은 살이 말끔하게 떨어질 때까지 오래오래, 푹. 다 삶은 살코기는 민서기에 간다. 소시지를 만들 때 쓰는 기계인데, 손이 들어가지 않게 조심해야 한다. 자기가 갈고 있는 게 돼지고기인지 사람고기인지, 민서기는 알지 못하므로. 뼈는 믹서로 간다. 가루가 되면, 갈아둔 고기와 섞어 비닐봉지에 담는다.

엄마가 오리 먹이를 만들기 시작한 건, 지난봄 어느 날이었다. 지유가 엄마를 따라 처음 시골집에 온 날이기도 했다. 이후 네 번 더 왔다. 5월에 한 번, 여름에 두 번, 한 달 전에 한 번.

올 때마다 엄마는 오리 먹이를 만들었다. 처음엔 칼질이 서툴렀지만 이젠 선수가 됐다. 정확하고 빠르게 토막 내고, 바르고, 뜬다. 과정을 지켜본 지유 역시 이 세 가지 용어를 헷갈리지 않고 쓰게 됐다.

지유의 임무는 마당 창고에서 수레를 꺼내오는 것이다. 먼 옛날 엄마의 할머니가 텃밭 일을 할 때 썼다는 건초 수레다. 지금은 집 앞 갈대 습지로 오리 먹이를 가져갈 때 쓴다. 습지는 넓고, 오리 먹이는 무겁고, 반달늪으로 가는 길은 머니까. 엄마는 수레 운전도 잘한다.

반달늪은 지유가 다니는 YMCA 수영장만 하다. 산에서 흘러내린 물과 땅속에서 솟아난 물이 고여 만들어졌다고 한다. 깊지는 않아도 바닥이 진흙 펄이라 들어가선 안 된다. 늪 둘레길을 함부로 돌아다녀서도 안 된다. 반달늪 너머엔 깊은 골짜기가 있는데, 발이라도 미끄러져 떨어지는 날엔 뼈도 못 추린다. 지유는 딱 한 번 가봤다. 엄마 몰래.

습지는 엄마의 땅이다. 돌아가신 엄마의 할머니가 시골집과 함께 물려준 것이다. 반달늪은 습지 끝에 있으며, 온갖 새들이 모여든다. 대부분 겨울에 찾아왔다 봄에 떠나는 철새들이다. 몇몇 오리들만 떠나지 않고 반달늪에서 죽을 때까지 산다. 그들에게 반달늪은 '행복한 오리집'이다.

행복한 오리집엔 청둥오리가 가장 많다. 원앙이라는 오리도 있는데 수컷이 인형처럼 예쁘다. 엄마는 놈을 '개자식'이라고 부른다. 바람둥이기 때문이다. 쇠물닭은 오리도 아니면서 오리집에 빌붙어 사는 이상한 새다. 더 이상한 놈은 되강오리인데, 물속이나 수초 틈에 숨어 있기를 좋아한다. 해 질 무렵이면 안개가 부옇게 피어오르는 습지 안에서 비명을 지르듯 운다. 때로는 지유의 꿈속에서도 운다.

반달늪 둘레길엔 '밥터'라 부르는 바위가 있다. 넓적한 데다 미끄럼틀처럼 비스듬한 모양이다. 엄마는 그곳으로 수레를 밀고 올라가서 먹이를 준다. 이때 오리들을 부를 필요는 없다. 수레를 들어올려서 물에다 부어버리면 된다. 오리들은 알아서 알아차리고 온다. 날아오거나, 물 위를 내달려 오거나, 물속에서 불쑥 머리를 내밀고 올라오거나. 반달늪 오리들은 엄마가 만든 먹이를 좋아한다.

한번은 유치원에서 선생님이 물었던 적이 있다.

"오리가 좋아하는 먹이는 무엇일까요?"

아이들은 너도나도 손을 들었다. 잘 알지도 못하면서 막 떠들어댔다. 지렁이요. 달팽이요, 미꾸라지요…….

선생님은 되강오리만큼이나 성격이 이상하다. 꼭 손 들지 않은 아이를 지목한다.

"우리 지유가 말해볼까?"

지유는 아이들 앞에서 말하는 걸 좋아하지 않는다. 수십 개의 눈동자가 자신을 바라보면 배 속이 울렁거린다. 배꼽 밑에서 큰 뱀이 돌아다니는 것 같다. 더 나쁜 건, 말하라는데 말하지 않을 배짱조차 없다는 것이다. 그럴 땐 퉤, 하고 침 뱉듯 말해버리는 수밖에 없다.

"돼지고기요."

아이들은 웃음을 터트렸다. 책상을 치며 웃는 놈도 있었다. 바보라고 소리치는 놈도 있고. 선생님은 한 번 더 기회를 주겠다는 듯 되물었다.

"음…… 혹시 돼지벌레가 아닐까?"

지유는 입을 다물었다. 분하고도 분했다. 정답을 말하고도 조롱을 당해서, 자신이 옳다는 걸 증명할 수 없어서, 선생님에게 고기와 벌레도 구분 못하는 바보 취급을 당해서. 이 일을 엄마에게 일렀는데, 다음과 같은 답이 돌아왔다.

"게네들이 몰라서 그래. 그건 반달늪 오리들의 비밀이거든."

아, 비밀. 지유는 분이 좀 풀리는 걸 느꼈다. 모든 게 저절로 이해되었다. '이해'는 지유가 '정말' 잘하는 일이다. 근거 없는 착각이 아니다. 이모가 외할머니에게 그렇게 말했다. 지유는 언어 이해력이 정말 좋아. 핵심 단어만 알려주면 숨은 그림까지 연결할 줄 안다니까.

"엄마가 비밀이 무슨 뜻이라고 했지?"

엄마가 복습을 시키듯 물었다. 지유는 대답했다.

"아무한테도 말하면 안 되는 거요."

"그리고?"

'그리고?'는 이런 뜻이다. 답이 완전하지 않아. 지유는 나머지를 채웠다.

"말하면 벌을 받아요."

어제 오후, 지유는 엄마의 차를 타고 시골집에 왔다. 늘 오던 길로 왔지만, 도매시장에는 들르지 않았다. 어딘지 모를 도로변에 차를 세워서 아빠를 태웠을 뿐.

아빠가 시골집에 온 건 이번이 처음이었다. 아빠를 만난 것도 아빠가 집을 나간 날 이후로 처음이었다. 아빠가 왜 집을 나갔는지 지유는 알지 못한다. 그날의 기억 몇 조각이 어렴풋한 꿈처럼 남아 있을 뿐. 물론 엄마가 이혼한 이유를 말해주기는 했다. 그놈은 '개자식'이야,라고.

어젯밤 잠들기 전, 아빠는 지유에게 귀엣말을 건넸다.

"아빠, 오늘 안 가. 아래층에서 잘 거야."

아빠는 졸린 목소리로 덧붙였다.

"우리 일찍 일어나서 반달늪에 가자."

지유는 일찍 잠자리에 들었다. 들떠서 잠이 오지 않을 것 같았지만 금세 잠든 모양이었다. 꿈에서 되강오리의 울음소리를 들었다. 다락방에서 들리는 것 같았다. 다락방으로 가보니 아래층 같았다. 계단을 내려가보니 욕실 같았다. 욕실로 달려가 문을 열자, 발밑이 푹 꺼져버렸다. 지유의 몸은 끝없는 어둠 속으로 떨어져내렸다.

다리를 쭉 뻗지르면서, 지유는 눈을 떴다. 창밖에서 보름달이 눈을 마주쳐왔다. 반달늪 너머로 가라앉던 저녁해처럼 크고 붉은 달이었다.

"괜찮아. 꿈이야. 아침에 잠을 깨면 다 사라져버릴 꿈."

어디선가 엄마의 목소리가 들리는 것 같았다.

"그러니까, 다시 눈을 감고 자는 거야."

지유는 눈을 감았다. 잠에서 깨려면 먼저 잠을 자야 하니까.

지유가 다시 눈을 떴을 땐 날이 밝고 있었다. 파름한 새벽빛 속에 고기 비린내가 떠돌았다. 희미하지만 분명하게 알아차릴 수 있는 냄새였다. 엄마가 오리 먹이를 만들고 있는 것이었다. 아빠에게도 오리의 비밀을 알려주려는 모양이었다. 그렇다면 어젯밤 엄마는 아빠와 화해를 했을지도 몰랐다. 아니, 틀림없이 그랬을 것이다.

지유는 침대를 빠져나왔다. 이불 정리도 하지 않고, 내복 차림으로 방을 나섰다. 둘 다 엄마가 싫어하는 행동이었다. 그 점을 깜박할 만큼 마음이 조급했다. 어젯밤 꿈이 다 사라졌는지 확인하고 싶었다.

\#

지유는 계단참에서 걸음을 멈췄다. 아니, 발이 저 알아서 섰다. 밑으로 내려갈수록 어두워져 계단 아래가 보이지 않았다. 발밑에 깊고 깊은 골짜기가 도사리고 있는 것 같았다. 공기는 차가웠고, 어둠 저 밑에선 윙, 하는 기계 소리가 울렸다. 뒤를 돌아보자 좀 전에 활짝 열고 뛰쳐나온 2층 방문이 푸른 새벽빛을 내뿜고 있었다.

방으로 돌아갈까. 얌전하게 침대에 누워 엄마가 부를 때까지 기다릴까. 지유는 어둠 속에서 오들오들 떨며 아래층 상황을 이해해 보려 했다.

계단을 내려가면 곧바로 주방이었다. 주방엔 창문이 없어 불을 끄면 대낮에도 껌껌했다. 불이 꺼져 있다는 건 엄마가 주방에 없다는 말과 같았다. 주방과 거실 사이의 문이 닫혀 있다는 뜻이기도 했다. 윙, 하는 소리는 환풍기가 돌아간다는 의미일 테고. 엄마는 고기를 삶을 때 늘 환풍기를 틀어두니까. 엄마와 아빠는 거실에 있을 것이다. 그것만 확인하면 된다. 꿈이 완전히 사라졌다는 것만.

지유는 계단 모서리를 발가락으로 만져가며 아래층으로 내려갔다. 예상대로 주방 가스레인지가 켜져 있었다. 어렴풋하지만 파란 불꽃 위에 올라앉은 찜기 두 개도 볼 수 있었다. 닫혀 있는 거실문의 형태도 건너다보였다. 딱 열 발짝이면 닿는 거리였다.

시골집은 아주 작은 이층집이었다. 뭐든 두 개씩 있는 집이기도 했다. 침실은 1층에 하나, 2층에 하나. 욕실도 1층에 하나, 2층에 하나. 집을 드나드는 문도 두 개였다. 욕실 옆에 있는 뒷문, 주방 앞에 있는 현관문.

구조도 보통 집과 좀 다르다. 현관으로 들어서면 곧바로 좁고 긴 아일랜드 식탁이 나타난다. 식탁 안쪽에는 주방이 있고, 반대편에는 거실로 들어가는 문이 있다. 거실로 들어가면 건너편 같은 자리에 안방 문이, 안방으로 들어가면 같은 위치에 큰 창문이 있다. 두 개의 문과 하나의 창문이 집 한복판에 일렬로 놓여 있는 셈이다.

엄마는 보통 때 두 개의 문을 모두 열어둔다. 지유는 식탁 안쪽, 그러니까 주방 쪽 자리에 앉아서 정면으로 보이는 안방 창문을 바라보곤 한다. 안방 창문 밖에서 주방을 들여다보는 것도 좋아한다. 엄마가 주방에서 뭘 하는지, 엄마의 시선 바깥에서 훔쳐볼 수 있으니까.

반대로 문이 모두 닫혀 있으면, 지유는 불안을 느낀다. 엄마가 자신을 밀쳐낸 것 같아 무안하고 슬프다. 자신이 뭘 잘못했는지 따져보며 거실 문 앞을 서성거리기도 한다. 거실 문 앞에 도착한 지금이 딱 그랬다. 닫힌 문 앞에서 하염없이 망설이고만 있었다. 노크를 해야 할지, 엄마를 불러볼지, 문을 살짝 열어볼지, 그랬다가 엄마를 화나게 하는 건 아닌지.

지유는 거실 문에 귀를 가져다 대봤다. 안쪽에서도 웽웽 소리가 울리고 있었다. 환풍기 소리와 비슷했지만 환풍기는 아니었다. 더 시끄럽고 거친 소리였다. 청소기가 아닐까 싶었다. 청소기가 맞다면 청소를 한다는 뜻이었다. 이는 '엄마 아빠 모두 깨어 있다'와 같은 말일 테고. 다만 '들어가도 된다'와 같은 말은 아닐 것이다.

엄마와 함께 지낼 땐 지켜야 할 규칙이 많다. 허락 없이 닫힌 문 안으로 들어가는 건 규칙 위반이다. 아빠가 있어도 다르지 않다. 알면서도, 지유는 들어가고 싶었다. 지난밤 꿈이 사라졌다는 걸 확인하고 싶었다. 어제처럼 모든 것이 아무런 문제도 없다는 걸 직접 보고 싶었다.

지유는 먼저 노크를 해봤다. 답이 없자 문을 조금 열고 틈새에 눈을 댔다. 일순 혼란이 왔다. 거실도 주방처럼 껌껌했다. 웽웽 소리는 소파 쪽에서 나는 듯했다. 사람 소리는 나지 않았다. 지유는 청소기를 향해 속삭여봤다.

"엄마."

지유의 부름은 웽웽 소리에 묻혀버렸다. 심지어 자신의 귀에도 들리지 않았다. 입만 벙긋대다 만 기분이었다. 이번에는 목소리를 조금 더 키워봤다.

"저 들어가도 돼요?"

착각인지 모르지만 엄마가 '들어와' 한 것 같았다. 지유는 거실로 발을 밀어넣고 다시 물었다.

"불 켤까요?"

"켜" 한 것도 같고, 아닌 것도 같았다. 웽웽 소리는 계속됐다. 지유는 벽에 붙은 전등 스위치를 눌렀다. 불이 들어오고 빛이 쏟아져내렸다. 눈이 저절로 감겼다. 다시 눈을 떴을 땐, 그만 비명을 지를 뻔했다. 어찌나 놀랐는지 숨 쉬는 것마저 잊어버렸다.

소파에 누군가 앉아 있었다. 아빠가 아니었다. 등을 옹크리고 길고 검은 머리칼을 풀어 앞으로 늘어뜨린 알몸의 여자였다. 웽웽 우는 물건도 청소기가 아니었다. 드라이어를 쥔 여자의 새하얀 손이 젖은 머리칼 옆에서 느릿느릿 흔들리고 있었다. 지유는 꽉 막혔던 목이 열리는 걸 느꼈다. 억눌렸던 소리가 튀어나가는 것도 느꼈다.

"엄마."

웽웽 소리가 그쳤다. 드라이어를 흔들던 손도 멈췄다. 여자는 고개를 옆으로 기울여 흐트러진 머리칼 사이로 지유를 내다봤다. 지유는 무릎이 스르르 풀리는 느낌을 받았다. 정말로 엄마였다. 엄마라고 생각하고 부른 게 아니었는데. 다급할 때 튀어나오는

'으악' 같은 소리였을 뿐인데.

"엄마……."

지유가 낯선 엄마를 받아들이는 데는 시간이 좀 걸렸다. 엄마는 샤워를 하고 머리를 말리는 중이다,라고 이해하기까진 시간이 좀 더 걸렸다. 지난밤에도 목욕 가운을 입고 있었다는 걸 기억해내는 데는 한참이 걸렸다. 잠시 후엔 아빠가 보이지 않는다는 걸 깨달았다. 소파 손잡이에 걸쳐둔 아빠의 패딩점퍼도, 가방도.

지유는 현관을 돌아봤다. 아빠의 운동화도 보이지 않았다. 꿈 대신 아빠와 아빠의 물건이 사라져버린 것이었다. 마치 이곳에 온 적조차 없었던 것처럼.

아빠는 가버린 거야. 지유는 실망한 표정을 들키지 않으려고 테라스 쪽으로 얼굴을 돌렸다. 두꺼운 암막 커튼이 유리문을 가리고 있었다.

"왜 그렇게 두리번거리니?"

엄마가 물었다. 지유는 움찔해서 엄마 쪽으로 고개를 돌렸다. 눈이 마주치자 고개를 저었다.

"고갯짓하지 말라고 했지?"

엄마의 목소리는 새가 지저귀는 것처럼 높고 가느다랗다. 귀를 기울여야 알아들을 수 있을 만큼 작다. 소리가 불안하게 떨리면서 끝이 올라갈 땐 눈치껏 행동해야 한다. '너 때문에 짜증이 난다'는 신호니까. 바로 지금처럼.

지유는 엄마에게 다가갔다. 소파 앞에 발끝을 가지런히 맞추고 아침 인사를 건넸다.

"안녕히 주무셨어요?"

엄마는 한쪽 머리를 쓸어올려 귀 뒤로 꽂아넣으며 물었다.

"잘 잤니?"

지유는 대답했다.

"잘 모르겠어요."

"뭘 모른다는 거야?"

목소리처럼 엄마의 한쪽 입꼬리도 떨리고 있었다. 지유는 등이 움츠러드는 걸 느꼈다. 엄마의 기분이 좋지 않은 걸 미리 알았다면 거실로 들어오지 않았을 텐데.

"꿈이 없어지지 않아서요."

지유는 대답하면서 몸서리가 나는 걸 느꼈다. 꿈속의 어떤 장면이 머릿속에서 되살아나고 있었다. 참으로 이상했다. 잠에서 깼는데도 꿈은 왜 사라지지 않을까. 엄마에게 묻고 싶었으나 꾹 눌러 참았다. 물어서는 안 될 것 같았다. 이유는 몰라도 느낌이 그랬다.

"모두 다…… 기억나니?"

지유는 대답하지 못했다. 순간적으로 드라이어를 쥔 엄마의 오른손에 눈이 팔린 탓이었다. 손목에서 손가락 중간까지 붕대가 감겨 있었다. 엄지와 손날 부분에는 피도 묻어 있었다. 아니다. 그런 걸 묻었다고 하지는 않는다. 금방이라도 핏방울이 떨어질 것처럼 흠뻑 젖어 있다고 하는 게 맞다. 엄마는 전혀 모르는 눈치였고, 지유는 얼른 알려줘야 한다고 생각했다. 다짜고짜 엄마의 손을 붙잡으며 소리를 질렀다는 얘기다.

"엄마, 손에 피 나……."

악, 하는 엄마의 비명이 지유의 말을 잘랐다. 어찌나 날카롭고 사나운 비명이었는지, 지유는 손을 붙든 채 얼음이 돼버렸다.

"저리 가."

엄마는 팔꿈치를 휘둘러 지유를 밀쳐냈다. 그 바람에 손에 쥐고 있던 드라이어가 지유의 턱을 때리고 소파 밑으로 떨어졌다. 기계가 박살 나는 듯한 소리와 함께 드라이어의 캡이 분리돼 어디론가 날아갔다. 지유는 두어 발짝 뒷걸음질을 치다 나자빠지기 직전에 가까스로 몸을 세웠다.

"뭐 하는 짓이야."

뺨을 후려치는 듯한 질책이었다. 지유는 손바닥으로 턱을 감싸고 한 발짝 물러났다. 드라이어에 찍힌 턱이 얼얼하고 아팠다. 질책에 얻어맞은 뺨이 무참하고 부끄러웠다. 더 없어질 게 없을 때까지 없어지고 싶을 만큼. 눈 안에선 물기가 차올랐다. 목 밑에선 흐느낌이 치밀었다.

지유는 고개를 숙였다. 행여 울음이 새어나올까 입을 앙다물었다. 무섭고도 긴 고요가 찾아왔다. 들리는 거라곤 거칠게 울리는 엄마의 숨소리뿐이었다.

"이리 와."

마침내 엄마가 입을 열었다. 지유는 눈을 깜박거려 눈물을 털어냈다. 금방 들은 말이 '이리 와'가 맞을까? 이 순간엔 '저리 가'보다 무서운 말이었다.

"차지유."

엄마가 다시 불렀다. 지유에겐 익숙하지 않은 이름이었다. 아빠의 이름은 서준영이었다. 사람들은 모두 '서지유'라고 부른다. 어릴 때부터 키워준 외할머니도, 함께 사는 이모도, 유치원 아이들도, 주말에만 만나는 새아빠도.

엄마만 새아빠의 성을 붙여 '차지유'라고 불렀다. 내년 봄, 초등학교에 가면 그 이름을 쓸 거라고 했다. 미리 연습해야 한다고 했다. '차지유' 하고 부르면, '네' 대답하는 연습. 지유는 엄마 앞으로 가서 섰다.

"차지유."

엄마가 또다시 불렀다. 지유는 마지못해 입을 열었다.

"네."

"엄마를 봐야지."

엄마의 목소리가 약간 부드러워졌다. 지유는 고개를 들었다.

"엄마가 왜 화를 냈지?"

지유는 답을 알고 있었다. 엄마를 만날 때마다 지적당한 문제였으니까.

"흥분하고…… 막 덤벼서요."

엄마는 손을 뻗어 지유의 왼쪽 턱을 만졌다. 드라이어에 얻어맞은 건 오른쪽 턱이었다.

"아팠니?"

지유는 "조금요" 했다가 얼른 덧붙였다.

"이젠 괜찮아요."

엄마는 지유를 향해 팔을 벌렸다.

"이리 와. 내 딸."

지유는 머뭇대며 엄마의 품으로 들어갔다. 뭉클하고 둥근 맨가슴의 감촉이 지유의 어깨를 눌러왔다. 심장이 성난 개처럼 컹컹 짖고 있었다. 그것이 자신의 심장인지, 엄마의 심장인지는 모르겠지만.

"꿈 같은 건 잊어버려."

엄마는 지유의 등을 손끝으로 쓸어내리면서 중얼거렸다.

"중요한 건, 엄마가 지유를 세상에서 가장 사랑한다는 거야."

마치 엄마 자신에게 들려주는 혼잣말 같았다. 지유에겐 습지를 떠도는 바람 소리처럼 멀고 싸늘하게 들렸다. 또 눈물이 솟구쳐서 속눈썹을 간질였다.

"알고 있지?"

엄마는 지유를 품에서 떼어놓으며 물었다. 이럴 때의 '알고 있지?'는 질문이 아니다. 엄마가 보내는 신호다. 지금이 잘못을 빌 때라고.

"잘못했어요, 엄마."

지유는 얼른 덧붙였다.

"앞으로 조심할게요."

엄마는 머리칼을 한 손에 쓸어 모아 어깨 뒤로 넘기고 자세를 고쳐 앉았다. 엄마의 가슴이 총이라도 쏠 것처럼 팽팽하게 솟았다. 지유는 소파 옆으로 슬쩍 눈을 비켰다. 조금 고민스러웠다. 엄마에게 옷을 가져다줘야 하는지, 계속 못 본 척해야 하는지.

"네게 해줄 얘기가 있어."

엄마가 말했다. 손가락 문제는 끝났다는 뜻이었다.

"아빠는 어제 갔어."

말하는 엄마의 눈이 멍해 보였다. 눈길은 지유를 향해 있었지만 실제로 보고 있지는 않았다. 엄마의 눈은 무언가를 볼 때와 향해 있을 때의 빛이 다르다. 지유는 그것을 구별할 줄 안다.

"약속 못 지켜서 미안하다고 전해달래."

이미 눈치챈 일이었다. 엄마의 기분이 좋지 않은 이유도 알 것 같았다. 지난밤 아빠와 또 싸웠을 것이다. 엄마와 아빠가 함께 살 때도 곧잘 그랬으니까.

엄마는 지유가 그때를 기억하지 못하는 줄 안다. 반은 맞고 반은 틀렸다. 전부는 아니지만 토막토막 떠오르는 기억들이 몇 가지 있다. 엄마가 부엌칼로 자기 손목을 그어버린 밤에 대한 기억은 특히 더 또렷하다.

그때도 엄마는 아빠와 싸우고 있었다. 아빠를 향해 물건을 집어 던지고, 울부짖고, 악을 썼다. 지유는 식탁 밑에 숨어 있었다. 악 지르는 소리를 듣지 않으려고 양손으로 귀를 틀어막고, 딴사람이 된 엄마를 보지 않으려고 눈을 감은 채, 어서 빨리 싸움이 끝나기만 기다렸다.

싸움이 끝난 후 맞닥뜨린 풍경은 종종 지유의 꿈에 나타난다. 주방 바닥에 널브러진 엄마, 피범벅이 된 엄마의 손, 발밑으로 날아든 부엌칼, 수건으로 엄마의 손을 감던 아빠의 손과 핏줄이 툭툭 튀어나온 아빠의 이마. 응급실 의자에 아빠와 나란히 앉아 엄마의 치료가 끝나기를 기다리던 자신의 모습도 빠지지 않고 등장한다.

이번에도 그랬겠지,라고 지유는 추측했다. 엄마의 손에 감긴 붕대를 달리 어떻게 이해할 수 있을까. 그때와 다른 게 있다면 아빠가 엄마를 응급실에 데려가지 않았다는 점이었다. 피를 흘리든 말든 놔두고 가버린 것이었다. 머릿속 한구석에는 그게 아닐지도 모른다고 속삭이는 목소리가 있었지만, 지유는 귀를 닫아버렸다. 그저 잠자코 엄마의 다음 말을 기다렸다.

"아빠는 이제 오지 않을 거야."

지유는 늘어뜨린 손끝이 움찔하는 걸 느꼈다. 다시는? 이라고 되묻고 싶은 걸 꾹 참았다. 엄마가 그렇다면 그럴 것이다. 되묻는다고 아빠가 돌아오지도 않을 테고. 떠난 이유를 물을 용기도 없었다. 떠난 아빠보다는 엄마의 기분이 더 중요했다. 적어도 지금의 자신에게는.

"저는 괜찮아요."

지유는 안전한 대사를 찾아냈다.

"엄마랑 놀면 되니까요."

"엄마는 할 일이 있어. 넌 네 방에서 놀아야 해."

확인하는 의미에서 지유는 되물었다.

"제 방에서만 놀라는 거지요?"

엄마는 쳐다보기만 할 뿐 입을 열지 않았다. 그렇다는 뜻이었다. 허락할 때까지 2층에서 내려오지 말라는 의미기도 했다. '오늘은 반달늪에 가지 못한다'와도 같은 말이었다. 지유는 혼자라도 가보고 싶었다. 어젯밤에 되강오리가 왜 그리 울어댔는지 알고 싶었다.

"오늘 내내요?"

엄마는 대답 없이 되물었다.

"할 수 있지?"

착한 딸은 엄마에게 '아니요'라고 말하지 않는다. 엄마의 규칙 1호였다. 지유는 대답했다.

"네."

"더 물어볼 말 있니?"

엄마가 물었다. 지유의 귀엔 '없는 게 좋을 거야'로 들렸다. 지유는 아니요,라고 대답했다.

"그래. 지금부터 뭘 해야 하는지도 알고 있겠지?"

"올라가서 옷 입고, 세수하고, 침대를 정리해야 해요."

지유는 엄마의 비위에 맞을 만한 대답을 내놓았다.

"그래. 30분 후에 엄마가 아침밥 갖다줄게."

방으로요?라고 물으려다 지유는 입을 다물었다. 지금껏 엄마가 아침을 배달해준 적은 없었다. 이상한 생각이 들었으나 신경 쓰지 않기로 했다. 그보다는 1초라도 빨리 엄마의 시야에서 벗어나고 싶었다.

"네. 엄마 오시기 전에 다 해놓을게요."

지유는 거실 문 쪽으로 돌아섰다. 엄마는 허리를 굽혀 마룻바닥에 떨어진 드라이어를 집어 들었다. 다시 웽, 소리가 울리기 시작했다. 문간에 다다랐을 때, 지유의 발끝에 걸리는 게 있었다. 드라이어 캡이었다.

지유는 턱만 슬쩍 돌려 어깨 너머로 뒤를 봤다. 드라이어는 혼자 허공에서 울고 있었다. 엄마는 고개를 숙이고 소파 밑을 살피는 중이었다. 무언가를 찾는 기색이었다. 그 '무언가'일지도 모르는 드라이어 캡을, 지유는 발끝으로 밀었다. 엄마 쪽이 아니라 아일랜드 식탁 쪽으로.

드라이어 캡은 식탁 의자 밑으로 쏜살같이 미끄러졌다. 마룻바닥을 긁는 소리가 울렸으나 엄마는 듣지 못한 것 같았다. 들었다면 물었겠지. 방금 무슨 소리니?

지유는 거실을 빠져나왔다. 발레리나처럼 발끝으로 계단을 디디면서, 2층으로 올라갔다.

오늘 하루가 지유에겐 죽도록 길었다. 2층이 아니라 시간에 갇힌 것 같았다. 밥 먹고, 화장실에 가고, 창턱에 걸터앉아 습지를 내다보고, 새아빠가 사준 《겨울왕국Ⅱ-새로운 운명》을 모두 읽고, 백설공주 벽시계를 백 번쯤 본 끝에 가까스로 밤을 맞았다. 실내등이 꺼져 있어 시곗바늘이 보이지 않았지만, 막 10시가 됐다는 건 알고 있었다. 조금 전 시계 속 난쟁이들의 기차가 열 번 돌았으니까.

지유는 침대에서 일어나 앉았다. 침대 머리 판에 등을 기대고, 창밖에서 들려오는 밤의 소리를 들었다. 마당 단풍나무 가지들이 부딪히는 소리, 바람이 습지의 갈대들을 쓰다듬는 소리, 아랫동네 어느 집 개가 짖어대는 소리……. 고요하고, 따분하고, 환한 밤이었다.

달빛이 비쳐 드는 창턱에는 쟁반이 놓여 있었다. 굴라시 덮밥이든 그릇과 수저, 물컵이 담긴 쟁반이었다. 한 시간 전에 엄마가 갖다 둔 것이었다. 깜박 잊었다가 뒤늦게 생각나 가져온 게 아닌가 싶었다.

그때 지유는 침대에 누워 자는 척하고 있었다. 엄마는 불도 켜지 않고 들어와 쟁반만 내려놓고 나가버렸다. 지유는 굴라시에 손도 대지 않았다. 맛이 없어 그런 건 아니었다.

엄마는 굴라시를 오리 먹이만큼 잘 만든다. 지유는 굴라시 만드는 법도 잘 안다. 큼직하게 썬 소고기와 양파를 함께 볶다가 물을 부어 끓인 후, 굴라시 파우더와 파프리카 가루와 감자를 넣고 고기가 물렁물렁해질 때까지 졸이면 된다. 한 솥 끓여서 며칠씩 두고 먹을 수도 있다. 미역국처럼 끓이면 끓일수록 더 진한 맛이 난다. 엄마가 그렇게 말했다.

엄마는 러시아 유학 시절에 헝가리인 룸메이트에게 굴라시 만드는 법을 배웠다고 했다. 새아빠 평가로는 엄마가 만든 음식 중 그나마 먹을 만하다.

지유도 그렇게 생각한다. 다만, 이제는 그만 먹고 싶었다. 밥투정이 아니었다. 온종일 2층에 갇힌 채 세 끼를 굴라시만 먹어야 한다면 누구라도 그럴 것이다. 어쩌면 시골집을 떠날 때까지 계속 먹어야 할지도 몰랐다. 어제저녁, 엄마는 굴라시를 냄비 한가득 끓여놨다.

아래층은 고요했다. 종일 윙윙대던 청소기와 믹서기, 믹서기 소리도 그쳤다. 저녁을 두고 내려간 이후부턴 엄마의 기척도 느껴지지 않았다. 내려가자마자 잠이 든 것 같았다. 그럴 만도 했다. 종일, 쉴 새 없이 '할 일'을 하느라 피곤했을 테니까. 그렇다면 자다 일어나서 굴라시 그릇을 가지러 오지는 않을 것이다.

그렇지?

지유는 방문 쪽을 넘겨다보며 중얼거렸다. 지유 안에 사는, 엄마가 '요망한 생쥐'라 이름 붙인 아이가 물어왔다.

다락방에 가려고?

지유가 대답하지 않자 엉덩이를 찌르기 시작했다.

가고 싶으면 가. 가지고 놀다가 표 안 나게 정리해놓으면 되잖아.

그래도 될까. 지유는 다락방에 있는 인형 상자를 떠올렸다. 발견했던 날의 기억이 뒤따라왔다.

2층엔 방이 하나뿐이지만 문은 세 개나 있다. 계단 정면에 있는 건 지유가 쓰는 방문, 왼쪽은 욕실 문. 오른쪽은 늘 자물쇠로 잠겨 있는 문이다. 시골집에 올 때마다 지유는 잠긴 문 안이 궁금해 죽을 지경이었다. 복도의 장식장 서랍에서 열쇠고리를 발견했을 땐, 보물을 캐낸 기분이었다. 고리에 달린 열쇠 세 개 중 하나가 오른쪽 문 자물쇠와 딱 맞았으므로.

지유는 별 망설임 없이 문을 열었다. 껌껌한 공간이 나타났다. 창문 하나 없는 방이었다. 문 옆에 붙은 전등 스위치를 켰으나 방처럼 밝지는 않았다. 조명등이 벽에 붙은 흐릿한 알전구 하나뿐이었다. 2층 욕실과 똑같이 생긴 천장이 먼저 눈에 들어왔다. 지붕 모양을 따라 비스듬하게 기울어진 형태였다.

안으로 들어서자 퀴퀴한 냄새가 지유를 맞았다. 마룻바닥이 깔린 길고 좁은 공간엔 오만 가지 물건들이 가득 차 있었다. 둘둘 말아 세워둔 카펫, 비닐 커버를 씌운 이불, 비닐봉지에 담긴 커튼, 낡은 동화책, 정체 모를 것들이 담긴 플라스틱 바구니들, 크고 작은 종이상자들…….

그 틈바구니에 손 인형이 든 상자가 있었다. 지유는 흥분에 휩싸여 1층으로 내려갔다. 손 인형을 가지고 놀아도 좋은지, 엄마에게 물어볼 생각이었다.

"엄마."

지유가 부르자 조리대에서 고기를 토막 내던 엄마가 돌아봤다. 지유와 눈이 마주치자 배시시 웃었다. 지유는 엄마의 미소를 사랑

한다. 아니, 엄마가 미소 짓는 귀한 순간을 사랑한다. 눈꼬리를 둥글게 말고 이를 드러내며 환하게 웃는 순간을. 반짝거리는 눈동자는 이렇게 묻는 것 같다. 내 딸, 왜?

"저 다락방에서 놀면 안 돼요?"

엄마가 되물었다.

"다락방?"

지유는 기대에 차서 "네" 했다. 좋다고 하면, 열쇠를 발견했다고 실토할 참이었다. 다락방 물건을 갖고 놀아도 되는지 물을 생각이었다. 인형도 다락방 물건 중 하나니까.

엄마는 조리대로 몸을 돌리더니 손도끼칼을 던지듯 내려놨다. 지유를 향해 다시 돌아섰을 땐 미소가 싹 가신 얼굴이었다. 입술이 얇아지고, 뺨이 홀쭉해지고, 눈동자의 반짝임도 사라졌다. 숨조차 마음대로 쉬면 안 될 것 같은 싸늘한 표정이었다. 지유는 숨을 멈춘 채로 엄마의 답을 들었다.

"안 돼."

엄마가 안 된다면 안 되는 것이었다. '안 돼'를 '돼'로 바꾼 적도 없었다. 그러니 1층으로 내려가서 자는 엄마를 깨운 다음 인형을 가지고 놀아도 좋은지 물을 필요는 없었다. 눈물이 쏙 빠지게 혼쭐나는 건 하루 한 번이면 충분했으므로.

지유는 침대에서 내려섰다. 다락방까지 가는 길은 길고도 멀었다. 거리로만 따지면 10초 안에 도착할 수 있지만 주의할 점이 많았다. 발꿈치를 들고 걸어야 했고, 몇 번씩 멈춰 서서 아래층 소리에 귀를 기울여야 했으며, 다락방 열쇠를 달그락거리지 않고 문을 열어야 했다.

다락방 안으로 들어가 문을 닫은 후에야 지유는 긴장을 풀었다. 다락방의 위치는 1층 욕실 바로 위였다. 자신의 발소리가 거실을 건너서, 안방에서 잠들었을 엄마 귀까지 뻗어갈 리는 없었다. 이제 발꿈치를 내려도 좋은 것이다.

전등을 켠 후 지유는 움직이기 시작했다. 물건을 건드리지 않도록 조심하면서 맨 안쪽까지 들어갔다. 인형 상자는 벽 모서리에 그대로 놓여 있었다. 상자 뚜껑을 열자 자신을 흥분시켰던 것들이 나타났다. '말하는 손 인형' 네 개, 그들을 끼워 앉혀두는 기둥 달린 작은 의자 네 개, 둥근 테이블 하나, 찻잔과 그릇 같은 소꿉놀이 세트.

원래는 상자째 들고 방으로 돌아갈 계획이었다. 실제로 들어본 후엔 포기했다. 예상보다 훨씬 무거웠다. 들 수는 있지만 들고 움직일 수 없는 무게였다. 인형을 뺀 나머지가 나무로 돼 있어 그런 듯했다. 질질 끌고 갈 수는 있겠지만, 장애물이 너무 많았다. 그렇다고 그 자리에서 놀기엔 방이 너무 추웠다. 잠깐 서 있는 새에 발이 시릴 정도로 마룻바닥이 찼다. 천장으로 새어 들어온 바깥바람에 몸이 으슬으슬 떨렸다.

인형들만 가지고 가자. 결심하고 보니, 중대한 문제점이 있었다. 눈을 번쩍 뜨고, 스르르 침대에서 일어나서, 2층 계단을 올라오는 엄마의 모습이 떠올랐던 것이다. 지유는 요망한 생쥐에게 퀴즈를 냈다. 엄마가 갑자기 방문을 열고 들어오면, 번개처럼 숨길 수 있는 인형 개수는 몇 개일까.

하나.

요망한 생쥐가 대답했다. 단호한 답변이었다. 지유는 항변해봤다.

겨우 하나? 그걸로 뭘 할 수 있는데?

요망한 생쥐는 되물어왔다.

엄마는 뭘 하는 사람이지?

엄마는 규칙을 정하는 사람이었다. 규칙을 어기면 벌을 주는 사람이기도 했다. 엄마에겐 어떤 변명도 통하지 않았다. 용서를 빈다고 용서해준 적도 없었다. 지유는 가차 없이 벌을 받아야 했다. 고아가 되는 벌이었다.

엄마와 새아빠는 청연 신도시에 산다. 엄마의 회사는 인천 검단이고, 지유가 사는 외할머니 집은 학익동이다. 지유는 엄마 회사와 가까운 유치원에 다닌다. 평소 엄마는 출근길에 외가로 와서 지유를 태운 후, 유치원까지 데려다준다. 퇴근할 땐 순서가 거꾸로다. 유치원에 들러서 지유를 태우고 외가로 간다. 주말에는 새아빠네로 가서 지낸다.

지유는 엄마와 따로 사는 것을 불평하지 않는다. 어쨌든 엄마를 날마다 만나니까. 엄마를 만나면 자신에게 엄마가 있다는 걸 확인할 수 있으니까.

'고아의 벌'을 받을 땐 그럴 수가 없다. 엄마는 지유를 데리러 오지 않는다. 전화도 하지 않는다. 지유는 유치원 버스를 타야 한다. 주말에도 외가에서 지내야 한다. 조금 화가 났을 땐 일주일, 더 화가 났을 땐 한 달. 그럴 때마다 외할머니는 지유를 끌어안고 눈물을 글썽이곤 한다. 뜻 모를 말을 중얼거리기도 한다. 아이고, 내죄를 네가 받는구나…….

외할머니가 울면 이모는 버럭 화를 낸다. 아, 거, 좀.

이모가 유치원에 데려다줄 때도 있다. 일찍 퇴근하는 날엔 데리러 오기도 하고. 기분을 풀어주려고 장난감 가게나 고양이 카페에 들르기도 한다. 지유는 외할머니 다음으로 이모를 좋아하지만 큰 위로가 되지는 않는다. 이모는 엄마가 아니다. 그러니 애초에 조심하는 게 좋을 것이다. 조금 덜 즐겁더라도.

지유는 첫 번째 인형을 꺼냈다. 체크무늬 셔츠에 청바지, '아빠'라는 명찰을 가슴에 달고 있었다. 두 번째는 단발머리 인형이었고 '엄마' 명찰을 달았다. 빨간 모자를 쓴 아기는 '남동생'. 땋아 내린 긴 머리에 왕관을 쓴 공주 인형의 이름은 '유나'였다.

이 인형들의 주인이 누군지 알게 된 순간이었다. 엄마였다. 상상은 되지 않지만, 이 시골집에서 할머니 할아버지와 살았다는 꼬마 시절의 엄마.

지유는 차근차근 셈을 해봤다. 엄마의 아빠는 돌아가신 외할아버지, 엄마의 엄마는 외할머니, 이모는 엄마의 언니. 엄마의 남동생이라면 외삼촌일 것이다. 지유에겐 외삼촌이 없었다. 인형 가족에는 '언니'가 없었다. 없어야 할 사람이 있고, 있어야 할 사람이 없는 셈이었다.

이들은 누구일까. 엄마의 상상 속 가족이었을까? 엄마도 혼자일 때 다락방에 들어와 상상 속 가족과 놀았을까. 어떤 이야기를 나누었을까. 다락 이야기를 꺼냈을 때, 왜 그토록 무서운 표정을 지었을까?

질문은 끝도 없이 불어났다. 그중 지유가 대답할 수 있는 질문은 하나도 없었다. 머릿속은 점점 복잡해졌다. 엄마가 감춰둔 비밀의 세계로 숨어든 기분이었다. 급기야 엄마의 화난 목소리가 들리는 것 같았다. 모두 제자리에 넣어놔.

어딘가에서 쿵, 소리가 울렸다. 집 안에서 울린 것 같기도 하고, 바깥에서 울린 것 같기도 했다. 대문이 닫히는 소리 같기도 하고, 바람에 무언가가 넘어지는 소리 같기도 했다. 지유는 가만히 귀를 기울였다. 아래층에선 아무런 소리도 들리지 않았다.

지유는 불안이 되살아나는 걸 느꼈다. 빨리 방으로 돌아가는 게 좋겠다고 생각했다. 기억을 되살려서 인형들을 본래 자리에 앉히기 시작했다. 엄마는 엄마 의자에, 남동생은 남동생 의자에. '유나'의 의자에는 이상한 것이 놓여 있었다. 꺼낼 땐 미처 보지 못한 것이었다. 토막 난 인형의 다리 한쪽이었다. 사람 인형의 것이 아니었다. 연노랑 털로 뒤덮인 다리에 갈색 물갈퀴가 달려 있었다.

오리 다리야,라고 지유는 추측했다. 나머지 부분은 어디 있는지 궁금했지만 확인하지 않기로 했다. 무엇인지 모르거나, 무언가 기분 나쁠 때는 확인하지 않는 게 나았다. 그럴 시간도 없고. 지유는 '유나'를 의자에 앉히고 상자 뚜껑을 닫아버렸다. 아빠 인형만 방으로 가져갈 참이었다. 엄마의 상상 속 아빠라면 자신의 상상 속에서도 아빠일 수 있을 테니까.

지유는 방으로 돌아왔다. 창턱에 다리를 올리고 앉자 해냈다는 기쁨이 밀려왔다. 아래층은 여전히 고요했다. 안도감도 찾아왔다. 다락방 자물쇠는 잘 잠가두었고, 엄마는 깊이 잠들었고, 밤은 길고도 길 것이며, 잠은 낮에 실컷 자두었다. 제아무리 엄마라 해도 이 일만큼은 눈치채지 못할 테다. 아침이 오기 전에 인형을 갖다 두기만 한다면.

지유는 아빠 인형을 손에 끼고 눈높이로 들어올렸다. 참으로 신기한 일이었다. 달빛에 비친 아빠 인형은 진짜 아빠와 닮아 있었다. 안경, 옷차림, 운동화까지. 지유는 아빠의 나직한 목소리를 흉내 내 자신에게 말을 걸었다.

"지유, 오늘 뭐 하고 놀았니?"

지유는 본래 목소리로 대답했다.

"책을 읽었어요. 제목은 '새로운 운명'인데 벌써 세 번 읽었어요. 다 읽고 나선 낮잠을 잤어요."

"혹시 그거 차에서 읽던 책 아니니?"

아빠가 물었다.

"맞아요. 책도 재미있기는 하지만…… 반달늪에 더 가고 싶었어요. 되강오리가 잘 있는지 궁금했거든요."

"지유는 되강오리를 제일 좋아하니?"

지유가 "네" 하자, 아빠는 "왜?" 했다.

"이상한 놈이니까요. 어떤 땐 귀신처럼 울고, 어떤 땐 매 맞는 아이처럼 비명을 질러요. 아빠도 어젯밤에 들었지요?"

"그런데 오늘 밤엔 안 우네."

그랬다. 오늘 밤엔 오리들이 울지 않았다. 지유는 창밖으로 고개를 돌렸다.

"자나 봐요. 어젯밤에 너무 울어서 목이 쉬었을 거예요."

마당 단풍나무에 걸려 있던 달이 습지를 향해 헤엄치고 있었다. 어제처럼 붉은 달이 아니었다. 크고 새하얗고, 더 동그랬다. 빛이 어찌나 환한지 눈을 크게 뜨고 보면 반달늪 수초까지 들여다보일 것 같았다. 갈대밭에서 피어오른 안개는 바람의 움직임을 따라 은빛 춤을 추고 있었다. 여전히 고요하고 환한 밤이었지만 이제 따분하지는 않았다.

"아빠. 그런데 왜 가버렸어요?"

지유는 마침내 묻고 싶었던 것을 물었다. 아빠가 대답했다.

"미안해. 갑자기 바쁜 일이 생겼거든. 지유 실망했지?"

그렇다는 의미로 지유는 눈을 깜박거렸다.

"조금요. 근데 아빠 정말로 이제 안 오는 거예요?"

"아니야. 어제 반달늪에서 아빠랑 약속한 거, 잊어버렸니?"

지유는 잊지 않았다. 어떻게 약속을 잊을 수 있을까. 아빠의 행동, 말, 표정, 목소리, 아빠가 차에 타던 순간부터 어젯밤 잠들기 전까지 있었던 일을 모두 기억하고 있는데.

어제, 엄마는 느닷없이 유치원에 찾아와 지유를 조퇴시켰다. 점심시간 직전이었다. 여느 때와 다르게 차 뒷좌석에 타게 하더니, 믿을 수 없는 말을 꺼냈다.

"좀 있다 아빠를 만날 거야."

지유는 잠깐 숨을 멈췄다. 금방 아빠라고 한 게 맞을까, 새아빠가 아니고?

"아빠한테 지켜야 할 비밀이 두 가지 있어."

첫째, 외할머니와 살고 있다는 걸 밝혀선 안 된다고 했다. 둘째, 새아빠와 관련된 어떤 것도 말해선 안 되었다. 지유는 이유를 묻지 않았다. 자신에겐 지켜야 할 비밀이 많았다. 상대에 따라 비밀의 내용도 제각각이었다. 상대가 누구든 엄마가 비밀이어야 할 이유를 알려준 적도 없었다. 아빠라고 다를까. 이유보다 궁금한 건 진짜 아빠를 만나느냐는 것이었다.

진짜였다. 한적한 버스 승강장에 아빠가 서 있었다. 가방을 어깨에 메고, 한 손에는 맥도날드 해피밀 세트를 들고. 차가 서자 아빠는 곧장 뒷좌석에 탔다.

"딸."

아빠는 의자에 앉으면서 지유를 불렀다. 차를 쫓아 달려온 사람처럼 숨찬 목소리였다. 지유가 마주 보자 해피밀 세트를 발밑에 내려놓고 팔을 활짝 벌렸다. 안아보자는 몸짓인 걸 모를 리 없었지만 지유는 움직이지 않았다. 그저 멍하니 아빠를 쳐다봤다. 의심스러웠다. 진짜 아빠인가. 혹시 만지면 깨져버릴 꿈 같은 건 아닐까.

"지유, 아빠 잊어버렸니?"

아빠의 눈은 '아니지?'라고 묻고 있었다. 아직 늦지 않았으니 빨리 안기라는 표정이었다. 지유는 흘끔 룸미러를 봤다. 엄마의 서늘한 눈이 자신을 향해 있었다.

엄마는 지유가 누군가와 친밀한 꼴을 눈 뜨고 못 본다. 손을 잡거나, 안기거나, 눈빛을 주고받는 일 등이 못 보는 '꼴'에 들어간다. 외할머니조차 예외가 아니다. 그런 꼴을 볼 때, 엄마의 눈에 어른대는 서늘한 광채는 지유만 알아볼 수 있다. 후에 어떤 말을 듣게 될지도 잘 알고 있었다. 지유는 엄마보다 외할머니가 더 좋구나. 외할머니랑 쭉 같이 살면 되겠다, 그치?

"아빠, 안녕하세요."

지유는 안기는 대신 인사를 택했다. 두 손을 모으고 예의 바르게 고개를 숙였다. 보통은 칭찬받는 행동이지만 그때는 아니었다. 팔을 떨어뜨리는 아빠의 눈이 물기를 머금고 붉어졌다. 미소를 띠고 있던 입술은 이상하게 일그러졌다. 아빠가 다시 입을 여는 데는 시간이 한참 걸렸다.

"안녕, 아가."

아가……. 지유는 곧바로 기억해냈다. 아빠가 자신을 부를 때 쓰던 말이라는 걸.

"이젠 아가씨가 다 됐네."

아빠의 목소리가 가늘게 떨리고 있었다. 지유는 심장이 쿵쿵 뛰는 것을 느꼈다. 호흡은 빨라지고 목이 조여들었다. 뭔가 말하고 싶었으나 소리가 나오지 않았다. 뭘 말해야 하는지도 알 수 없었다. 아빠에게 뭔가 단단히 잘못한 것 같았다.

"자기, 안전벨트 매."

엄마가 말했다. 지유를 지켜보던 룸미러 속 눈은 사라졌다. 아빠는 그때까지 어깨에 걸고 있던 가방을 의자에 내려놓고 안전벨트를 맸다. 그사이 지유는 아빠의 가방끈에 눈을 팔고 있었다. 주먹만 한 왕벌 참 장식이 매달려 있었다. 때가 타서 꼬질꼬질해 보이는 장식품이었다. 아무리 봐도 아빠와는 어울리지 않는 물건이었다.

"이제 출발한다."

엄마는 좌측 깜빡이를 켜고 차를 출발시켰다. 차가 도로로 진입했을 때, 아빠의 재킷 주머니 안에서 음악 소리가 튀어나왔다. 룸미러엔 다시 엄마의 눈이 나타났다. 아빠는 허둥지둥 주머니에 손을 넣어 휴대전화를 꺼냈다. 통화 버튼을 누르자마자 저쪽에서 여자의 목소리가 튀어나왔다.

"오빠 어디야?"

"교촌."

아빠는 흘끔, 룸미러 속 눈을 쳐다봤다. 좀 전에 지유가 그랬듯이.

"민영아, 내가 다시 전화할게."

여자가 뭐라고 말했으나 아빠는 전화를 끊어버렸다.

"자긴 하나도 안 변했네."

엄마가 말했다. 아빠는 고개를 저었다.

"이제 전화 안 할 거야."

룸미러 속 엄마는 다정하게 웃었다.

"기억 못 하나 보다. 지유 생일 때, 롯데월드에서 자기가 뭔 짓
을 했는지."

"그때는 갑자기……."

"오늘 자기가 잘해야……."

엄마는 아빠의 말을 잘라버렸다.

"내가 자기를 믿고 지유를 맡기지. 다음번엔 지유와 단둘이만
만나고 싶다면서."

아빠는 엄마와 눈을 맞춘 채 입만 벙긋거리고 있었다. 엄마가
뭘 원하는지 아직 알아차리지 못한 표정이었다. 지유는 엉덩이가
들썩거리는 걸 느꼈다. 엄마와 아빠가 만나자마자 또 싸울까봐 겁
이 났다. 민영이라는 여자가 누군지는 몰라도, 아빠가 전화기를
빨리 껐으면 했다. 엄마가 그걸 요구하고 있지 않은가.

"지유랑 놀러 갈 땐, 나도 전화 안 받아."

엄마는 아빠를 가르치기로 마음먹은 듯했다. 거치대에 세워둔
엄마의 휴대전화를 아빠 쪽으로 들어 보였다.

"아예 꺼놓고 다녀. 아무 방해 안 받고 내 딸과 재미나게 놀고
싶어서."

아빠는 휴대전화를 껐다. 엄마가 손을 뒤로 내밀자 순순히 건

네주었다. 이후 두 사람은 말을 하지 않았다. 지유는 유치원 가방에서 《새로운 운명》을 꺼내 읽는 척했다. 아빠가 말을 걸어오면 행동으로 대답했다. 아빠 대신 아빠의 가방에 걸린 참을 바라보며 고개를 흔들거나 끄덕였다. 해피밀 세트를 권할 때도 그랬다. 점심을 못 먹어 배가 고팠지만 가방을 향해 고개를 저었다. 강력한 상상력이 필요한 일이었다.

저 감자튀김은 짜고 물컹거릴 거야. 불고기버거는 달고 느끼해. 콜라는 김이 다 빠졌어. 먹으면 토할지도 몰라.

해피밀 세트는 아빠 혼자 다 먹었다. 빨갛게 달아오른 얼굴을 차창에 대고, 밖을 노려보며 꾸역꾸역 입안으로 몰아넣었다. 지나가던 누군가가 아빠의 표정을 봤다면, 햄버거가 아니라 개똥을 씹는 줄 알았을 것이다.

"지유, 아빠한테 반달늪 보여줄래?"

시골집에 도착한 후 엄마가 말했다. 지유는 유치원 가방을 들고 2층으로 올라가려다 엄마를 돌아봤다. 아빠랑 둘이서만? 그래도 된단 말인가. 곧 해가 질 것 같은데. 확인하고자 엄마에게 물었다.

"엄마는요?"

"엄마는 저녁 준비해야지. 가방은 계단에 놔두고 가. 엄마가 방에 갖다 놓을게."

지유는 아빠와 나란히 현관문을 나섰다. 엄마는 뒤따라나와 지유에게 말했다.

"어제 비 와서 땅이 안 좋을 거야. 장화 신고 가."

지유는 아빠를 창고로 데려갔다. 커다란 사다리 옆에 장화 세 켤레가 나란히 놓여 있었다. 노란 장화는 자신의 것, 파란 장화는 엄마 것, 한 번도 신지 않은 커다란 검은 장화. 시골집에 처음 오던 날 엄마가 도매시장에서 산 신발들이었다. 지유는 의아해서 물었다.

"왜 세 켤레나 사요?"

엄마는 배시시 웃더니 대답했다.

"때가 되면 알게 될 거야."

그때가 바로 이때인 모양이라고, 지유는 생각했다. 엄마는 준비성이 좋으니까. 지유는 새 장화를 아빠에게 내주었다. 자신도 노란 장화로 갈아 신었다. 창고에서 나오자 엄마가 말했다.

"어두워지기 전에 돌아와. 또 찾으러 가게 하지 말고."

엄마가 찾으러 오게 만든 적이 있었던가? 딱 한 번 몰래 간 적은 있었지만. 억울한 마음이 들었지만, 지유는 토를 달지 않았다. 그럴 여유가 없었다. 마음이 벌써 아빠의 손을 끌고 습지를 내달리고 있었다. 엄마가 현관 앞에서 지켜보지 않았다면, 정말로 그렇게 했을지도 모른다.

지유는 뛰고 싶어 움찔대는 다리를 힘주어 억눌렀다. 그 바람에 길을 건너기도 전에 종아리에 쥐가 날 뻔했다.

"반달늪에 뭐가 있니?"

길을 건넌 후, 아빠가 말을 걸어왔다. 지유는 샛길로 들어서며 대답했다.

"가보시면 알아요."

샛길은 반달늪까지 일직선으로 뻗어 있다. 습지에선 유일하게 단단한 땅이기도 했다. 엄마의 할머니, 그러니까 증조할머니가 인부들을 사서 자갈 깔고 모래 부어 다진 길이라 했다. 몸이 아픈 증조할아버지가 산책 삼아 오갈 수 있도록. 산책 상대는 꼬마 시절의 엄마였다. 조류학자였던 증조할아버지는 반달늪에 가면 엄마에게 오리 이야기를 들려주었다고 한다. 따지고 보면 지유가 엄마에게 들은 오리 이야기는 모두 증조할아버지의 이야기였던 셈이다.

"길에서 벗어나면 안 돼요."

지유는 길 가장자리로 걷는 아빠에게 주의를 주었다. 아빠는 턱을 옆으로 기울이고 지유를 봤다. 눈이 마주치자 입 모양으로 '왜?' 했다.

"갈대밭 안은 진흙 뻘이에요. 엄마가 그러는데, 땅이 너무 물러서 잡초와 갈대밖에 자라지 않는대요. 농사도 못 짓고, 집도 못 짓고, 골프장도 못 만들어요."

아빠의 시선은 갈대밭을 빙 둘러서 훑고 지유의 눈으로 되돌아왔다. 지유는 조금 어색해져서 아무 말이나 내뱉었다.

"그래서 시골집이나 습지는 돈이 안 돼요. 아무도 사려들지 않으니까요."

"그런 걸 다 누가 가르쳐줬어? 엄마가?"

지유는 "네" 해놓고 어깨를 으쓱했다. 혼자 들떠서 떠든 것 같아 조금 부끄러웠다.

"시골집에 자주 오니?"

아빠가 물었다. 지유는 대답하기 전에 생각해봤다. 가끔 엄마와 시골집에 온다는 사실은 '비밀'이었다. 새아빠, 이모, 할머니 모두에게. 그렇다면 아빠에게도 비밀일까? 답은 '아니다'였다. 아빠는 이미 여기에 와 있으니까.

"가끔이요. 엄마가 어릴 때 살던 집이에요. 엄마의 할머니 집이요."

아빠는 알겠다는 듯 아아, 했다.

"예전에 엄마한테 들은 것 같다. 아까 들어올 때 본 마을이 우……."

"우혜리 마을이에요."

대답하고 나자 지유는 마음이 편안해졌다. 추측이 맞았다는 데서 온 안도였다. 아빠는 우혜리를 알고 있었다. 말해도 될까, 하는 고민 없이 말해도 되는 것이다.

"우린 마을에 안 내려가요. 그래서 아는 사람도 없어요."

늦은 오후의 해가 먹구름 뒤로 들어갔다. 갈대밭이 조금 어두워졌다. 바람은 한층 더 쌀쌀해진 것 같았다. 지유는 종종걸음 치기 시작했다. 반달늪의 '행복한 오리'들을 보여주기 전에 해가 져버릴까봐 안달이 났다. 아빠는 성큼성큼 속도를 맞춰 따라왔다.

잠시 후 반달늪이 보이기 시작했다. 아직 해가 지지도 않았는데 벌써 부연 안개가 피어오르고 있었다. 지유는 밥터 앞에서 걸음을 멈췄다.

"여기예요."

반달늪은 지난여름보다 물이 많이 불어난 듯했다. 밥터 바로 밑까지 물이 차올라 있었다. 물속에서 길게 자라던 갈대나 수초들은 끝만 삐죽 드러난 상태였다. 그 위로 고추잠자리 떼가 날아다녔다. 지유는 도움닫기를 하듯 내달려 밥터 바위로 뛰어올랐다. 아빠도 따라 올라와 지유의 어깨 뒤에 섰다.

"엄마랑 오면, 여기서 오리한테 먹이를 줘요."

지유는 밥터 바위를 내려다봤다.

"먹이를 사 오니?"

아빠가 물었다.

"엄마가 만들어요."

"엄마가? 어떻게?"

지유는 먹이 만드는 법을 말해주었다. 아빠는 간간이 고개를 끄덕이며 들었다. 오리가 돼지고기를 먹는다는 게 신기한 눈치였다.

"그런데 오리들은 다 어디 숨었니? 한 마리도 안 보이네."

아빠가 물었다. 지유는 발아래로 시선을 옮겼다. 아니나 다를까, 흐린 물 밑으로 검은 그림자가 움직이고 있었다. 지유는 피하라고 소리치려 했지만, 이미 늦었다. 입을 여는 순간 시커먼 그림자가 발밑에서 훅, 솟구쳐올랐다. 지유는 놀라 몸을 틀었다가 몸의 중심을 잃고 말았다. 발이 미끄러지고 다리가 위로 들리고 등과 머리가 뒤로 넘어갔다. 반사적으로 눈이 감겼다.

나자빠진 충격은 예상보다 크지 않았다. 갈대에 찔리지도 않았다. 진흙탕에 떨어진 것 같지도 않았다. 지유는 반 박자 늦게 알아차렸다. 자신을 안전하게 끌어안고 있는 팔이 있다는 걸. 등을 받치고 있는 단단한 몸이 있었고, 귓가에서 소곤대는 목소리가 있었다.

"딸. 괜찮아?"

지유는 대답을 미뤘다. 쿵쿵쿵, 등에 닿는 아빠의 심장 소리를 듣느라. 머릿속에선 고삐 풀린 기억들이 떼 지어 몰려나왔다. 옛날에는 언제나 아빠의 손과 몸이 자신의 근처에 대기하고 있었다. 넘어지든 엎어지든 구르든 떨어지든 마술을 부리는 것처럼 늘 거기에 있었다. 안전하고 따뜻한 이 감촉을 얼마나 그리워했는지도

기억났다. 밤마다 꿈속에서 아빠의 목소리를 들었던 것도. 지유야,
어야 가자.

"똑똑. 여보세요, 따님. 혹시 주무시나요?"

아빠가 물었다. 지유는 터지는 웃음을 삼키고 대답했다.

"아뇨. 안 자요."

아빠는 몸을 일으키고 앉았다. 지유도 아빠에게 안긴 채로 앉게
됐다. 곧장 되강오리가 눈에 들어왔다. 놈은 바위 위에 올라서서
목을 길게 빼고 울었다. 어우우우…….

"되강오리예요. 저놈은 사람을 무서워하지 않아요."

지유는 몸을 일으키고 섰다. 용기를 내어 바닥에 주저앉아 있는
아빠에게 손을 내밀었다. 아빠는 손을 맞잡더니 끙, 소리 내며 일
어났다.

"저놈 이름이 되강이란 말이지."

되묻는 아빠의 얼굴에 환한 웃음이 떠올라 있었다.

"우리 되강이한테 복수해줄까?"

지유는 환호성을 지르는 기분으로 고개를 끄덕였다.

"아빠가 수를 셀게. 셋에 왁, 하고 뛰어오르는 거야. 하나,
둘…….

셋. 지유는 바위 위로 몸을 날렸다. 왁, 소리를 치며 아빠와 나
란히 착지했다. 놈은 기겁한 비명을 내지르며 1미터쯤 뛰어올랐다
가, 날개를 파닥거리며 물 위로 철퍼덕 떨어져버렸다.

"눈 깔고 꺼져라."

지유는 엄지로 코 밑을 쓱 쓸어 보았다. 엄마 앞에서라면 절대
로 하지 않을 말이요, 행동이었다. '상스러운 짓'이라고 지적할 테

니까.

"그런 건 또 어디서 배웠니?"

아빠가 하하, 웃으며 물었다.

"이모가 가르쳐줬어요."

"이모가?"

"유치원에 저를 바보로 여기는 놈이 하나 있거든요. 선생님이 안 볼 때, 머리카락을 잡아당기고, 치마를 걷어올리고, 발을 걸어서 넘어뜨려요. 이모가 그런 놈한테 쫄면 안 된대요. 못된 짓 하면, 귀싸대기를 냅다 갈겨준 뒤에 그렇게 말하랬어요."

아빠는 좀 전보다 더 큰 소리로 웃어댔다. 무엇이 그리 우스운지는 알 수 없었지만.

"그래서 그렇게 해줬니?"

"아니요."

지유는 눈을 내리떴다.

"이모는 할 수 있다고 했지만요. 제가 강단이 있기 때문이래요."

이모가 가르쳐주기로, 강단은 마음먹은 것을 끝까지 해내는 용기였다. 지유가 생각하기에 자신에겐 없는 것이었다. 머릿속으로 수도 없이 연습을 해봤지만, 막상 닥치면 잘되지 않았다. 가슴이 두근거리고 어지럽고 멀미가 났다. 그러면 아무 짓도 못 하게 된다.

"사실은 아니에요. 저는 성격이 소심해요. 흥분하면 덤벙거리고 덤비고 바보짓을 해요. 모자란 아이 취급을 당하지 않으려면 입 다물고 가만히 있어야 해요. 그 자리에 없는 것처럼요."

아빠의 웃음소리가 그쳤다. 얼굴에서 웃음기도 사라졌다.

"그것도 엄마가 말해준 거니?"

지유는 갑자기 불안해졌다. 아빠의 표정으로 봐서는 해서는 안 될 말을 한 것 같았다. 그럴 땐 대답하지 않는 게 최선이었다. 다행히 아빠는 더 캐묻지 않았다. 그저 이렇게 말했을 뿐.

"이모 말이 맞을 거야."

아빠는 한동안 지유의 표정을 살폈다. 조심스럽고 부드러운 눈이었다. 얼마 후엔 웃음기가 되살아났다. 널 야단치는 게 아니야, 라고 말하는 것 같았다. 고요를 깬 건 퍼덕거리는 날갯짓 소리였다.

지유는 소리 쪽으로 시선을 돌렸다. 물닭 두 마리가 동그란 발자국을 찍으면서 물 위를 내달리고 있었다.

"물닭이에요."

아빠는 아하, 했다. 뭐 좀 아는데, 하듯. 지유는 어깨를 으쓱했다.

"닭은 닭인데 치킨은 아니에요. 새처럼 날아다녀요. 성질이 급해서 저렇게 물 위로 뛰어다니는 거예요."

아빠는 다시 아하, 했다. 안경 뒤편에선 눈알이 대관람차처럼 빙글빙글 돌고 있었다. 아주 익숙한 표정이었다. 언제 봤는지는 정확히 생각나지 않았지만. 분명한 건 아빠가 자신에게 감탄하고 있다는 사실이었다.

"다른 오리도 보러 가실래요?"

지유가 묻자 아빠가 손을 맞잡아왔다. 가자, 하듯. 지유는 아빠를 끌고 반달늪 둘레길을 걷기 시작했다. 아는 오리를 만난 건 길 끄트머리에 도착했을 때였다. 놈은 풀이 우거진 곳에 들어앉아 멀뚱멀뚱하게 지유를 올려다봤다. 용변이라도 보는 것처럼. 지유는 놈이 날아가기 전에 냉큼 아빠에게 알려주었다.

"수컷 원앙이에요."

'개자식'이라는 별명은 가르쳐주지 않았다. 아빠가 기분 나빠할 것 같았다. 사실은 말할 틈도 없었다. 물가 수초 사이에 떠 있는 새 둥지를 봤기 때문이다. 수초와 갈대 줄기를 쌓아 만든 둥지에 연갈색 알들이 모여 있었다. 지유는 개수를 세어봤다. 하나, 둘…….

"다섯 개나 돼요."

아빠는 입술에 손가락을 댔다. 쉿.

"어느 오리네 알인지 알아보자."

아빠는 지유의 어깨를 감싸 안고 갈대 사이에 쪼그려 앉았다. 기다림은 그리 길지 않았다. 되강오리 한 마리가 헤엄쳐 와 알 위로 사뿐 올라앉았다. 저 멀리에선 다른 되강오리가 울고 있었다. 어우우우…….

"엄마가 말해줬는데요. 아빠 되강오리는 멀리 있을 때 비명을 질러서 새끼들한테 말해준대요. 이렇게요."

지유는 입술을 쭉 내밀어 오리 주둥이를 만들었다.

"간다아. 곧 간다아아……."

지유의 목소리는 점점 작아졌다. 실제로 하고 싶었던 말은 그게 아니었다. '아빠는 왜 이제 왔어요?'였다. 아빠는 지유의 속말을 알아들은 눈치였다. 생각지도 못한 약속을 해주었다.

"아빠가 이젠 자주 만나러 올게."

지유는 외가로 돌아가면 이모에게 물어봐야겠다고 생각했다. '자주'라는 말이 며칠 만에 한 번을 뜻하는 것인지. 아빠에게 직접 묻고 싶지는 않았다. 만약 즉석에서 생각해낸 약속이라면, 아빠가 당황할지도 몰랐다. 아빠가 당황하면 자신은 약속이 진심인지 의심하게 될 테고.

"약속해."

아빠가 지유에게 엄지를 내밀었다. 지유는 엄지를 내밀어 아빠의 엄지와 맞댔다. 망설이다 확인을 해봤다.

"만약 아빠가 약속을 잊어버리면 어떡해요?"

"잊지 않아, 절대로."

"잊지 않는다는 말도 잊어버리면요?"

아빠는 빙그레 웃었다. 어쩐지 쓸쓸해 보이는 미소였다. 지유는 골짜기 쪽으로 몸을 돌리고 발아래를 내려다봤다. 아뜩한 풍경이 시야로 덤볐다. 소나무와 큰 바위가 뒤엉킨 골짜기는 어둡고 깊었다. 건너편 산봉우리 사이에는 저녁해가 걸리고, 하늘과 갈대밭과 둘레길과 반달늪 위에는 진홍빛 석양이 내려앉았다. 바람은 쉭쉭 소리 지르며 골짜기 사이를 오갔다. 지유는 아빠를 돌아봤다.

"집에 가요. 늦으면 엄마가 화낼 거예요."

엄마는 저녁 준비를 막 끝낸 참이었다. 아무리 봐도 식사가 아니라 파티 분위기였다. 식탁 위에서 향초가 타고, 파란 화병에 장미 세 송이가 꽂혀 있었다. 식탁 중앙에는 초 하나가 꽂힌 초콜릿 케이크가, 그 옆으로 샐러드 그릇과 빵이 든 바구니, 치즈와 버터, 와인 한 병이 놓여 있었다. 거실 문 쪽 자리엔 와인 잔과 주스 잔이 나란히 놓이고, 주방 안쪽 자리엔 와인 잔 하나만 놓여 있었다.

아빠는 조금 놀란 듯했다. 신발을 벗고 올라서려다 멈칫해서 엄마를 봤다. 엄마는 욕실 방향으로 엄지를 젖혔다.

"두 사람 손부터 씻고 와."

지유는 아빠와 함께 손을 씻었다. 정확하게 말하면, 아빠가 뒤에서 지유의 손을 씻겨주었다. 비누로 문지르고 뽀득뽀득 소리 나게 헹궈주며 물었다.

"예전에 아빠가 이렇게 자주 씻겨줬는데, 기억나니?"

지유는 고개를 끄덕였다. 줄줄이 기억이 났다. 아빠가 함께 욕조에 들어앉아 목욕을 시켜주던 일도. 욕조에 뜬 거품으로 장난을 치던 일도. 그때 퇴근해 돌아온 엄마가 아빠에게 벌컥, 화를 내던 일도. 아마 엄마는 이렇게 소리 질렀을 것이다.

"자기, 애하고 뭐 하는 짓이야?"

지유는 아빠와 나란히 식탁으로 돌아왔다. 엄마가 잔 두 개가 나란히 놓인 자리를 가리켰다.

"자기하고 지유가 그쪽에 앉아."

굴라시 그릇 세 개가 각자 자리에 놓였다. 엄마는 아빠에게 와인 따개를 건네준 후, 케이크에 불을 붙였다.

"첫 번째 부녀 상봉인데 기념사진 찍을래?"

엄마가 아빠의 잔에 와인을 따라주며 물었다. 아빠가 동의하자 엄마는 싱크대 서랍에서 휴대전화를 꺼내서 켰다.

"자, 두 사람 잔 들고, 뺨 맞대고, 치즈."

아빠와 지유는 그렇게 했다. 엄마는 주방 조리대에 등을 기대고 서서 셔터를 눌렀다.

"그림 참 예쁘네."

엄마는 휴대전화를 가지고 식탁으로 돌아왔다. 아빠는 엄마가 내미는 휴대전화를 받았다. 지유도 아빠와 함께 화면 속 사진을 들여다봤다. 두 사람은 행복하게 웃고 있었다. 한 번도 헤어진 적이 없는 것처럼, 다정해 보였다. 등 뒤에선 문들이 입을 벌리고 있었다. 거실도 안방도 불이 꺼져 있어 껌껌한 동굴처럼 보였다.

"자기 핸드폰으로 사진 보내둘게."

엄마가 휴대전화를 한쪽으로 치우며 말했다. 지유는 자신에게
도 휴대전화가 있었으면 좋겠다고 생각했다. 아빠가 보고 싶을 때
마다 사진을 볼 수 있도록. 물론 입 밖에 내어 말하지는 않았다.
엄마가 좋아할 말이 아니었으니까.

굴라시는 맛있었다. 엄마는 평소보다 말이 많았다. 아빠도 기분
이 좋은 것 같았다. 와인 한 병을 혼자 다 비웠다. 그 바람에 식사
가 끝나기도 전에 취해버렸다.

"지유, 그만 올라가서 자야지."

엄마가 말했다. 지유는 순순하게 일어났다. 일찍 자는 게 좋을
것이다. 내일 아침에 일찍 일어나려면. 아빠와 함께 또 반달늪에
가려면. 아빠가 그렇게 말했으니까. 엄마도 그렇다고 확인해주었
으니까.

"그런데 왜 가버렸어요?"

지유는 손끝으로 아빠 인형의 얼굴을 만졌다. 모든 것이 꿈 같
았다. 아빠와 반달늪에 갔던 일도, 되강오리 가족을 봤던 것도, 자
주 오겠다던 아빠의 약속도. 엄마 말대로 아빠는 이제 오지 않을지
도 몰랐다. 작별 인사조차 없이 가버렸다는 건 그런 뜻이 아닐까.

그렇지?

지유는 요망한 생쥐에게 물었다. 매정한 답이 돌아왔다.

그렇지.

지유는 아빠 인형을 손에서 빼 발끝에 내려놨다. 무릎에 턱을
괴고 창밖을 내다봤다. 보름달이 습지 한복판으로 흘러가는 중이

었다. 습지는 달빛을 받아 거대한 호수처럼 반짝거렸다. 검푸르게 일렁이는 갈대밭 안에선 불빛 하나가 움직이고 있었다.

　반딧불이일까. 생각해보니 지금은 여름이 아니었다. 지유는 고개를 쭉 빼고 불빛의 움직임을 지켜봤다. 빛은 하나였다. 샛길을 따라 느릿느릿 움직이는 빛이었다. 점점 멀어지는 빛이었다. 반달늪을 향해 가는 빛이었다.

2장

은호는 뜬눈으로 밤을 보냈다. 아내가 친정으로 가버린 날부터 시작된 불면증이었다. 벌써 닷새째였다. 아침이 되자 결국 사고 회로에 문제가 생겼다. 기억이 나노 단위로 툭, 툭, 끊겼다. 주방에 들어가선 뭘 하러 왔는지 잊어버렸고, 서재로 들어간 후에야 커피를 마시려 했다는 게 기억났는데, 서재에 들어온 이유는 끝내 생각나지 않았다.

욕실에서도 멍청한 짓은 계속됐다. 면도 크림으로 머리를 감고, 클렌징폼으로 이를 닦았다. 놀라 내던진 칫솔이 변기에 꽂혔을 때, 그는 별로 놀랍지도 않은 진실과 조우했다. 자신의 무의식은 생각보다 고상하지 않았다. '열 받는다'와 비슷한 말이 고성으로 튀어나왔다. 아, 씨발…….

왜 또 신경질인데? 자기가 잘못해놓고. 어디선가 아내의 목소리가 들리는 듯했다.

신경질은 그의 '배냇병'이었다. 아내와 결혼하기 전까지는 지적받은 적이 없는 병이기도 했다. 아내에 따르면, 결혼생활을 위협하는 3대 성격 결함 중 하나였다. 노상 지적받다 보니 이젠 언행

하나하나를 자기검열하는 지경에 와버렸다. 이것이 신경질의 범주에 속하는가, 합당한 감정표현인가.

오늘 아침엔 달랐다. 어느 쪽이든 상관없다는 생각이 들었다. 아니, 배냇병의 명분을 얻은 기분이었다. 지나가던 동네 주민이 집 앞 화단만 쳐다봐도, 당당하게 뛰쳐나가 시비를 걸고야 말 것 같았다. 당신, 왜 남의 집을 기웃거리는데?

그는 다시 서재로 들어갔다. 가방에 노트북과 책을 챙겨넣었다. 주말이지만 학교에 나가는 게 낫겠다 싶었다. 기말고사 준비도 할 겸, 시끄럽게 떠드는 머릿속 까마귀도 잠재울 겸, 화단을 쳐다볼지도 모르는 동네 주민도 피할 겸.

집을 나서려고 신발을 신다가 그는 멈칫했다. 아차, 하며 또 서재로 돌아갔다. 밤사이 책상 서랍에 처박아둔 무선전화를 잊고 있었다. 거실에 있는 잭에 전화 플러그를 꽂고 나서, 잊은 게 더 있는지 점검을 해봤다. 네 번째로 서재에 들어가는 일이 없도록 차근차근. 없는 것 같았다.

문밖엔 이른 겨울이 찾아와 있었다. 무쇳빛 하늘이 낮게 드리워지고, 대기는 습하면서 찼다. 난폭한 바람은 화단 나무들을 들이받으며 도로 위를 폭주하는 중이었다. 그의 기분만큼이나 흉흉한 날씨였다. 어제만 해도 햇살이 초가을인 양 다정하더니.

코트를 가지고 나올까. 그는 현관문 앞에 서서 망설였다. 그사이 차량 두 대가 집 앞을 지나갔다. 앞선 차는 택배 트럭, 졸졸 뒤따라가는 차는 청회색 지프였다. 차들이 사라지자 코트 생각도 사라졌다. 귀찮았다. 학교 주차장에서 교무실까지 가는 몇 분 새에 설마 얼어 죽기야 하겠는가.

그는 재킷 단추를 잠그고 현관 계단을 내려가 차고로 향했다. 막 차고문을 열기 시작했을 때, 지프가 다시 나타났다. 빨간 보조 램프를 깜박이며 후진으로, 그것도 차고 앞까지 한 동작에 미끄러져와서 건너편 길가에 멈췄다. 픽업트럭만 한 지프가 마트 쇼핑카트처럼 보이는 순간이었다. 마트 주차장이었다면 오호, 해줄 솜씨였다. 집 앞 도로에 무단주차하려는 거라면 오늘 제대로 걸린 셈이고.

지프 운전석에서 여자가 내렸다. 귀밑에서 잘린 단발머리, 화장기 없는 얼굴, 헐렁한 후드 티셔츠와 검은 레깅스, 운동화. 막 헬스클럽에서 뛰쳐나온 듯한 차림새였다. 치타처럼 날렵해 보이는 여자였다.

여자는 길을 건너왔다. 머뭇대거나 두리번대지 않고 곧장 그를 향해 왔다. 뭘 입고 나갈지 30분씩 고민하느라 남편을 환장하게 만들 일은 없겠다 싶은 여자였다. 오나, 했더니 와 있고 왔네, 하고 보니 그에게 말을 걸고 있었다.

"혹시 111호에 사세요?"

눈 감고 들으면 성 구별이 어려울 목소리였다. 굵고 울림이 깊은 중저음이었다.

"그렇습니다만."

그는 대답했다. 스스로 듣기에도 호의적인 어조는 아니었다. 잠재적 무단주차자에게 호의를 보여줄 기분이 아니었다.

"혹시 차은호 씨인가요?"

여자가 물었다. 그는 답변을 미뤘다. 답하기 전에 추측을 해봐야 했다. 느닷없이 집 앞에 나타나 차은호를 찾는 이 여자가 누구일지. 무언가에 뚜껑이 열려 쳐들어온 학부모는 아닌지.

"아닌가요?"

여자가 다시 물었다. 그는 바람에 얻어맞아 불밤송이가 된 여자의 머리털로 시선을 옮겼다. 학부모는 아닌 듯했다. 고교생의 엄마로 보기엔 좀 젊었다.

"맞습니다만. 누구……."

"신재인입니다."

여자는 그의 말을 자르고 자기 정체를 밝혔다. 그는 순간적으로 당황했다. 처음엔 신재인이 누구더라, 했으나 곧바로 기억이 났다. 지금껏 만나본 적이 없는, '존재한다'는 설만 나도는 아내의 친언니 이름이었다. 그는 처가 거실에 걸린 가족사진을 떠올려봤다. 장인 옆에서 웃고 있던 그 여자가 이 여자인가. 그런 것도 같고 아닌 것도 같았다.

"아……. 예."

대답해놓고 그는 발끝으로 시선을 내렸다. 어떻게 반응을 해야 할지 판단이 서지 않았다. 처음 뵙겠습니다, 해야 할까. 집으로 들어오라, 해야 할까. 둘 다 하는 게 맞겠으나 둘 다 하기 싫었다. 처형이 나타난 이유를 알 것 같아서. 처형을 보낸 아내의 의도가 뻔뻔스럽도록 뻔해서.

아내의 돌연한 친정행은 처음 있는 행사가 아니었다. 화가 날 때 충동적으로 벌이는 시위도 아니었다. 그를 무릎 꿇려야 할 때 꺼내는 영업 밑천 같은 것이었다. 그의 휴대전화엔 사후고지용 문자가 날아들기 마련이었다.

―당분간 아이랑 함께 지낼게.

아이란 그녀와 전남편의 딸을 의미했다. 이혼한 후부터 처가에서 살고 있으니 '아이랑 지내겠다'와 '친정에서 지내겠다'는 같은 말이었다. '당분간'은 '상황이 바뀔 때까지'의 동의어였다. 언제 바뀌느냐는 그가 언제 무릎을 꿇느냐와 관계가 있었다.

지금까지는 그리 오래 걸리지 않았다. 그가 반성문을 쓰고 충성을 맹세하기까지 사십팔 시간을 넘겨본 적이 없었다. 뱰이 꼴리고 아니꼬워도 딴 도리가 없었다. 알아서 기는 게 최선이었다. 눈먼 밀월이 끝났음을 인정하나, 두 번째 결혼만큼은 망치고 싶지 않은 쪽이. 실패가 인생의 패턴이 될까봐 두려운 인간이. 언제나 모든 일에서 가장 쉬운 길을 택하는 자가.

문제는 아내가 영업 밑천을 용돈처럼 쓴다는 데 있었다. 결혼 1년 만에 벌써 다섯 번째였다. 단순한 산술적 계산으로도 10년 차엔 오십 번, 20년 차엔 백 번이었다. 물과 불을 오가는 아내의 성격, 가속도의 법칙까지 감안하면 일상으로 고착될 공산이 컸다. 그의 미래에 지옥이 보장된 셈이었다.

지금 그는 죽을힘을 다해 빌지 않고 버티는 중이었다. 비록 상남자의 삶을 살아온 건 아니었으나, 지옥으로 끌려갈 만큼 천치는 아니었으니까. 당연한 얘기지만 저항에는 대가가 따랐다. 그는 중병을 얻었다. 잠 못 이루는 밤마다 '본때를 보여주마'와 '내가 잘할게' 사이를 오가는 병.

자신을 상대로 일진 놀이를 하는 아내에게 천불이 났다가, 아내를 그렇게 만든 건 밥통처럼 군 자신이라는 자괴감에 빠졌다가,

이러다 정말 이혼해버리는 건 아닐까 불안해하다가, 늦기 전에 처가로 가서 데려와야 한다고 안달하다가, 날이 밝으면 화장실 변기에 앉아 엉덩이를 씰룩거리면서 스러져가는 전의를 어렵사리 되살리곤 했다. 버텨. 아니면 뒈지든가.

그는 자신의 태도 변화를 아내가 못 읽을 리 없다고 생각했다. 처형을 보냈다는 건 아내 역시 초조해한다는 증거였다. 처형은 '차은호의 속내를 알아오라'는 지령을 받았을 것이다. 혹은 사전공작차 왔을 수도 있겠다. 아내가 모양 빠지지 않게 돌아오도록 환영의 꽃길을 깔라고 자신을 압박하기 위해서.

처형의 등판은 꺼져가던 그의 전의에 불을 질렀다. 번번이 아내를 받아주는 처가의 처사가 뒤늦게야 괘씸했다. 이들이 근본적으로 한패라는 핏줄의 진리를 새삼스레 깨달았다. 그의 결심은 강고해졌을 뿐 아니라 한 발짝 더 나아갔다. 이제 아내는 용서를 빌어야 집에 돌아올 수 있을 것이다.

"유나를 만나러 왔는데요. 좀 불러주시겠어요?"

처형이 먼저 용건을 밝혔다. 그의 굼뜬 반응을 참아주기 어렵다는 표정이었다. 그 역시 처형의 가증스러운 언사를 들어주기 힘들었다.

"집에 없습니다. 잘 알고 계실 텐데요."

처형은 슬쩍 턱을 들더니, 광대뼈 아래로 시선을 미끄러뜨려 그를 봤다. 바둑판에 놓인 돌 같은 시선이었다. 움직임도 없고, 감정도 읽을 수 없고, 재수도 없는 상대의 검은 돌.

"제가 뭘 잘 알고 계신지 잘 모르겠습니다만……."

처형은 말을 멈추고 입술을 오므렸다. 다음 말을 찾느라 머릿속이 분주한 기색이었다. 그는 잠자코 기다렸다.

"유나한테 전해주시겠어요. 엄마 떠났으니 지유를 집에 데려오지 말라고."

그는 빙그레 웃고 말았다. 무슨 말인지는 몰라도 소문만큼 머리 좋은 여자는 아닌 것 같았다. 말 한마디 전하자고 인천에서 청연까지 차를 몰고 왔다는 걸 누가 믿을까. 전령사가 필요한 19세기라면 또 모를까.

"용건이 그거라면, 전화로……."

"유나가 전화를 안 받아요."

처형이 두 번째로 그의 말을 잘랐다.

"회사에선 화요일부터 휴가 중이라고 하던데요."

차분한 말투였지만 단어 하나하나에 성난 기분이 배어 있었다. 그는 미소가 가시는 걸 느꼈다. 휴가라니…….

"차은호 씨 휴대전화와 집 전화도 다 꺼져 있고요."

그는 좀 전에야 연결한 전화기를 떠올렸다. 학교 책상 서랍에 들어 있을 자신의 휴대전화도. 깜박 잊고 두고 온 게 아니었다. 지난 화요일부터 의도적으로 그리하고 있었다. 홀로 긴긴 밤을 보내다가 의지가 무너질까봐. 그리하여 납작 엎드린 채 아내에게 전화를 걸게 될까봐. 집 전화를 뽑아서 책상 서랍에 처박아버린 것도 같은 맥락이었다.

"부탁드릴게요."

처형은 그의 대답을 기다리지 않았다. 당연한 얘기지만, 작별 인사도 하지 않았다. 빙글 몸을 돌리더니, 방아깨비처럼 긴 다리로 성큼성큼 길을 건너갔다. 차에 탄 후엔 맹렬한 속도로 후진해서 타운하우스 정문 쪽으로 멀어졌다. 정문 근처 갈림길에 도달하자 한 방에 차를 돌려 그의 시야를 벗어났다. 차로 성질 자랑을 하고 간 셈이었다.

그는 차고로 들어왔다. 운전석에 앉아 처형이 남기고 간 말들을 되짚어봤다. 하나같이 그의 예상을 벗어나는 말이었다. 그중 지유를 집에 데려오지 말라는 말이 가장 신경에 거슬렸다.

주말은 아이들이 모이는 날이었다. 하남에선 그의 아들인 노아가, 인천에선 아내의 딸인 지유가 와서 함께 시간을 보냈다. 예외적으로 이번 주엔 지유가 오지 않기로 돼 있었다. 하남 어머니가 올 예정이었기 때문이다. 그는 다섯 사람이 함께 주말을 보내자고 제안했지만 아내가 거절했다. 지유가 새할머니를 어려워한다고 했다. 따라서 지유는 지금 외가에 있어야 했다.

그렇다고 처형의 말을 헛소리로만 여길 수도 없었다. 그를 찾아올 구실이 필요했다면 말이 되는 이야기를 만들었을 것이다. 그는 처형의 말을 액면가대로 해석해봤다. 장모는 어딘가로 떠났다. 지유를 데려오지 말라고 한 걸로 미루어 아내는 지유와 함께 있을 것이다. 함께 있는 장소는 친정이 아니다.

그는 순간적으로 멍해졌다. 풀스윙으로 뒤통수를 얻어맞은 기분이었다. 운전하는 내내, 같은 질문을 되풀이했다. 아내는 어디에 있는 것인가.

아는 게 없으니 답도 없었다. 공기를 짜봐야 물이 나올 리 없듯. 학교 앞 교차로에 도착했을 무렵, 그는 질문의 순서가 틀렸다는 걸 깨달았다. 먼저 질문을 던졌어야 할 대상은 사라진 아내가 아니었다. 난데없이 나타난 처형이었다. 애당초 이렇게 물었어야 했다.

얼굴도 모르는 처형이 찾아왔다. 이것은 이상한 일인가, 아닌가.

이상한 일이었다. 아내와 처형은 친밀한 자매가 아니었다. 적어도 아내의 구원투수로 나설 만큼은 아니었다. 아내에게 들은 바로도 그렇고, 그가 느낀 바로도 그랬다.

처형은 하나뿐인 동생의 결혼식에도 오지 않았다. 결혼 전은 말할 것도 없고, 결혼 후에도 얼굴을 볼 기회가 없었다. 그와 아내가 처가에 갈 때마다 처형은 부재중이었다. 명절이든 집안 행사든 어김없이. 사유는 대개 야근이나 휴일 근무, 해외 출장 같은 것들이었다. 과연 실존하는 인물인가, 의심이 생길 지경이었다.

물론 장모를 통해 전해 들은 건 좀 있었다. 결혼을 하지 않았다는 것, 언론사 기자라는 것, 장인이 돌아가신 후부터 처가에 들어와 살고 있다는 것. 그 밖의 이야기는 아내에게서 들었다. 대체로 다음과 같은 범주에 넣을 수 있는 얘기들이었다. 신유나와 신재인은 얼마나 안 친한가.

아내는 처형을 언니라 칭하지도 않았다. 일관되게 이름으로 불렀다. 재인이는, 재인이를, 재인이한테, 재인이 때문에……. 가끔 감정이 격해질 땐, 그년.

처형이라고 아내와 감정이 다를까. 다르다 한들, 동생을 위해 제부를 찾아올 만큼 애틋하진 않을 것이다. 그는 본래의 전제를 수정했다.

처형은 아내를 만나러 왔다. 아내는 친정에 있지 않다.

질문이 원점으로 돌아왔다. 아내는 어디에 있을까.

그는 곰곰이 되짚어봤다. 아내가 '친정에 간다'고 명시한 적이 있었던가. 없었다. 아내가 집으로 돌아올 때 늘 지유를 데리고 왔기에 처가에 있었다고 짐작했을 뿐. 그가 처가에 가서 직접 확인한 적도 없었다. 딱 한 번, 아내에게 물은 적은 있었다. 그동안 어디 있었어?

아내의 답은 "집에 있었어"였다. 그는 더 캐묻지 않았다. 아내가 '신경질'의 자매품이라고 명명한 '편집증'처럼 보일까봐. 대신 지유에게 물었다.

"지유, 엄마랑 어디서 지냈니?"

지유는 별 망설임 없이 대꾸했다.

"집이요."

지유가 거짓말을 했을까. 그보다 더 타당한 추측은, 지유의 '집'과 처형의 '집'이 다를 수 있다는 것이었다. 그는 지유에게 집일 수 있는 곳은 어디일지, 따져봤다. 세 개의 집이 나왔다. 첫 번째는 외할머니와 함께 사는 인천 집, 두 번째는 엄마와 새아빠가 사는 청연 신도시 집, 세 번째는 어디에 있는지 모르는 친아빠의 집.

기분 나쁜 깨달음이 그의 머리를 뚫고 갔다. 지유는 첫 번째와 두 번째 집에서 지내지 않았다. 적어도 이번만큼은.

그는 빨간불이 들어온 교차로 신호등을 노려봤다. 어쩌면 매번…….

\#

은호는 휴대전화 통화 버튼을 껐다. 막 스무 번째 신호음이 가는 걸 들은 후였다.

학교에 도착한 후부터, 그는 한 시간 간격으로 집에 전화를 걸었다. 오후 6시가 된 지금껏 받는 사람이 없었다. 아내가 돌아오지 않았다는 뜻이었다. 다음 조처를 해야 한다는 의미이기도 했다.

그와 아내가 계획했던 본래의 일정은 이랬다. 토요일 아침 일찍 둘이서 하남으로 간다. 어머니 집에서 노아와 어머니를 태우고 양평 캠핑장으로 간다. 노아와 축구도 하고 바비큐 파티도 하면서 하룻밤을 지낸 후, 청연으로 돌아온다.

평소 어머니가 청연에 오는 일은 거의 없었다. 노아만 양쪽 집을 왔다 갔다 했을 뿐. 이번에 함께 오기로 한 건 집수리 때문이었다. 집 전체를 손보는 공사라 며칠 지낼 곳이 필요했다. 작업은 월요일부터 시작될 예정이었다. 어머니와 노아는 수요일까지 청연에 머물 예정이었다.

그는 노아와 어머니에게 캠핑 계획을 비밀로 해두었다. 두 사람을, 특히 노아를 놀라게 해줄 요량이었다. 나름 깜짝 이벤트를 기획한 셈이었다. 이제 와 드는 생각이지만, 말하지 않은 게 다행이었다. 미리 알렸다면 어머니에게 욕을 먹는 정도로는 수습이 안 됐을 테니까. 노아에겐 부도수표를 뿌리는 아빠로 남았을 테고.

어쨌거나 오늘 노아는 아빠가 데리러 올 거라 믿었을 것이다. 일주일 내내 주말인 오늘만 기다렸을 테고. 늘 그렇게 하니까. 알면서도 그는 데리러 가지 않았다. 아내가 없는 집에 어머니를 데려올 수는 없었다.

어머니는 아내의 가출 습벽에 대해 모르고 있었다. 모르도록 그가 애써 감춰왔다. 어머니가 알면, 호미로 막을 구멍을 포클레인으로도 막지 못하게 된다. 짧았던 첫 결혼생활로 얻은 교훈이었다. 외통수에 몰린 지금도 이 교훈은 유효했다. 자신과 아내의 일에 어머니가 끼어들게 해서는 안 되었다.

아침나절 그는 수습을 위한 첫 조처로 어머니에게 전화를 걸었다. 장모가 아파서 병원에 왔고, 지금 검사 중이며, 입원을 하게 될지도 모른다는 이유를 들어 저녁 늦게 데리러 가겠노라 말해두었다. 그가 궁리해낼 수 있는 최선의 핑계였다. '오늘 아내가 돌아온다면'이라는 전제가 붙은 핑계이기도 했다.

돌아오지 않은 게 확인된 지금, 그가 취할 수 있는 조처는 두 가지 정도였다. 하나는 아내와 통화를 시도하는 것이었다. 처형의 전화를 받지 않는다고 했지만, 자신의 전화라면 받을지도 몰랐다. 집으로 돌아오도록 설득한다면, 그러니까 예전처럼 백기 투항한다면, 함께 하남으로 갈 수 있을 것이다. 가장 쉽고 합리적인 해결책이었다. 가장 하고 싶지 않은 일이라는 점만 빼면.

자존심 때문이 아니었다. 아내의 가출 병을 잡겠다는 애초의 목표는 처형의 방문으로 폐기처분 돼버렸다. 전화를 거는 일보다 걸고 난 다음 일이 무서웠다. 머릿속에서 무럭무럭 자라고 있는 의심, 아이를 방패 삼아 지금껏 전남편과 만나온 게 아닌가 하는 의심, 아내가 전남편의 집에 있으리라는 의심이 사실로 확인될까봐. 어디 있어, 하고 물었을 때 아내가 최악의 답을 내놓을까봐. 친정에 있어,라고.

비록 아내에게 자발적 복종의 자세로 살아왔으나, 링 밖으로 나가 자신의 뒤통수에 총을 쏘는 짓까지 받아들일 만큼 그는 물러터지지 않았다. 아마도 그가 가장 두려워하는 일이 일어날 공산이 컸다. 바로 아내를 포기하는 일이었다.

그런 일이 지금 당장 일어나서는 안 되었다. 일어난다면, 월요일 이후가 돼야 했다. 그는 두 번째 해결책을 택했다. 어머니에게 다시 전화를 걸어서 준비한 대사를 늘어놨다. 장모가 결국 입원을 해서 아내가 옆을 지켜야 하고, 자신은 일이 있어 학교에 나와 있으며, 그 바람에 오늘 하남에 가기는 어렵겠노라고.

"네 장모한텐 딸이 하나뿐이니?"

묻는 어머니의 음성에서 칼칼한 쇳소리가 났다. 그는 수화기 건너편 풍경을 어렵잖게 상상할 수 있었다. 등을 꼿꼿이 세우고 앉은 어머니의 자세부터, 입꼬리가 일그러지기 시작한 표정까지.

"처형이 해외 출장을 가서요."

"그렇다고 너까지 못 오니?"

그는 필사적으로 둘러댔다.

"저는 내일 아침에 갈 데가 있어요. 석사 논문 문제로 교수님과 미팅이 잡혀서."

"그으래?"

어머니의 목소리가 두 옥타브쯤 내려갔다.

"그 교수 정말 참된 스승이구나. 일요일 아침에 제자를 위해 미팅도 해주시겠다니."

그는 아차, 했다. 내일이 일요일이란 걸 간과한 자신의 머리를 매우 치고 싶었다. 그의 통제를 벗어난 입은 아무 말이나 막 내뱉고 있었다. 꼬장꼬장한 데다 할 일까지 없는 분이라 아무 때나 부른다는 둥. 부르는데 안 가면, 지금껏 해온 작업이 허사가 될 거라는 둥. 교수님 댁이 안성이라 이동 시간이 길어질 거라는 둥…….

"하남엔 5시나 돼야 도착할 것 같아요."

"저녁 5시 말이냐?"

마침내 분노에 찬 어머니의 일성이 터졌다. 기나긴 연설이 시작됐다. 일요일 저녁에야 데리러 와서 뭘 어쩌겠다는 거냐. 아빠가 데리러 오지 않는다고 노아가 오늘 얼마나 풀 죽어 있었는지 아느냐, 애가 불쌍하지도 않으냐, 한 번이라도 아빠 노릇을 제대로 해봤느냐, 언제까지 내가 네 아들을 키워줘야 하느냐…….

그는 눈을 감았다. 흥분한 어머니의 침이 휴대전화를 뚫고 나와 귀를 축축하게 적시는 기분이었다.

"너, 네 처랑 결혼할 때 뭐라고 약속했니? 이제부턴 네가 노아를 키우겠다고 하지 않았니?"

어머니의 공세는 단골 레퍼토리로 접어들었다. 최소 한 시간짜리였다.

"저기 엄마, 잠깐만."

그는 다급하게 어머니의 말을 끊었다.

"진우가 지금 저녁 먹으러 가자고 기다려서……."

노상 써먹는 수법을 동원해 전화도 끊어버렸다.

"내가 이따 다시 전화할게."

그는 휴대전화를 책상에 내려놨다. 귀가 윙윙 울고 있었다. 책상에 놓인 노트북이 두 개로 보였다가 세 개로 보였다가 했다. 급기야 헛소리까지 들렸다.

"뭐 하냐. 나 기다리고 있는데."

움찔해서 그는 고개를 들었다. 진우가 옆 책상에 엉덩이를 걸치고 앉아 그를 내려다보고 있었다. 귀신을 본 기분이었다.

"금방 나 밥 사준다고 하지 않았냐?"

진우는 자동차 키를 던졌다 받았다 하며 히죽거렸다. 이 시간에 웬일이냐, 물으려다 그는 휴대전화를 내려다봤다. 통화 내용을 어디까지 들었을까. 어머니한테 구질구질하게 변명하는 꼴을 다 봤을까. 알아내자면 직접 묻는 수밖에 없었다.

"언제 왔어?"

"어머니한테 나 팔아먹을 때."

잊고 간 것이 있어 잠깐 들른 참이라 했다. 진우는 손에 쥔 닌텐도를 흔들어 보였다. 요사이 틈날 때마다 주물럭거리는 반려 도구였다. 풍문에 따르면 청연고의 유일무이한 총각 선생 김진우는 '모여봐요, 동물의 숲'에서 외로운 밤을 달래는 모양이었다.

"근데 뭘 먹여줄 생각이신가?"

진우가 물었다.

"일단 나가자."

그는 노트북을 가방에 넣으며 대답했다. 3초쯤 더 생각한 후, 휴대전화를 집어 재킷 주머니에 넣었다. 내일엔 필요해질 물건이었다.

바깥은 이미 어두워져 있었다. 그는 텅 비어 있을 집을 떠올렸다. 지난 나흘 동안 반복했던 질문이 뒤따라왔다. 오늘 밤, 아내가 돌아올까. 돌아온다면 감정적 충돌을 피할 수 없을 것이다. 돌아오지 않는다면 또 머리 뚜껑이 열릴 테고. 둘 다 맨정신으로 감당하기 싫은 상황이었다. 그는 물었다.

"밥 대신 술이나 한잔할까?"

진우는 생각하는 시늉도 하지 않고 바로 동의했다. 30분 후엔 정인동 카페거리에 있는 한 이자카야에 앉아 있었다. 적당히 사람이 많고, 적당히 시끄럽고, 적당히 편안한 분위기였다. 더하여 말없이 술만 마셔도 불편하지 않은 상대가 함께 있었다. 소주 두 병이 삽시에 사라졌다. 술이 아니라 물을 마신 것처럼 취하지도 않았다. 두통이 감지되지 않을 만큼 감각이 둔해졌을 뿐.

"2년도 더 됐지?"

진우가 물었다. 밑도 끝도 없는 말이었다. 그는 술잔을 입에 댄 채 눈으로 물었다. 뭐가?

"너랑 둘이 술 마시는 거."

얼굴이 확, 달아오르는 기분이었다. 귀 뒤쪽은 벌에 쐰 것처럼 따끔따끔했다. 그는 술을 한입에 털어넣었다.

진우는 그의 고교 시절 친구였다. 같은 해에 같은 학교로 발령받은 직장 동기이기도 했다. 각자 다른 대학에 진학하면서 소원해졌다가, 선생이 되어 만난 후 고교 시절로 회귀한 사이였다. 같은 헬스클럽에 다니고, 함께 야구를 보러 가고, 노아를 만나러 본가에 함께 가고, 노아를 데리고 바다로 여행을 가기도 했다.

관계에 변화가 생긴 건 아내와 연애를 시작한 후부터였다. 심적 변화가 아닌 행동 방식에 국한된 변화였다. 학교에선 여전히 친했지만 학교 밖에선 만나지 않았다. 탓하는 건 아니지만 아내가 진우와 어울리는 걸 싫어했다. 덩치만 큰 허풍쟁이에, 눈치라곤 쥐똥만큼도 없고, 술만 마시면 동면 곰이 된다는 이유로.

"한 잔만 더 하자."

그는 호출 벨을 눌러 종업원을 불렀다. 진우는 손목시계를 흘끔 보더니 물었다.

"제수씨한테 전화 안 해도 돼?"

"돼."

"그래도 늦겠다고 연락은 해줘야 하는 거 아냐?"

그는 탁자에 올려놨던 휴대전화를 가방에 넣어버렸다. 그만하라는 뜻이었으나 진우는 개처럼 물고 늘어졌다.

"주말인데. 집에서 안 기다려?"

글쎄, 어느 집에서 기다릴까. 후회할 말이 튀어나올 것 같아 그는 입을 다물었다. 때늦게 취기가 오르는지 온몸이 뜨거워지고 있었다. 시야는 기우뚱하게 틀어졌다.

"싸웠냐?"

진우의 어조에서 의뭉한 기대감이 읽혔다. 부부싸움 무용담이라도 듣고 싶은 모양이었다. 그는 다가오는 종업원을 향해 빈 소주병을 흔들어 보였다.

"잘해라. 잘못하면 자다 간다."

진우는 말해놓고 혼자 킬킬거렸다. 묘하게 신경을 긁는 말이었다. 녀석은 작년에도 똑같은 말을 한 적이 있었다. 그땐 술집이 아닌 결혼식장이었다. 세상을 다 가진 기분이었기에 오지랖 정도로만 들었다. 기분이 엿 같은 지금은 악질적인 농담으로 들렸다. 그는 입술만 움직여 상응하는 답을 들려주었다. 미친 새끼, 뭐래?

"신경 쓰여서 그러신다."

진우는 킬킬대는 걸 그만두고 그를 정면으로 쳐다봤다. 진지하게 살피는 표정이었다.

"명색이 내가 중매쟁이 아니겠냐."

중매쟁이는 아니나 멍석은 깔아줬으니 완전히 틀린 말은 아니었다. 본의는 절대 아니었겠지만. 그도 진지하게 대답했다.

"신경 꺼라."

진우와 헤어진 건 그로부터 두 시간 후였다. 녀석은 동면 곰 상태로 대리기사에게 실려 갔다. 그도 대리기사를 불러놓고 차 옆에 서서 시간을 보냈다. 그사이 눈발이 날리기 시작했다. 때 이른 첫눈이었다. 바람을 타고 몰아치는 진눈깨비였다. 체감상 영하 10도는 될 것 같았다. 숨을 쉴 때마다 콧날이 찡하고 울었다. 와중에도 얼굴은 확확 달아올랐다. 배 속도 느글느글했다. 머릿속에선 부질없는 질문이 노랫가락처럼 맴돌았다.

아내와의 결혼으로 뭘 감당해야 하는지 미리 알았다면, 그래도 결혼했을까.

했을 거라고 그는 생각했다. 아내한테 미쳐 있던 때니까. 아니다. 처음부터 미쳐 있었다. 그것도 아주 단단히.

3년 전 이맘때였다. 은호는 전처 윤희의 소식을 들었다. 이혼하자마자 유학을 가더니, 가자마자 근본 없는 텍사스 촌놈과 결혼해버렸다고 했다. 통역사 일을 할 때 알고 지내던 친구였다고 했다. 어깨너머로 들은 풍문이 아니었다. 노아와 함께 백화점에 나갔다가 우연히 마주친 윤희의 엄마에게 들었다. 노아가 계모 손에서 자랄 걸 생각하면 가슴이 아프다는 어리둥절한 눈물 바람과 함께.

'네 아들이니 네가 키우라'고, 윤희가 노아를 두고 떠난 지 2년 만이었다. 아직 이혼 서류에 잉크도 마르지 않았을 때였다. 당연히 축복할 마음은 생기지 않았다. 축복은커녕, 딱 집어 설명할 수 없는 이유로 화병이 났다. 머릿속에선 망상이 싹텄다. 결혼해 살면서도 그놈과 만났던 거구나. 그놈과 살려고 이혼하자고 했구나. 자유를 찾아간다더니, 그놈 이름이 자유였구나…….

그의 이성은 당장 망상을 멈추라고 명령했다. 비염 환자한테 코를 풀지 말라는 말이나 같았다. 약이 필요했다. 망상이 자신의 신세를 조질 재목으로 성장하기 전에 싹을 말려버릴 약. 옛 아내의 인생보다 자신의 인생에 집중하게 해줄 묘약.

그는 바이칼 호수에 가기로 마음먹었다. 깊이 고민해서 결정한 건 아니었다. 혼자 소주를 들이켜며 영화를 보다가 결심한 일이었다.

〈웨이 백〉이라는 영화였다. 시베리아 수용소를 탈출한 자들이 영하 50도의 눈보라를 뚫고 6500킬로미터를 걸어서, 그 빌어먹을 놈의 '자유'를 찾아가는 이야기였다. 그들의 기나긴 여정에 바이칼 호수가 등장했다.

그는 진우에게 함께 가자고 말했다. 녀석은 물었다.

"왜 하필 바이칼 호순데?"

표정을 보아 하니 썩 끌리지 않는 것 같았다. 그는 차마 전처한 테 열 받아서,라고 실토할 수가 없었다. 대신 영화 이야기를 들려주었다. 진우는 영화를 보고 난 후 태도를 바꾸었다. 모종의 계시를 받은 눈치였다. 겨울방학이 시작되자마자 가자고 했다. 나아가 적극적으로 계획을 짜기 시작했다. 계획을 짜는 사이, 만국의 여행자들이 예외 없이 앓는다는 '기왕병'에 걸렸다.

기왕 가는 거, 러시아 최남단인 블라디보스토크에서 출발하자고 했다. 3박 4일 동안 시베리아 횡단 열차를 타고 가면 이르쿠츠크라는 도시에 도착하고, 바이칼 호수는 거기에서 금방이라고 했다. 다음날엔 기왕 횡단 열차를 타는 거, 전 구간을 타야 한다고 주장했다. 다음날엔 기왕 나선 거, 바이칼 호수에서 몽골로 넘어가자고 제안했다. 다음다음날엔 고비사막 트래킹도 추가하자고 꼬드겼다. 며칠 더 지나면 영화의 주인공들이 간 길을 모조리 밟아볼 기세였다. 그는 최종목적지를 횡단 열차 종착역으로 못 박았다.

"모스크바까지만 가."

여행 기간은 18일로 잡았다. 그중 순수하게 기차를 타는 기간만 7박 8일이었다. 사소한 일들은 진우가 도맡았다. 정보를 수집하고 일정과 루트를 짜고 기차표와 호텔을 예약하는 일 등등. 그는 주로 듣기, 반대하기, 제동 걸기 같은 어려운 일을 했다.

이듬해 1월, 그는 진우와 블라디보스토크로 출발했다. 공항에 도착했을 땐 이미 해가 진 후였다. 소도시 버스터미널만 한 공항이었으나 사람은 인천공항만큼 많았다. 입국장과 출국장, 짐 찾는 곳과 면세점 등이 분리돼 있지 않아 더 북새통이었다. 그 틈바구니를 뚫고 들어가 가방을 찾은 후, 진우는 화장실로 내달렸다.

"대기석에서 기다려."

그는 대기석에 앉아 26리터짜리 배낭 두 개를 지켰다. 지키는 내내 누군가에게 정신적 고문을 당했다. 맞은편 의자에 앉아 휴대전화 유심칩을 바꾸고 있는 여자였다. 한국인이었다. 모자, 털장갑, 머플러 등과 함께 무릎에 올려놓은 초록색 여권이 그렇다고 말해주었다.

여자의 얼굴은 볼 수가 없었다. 유심칩에 눈을 처박고 있는 데다 길게 풀어 내린 생머리가 커튼처럼 얼굴을 가리고 있었다. 보이는 거라곤 검은 롱 패딩과 바지, 부츠, 오른손에 감긴 붕대뿐이었다. 자세히 보니 검지에는 깁스까지 하고 있었다. 맥주병에다 주먹질이라도 해댄 사람처럼.

그는 여자가 오른손잡이라고 단정 지었다. 왼손잡이라면 다친 손 엄지와 중지로 유심칩을 끼우는 시도는 하지 않을 테니까. 간단하지만 정밀한 손동작을 요구하는 작업의 특성상, 중지로는 쉽지 않았다. 끼우는 건 고사하고, 트레이 안에 칩을 안착시키는 일도 제대로 해내지 못했다. 낮술이라도 한 건지 칩을 잡은 손끝이 바들바들 떨리기까지 했다. 그 바람에 번번이 칩이 손에서 빠져나갔다.

보조 역할을 맡은 왼손은 다른 이유로 시선을 빼앗았다. 정신을 홀리는 손이었다. 하얗고, 길고, 가늘고, 손톱까지 나긋나긋해 보이는 비현실적인 손이었다. 감촉도 보이는 것만큼 나긋나긋할까, 궁금해지는 손이기도 했다.

다른 볼거리도 없고 해서, 그는 여자의 손을 계속 지켜봤다. 왼손에 홀리고, 오른손에 응원을 보내면서. 실패가 거듭되자 가슴이 갑갑해져왔다. 급속도로 감정이입이 되면서 지켜보기가 점점 불편해졌다. 안 보면 그만이나, 안 보고 싶지 않았다. 해피엔딩을 보고야 말겠다는 강박에 눌려 눈을 뗄 수 없었다. 급기야 유심칩이 손톱 끝에서 튕겨나가버렸을 땐, 버럭 소리를 지를 뻔했다. 아, 진짜…….

신비롭게도 휴대전화의 주인은 평정심을 잃지 않았다. 무릎에 올려둔 물건들을 사부작사부작 집어서 옆에 내려놓더니, 벤치 밑에 쪼그려 앉아 쏟아져내리는 머리칼을 아픈 손으로 거머쥐고, 의자 밑으로 얼굴을 들이밀어 칩을 찾기 시작했다. 때마침 진우가 화장실에서 돌아오지 않았다면, 그는 머리칼을 대신 잡아주겠다고 나섰을지도 모른다.

"뭘 그렇게 봐?"

진우는 그의 시선을 따라 여자 쪽으로 고개를 돌렸다. 아마도 눈에 띈 건 롱 패딩과 함께 허공으로 들린 여자의 엉덩이였을 것이다. 배낭을 들쳐 메면서 고개를 절레절레 흔든 걸 보면. 혀 차는 소리를 들은 것도 같다. 변태 같은 놈…….

진우는 출구를 향해 걷기 시작했다. 그는 따라가면서도 관심을 끄지 못했다. 칩을 찾았는지 궁금해서 미칠 지경이었다. 공항 문을 나서기 직전, 기어코 뒤를 돌아보고야 말았다. 여자의 몸은 벤치 밑으로 반쯤 들어가 있었다. 이제 목까지 갑갑해왔다.

공항 밖엔 말로만 듣던 겨울왕국이 대기 중이었다. 어둡고 음산한 거리로 폭풍에 가까운 눈보라가 휘몰아치고 있었다. 공항 벽에 붙은 전광판이 알리는바, 영하 24도였다. 횡단 열차를 탄 다음 날 밤엔 영하 27도. 광막한 설원과 끝없는 자작나무 숲과 얼어붙은 강을 건너 하바롭스크역에 도착했을 땐 영하 32도였다.

수정된 시각으로 아침 8시 30분이었다. 창밖에는 동이 터오고 있었다. 역사 주변 공장 굴뚝들은 잿빛 연기를 내뿜고, 연기 뒤편으로 칙칙한 건물들이 건너다보였다. 큰 도시 같았다. 내내 먹통이던 휴대전화가 다시 작동됐다. 바깥에선 쿵쿵대는 소음이 들리기 시작했다. 승무원이 쇠막대로 기차 바퀴에 붙은 얼음을 떼어내는 소리였다. 기차는 50분간 머물 예정이었다.

진우는 아직 동면 곰 상태였다. 전날 저녁 보드카 한 병을 비운 이후부터 쭉 의식불명이었다. 그는 패딩을 걸치고 방을 나섰다. 딱히 갈 곳이 있었던 건 아니다. 신선한 공기가 그리웠을 뿐. 복도 창가에는, 몇 번 눈인사를 나눈 러시아 할머니가 서 있었다. 창문에 눈을 딱 붙이고 뭔가를 열심히 보는 중이었다. 그는 할머니 옆으로 가서 섰다. 뭘 그리 보는지 궁금해서.

여자였다. 털모자와 마스크와 머플러로 얼굴을 중무장한 여자. 여자는 뿌연 눈보라 속에서 사진을 찍고 있었다. 휴대전화가 아닌 1회용 카메라였다. 주변 풍경을 찍는 듯했다. 몸이 공장 굴뚝과 끝없이 뻗어간 철길과 역사를 거치며 시계 방향으로 돌고 있었다. 이윽고 여자의 몸이 그가 있는 기차 창문과 정면으로 마주 서는 순간이 왔다. 그는 그녀가 누군지 단숨에 알아차렸다. 카메라를 쥔 손에 붕대가 감겨 있었다. 같은 기차에 탄 모양이었다.

유심칩을 찾았을까. 궁금증이 되살아났다. 혼자만 아는 연예인을 공중화장실에서 만난 것처럼 공연히 반가웠다. 공항에서 그랬듯, 본격적으로 그녀를 지켜보기 시작했다. 죄책감은 느끼지 않았다. 누군가를 몰래 보는 습성은 사냥감을 엿보던 사바나 시절의 선조가 물려준 위대한 유산 아니겠는가.

잠시 후, 어쩌면 잠시가 두 번쯤 지난 후, 큼직한 가방을 든 아주머니가 그녀에게 다가갔다. 두 사람은 마주 서서 무어라 말을 주고받았다. 아주머니는 가방에서 투명한 비닐봉지를 꺼냈다. 빵봉지 같았다. 그녀는 왼손을 패딩 주머니에 넣어 동전으로 보이는 것을 한 움큼 꺼냈다.

유심칩에 버금가는 고문이 다시 시작됐다. 그녀는 카메라를 쥔 오른손 중지로 왼손 바닥에 놓인 동전들을 하나씩 밀어 아주머니의 손에 떨어뜨렸다. 사부작사부작, 동작이 어찌나 한가로운지 그는 또 소리를 지르고 싶은 심정이 됐다. 그냥 알아서 집어 가라고 해.

"뭘 그렇게 열심히 봐?"

등 뒤에서 진우의 목소리가 울렸다. 돌아보자 막 잠에서 깬 얼굴로 객실 문턱에 서 있는 녀석이 눈에 들어왔다. 그는 뭘 봤다고 말할 수가 없었다. 녀석이 곁에 다가와 섰을 때, 그녀는 거기에 없었다. 조금 걱정스러웠다. 동전 고문에 열 받은 빵 장수 아주머니가 끄덩이를 잡아채서 끌고 가버린 게 아닌가, 싶어서.

이후 기차가 정차할 때마다 그는 창가로 달렸다. 그녀는 나타나지 않았다. 눈보라 치는 야밤에, 바이칼호 서쪽 도시인 이르쿠츠크역에 내릴 때까지도.

바이칼 호수로 출발한 건 이튿날 아침이었다. 호텔 직원에 따르면 아주 가깝다고 했다. 그는 몰랐다. 러시아의 '가깝다'와 한국의 '가깝다' 사이엔 우주 하나가 존재한다는 걸. 구워 죽일 것처럼 히터를 틀어대는 버스로 댓 시간씩 설원을 달려가야 했다. 이어 호버 크래프트라는 보트를 타고 얼어붙은 바이칼 호수를 건넜다. 다음엔 선착장에 대기 중이던 옛 러시아 군용차로 알혼섬을 가로질렀다. 목적지인 후지르 마을에 도착했을 땐 빨간 해가 호수를 향해 기울고 있었다.

호텔에 짐을 풀자마자 진우는 구글 지도를 열었다. 호텔 근처에 '샤먼 록'이라는 기가 센 바위가 있다고 했다. 해가 호수 건너편 산등성이에 닿을 때 소원을 말하면, 바위 신이 귀담아들어준다고 했다. 전 세계 무당들의 성지라고도 했다. 긴 이동으로 피곤했으나 동네 산책 거리라는 말에 따라나섰다.

미끄럽고, 가파르고, 크레바스가 입을 벌린 얼음과 눈의 언덕을 몇 개씩 넘어갔다. 동네 산책이라더니 지구를 한 바퀴 돌 기세였다. 해 질 녘이라 그런지 인적도 거의 없었다. 이래서야 해 지기 전에 닿을 수 있을까, 종종 깡통처럼 구는 구글 지도를 믿어도 될까, 호텔로 돌아갈 수는 있을까? 온갖 회의가 몰려들 무렵 그는 무언가를 봤다. 알록달록한 천들을 솟대 같은 기둥에 감아놓은 관문이었다.

"저기인가 보다."

진우가 관문 너머로 치솟은 검은 암벽을 가리켰다. 날카롭게 쪼개진 거대 바위들이 서로 몸을 얹고 군집을 이룬 형상이었다. 암벽 아래쪽은 크고 작은 바위와 돌무더기, 돌탑들로 에워싸여 있었다. 때문에 그것도 처음엔 가느다랗고 작은 바위려니 했다. 가까이 가서 본 후에야 사람이라는 걸 알았다.

여자였다. 팔짱을 낀 채 샤먼 록을 향해 우두커니 서 있는 여자. 몸에 붙은 건 죄다 검은색이었다. 닥터 지바고의 라라가 썼을 법한 털모자와 털모자 아래로 빠져나온 긴 머리칼, 머플러, 롱 패딩, 부츠, 심지어 여자 앞에 쌓인 돌탑까지 검었다.

납작한 검은 돌을 네 개씩 두 줄로 쌓아 올린 탑이었다. 누군가를 추모하는 탑인 듯했다. 돌 틈새에 금방 꺾은 듯한 나뭇가지와 타고 남은 향 꼬투리들이 박혀 있었다. 바람이 세찬데도 주변엔 희미한 향내가 떠돌았다.

그는 걸음을 멈췄다. 더 접근해서 오해를 사고 싶지 않았다. 길거리라면 상대를 추월해 갈 수도 있겠지만, 인적 없는 호수에선 그게 불가능했다. 댁한테 아무 관심도 없다는 의사를 표명하는 차원에서, 그는 몸을 돌리고 호수를 내려다봤다.

핏빛 해가 지상을 향해 강하하는 중이었다. 하늘은 자줏빛 노을로 뒤덮여 있었다. 호수와 맞은편 산등성이, 넘어온 언덕들도 노을의 붉은 잔광을 입었다. 산 그림자가 드리워진 수평선에선 검은 지프 한 대가 눈보라를 일으키며 내달리는 중이었다.

그는 저 광막한 빙원 아래에 도사린 원시의 호수를 떠올려봤다. 맑고, 깊고, 푸른 물속에 갇히는 상상으로 자연스레 이어졌다. 으스스한 나머지 몸서리가 났다. 찰칵, 소리가 울린 건 바로 그때였다. 반사적으로 뒤를 돌아봤다. 진우가 여자 옆에 서서 샤먼 록을 찍고 있었다. 여러 각도에서, 거리를 바꿔가며 찰칵, 찰칵…….

아마도 소리가 신경 쓰였을 것이다. 여자가 진우를 돌아봤다. 진우는 잠시 여자를 마주 보더니 물었다.

"혹시, 나 모르겠어요?"

여자 옆으로 한 발짝 더 다가서며 덧붙였다.

"나는 그쪽 알 것 같은데."

그는 낯이 간지러웠다. 저놈이 미쳤나, 했다. 한국도 아닌 시베리아까지 와서 수작질이라니. 여자는 대꾸 없이 몸을 돌렸다. 그 바람에 그와 두어 발짝 거리를 두고 마주 서게 됐다. 본의 아니게 퇴로를 가로막은 셈이었다.

여자는 턱을 들어 그와 눈을 맞췄다. 때를 맞춰 바람이 방향을 바꾸면서 그녀의 얼굴에서 머리칼을 걷어냈다. 노을의 후광은 그녀의 눈동자를 적갈색 생명체로 바꿔놓았다. 넌 또 뭐야?라고 물어오는 생명체. 겁먹은 것 같기도 하고, 짜증 내는 것 같기도 한 생명체. 그의 얼굴을 구석구석 더듬어 살피는 의심 많은 생명체.

어느 유명 헬스 유튜버가 주장한 '미인론'이 기억나는 순간이었다. 세상에는 두 종류의 미인이 있다고 했다. 인류가 보편적으로 지지하는 범용 미인. 꽂힌 자에게만 추앙받는 전용 미인. 그 기준을 적용하면 그녀는 후자에 부합했다. 그는 복부 근육이 팽팽하게 조여드는 걸 느꼈다.

비켜줄래, 하듯 그녀가 눈을 한 번 깜박거렸다. 그는 공손하게 눈을 내리뜨고 옆으로 비켜섰다. 시야가 그녀의 허리 아래로 바뀌면서 그녀의 오른손이 눈에 들어왔다. 붕대가 감겨 있었다. 반박자 늦게 깨달음이 왔다. 유심칩과 동전으로 자신을 고문하던 여자와 세 번째 만난 것이었다. 생각지 못한 장소에서, 예상치 못한 방식으로.

"서울에 있는 동아대 다니지 않았어요?"

그녀의 어깨 뒤에서 훼방꾼이 물어왔다.

"노문학과 05학번, 신유나 씨."

그는 허를 찔린 기분이었다. 수작이 아니라 정말로 아는 여잔가, 싶어서. 그녀는 진우 쪽으로 서서히 시선을 돌렸다. 그를 홀린 적갈색 눈동자는 시선의 움직임을 따라 명료한 감정을 드러냈다. 그 눈은 이렇게 묻는 것 같았다. 나를 아는 네놈은 대체 누구냐.

"유나 씨 맞네. 혹시 잘못 봤나 했는데."

진우는 빙그레 웃었다. 경계하지 말라는 미소 같았으나 잘 먹히지 않았다. 그는 그녀의 등이 굳어지는 걸 느낄 수 있었다. 두꺼운 패딩을 뚫고 나오는 확연한 긴장이었다.

"기억 안 나요? 우리 전에 만난 적 있는데."

진우는 말을 멈추고 그녀의 표정을 살폈다. 그녀는 다음 말을 기다리듯 진우를 물끄러미 바라봤다.

"지운이 이사 가던 날, 유나 씨 집에서. 커피도 얻어 마셨잖아요."

그녀의 시선이 진우의 얼굴을 지그재그로 횡단했다. 노을빛 눈동자 위로 여러 표정이 떠올랐다가 사라졌다. 전체 해독은 무리가 있었지만 마지막 표정의 의미는 명확했다. 아아…….

"누군지 알겠어요."

그녀가 입을 열었다. 귀 밖으로 고막을 끄집어내야 들릴 법한 목소리였다. 말끝이 떨려 불안감마저 안기는 음성이었다.

"생물학과 김……."

"진우."

진우는 손가락 하나로 눈썹 경례를 붙여 보였다. 이후 상황은 허탈할 만큼 쉽게 흘러갔다. 삼십대 중반이 돼서 만난 두 대학 동창은 어색하게 반가워하다가, 좀 더 자연스럽게 반가워할 수 있는 술집으로 향했다. 그는 둘을 뒤따라갔다. 가는 동안, 그들의 대화에서 확인했거나 추측 가능했던 정보는 이런 것들이었다.

그녀는 그날 오후에 알혼섬에 도착했다. 혼자 여행 중이다. 현재 아버지가 경영하는 회사에서 일을 배우고 있다. 추모 돌탑은 그녀의 작품이 아니다. 진우는 대학 시절 지운이라는 남자와 그녀의 집에서 커피를 얻어 마신 적이 있다. 그들은 학번과 나이가 같다. 고로 자신과도 동갑내기다.

진우는 숙소 옆에 있는 선술집으로 그녀를 데려갔다. 간단한 식사도 함께 파는 곳이었는데 사람이 많았다. 음악마저 시끄러웠다. 입구 쪽 빈자리에 앉은 후, 그녀가 진우에게 말했다.

"그런데 곁에 동행이 계시네요?"

진우는 그제야 그걸 기억해낸 것처럼, 눈을 동그랗게 떴다. 마지못한 말투로 '왕년엔 문학소년, 현재는 이혼당한 국어 선생'이라는 말로 그를 소개했다. 농담 같았으나 명백한 견제구였다. 그것도 빈볼이었다. 그는 일격을 당한 후유증으로 약 5초간 멍해 있었다. 그녀는 그에게 시선을 둔 채로 진우에게 물었다.

"그럼 진우 씨는요?"

"나? 나야 인생 전체를 발정기로 살아가는 자유로운 짐승입니다만, 유나 씨는?"

진우가 되물었다. 그녀의 눈이 눈썹달처럼 가늘게 구부러졌다.

"이혼했어요. 일주일 전에."

짧은 순간, 진우가 숨을 멈췄다. 제 혀라도 삼킨 것 같은 반응이었다. 이혼이라는 사건에 놀란 건지, 일주일 전이라는 시간에 놀란 건지는 분명치 않았지만. 그로 말하자면, 빈 골대라는 부분에 밑줄을 그어두었다. 일주일 전이냐 일 년 전이냐는 문젯거리가 아니었다. 현재 골키퍼가 없다는 점이 중요하지.

"아…… 간 떨어질 뻔했네."

진우의 때늦은 대꾸에 그녀는 웃기 시작했다. 이를 환하게 드러내고 깔깔 소리 내어 웃었다. 이번엔 그가 숨을 멈췄다. 그녀의 웃음소리가 어찌나 가볍고 매끄러운지, 새털이라도 삼킨 것처럼 배 속이 간질간질했다. 여파로 뒷덜미 털이 바짝 섰다. 웨이터가 오지 않았다면 다리털까지 곤두섰을지도 몰랐다.

"우리 뭐 마실까?"

진우가 그에게 물었다. 그는 딴짓을 하느라 대답할 수 없었다. 새털의 간지러운 질감을 배꼽에 간직해두는 일. 대답은 그녀가 했다.

"보드카."

술은 보드카로 통일됐다. 식사는 제각각으로 골랐고, 웨이터에게 전달한 건 그녀였다. 그녀에게 두 번 놀란 순간이었다. 우선 능숙한 러시아어에 놀랐다. 설마 이 여자 직업도 통역사인가 싶어서. 시끄러운 술집에서 목소리를 키우지 않고 의사전달을 하는 능력에도 놀랐다. 웨이터는 그녀 쪽으로 몸을 기울이고 왼쪽 귀를 갖다 바치는 자세로 주문을 받았다.

"모스크바로 유학 갔다는 소문은 들었는데, 진짜였나 보네. 원어민 같아요."

웨이터가 퇴장한 후, 진우가 말했다. 그녀는 농담처럼 받아넘겼다.

"나한테 관심 있는 사람 많네."

둘은 시시콜콜한 이야기를 주고받았다. 사실 주고받았다기엔 비율의 차이가 컸다. 진우가 서너 마디 말하면, 그녀는 한마디로 답했다. 주어나 종결어미를 쓰지 않는 경우도 많았다. 대사의 절반이 '……'으로 끝났다. 이를테면 '냅킨 좀 집어줄래요?' 하는 대신, 시선으로 냅킨을 가리키며 '그거 좀……' 하는 식이었다. 어색하게 느껴지지 않는 걸로 미루어, 피부처럼 몸에 붙은 화법이었다.

그는 둘의 대화를 잠자코 들었다. 낄 군번도 아니었지만, 분주하기도 했다. 그녀의 짤막한 말에서 그녀에 대한 정보를 찾아내느라. 보드카를 홀짝대는 틈틈이 그녀의 얼굴을 흘끔대느라.

와중에 그녀와 눈이 딱 마주치는 순간들이 있었다. 그때마다 그녀의 눈은 초승달이 됐다. 그는 함께 웃어주는 대신 애꿎은 술잔만 비웠다. 서른네 살이나 된 남자가, 그것도 전처의 재혼 소식에 화병이 났던 쪼잔한 이혼남이, 옆집 소녀에게 반한 열네 살 소년처럼 굴고 있었다. 로버트 프로스트는 옳았다. 어머니가 소년을 남자로 만드는 데 20년이 필요하지만, 여자가 남자를 바보로 만드는 덴 20분이면 충분했다.

　샤먼 록에서 추위에 떤 탓이었을 것이다. 아니면 종일 제대로
된 식사를 못 해서였든가. 진우는 보드카 몇 잔에 동면 곰이 돼버
렸다. 말수가 준다 싶더니, 그가 화장실에 다녀온 새에 탁자에 이
마를 박고 있었다. 녀석의 어깨를 흔들어봤지만 꿈쩍하지 않았다.
그는 그녀를 쳐다봤다. 그녀는 해명 비슷한 말을 내놨다.

　"내가 때려눕힌 거 아니에요."

　그는 진우의 한쪽 팔을 어깨에 걸고 바지 벨트를 당겨서 일으
켜 세웠다. 그녀는 두 남자의 소지품을 맡았다. 패딩, 머플러, 모
자, 장갑 등등.

　호텔방까지 가는 데는 5분도 채 걸리지 않았다. 평소와 달리 그
는 진우가 그리 무겁게 느껴지지 않았다. 체구가 자신의 1.5배는
되는데도. 이런저런 궁리를 하느라 무게 따위 문제가 되지 않았다
는 게 맞는 말일지도 모르겠다. 녀석의 본의든 아니든, 자신에게
온 기회를 놓치고 싶지 않았다. 웃음소리로 몸을 간질일 수 있는
여자는 자주 만날 수 있는 게 아니니까.

　그는 진우를 침대에 눕혔다. 편히 자라는 의미에서 양말을 벗기
고 이불도 덮어줬다. 그녀는 안고 있던 짐을 소파에 내려놓았다.
그는 자신의 패딩을 찾아 입고 머플러와 모자를 손에 들었다.

　"숙소가 어딥니까?"

　그가 묻자 그녀는 배시시 웃었다.

　"말도 할 줄 아시네요."

　생각해보니 그날 처음으로 입을 연 것 같았다. 일부러 그런 것
도, 특별한 경우도 아니었다. 진우와 둘이 있을 때도 그는 주로 듣

는 일을 담당했다. 말하기 싫어서가 아니라 듣는 쪽이 편했다. 상대가 어머니일 때만 빼고.

"니키타 하우스예요."

그녀는 숙소 이름을 댔다. 그는 휴대전화를 꺼내 구글 지도를 켰다. 10분 거리였다. 좀 더 멀어도 좋을 텐데.

구글은 동네에서 가장 큰 길로 그를 안내했다. 한국이라면 초저녁일 시간인데, 동네엔 인적이 없었다. 상점들은 대부분 문을 닫았다. 고요하고 어두운 거리엔 덩치 큰 개들만 떼를 지어 돌아다니고 있었다. 먼 숲 어디쯤에선 단체로 하울링하는 소리도 들려왔다.

주변에서 가장 화려하게 빛나는 곳은 하늘이었다. 먼 지평선에서 유성이 빗줄기처럼 떨어지고, 검푸른 하늘에는 성운이 군도처럼 깔렸다. 한 발짝씩 전진할 때마다, 별들이 이마 위까지 활주해왔다. 어찌나 밝고 어찌나 가까이에서 반짝이는지 별빛이 얼굴을 파랗게 적시는 기분이었다.

그는 그녀와 보폭을 맞추면서 느릿느릿 움직였다. 신발 밑에서 울리는 서걱서걱 소리에 귀를 기울이며 말없이 걸었다. 호텔을 나온 후부터 다시 입이 붙어버렸다. 초조한 나머지 손목시계만 연방 들여다봤다. 6분이 허무하게 날아갔다. 아직 열려 있는 상점이 나타난 건, 니키타 하우스 정문이 보일 무렵이었다.

"저기 잠깐 들렀다 갈래요?"

그는 상점을 가리켰다. 살 게 있어서 가자고 한 건 아니었다. 어떻게든 시간을 벌어보려는 수작이었을 뿐. 그녀가 대답했다.

"누가바 사준다면 따라갈게요."

원, 누가바라니. 그깟 거 백 개라도 사줄 수 있었다. 시베리아

오지의 저 작은 상점에 그런 게 있기만 하다면야.

상점은 게스트하우스에 딸린 작은 가게였다. 기념품부터 아이스크림까지, 없는 것 빼고 다 있는 만물상이었다. 신기한 마음으로 물건들을 살피다 땅콩 한 봉지를 집어 들었다. 크기는 작았으나 실제 양은 꽤 많을 듯했다. 어찌나 빡빡하게 채웠는지, 땅콩 봉지가 아니라 벽돌 같았다. 그녀는 아이스크림 통에서 뭔가를 꺼내 흔들어 보였다.

"누가바."

가게에 머문 시간은 10분도 채 되지 않았다. 그사이 날씨가 돌변해 있었다. 거리에 발을 딛자마자 눈보라가 습격해왔다. 쨍하고 날카로운 감각이 그의 콧방울을 후려쳤다. 순간적으로 엇, 소리가 터졌다. 악어 이빨에 물린 것처럼 흉악한 통증이 머리 전체로 퍼졌다. 벌컥 솟구친 눈물은 고드름이 돼 속눈썹에 들러붙었다.

그는 걸음을 멈추고 손바닥으로 눈을 감쌌다. 망막에서 고드름이 녹는 짧은 시간, 살이 떨리고 등뼈가 뒤흔들렸다. 추위가 너무나 극악무도해서 이가 갈릴 지경이었다.

"눈에 얼음 들어갔어요?"

그녀의 목소리가 들렸다. 턱 밑에 서 있는 것처럼, 아주 가까이에서.

"눈 비비지 말아요. 큰일 나요."

손을 떼고 보니, 그녀는 정말로 턱 밑에 있었다. 숨결이 목젖에 닿을 거리에서 그를 살피듯 올려다봤다. 그는 눈을 껌벅여 보였다.

"이제 괜찮아요."

그녀는 고개를 끄덕이며 한 발짝 물러섰다. 그녀의 얼굴이 눈보라에 반쯤 잠겼다. 모자 밑으로 빠져나온 긴 머리칼은 말갈기처럼 펄럭거렸다.

"갈까요."

그녀가 말했다. 뺨이 파랗게 얼어 있었으나 추위에 주눅 든 기색은 아니었다. 머플러를 고쳐 매더니, 정면에서 불어치는 눈보라 속으로 걸음을 뗐다. 와중에 누가바 껍질을 벗겨 야금야금 먹기 시작했다. 그는 휴대전화를 꺼내 날씨 알리미를 확인했다. -41℃.

"이 안 시려요?"

그가 묻자 그녀는 누가바를 내밀었다. 먹어볼래, 하듯. 그는 빼지 않고 받았다. 받고 보니, 겉면의 초콜릿은 홀랑 벗겨 먹고 우유빛 아이스크림만 남아 있었다. 한 입만 맛볼까, 싶었다. 영하 41도에서도 누가바 속살이 부드러운지 궁금해서. 결론부터 말하자면, 피 맛이 났다. 이가 닿기도 전에 입술이 먼저 들러붙었다. 허둥대며 떼어내려다가 입술 점막까지 우악스럽게 뜯겨나갔다. 또 눈물이 찔끔 났다.

"침 묻혀서 떼어내면 되는데."

뒤늦게 요령을 일러주는 그녀의 목소리에 웃음기가 배어났다. 불쑥 내민 손에는 티슈가 들려 있었다. 그는 티슈를 받고 아이스크림을 돌려주었다. 이건 이렇게 먹는 거야,라고 알려주듯 그녀는 누가바를 앞니로 갉아 먹기 시작했다. 그녀의 입안에서 사각사각, 눈 밟는 소리가 났다. 그는 물었다.

"궁금한 게 세 가지 있는데, 물어도 돼요?"

그녀는 누가바를 잇새에 문 채 고개를 끄덕였다.

"유심칩 찾았어요?"

사각사각 소리가 딱 그쳤다. 그는 두 번째 질문을 던졌다.

"빵 맛있었어요?"

그녀는 두 질문의 의미를 깨달은 모양이었다. 누가바를 입에서 떼어내고 그를 쳐다봤다. 도로의 외등 불빛이 그녀의 눈동자 위에서 종처럼 흔들거렸다. 땡땡 소리가 날 듯한 눈이었다. 재미있어하는 건지 경계심인지 종잡을 수 없는 시선이었다. 종잡을 수 없을 땐 방화보다 진화가 낫다는 게 그의 지론이었다.

"나 스토커 아니에요. 우연히 본 걸 기억하고 있을 뿐이지."

휴대전화에 대한 그녀의 답변은 '아니요'였다. 심지어 본체의 유심칩까지 잃어버렸다고 했다. 덕택에 그녀의 휴대전화는 먹통이었다. 두 번째 질문의 답 역시, 아니요였다.

"나도 은호 씨한테 궁금한 게 있는데."

은호 씨라……. 이름으로 불린 것에 그는 멋대로 의미를 부여했다. 그녀도 자신에게 관심을 갖고 있다는 장밋빛 신호라고. '손은 어쩌다 다쳤느냐'는 세 번째 질문은 꿀꺽 삼켜버렸다. 헤벌쭉 웃지 않으려 애쓰면서, 그는 고개를 끄덕였다. 어서 물어봐. 밤새도록 물어도 대답해줄 수 있어.

"왜 이혼했어요?"

그는 움찔했다. 예상 밖이며 예의 밖인 질문이었다. 그렇기는 하나 예의 따지지 않고 답해주고 싶었다. 왜 이혼했는지, 진지하게 생각을 정리해봤다. 도무지 폼 나는 사유가 떠오르지 않았다. 그는 사실대로 실토했다.

"자기한테서 꺼지라고 해서요."

그녀는 깔깔, 웃기 시작했다. 그는 엉거주춤한 자세로 굳어버렸다. 그녀의 웃음소리는 처음 들었을 때보다 더 큰 충격을 안겼다. 이번엔 허벅지 털을 넘어 그 밖의 것까지 세워 일으켰다. 온몸에 불이 나는 바람에 추위는 잠시 잊었다. 귀밑부터 발가락까지 새빨 개지고 있다는 걸, 스스로 느낄 지경이었다. 그녀는 고문처럼 길고 긴 웃음 끝에 이혼 사유에 대한 촌평을 내놓았다.

"그거, 참…… 안됐네요."

그러게요, 하려다 그는 입을 다물었다. 언젠지도 모르게 모여든 동네 개들이 주변을 포위하고 있었다. 검둥개, 누렁개, 흰둥개, 바둑이, 허스키…….

덩치로 봐선 늑대나 다름없었다. 늑대처럼 조직적이기도 했다. 놈들은 일사불란하게 포위 대오를 짜고 한 발짝씩 거리를 좁혀 들어왔다. 어떤 놈은 혀를 날름거리며, 어떤 놈은 콧등을 당겨 올려 송곳니를 드러낸 채로, 어떤 놈은 굵고 낮은 맹수 소리로 으르렁대면서.

짐작건대 직업이 두 개인 놈들 같았다. 낮에는 전문적인 소몰이꾼, 밤에는 관광객에게 '삥'을 뜯는 동네 건달. 통행세로 누가바를 원하는 눈치였다. 그는 그녀를 자신의 등 뒤로 세웠다. 그녀는 누가바를 자기 등 뒤로 감췄다. 개들은 누가바를 목표로 움직였다. 자박자박, 발소리를 울리며 그녀를 향해 다가들었다. 그녀는 다급한 비명을 터트렸다.

"저리 가."

그녀는 비명마저 속삭임 같았다. 개 입장에선 '간식 줄까?'쯤으로 들릴 어조였다. 당연히 저리 갈 리 없었다. 놈들은 혀를 길게 뽑으면 누가바를 낚아챌 수도 있을 거리까지 압박해 들어왔다. 그녀는 이번에도 하나 마나인 말을 속삭였다.

"오지 마."

그녀는 몸을 돌려 그와 등을 붙이고 섰다. 누가바는 왼손에서 오른손으로 바꿔 쥐었다. 개들은 그쪽으로 헤쳐 모였다. 다시 손을 바꾸자 개들도 그쪽으로. 출구 없는 대치국면이 이어졌다. 개들은 누가바를 따라 돌고, 샴쌍둥이처럼 등을 맞붙인 두 인간은 개떼를 따라 돌았다.

그가 판단하기에, 버텨봐야 지는 게임이었다. 쪽수 면에서도, 기술 면에서도. 놈들은 오랜 시간 상점에서 나온 관광객을 이런 방식으로 털어왔을 테니. 그는 중지 끝으로 그녀 손을 슬쩍 건드렸다.

"누가바, 나 줘요."

그녀는 의도를 알아차린 것 같았다. 왜냐고 묻지 않고 곧바로 쥐여주었다. 그는 지금껏 걸어온 방향으로 누가바를 던졌다. 이어 땅콩 봉지도. 곧 땅콩 봉지가 터지는 소리가 빵, 울렸다. 패거리는 컹컹 짖어대며 소리 쪽으로 몰려갔다. 그는 그녀의 손을 끌고, 니키타 하우스를 향해 내달렸다. 그녀는 질질 끌려오며 소리쳤다.

"쫓아와요."

당연히 쫓아오겠지. 그는 그녀의 어깨를 감싸 안고 니키타 하우스 정문으로 몸을 날렸다. 묵직한 나무문을 등으로 밀어서 닫았다. 쿵, 소리와 함께 문 바깥쪽을 들이받는 소리가 울렸다. 최소한 네댓 놈이 문에 붙어 합창으로 짖어댔다.

문밖이 조용해지기까진 시간이 꽤 걸렸다. 그는 그녀의 어깨를 끌어안고 몸을 붙인 채로 문에 기대서서 놈들의 퇴장을 기다렸다.

굳이 그 자세로, 거기서 기다릴 필요가 없는데도.

"내 누가바가 날아갔네요."

그녀가 그의 품을 벗어나며 말했다. 그는 어색하게 팔을 내리며 말을 받았다.

"내 땅콩도 날아갔어요."

니키타 하우스는 호텔이라기보다는 방갈로에 가까웠다. 입구에 호텔 사무실이 있고, 객실은 한 채씩 독립돼 있는 오두막이었다. 길이 여러 갈래로 갈라져 있는 걸로 봐서 규모가 꽤 큰 것 같았다. 그는 물었다.

"유나 씨 방은 어디예요?"

그녀는 사무실 오른편 길로 인도했다. 카페와 마주 보이는 오두막집이 그녀의 방이었다. 그는 방문 앞에서 걸음을 멈췄다. 이제 뭐든 말해야 할 순간이었다. 그녀와 연결될 만한 것이라면 뭐든. 전화번호를 달라든가. 내일은 함께 움직이자고 미끼를 던지든가.

"저 카페에서 아이스크림 팔 거 같은데요. 누가바는 없겠지만."

그는 아직 영업 중인 카페를 가리켰다. 그녀는 배시시 웃었다.

"글쎄, 먹을 수 있을까요?"

먹을 수 없었다. 자리에 앉아보지도 못하고 쫓겨났다. 폐점 시간이라고 했다. 이제 그에겐 그녀와 함께 있을 명분이 없었다. 함께 있을 곳도 없었다. 눈보라 속에서 벌벌 떨며 붙어 있을 수도 없고, 그렇다고 따뜻한 네 방에서 붙어 있자고 할 수도 없었다. 그는 그쯤에서 물러서기로 했다. 간지럼증을 해소하는 일보다 신뢰를 얻는 것이 더 중요했다.

"내일 북부 투어 할 생각인데, 같이 갈래요?"

그가 묻자 그녀는 재깍 대답했다.

"누가바 사주면 가죠."

진우는 보드카 숙취로 주화입마에 빠졌다. 두통과 구토로 이틀
날 아침까지 몸을 가누지 못했다. 당연히 투어에 낄 수 없었다. 홀
로 니키타 하우스를 향해 가는 길에, 그는 누가바를 샀다. 개들이
사라진 아침 거리를 춤을 추듯 걸어갔다. 아니, 춤을 추며 걸었다.

모든 것이 저절로 이뤄지는 듯한 때가 있다. 하늘이 자신을 위
해 큰 그림을 그려주는 것 같은 때. 그때가 바로 그때였다. 그는
온 우주가 보내는 호의적인 기운을 느꼈다. 운명이 소매를 걷어붙
이고 자신을 돕고 있는 것 같았다. 누가바와 동네 개떼와 보드카
를 총동원해서.

"아빠."

현관문이 열리고 노아가 튀어나왔다. 엘리베이터에서 내리던
은호는 반사적으로 팔을 벌렸다.

"아들."

그는 몸을 날려오는 아이를 번쩍 안아올렸다. 여섯 살짜리 사내
아이 몸이 무게의 저항 없이 가뿐하게 들렸다. 그의 목과 허리를
감아오는 아이의 팔다리가 코스모스 꽃대처럼 낭창낭창했다. 심
장이 토끼처럼 내달리고, 숨결에선 쇳소리가 났다. 현관에서 엘리
베이터까지 거리가 100미터쯤 되는 것처럼. 그 거리를 전속력으
로 질주해 온 육상선수처럼.

잠시 잊고 있던 현실이 그를 덮쳤다. 천식을 앓는 아이의 아빠, 아픈 제 새끼를 제 손으로 키우지 못하는 아빠라는 한심한 현실이. 그는 노아와 뺨을 맞대면서 물었다.

"노아, 아빠 보고 싶었어?"

노아는 건성으로 응, 해놓고, 숨찬 질문을 쏟아냈다.

"아빠, 나 40밤만 자면 어린이 축구교실에 가지? 그렇지?"

"40밤?"

그는 엉겁결에 되물었다. 무슨 말인가, 싶었다. 노아는 고개를 뒤로 젖혀 그를 마주 봤다. 말갛고 까만 눈동자에 불안의 그늘이 내려앉고 있었다.

"아니, 41밤? 아무튼 일곱 살이 되면 갈 수 있다고 했잖아."

언제 그런 말을 했던가. 그는 허둥지둥 되짚어봤다. 기억나지 않았다. 노아가 근거를 댔다.

"이전에 의사 선생님이 그렇게 말했잖아."

아이고……. 그는 신음을 삼켰다. 그 또래 사내아이들이 그렇듯, 노아도 축구를 좋아했다. 보는 것보다 하는 걸 더 좋아했다. 가장 큰 바람은 유치원 아이들과 공을 차는 것이었다. 번번이 노아를 좌절시키는 바람이기도 했다.

우선 달리기가 되지 않았다. 뛰기 시작하면 입술부터 파래졌다. 몇 발짝이면 숨이 넘어갔다. 체격과 체력도 한참 모자랐다. 저보다 어린아이와 부딪혀도, 백이면 백 맥없이 나가떨어졌다. 놀이가 격했던 날엔 밤새도록 끙끙 앓았다. 아이는 스스로 놀이에서 빠지게 됐다. 축구를 배우기 전에, 하고 싶은 것과 할 수 있는 게 다르다는 현실부터 배운 셈이다.

노아는 달리고 싶은 욕망을 '방구석 드리블'로 달랬다. 장소는 주로 어머니네 거실이었다. 최근엔 그나마도 어려웠다. 층간소음 문제로 민원이 쏟아진 탓이었다. 노아는 '아빠 집'에 오는 주말에나 공을 만져볼 수 있었다. 올 때마다 어린이 축구교실에 보내달라고 졸랐다. 좀 더 자라 천식이 나아지면, 축구교실에도 들어갈 수 있을 거라는 주치의의 말은, 노아에게 계시였을 것이다. '좀 더'가 어쩌다 일곱 살로 입력됐는지는 모르겠지만.

"네 생일은 아직 멀었는데."

"할머니가 우리나라에선 1월 1일이 한 살 더 먹는 날이라고 했어."

현관문 안에서 어머니의 목소리가 들려왔다.

"밖에서 밤 새울래?"

말문이 막힌 그를 구원해준 부름이었다. 그는 잽싸게 집으로 들어갔다. 노아를 안은 채로 신발을 벗고 거실로 올라섰다.

"시간 아주 딱 맞춰 왔구나."

어머니는 소파 앞에 팔짱을 끼고 서 있었다.

"좀 빨리 오면 전쟁이라도 난다던?"

벽시계는 4시 30분을 가리키고 있었다. 약속보다 30분 빨랐다.

"얘가 아침부터 베란다를 수십 번 들락거렸을 거다."

그는 노아를 품에서 내려놓았다. 스웨터, 청바지, 양말……. 외출 준비가 완료된 차림이었다. 새벽같이 일어나 옷부터 찾아 입는 아이의 모습이 그의 시야를 스쳐갔다. 어머니가 전하기로 '아빠 집'에 가는 날엔 늘 그런다고 했다.

소파엔 노아의 패딩점퍼와 어머니의 코트, 소파 밑엔 노아가 아끼는 축구공과 가방 두 개가 놓여 있었다. 하나는 천식약과 소지품이 들었을 노아의 유치원 가방, 하나는 어머니의 가방일 것이다. 그는 가방들을 양어깨에 메고 어머니를 향해 허리를 굽혔다.

"마님, 가시지요."

어머니는 노아를 데리고 차 뒷좌석에 탔다. 한동안은 그에게 말을 붙이지 않았다. 참새처럼 쨋쨋대는 노아 때문에 말 붙일 틈이 없었다. 노아가 떠들다 지쳐 졸기 시작하자, 드디어 어머니에게 차례가 돌아갔다.

"네 처는 병원에서 왔니?"

그는 "네" 했다. '아마도'라는 의미였다. 온 걸 확인하지는 못했으니까. 몇 시간 전 아내로부터 문자 한 통을 받았을 뿐.

—나 마트에서 장 보는 중이야. 자기는 하남에 다녀와.

그때 그는 커피를 내리고 있었다. 오전 내내 온갖 감정에 휘둘리다 막 제정신이 돌아온 차였다. 아내의 귀환에 대한 미련을 내려놓은 참이었다. 이제 어떻게 할지 결정하려던 때이기도 했다. 그는 문학도 시절 써먹던 케케묵은 '라면 법'을 소환했다. 만약 진우가 이런 상황이라면, 나는 어떤 조언을 할까.

우선 아내의 외도 문제에 대해 생각해봤다. 아직 사실로 인정할 만한 증거는 없었다. 가출할 때마다 전남편에게 간다는 건 정황일 뿐이었다. 그러니 미리 배신감에 떨 필요는 없었다. 노아와 어머니가 하남으로 돌아간 후, 확인하고 판단할 부분이었다. 확인할 방법이야 많겠지. 재야에서 암약하는 탐정을 찾아가든가, 직접 탐문 수사에 나서든가. 지금은 시기가 아니었다.

두 번째, 지금부터 무엇을 해야 하나. 그에게 가장 중요한 존재는 노아였다. 아이를 더 실망시켜서는 안 되었다. 설령 어머니가 아내의 가출에 대해 알게 되더라도. 그러니 이 커피를 다 마시고 나면 하남으로 가야 할 것이다.

아내가 문자를 보낸 건, 딱 그때였다. 그가 막 차 키를 집어 들던 바로 그때였다. 그의 머릿속에 물음표가 연달아 찍힌 순간이기도 했다. 이 절묘한 시간 선정이 과연 우연일까. 자신이 온갖 거짓말로 어머니를 설득하며 기다릴 것이라 확신하지 않고서야 이럴 수 있을까. 언제까지 기다릴지, 문자를 받으면 어떻게 행동할지, 내다보고 있어야 가능한 게 아닐까.

문자 내용은 가까스로 수습된 감정을 다시 휘저어놓았다. 마치 회사에서 퇴근하는 것처럼, 장을 봐서 돌아오겠다니. 행간에선 조롱과 생색이 읽혔다. 이번 한 번만 널 살려줄게. 아내의 자신만만한 목소리도 들리는 것 같았다. 내 행적에 대한 설명이 가능하며, 너는 그걸 받아들이게 될 거야.

한심하게도 그는 그녀의 명령대로 움직일 수밖에 없었다. 더 한심스럽게도, 답 문자까지 보냈다.

—어머니는 장모님이 병원에 입원한 걸로 알아.

어머니와의 마찰을 피하려면 아내와 거짓말을 공유해야 했다. 말이 맞지 않으면 곧장 의심받을 테니. 잠시 후 아내가 답을 보냈다.

— ㅇ

그는 또 속이 뒤집혔다. '알았어'도 아니고 '응'도 아닌, 'ㅇ'이라. 이 여자는 대체 나를 뭐로 보는 걸까?

머릿속에서 자아의 울적한 목소리가 들려왔다. 뭐로 보긴 뭐로봐. 등신 호구로 보지.

들끓는 울화를 품고 집을 나섰다. 청연을 벗어날 무렵엔 화기가 조금 식었다. 어머니의 아파트에 도착했을 땐 냉정을 찾았다. 적어도 멀쩡한 사람처럼 행동할 만큼은.

"그런데 너네 장모는 어디가 갑자기 아프다니?"

어머니가 물었다. 그는 대답했다.

"검사 결과가 아직 안 나왔어요."

"어느 병원인데?"

"왜요. 문병이라도 가시게요?"

어머니가 룸미러를 통해 그를 봤다. 너의 거짓말을 다 알고 있다,라고 말하는 눈이었다.

"가봐야지. 남도 아니고 사돈인데."

자전거 한 대가 차 보닛을 들이박듯 스쳐갔다. 그는 반사적으로 브레이크를 밟았다. 차체가 요동치고, 시야가 와르르 흔들렸다. 어머니의 비명이 귀를 찔렀다. 차는 횡단보도를 절반쯤 뚫고 들어가서야 멈췄다. 민망하게도 신호등에 파란불이 들어와 있었다. 사람들은 그의 차를 흘끔대며 지나갔다. 어머니는 노아를 끌어안은 채 눈을 치켜뜨고 있었다.

"운전 좀 제대로 할 수 없니?"

어머니가 쏘아붙였다. 놀란 강도만큼 사나운 목소리였다. 그는 멈췄던 숨을 내뱉었다. 기운이 쭉 빠졌다.

"대체 정신을 어디다 파는 거야?"

어디다 팔았겠어요. 어머니한테 팔았지. 그는 말을 삼켰다. 어머니는 계속 성을 냈다. 횡단보도가 있으면 미리 속도를 줄여야지. 애가 타고 있는데 그따위로 운전을 하고 싶으냐, 사람이라도 쳤으면 어쩔 뻔했느냐, 저번에도 한눈팔다 배달 오토바이 칠 뻔하지 않았느냐…….

어머니는 4절 완창을 하고도 성에 차지 않는지 도돌이표를 찍기 시작했다. 그는 잠자코 들었다. 그만하라 해봐야 어머니는 그만하지 않는다. 어린 시절부터 숱하게 겪어온 일이었다. 운전하는 내내 정신 사납게 말을 붙이고, 문제가 생기면 거친 운전을 탓하고, 그만하라고 하면 과거 일을 낱낱이 소환해 차에서 내릴 때까지 쏘아붙였다. 그땐 운전자가 아버지였고 어머니가 조수석에 있었다는 게 다를 뿐.

아버지는 퇴직과 함께 '졸혼'을 선언하고 제주도로 가버렸다. 이후 아버지를 만난 건 딱 두 번이었다. 윤희와 결혼하던 날 한 번. 유나와 결혼하던 날 한 번. 서운한 마음 같은 건 없었다. 아버지를 이해하고도 남았다. 어머니는 그런 것 같지 않았지만. 아버지를 도망치게 한 장본인이 바로 당신이라는 것도 인정하지 않았다.

아버지와 달리, 그는 어머니로부터 도망칠 수 없었다. 아들로서 도리 때문이라고 한다면 그건 거짓말일 것이다. 노아를 키워주고 있기에 그렇다는 게 정직한 답이다. 어머니가 변하리라는 기대 같은 건 품고 있지 않았다. 65년을 살아온 인간은 상수지 변수가 아니니까.

"안 가고 뭐 하니?"

어머니의 쨍한 목소리가 상념을 깼다. 직진 신호가 들어와 있었다. 그는 차를 출발시켰다. 이후 집에 도착할 때까지 어머니의 성난 노래를 고막이 너덜거리도록 들었다. 속도 좀 줄여라, 앞차 들이받겠다. 빨리 좀 가라, 뒤에서 빵빵거린다. 추월하지 마라, 바쁜 일도 없는데. 위험하게 트럭 뒤에 붙어 가느냐, 빨리 앞으로 가라…….

집 앞에 차를 댄 후에야, 어머니는 입으로 운전하기를 멈췄다. 그는 아내의 귀환 신호를 확인했다. 거실 베란다와 부엌 창문, 2층 거실까지 불이 켜져 있었다. 차고에는 아내의 차가 주차돼 있고 문이 열려 있었다. 바퀴벌레보다 더 질긴 것들이 머릿속 한구석에서 꼼지락거렸다. 아내가 돌아왔다는 안도감, 아무 일 없었던 듯 예전으로 돌아갈지도 모른다는 벨도 없고 속도 없는 희망. 그는 어머니를 돌아봤다.

"노아 데리고 먼저 들어가세요. 가방은 제가 가지고 갈게요."

두 사람이 내린 후, 그는 차고로 들어갔다. 아내의 차 옆에 주차한 후, 잠시 숨을 골랐다. 여느 때처럼 들어가야 할 텐데. 최소한 어머니의 눈을 가릴 수 있을 만큼은 태연하게 아내를 대해야 할 텐데. 될까?

그는 가방을 들고 차에서 내렸다. 치과에 들어서는 심정으로 현관문을 열었다. 아내가 현관 중문 앞에 서 있었다. 생글생글 웃는 아내의 얼굴을, 그는 얼떨떨한 기분으로 마주 봤다.

"생각보다 짐이 없네?"

아내는 그가 든 가방으로 시선을 내리며 말했다.

"지유 방 치워놨어."

무슨 말인지 그는 단번에 알아들었다. 어머니가 그의 집에 묵을 예정으로 온 건 오늘이 두 번째였다. 처음 온 날엔 노아의 방에서 노아와 잤다. 지유는 지유 방에서, 그와 아내는 안방에서. 그땐 평화로운 시기였으나 이번엔 사정이 달랐다. 아내는 바로 그 점에 대해 알려주고 있는 것이었다. 나는 지유와 안방에서 자겠다고.

"얼른 가방 두고 내려와. 자기랑 노아가 좋아하는 거 만드는 중이야."

그는 숨을 삼켰다. 아내의 미소가 봄 햇살처럼 환해서, 아내의 목소리가 개울물처럼 조곤조곤 귓가로 흘러와서, 그를 보는 눈이 겨울바람처럼 차서, 자그마한 얼굴이 내뿜는 온기와 한기의 낙차에 머리가 땡해서. 와중에도 입이 저 알아서 나불거리고 있었다.

"그게 뭔데?"

굳이 할 필요가 없는 질문이었다. 온 집 안에 굴라시 냄새가 진동하고 있었다. 거실 쪽에선 굉장한 소리가 울렸다. 짐작건대 축구공이 베란다 유리문을 강타하는 소리 같았다. 그는 신발을 벗고 안으로 올라섰다. 아내는 옆으로 비켜섰다. 아내 뒤에서 지유가 그림자처럼 나타났다.

"안녕하세요."

지유는 손을 앞으로 모으고 허리를 굽혀 인사했다. 그는 다시 숨을 삼켰다. 지유를 집에 데려오지 말라던 처형의 말이 기억났다. 지유의 등장이 뭘 의미하는지, 판단이 서지 않았다. 아내와 처형이 교감하고 있다는 증거인지. 두 모녀가 처가가 아닌 다른 집에서 왔다는 증거인지. 아니면 어떤 증거도 되지 못하는지.

인사에 화답해야 할 순간이건만, 그는 입을 닫아버렸다. 자신의 입이 무서웠다. 넌 어느 집에서 왔니,라고 묻게 될까봐.

"애가 인사하잖아."

아내가 쿡, 찌르듯 말했다. 여전히 조곤조곤한 말투였으나, 목소리 위로 송곳이 뚫고 나왔다. 그는 자신이 뭘 하고 있는지 뒤늦게 알아차렸다. 지유와 빤히 마주 보면서 인사를 묵살하고 있었다. 스스로 자신의 얼굴을 볼 순 없었으나 아마 환영하는 표정은 아니었을 것이다. 지유를 무참하게 만들기에 충분했을 테고. 그는 때늦고 의미 없는 인사를 건넸다.

"지유, 왔구나."

지유는 "네" 했다. 그는 지유를 지나쳐서 거실로 들어섰다. 아내의 시선이 뒤통수를 찔렀지만 상황을 만회할 마음은 생기지 않았다. 되레 저항감만 생겼다. 자신이 지유의 인사를 받지 않은 건 실수였다. 아내가 자신에게 한 짓은 의도였다. 아내는 눈총을 쏠 자격이 없었다.

노아는 소파와 탁자 사이에서 페널티킥을 쏘고 있었다. 노아의 발을 떠난 공은 탁자로, 소파로, 화분으로, 베란다 유리문으로 마구 날아다녔다. 거실은 초토화된 상태였다. 무선전화기가 엎어지고, 화분 흙이 쏟아지고, 벵갈고무나무 가지가 부러지고, 리모컨 거치대가 발랑 뒤집혀 있었다. 집에 온 지 10분도 되지 않았는데.

"노아야. 엔간히 하고 좀 앉아라."

어머니는 노아를 쫓아다니며 말리는 중이었다.

"그러다 또 숨 넘어간다."

그는 2층 계단을 올라갔다. 천장이 높은 복층 구조상, 2층은 아래층 절반 정도의 크기였다. 놀이방으로 쓰는 작은 거실을 사이에 두고 두 개의 작은 방이 서로 마주 보고 있었다. 하나는 지유, 하나는 노아가 쓰는 방이었다. 욕실은 노아의 방과 나란하게 붙어 있었다.

그는 지유의 방문을 열었다. 불은 켜지 않았다. 방 안을 들여다보지도 않았다. 문턱 앞에서 어머니의 가방만 안으로 밀어넣고 문을 닫았다. 평소에도 지유 방에는 들어가지 않는 편이었다. 혼자서 들어간 적은 한 번도 없었다. 지유가 없을 땐 들어갈 이유가 없고, 지유가 와 있을 땐 들어가는 게 꺼림칙했다.

아내에 따르면, 지유는 친아빠에게 교묘한 방식으로 성추행을 당한 아이였다. 어떻게 교묘했는지는 듣지 못했다. 이혼소송에서 친권을 빼앗긴 주요 사유라는 말만 전해 들었을 뿐. 들은 이상, 그도 지유를 대하기 쉽지 않았다. 격 없는 행동으로 오해를 살까, 늘 조심스러웠다. 노아처럼 안거나 다독이는 건 상상조차 할 수 없었다. 야단을 치거나 잘못을 지적하는 일은 더 말할 것도 없고.

지유 자체가 대하기 편한 성격도 아니었다. 독립적이고 조숙하고 조용한 아이였다. 노아에게 없는 차분함과 묘하게 당돌한 부분을 동시에 지니고 있었다. 지나치게 영리하고, 섬뜩할 만큼 예뻤다. 이러한 요소들의 조합은 새아빠와 의붓딸의 거리를 지구와 명왕성만큼이나 벌려놓았다.

그런데…….

노아의 방문을 열다가 그는 동작을 멈췄다. 외도 정황에만 시선이 꽂힌 나머지 간과해버린 모순이 있었다. 그간 아내는 아이와 전남편을 만나지 않게 하려고 애썼다. 법원에서 인정한 면접교섭권마저 받아들이지 않았다. '교묘한 성추행'으로부터 지유를 지키기 위해서라 했다. 그런 아내가 전남편의 집에 지유를 데리고 드나든다는 게 말이 되는 이야기인가. 이혼 사유가 거짓이라면 또 모를까.

그는 문턱에 선 채로 노아의 침대를 내려다봤다. 침대 오른편에 노아가 좋아하는 대형 펭수 인형이 드러누워 있었다. 슬쩍 벌어진 노랑 주둥이를 보고 있자니 골이 지끈지끈 쑤셨다. 귓속에선 충고하는 목소리가 울렸다. 그런 건 목요일부터 생각해. 지금은 가방을 두고 아래층으로 내려갈 때라고.

그가 내려갔을 때, 아내와 지유, 어머니와 노아가 주방과 거실 사이에 마주 서 있었다. 노아는 제 할머니의 허리를 끌어안고, 지유는 제 엄마 앞에 눈을 내리뜬 채. 패를 나눠 대치 중인 듯한 형국이었다. 두 진영 사이엔 노아의 축구공이 놓여 있었다.

"애가 일부러 그런 거 아니잖니. 어디 다친 것도 아니고."

어머니가 말했다. 아내는 어머니를 쳐다보지도 않았다. 시선을 노아에게 고정하고, 단호한 목소리로 말했다.

"노아, 누나한테 사과해."

그는 두 진영 사이로 가서 섰다. 무슨 일이냐 묻자, 어머니가 설명에 나섰다. 노아가 쏜 페널티킥에 지유가 맞았다고 했다. 어머니가 보기엔 가슴팍에 아주 살짝 닿은 정도였다.

뒷부분은 아내가 설명했다. 살짝 닿은 게 아니라, 공을 끌어안고 주저앉을 정도로 드세게 맞았다고 했다. 노아는 공보다 빠른 속도로 달려와 지유를 밀어뜨린 후 공을 가져갔다고 했다. 그 바람에 지유가 벌렁 나자빠졌는데도 노아는 사과하지 않고 있다는 게 사건의 전말이었다.

"설마 일부러 밀었겠니. 공을 돌려받으려다 그리됐겠지."

어머니가 한 말씀 하셨다. 아내는 두 마디를 했다.

"어머니가 그리 가르치셨어요? 돌려받으려면 상대를 밀치라고요."

"아니 내가 무슨……. 노아, 이제 겨우 여섯 살이야."

어머니는 본래에도 큰 목소리를 한 옥타브 더 올렸다. 아내는 가뜩이나 작은 목소리를 더 낮췄다.

"지유하고 노아, 11개월 차인데요."

"아픈 애잖니."

"그렇다고 지유가 얻어맞아도 좋은 건 아니에요."

두 여자가 한마디씩 치고받을 때마다, 그는 500원짜리 동전 하나씩을 삼키는 기분이었다. 너무도 익숙한 풍경이었다. 두 여자 사이에 이러지도 저러지도 못하고 서 있었던 게 대체 몇 번이었는지. 윤희에서 유나로 인물만 바뀌었을 뿐, 상황은 그때와 조금도 다르지 않았다.

그는 신물이 올라오는 걸 느꼈다. 토하기 전에 상황을 정리하고 싶었다. 섣부르게 판단하고, 조급하게 노아를 다그친 건 그 때문이었다.

"노아, 누나한테 사과해."

노아는 얼굴을 붉히고 입을 삐쭉거리더니, 제 할머니를 쳐다봤다. 편들어주리라 믿었던 아빠의 태도에 배신감을 느낀 기색이었다. 구조 신호를 받은 어머니는 즉각 반격에 나섰다.

"아니, 그거 맞고 어디가 부러졌니? 왜 너까지 야단이야."

그는 노아의 어깨를 잡아 어머니에게서 떼어냈다.

"사과 안 할 거야?"

노아는 축구공을 꽉 끌어안았다. 입은 열리지 않았다. 특유의 고집스러운 눈이 자신의 의사를 분명하게 드러냈다. 싫어.

그는 목젖이 돼지저금통만 하게 부푸는 느낌을 받았다. 이런 일이 처음은 아니었다. 지유와 노아가 만나는 주말마다 일어났다. 대개 사소한 충돌이었다. 아내의 평가에 따르면, 제 아빠를 닮아 신경질적이고 예민한 노아가 늘 문제였다. 그도 자신의 탓이라 인정했다. 오냐오냐 키운 탓이 컸으니까. 직접 키우지 못하는 데다 아픈 아이라는 점에서, 노아를 엄하게 교육하지 못했다.

그렇기는 하나 노아가 지금처럼 고약하게 군 적은 없었다. 순순하게 잘못을 인정하고 사과하는 편이었다. 지금의 태도는 절대적 아군의 엄호와 관련이 있을 터였다. 문제를 해결하려면 노아를 어머니로부터 떼어놓을 필요가 있었다.

"노아. 아빠랑 얘기 좀 할까."

그는 노아의 손을 잡았다. 어머니의 지원사격을 막는 차원에서 미리 못을 박았다.

"아무도 들어오지 마."

노아는 저항과 엄호 요청을 멈추지 않았다. 서재로 들어갈 때까지 엉덩이를 뒤로 빼고 어머니를 돌아봤다.

"아니, 애 겁먹게 왜 그러니?"

묻는 어머니 코앞에서, 그는 서재 문을 닫았다. 문을 열지 못하도록 손잡이 배꼽까지 눌러버렸다. 노아를 의자에 앉히고 그는 바닥에 무릎을 세우고 앉았다. 무엇이 잘못되었으며, 왜 사과를 해야 하는지 설명했다. 노아는 그의 말에 집중하지 않았다. 문 쪽을 흘끔거리고, 축구공을 만지작거리며 딴전을 피웠다. 그는 물었다.

"노아. 아빠 말 알아들었니?"

노아는 고개를 흔들었다. 알아듣지 못했다는 건지, 알아들었으나 인정하지 않겠다는 건지 알 수 없는 동작이었다.

"다시 설명해줘?"

이번에도 고개만 흔들었다.

"그럼 누나한테 사과할 거야?"

노아는 세차게 고개를 흔들었다. 이 거부 동작은 의자 팔걸이를 틀어쥐고 온몸을 다 흔들어대는 생떼의 몸짓으로 도약했다. 그와 함께 고집스레 다물렸던 입이 열렸다.

"누나 아냐. 자기 집에 가라고 해."

금방 무슨 말을 들은 걸까. 그는 귀를 의심했다.

"금방 뭐라고 했니?"

"왜 만날 우리 집에 오는데. 거지같이."

그의 뱃속에서 무언가가 뚝 끊겼다. 그는 튕기듯 일어나 노아의 어깨를 틀어잡았다.

"차노아. 넌 혼이 좀 나야겠다."

"싫어. 혼내지 마. 우리 집에 못 오게 해."

노아는 울음을 터트렸다. 이를 기점으로 감정과 행동이 통제 불능의 흐름을 탔다. 싫다고 소리 지르고, 마구잡이로 몸을 틀고, 의자가 흔들릴 정도로 사지를 바르작거렸다. 충격적일 만큼 드센 저항이었다. 그는 이러지도 저러지도 못하고 허둥거렸다. 꽉 틀어잡으면 자신의 힘에 아이가 다칠 것 같고, 놔두면 제풀에 다칠 것 같아서.

"차노아. 가만있어."

그는 튕겨나가는 아이를 끌어안고 밀어붙이듯 의자에 주저앉혔다. 순간 가슴이 철렁 내려앉았다. 아이에게서 무슨 일인가 일어나고 있었다. 입술이 파랗게 질리고, 숨결에서 휘파람 소리가 울리고, 이마에서 땀이 흐르고, 눈물범벅이 된 눈이 반쯤 감기며 몸이 축 늘어졌다. 천식 발작이었다.

그는 정신이 아득해지는 걸 느꼈다. 몇 번이나 겪은 일이건만 막상 닥치면 늘 처음 당하는 일 같았다. 그럴 땐 그도 노아와 다를 바 없었다. 서재 문을 벌컥 열어젖히고 고함을 질러서 어머니를 찾았다. 응급 흡입제를 가져오라고.

어머니가 약을 가져오는 데는 1분도 채 걸리지 않았다. 그 1분이 지옥으로 가는 길처럼 무섭고 길었다. 노아가 약을 흡입하고, 발작적으로 기침을 터트리고, 숨을 몰아쉬다가 마침내 제 호흡을 되찾았을 때, 하마터면 그는 무릎을 꿇을 뻔했다. 아빠가 잘못했다고 엎드려 빌어버릴 뻔했다. 어머니가 그의 품에서 노아를 빼앗아가지 않았다면, 정말로 그랬을지도 모른다.

"키우지도 않는 놈이⋯⋯."

어머니는 노아를 안고 서재를 나가며 잽을 날렸다.

"꼴에 아비 노릇은 하고 싶던?"

그는 어머니를 따라 거실로 나갔다. 어머니는 노아를 소파에 눕혔다. 등에 쿠션을 기대 상체를 높이고, 능숙한 솜씨로 사지를 주무르기 시작했다. 입으로는 오만 가지 명령을 쏟아냈다. 물 가져와라, 보일러 올려라, 가습기 틀어라, 공기청정기 돌려라, 무릎담 요 가져와라……

와중에 쩌렁쩌렁 울리는 혼잣말로 눈치를 줬다. 불쌍한 내 새끼 잡을 뻔했네. 입술이 아직도 퍼렇네. 몸이 얼음장이네. 어린 게 얼마나 억울했으면 숨도 못 쉬고 쓰러졌을꼬. 이제 병이 나아가나 싶었는데 말짱 도루묵이 됐네. 재혼한 친아빠한테 구박받다 죽은 애가 있다더니, 딱 그 꼴 날 뻔했네……

어머니 외에 입을 여는 사람은 없었다. 그는 집 안을 오가며 어머니의 명령을 수행했다. 아내의 시선이 그의 동선을 따라다녔다. 저 입을 좀 막아보라는 눈이었다. 그는 무시해버렸다. 막는다고 막아지면 어머니의 입이 아니겠지. 막을 의사 역시 없었다. 노아를 죽일 뻔했다는 충격으로 정신이 반쯤 나가 있었다.

노아는 한동안 늘어져 있었다. 숨결의 휘파람 소리는 천천히 색색 소리로 바뀌었다. 완전히 정상으로 돌아오려면 시간이 더 걸릴 터였다. 적어도 오늘 안에는 좀 전처럼 팔팔해지지 않을 것이다. 알면서도 그는 안달복달하고 있었다. 지켜보다 더 나빠지면 어떡하나. 지금이라도 응급실로 가야 하는 게 아닐까.

"저는 저녁 차릴게요."

아내는 주방 쪽으로 몸을 돌렸다.

"넌 지금 밥 생각이 나니?"

어머니가 아내의 등에 대고 물었다. 아내는 대답 없이 주방으로 가버렸다. 어머니의 시선은 아내로부터 지유에게 옮겨갔다. 지유는 두 손을 앞으로 모아 잡고 소파 끄트머리에 서 있었다. 형벌을 기다리는 표정이었다. 어머니의 시선이 무슨 뜻인지 정확하게 읽은 눈치였다. 애가 죽을 뻔한 걸 보니 속이 시원하지?

아내는 주방에서도 거실 분위기가 읽히는 모양이었다. 어머니의 시선에 의도적인 소음으로 맞섰다. 요란하게 물을 틀어 무언가를 씻거나, 수저통을 바닥에 떨어뜨리거나, 무거운 그릇을 거칠게 내려놓거나, 냉장고 문을 때려 부술 것처럼 닫거나.

비로소 그는 정신이 들었다. 노아가 아닌 지유를 볼 여유가 생겼다. 자신이 지유에게 해줄 수 있는 일이 있다는 것도 알아차렸다.

"지유, 주방에 가서 엄마 일 도와줄래?"

지유는 '네'도 아니고 '예'도 아닌 이상한 소리를 냈다. 그의 귀에는 억누른 목울음처럼 들렸다. 뒤늦게 깨달은바, 아이의 눈자위가 빨갰다. 돌아서는 아이의 어깨가 흐느끼듯 흔들렸다. 주방으로 들어가는 걸음걸이가 넘어질 듯 위태로웠다.

그는 노아 쪽으로 시선을 돌렸다. 마주친 것은 노아가 아니라 어머니의 눈이었다. 말보다도 더 강렬하게 의사를 전달해오는 눈이었다. 머저리 밥통 같은 놈.

뒤통수도 따가웠다. 아내 역시 주방에서 소리 없는 말을 하고 있을 테니까. 배냇병신 마마보이라고. 아내가 지적한 바 있는, 결혼생활을 위협하는 그의 두 번째 결함이었다.

9시경, 노아는 정상 호흡을 되찾았다. 평소보다는 빠른 회복이었다. 살얼음판 같은 분위기는 '평소'로 회복되지 않았지만. 어머니와 노아 말고는 입을 여는 사람이 없었다. 저녁 식사로 차린 굴라시에 손을 댄 사람도 없었다. 노아는 요거트를, 어머니는 맨밥과 대접과 물을 찾았다. 지유는 젓가락으로 밥알을 세며 한세월을 보냈다. 그 역시 두어 숟갈 욱여넣다 수저를 내려놨다.

아내는 아예 식탁에 앉지 않았다. 노아와 어머니의 요구사항을 자발적으로 도맡아 처리했다. 그가 일어나려 하면 눈짓으로 주저앉혔다. 요구사항이 없을 땐 당장 하지 않아도 될 일을 하며 틈을 메웠다. 쓰지 않는 그릇들을 정리하거나, 조리대와 가스레인지를 닦으면서. 너네와 밥 먹기 싫다,로 읽히는 행동이었다.

"넌 안 먹니?"

어머니가 물에 만 밥을 한 술 떠넣고 물었다. 배려에서 나온 말 같지는 않았다. 숨 쉴 만한 분위기를 만들려고 건네는 말도 아니었다. 어조도 그렇고, 목소리도 그렇고. 어머니도 자신과 같은 걸 읽었을 것이라고 그는 짐작했다. 말하자면, 아내에게 거는 시비였다.

"먹어야죠."

아내는 고무장갑을 벗어 조리대에 걸쳐두고 자리에 앉았다. 그제야 그는 아내의 오른손에 붕대가 감겨 있다는 걸 알아차렸다.

"손은 왜 그러니?"

이번에도 어머니가 물었다. 아내는 손마디로 수저를 들면서 말했다.

"고기 썰다 벴어요."

기시감이 느껴지는 답변이었다. 2년 전 바이칼 호수에서 진우를 따돌리고 단둘이 알혼섬 북부 투어를 하던 날에, 전날 그가 묻지 못했던 세 번째 질문을 던졌을 때, 아내는 비슷한 대답을 내놨다. 고기를 썰다 칼이 미끄러져서.

그땐 그랬구나, 했다. 아내와 눈만 마주쳐도 머리가 고장나던 때였으니까. 지금은 아니었다. 아내와 시선이 마주치자 아주 정상적인 질문이 떠올랐다. 오른손잡이가 고기를 썰다 오른손을 벴다.

그것도 두 번이나, 같은 손에. 그것이 가능한 일인가? 손잡이가 아니라 칼날을 쥐고 고기를 썰었다면 또 모를까.

"언제 다친 거니?"

어머니가 물었다.

"며칠 됐어요."

아내는 눈을 내리뜨고 굴라시를 뒤적이며 대꾸했다.

"병원엔 갔니?"

"네, 몇 바늘 꿰맸어요."

어머니는 고개를 끄덕였다. 걱정을 빙자한 빈정대기가 이어졌다. 베기만 한 게 어디냐느니, 잘렸으면 어쩔 뻔했냐느니, 평소에 요리 연습을 좀 하라느니. 이어 본론이 나왔다.

"참, 너한테 할 말이 좀 있다만."

"말씀하세요."

아내는 여전히 눈을 내리뜬 채 대답했다. 어조도, 목소리도 평상의 고요를 되찾은 느낌이었다. 셔터를 내린 닫힌 창처럼, 속을 들여다볼 수 없는 표정을 빼면. 식탁에 앉은 모두를 투명인간으로 만드는 표정이었다. 연애 시절부터 순간순간 나타나 그를 밀어내던 표정이었다. 함께 있지만 멀리 있는 것 같고, 잘 안다고 믿는 순간 낯설어지는 빙벽 같은 표정이었다.

"노아 말이다. 이번 달 중으로 데려갔으면 한다만."

아내는 눈을 들어 그를 봤다. 그는 어머니를 봤다. 난데없고 얼떨떨한 통보였다. 이번 달이라 해봐야 열흘도 남지 않았는데.

"아무리 생각해도 내년 3월까진 안 되겠다. 오늘 너희 하는 짓, 곰곰이 지켜봤는데……."

"어머니, 잠깐만요."

아내의 조용한 목소리가 끼어들었다.

"그 얘긴, 거실에서 차 한잔 드시면서 하시죠."

어머니 대신 노아가 대답했다.

"그래, 할머니. 거실에 가서 말해. 나 졸려."

어머니는 입을 두어 번 달싹거리더니, 결국 노아의 손에 끌려나 갔다. 아내는 지유를 쳐다봤다.

"지유, 자기 전에 할 일이 있지?"

지유가 젓가락을 놓고 일어났다. 그에게도 지시가 떨어졌다.

"은호 씨가 같이 나가서 애들 챙겨줘. 난 금방 치우고 나갈게."

그는 거실로 나갔다. 챙길 건 따로 없었다. 노아는 어머니 무릎 에 머리를 베고 누웠다.

"노아, 밥 먹고 바로 누우면 안 돼."

그가 말을 걸었으나 노아는 못 들은 척했다. 곁으로 다가가자 몸을 돌려서 어머니 배에다 얼굴을 묻어버렸다. 그는 무안한 기분 으로 지유를 돌아봤다.

"지유, 뭐 도와줄 거 없니?"

"아니에요. 저는 숙제하러 갈 거예요."

지유는 고개를 숙여 인사했다. 그와 어머니를 향해 각각 한 번씩.

"안녕히 주무세요."

안방으로 사라지는 지유를 어머니는 물끄러미 바라봤다.

"딱 제 엄마구나."

그럴 리가. 지유는 아내와 닮지 않았다. 길쭉길쭉한 체형도 그 렇고, 정교한 이목구비도 그렇고. 극작가라는 제 친아빠를 닮았을 것이다.

"도대체 정이 안 가."

"자주 못 보셔서 그래요."

어머니는 눈을 세모로 떴다.

"꼭 자주 봐야 정이 드니? 하는 짓 좀 봐라, 정이 들겠는지. 오늘만 해도……."

"아, 엄마."

그는 어머니의 말을 가로막았다.

"그만해요. 노아도 있는데."

자꾸 그러니까 노아가 저러잖아요. 그는 실제로 하고 싶은 말은 삼켜버렸다. 본게임을 기다리는 마당에, 전초전으로 힘을 빼고 싶지 않았다. 말한다 해서 지유에 대한 어머니의 감정이 달라지는 것도 아닐 테고.

어머니는 애초부터 지유를 좋아하지 않았다. 아니, 존재 자체를 못마땅해했다. 어머니로 말하면, 양쪽이 재혼일 경우 한쪽의 아이에게 헌신하려면 다른 한쪽은 아이가 없어야 하며, 당신 아들은 '다른 한쪽'에 해당하지 않는다고 믿는 양반이었다. 어머니 입장에서 보면 지유 때문에 노아가 희생당하고 있는 셈이었다.

진실을 밝히자면 노아를 데려오지 못하는 절반의 책임은 아내에게 있었다. 나머지 절반은 신유나라는 여자의 꼬붕 노릇을 하는 차씨 집안의 어떤 등신에게 있었고. 그는 아내에게 청혼하던 작년 여름 어느 날을 떠올렸다.

아내가 그의 집에 와 있던 주말이었다. 만난 지 1년이 넘은 시점이었다. 서로 알 만큼 알았다고, 그는 판단했다. 과연 싸우는 날이 올까 싶을 만큼 모든 면에서 잘 맞는다고 생각했다. 서로 운명의 상대라 여긴다고 믿었다. 아내 역시 기쁜 얼굴로 예스,라고 할 줄 알았다.

뜻밖에도 아내의 태도는 미적지근했다. 연애는 좋지만 결혼은 물음표라는 것이었다. 자신이 원하는 걸 상대도 원해야만 결혼이 가능하다고 했다. 그는 물었다.

"그게 뭔데?"

너무나 당연해서 어처구니가 없는 답변이 나왔다.

"행복하게 사는 거."

행복을 원치 않는 사람이 이 세상에 몇이나 될까. 그는 자신도 같은 것을 원한다고 말했다. 행복하려고 결혼하자는 거라 덧붙였다. 그녀는 물었다.

"행복이 뭐라고 생각하는데? 한번 구체적으로 얘기해봐."

불시에 일격을 당한 기분이었다. 그처럼 근본적인 질문을 해올 줄은 몰랐다. 사실을 말하자면 행복에 대해 구체적으로 고민한 적이 없었다. 고민한다고 행복해지는 건 아니니까. 그는 머뭇대다 대답했다.

"행복한 순간을 하나씩 더해가면, 그 인생은 결국 행복한 거 아닌가."

"아니, 행복은 덧셈이 아니야."

그녀는 베란다 유리문을 물끄러미 바라봤다. 마치 먼 지평선을 넘어다보는 듯한 시선이었다. 실제로 보이는 건 유리문에 반사된 실내풍경뿐일 텐데.

"행복은 뺄셈이야. 완전해질 때까지, 불행의 가능성을 없애가는 거."

동의할 수 없는 개념이었으나, 딱히 대꾸할 말이 없었다. 그는
잠자코 다음 말을 기다렸다.

"나는 그러려고 노력하며 살아왔어."

그를 돌아보는 그녀의 눈동자에 다시 초점이 잡혔다.

"결혼한다면 한 팀이 되는 건데 자기도 내게 맞춰 노력할 수 있
어?"

"할 수 있어."

그는 냉큼 대답했다. 행복을 위해 노력하자는데 못 한다 할 이
유가 어디 있을까. 무엇보다 진심으로 행복해지고 싶었다. 그녀와
결혼하면 그럴 수 있을 것 같았다.

"맹세해?"

그녀가 재차 물었다. 그는 대답했다.

"맹세해."

맹세는 함부로 하는 게 아니었다. 결혼 준비를 시작하면서 그는
'노력'의 의미를 어렴풋이 깨닫기 시작했다.

그녀를 데리고 처음 하남에 간 날이었다. 어머니는 그녀에게 물
었다. 결혼과 함께 노아를 데려갈 것인지. 그녀는 서글서글하게
대답했다.

"네 식구가 함께 살 집을 마련하는 대로 그리할게요."

이 답변이 어머니가 허구한 날 들먹이는 '결혼할 때의 약속'이
다. 문제는 두 여자가 서로 다른 지점에 방점을 찍었다는 데 있었
다. 어머니는 '결혼과 함께'에, 아내는 '함께 살 집'에.

당시 그는 학교 근처의 빌라에 전세로 살고 있었다. 방 하나에

거실 하나, 화장실도 하나인 원룸 같은 빌라였다. 두 아이와 함께
살기는 힘든 집이었다. 그녀의 집은 서교동에 있는 주상복합 아파
트였다. 두 아이와 살기엔 좋은 집이었으나, 그의 직장과 거리가
멀었다. 주말 부부를 하거나 그가 장거리 출퇴근을 해야 했다.

그녀는 타운하우스를 대안으로 내놓았다. 청연 외곽에 건축 중
이며, 미분양된 세대가 있다고 했다. 무엇보다 노아한테 좋은 집
이라고 그를 설득했다. 공기 좋은 숲속에 위치한다는 점에서, 층
간소음 걱정 없이 소리 지르고 뛸 수 있다는 점에서.

"노아, 축구 좋아하잖아."

두 사람은 모델하우스를 보러 갔다. 집 자체는 좋았다. 옆집과
의 거리가 충분히 확보된 단독주택 형태였다. 독립된 차고와 작은
뒷마당도 있었다. 실내는 천장이 트인 복층 구조였고, 드레스룸을
빼고도 방이 네 개나 됐다. 아이들에게 각자 방을 주고도 하나가
남는 셈이었다. 아내는 그의 서재로 쓸 수 있을 거라고 말했다. 막
석사과정을 시작한 그로서는 고마운 말이었다.

"딱 내가 원하는 집이야."

아내는 결정을 내린 것처럼 보였다. 그는 고개를 저었다. 우선
턱없이 비쌌다. 전세를 빼고, 적금을 털고, 대출을 끼어도 어림없
는 액수였다. 입주 시기도 너무 늦었다. 이듬해 6월이었으니 반년
이상 남은 셈이었다. 그사이 아이들을 데리고 어디에서 살 것인
지, 답이 나오지 않았다. 그가 할 수 있는 최선은 방 세 개짜리 아
파트를 얻는 것이었다.

그녀에게는 이런 계획이 있었다. 자신의 아파트를 팔아 타운하
우스를 계약한다. 입주할 때까지 두 사람은 그의 빌라에서 지낸

다. 아이들은 입주 후에 데려온다. 그게 싫다면 입주 후로 결혼을 늦추자고 했다.

그는 노아와 함께 사는 걸 늦추기로 했다. 5년 가까이 따로 살아왔는데 몇 달 더 못 참겠나 싶었다. 어머니는 마뜩잖아하면서도 노아를 몇 달 더 키워주기로 했다.

입주까지는 비교적 순조로웠다. 순조롭지 않은 일이 벌어진 건 그다음이었다. 입주를 하고도 그는 노아를 데려올 수 없었다. 아내는 두 아이를 같은 날 함께 데려오길 원했다. 데려올 때 두 아이가 같은 성을 갖고 있어야 한다고 주장했다. 함께 유치원에 다닐 남매의 성씨가 다르다면, 재혼 가정이라는 걸 광고하는 거나 진배없고, 아이들은 받지 않아도 될 상처를 받는다는 것이었다. 아내에게 상처란 발아하지 않은 불행의 씨눈 같은 것이었다.

이번에도 아내는 계획을 갖고 있었다. 그가 지유를 입양해서 성을 바꾸면 된다고 했다. 명확한 해결책이었으나 중대한 문제가 있었다. 입양 신청은 결혼한 지 1년이 돼야 가능했다. 5개월이 더 필요한 셈이었다.

그는 아내의 제안을 거절했다. 지유를 입양하기 싫어서가 아니었다. 노아를 데려오지 못하는 게 싫었다. 아내의 주장이 합당하다는 생각도 들지 않았다. 재혼이 숨겨야 할 비밀은 아니지 않은가. 보편적인 가정은 아닐지 모르나, 아이의 성을 바꾸거나 아이들을 직접 기르지 못할 결함은 아니었다.

인간은 자신의 믿음에 따른 우주를 가진다. 결함도 결핍도 없는 완전성이 아내의 우주였다. 행복은 가족의 무결로부터 출발한다고 믿고 있었다. 이 믿음은 신앙에 가까웠다. 타협이 있을 리 없었다. 아내는 그의 거절을 거절했다.

의견 차이는 단 몇 분 만에 싸움으로 번졌다. 상처를 주는 말들이 서슴없이 오갔다. 아내는 그에게 제 자식밖에 모르는 이기주의자라고 쏘아붙였다. 그의 이기적 성향은 결혼생활을 위협하는 세 번째 결함이었다. 그는 사기꾼처럼 말을 바꾼다고 맞받았다가 귀뺨을 얻어맞았다. 포핸드로 한 대, 백핸드로 한 대.

충격을 받은 나머지 그는 반격도, 방어도 하지 못했다. 이어지는 주먹질을 그냥 선 채로 견뎠다. 종종 격렬하게 다투긴 했으나, 물리적인 타격을 입은 건 그때가 처음이었다. 맞고 사는 남자가 왜 생기는지 이해한 밤이기도 했다.

때린 쪽은 그길로 집을 나가버렸다. 얻어맞은 쪽은 다음날 이혼하자는 문자를 받았다.

그는 자존심을 버렸다. 당장 노아를 데려오겠다는 계획도 접었다. 결혼생활을 더 위태롭게 만들고 싶지 않았다. 지는 게 망하는 것보다 낫다고 생각했다. 첫 결혼에 실패한 후, 그의 우주를 지배하게 된 원칙이었다. 아내는 그 점을 잘 알고 있었다. 입 밖에 내본 적이 없는데도, 귀신처럼. 그가 줄곧 지는 게임을 해온 이유일 것이다.

아내가 돌아오자, 그는 어머니를 찾아갔다. 노아를 몇 달만 더 키워 달라고 설득했다. 입양 이야기는 꺼내지 않았다. 알 때 알더라도 미리 입을 놀려 선불로 욕먹고 싶지 않았다. 대신 아내를 팔았다. 허리를 다쳐 몇 달 치료를 받아야 한다고. 어머니는 믿는 눈치가 아니었지만, 그의 부탁을 받아들였다. 어머니의 생활비 전액을 대는 조건이었다.

지난주 월요일은 첫 결혼기념일이었다. 송도에서 아내와 만나 저녁을 먹었고, 자동차 전용 극장에서 〈비포 선셋〉이라는 옛날 영화를 봤고, 청연 집으로 돌아와 와인 한 병을 나눠 마신 후 사랑을 나눴다.

결혼생활에서 반복되는 천상의 순간과 지옥의 순간 중 전자에 속하는 밤이었다. 만족스럽고 평온한 밤. 잘하면 함께 늙어갈 수 있겠다 싶은 밤. '우리에겐 아무 문제도 없다'고 믿고 싶었던 밤. 아내가 그의 가슴팍에 새로운 폭탄을 투하하기 전까지는 그랬다.

아내는 지유를 친양자로 입양해달라고 했다. 일반 입양은 제 아빠와의 관계가 법적으로 계속 인정되나, 친양자입양은 친족과 상속 관계까지 끊을 수 있다고 했다. 지유는 가족관계등록부에 그의 친생자로 등록될 것이며, 성씨는 자동으로 그의 성을 따르게 된다는 것이었다. 정리하면 지유의 뿌리를 세탁하라는 요구였다.

기분 좋게 졸고 있던 그는 벌떡 일어나 앉았다. 자다가 목이 졸려도 그만큼 놀라지는 않았을 것이다. 이제 와 친양자입양이라니. 어쩌면 애초의 목표점이었을지도 몰랐다. 그가 눈치채지 못했을 뿐. 결혼한 지 1년이 됐건만 그는 아직도 아내를 예측하는 데 서툴렀다. 아니 서투른 정도가 아니라 불가능했다. 뇌가 없는 해삼도 일정 기간 훈련하면 예측의 고수가 된다는데.

"일 처리는 내가 할 거야."

아내도 몸을 일으키고 마주 앉았다.

"자기는 동의만 하면 돼."

그가 동의할 거라 믿어 의심치 않는다는 어조였다.

"해줄 거지?"

그때까지도 아내는 달착지근한 미소를 띠고 있었다. 기대를 배반하고 싶진 않았으나, 좋았던 분위기를 깨고 싶지도 않았으나, 그는 말할 수밖에 없었다.

"아니. 못 해."

아내의 얼굴에서 미소가 사라졌다. 스위치를 끈 것처럼, 단숨에, 싹.

"왜?"

이유를 묻는 질문이 아니었다. '뭐가 어째?'의 줄임말이었다. 자기주장이 옳다고 확신한 나머지, 상대에게도 주장할 입이 달렸다는 걸 무시하는 자 특유의 힐문이었다. 그는 어쩐지 수세에 몰리는 기분으로 대꾸했다.

"그렇게 간단한 문제가 아니잖아."

"간단해. 내내 해오던 이야기야. 단지 방식만 약간 바꾸는 거라고. 애들 데려오는 게 늦어지는 것도 아니잖아."

"내가 알기로 친양자입양을 하려면 친부 동의를 받아야 해. 그쪽 입장에서 보면 핏줄 포기 각서를 쓰는 건데, 그게 간단한 거야? 미친놈이 아닌 이상 자기 딸을 가로채 간다는데 네네 그러십쇼, 할까?"

아내의 얼굴에서 핏기가 가시고 있었다. 눈동자에 날이 돋아났다. 감정이 돌발적 흐름을 타고 있다는 신호였다.

"만약 내가 동의서 받아 오면……."

아내는 한 박자 틈을 뒀다가 말을 이었다.

"그땐 동의할 거야?"

그는 움찔했으나 생각을 바꿀 마음은 없었다.

"아니."

"아니야?"

"내가 동의한다고 끝나는 일이 아니잖아. 근본적인 문제는 지유야. 지유가 자라서 우릴 원망할지도 모른다는 생각은 안 들어? 친아빠가 살아 있는데도 제 뿌리를 끊어버렸다는 걸 알면, 그때 그 아이 마음이 어떨지 생각 안 해봐? 아이가 받을 상처는 고려 안 해봐? 왜 모든 걸 네 마음대로만 하려고 해? 지유는 네 딸이지만 네 것이 아니야. 제 삶이 따로 있다고."

"참, 가증스럽네."

아내는 입술 끝을 비틀며 웃었다. 시선은 그의 양쪽 눈 사이를 오갔다. 면도날로 각막을 긋는 듯한 시선이었다. 숨결이 바르르 떨리는 게 느껴졌다. 핏기가 사라진 살갗에선 축축하고 시큼한 땀 냄새가 났다.

그는 감탄스러웠다. 감정을 표출하는 일에 저토록 완벽하게 협응하는 몸이라니. 그 감정이 사랑일 때 아내의 몸은 천상을 선사하지만, 분노일 때는 지옥의 불길로 끌고 들어간다. 알면서도 말을 멈출 수 없었다.

"내가 지유라면, 너를 용서 안 할 거야. 절대로."

아내는 침대에서 내려섰다. 분노에 찬 파상공세가 시작됐다. 지유 생각하는 척하지 마라. 지유를 딸로 받아들이지 않는 거 다 안다. 네 아들은 물고 핥고 빨면서, 내 딸은 옆집 애처럼 대하는 거 모르는 줄 알았느냐. 손 한 번 따뜻하게 잡아주는 꼴을 못 봤다. 눈 맞추고 웃어주는 것도 못 봤다. 너나 네 엄마나 한 치도 다르지 않다. 너네 모자 위선 떠는 거, 이젠 신물이 난다……

그는 아내를 피해 서재로 갔다. 아내가 따라 들어오지 못하도록 문을 잠가버렸다. 또 아내한테 얻어맞는다면, 그때는 상호육탄전이 벌어질 것 같아서. 다음날 아내는 집을 나갔다. 다섯 번째였다. 처형이 찾아오지 않았다면 끝까지 친정에 있으리라 믿었을, 가출 혹은 외도였다.

신유나, 너는 어디에 있었던 거냐.

수십 번쯤 되풀이된 질문이 그의 머릿속에서 다시 고개를 들었다. 그는 시선을 돌려 주방을 봤다. 차 쟁반을 든 아내가 막 주방에서 나오고 있었다. 혹시 아내는 동의서 때문에 전남편을 찾아간 것일까. 동의할 때까지 버티느라 닷새를 보냈을까. 그렇다 한들 뭐가 달라지는 건지는 잘 모르겠지만.

"노아는 벌써 자네요?"

아내는 쟁반을 거실 테이블에 내려놓았다. 그는 쟁반에 놓인 쿠키와 찻잔 세 개를 넘겨다봤다. 빨강, 파랑, 노랑. 제각각 색이 다른 컵 안에 갈색 차가 담겨 있었다.

"차 드세요."

아내는 어머니에게 노란 컵을 건넸다. 그는 빨간 컵. 시큼하면서도 달착지근한 냄새가 났다. 모과차 같았다. 어머니는 한 모금 맛보더니 아내에게 물었다.

"이거, 네가 담근 거니?"

"입에 맞으면, 가실 때 좀 드릴게요."

아내는 파란 컵을 들고 그의 곁에 앉았다. 거실에는 돌연한 고요가 찾아왔다. 꽤 길고 어색한 침묵이었다. 후후, 차를 불어 마시는 소리만 엇박자로 울렸다.

찻잔을 가장 먼저 내려놓은 사람은 어머니였다. 침묵을 깬 사람도 어머니였다.

"시간도 늦었고, 아까 하던 이야기 얼른 끝내버리자. 노아, 어떻게 할 거니?"

아내는 찻잔을 양 손바닥 사이에 끼우고 어머니를 향해 미소 지었다. 이를 환하게 드러내고 초승달 눈을 만드는 아내 특유의 미소였다. 평온하고 느긋해 보였다. 대답하는 목소리 또한 평소처럼 나긋나긋했다.

"저야 늘 은호 씨가 하자는 대로 하죠."

그는 사레가 들릴 뻔했다. 목 뒤로 넘어간 차가 기도를 막는 기분이었다. 한 번에 양방향으로 공을 날린 셈이었다. 어머니에겐 지금껏 노아를 데려오지 않은 건 당신 아들의 결정이었다는 해명을, 그에게는 알아서 처신하라는 경고를.

"그으래?"

어머니의 시선이 그에게 옮겨왔다. 아내는 눈을 내리뜬 채 파란 컵을 들여다보고 있었다. 뒷짐을 지고 물러난 자세였다. 그는 알아서 처신하지 않기로 마음먹었다.

"노아, 이달 안에 데려갈 거니?"

어머니가 답을 재촉했다. 그는 컵에 남은 차 몇 방울을 핥듯이 다 마셨다. 단맛과 함께 쌉쓰레한 끝맛이 혀에 남았다.

"네."

그는 대답했다. 아내는 한쪽 눈썹을 치켜올리고 곁눈으로 그를 봤다. 그뿐이었다. 그의 말을 거들지도, 그렇다고 반박하지도 않았다. 그는 찻잔을 쟁반에 내려놨다. 핏빛에 가까운 빨간색이 신경에 거슬렸다. 찻잔에 대해서라면 쥐뿔도 모르지만, 한 가지 분명하게 아는 건 있었다. 이 원색의 찻잔들은 아내의 취향이 아니었다.

"그래, 그럼 이달 말에 데리러 오는 걸로 알고 있으마."

어머니는 자는 노아의 머리를 쓸어주더니, 난데없이 혀를 찼다. 아이고, 불쌍한 놈. 이제 누가 제 편을 들어줄까.

"차 더 드릴까요?"

아내가 물었다.

"아니다. 11시가 다 돼가는데, 자야지."

"2층 지유 방에 어머니 자리 따로 봐뒀어요."

아내는 찻잔을 쟁반에 내려놓고 일어나며 말했다. 생색도 잊지 않았다.

"편히 주무시라고요. 노아는 은호 씨가 데리고 잘 거예요."

그는 노아를 안아올려 2층으로 향했다. 펭수를 침대 안쪽으로 밀어버리고, 그 자리에 노아를 눕혔다. 양말과 옷을 벗기고 이마에 들러붙은 머리칼을 쓸어올려주었다. 씻지 않아 얼굴이 꼬질꼬질했다. 뺨에서 턱 사이엔 고랑 같은 눈물 자국이 길게 이어져 있었다. 죄책감이 새벽 풀처럼 되살아났다. 설불렀던 자신의 행동이 뼈아팠다. 9일 후면 본격화될 갈등이 무서워지기 시작했다. 노아를 어떻게 교육해야 옳을지 감조차 잡히지 않았다. 명색이 선생이라는 인간이.

"차은호. 내가 먼저 욕실 쓴다."

문밖에서 어머니의 목소리가 들려왔다. 문을 열고 내다봤을 때, 어머니는 벌써 욕실로 들어간 후였다. 그는 창문 커튼을 닫고 노아 곁에 누웠다. 누운 채로 양말을 벗었다. 이어 바지와 셔츠까지 벗어 던졌다. 어머니 나올 때까지만 누워 있자, 했는데 몸이 늘어지기 시작했다. 불빛이 어두워지고 사위가 흐릿해졌다. 잠 귀신이 덮친 것처럼, 막무가내로 눈이 감겼다.

#

그는 깊고 푸른 물속을 떠돌고 있었다. 암류에 붙들려 가랑잎처럼 떠내려가기도 하고, 어두운 심연으로 내리꽂히듯 끌려가기도 했다. 심연의 바닥에 닿으면, 널뛰기를 하듯 얼어붙은 수면을 향해 솟구쳤다. 어둡고, 춥고, 숨이 막혔다. 미치도록 무서웠다.

꿈이라는 걸 알면서도 그는 꿈의 국경을 벗어날 수 없었다. 물결을 뚫고 솟구치는 몸의 요동은 느껴지는데, 몸을 움직일 수는 없었다. 수면 위를 오가는 백색광의 움직임을 봤지만 눈을 뜨고 있는 것도 아니었다. 빙판과 충돌하리라 예상하면서도 몸의 궤도를 수정하는 것 역시 불가능했다.

그는 온몸으로 수면의 빙판을 들이받았다. 눈동자 위에선 빛의 폭발이 일어났다. 하얗고, 뜨겁고, 날카로운 섬광이 시야를 차단했다.

무언가를 보게 되었을 때, 그는 어둠 속에 익사체처럼 잠겨 있었다. 여전히 꿈속인 모양이었다. 아직도 가위에 눌려 있는 것 같았다. 얄따랗게 열린 눈꺼풀 위에선 빛이 움직이고 있었다. 서치라이트가 이동하듯 왼쪽 눈꺼풀에서 오른쪽 눈꺼풀로, 귀밑을 거쳐 목과 가슴으로, 몸통을 통과해 다리 아래로 내려갔다. 이윽고 꺼지듯 사라져버렸다. 순간, 빛이 사라지던 바로 그 순간, 그는 무언가를 봤다. 어둠 속으로 뭉개지듯 스며드는 무언가. 작고 하얀 무언가.

손이야. 그는 머릿속 어딘가에서 울리는 소리를 들었다. 셔터가 내려오듯, 의식이 닫혔다. 진정한 어둠이 찾아왔다.

다시 눈을 떴을 때, 그는 침대에 엎드려 있었다. 방 안은 어둑했으나 창문 밖에선 새들이 지저귀고 있었다. 커튼 틈새로 비치고 있는 희미한 빛은 햇살이었다. 아침이었다. 마침내 꿈에서 벗어난 것이었다.

그는 몸을 돌려 반듯하게 누우려다, 멈칫했다. 자신의 갈비뼈 밑에 부드러운 물체가 깔려 있었다. 처음엔 '펭수'인가, 했다. 기억이 즉각 아니라고 답했다. 지난밤 그는 펭수를 노아 옆으로 밀어두었다.

그의 몸 역시, 기억의 의견에 동의해왔다. 뚱뚱하고 크고 부드러운 펭수와는 감촉이 완전히 달랐다. 어린 나무의 가지처럼, 작고 가느다란 것이었다. 그가 숨만 크게 쉬어도 갈비뼈에 눌려 톡, 부러질 것처럼 연약한 것이었다. 무엇보다 익숙한 냄새가 났다.

무서운 직감이 그를 찍어 눌렀다. 귓가에선 본능의 목소리가 속살거렸다. 그냥 있어. 움직이지 마. 보지 마.

시간이 갔다. 하염없이 느리게 째깍, 째깍. 그의 턱 밑에선 피가 요동치고 있었다. 심장이 고약하고 섬뜩한 소리를 내며 질주했다. 머릿속에선 까마귀 떼가 뱅글뱅글 돌았다. 그는 더 버틸 수가 없었다. 해치워버리는 심정으로, 한 동작에 몸을 뒤집고 일어나 앉았다. 눈을 내리떠서 그것이 무엇인지 확인했다.

노아였다. 펭수 배에 얼굴을 묻고 엎드린 노아. 사지를 늘어뜨린 채 움직이지 않는 노아. 불러도 대답하지 않는 노아, 숨 쉬지 않는 노아, 맥이 뛰지 않는 노아, 몸을 흔들자 머리를 옆으로 툭 떨어뜨리는 노아.

세상이 훅, 사라졌다. 그의 머릿속은 까맣게 암전됐다. 어둠 속에서 그는 폭음처럼 터져나오는 자신의 비명을 들었다.

아냐. 아니야. 아니라고…….

3장

　재인은 회사 로비에 있는 카페 엘로이로 들어섰다. 맨 안쪽 창가 자리에 민영이 앉아 있었다. 눈을 내리뜨고 양손도 무릎에 내려놓고 구부정한 자세로. 전원만 켜둔 노트북처럼, 현실에 대한 입력도 출력도 없는 모습이었다.

　문득 그녀는 되돌아 나가버리고 싶은 충동을 느꼈다. 무엇에 홀려 저 아이를 만나러 왔던가. 도무지 자신을 이해할 수 없었다. 급하고, 중요한 일이며, '재인 언니'와도 관련이 있다는 말에 귀가 팔렸을까. 아니면, 오랜 친구였던 남자의 여동생이라서?

　그녀는 결국 민영의 자리로 가서 말을 붙였다.

　"언제 왔니?"

　민영이 고개를 돌렸다. 막 잠에서 깬 듯한 얼굴로 그녀를 봤다. 바짝 마른 입술 새에선 동문서답이 새어나왔다.

　"여기 사람이 꽤 많네요."

　"점심때잖아."

　그녀는 맞은편 의자에 앉았다. 반갑다는 말은 하지 않았다. 반갑지는 않았으니까.

"우리 7년 만인가 봐요. 그렇죠?"

민영이 말했다. 그녀는 고개를 끄덕였다. 그럴 것이다. 유나의 결혼식 때 만난 게 마지막이었으니.

"아직 밥 안 먹었지?"

그녀는 메뉴판을 집어 들었다.

"저는 이거면 돼요."

민영은 탁자에 놓인 커피잔을 가리켰다.

"곧 회사에 들어가봐야 해서요."

그녀의 귀엔 이렇게 들렸다. 너도 커피나 마셔. 확인 차원에서 재인은 고개를 들고 민영을 봤다. 의아해하는 눈이 시선을 맞대왔다. 상대의 배 속을 존중할 의사는 없는 눈이었다. 만나자 청한 쪽이 누구인지도 잊은 듯했다. 때마침 카페 직원이 왔다. 그녀는 다이어트나 하자는 심정으로 커피를 주문했다.

직원이 사라진 후 둘 사이에는 침묵이 내려앉았다. 민영은 찻잔을 물끄러미 내려다보고 있었다. 그녀는 의자 등받이에 등을 기댔다. 입 닥치고 앉아 기다리는 건 그녀가 가장 잘하는 일이었다. 상대가 누구든 침묵의 공백을 불편해하지 않았다. 침묵을 메워야 한다는 책임감도 느끼지 않았다. 민영에게도 용건을 묻지 않았다. 그저 기다렸다.

"언니."

마침내 민영이 입을 열었다.

"최근에 우리 오빠 만나지 않았어요?"

직원이 와서 커피를 내려놨다. 고마운 등장이었다. 곧바로 대답하지 않아도 된다는 점에서 그랬다. 그녀는 눈을 내려 표정을 감쳤다. 그럼 그렇지 싶었다. 이 아이의 세상은 아직도 제 오빠를 중심으로 돌아가고 있었다.

오래전 민영을 록 페스티벌에 데려간 적이 있었다. 준영의 부탁이었다. 김경호의 무대였던 걸로 기억한다. 그녀는 민영과 함께 맨 앞줄에 자리를 잡았다. 관객들은 시작과 함께 불덩어리가 돼서 활활 타기 시작했다. '떼창'과 비명의 광란 속에서, 민영은 남산타워처럼 우뚝 선 채 휴대전화만 들여다봤다. 뭘 하나, 곁눈질로 봤더니 제 오빠에게 문자를 보내고 있었다.

—오빠, 지금 어디야?

그녀는 커피를 한 모금 넘겼다. 뜨거운 기운이 식도를 쓸고 내려갔다. 목 밑에서 모락거리던 짜증도 함께 밀려 내려갔다. 비로소 입을 열 마음이 났다.

"용건이 그거니?"

전화로도 가능한 얘기 같은데,라는 뒷말은 꿀꺽 삼켰다. 민영은 허리를 반듯하게 세우고 앉았다. 턱을 내려 붙이고 눈꺼풀을 당겨 올려 그녀를 찌르듯 쳐다봤다. 가운뎃점을 찍듯이, 한 마디씩 딱딱 끊어 대답했다.

"나한텐, 중요한, 일이에요."

그녀는 잠시 착각에 빠졌다. 서른 살 여자가 아니라, 열두 살 여자아이와 마주 앉은 기분이었다. 저 표정은, 자신이 뭘 하든 오빠가 정당한 명분이 된다고 믿던 초등학생 서민영의 것이었다. 18년 전, 처음 준영의 집에 간 날 봤던 그 표정이었다.

그녀와 준영 단둘이 간 건 아니었다. 연극 동아리 멤버 넷이 우르르 몰려갔다. 라면을 끓여 먹겠다는 게 목적이었을 것이다. 신림역에서 내려 근처 도로변에 있는 한 빌라 앞에 도착했을 때, 어딘가에서 여자아이의 목소리가 들려왔다.

"오빠."

비명에 가까운 부름이었다. 그녀는 건너편 보도에서 팡팡 뛰어오르며 소리치는 여자아이를 발견했다. 몸집으로 미루어 초등학교 1, 2학년 정도로 보였다. 준영은 다급하게 거기 있으라, 소리쳤다.

"오빠가 데리러……."

말이 끝나기도 전에 아이는 횡단보도도 없는 도로로 튕겨나왔다. 좌우를 살피지도 않았다. 준영만 바라보면서 막무가내로 길을 건넜다. 달려오던 차들이 브레이크를 밟거나, 피하거나, 빵빵거렸다. 아이는 신경 쓰지 않았다. 준영은 정신이 아득해진 표정으로 보도 턱에서 내려섰다.

"오빠아……."

아이는 사뿐하게 몸을 날려 준영의 목에 팔을 감았다. 동시에 그의 허리에 다리를 걸면서 착 달라붙었다. 아이의 엉덩이를 받쳐 안는 준영의 얼굴이 새하얗게 질려 있었다. 영화적으로 표현하자면, 1세기 만에 재회하는 뱀파이어 오누이 같았다.

세상에 오누이만 남은 듯한 장면이 한참이나 이어졌다. 준영은 통사정인지 야단을 치는 건지 모를 말들을 쏟아냈다. 오빠가 데리러 갈 건데 왜 위험하게 길을 건너오느냐, 그러지 말라고 몇 번을 말했느냐, 오빠 심장 멎을 뻔했다…….

말하는 사이사이 추임새를 넣듯 아이의 얼굴 한 번 보고, 등 한 번 다독이고, 다시 끌어안는 짓을 되풀이했다. 기나긴 재회 의식이 끝나자, 아이는 비로소 동아리 멤버들을 돌아봤다.

"이 사람들 누구야?"

"오빠 친구들이야."

준영은 민영을 안은 채로 멤버들을 소개했다. 민영은 '오빠 친구'들의 인사를 무시하고, 유일한 여자인 그녀에게 시선을 붙박았다. 상대를 무안하게 만드는 당돌하고 공격적인 시선이었다. 그녀는 지구를 침공한 화성인이 된 기분이었다. 어린애가 아니었다면 직접 물었을지도 모른다. 너 왜 눈을 그렇게 떠?

아이는 초등학교 5학년생이었다. 여덟 살 차이가 나는 늦둥이 동생이었다. 그래서였을까. 그들의 우애는 유난스러웠다. 나란히 손잡고 고향 거제도를 떠났다는 것, 일찌감치 부모 품을 벗어나 단둘이 살고 있다는 걸 감안하더라도.

민영에게 준영은 아빠이자, 오빠이자, 왕자였다. 준영은 민영을 이집트 공주처럼 머리에 이고 살았다. 민영을 바라보는 눈빛에선 '둥가둥가' 소리라도 울릴 것 같았다. 유나와 결혼할 때까지 그랬다. 지금도 그리 달라지지는 않은 것 같았다. 오빠가 누굴 만나는지, 눈 번득이며 캐고 다니는 걸로 봐서. 그녀는 물었다.

"무슨 일인데 그러니."

"오빠가 사라졌어요."

민영이 기다렸다는 듯, 말을 와르르 쏟아냈다.

"연락도 끊기고, 집에도 없고, 최근에 봤단 사람도 없어요."

"최근이란 게 언제부터를 말하는 건데?"

"지난주 화요일부터요."

화요일이라. 그녀는 커피잔을 내려놨다. 준영이 연락해왔던 지난주 화요일 아침을 생각했다.

"그날 오후 2시쯤 저랑 통화했거든요. 어디냐니깐 교촌이라고 했어요."

오후 2시면 자신과는 상관없는 시각이었다. 그날 오전에 있었던 일을 입에 담고 싶지도 않았다. 민영의 설명은 계속됐다.

"다시 연락한다면서 전화를 끊어버리더라고요. 이후로 연락이 끊겼어요. 카톡이랑 문자도 보내봤는데 확인을 안 해요. 전화기가 아예 꺼져 있어요. 오빠한테 무슨 일이 생긴 거예요."

머리를 쓸어넘기는 민영의 손끝이 떨리고 있었다. 그녀는 생각을 해봤다. 서른여덟 살 된 남자가 엿새 동안 연락이 없다. 이것이 '무슨 일이 생겼다'와 동의어일까.

"네 오빠, 직장에 매인 사람 아니잖아. 다리도 두 개나 달렸고. 못 할 게 뭐 있고, 못 갈 곳이 어디 있어. 당연히 네 레이더에 안 잡힐 수 있지. 취재하러 갔을 수도 있고, 여행을 갔거나 혼자 있고 싶어서 잠수했을 수도 있고."

민영은 입술 끝을 비쭉이며 소리 없이 웃었다. 카톡으로 'ㅎ'라는 답을 받을 때만큼이나 기분이 오묘했다. 언짢기는 하나 언짢은 티를 내면 이쪽이 옹졸해지는 유의 반응이었다.

"언니, 오빠 사정 몰라서 하는 말은 아니죠?"

그녀는 정색하고 민영을 봤다. 이 아이는 언제쯤 깨닫게 될까. 세상 사람 모두가 제 오빠의 사정을 알고 있는 게 아니라는 걸.

"아니, 몰라."

그럴 리가, 하듯 민영은 턱을 삐딱하게 틀었다. 재인은 이 상황이 마음에 들지 않았다. 기 싸움은 질색이었다. 할 말이 있는 사람은 설명이 친절해야 하는 법이라고, 말해주고 싶었다. 네 오빠의 사정은 전혀 궁금하지 않다고도.

"오빠 이혼한 후로 희곡 안 써요. 닥치는 대로 일해요. 택배, 대리운전, 노가다……."

민영의 말은 점점 격앙된 어조를 띠어갔다.

"새언니한테 돈 보내느라고 투잡, 스리잡 막 해요. 쉬는 날도 없어요. 아파도 병원 갈 시간조차 없다고요. 그런데 여행을 갔다고요?"

반대로 그녀의 감정은 전압이 점점 낮아졌다. 준영과 이혼한 사람은 자신이 아니었다. 유나였다. 돈을 받는 사람도 유나겠지. 양육비일 테고. 자신은 둘의 이혼 과정에 대해 들은 바가 없었다. 듣고 싶지도 않았고 물은 적도 없었다. 어머니도 자세한 내막을 말해주지 않았다. 이혼의 귀책사유가 준영에게 있다는 것 말고는. 양육비를 보내는 건 원인을 제공한 자의 몫일 테지. 뭔 수로 벌든 그 역시 당사자의 문제였고.

"내가 왜 여기 불려나와서 너한테 야단을 맞아야 하는지 모르겠다만……."

"언니는 놀라지도 않네요."

민영이 그녀의 말을 자르고 들어왔다.

"오빠가 실종됐다는데. 두 사람 오랜 친구잖아요. 아무렇지도 않나 봐요."

오래전 친구겠지. 실종인지 잠수인지 아직 모르는 상황이고. 어느 쪽이든 아무렇지 않은 건 아니었다. 신경이 쓰였다. 사라진 날이 하필 화요일이라니까. 그녀는 망설이고 있었다. 그날 아침 이야기를 할 것인지 말 것인지.

군이 하지 말아야 할 이유는 없었다. 물론 해야 할 의무도 없었다. 말한다 해서 크게 도움이 될 것 같지도 않았다. 마지막으로 연락한 사람이 민영 본인이라면. 무엇보다 준영의 일에 말려들고 싶지 않았다. 이는 민영이라는 극성맞은 사생팬을 '감당하겠다'와 같은 말이었다.

제 오빠가 나타날 때까지 채권자 행세를 할 테고, 시도 때도 없이 전화를 걸어댈 것이며, 불쑥불쑥 찾아와 오빠를 찾아내라 할 터였다. 오빠 일이라면 눈치 보지 않고 때와 장소를 가리지도 않고 상대의 상황을 고려하지도 않는 아이니까.

그녀는 혼자 진저리 치며 커피를 삼켰다. 직감은 이런 말을 속삭이고 있었다. 저 아이가 원하는 답은 따로 있는 것 같은데.

그런 듯도 했다. 오빠를 만났느냐 물어놓고 답을 다그치지 않는 걸 보면. 답을 기대했다면 저 아이 성격상 집요하게 캐물었을 것이다. 그녀는 직접 묻기로 했다. 화요일의 일을 말해줄지 말지 결정하는 건, 그다음에 해도 늦지 않을 것이다.

"나한테 원하는 게 뭐니?"

아니나 다를까 재깍 답이 나왔다.

"새언니를 만나게 해주세요."

그녀는 얼떨떨했다. 유나를 만나게 해달라니. 이 아이는 '연락'이라는 단어를 모르나.

"네가 직접 연락하면 되잖아."

민영은 눈을 동그랗게 뜨며 순진무구한 어투로 되물었다.

"어떻게요?"

"유나 연락처 모르니?"

하. 민영의 입안에서 혀 차는 소리가 울렸다.

"오빠도 새언니 연락처를 모르는데, 내가 어떻게 알겠어요?"

민영에 따르면, 유나는 이혼 직후 전화번호를 바꿨다. 한 달에 한 번, 준영과 지유를 만나게 해줘야 한다는 명령도 이행하지 않았다. 살던 아파트를 팔고 이사까지 해버렸다. 유나와 연락할 길이 없었던 준영은 면접교섭권 이행 명령 신청을 한 모양이었다. 딸을 만나게 해달라고 법원에다 하소연을 한 셈이었다.

그녀는 몇 가지 기억을 순차정렬 해봤다. 어머니가 유나의 바뀐 전화번호를 전해준 게 언제였던가. 서교동으로 이사했던 것도 그즈음이었을까. 명확하진 않았지만, 둘 다 이혼 시기와 얼추 맞아 들어가는 것 같았다. 그렇다면 유나의 연락처를 알려줄 수 없었다. 당사자가 연락을 끊었을 땐 이유가 있을 테니까.

"직장으로 전화해봤니?"

그녀는 민영이 간과하고 있는 연락처 하나를 짚어주었다. 오늘쯤이면 휴가를 끝내고 출근했을 것이다. 회사 직원이 거짓말을 한 게 아니라면.

"직장이요?"

민영은 혹시, 하는 말투로 덧붙였다.

"사돈어른 회사 말씀이세요?"

"맞아."

"거기 2년 전에 그만두지 않았어요?"

이번엔 그녀 쪽에서 고개를 갸우뚱했다. 뭔가 잘못 알고 있는 듯했다. 유나는 러시아에서 돌아온 후부터 쭉 아버지 밑에서 일했다. 아버지가 돌아가신 후엔 자연스레 사업을 물려받았다. 가족 중 그쪽 일을 배운 사람이 유나밖에 없었다. 경영을 물려받겠다고 나선 사람 역시 유나뿐이었다.

그녀는 사업에 관심이 없었다. 유나와 유산을 두고 다투지도 않았다. 다툴 만큼 굉장한 유산을 남긴 것도 아니었고. 사옥이라 부르는 5층 건물과 양친이 살던 집은 애초부터 어머니 소유로 돼 있었다. 법적인 유산은 창고부지로 사뒀다는 나대지 정도였다. 그녀는 유나의 사업승계에 기꺼이 동의했다. 어머니 생계를 책임지라는 조건을 달아서.

그때부터 지금껏 유나는 사업을 잘 끌어가고 있었다. 그만둔다는 낌새조차 없었다. 어머니에게 듣기로는 그랬다. 그녀는 들은 대로 답해주었다.

"그런 적 없는데."

민영의 얼굴이 삽시에 창백해졌다. 턱 밑으로 핏기가 빠지는 게 눈에 보일 정도였다.

"회사에서 잘린 적이 없다는 말인가요?"

"걔가 대장이야. 누가 자르니?"

아……. 민영은 입을 다물고 시선을 내렸다. 생각을 정리하는 기색이었다. 잠시 후 확인용 질문을 던졌다.

"그러니까 이혼하기 전부터 새언니가 사장이었다는 거네요?"

민영의 목소리에서 감정을 억누르는 기미가 감지됐다. 그것도 필사적으로. 그녀는 불안한 기분으로 자신의 대답을 복기해봤다.

무슨 말을 잘못했을까.

"그건 모르겠고, 어쨌거나 아버지 돌아가신 직후부터야."

민영은 그 얘기를 귓등으로 들은 눈치였다. 엉뚱한 질문을 던졌다.

"오빠가 글쟁이 때려치우고 온갖 잡일을 하는 이유가 뭔지 아세요?"

좀 전에 양육비 때문이라고 하지 않았던가. 그 밖에 다른 이유가 또 있단 말인가. 그녀는 민영이 스스로 밝히기를 기다렸다.

"언니 말이 사실이라면, 그 여잔 사기꾼이에요."

그녀의 감정은 불안에서 불편으로 도약했다. 본능적 저항감이었다. 비록 절연한 동생이긴 해도 이치에 맞지 않는 비난은 받아들일수 없었다. 사업이라 해봐야, 배달 기사까지 포함해 직원이 10명 안짝인 산업용 윤활유 유통업체였다. 그걸 물려받은 게 사기꾼으로 불릴 일은 아닐 것이다. 만약 그렇다면 대한민국은 사기꾼 공화국으로 불려야 한다. 대기업에서 자영업까지 세습 아닌 곳이 없으니.

"말 좀 가려서 하자. 걔, 내 동생이야."

"아, 맞아. 언니 동생이었지."

민영의 목소리가 돌연 한 옥타브를 건너뛰었다. 서슬에 놀란 주변 사람들이 일제히 돌아봤다.

"내 오빠 신세를 조져놓은 사기꾼이 언니 친동생이었지."

그녀는 뒤통수가 싸늘하게 식는 걸 느꼈다. 이혼한 커플의 일로 제3자가 제3자한테 와서 악담을 퍼붓는 꼴이었다. 의도한 악담이 아니라 무의식에서 튀어나온 분노로 보였다. 무의식에 발동이 걸리면 저 아이와 대화하는 건 포기해야 한다. 민영과 유나는 그런 면에서 같은 범주에 속하는 유형이었다. 미치기 시작하면 반드시 폭발해야 끝나는 부류.

"나, 등신인가 봐. 언니랑 그 여자랑 한편인 거 깜박 잊었어. 세상에서 가장 더럽고 끈끈한 게 핏줄인데."

그녀는 아무 대응도 하지 않았다. 어떻게 대응하든 판만 키울 터였다.

"멍청하게 우리 오빠 친구로만 생각하고 찾아왔잖아. 철석같이 도와줄 거라 믿고."

민영은 흐흥, 소리 내어 웃었다. 문자언어로 바꾸면 '씨발' 정도나 될까. 그녀는 흔들리는 민영의 눈에 불길이 확 지나가는 걸 봤다. 저 아이는 왜 이러는가, 하는 점은 이제 궁금하지 않았다. 불길의 영향권에서 멀어지는 게 중요했다. 그녀는 자리에서 일어났다.

"난 그만 들어가봐야겠다."

"간다고? 누구 맘대로?"

민영도 테이블을 확 밀치고 일어섰다. 그 바람에 찻잔이 바닥으로 떨어지며 박살이 났다. 사방에서 호기심에 찬 시선들이 플래시 불빛처럼 번득거렸다. 일별만으로도 아는 얼굴이 네댓은 됐다. 서빙을 하던 남자 직원이 황급히 달려왔다. 민영은 개의치 않았다. 볼록한 짱구 이마를 그녀의 턱 밑으로 들이대고 본격적으로 악을 쓰기 시작했다.

"자매끼리 짜고 우리 오빠를 홀랑 벗겨먹어놓고, 그만 가보시겠다고?"

머리까지 뜨거운 물이 차오르는 느낌이었다. 그녀는 양손을 바지 주머니에 쑤셔넣었다. 이 난국에 대한 해결법으로, 그 알량한 물건을 휘두르게 될까봐. 민영은 손가락 하나를 뻗어 그녀의 어깨를 툭 밀쳤다.

"한번 가보지 그래, 무슨 일이 일어나는지. 다시는 기자질 못 하게……."

머리가 핑 돌았다. 귀가 먹먹해져 다음 말이 들리지 않았다. 그녀는 허둥지둥 자리를 빠져나왔다. 뛰지 않으려 안간힘을 쓰며 카운터로 향했다. 자신의 커피값을 계산하면서 어깨 너머로 뒤를 봤다. 민영은 직원에게 팔을 붙들린 채 소리를 지르고 있었다. 뭐라는지는 알아듣지 못했다. 마지막 한마디만 화살처럼 뒤통수에 박혔다.

"야, 거기 서."

그녀는 그럴 생각이 없었다. 엘로이를 나와 곧장 1층 화장실로 도망갔다. 머릿속 피가 급격하게 도는 바람에 시야가 어질어질했다. 벽에 손을 짚고 한참을 서 있어야 할 정도로. 열이 얼마나 올랐는지 뺨에다 고기라도 구울 수 있을 것 같았다. 이마 한 중앙에선 동맥이 발칵발칵 뛰었다. 이 무슨 봉변일까. '오늘의 운세'에 날벼락을 맞는다는 말 같은 건 없었는데.

재킷 주머니에서 휴대전화 진동벨이 울리기 시작했다. 발신자는 민영이었다. 그녀는 전화를 꺼버리고 비어 있는 양변기 칸으로 들어갔다. 무너지듯 변기에 주저앉았다. 어깨를 움츠린 채 꼼짝도 하지 않았다. 누군가 화장실로 들어오면 숨을 죽였다. 행여 민영이 찾으러 들어왔을까봐.

와중에 부끄러웠다. 부끄러움의 두 배로 기가 찼다. 거리에서

'묻지 마 폭행'을 당해도 이보다 황당하진 않을 것 같았다. 두 남매가 자신에게 왜 이러는지 짐작조차 되지 않았다. 7년 만에 난데없이, 번갈아 나타나서.

그녀에게 준영은 과거의 사람이었다. 실제적 관계로도, 감정적 관계로도. 때문에 그의 전화를 받았을 땐 비현실적인 느낌마저 받았다. 문제의 화요일, 아침 8시경이었다.

"아직 이 번호 쓰는구나."

그의 첫마디였다. 그녀는 당황스러웠다. 준영인 줄 알았다면 받지 않았을 것이다. 모르는 번호였기에 받았다. 그녀의 휴대전화엔 그의 연락처가 저장돼 있지 않았다. 그가 유나와 결혼할 때 번호를 없애버렸으니까. 그는 아니었던가 보았다.

"잠깐 만날 수 있을까."

그는 얼른 덧붙였다.

"점심때쯤 내가 광화문으로 나갈게."

그녀는 만나고 싶지 않았다. 그 어떤 이유로도. 일회적이든 아니든 상관없이. 만날 시간도 없었다. 자신의 이름을 내건 시리즈 기사인 '신재인의 문학관 기행' 취재차 충주 문학관에 가봐야 했다.

"취재가 있어서 충주에 가야 해."

준영은 지금 어디냐고 물었다. 그녀는 집에서 막 나온 참이라고 대답했다.

"너 혼자 가니?"

그녀는 그렇다고 답했다.

"그럼 같이 가면 안 될까? 나 지금 주안역 근처에 와 있는데."

꼭 만나야 한다고 했다. 업무를 방해하지 않겠다고 약속한다고 했다. 오가는 길에 동행만 시켜달라고 했다. 지유와 관련해 할 말이 있다고 했다. 그때 끝까지 거절했으면 좋았을 것을.

그녀는 그러지 못했다. 자신이 아는 준영은 부탁에 서툰 사람이었다. 민영과 달리 막무가내로 떼쓰는 성격도 아니었다. 자기 것도 챙기지 못하는 물러터진 인간이었다. 이렇듯 간절하게 덤빌 땐 이유가 있을 거라 판단했다. 지유와 관련된 일에 왜 자신을 찾는지, 이상하다 여기면서도 부탁을 받아들였다.

20분 후, 그녀는 주안역에서 준영을 태웠다. 조수석에 앉은 남자는 낯설기 그지없었다. 새치로 덮인 푸석한 머리, 생기 없는 눈빛과 그늘이 짙은 눈두덩과 얄팍하게 꺼진 볼, 꺼칠하게 자란 수염과 막 걸친 듯한 옷. 지하도에 앉아 있으면 500원쯤 던져주고 갈 사람이 서넛은 되겠다 싶은 몰골이었다. 한때는 학교에서 가장 빛나는 별이었는데.

"미안해. 성가시게 해서."

그는 사과로 인사를 대신했다. 그녀는 차를 출발시키며 물었다.

"아침부터 인천엔 웬일이야?"

"응. 일 끝나고 잠깐……."

그는 말끝을 흐렸다. 이후 인천을 빠져나올 때까지 말이 없었다. 뭔가 말을 꺼낼 것처럼 그녀를 보다가도 눈이 마주치면 입을 다물어버리곤 했다. 그러다 꺼낸 말이 "한숨만 자도 될까"였다.

"며칠 못 잤더니, 멍하네."

그녀는 곁눈질로 준영을 봤다. 지치고 우울해 보였다. 맥없는 표정도, 실핏줄들이 불거진 눈자위도, 바짝 말라 갈라진 입술도, 끝이 갈라진 쉿소리도. 그녀는 고개를 끄덕였다. 이야기야 돌아올 때 하면 되지.

"한 시간 후에 깨워줘."

그는 등받이를 조금 젖히고 머리를 기댔다. 눈을 감자마자 잠들어버렸다. 등받이에 파묻힌 그의 얼굴에선 산 자의 질감이 느껴지지 않았다. 수만의 은하를 건너와 자신의 옆자리에 불시착한 홀로그램을 보는 것 같았다. 그녀는 그를 깨우지 않았다.

오전 11시경, 충주 문학관에 도착했다. 차를 야외 주차장 한구석에 댔다. 늦가을의 찬 햇살이 그의 얼굴로 쏟아졌다. 얄팍한 눈꺼풀 밑에서 눈동자가 움직이고 있었다. 꿈이라도 꾸는 것처럼, 꿈속에서 새라도 좇는 것처럼 느릿하고 무작위적으로.

깨울까, 그냥 들어갈까. 그녀는 깨우지 않기로 했다. 생각해보니 깨울 이유가 없었다. 어차피 자신은 문학관으로 들어가야 했다. 관장과 인터뷰 후 점심 약속이 돼 있었다. 본격적인 문학관 취재는 오후에 시작될 예정이었다. 최소 네댓 시간은 걸릴 일이었다. 그녀는 히터를 조절하고, 시동을 걸어둔 채로 차에서 내렸다. 문학관으로 들어서면서 휴대전화로 문자를 보냈다.

—나, 일하러 가. 키 꽂아놨으니까 점심은 알아서 해결하고.

그녀가 차로 돌아왔을 때, 준영은 없었다. 문은 잠겨 있지 않았다. 키도 그대로 꽂혀 있었다. 화장실에 갔나, 생각하다 이내 아니라는 걸 알아차렸다. 그랬다면 키를 가져갔겠지. 차문은 잠가뒀을 테고. 운전석에 들어앉은 후에야 그녀는 휴대전화에 생각이 미쳤다. 인터뷰 녹음을 하느라 설정해두었던 비행 모드를 해제하자,

문자가 하나 들어왔다.

─급한 일이 생겨서 돌아간다. 미안해.

준영이었다. 보낸 시각은 11시 4분. 그녀가 문학관으로 들어가 자마자 떠난 셈이었다.

홀로 돌아오는 길은 과거로 가는 길이 되었다. 그곳에서 뻗어온 손을 뿌리치지 못한 자신에게 넌더리가 났다. 왜 그를 만났던가. 아니, 그는 왜 찾아왔을까. 설마 한숨 자려고?

이후 준영은 연락이 없었다. 민영의 행패로 인한 충격이 조금 가시자 궁금증이 되살아났다. 그는 어디로 간 것일까.

사고를 당했을 것 같진 않았다. 그랬다면 진즉에 경찰이 연락했겠지. 납치됐을 가능성도 크지 않았다. 그는 납치할 가치가 있는 유명인이 아니었다. 쉬 납치당할 만큼 약골도 아니었다. 망가지긴 했으나, 기본적으로 건장한 남자였다. 키도, 체구도. 불운에 휩쓸렸다 하여 자살할 성격도 아니었다. 그녀가 알기론 그랬다. 내성적이고 예민했지만, 자기 삶을 사랑하는 사람이었다. 극작가로서 연극판에서 인정받겠다는 욕망도 컸다.

그녀는 결론을 내렸다. 잠깐 잠수했을 것이다. 어쩌면 사람 혹은 세상에 염증을 느꼈을지도 몰랐다. 아니면 마냥 쉬고 싶었거나. 때가 되면 수면으로 떠오르겠지.

오후 내내, 그녀는 일에 집중하지 못했다. 보지 않으려 해도 보이는 것 때문에. 시야 끝에 붙어 떨어지지 않는 것 때문에. 바로 유령 같았던 준영의 얼굴이었다. 무엇을 하든 결국 생각의 끝은 준영에게 돌아가 있었다. 그걸 깨달을 때마다 허둥대고, 실수를 저지르고, 짜증을 냈다. 퇴근 무렵, 유나에게서 문자를 받기 전까지 그랬다.

―오늘 지유 좀 데리고 있어줘. 은호 씨 아들이 돌연사해서 집안이 쑥대밭이야. 유치원에 데려다놨으니까 퇴근길에 찾으러 가면 돼.

유나는 전화를 받지 않았다. 대신 어떤 여자가 '고객님께서 전화를 받을 수 없다'고 가르쳐주었다. 문자 통보 후 수신차단을 해버린 모양이었다. 이는 오늘의 '오늘'이 내일도 '오늘'일 것이며, 모레 역시 '오늘'이 되리라는 예고였다. 어머니가 한국으로 돌아오는 날까지 쭉.

그럴 것이라 예상한 예고였다. 유나가 가진 독보적 기술 중 하나이기도 했다. 이름하여 '문간에 발 들여놓기'. 사소한 부탁으로 시작해 뒷일까지 내맡겨버리는 수법이었다. 상대는 알면서도 당한다. 아주 잠깐 핸드백을 들어줬을 뿐인데, 어느 틈에 모든 짐을 이고 진 채로 시녀처럼 뒤따라가는 자신을 발견하게 되는 것이다.

재인에겐 선택의 여지가 거의 없었다. 유나의 요구를 무시하든 받아들이든 결과는 같을 것이므로. 지유를 데리러 가지 않으면 유치원 선생은 유나에게 연락할 것이고, 연락이 되지 않으면 두 번째 보호자인 어머니에게 전화할 것이며, 모스크바 이모네에 가 있는 어머니는 그녀에게 전화를 걸어 숨이 꼴딱 넘어가는 소리로 애걸복걸할 것이다. 좀 가봐라, 애가 불쌍하지도 않니.

거부하면, 이모를 붙들고 하소연과 만딸에 대한 험담과 눈물로 밤을 지새울 터였다. 아침이 되면, 당장 한국으로 돌아가야 하니 항공편을 구해달라고 이모를 닦아세울 것이다. 두 사람이 몇 달에 걸쳐 준비한 일정은 모두 틀어질 것이고. 애먼 이모가 유탄을 맞는 셈이었다.

이모는 어머니의 쌍둥이 동생이었다. 일란성인데도 외모를 제외한 모든 것이 달랐다. 성격도, 삶에 대한 태도도, 운명의 행로도. 스물두 살에 결혼해 가정에 안착한 어머니와 달리, 이모는 이국에서 홀로 환갑을 맞았다. 늦은 나이에 유학해 그곳에 정착했다고 들었다.

유나의 러시아 유학도 이모의 지원으로 이뤄졌다. 공부도 끝내지 않고 돌연하게 돌아와버린 유학이었지만. 남자친구의 죽음 때문이라고 했다. 헝가리 유학생이었고, 차 사고로 뇌사상태에 빠졌다가 일주일 후에 숨을 거뒀다고 했다. 동거 반년 만에 일어난 일이었다.

유나에게 직접 들은 이야기는 아니다. 어머니가 유나의 결혼 소식을 알리려고 이모에게 연락했다가 들은 이야기였다.

이모는 놀랍다는 반응이었다고 한다. 남자친구의 죽음에 충격을 받아 공부도 포기하고 귀국해버린 아이가, 불과 몇 달 만에 결혼을 하는 건 그리 흔한 일이 아닐 테니까. 어머니는 이모에게 화를 냈다. 축복해주진 못할망정 불운한 과거를 굳이 들추는 저의가 뭐냐고 쏘아붙였다. 두 사람은 그 일로 오랜 기간 서먹하게 지냈다.

어머니의 모스크바행은 화해의 차원에서 이뤄진 일이었다. 이모가 제의했고, 어머니는 동의했다. 한 달간 머물 계획이었다. 지유도 동행할 예정이었다. 유나가 그러기를 원했다. 유나에 따르면, 지유에게 다른 세상을 보여줄 좋은 기회였다.

늘 그렇듯, 유나의 변덕은 돌연하고도 막무가내였다. 출발 닷새 전인 지난 화요일, 유나는 유치원에 들러 지유를 데려가버렸다. 어머니에겐 문자 한 통만 남겼다.

—며칠간 내가 지유 데리고 있으려고. 떠나기 전날까지 데려갈게.

유나는 약속을 지키지 않았다. 어머니가 출국하는 날 아침까지 연락을 하지도, 받지도 않았다. 유나에게 약속은 그런 것이었다. 하는 건 침 뱉기보다 쉽고, 지키는 건 그걸 다시 주워 먹는 것보다 어려운 일.

어머니는 그녀에게 몇 가지 정보를 남겼다. 유나의 집 주소, 집 전화번호, '차 서방'의 휴대전화 번호. 출국장으로 들어가는 순간까지 집으로 찾아가보라 당부하고 또 당부했다. 그녀가 대답하지 않자 한마디 덧붙였다.

"요 며칠 꿈이 계속 흉해서 그런다."

그녀는 공항에서 곧장 청연으로 차를 몰았다. 유나를 만나면 귀싸대기라도 날려주고 싶은 심정이었으나, 그러려고 간 건 아니었다. 어머니의 흉한 꿈 때문에 간 것도 아니었다. 유나가 자신의 문간에 발을 들이지 못하도록 경고하러 간 것이었다. 다만 유나 대신 차은호와 대면하게 될 줄은 몰랐다.

어머니에게 얻어듣기로, 차은호는 참한 남자였다. 직접 본 소감은, 유나의 입맛에 맞는 남자였다. 준영과 비슷한 면이 있었다. 내성적으로 보이는 표정도 그렇고, 눈동자가 품고 있는 예민한 소년의 느낌도 그렇고. 그 예민함은 '약하다'의 다른 이름이었다. 약한 것은 불안하기 마련이었다. 불쾌감과 불안한 인상을 동시에 받은 건 그 때문일 것이다.

그녀는 차를 출발시켰다. 유치원까지 가는 동안, 반복해서 유나의 문자를 복기해봤다. 의붓아들의 돌연사라는 다급한 사정은 사실일까?

아닐 수도 있을 것이다. 아니, 아닐 공산이 더 컸다. 유나에겐 필요에 따라 집단 돌연사도 시킬 수 있는 창작 능력이 있었다. 하늘도 알고, 땅도 알고, 유나를 낳은 어머니도 아는 재능이었다. 그녀는 지유를 데리고 청연으로 가기로 했다. 진위를 확인할 필요가 있었다. 눈 빤히 뜨고 당해온 호구짓을 피하려면.

그녀는 유치원 앞에 차를 대고 안으로 들어갔다. 레고를 쌓고 있는 남자아이와 선생이 먼저 눈에 들어왔다. 잠시 후, 교실 한쪽에 앉아 책을 보고 있는 지유를 발견했다. 문을 열자 지유가 퍼뜩 고개를 들었다. 문소리에만 온 신경을 집중하고 있었던 것처럼.

"이모."

지유는 책을 내려놓고 발딱 일어났다. 몸을 날리듯 달려와 그녀의 허리를 와락 끌어안았다. 온몸을 들이밀듯 붙여오며 다시 그녀를 불렀다.

"이모."

고개를 들고 눈을 마주쳐오며 세 번째로 그녀를 불렀다.

"이모."

더욱 힘주어 그녀를 끌어안고 그녀의 갈비뼈 사이에 얼굴을 묻으며 속삭였다.

"안 오시는 줄 알았어요."

전에 없던 행동이었다. 제 할머니에게도 해본 적 없는 어리광이었다. 그녀는 가슴이 덜컥 내려앉는 걸 느꼈다. '돌연사'는 사실인 모양이었다. 무참하고 충격적이었을 그 광경을 다 봤나, 싶었다. 그게 아니고는 아이의 낯선 행동이 설명되지 않았다. 그녀는 지유를 안고 등을 다독이며 중얼거렸다.

"그럴 리가 없잖아."

세 번씩 되풀이된 '이모'라는 부름은 그녀의 계획을 한 방에 바꿔놓았다. 아무래도 아이를 집으로 데려가야겠다고. 죽음의 현장으로 다시 끌고 가는 건, 이모라 불린 자가 할 짓이 아니었다. 유나에게 화를 내는 건 상황이 끝나고 해도 될 일이었다.

"지유가 이모님 만나서 엄청 좋은가 봐요."

선생이 다가와 인사를 건넸다. 그녀는 지유가 언제 왔는지 물었다.

"점심때 왔어요."

유나는 이모가 데리러 올 것이라는 말을 남기고 곧장 가버렸다고 했다. 아이는 구석 자리에 앉은 채 종일 한마디도 하지 않았다. 점심식사도, 간식도 거의 손대지 않았다.

"집에 가면 뭘 좀 먹여주세요. 배가 고플 거예요."

평소와 달리 그녀는 지유를 조수석에 태웠다. 뒷좌석에 홀로 앉히기엔 지유의 표정이 너무 불안정했다.

"우리 맛있는 거 사 먹고 들어갈까?"

차에 시동을 걸면서, 그녀는 지유에게 물었다. 아이가 좋아하는 것들을 닥치는 대로 주워섬겨봤다. 돈가스, 파스타, 짜장면…….아이는 코를 한 번 훌쩍이더니 고개를 저었다.

"그럼 이건 어때? 이모가 저 앞 맥도날드에 차를 대고 해피밀 세트를 사 오는 거야."

지유는 대답하지 않았다. 입술이 고집스럽게 닫히고, 코끝이 빨개졌다. 한 번 더 권했다간, 울음이라도 터트릴 것 같은 표정이 었다.

그녀는 당혹스러웠다. 지유는 제 의사를 분명하게 표현하는 아이가 아니었다. 하기 싫어도 어른이 하자, 하면 열에 아홉 번은 '네' 하는 성격이었다. 이 정도면 싫은 감정을 넘어 고통의 표현이라 봐도 넘치지 않을 것이다.

"그럼 집으로 갈까?"

그녀가 묻자, 지유는 재깍 네, 했다. 깜짝 놀랄 정도로 빠른 반응이었다. 표정엔 조급한 느낌마저 어려 있었다. 그녀는 차를 출발시켰다. 가는 내내 아이는 말이 없었다. 그녀에게 눈길 한 번 주지 않았다. 유치원 가방을 끌어안은 채 창밖만 내다보고 있었다. 막 만났을 때 보여준 열렬한 환영이 자신의 착각이었나, 싶을 정도였다.

집에 도착한 후로도 태도는 크게 바뀌지 않았다. 아이는 제 방으로 쏙 들어가버렸다. 여전히 유치원 가방을 떠받들듯 안고서. 평소라면 욕실로 달려가 손부터 씻었을 것이다. 방으로 들어가 옷을 갈아입고 나오는 게 다음 순서였고. 오늘은 방에 들어간 이후

나오지 않았다. 그녀가 옷을 갈아입고 방문을 두드릴 때까지도.

"지유. 자니?"

대답이 없었다. 그녀는 문에 귀를 대고 다시 물었다.

"이모 들어가도 되니?"

가까스로 네,라는 대답을 들을 수 있었다. 인도양 어느 섬에서 대답을 해도 그보다는 크게 들릴 것 같았다. 그녀는 방문을 열고 안으로 들어섰다.

"왜 그러고 있어?"

지유는 유치원복을 입은 채로 침대에 걸터앉아 있었다. 심지어 코트도 벗지 않았다.

"그냥요."

대답하는 아이의 낯빛이 창백했다. 막 자다 깨어난 것처럼 표정이 멍해 보였다. 그녀는 물었다.

"지금 라면 끓일 건데, 나와서 같이 먹을까?"

평소라면 권하지 않을 음식이지만, 지금은 이것저것 가릴 때가 아니었다. 뭐든 먹이는 게 우선이었다. 이번에도 아이는 "아뇨" 했다.

"그럼 핫초코 만들어줄까?"

마지못한 대답이 나왔다. 네에…….

그녀는 큰 컵 가득 핫초코를 만들어 대령했다. 지유는 절반도 비우지 않았다. 눈에는 졸음이 깔리고 있었다.

"씻고 잘래?"

지유는 고개를 끄덕였다.

"그럼 원복 벗고 욕실로 와. 이모가 물 받고 있을게."

욕조에 물이 반쯤 찼을 때, 지유가 들어왔다. 그녀는 아이를 욕조에 앉히고 땋아 내린 머리를 풀기 시작했다. 아침에 손질해주지 않은 티가 역력하게 났다. 뒷머리가 납작하게 눌린 데다, 새집처럼 헝클어져 있었다.

그녀가 머리털과 싸우는 사이, 지유는 제 발끝만 내려다봤다. 씻기는 동안에는 제 몸을 널브러뜨리듯 내맡긴 채 천장만 올려다봤다. 보는 사람마다 탄성을 터트리는 아이의 크고 짙은 눈동자는 초점 없이 흐릿해져 있었다. 머리를 말리고 잠옷을 입혀 침대에 눕혔을 땐 눈이 반쯤 감겨 있었다.

"지유, 어디 아프니?"

지유는 고개를 저었다. 그녀는 지유의 이마를 만져봤다. 막 목욕을 끝낸 참이라 살갗이 따뜻했지만, 열이 있는 것 같지는 않았다.

"졸리니?"

아이는 입 모양으로만 네, 했다. 지유를 눕히고도, 그녀는 침대 옆을 서성거렸다. 잘 자, 하고 퇴장해버릴 수가 없었다. 맥없고 멍한 모습이 마음에 걸렸다. 뭘 먹으려 하지 않는 것도.

"이모 여기서 같이 잘까?"

그녀는 허리를 굽히고 지유의 귀에 속삭여봤다.

"아니요."

해피밀 세트를 거절할 때만큼이나 즉각적이고 단호한 대답이었다. 그녀는 이불을 여며주었다.

"불 끌까?"

"저 잠들고 나면요."

지유는 눈을 감았다. 그녀는 지유가 벗어둔 옷가지를 옷장에 걸기 시작했다. 코트, 재킷, 원피스. 원피스 안에 받쳐 입는 흰 티셔츠를 집어 들다 그녀는 멈칫했다. 목, 팔꿈치, 소매 끝이 때가 타서 까맸다. 레깅스에선 쿰쿰한 냄새가 났다. 종아리까지 올라오는 양말 바닥은 반질반질하면서 더럽고 뻣뻣했다. 하나같이 한 일주일쯤 입고 뭉갠 느낌이었다. 불현듯 차은호가 했던 말이 머리를 스쳐갔다.

"집에 없습니다. 잘 아실 텐데요."

유나는 정말로 집에 없었던 걸까. 지유를 데려간 화요일부터 오늘까지 쭉? 만약 계획된 여행이 아니라 돌발적인 가출이었다면…….

그렇다면 더러운 옷가지가 설명된다. 지유는 엿새 전 입고 나간 옷을 그대로 입고 돌아온 것이다. 갈아입힐 옷을 미처 챙기지 못했을 테니까. 자신을 어리둥절하게 만들었던 "잘 아실 텐데요"라는 말도 해석이 가능해졌다. '친정에 있지 않느냐'는 반문일 것이다.

그녀는 책상에 엉덩이를 걸치고 앉았다. 준영이 자신을 찾아온 날도 화요일, 준영이 사라진 날도 화요일, 유나가 지유를 데리고 사라진 날도 화요일. 머릿속에서 어떤 생각이 통통 튀다가 훅, 가라앉았다. 집중하면 건져올릴 수도 있을 것 같았으나 그대로 두었다. 귀찮았다. 이미 지쳐 있는 상태였다. 집중보다 해체가 필요한 시간이었다.

그녀는 지유의 방을 나왔다. 들고 나온 옷가지는 빨래통에 던져넣고 욕실로 향했다. 샤워하는 내내, 단어 하나가 귀벌레처럼 머릿속을 맴돌았다. 화요일, 화요일, 화요일…….

욕실에서 나왔을 땐, 10시가 조금 넘었다. 머리도 말리지 않고 지유의 방문부터 열어봤다. 아이는 제가 좋아하는 카카오 어피치 베개에 뺨을 대고, 한쪽 팔을 침대 밑으로 늘어뜨린 채 엎드려 있었다. 불러도 대답이 없는 걸로 보아 잠이 든 것 같았다.

그녀는 안으로 들어갔다. 아이를 반듯하게 돌려 눕혔다. 무언가가 발끝에 밟힌 건 바로 그때였다. 집어 들고 보니 인형이었다. 가슴팍에 '아빠' 명찰을 차고 있는 손 인형. 어디서 봤는데, 어디서 봤더라. 껌껌한 머릿속에서 기억이 불쑥 튀어나왔다. 호흡이 단숨에 뒤엉켰다.

그녀는 방에서 도망쳐나왔다. 아니, 기억으로부터 도망쳤다. 소파에 털썩 주저앉은 후에야, 도망치지 못했다는 걸 깨달았다. 정작 두고 왔어야 할 인형을 손아귀에 꽉 틀어쥐고 있었다. 그녀는 손목 혈관으로 불이 통과하는 걸 느꼈다. 기어코 기억이 열렸다. 송곳니에 덜미를 물린 강아지처럼, 속절없이 끌려갔다. 마당가 자귀나무가 진홍 꽃무리를 매달던 여덟 살 초여름으로.

그해 봄, 어머니는 신부전 말기 진단을 받았다. 예고도 없이 얻어맞은 날벼락이었다. 훗날 전해 들은 바로 부신에 생긴 종양이 원인이었다. 병세는 급속도로 악화됐고, 신장 이식이 유일한 치료법이었다.

그나마 어머니는 운이 좋았다. 당신과 똑같은 몸을 가진 이가 세상에 하나 더 있었으니까. 그 사람이 기꺼이 자기 신장 하나를 내주겠다고 나섰으니까. 수술 전 준비 과정은 복잡하고도 길었다. 공여자인 이모는 몸을 관리하면서, 어머니는 매일 혈액투석을 받으면서 시간을 견디고 있었다.

직업군인이었던 아버지는 전역 후 사업을 시작한 참이었다. 그녀는 초등학교 1학년이었다. 유나는 유치원생이었다. 공교로운 시점이자, 최악의 조합이었다. 한 가족의 운명을 바꾸기에 모자람 없는 요소들이었다.

아버지는 세상에서 가장 바쁜 사람이 되었다. 어머니 병간호, 두 아이 뒷바라지, 막 시작한 사업과 집안일까지. 도우미를 쓰기엔 경제적 부담이 컸을 것이다. 주변에 도와줄 이도 마땅치 않았다. 외할머니는 돌아가셨고, 할머니는 가평 우혜리 마을에 갓 정착한 터였다. 뇌졸중 후유증으로 몸이 불편했던 할아버지를 위한 귀촌이었다. 더하여 아버지는 외동이었다. 도와줄 형제도 없는 셈이었다.

어쩌면 그래서였는지도 모른다. 수술을 며칠 앞두고, 결국 할머니가 손을 내밀었다. 두 아이 중 하나를 맡아줄 테니 우혜리로 보내라 했다. 아버지는 유나를 택했다. 엄마는 동의했다. 선택할 여지가 없었을 것이다. 우혜리는 작은 마을이었고, 근처에 초등학교가 없었으므로.

아버지 입장에선 맏딸을 감당하기가 더 수월했을 것이다. 여덟 살이면 스스로 자신을 돌볼 수 있는 나이니까. 몸을 씻거나, 밥을 차려 먹거나, 학교 숙제를 하거나, 그 밖에 모든 면에서. 덤으로 간단한 심부름도 수행할 수 있고.

유나는 할머니네로 떠났다. 가야 하는 이유를 납득해서 간 건 아니었다. 순순하게 가지도 않았다. 가는 순간까지 엄마에게 매달려 애걸복걸했다. 왜 나를 보내느냐, 재인이한테 가라고 해라, 아빠는 나만 미워한다, 벌레 나오는 시골집에서 할머니랑 사느니 차라리 죽어버리겠다…….

　그때만 해도 겨울이 오면 유나가 돌아올 줄 알았다. 그때가 되면 예전처럼 살게 될 줄 알았다. 그때만 기다리면 모든 게 해결될 줄 알았다. 시간은 그녀에게 어떤 것도 주지 않았다. 대신 원치 않은 진실을 가르쳤다. 내일은 바라는 방향에서 오지 않는다는 것. 간절히 원한다 하여 이뤄지는 게 아니라는 것도. 유나는 겨울이 가고 봄이 또 가도록 돌아오지 못했다.

　그 시절 집 안에는 늘 어둠과 정적이 드리워져 있었다. 어머니는 회복이 한없이 더뎠다. 면역거부반응과 면역억제제로 인한 피부질환에도 시달렸다. 말짱하게 회복한 이모가 러시아로 떠난 후엔 우울증까지 왔다. 말수가 없어지고, 체중이 줄고, 사람과의 접촉을 피하기 시작했다. 때론 유나의 방에 들어가 우두커니 앉아있기도 했다. 유나의 사진을 들여다보며 소리 없이 눈물만 줄줄 흘리는 울음을 울었다.

　재인에게는 무참할 정도로 매정하게 굴었다. 학교에서 돌아와도 반겨주는 말 한마디 없었다. 그녀의 행동 하나하나마다 신경질적으로 반응했다. TV를 켜면 시끄럽다고 했고, 말을 걸면 입을 다물라고 했고, 거동을 도우려 하면 손을 밀쳐냈고, 몸 상태를 물으면 네 할 일이나 잘하라고 면박을 줬다.

　그녀는 많은 것들을 스스로 습득하고 깨우쳤다. 어머니 눈에 띄지 않고 소리 없이 움직이는 법, 눈치껏 처신하는 기술, 하고픈 말을 참는 힘, 무안을 당해도 울지 않는 요령, 어머니의 표정에서 기분을 읽어내는 독심술, 착하게 굴어야 집에서 살아남을 수 있다는 생존방식까지.

154

더하여 어머니와 단둘이 있는 상황을 피하려 애썼다. 학교가 파하면 놀이터나 친구 집에서 시간을 보냈다. 갈 곳도, 놀 상대도 없으면 마당 자귀나무 밑에 옹크려 앉아 아버지가 오기를 기다렸다. 현관문을 열고 들어가는 일이 땅굴로 들어가는 것처럼 무서웠다. 어머니와 대면하는 일이 죽기보다 싫었다. 싫은 걸 표 내지 않는 일이 세상에서 가장 어려웠다.

아버지는 주말마다 할머니 집에 갔다. 매번 어머니 대신 그녀를 데리고 갔다. 어머니를 데려가지 않는 이유가 뭔지 묻자 아버지는 이렇게 대답했다.

"네 엄마 쓰러질 거다."

이 대답은 이중적 의미를 담고 있었다. 하나는 말 그대로, 아버지의 영업용 트럭을 타고 먼 길을 가기엔 어머니의 상태가 너무 나쁘다는 뜻이었다. 다른 하나는, 어머니와 유나가 만나면 감당할 수 없는 일이 벌어질 거라는 의미였다.

유나는 늘 집으로 돌아갈 채비를 하고 아버지를 기다렸다. 어떤 날엔 유치원복 차림에 유치원 가방을 메고 대문 앞에 서 있었다. 아버지가 내리면 대문을 가로막고 안으로 들어가지 말라고 떼를 썼다. 저를 태우고 바로 인천으로 가자는 얘기였다.

이번에도 갈 수 없다는 걸 알면 난동이 일어났다. 아버지가 사간 선물을 내던지고, 데려갈 것도 아니면서 왜 왔느냐고 악을 쓰고, 땅바닥에 드러누워 다 죽어버리라고 울부짖었다. 떠날 시간이 되면 태도를 바꿔 아버지 허리춤에 매달렸다.

"아빠, 나 데리고 가. 나 창고방에 들어가기 싫단 말이야."

무슨 말이냐고, 아버지가 물으면 할머니는 유나를 떼어내며 대꾸하곤 했다.

"애 하는 말에 신경 쓰지 말고 가. 금방 멀쩡해진다."

돌아온 후 아버지가 전화를 걸면 할머니는 비슷한 말을 들려주었다.

"걱정 마라, 제 할아비랑 반달늪에 놀러 갔다."

노상 반복되는 소동을 어머니는 몰랐다. 아버지가 내색조차 하지 않았다. 신경 쓰이게 하고 싶지 않았을 것이다. 그녀 역시 말할 수 없었다. 특히 그날 있었던 일은 더더욱.

다시 해가 바뀐 2월 어느 날의 일이었다. 그녀는 봄방학을 맞았다. 마침내 아버지는 유나를 데리러 갔다. 정확한 날짜는 기억나지 않지만, 주말이 아니었던 건 분명하다. 유나가 대문 앞에 나와 있지 않았던 걸로 봐서.

유나는 할아버지와 반달늪에 갔다고 했다. 할머니에 따르면, 아버지가 데리러 오는 것도 모르고 있었다. 상황이 바뀔지도 몰라서, 미리 말해주지 않았다고 했다.

"점심 전에 돌아올 거다. 같이 밥 먹고, 짐 싸서 출발하면 되겠다."

할머니는 주방으로 들어갔다. 아버지는 화장실에 갔다. 그녀는 2층으로 올라갔다. 수도 없이 할머니네를 드나들면서도, 유나의 방엔 들어가본 적이 없었다. 유나가 보여주지 않았다. 오늘은 떠나는 날이니 봐도 되지 않을까 싶었다. 마당에서 올려다보며 상상한 것처럼, 저 커다란 창문 앞에 서면 반달늪까지 내다보일지 궁금했다.

2층에는 문이 세 개 있었다. 오른쪽 문을 열자 창고 같은 방이 나타났다. 한중간에 있는 것이 유나의 방문이었다. 문을 열고 안으로 들어서면서, 그녀는 반달늪을 잊어버렸다. 할머니네가 아니라, 인천 집에 있는 유나의 방으로 들어온 것 같았다. 커다란 베이창이 있다는 걸 빼면, 모든 것이 똑같았다.

나비 장식이 달린 레이스 커튼, 흰 침대와 이불, 침대 위로 늘어뜨린 연분홍 캐노피, 코스모스꽃 모양의 조명등, 둥근 거울이 달린 책상과 의자, 선반에 열을 맞춰 세워둔 대형 마론인형과 아기인형들, 파란 지붕 옷장…….

방을 만들어준 사람이 누군지, 그녀는 바로 알아차렸다. 할머니는 아니었다. 유나의 방이 어떻게 생겼는지 알 리 없으니까. 이렇듯 똑같게 만들어줄 수 있는 사람은 아버지뿐이었다. 가구를 배달시켰든, 직접 사 와서 꾸며줬든.

그녀는 창문 앞으로 다가갔다. 벤치처럼 널찍한 창틀에 신기한 것들이 놓여 있었다. 앙증맞은 원탁과 긴 기둥이 등받이처럼 달린 의자 다섯 개. 각기둥마다 말하는 손 인형들이 끼워져 있었다. 가슴에 차고 있는 명찰로 그들이 누구인지도 알 수 있었다. 아빠, 엄마, 유나, 아가.

마지막 인형은 사람이 아니었다. 고무줄로 의자 등받이에 꽁꽁묶어놓은 오리였다. 눈알 한쪽이 뽑히고, 배에 구멍이 숭숭 뚫리고, 물갈퀴가 갈기갈기 찢겨나간 오리였다. 다른 가족처럼 오리도 이름표를 차고 있었다.

'재인'

시야로 몰려들던 새카만 현기증을 그녀는 기억한다. 비명을 지르며 주저앉을 뻔했던 것도. 자신의 이름이 그토록 무서웠던 적은 이전에도 이후에도 없었다.

그녀는 벌벌 떨리는 손으로 고무줄을 풀고 의자에서 오리를 뽑아냈다. 공교롭게도 인형 아래쪽이 의자 등받이 끝에 걸렸고, 의자는 창턱 아래로 떨어져 박살이 나버렸다. 그녀는 허둥대며 흩어진 의자 조각을 주워 모았다. 그 바람에 방문이 열린 것도 몰랐다. 인기척도 느끼지 못했다. 어떤 손이 그녀의 손에서 오리를 낚아채 갈 때까지.

그녀는 반사적으로 뒤를 돌아봤다. 동시에 오리가 시야를 가르며 날아와 귀뺨을 후려쳤다. 앙칼진 손속이었다. 매서운 힘이었다. 눈물이 핑 돌고 시야가 흐릿해졌다. 부연 시야 밖에서 유나의 목소리가 들려왔다.

"도둑년."

대못이 박히듯, 귀를 쾅쾅 울리는 소리였다. 그녀는 뺨을 감싸 쥐고 옆으로 비켜섰다. 어깨를 움츠린 채 눈을 깜박거려 눈물을 떨쳐내려 애썼다.

"너 금방 뭐라고 했어?"

그녀가 물었다. 어떻게든 위엄을 갖춰보려 했으나 목소리는 걷잡을 수 없이 떨리고 있었다.

"도둑년."

유나는 그녀의 턱 밑으로 바짝 다가서며 말했다.

"도둑년."

홍채를 다 채울 만큼 커진 동공에서 이상한 빛이 번득거렸다.

웃는 것처럼 열린 입술 사이에선 속삭임이 흘러나왔다.

"도둑년."

그녀는 대꾸도, 대응도 하지 못했다. 그저 후들거리는 다리가 꺾이지 않도록 안간힘을 다해 버티고 있었을 뿐. 그땐 몰랐다. 왜 자신이 동생 앞에서 눈물을 글썽이며 벌벌 떨고 있는지. 이제 와 추측건대, 본능적으로 느꼈던 것 같다. 자신을 향한 유나의 감정이 증오라는 것을. 그것도 자신을 통째 삼켜버릴 만큼 깊고 어둡고 뜨겁다는 것을.

"이게 그렇게 갖고 싶었어?"

유나는 책상 서랍을 열고 가위를 꺼냈다. 설마 하는 사이, 오리 다리 한쪽이 싹둑 잘려나갔다. 이어 다른 쪽 다리, 주둥이, 남아 있던 한쪽 눈알. 삽시에 오리는 노란 털 뭉치가 되어 유나의 발밑으로 흩어졌다.

"그럼 주워서 가져가."

유나는 마지막 남은 오리의 머리통을 옆으로 툭, 던져버렸다.

"너 왜 이래?"

그녀는 물었다. 자신도 모르게 울먹이고 있었다. 유나는 가위를 칼처럼 틀어쥐며 대꾸했다.

"네가 내 걸 다 훔쳐갔으니까. 엄마, 아빠, 우리 집까지 독차지했잖아."

그건 자신의 탓이 아니었다. 아빠와 엄마가 결정한 일이었다. 독차지한 거라곤, 엄마의 미움밖에 없었다. 그녀는 조목조목 반박하고 싶었으나 여전히 입이 열리지 않았다. 그토록 맹렬한 증오 앞에서 자신을 변호하는 게 쉽지 않았다. 증오보다 강력한 용기가 필요한 일이었다. 그녀에겐 없는 것이었다. 그 자리에서 버틸 배짱조차 없었다.

그녀는 도망쳤다. 유나의 성난 시선을 온몸으로 받으면서 뒷걸음질로, 한 발짝씩. 문턱에 다다라 몸을 돌리자, 유나의 경고가 뒤통수로 날아들었다.

"아빠한테 이르기만 해봐. 저 오리처럼 만들어줄 테니까."

그녀는 이르지 않았다. 오리처럼 토막 나기도 싫었지만, 그보다 더 큰 이유가 있었다. 아버지에게 유나와 똑같은 아이로 취급받고 싶지 않았다. 자신은 착하고 어른스러우며, 지혜로운 맏딸이어야 했다. 적어도 아버지에게만큼은.

덕택에 상처와 공포는 온전히 그녀의 몫으로 남았다. 그녀는 망각으로 해결하려 했다. 그런 일은 없었노라, 스스로 주문을 걸었다. 그런데도 불쑥불쑥, 아무 때나 기억이 튀어나왔다. 부속품처럼 의문이 따라붙었다. 난자당한 오리가 자신이라면 아기는 누굴 가리키는 것인지.

그녀는 지유의 손 인형을 내려다봤다. 이 아빠 인형은 그때의 그 아빠 인형이 맞을까. 가슴에 달린 명찰이 그렇다고 대답했다. 유나의 글씨체는 기억하지 못하지만, 지유의 글씨체는 잘 알고 있었다. 네임펜으로 쓰인 '아빠'는 지유의 것이 아니었다. 인형의 출처는 유나일 것이다. 29년씩 간직했다가 제 딸에게 물려준 것일 테다.

그녀는 생각을 해봤다. 유나는 이걸 어디에 보관해왔을까. 되짚어보니 그날 이후로 인형 가족을 본 적이 없었다. 네 개의 의자와 테이블도. 할머니네서 아예 가져오지 않은 것도 같았다. 그날 유나는 자신의 물건을 모두 우혜리에 두고 왔으므로. 아버지를 기다릴 때마다 등에 메고 있던 유치원 가방만 가져왔다. 유나가 그렇게 하겠다고 고집을 부렸다. 이유를 묻는 할머니에겐 이렇게 대답했다.

"할머니, 내 방은 그대로 놔둬야 해. 곧 할머니 보러 다시 올 거니까."

할머니가 그렇게 했는지, 그녀로선 알 길이 없었다. 할머니가 살아 계실 땐 우혜리에 자주 갔으나, 2층에는 얼씬도 하지 않았다. 무서웠다. 그 방에 아직도 주인의 증오가 유령처럼 떠돌고 있는 것 같아서. 유령이 자신의 가슴에 명찰처럼 들러붙을까봐.

할머니는 할아버지가 돌아가신 후로도 쭉 우혜리에서 살았다. 아버지의 죽음에 충격을 받아 쓰러질 때까지 떠난 적도 없었다. 할머니가 떠난 후엔 유나가 집과 갈대 습지를 물려받았다. 할머니의 유언이었다.

어머니에게 듣기로 유나는 할머니의 유산을 탐탁잖아했다. 경제적 측면으로 보면 이해 못 할 반응은 아니었다. 집은 낡았고, 갈대 습지는 넓었으나 그린벨트로 묶여 있었다. 지표가 무른 데다, 군데군데 땅 꺼짐까지 있어 가족 묘지로도 쓸 수 없는 황무지였다. 감정적 측면에서 보자면, 그 집이 주는 기억이 싫었을 테다. 과거의 고통과 단절하고 싶은 건 인간의 본성이 아니겠는가.

실제로 유나는 우혜리에 가지 않았다. 할머니가 돌아가시기 전까지 단 한 번도. 할아버지 기일이나 명절도 예외가 아니었다. 기꺼이 혼자 집에 남는 쪽을 택했다. 할머니와의 약속 따윈 까맣게 잊은 눈치였다. 그녀는 유나가 그 집에 갈 일은 없을 거라 생각했다. 버려진 집이려니 했다. 이제 보니 아닌 모양이었다. 어쩌면 시골집 혹은 주말집으로 써왔는지도 몰랐다. 그렇다면 지난 화요일에도 유나는 지유를 데리고 그 집에 갔을 것이다. 그래야 지유가 아빠 인형을 가지고 있는 이유가 설명된다.

그녀는 인형을 소파에 내려놓았다. 그래서 어쨌다는 것인가. 제소유의 집에 제 딸을 데려가, 제 인형 하나 내준 게 무슨 대수라고.

대수는 아닌데, 신경이 쓰였다. 그녀도 그 이유를 알고 싶었다. 스무 살 이후부터 유나와는 남처럼 살아왔는데. 어떻게든 마주치지 않으려고 애쓰며 살아왔는데, 왜 갑자기…….

그녀는 생각을 멈췄다. 어떤 소리가 들려오고 있었다. 냉장고소리보다도 작았으나, 진원지는 분명하게 알 수 있었다. 지유의방이었다. 그녀는 몸을 반쯤 일으키고 그쪽으로 귀를 기울였다.

"아빠."

좀 전과 달리 비명에 가까운 소리였다. 그녀는 곧장 지유의 방으로 뛰어들었다. 아이는 눈을 감고 이불을 틀어쥔 채, 거친 첫소리를 내지르고 있었다.

"아빠가…… 아빠가 불러요."

그녀는 불을 켜는 대신 문을 열어두고 침대로 다가섰다. 조심스레 아이의 어깨를 흔들어 깨워봤다.

"지유야."

부름을 들은 것처럼, 아이는 눈을 반쯤 떴다. 손을 잡아달라는듯 그녀에게 팔을 뻗었다. 그녀가 손을 맞잡자, 아이는 그녀를 끌어당겼다. 돌연한 행동이었다. 몸이 쑥 딸려갈 정도로 억센 힘이었다. 그녀는 아이의 몸 위로 엎어졌다. 아이가 속삭여왔다.

"아빠."

그녀는 아이 몸에 엎드린 채로, 이어지는 잠꼬대를 들었다.

"아빠가 불러요."

아이는 여전히 눈을 반쯤 뜬 상태였다. 바짝 마른 입술에선 흐느낌이 흘러나왔다. 아빠가 등장하는 무서운 악몽이라도 꾸는 모양이었다. 그녀는 몸을 일으키고 아이를 끌어안았다. 등을 다독거리며 말을 건넸다.

"괜찮아. 걱정 마. 꿈을 꾸는 거야."

지유는 좀처럼 진정되지 않았다. 깨어나지도 않았다. 달래면 달랠수록 더 깊은 꿈으로 끌려가는 기색이었다. 흐느낌은 어느 시점에서 울음의 궤도를 탔다.

"눈 떠, 아가. 눈 떠봐."

그녀는 아이를 달래는 일에 익숙하지 않았다. 사실은 해본 적도 없었다. 지유는 달랠 필요가 없는 아이였다. 그러니 해줄 수 있는 일도 없었다. 아이를 안고 하등의 쓸모없는 말을 해주는 것 말고는.

"아가, 이모야. 이모, 여기 있어."

아이의 입안에서 바르르, 목젖을 떠는 소리가 울렸다. 울음이 토막토막 끊겼다. 끊기는 사이사이, 거칠게 숨을 거머들이며 이해 못 할 말을 쏟아냈다.

"다락방 밑에서…… 되강오리가 울어요. 아빠가…… 반달늪…… 불러요."

그녀는 두 번이나 멈칫했다. 처음엔 반달늪이라는 말에. 다음엔 아이의 몸이 너무나 뜨거워서. 두 뺨은 전기난로처럼 빨갛게 달아

올라 있었다. 입술은 가랑잎처럼 바싹 말라 있었다. 호흡에선 단내가 났다.

뒤늦게야 그녀는 깨달았다. 아이는 악몽이 아니라 열에 시달리고 있었다. 잠꼬대가 아니라 열에 들뜬 헛소리를 하고 있는 것이었다. 그녀는 지유를 떼어내 침대에 눕혔다.

"잠깐만 혼자 있어. 이모 체온계 찾아올게."

그녀는 거실로 나갔다가 갑자기 멍해졌다. 마음이 급해서인지, 약장 좌표가 머리에 찍히지 않았다. 거실장, 복도 장식장, 욕실 수납장……. 닥치는 대로 뒤집었으나 약장은 보이지 않았다. 멍청한 자신을 욕했다가, 뭐든 버리기 좋아하는 어머니를 의심했다가, 두서없는 수납방식에 화를 내다가, 머리가 터지기 직전에야 가까스로 찾아냈다. 주방 수납장에 있었다.

그새 지유의 상태는 더 나빠졌다. 손을 내젓고, 머리를 흔들고, 몸을 뻗대며 비명을 지르고 있었다. 그녀는 지유를 끌어안고 체온계를 귀에 갖다 댔다. 38.9도. 막막한 심정이 되었다. 판단이 서질 않았다. 이 정도면 일곱 살 아이가 경기를 일으킬 만한 고열인지. 당장 응급실로 뛰어야 할 상황인지. 해열제를 먹이고 좀 지켜봐도 괜찮을지.

그녀는 열심히 기억을 뒤졌다. 지유가 열이 났을 때, 어머니가 어떻게 했던가. 다시 주방으로 달려가 약장을 뒤졌다. 백색 시럽 한 병이 손에 잡혔다. 투명용기 앞면에 네임펜으로 용법과 용량이 표기돼 있었다.

이부프로펜, 10cc, 1일 4회.

20cc가량 남은 걸로 보아 먹다 둔 약이었다. 언제 타 온 약인지도 명확하지 않았다. 괜찮을까, 하면서도 집어 들고 방으로 돌아왔다. 널브러져 누운 아이의 입을 열고 약을 절반쯤 흘려넣었다. 이불을 걷어버리고, 잠옷을 벗기고, 물수건을 이마에 올렸다. 그 다음엔⋯⋯.

할 일이 없었다. 눈알이 빠지도록 아이를 보는 것 말고는. 세 시간 같은 30분이 지나갔다. 변화의 속도는 더뎠으나 표징은 명확했다. 뜨겁던 몸이 식으면서 살갗이 촉촉해졌다. 이마에는 소름 같은 땀이 돋았다. 거칠게 울리던 숨소리가 낮고 고른 숨결로 바뀌었다. 표정이 편안해졌다. 곤히 잠든 기색이었다.

다시 30분이 갔다. 그녀는 꼼짝하지 않고 지유를 지켜봤다. 불안해서 자리를 뜰 수가 없었다. 방을 나가자마자 아이 몸에 불이 붙을 것 같아서. 자신의 방으로 돌아갔다가 응급실로 내달려야 할 순간을 놓쳐버릴까봐.

이제야 알 것도 같았다. 지유가 아플 때마다 어머니가 밤새 깨어 있었던 이유가 뭔지. 그녀의 입장에서 보자면 자다가 날벼락을 맞는 밤이었다. 어머니는 벌컥 문을 열고 들어와서는 유나에게 해야 할 말을 잠든 그녀에게 퍼붓곤 했다. 애가 다 죽어가는데, 넌 잠이 오니?

잠이 오지 않았다. 적어도 아이를 혼자 책임지게 된 오늘만큼은. 그녀는 아이 곁에 모로 누웠다. 보일 듯 말 듯 흔들리는 아이의 속눈썹을 가만히 바라봤다. 3년씩 함께 살면서도 이렇듯 가까이에서, 이토록 열심히 아이를 관찰하는 건 처음이었다. 이처럼 답답한 심정으로 바라본 것도.

그간 그녀는 지유와 고의적으로 거리를 두고 살았다. 정 주지 않으려고 애써 무신경하게 굴었다. 어머니는 종종 묻곤 했다.

"혹시 너, 유나 딸이라 미워하니?"

미워하지 않았다. 유나의 딸이라서 거리를 둔 것도 아니었다. 아마도 준영의 딸이라서 그랬을 거라고, 그녀는 생각했다. 지유는 그를 빼닮았다. 외모, 성격, 하다못해 아이스크림을 싫어하는 취향까지.

아빠. 자신을 불러들인 아이의 목소리가 그녀의 귓가를 계속 맴돌았다. 곰곰이 되짚어봤다. 지유가 새아빠가 아닌 아빠라는 말을 입 밖에 낸 적이 있었던가. 없었다. 아빠에 대한 기억이 남아 있기나 할까 싶었다. 오늘 낮, 민영에게 들은 말이 사실이라면 네 살 이후로는 만난 적이 없을 텐데.

그녀는 아이의 잠꼬대를 평서문으로 전환해봤다.

다락방 밑에서 되강오리가 운다. 아빠가 반달늪에서 부른다.

무슨 말인지 알 수가 없었다. 문장의 순서를 뒤집어봐도 마찬가지였다. 시골에 다락방이 있었던가. 되강오리가 다락방 아래까지 들어올 만큼 인간 친화적인가? 되강오리는 부엉이처럼 밤에 우는 새인가? 그녀는 답을 찾지 못했다. 다만 되강오리와 관련해 뒤늦게 기억난 일은 있었다.

언제였는지는 기억해낼 수 없었다. 아버지와 우혜리에 갔던 수많은 날 중 어느 한 날이었겠지. 여름이었다는 것, 잿빛 뗏장구름 뒤로 빨간 해가 내려앉는 시간이었다는 건 분명하다. 식탁에 모두 모여앉아 저녁을 먹고 있었다는 것도.

길 건너 갈대 습지에서 소름 끼치는 소리가 들려왔다. 비명 같

166

기도 하고, 흐느낌 같기도 했다. 늑대의 하울링처럼 길게 메아리치는 소리였다. 그녀는 놀란 나머지, 젓가락 사이에 끼웠던 콩자반을 떨어뜨렸다. 생각할 겨를도 없이 말이 먼저 튀어나왔다.

"습지에 늑대가 사나 봐요."

유나는 입을 벌리고 웃기 시작했다. 밥이 가득 찬 혓바닥 뒤에서 끽끽, 유리창 닦는 소리가 났다. 저러다 숨 넘어가지 싶었는데 결국 사레가 들렸다. 할머니는 기침하는 유나의 등을 두드리며 대답해주었다.

"반달늪에서 되강오리가 우는 소리다."

그녀는 반듯하게 몸을 돌리고 누웠다. 천장에다 눈으로 키보드를 치기 시작했다.

화요일 정오, 유나는 유치원에서 지유를 데려간다. 같은 날 오후 2시경, 준영은 교촌에서 민영의 전화를 받았다. 이후 행적이 묘연하다. 일주일 만에 돌아온 지유의 행색은 꼬질꼬질하다. 아이는 유나의 인형을 갖고 있다. 잠꼬대로 아빠를 찾는다. 다락방 밑에서 되강오리가 울고, 아빠가 반달늪에서 부른다고 한다.

단정에 준하는 가설이 만들어졌다.

지난 화요일, 지유는 유나를 따라 시골집에 갔다. 그곳에서 제 아빠를 만났다.

가설을 바탕으로 그날 준영의 행적을 상상해봤다.

화요일 오전 11시경, 준영은 유나의 전화를 받는다. 지유를 만나러 오라는 말을 듣고 앞뒤 없이 뛰쳐나간다. 만약 사전에 약속이 돼 있었다면 자신과 함께 충주로 내려가진 않았을 것이다. 준영은 우혜리에 가본 적이 없다. 유나가 할머니 집을 물려받은 건 이혼한 후니까. 따라서 어딘가에서 유나와 합류해 시골집으로 갔을 것이다. '어딘가'는 교촌일 가능성이 컸다. 세 사람은 시골집에서 함께 지냈을 것이고, 지유와 준영은 반달늪에 갔을 것이며, 되강오리를 봤을 것이다. 지유와 유나가 청연으로 돌아온 건, 토요일 아침 이후일 것이다. 자신이 차은호와 만났을 땐 없었으니까.

준영은 돌아오지 않았다. 그는 어디로 갔을까.

#

새벽녘, 지유는 다시 불덩이가 됐다. 이번엔 기침과 구토 증세가 함께 나타났다. 재인은 아이를 들쳐 업었다. 119를 부르는 것보다 자신의 차가 더 빠를 것 같았다. 5분 거리에 대형 아동 병원이 있었으므로.

독감이라고 했다. 주치의에 따르면, 폐렴을 동반한 상태였다. 지유는 격리실인 1인실로 입원했다. 해열제를 섞은 링거가 들어가면서 비로소 열이 내리기 시작했다. 주치의가 아침 회진을 돌 무렵엔 깊은 잠이 들었다.

지유가 잠든 사이, 그녀는 바쁘게 움직였다. 유치원에 입원 사실을 알리고, 부장에게 전화해 연차를 신청하고, 다음 취재지였던 백담사 만해 문학관에 연락해 취재 일정을 한 주 뒤로 미뤘다. 병원 생활에 필요한 물건들을 가지러 집에도 다녀왔다. 세면도구, 보호자용 담요, 갈아입을 옷가지, 노트북, 한용운 평전……

유나에게는 상황을 알리지 못했다. 알릴 방법이 없었다. 그녀는 여전히 차단 대상이었다. 공중전화로 통화를 시도해봤으나, 그 역시 받지 않았다. 그녀는 연락을 포기했다. 더 애쓰지 않을 참이었다. 없는 인간으로 치자, 생각하자 울화통도 가라앉았다.

지유는 점심 무렵 깨어났다. 처음에는 깬 것도 몰랐다. 집에서 가져온 물건들을 정리하다가 문득 돌아보니, 지유가 물끄러미 바라보고 있었다. 자신도 모르게 호들갑스러운 반응이 튀어나왔다.

"지유, 깼구나."

지유는 "네" 했다. 그녀가 다가가자 눈을 맞추고 물었다.

"이모, 여기 병원이지요?"

그녀도 고개를 끄덕였다.

"새벽에 입원했어. 기억나니?"

"조금이요. 이모가 저를 부르셨지요?"

"그래. 들었니?"

그녀는 손을 뻗어 흐트러진 지유의 앞머리를 쓸어올렸다.

"꿈속에서 이모 목소리를 들었어요. 대답하려고 했는데 목소리가 안 나왔어요."

"무슨 꿈을 꿨는데?"

지유의 시선이 그녀의 얼굴을 더듬더듬 오갔다. 열심히 생각하는 기색이었다.

"기억이 안 나요."

그렇겠지. 열이 끓는 와중에 꾼 꿈이 기억난다면 그게 더 이상한 일이겠지.

"지유, 언제부터 아팠어?"

"새아빠 집에 간 날부터요. 머리가 아팠어요."

그날이 언제냐고 물으려는데, 노크 소리가 났다. 곧 문이 열리고 간호사가 들어와 점심 약을 놓고 갔다. 이어 배식을 하는 아주머니가 들어와 식판을 건넸다. 쌀죽과 멀건 된장국, 연두부, 양념 없이 찐 흰 살 생선, 호박나물이 놓여 있었다. 자신이라면 굶어 죽기 전엔 안 먹겠다 싶은 식사였다. 그녀는 눈 한 번 깜박하지 않고 거짓말을 늘어놨다.

"와, 진짜 맛있겠다."

그녀는 침대에 설치된 붙박이 식탁을 펴고 식판을 내려놨다. 온갖 호들갑을 떨면서 지유를 일으켜 앉혔다.

"우리 애기, 얼른 먹자."

지유는 식판을 내려다보며 후, 소리 나게 어깻숨을 내쉬었다. 그녀의 거짓말에 동의하지 않는 한숨이었다.

"지유가 죽을 한 술 뜨면 이모가 반찬을 놔줄게."

지유는 마지못해 수저를 들었다. 그녀는 젓가락을 들고 생선 살을 떼어냈다. 그나마 아이가 좋아하는 반찬이었다. 다만 삼킬 만큼 좋아하지는 않는 듯했다. 입에 물고만 있는 걸로 봐서.

"삼켜야지. 그래야 약을 먹을 수 있어. 약을 먹어야 열이 내리고."

지유는 눈을 질끈 감고 물고 있던 걸 넘겼다. 독약을 삼키는 듯한 표정이었다. 그녀는 호박나물을 집어 들었다. 그런 식으로 협박과 설득을 총동원해 죽 한 그릇을 겨우 먹였다. 약도 먹이고, 입가심으로 딸기도 두 개 먹였다. 세 개째 내밀자 아이는 노골적인 어깻숨을 쉬었다. 엔간히 하라는 얘기였다. 그녀는 그러기로 했다.

"지유, 눕기 전에 얼굴 좀 닦을까?"

지유는 네, 했다. 그녀는 물수건을 만들어다 얼굴과 손을 닦았다. 그사이 아이는 시들시들 졸았다. 그녀는 아이를 눕혔다.

"이모, 감사합니다."

이불을 덮어주자 지유가 졸린 목소리로 중얼거렸다. 그녀는 동작을 멈추고 아이를 마주 봤다. 마음이 좋지 않았다. '예의 바름'의 좋지 않은 예였다. 유나가 가르쳤을 이 별난 예의는 상대를 멈칫서게 만드는 데가 있었다.

"또 나쁜 꿈 꾸면 힘껏 이모를 불러."

그녀는 아이의 귀에 대고 속삭였다.

"이모 여기 있을게."

아이는 이내 잠이 들었다. 그녀는 지유의 침대 끝에 노트북을 올려놓고, 보호자 침대를 의자 삼아 앉았다. 충주 문학관 자료 파일을 열고 녹음을 풀기 시작했다. 피곤해 기절할 지경이었으나, 당장 기절할 수가 없었다. 연차와 무관하게 책임져야 할 기사가 있었다.

업무용 메일을 열어본 건 밤이 되었을 때였다. '기레기'를 저격하는 메일들이 수십 통 쌓여 있었다. 대부분이 지난 주말에 나간 채만식 문학관 기사에 대한 성토였다. 친일파는 죽어서도 호사를 누리는구나, 살인자도 반성하면 용서가 되느냐…….

그중 눈에 띄는 제목이 하나 있었다.

언니, 저 민영이에요. 꼭 읽어주세요.

어제의 소동이 곧장 시야로 불려왔다. 함께 불려온 당시의 감정을 통제하느라 그녀는 눈을 감았다. 직관은 삭제 버튼을 누르라고 말하고 있었다. 열면 엮이는 거라는 조언도 해왔다. 그녀는 삭제 버튼을 눌렀다. 나머지 메일들도 빠르게 정리하고 열어둔 창들을 닫았다. 다음 순간, 전원마저 끄기 직전에, 기억 속에서 지유의 목소리가 들려왔다.

아빠가 반달늪…… 불러요.

민영의 목소리도 들렸다. 화요일 오후부터 오빠와 연락이 안 돼요.

자신의 목소리가 말해왔다. 지유는 화요일 오후에 제 아빠를 만났어.

그녀는 메일 박스로 돌아갔다. 쓰레기통을 뒤져 민영의 메일을 건져 올렸다. 편지는 "언니 미안해요."로 시작됐다. 당황스러운 문장들이 이어졌다. 화났을 거 안다. 회사 사람들도 많은 데서 창피하고 난처했을 거다. 용서해달라. 그러려고 간 게 아니었다. 내가 좀 돌았었나 보다…….

수상쩍은 사과였다. 살에 와닿지 않는 언사였다. 그녀는 쓸데없는 문장들을 건너뛰었다. 본론은 세 번째 문단에서 시작됐다.

언니, 저는 지금 원주에 있어요. 방 하나, 거실 하나짜리 오피스텔에 살아요. 취직하면서 이쪽으로 왔어요. 회사가 여기 있어서요. 그간 오빠와는 자주 만나지 못했어요. 이혼한 후로 오빠가 굉장히 바빠졌거든요.

지난 화요일엔 업무차, 잠깐 서울에 가게 됐어요. 모처럼 얼굴이

나 볼까 하고 오빠에게 연락했었어요. 어제도 얘기했지만, 일방적으로 전화가 끊겼고요.

사실, 그때부터 좀 이상했어요. 오빠는 그런 식으로 제 전화를 끊어버린 적이 없거든요. 휴대전화를 끄고, 며칠씩 잠수한 적도 없고요. 그렇다고 연차를 내고 오빠를 찾아갈 상황도 아니었어요. 하필 다음날부터 감사가 시작돼서요. 거제도에 갔나 싶어서 전활 해봤는데 오지 않았대요. 연락도 없었고요.

그런저런 사정으로 토요일에야 서울에 갈 수 있었어요. 가장 먼저 오빠 집에 들렀죠. 오빠는 없었어요. 언제부터 집을 비웠는지도 알 수 없었어요. 먼지 한 점 없이 말끔하게 정돈돼 있었으니까요. 오빠 지인들에게 연락을 해봤는데, 최근에 만났다는 사람이 없었어요. 다니던 택배 회사도 일주일 전에 그만뒀다고 하더라고요. 저와의 전화를 끝으로 사라져버린 셈이죠.

경찰서에도 찾아갔어요. 실종신고를 하려고요. 경찰은 심각하게 받아들이지 않는 눈치였어요. 오빠 상황을 토로해봤지만 며칠 더 기다려보자는 말만 하데요. 어린애나 여성도 아닌, 신체 건장한 성인 남자니까.

막막했어요. 어떻게든 새언니를 만나야 한다는 생각이 들었죠. 그래서 언니를 찾아간 거예요. 만나게 해달라고 부탁하려고요.

왜 만나려고 했는지 궁금하실 거예요. 이혼한 지가 언젠데, 이제 와서 새언니한테 뭔 용무가 있나 싶을 테죠. 사실 저는 언니가 그 이유를 당연히 알 거라고 여겼어요. 모르는 척하네, 싶어서 뚜껑이 열려버린 거고요. 모를 수 있겠다는 생각을 왜 못 했는지 모르겠어요.

원주로 돌아오는 길에야 퍼뜩, 기억났어요. 오빠가 언니한테 무슨 짓을 했는지. 스무 살 때부터 언니와 사귀어놓고, 결혼은 새언니와 해버렸잖아요. 나 같으면 둘 다 죽여버렸을 거예요. 언니 감정도 나와 크게 다르지 않았을 테죠. 정말로 죽일 수는 없었을 테니 연을 끊어버리지 않았을까, 싶었죠. 오빠는 물론이고, 새언니까지. 메일을 쓰게 된 건 바로 그 때문이에요…….

그녀는 노트북에서 눈을 들었다. 글자들이 화면 안에서 종주먹처럼 튀어나오고 있었다. 콧등이 아프게 울렸다. 숨이 거칠어지고 머리가 핑 돌았다. 진심으로 후회스러웠다. 어제 카페에서 그런 식으로 도망치는 게 아니었는데. 그 자리에서 민영의 손가락을 모조리 분질러놨어야 했는데. 그랬다면 이런 개소리를 써 보내는 짓 따위는 하지 못했을 텐데.

이마에서 칼이 도는 기분이었다. 그녀는 벌떡 일어나 창가로 갔다. 유리창에 눈을 붙이고 성큼 다가드는 어둠을 내다봤다. 지나간 시간으로부터 준영의 목소리가 날아왔다.

"재인아, 나 결혼한다."

대학 시절, 준영은 늘 바쁜 사람이었다. 공부와 습작, 연극 동아리 활동, 이런저런 아르바이트로 하루가 꽉 차 있었다. 대개 학교 근처 카페나 고깃집 같은 곳에서 시간제로 일했다. 운이 좋으면 논술 과외가 얻어걸리기도 했다. 사이사이 틈이 비면, 역시나 학교 근처에 있던 그녀의 원룸을 찾아오곤 했다. 딱 한 시간만 재워 달라고 했다. 집에 가기엔 시간이 부족하다는 이유로.

정말로 그는 잠만 잤다. 소파에서 그녀의 등받이 쿠션을 베개 삼아 조신하게. 그가 잠들어 있는 동안, 그녀는 인간 센서등이 되었다. 준영이 속눈썹만 깜박거려도 온몸의 신경이 환하게 불을 켰다. 그 빛의 밀도와 장력이 너무 높아서 머리털 하나만 떨어져도 쾅, 하고 폭발해버릴 것 같았다.

그가 돌아가고 나면 삽시에 불이 꺼졌다. 어둠 같은 허탈감이 어깨로 내려앉았다. 대실을 전문으로 하는 모텔 종업원이 된 기분이었다. 표현하지는 않지만 그도 자신과 같은 마음일 거라 애써 믿어본 적도 있었다. 새벽기도와 비슷한 유의 믿음이었다. 간절히 바라나 응답은 없는 믿음.

동아리 멤버들은 그녀를 그의 여자친구로 알았다. 기이하게도 그는 딱히 부정하지 않았다. 친구들은 그를 '완벽한 남자친구'라고 불렀다. 성격 좋고, 머리 좋고, 인물까지 좋은 남자라는 점에서. 그녀도 동의했다. 다만 그들은 완벽한 남자친구의 치명적인 단점을 모르고 있었다.

그는 그녀를 여자가 아닌 다른 존재로 봤다. 가장 가까운 단어를 찾자면 '야채' 정도나 될까. 달콤하진 않지만 가까이에 있고, 반하지는 않았으나 안전하며, 즐거움보단 이로움을 주는 존재. 야밤에도 거리낌 없이 찾아갈 수 있고, 태연하게 재워달라 말할 수 있으며, 편안하게 자고 가도록 배려해주는 사람.

그녀 역시 그가 그어놓은 선을 넘지 않았다. 적어도 먹살 잡고 같이 자자고 하지는 않았다. 그가 다녀간 후엔 늘 그 점을 후회했다. 먹살을 잡았어야 했는데. 영 가망이 없다면, 저 태양계 밖으로 차버리거나.

아무 행동도 하지 않는 가운데 긴 세월이 지나갔다. 둘의 관계에는 변화가 없었다. 졸업을 하고도, 그녀가 취직을 하고도, 그가 극작가로 데뷔한 후로도. 글쓰기가 힘들 때, 혹은 부업으로 막일을 하는 새중간에, 그는 그녀를 찾아왔다. 잊을 만하면 급식소에 나타나는 동네 고양이처럼. 그가 가고 난 자리에는 연극표 두 장이 남아 있고는 했다. 선물로 잡아 온 생쥐처럼.

길고양이와 캣맘 같은 이 관계가 오래 지속된 이유는 단순하고 명료하다. 그녀에게 연인이 생기지 않았기 때문이었다. 관계가 깨진 이유는 그에게 연인이 생겼기 때문이고.

유나가 러시아에서 돌아온 지 얼마 되지 않았을 때였다. 퇴근 시간에 맞춰 유나가 그녀의 회사로 찾아왔다. 광화문에 나왔다가 들렀다고 했다. 저녁이나 사달라고 했다. 하필 준영의 희곡이 처음으로 무대에 오르던 날이었다. 그녀는 준영의 이니셜을 새긴 볼펜과 꽃다발을 들고 대학로로 갈 참이었다. 유나는 넉살 좋게 따라붙었다. 저도 연극을 좋아한다나 어쩐다나.

연극은 좋았다. 관객들의 반응도 좋았다. 단지 그녀의 기분만 안 좋았을 뿐. 유나는 그녀의 꽃다발을 제가 산 양 그에게 건넸다. 따로 인사시킬 것도 없이 알아서 자신을 소개했다. 생글생글 웃으며 그에게 물었다.

"혹시 재인이 남자친구예요?"

그는 배시시 웃었을 뿐 대답하지 않았다. 이후 무슨 일이 일어났는지 그녀는 몰랐다. 몇 달째 자러 오지 않아 좀 이상하다 생각했을 뿐. 다른 곳에서 열심히 자고 다니는 줄도 모르고.

그는 가을이 되어서야 찾아왔다. 자려고 온 게 아니었다. 결혼 소식을 전하러 온 것이었다. 그녀는 오믈렛을 만들다가 소식을 들었다. 유나가 꽃다발을 건넨 지 4개월 만이었다. 그녀는 그가 유나와 결혼한다는 사실보다, '4개월'에 더 큰 충격을 받았다. 그녀는 확인을 해봤다.

"유나랑 뭘 해?"

그는 미안하다고 말했다. 그녀는 물었다.

"뭐가 미안한데?"

"너랑 유나 관계가 어떤지…… 잘 아니까."

'미안하다'와 '결혼한다'는 별개의 문제라는 얘기였다. 그녀는 진심으로 미안해하는 준영의 표정에 분노한 나머지, 오믈렛이 타고 있는 프라이팬으로 그의 얼굴을 갈겨버릴 뻔했다. 그때 소리라도 질러줬더라면 속이나 시원했을 것을. 꺼져, 이 망할 놈아.

유나는 부케를 받아달라고 부탁해왔다. 직접도 아니고, 어머니를 통해 압력을 넣었다.

"마땅한 친구가 없나 보더라. 러시아에 있는 동안 다들 결혼해버렸대."

그녀는 새삼스레 놀랐다. 이 아이는 인간의 외피를 가진 후피동물인가 싶었다. 인류가 지닌 속성 중 가장 큰 강점으로 뻔뻔함을 꼽았던 대학 시절 교수님이 떠오르기도 했다. 혹시 준영을 자신의 연인으로 믿고 있는 것인지, 그래서 그와 결혼하는 건 아닌지, 진지하게 의심스러웠다. 그녀는 딱 잘라 거절했다. 어머니는 버럭 화를 냈다.

"아니, 꽃을 사달라는 것도 아니고 그냥 받아달라는 거잖니. 그게 어렵니?"

민영의 추측은 정확하게 맞았다. 그녀는 두 사람과 인연을 끊었다. 이제 와 그들의 일에 끼어들 마음도 없었다. 그러려면 다시는 읽지 못하도록 메일을 삭제하고 스팸으로 처리해버려야 했다. 그녀는 노트북 앞으로 돌아왔으나, 삭제도 스팸 처리도 하지 못했다. 화면에 눈이 닿는 순간, 또 민영의 덫에 걸려들었다.

　지금부터 제가 아는 것들을 말해드리려고 해요. 언니가 아무것도 모른다는 전제로요. 오빠가 이혼을 결심한 이유, 이혼 과정, 이혼 후 상황에 대해. 새언니가 사기꾼인 이유에 대해.
　오빠의 결혼생활에 대해서는 저도 자세히 몰라요. 그저 잘 사는 줄로만 알았죠. 오빠가 느닷없이 원주로 찾아오기 전까지는 말이에요.
　일요일이었던 걸로 기억해요. 제가 출근하지 않은 날이었으니까. 새벽같이 배낭 하나 메고 집에 왔는데, 턱 근처에 시퍼런 멍이 들어 있었어요. 입술도 찢어져 있고요. 저는 누구랑 싸우다 얻어터진 줄 알았어요. 정말로 그랬더라고요. 상대가 새언니일 줄은 상상 못 했지만요. 주먹으로 팬 건 아니라고 했어요. 아이패드가 날아왔는데 자기가 피하질 못했대요.
　그땐 구체적으로 묻지 못했어요. 오빠가 너무 지쳐 보였거든요. 한숨만 자게 해달래서 제 침대를 쓰라고 했어요. 저는 마트에 가서 장을 볼 생각이었어요. 오빠가 깨어나면 뭘 좀 먹을 수 있게 준비해 놓으려고요. 기왕이면 오빠가 좋아하는 걸로. 마침 주말이라 시간도 넉넉했죠.
　겉옷을 가지러 방에 들어갔는데, 오빠가 그새에 잠들어버렸더라고요. 옷을 벗어 의자에 던져놓고요. 저는 오빠 옷가지를 집어서 옷장에 걸어두었어요. 그때 발견한 거예요. 오빠 셔츠 앞쪽이 길게 베어져나간 걸요. 밀치고 당기다 찢긴 자국이 아니었어요. 칼날이 싹

베어 간 자국이었죠. 비록 제가 흔적을 판별하는 전문가는 아니지만 확신할 수 있었어요.

이불을 들춰봤죠. 오빠 몸을 보려고요. 순간 차라리 보지 말걸 그랬다 싶었어요. 싸운 상대가 새언니 맞나 싶었고요. 팔뚝에 이빨에 물린 자국이 있었어요. 목 밑에는 3차선 도로가 나 있는데요. 마음먹고, 손톱 세워서, 암팡지게 할퀸 자국이었죠. 오른손 엄지와 검지 사이에는 서너 땀 꿰맨 상처가 있었어요. 정강이에도 걷어차인 듯한 멍 자국이 번져 있었고요.

눈이 돌더라고요. 저 자신을 설득하느라 죽을힘을 다해야 했어요. 이 상처들은 새언니가 오빠를 공격했다는 물증이 아니다. 자해를 말리려다 입은 상해일 수도 있다,라고요.

오빠는 저녁 무렵에야 일어났어요. 밥을 먹으면서 상처에 대해 물어봤죠. 구체적인 답변은 듣지 못했어요. 이혼하려고 집을 나왔다는 얘기만 들었지. 털어놓기 쪽팔렸겠죠. 아니면 걱정이 됐든가. 제가 새언니한테 쫓아가서 머리끄덩이라도 잡을까봐. 제가 좀 욱하는 데가 있잖아요. 특히 오빠와 관련된 일이라면.

제가 물었어요. 왜 이혼하려고 하는데?

오빠 대답은 간단했어요. 더 살다간 죽을 것 같아서.

이혼을 생각한 건 오래전이라고 해요. 맥락으로 추측건대, 결혼 직후부터였던 것 같아요. 지유가 생기는 바람에 마음을 고쳐먹지 않았을까, 싶어요.

오빠가 지유를 얼마나 사랑하는지 아세요? 유별나요. 보는 사람이 민망할 지경이에요. 이것도 추측이지만 지유가 상처받을까봐 견디고 살다 한계가 온 거 같아요. 이혼을 결심한 것도 지유 때문이라고 하더군요. 제 엄마 밑에서 자라게 할 수 없다고요. 제 엄마처럼 되거나, 제 엄마 희생양이 될 거라고.

새언니는 오빠의 요구를 거부했다고 해요. 자기 인생에 이혼은 없다고요. 그간 최선을 다해 가정을 지켜왔고, 앞으로도 그럴 거라 했대요. 사실 결혼생활 4년 동안 오빠는 돈벌이를 제대로 못 했어요. 오빠가 쓴 작품은 무대에 올라가지 못했고, 청탁도 거의 없었다니까. 새언니가 사돈어른 회사에 다니면서 먹여 살린 셈이죠. 신혼집을 살 때 대출도 새언니가 받았고요.

그날 새언니가 말하길, 그간 회삿돈을 써왔대요. 세 식구 궁상맞지 않게 살려고 그랬대요. 대출도 사실은 그 돈이었나 봐요. 꼬리가 길면 밟히는 법이라, 결국 사돈어른이 알게 됐겠죠.

사돈어른은 회사에서 나가라고 했대요. 고소하지 않는 대신 돈을 갚으라고 했대요. 새언니는 차용증과 함께 10년 거치로 원금을 분할 상환하겠다는 서류에 서명했다고 해요. 하필 그런 날, 오빠가 이혼 이야기를 꺼낸 거죠.

오빠가 집을 나온 이후부턴 새언니와 연락이 안 됐어요. 집은 비어 있고, 도어록 비밀번호도 바꿔버렸고요. 심지어 사돈어른 돌아가신 것도 몰랐어요. 아무도 연락을 하지 않았으니까요. 그때 안사돈은 이미 알고 계셨던 모양이에요. 새언니랑 오빠랑 이혼하는 거.

사돈어른 소식을 알게 된 건 장례식이 끝난 후였어요. 오빠가 사돈어른 회사로 찾아갔다가 들었대요. 사돈댁에도 찾아간 모양인데 안사돈이 쫓아냈대요. 그것도 문간에서 거지 내몰듯 밀쳐냈다네요. 예전엔 우리 사위, 우리 사위 하셨다고 들었는데.

이혼 과정도 순탄하지 않았어요. 사실은 아주 더러웠죠. 오빠가 소송을 걸자, 새언니도 맞소송을 걸었어요. 오빠는 새언니가 착복한 돈은 자신이 갚겠다고 했대요. 아파트를 살 때 보탠 돈도 위자료 조로 포기하겠다고 했고요. 오빠가 바란 건, 오직 지유의 양육권뿐이었어요.

새언니는 양육권을 넘어 친권을 박탈해달라고 맞섰대요. 이유가 정말 충격적이었어요. 오빠가 지유를 지속적으로 성추행해왔다지 뭐예요. 그 말이 믿기세요?

결국 새언니가 이겼어요. 채무이행, 위자료, 양육비, 양육권, 모두 새언니 뜻대로 됐으니까. 알고 보니 이혼 종목에서 깃발 날린다는 스타 변호사를 샀더라고요. 오빠는 가까스로 면접교섭권만 얻어냈어요. 모두 내준 대가로, 한 달에 한 번 지유를 만날 수 있는 권리를 얻은 셈이에요.

문제는 새언니가 그마저도 이행하지 않았다는 거죠. 전화번호를 바꾸고, 거처를 옮긴 후 연락을 끊어버렸어요. 심지어 사돈댁까지 이사를 했다더라고요. 오빠로선 새언니나 지유와 만날 길이 없어진 거죠. 매달 양육비에 채무상환까지 따박따박 이행하면서도. 그러느라 오빠는 닥치는 대로 막일을 해야 했어요. 아, 이 얘기는 어제 했던가요?

당연히 오빠는 면접교섭권 이행 명령 신청을 했겠죠? 새언니는 재판에 참석하지 않았어요. 법원에서 몇 번씩이나 참석을 요구했는데도 그랬다네요. 정말 놀라운 배짱이에요.

이달 초에 오빠를 만난 적이 있어요. 그때 오빠가 재인 언니 얘기를 했어요. 한번 찾아가볼 생각이라고요. 새언니와 만날 수 있게 해달라고 부탁할 심산 같았어요. 쉽지 않은 결심이었을 거예요. 언니한테 한 짓이 있는데. 오빠가 등신같이 굴 때가 있긴 해도, 뻔뻔하지는 않거든요.

이만하면 설명이 되었을까요? 제가 언니를 찾아간 이유, 오빠를 만났는지 물었던 이유, 새언니를 사기꾼이라 부른 이유가 뭔지. 이제부턴 제가 새언니를 만나야 하는 이유를 얘기할게요.

예전에 오빠는 제게 지유 사진을 자주 보냈어요. 아기 때라 주로 새언니가 안고 찍은 사진들이었죠. 그걸 제 사수에게 보여준 적이 있어요. 보통 자기 조카 자랑하고 싶어 하잖아요. 게다가 지유가 얼마나 예뻤게요. 이런 말 하면 밥맛없겠지만, 오빠 유전자를 고스란히 물려받았어요. 거제도 부모님도 그러시던걸요. 오빠 아기 때랑 똑같다고요.

사수는 지유보다 새언니한테 관심이 많았어요. 한참을 들여다보더니, 혹시 동아대 나오지 않았느냐고 묻는 거예요. 이름도 알고 있었어요. 같은 과도 아니었다는데 사진만으로 새언니를 알아본 거죠.

이후로 새언니 이야기를 나눈 적은 없어요. 그럴 기회도 없었고요. 그분이 지부 발령을 받아 전주로 내려갔거든요. 그러다 올봄에 다시 원주로 돌아왔는데, 환영 회식 자리에서 제게 슬쩍 묻더라고요. 오빠 잘 사느냐고요.

참 뜬금없데요. 새언니도 아니고, 우리 오빠 안부를 왜 묻는지. 알고 보니 몇 년 만에 대학 동기 모임에 갔다가 새언니 재혼 소식을 들었나 보더라고요. 그날 만난 동기 중 하나가 재혼한 남편과 친구래요. 심지어 같은 학교에 근무한대요. 남자의 이름은 말해주지 않았어요. 그냥 K라고 부르자고 하더라고요.

여하튼 사수 말에 따르면, 새언니가 대학 시절에 깃발 날렸다네요. 연애 편력으로요. 어떤 사회든 불가사의인 여자 하나씩 있잖아요. 굉장한 미인도 아닌데 남자들이 자석처럼 붙는 여자요. 그런 여자들 특징 중 하나가 늘 관심과 소문의 중심에 있다는 거죠.

새언니가 그랬나 봐요. 학교를 떠들썩하게 만든 사건이 두 번이나 있었다는군요. 한 번은 자살, 두 번째는 교통사고.

자살 사건의 개요는 이래요. 사귀던 남자가 학교 연못에서 시신으로 발견됐고, 경찰 수사에선 자살로 결론 났다. 부검 결과 수면제와 알코올 성분이 확인됐지만, 타살로 볼 만한 근거는 발견하지 못했다.

이런 소문은 있었대요. 자살한 날 자정 무렵, 두 사람이 연못 근처에 함께 있는 걸 본 목격자가 있다. 목격자에 따르면 그들은 벤치에 앉아 소주를 마시고 있었다. 문제는 목격자가 누군지 아무도 몰랐다는 거죠. 근처엔 CCTV도 없고요.

두 번째는 2년 후인 4학년 때 일어났대요. 같은 학교 남자랑 동거를 했나 봐요. 요란했다고 해요. 전날 밤 둘이 싸웠는지 좋았는지 주변에서 다 알아차릴 만큼. 졸업하는 대로 모스크바로 동반 유학을 가기로 돼 있었다고도 하고요. K는 그 남학생과 같은 과였다고 하네요.

그런데요. 그 남학생이 교통사고로 죽었대요. 졸음운전이라고 해요. 얻어들은 바로, 내막이 이렇다네요.

남자 마음이 변해서 둘은 헤어지기로 했다. 남자는 K와 함께 신유나의 집에 짐을 빼러 갔고, 짐을 싣고 본가로 돌아가는 길에 사고가 났다. 남자가 졸음운전을 할 때 우연하게도 K 역시 옆에서 졸고 있었다.

두 사람이 동시에 졸고 있었던 게 과연 우연인가. 아니면 필연인가. 왜 신유나의 남자들은 자꾸 죽는가, 하는 문제로 또 학교가 뒤집혔대요. 우연이 겹치면 필연일 공산이 크죠. 두 사람이 같은 시간에 졸 수밖에 없는 '무언가'를 마셨다면, 그것도 필연이겠고요. 운전을 해야 했을 테니까 아마 소주는 아니었을 테고요.

진실은 살아남은 K만 알겠죠. 안타깝게도 K는 사고에 대해 입을 봉해버렸다네요…….

그녀는 터치패드에서 손을 뗐다. 한 화면이 끝났지만 다음 화면으로 내리지 않았다. 대신 눈을 들어 지유를 넘겨다봤다. 잠든 아이의 이마 위로 금방 읽은 내용이 요약되고 있었다.

동거하던 남자. 헤어지던 날 교통사고로 사망. 졸음운전.

귀에 익은 레퍼토리였다. 한 번 들어본 이야기였다. 주인공이 유학 동기에서 대학 동기로, 일주일 후 사망에서 현장 사망으로 바뀌었을 뿐. 아니다. 순서가 잘못됐다. 대학 동기 다음이 유학 동기겠지. 다음은, 다음은 설마…….

그녀는 고개를 흔들어 '설마'에 대한 생각을 떨쳐버렸다. 더 읽을 것인지를 고민할 필요는 없었다. 떨리기 시작한 손가락이 저 알아서 화면을 내리고 있었다.

졸업 후엔 새언니 소식을 아무도 몰랐대요. 예정대로 유학을 갔다는 소문만 무성했다네요. 모임이 있던 날, 사수가 새언니 이야기를 꺼냈나 봐요. 알고 보니 유나가 우리 회사 직원의 오빠와 결혼했더라, 라고요.

사수 얘기를 듣던 K가 웃더래요. 이혼하고 재혼한 게 백만 년 전이라고요. 대한민국 참 좁아요. 학맥, 인맥 안 엮인 사람이 거의 없어요. 그쵸?

저는 오빠가 사라지고 난 후에야 새언니의 과거사가 마음에 걸렸어요. 떠도는 풍문이 아니라 정확한 사고 경위를 알고 싶어서 사수에게 물어봤죠. 혹시 새언니와 연락이 되는지, 연락처를 아는지. 모른다고 하대요. K의 이름이라도 알려달라고 했다가 거절당했죠. 어느 학교인지도 가르쳐주지 않았고요. 미친 척하고 졸라댔더니 화를 내더라고요. 성가셨겠죠. 자기가 전한 말이 이상한 쪽으로 비화할까봐 신경도 쓰였을 테고.

저로선 애통한 일이죠. K의 근무지만 알아도 대상 범위를 좁힐 수 있는데. 사수 전공이 생물학이거든요. 한 학교에 생물 선생이 열 명쯤 있지는 않을 테고, 성별 변수만 남자로 고정해도 결과가 나오지 않겠어요?

더 간단하게 언니가 새언니의 전화번호를 가르쳐주는 방법이 있겠네요. 아니면 새언니의 새남편 근무지라도. 연을 끊었다고 해도, 제부가 어느 학교 선생인가 정도는 알고 계시겠죠?

사실 제가 바라는 건 새언니와 만날 수 있도록 주선해주는 거예요. 번호를 알게 되더라도 제가 전화하면 새언니가 반가워하지 않을 것 같거든요.

아. 회사로 찾아가라는 무성의한 답변은 하지 마세요. 언니랑 헤어진 후에 이미 가봤거든요. 집에 일이 생겨서 당분간 못 나온대요. 언제 나올지도 모른대요. 전화번호나 주소는 당연히 안 가르쳐줬겠죠? 물론 매일 회사로 연락해볼 생각이긴 한데, 그 전에 만나게 해주시면 얼마나 감사한 일이게요.

그래서 새언니를 만나려 하는 이유가 뭐냐고요? 새언니는 법원으로부터 면접교섭권 이행 명령을 받았을 거예요. 묵살로 일관하다 과태료를 문 전력이 있고요. 만약 이번 달 말까지 이행하지 않으면, 감치명령을 받게 될걸요. 둘 중 하나를 선택해야 할 상황에 몰린 셈이에요. 지유를 만나게 해주거나, 유치장에 가거나. 오늘이 23일이니까 기한은 일주일 남았네요.

그 안에 저는 오빠가 어디에 있는지 알아야겠어요. 고물이긴 하지만 오빠에게도 차가 있거든요. 그러니 졸음운전을 막아야 하지 않겠어요? 저는 언니가 도와줄 거라 믿어요. 그럼요, 믿고말고요.

PS. 오래전 오빠한테 들은 말인데, 사돈어른도 차 사고로 돌아가셨다면서요? 만약 사돈어른이 새언니를 자른 게 사실이라면, 시기상 사고는 그즈음에 일어났겠네요. 혹시 졸음운전이었나요?

그녀는 눈꺼풀이 뻣뻣해지는 걸 느꼈다. 혀 밑으로 신 침이 돌았다. 귓속에선 시계가 째깍째깍 돌았다. 시간이 그날을 향해 쏜살같이 날아갔다.

그날은 할아버지 기일이었다. 그녀는 어머니와 지유를 태우고 일찌감치 할머니 댁에 도착했다. 아버지는 일찍 퇴근해서 7시쯤 도착할 예정이었다. 실제로 도착한 것은 사고 소식이었다. 남양주 부근에서 중앙분리선을 들이받은 후, 건너편 도로로 굴러떨어졌다고 했다. 차는 전파됐고, 아버지는 현장에서 사망했다.

남양주까지 어떻게 갔는지, 그녀는 기억하지 못한다. 조수석에 어머니를 태웠다는 것마저 잊어버렸다. 핸들을 움켜쥐고 이를 악문 채 액셀을 밟아대던 기억만 남아 있었다. 병원에 도착하기만 하면 아버지가 되살아날 거라 믿는 것처럼.

당연한 얘기지만 아버지는 살아나지 않았다. 기다리는 건 차만큼이나 박살 나버린 시신뿐이었다. 경찰은 졸음운전 같다고 했다. 그녀는 말없이 서 있었다. 입을 열 수가 없었다. 목소리가 나오지 않았다. 눈물조차 나지 않았다. 응급실의 시신은 아버지가 아닌 것 같았다. 아버지가 죽을 수도 있다는 사실을 받아들일 수가 없었다. 그녀에게 아버지는 영원한 존재였다. 절대로 죽을 리 없는 사람이었다.

유나와는 연락이 닿지 않았다. 지유는 할머니 댁에 있었다. 장례식장은 어머니와 그녀가 지켰다. 장례가 치러지던 사흘 동안, 그녀는 과거의 어느 시간에 붙들려 있었다. 어머니의 우울증이 깊어지던 무렵, 유나가 할머니 댁으로 떠난 지 1년 가까이 돼가던 때, 집 안이 무덤처럼 어둡고 고요하던 그 시절에.

봄방학이 시작된 날이었다. 어머니는 감기가 폐렴으로 번지는 바람에 병원에 입원해 있었다. 아버지는 그녀를 데리고 출근했다.

그때까지도 그녀는 아버지가 멋진 사무실에 앉아, 만년필로 결재서류에 사인만 하는 사장님인 줄 알았다. 물건 상자가 천장까지 쌓여 있고, 퀴퀴한 냄새가 나고, 한 귀퉁이에 책상 두 개가 놓인 창고가 아버지의 회사일 거라고는 상상도 하지 못했다. 책상 하나는 아버지 것, 다른 하나는 최 상사 아저씨의 것이었다.

최 상사는 군인 시절 아버지의 부하였다. 아버지보다 일찍 전역했고, 아버지가 사업을 시작하면서 합류했다고 들었다. 두 사람의 일은 명확하게 나뉘어 있었다. 아저씨는 실무 담당, 아버지는 영업 담당.

"여기서 최 상사 아저씨랑 놀고 있어. 짜장면도 시켜 먹고, 책도 보고."

아버지는 영업을 나가면서 그녀에게 일렀다. 그녀는 따라가겠다고 나섰다. 최 상사가 낯설기도 했고, 아버지의 '영업'이 궁금하기도 했다. 아버지는 잠깐 망설이더니 그녀를 픽업트럭에 태웠다.

그녀는 그날 제대로 배웠다. 막 사업을 시작한 자의 영업이 어떤 것인지. 경운기 수리점, 카센터, 항구에 늘어선 선박주유소, 그 밖에 기름이 있는 곳이면 어디든 문을 열고 들어가는 일이었다. 그곳 사장에게 명함을 내미는 일이었다. 아버지가 파는 윤활유를 써보라 청하는 일이었다. 열에 아홉은 거절당하는 일이었다. 하하, 넉살 좋게 웃으며 샘플을 두고 나오는 일이었다.

아버지가 하하, 웃을 때마다 그녀는 어떤 기억을 떠올렸다. 장교 사택에서 살던 시절, 군복을 입은 아버지가 출근하며 자신과 유나를 차례로 안아올리던 아침 풍경을. 아버지는 다음 영업지로 이동하는 동안, 노래를 부르곤 했다.

마리아, 마리아. 사랑하는 마리아…….

그대를 보내고 나서 꽃을 심었네.
서러운 마음에 꽃을 심었네…….

도돌이표를 찍듯, 아버지는 같은 노래를 되풀이했다. 핸들을 손톱으로 톡톡 쳐서 박자를 맞추며 중얼대는 혼잣말 같은 노래였다.

봄은 또다시 오고 꽃은 피었네.

그리움처럼 꽃은 피었네…….

그녀는 궁금했다. 아버지는 누구를 위해 마음에 꽃을 심었을까. 어머니일까? 우리 집에도 봄이 다시 올까. 어머니의 우울한 얼굴에도 꽃이 필까.

점심때가 되자 아버지는 어느 휴게소에 픽업트럭을 댔다. 먹고 싶은 게 없느냐고 물었다.

"아빠가 얼른 가서 사 올게."

그녀는 고개를 저었다. 먹고 싶지 않았다. 아니, 먹을 수가 없었다. 고개 숙이고, 거절당하고, 하하 웃고, 도로 위를 끝없이 달리면서 마음에 꽃을 심는 아버지의 돈으로는 아무것도.

"그럼 우리 도시락 나눠 먹을까?"

그녀는 "네" 했다. 아버지는 운전석 등받이 뒤에서 보온병과 도시락을 꺼냈다. 한눈에 봐도 아침에 먹고 남은 밥과 반찬이었다. 아버지는 보온병 뚜껑에 뜨거운 물을 따라 그녀의 손에 쥐여 주었다.

"밥이 차니까, 이거 마시면서 먹어."

봄방학 내내 그녀는 아버지를 따라다녔다. 픽업트럭에서 아버지와 함께 먹던 도시락은 그녀 안에서 꽃이 되었다. 그땐 그걸 몰랐다. 기나긴 삶의 겨울이 지나고 눈보라가 멈춘 후에야 그것이 꽃이었다는 걸 깨달았다. 미치거나 죽지 않도록 자신을 지키고 있었다는 것도.

다시 1년이 지난 이듬해 2월, 유나가 돌아왔다. 칼을 품고 왔다.

아버지도 어머니도 아닌, 그녀를 향한 칼이었다. 제가 그랬듯 그녀도 집에서 떠나야 한다고 믿는 것 같았다. 그 믿음을 전혀 숨기지 않았을 뿐 아니라, 행동으로 보여주었다.

우선 그녀를 언니라 부르지 않았다. '언니'를 대신하는 단어가 그토록 많다는 걸, 그녀는 유나를 통해 배웠다. 그중 유독 사랑받은 호칭은 이런 것들이다. 야, 너, 이거, 저거, 등신, 깡통, 밥통…….

옷, 신발, 학용품, 하다못해 머리핀 하나까지 제가 더 좋은 걸 가져야 했다. 밥이든 간식이든 반드시 제가 먼저 받아야 했다. 과일 한 조각이라도 그녀가 먼저 받는 날엔 집 안을 발칵 뒤집어버렸다. 아버지가 없을 땐 접시를 뒤엎거나 내던지는 방식으로. 아버지가 있을 땐 발밑에 엎어져 서럽게 울어대는 방식으로.

유나는 문답 놀이도 좋아했다. 질문의 주체는 유나, 질문 상대는 어머니, 질문 대상은 그녀였다.

"엄만 누가 더 좋아? 재인이가 좋아, 내가 좋아?"

어머니는 상투적인 답으로 놀이에 응한다.

"그런 말이 어디 있어. 둘 다 내 딸인데."

"누가 아니래? 더 좋은 쪽이 누구냐니까."

이때까지도 어머니는 머뭇거리는 척하기 마련이었다.

"우리 유나가 막내니까 아무래도 조금 더 귀엽지."

"귀여운 거 말고 누굴 더 좋아하냐고."

유나의 눈에선 불꽃이 튀고 있었다. 머지않은 미래에 불길로 도약할 씨앗이었다. 어머니는 조기 진화 차원에서 유나가 원하는 답을 내놓는다. 유나가 더 좋아.

유나의 질문은 궁극의 화점을 향해 간다.

"엄마는 할머니한테 나 보내기 싫었지? 재인이 없었으면 안 보냈을 거지?"

이쯤에 이르면 어머니도 난처한 표정으로 그녀의 눈치를 봤다. 이해를 구하는 눈길이었다. 내가 뭐라 대답하든 그건 집안의 평화를 위한 것이니 네가 알아서 알아들어라.

문답 놀이가 일상처럼 거듭되자 눈치마저 보지 않게 됐다. 머뭇거림도 사라졌다. "그렇지"라는 답이 즉각적으로 튀어나왔다. 그때마다 그녀 안에선 복잡한 감정들이 충돌을 일으켰다.

질문이 잘못됐다는 걸 지적하지 않는 어머니에 대한 서운함. 자신을 제 모든 것을 앗아간 도둑년으로 취급하는 유나에 대한 분노. 자신으로 인해 유나가 할머니네에서 살았다는 죄책감. 최종 승자는 죄책감이었다. 그녀가 일방적으로 참는 쪽이 된 이유 중 하나다.

이 권력 구도는 양친에게도 확대적용 됐다. 유나는 2년씩이나 '버림받았다'는 점을 밑천 삼아 양친을 제 뜻대로 휘둘렀다. 어머니는 맹목적으로 유나의 편에 섰다. 죄책감을 더는 방법 중 가장 즉각적이고 가장 차감액이 컸을 것이다. 무엇보다 쉬웠을 것이다. 유나는 그 점을 잘 알고 있었다. 어머니를 이용해 아버지를 조종한 걸 보면.

한번은 아버지가 그녀를 영화관에 데려간 적이 있었다. 〈미세스 다웃파이어〉라는 영화였다. 이혼당한 남자가 자기 아이들을 만나려고 가정부 할머니로 변신한다는 내용이었다. 12세 이상 관람가라 유나는 데려갈 수가 없었다. 어쩌면 아버지는 유나 몰래 그녀를 위로해주고 싶었는지도 모른다.

실제로 그녀는 오랜만에 웃었다. 행복한 기분을 간직한 채 집으로 돌아왔다. 멍청하게도 먹다 남은 팝콘을 손에 들고.

그녀는 유나의 눈이 휙, 돌아가는 걸 봤다. 예상할 수 있는 모든 일이 차례로 일어났다. 마지막 순서는 제 머리를 벽에 찧어대며 죽어버리겠다고 울부짖는 자해 소동이었다. 아버지는 처음으로 유나에게 매를 들었다.

"그래. 그렇게 울고 싶다면, 제대로 한번 울게 해주마."

어머니는 아버지를 막아서고, 밀치고, 악을 쓰다 쓰러져 응급실에 실려 갔다. 이후 아버지는 유나를 건드리지 않았다. 유나는 거침없는 착취자가 되었다. 그녀가 가진 것은 무엇이든 빼앗고 가로챘다. 그녀는 온갖 핑계를 동원해 밖으로 나돌았다. 어렸을 땐 친구 집과 놀이터로. 더 자라선 독서실과 학원으로.

유나와 맞짱 뜰 생각은 해보지 않았다. 유나와 대립한다는 건 어머니와 싸운다는 뜻과 같았다. 그저 시간이 가기만 기다렸다. 빨리 스무 살이 되고 싶었다. 서울에 있는 대학에 진학하면 독립할 수 있을 테니까. 아버지가 아버지의 이름을 걸고 한 약속이었다. 조금만 참아라. 학교 앞에 너 혼자 살 집을 마련해줄게.

2년 후, 유나도 '인서울'에 성공했다. 아버지는 유나에게 학교 근처 원룸을 따로 얻어주었다. 둘의 학교가 멀리 떨어져 있다는 이유를 댔지만, 이면에는 그녀를 유나와 함께 두지 않겠다는 배려가 있었다. 물론 아버지의 사업이 순조로웠기 때문에 가능한 일이기도 했다. 그사이 재벌이 된 건 아니지만, 두 딸의 집세를 감당할 수준은 됐으니까.

덕택에 그녀는 스무 살 이후부터 유나와 엉키지 않았다. 명절이나 가족기념일, 할아버지 기일 같은 날 잠시 대면할 때는 있었지만. 어머니를 통해 가끔 소식만 전해 들었다. 난데없이 유학을 떠났다든가, 느닷없이 돌아왔다든가.

아버지가 돌아가신 후 어머니는 우울증이 도졌다. 이전보다 더 심각했다. 아버지에게 의지해 살아온 탓에 상실감이 컸을 것이다. 밤마다 그녀는 어머니의 전화에 시달려야 했다. 일단 시작하면 통화는 한없이 길어졌다. 어김없이 눈물 바람을 동반했다. 당신을 혼자 두고 간 아버지를 탓하며 울고, 집이 휑하고 무섭다고 울고, 당신이 죽어버려도 아무도 모를 거라고 울고…….

그러던 어느 날엔 "너한테 미안하다"며 울었다. 허구한 날 울다 보니 울 명분이 바닥난 모양이었다. 그녀는 물었다.

"나한텐 또 왜?"

어린 시절 매정하게 군 게 미안하다고 했다. 유나에 대한 죄책감 때문에 그랬다고 했다. 그러는 자기 마음은 오죽했겠느냐고 했다. 너한테 그래놓고 가슴 아파 혼자 울었노라 고백했다.

그녀로선 이해도 용서도 안 되는 고백이었다. '누군가에게 미안하다'와 '다른 누군가를 냉대한다'는 별개의 문제였다. '오죽하면'으로 설명될 행동도 아니었다. 그녀는 의심스러웠다. 갑작스러운 고백 뒤에 숨은 저의가 무엇인지.

"너, 집에 들어와 살면 안 되니?"

긴 눈물 바람 끝에 어머니가 물었다.

"같이 쇼핑도 다니고, 외식도 하고, 영화도 보러 가고."

아이고……. 감탄사가 절로 나왔다. 매사를 눈물로 해결하며 살아온 사람다운 제의였다. 그녀는 1초도 망설이지 않고 대답했다.

"꿈 깨쇼."

한 달 후, 그녀는 결국 어머니 집으로 들어왔다. 쇼핑과 외식과 영화에 홀려서가 아니었다. 어머니에게 시달린 나머지 잠을 잘 수가 없었다. 잠을 못 자니 미치기 일보 직전이 됐고, 끝내는 정신 나간 결정을 내리고 말았다.

어머니가 정상으로 돌아오자 유나는 지유를 떠안겼다. 재인은 두 사람 사이의 일에 상관하지 않았다. 유나와 마주치는 일도 없었다. 유나가 오는 날이면 어머니가 미리 언질을 줬다. 이는 집으로 들어올 때 어머니와 합의한 사항이었다. 그러므로 유나의 사생활에 대해 아는 바도 거의 없었다.

그렇기는 해도 한 가지는 분명하게 알고 있었다. 아버지가 사고를 당하던 시각에 유나는 한국에 없었다. 그날 블라디보스토크행 비행기를 탔다고 어머니에게 전해 들었다. 그로 인해 아버지 장례식에도 참석하지 못했다. 연락을 할 수가 없었다. 본인 말대로라면 와이파이조차 터지지 않는 오지로 들어간 탓이었다.

유나에겐 명백한 알리바이가 있는 셈이었다. 알리바이가 없다 해도 받아들이는 게 불가능했다. 끼워 맞춘 우연이라 믿고 싶었다. 그렇다면 필연의 가능성은 확인하지 않는 게 현명한 행동이었다.

그녀는 쉴 새 없이 들려오는 의심의 목소리에 귀를 막았다. 의식의 채널을 바꾸려고 안간힘을 썼다. 소용없었다. 생각은 줄곧 어떤 의문을 끊임없이 퍼올리고 있었다.

사고가 나던 날, 유나는 몇 시 비행기를 탔을까.

유나는 아버지의 일정을 알고 있었을 것이다. 아버지가 평소보다 일찍 퇴근하리라는 것도, 할머니네로 가리라는 것도. 더하여 블라디보스토크는 도쿄만큼이나 가까운 도시였다. 늦은 오후에 아버지를 만나고도 갈 수 있는 땅이었다. 항공편만 있다면.

그녀는 블라디보스토크 항공편을 검색해봤다. 예상보다 직항이 많았다. 러시아 항공사의 경우 밤 10시경에 출발하는 것도 있었다. 경유 항공편은 더 많았다. 저녁에 출발해서 다음날 오후 늦게 도착하는 일정이 대부분이었다. 불편해서 그렇지 불가능한 건 아닌 셈이었다.

가능성을 확인하자 떠오르는 사람이 있었다. 최 상사였다. 아버지의 장례식 때, 전화번호를 저장해둔 기억도 떠올랐다. 반평생 아버지 곁에서 살아왔고, 생전의 아버지를 마지막으로 본 이였으며, 유골을 안치할 때까지 장례식 절차를 도맡았던 사람이었다. 이후로 다시 만나거나 연락할 기회는 없었다. 유나가 사업을 승계하면서 사표를 냈다고 들었을 뿐.

기억은 틀리지 않았다. 최 상사의 번호는 저장돼 있었다. 그녀는 번호를 누르기 전에 생각을 해봤다. 자신이 뭘 알고 싶은 것인지. 바라지 않는 것을 알게 된다면 그땐 어찌할 것인지. 아무 생각도 나지 않았다. 그저 두려웠다.

안다는 건 모르는 상태로 돌아갈 수 없다는 걸 의미했다. 그중 어떤 유의 '앎'은 '감당'과 동의어였다. 최 상사에게 묻게 될 이야기가 바로 거기에 해당되리라고, 앎을 전문으로 취급해온 13년 차 기자의 촉이 단언하고 있었다.

그녀는 시계를 봤다. 10시 40분. 전화를 하기엔 너무 늦은 시각이었다. 알면서도 통화 버튼을 눌러버렸다. 지금 못 하면 영원히 못 할 것 같아서. 내일이 되면 '우연이야'로 결론 내리고 말 것 같아서. 잠시 후 휴대전화 건너편에서 최 상사가 "여보세요" 했다.

"아저씨, 저 재인이에요."

최 상사는 깜짝 놀라면서도 반가워했다. 어머니는 건강하시냐, 너는 잘 지내느냐, 집에 무슨 일이라도 있느냐 물었다. 그녀는 용건을 말하기 전에, 마지막으로 한 번 더 생각했다. 지금 물으면 답을 듣게 될 것이다. 어떤 답이냐에 따라, 유나의 일에 휘말리게 될 수 있었다. 그래도 물어야 할까.

"아버지 말이에요. 혹시 돌아가시기 전에 유나를 해고하셨어요?"

아저씨는 말이 없었다. 그렇다는 의미 같았다. 그녀는 두 번째 질문을 던졌다.

"언제 해고하셨어요?"

"돌아가시기 일주일 전쯤이었을 거다."

그녀는 일순 목의 핏대가 꿈틀 일어서는 걸 느꼈다.

"돈 문제였나요?"

"그래. 내가 발견해서 사장님한테 보고했다만."

이제 네 번째 질문을 할 차례였다.

"그런데 왜 우리한텐 말하지 않으셨어요?"

"사장님이 그냥 묻어두자고 하셨어."

아직 가장 중요한 질문이 남아 있었다. 그녀는 안간힘을 다해 거칠어지는 숨을 골랐다.

"아버지 사고 나던 날, 유나가 회사에 왔었지요?"

"오후 4시쯤 왔을 거야. 막 우혜리로 출발하려던 참이었으니까."

"맨손으로 왔어요?"

커피를 사 들고 왔다고 했다. 아버지 방에서 30분 정도 이야기를 나눴고, 두 사람이 밖으로 나왔을 땐 화해의 분위기를 띠고 있었다. 유나는 생글생글 웃으며 아버지에게 작별을 고했다. 아버지는 유나의 어깨를 다독거려 이에 화답했다.

"난 다행이라고 생각했다. 유나를 내보낼 때 분위기가 험악했거든. 부녀 사이가 돈 때문에 끝장나나 싶을 만큼. 난 사실 재발 방지 약속을 받고 넘어갔으면 했다. 남도 아니고, 친딸인데 그렇게까지 할 필요가 있나 싶고. 어쨌거나 화해를 한 것 같아서 숨통이 틔는 심정이었어."

"그러니까 4시 30분경에 회사에서 나간 거네요."

유나가 먼저 떠났다고 했다. 이어 아버지가 떠났고, 두 시간 후 사고가 났다. 혹시나 하는 마음으로 그녀는 물어봤다.

"유나가 가져온 커피 말이에요. 아이스커피였어요?"

"글쎄다. 거기까진 모르겠다만."

알 필요도 없었다. 아버지는 드립커피를 좋아했다. 따뜻한 것보단 시럽 없이 얼음을 채운 쪽을 더. 얼음이 다 녹기 전에, 한입에 쭉 빨아 컵을 비우는 버릇도 있었다. 경리와 비서 일을 겸하며 몇 년씩 곁에 있었던 유나가 그 습성을 모를 리 없었다.

"근데 아저씨는 왜 그만두셨어요? 저는 유나를 도와주실 거라고 생각했는데요."

침묵이 흘렀다. 그녀는 미안하고 민망했다. 유나에게 최 상사는

해고를 당하도록 힘을 쓴 사람이었다. 그냥 됐다면 그건 신유나가
아니겠지.

그녀는 전화를 끊었다. 벽에 등을 기대고 눈을 감았다. 뭔가를
생각하고 있었지만 정확히 그게 뭔지 알 수 없었다. 멀미가 날 정
도로 혼란스러웠다. 두려웠다. 깊이 모를 늪으로 발을 디딘 기분
이었다. 자아의 목소리는 둘로 나뉘었다. 하나는 끈질기게 자신을
설득하는 목소리였다. 우연이야. 거기에서 뭘 읽으려 들지 마.

다른 목소리는 유나를 향해 묻고 있었다. 대체 아버지한테 무슨
짓을 한 거냐.

그녀는
누구일까

2부

4장

지유는 시골집 침대에 누워 있었다. 창으로 내다보이는 밤하늘이 해 질 무렵처럼 붉었다. 먼 아랫동네에선 개들이 짖어대고 있었다. 가까운 곳에선 되강오리가 울어댔다. 늘 듣던 울음소리가 아니었다. 때로는 슬픈 흐느낌 같았고, 때론 고통에 찬 신음 같았고, 때로 겁에 질린 비명 같았다. 습지가 아니라 벽 너머에서 울리는 소리였다.

다락방이야,라고 지유는 생각했다. 생각하는 순간 마술을 부린 것처럼, 그곳에 서서 사방을 두리번거리고 있었다. 되강오리는 보이지 않았다. 스스로 소리를 낼 만한 것은 아무것도 없었다. 하다못해 귀뚜라미 한 마리도. 울음소리는 계속되었다. 비명에서 꾸르르, 꾸르르, 자맥질하는 소리로 바뀌었을 뿐. 다락방에서 아래층으로, 소리가 오는 방향도 바뀌었다.

지유는 어느새 계단을 내려가고 있었다. 끝도 없이 이어지는 계단을 내려가고 내려가고 내려갔다. 아무래도 두 번째 마술에 걸린 것 같았다. 아무리 내려가도 아래층에 가닿지 않았다. 계단 수를 세다 잊어버리고 다시 세기 시작한 것만도 몇 번인지 모른다. 그

사이 되강오리는 울음을 그쳤다. 대신 대문 밖에서 어떤 목소리가 들려오기 시작했다.

지유야, 어야 가자.

지유는 내려가기를 멈췄다. 어릴 때 들었던 말이었다. 분명하게 기억하고 있는 말이었다. 아빠의 말이었다. 놀이터에 가자는 말이었다. 지금은 놀이터가 아니라 습지에서 건너오고 있었다. 반달늪에 가자는 말로 들렸다.

지유야, 어야 가자아……

소리는 점점 작아졌다. 아빠는 정말로 반달늪으로 가는 모양이었다. 아니 이미 반달늪을 건너서 골짜기로 가고 있는 것도 같았다. 지유는 자신도 모르게 허공으로 손을 뻗었다.

안 돼요, 아빠. 반달늪을 넘어가면 안 돼요.

소리는 말이 되어 나오지 않았다. 지유의 머릿속에서만 메아리쳤다. 지유는 무작정 계단에서 뛰어내렸다. 발이 허공을 딛고 있다고 느꼈을 땐, 몸이 앞으로 고꾸라진 후였다. 지유는 데굴데굴 구르기 시작했다. 구르면서도 아빠를 불렀다.

거기 가지 마요. 벼랑이 있어요.

지유의 몸은 주방 바닥으로 떨어진 후, 기나긴 구르기를 멈췄다. 지유는 일어서려 해봤지만, 몸이 말을 듣지 않았다. 손가락 하나 움직일 수가 없었다. 차가운 마룻바닥에 드러누운 채, 어둠 속에서 울리는 엄마의 목소리를 들었다.

지유, 왜 거기 있니?

엄마는 보이지 않았다. 이상한 비린내만 풍겨올 뿐. 지유는 대답했다.

다락 밑에서 되강오리가 울어요.

되강오리는 반달늪에 있겠지.

엄마의 대답은 차갑고 나직했다. 여전히 모습은 보이지 않았다. 지유는 답답해하며 소리쳤다.

아니에요. 반달늪에는 아빠가 있어요.

괜찮아. 꿈이야. 아침에 잠을 깨면 다 사라져버릴 꿈.

지유는 도리질했다.

아니에요. 아니에요. 아빠가 반달늪에서 불러요.

"아가, 꿈이야. 괜찮아."

이번엔 다른 목소리가 지유를 불렀다. 자신의 머릿속이 아니라 바깥세상에서 들어온 목소리였다. 이모의 목소리였다. 지유는 그 말을 믿고 싶었다. 되물어 확인하고 싶었다.

그렇지요. 진짜가 아니지요. 꿈이지요?

지유의 목은 열리지 않았다. 눈도 뜨이지 않았다. 꿈에서 벗어날 수도 없었다. 포악한 힘이 지유를 다시 어둠 속으로 끌고 갔다. 이모의 목소리는, 라디오를 꺼버린 것처럼 뚝 끊겼다.

지유는 시골집으로 되돌아왔다. 아빠 인형을 손에 쥐고 창턱에 앉아 습지를 내다보고 있었다. 달빛을 받은 습지는 커다란 호수처럼 검푸르게 반짝거렸다. 첫 번째 꿈과는 다른 시간, 다른 상황이었다. 시골집에서 보낸 두 번째 밤이었다. 습지를 따라 움직이고 있는 불빛이 그렇다고 말하고 있었다.

불빛은 집을 향해 오는 것 같았다. 점점 커지고, 점점 밝아지고 있었다. 그런데도 불빛 뒤편은 보이지 않았다. 거무레한 형상이 그림자처럼 어른거릴 뿐. 불빛은 습지를 빠져나온 후 대문 앞에 이르러 스르르 사라졌다. 때를 맞춘 것처럼, 달이 먹구름 뒤로 들어가버렸다. 주변은 갑자기 어두워졌다. 마당 단풍나무에 달린 외등만 부연 빛의 원을 그리고 있었다.

빛의 원 바깥에선 어떤 소리가 연달아 울렸다. 대문이 열리는 소리, 바퀴 같은 것이 덜컹덜컹 구르는 소리, 대문이 닫히는 소리. 이윽고 빛의 원으로 무언가가 들어왔다. 수레였다. 오리 먹이를 싣고 갈 때 쓰는 건초 수레.

이번엔 시간의 마술에 걸린 모양이었다. 만화책의 장면들처럼, 시야가 툭툭 끊겼다. 한 장면, 한 장면 차례차례 넘어갔다. 먼저 수레 손잡이가, 다음엔 손잡이를 미는 손이, 마지막으로 손의 주인이 외등 빛의 한복판으로 들어왔다.

전등빛 뒤편에 어른거리던 그림자 사람이었다. 우비로 보이는 검은 옷에 우비 모자를 덮어쓰고 있었다. 선명하게 보이는 게 있다면 우비 자락 아래로 드러난 파란 장화뿐이었다.

저 장화는 엄마 거야. 소리 없는 말이 지유의 머릿속에서 울렸다. 그 말을 듣기라도 한 듯, 파란 장화는 고개를 돌려 창문을 올려다봤다. 꿈인 줄 알면서도, 지유는 헉 소리를 질렀다.

모자 안에 얼굴이 없었다. 그림자에 모자를 씌워놓은 형상이었다. 그런데도 지유는 시선을 느꼈다. 모자 안의 형체 없는 눈이 자신을 똑바로 올려다봤다. 그 눈을 피할 수도, 창가에서 벗어날 수도 없었다. 몸은 물론 시선조차 움직여지지 않았다.

모자 속 눈은 지유를 향해 다가왔다. 검은 나비처럼 사뿐사뿐 허공을 디디면서 창가로 날아왔다. 마침내 창가에 도달했을 때, 검은 눈동자가 유리창을 뒤덮어버렸다. 활짝 열린 동공이 지유를 먹어 치울 것처럼 들여다봤다. 엄마의 목소리로 물어왔다.

지유, 거기서 뭘 봤니?

#

아니요. 못 봤어요.

지유는 도리질과 함께 눈을 떴다. 앞이 보이지 않았다. 검은 눈동자들이 시야를 가리며 올챙이 떼처럼 나돌아다녔다. 머릿속에선 울먹이는 목소리가 변명을 거듭하고 있었다.

아무것도 못 봤어요. 정말이에요.

귀밑으로 뜨뜻한 눈물이 흘러내렸다. 눈물과 함께 꿈의 마법도 녹아내렸다. 그 틈새로 현실의 느낌이 하나씩 밀려들었다. 따뜻하고 마른 공기, 희미한 소독약 냄새, 몸을 감싼 담요의 부드러운 감촉, 편안한 고요, 먼 곳에서 들려오는 자동차 소리……

지유는 꿈의 손아귀에서 조금씩 풀려났다. 목 밑에서 끓던 흐느낌이 잦아들고 뻗지른 다리에서 힘이 빠져나갔다. 눈동자들이 사라지면서, 주변 사물들이 보이기 시작했다. 하얀 천장과 큰 창문, 느릿느릿 떨어지는 링거 주사, 침대 아래에 놓인 보호자 침상, 침상에 놓인 노트북과 이어폰. 방 안을 비추는 푸릇한 빛은 노트북 화면에서 뻗어나온 것이었다.

지유는 이곳이 병원이라는 걸 기억해냈다. 이모가 함께 있으며, 중간중간 몇 번이나 깨어났다는 것도. 밥을 먹었던 기억도 되살아났다. 밥을 먹여주던 이모는 보이지 않았다. 다시 불안이 덮쳐왔다. 혹시 이것도 꿈이 아닐까. 또 시골집으로 끌려가는 게 아닐까.

그러기 전에 소리쳐서 이모를 불러야 할까.

화장실 쪽에서 물 내리는 소리가 났다. 지유는 귀를 쫑긋 세웠다. 문이 열리는 소리가 나자 안도감을 느꼈다. 가까워지는 발소리를 들으며 비로소 확신했다. 꿈이 아니구나. 정말로 병원이구나.

지유는 눈을 감았다. 자는 척하기로 마음먹었다. 눈을 감은 채로 아침이 올 때까지 깨어 있을 작정이었다. 자신을 끌고 다니던 꿈의 손아귀가 아직도 근처를 어슬렁거리고 있을 것 같았다. 이모를 부르면 재깍 알아차리고, 덜미를 낚아채서 꿈속으로 끌고 가버릴 것만 같았다.

이모는 침대 머리맡에서 걸음을 멈췄다. 잠시 후 물기가 밴 손이 지유의 이마를 짚어왔다. 비누 냄새가 마른 공기와 함께 콧속으로 빨려 들어왔다. 목구멍이 간질간질했다. 금방이라도 재채기가 날 것처럼.

지유는 목을 꽉 조이고 숨을 참았다. 열은 없을 것이다. 머리가 흔들리는 것 말고는 아픈 곳도 없었다. 어쩌면 다 나은 것도 같았다. 그러니 이마에서 손을 좀 떼어줬으면…….

이모는 손을 떼고, 이불을 가슴까지 끌어올려주었다. 깨어 있는 걸 안다는 듯 작은 소리로 속삭였다.

"더 자. 이모가 곁에 있을게."

하마터면 지유는 네, 할 뻔했다. 얼굴이 확 달아오르고 속눈썹이 움찔거렸다. 그래도 고집스럽게 눈을 감고 있었다. 이제 와 눈을 뜨는 게 부끄러웠다. 이모는 더 말을 걸지 않고 물러났다.

방 안이 고요해졌다. 너무나 고요한 나머지, 침 삼키는 소리가 천둥 치는 소리로 들릴 지경이었다. 지유는 한쪽 눈만 슬쩍 떠봤다. 벽에 기대앉아 이어폰을 끼고 노트북을 들여다보는 이모가 보였다. 흐느낌 같은 한숨이 흘러나왔다. 다행이었다. 이모가 곁에 있어 정말로 다행이었다.

지유는 안심하고 눈을 감았다. 동시에 요망한 생쥐의 말이 들려왔다.

엄마는 왜 갈대 습지에 갔을까.

지유는 대답했다.

오리 먹이를 주러 갔겠지. 그게 아니라면 수레를 왜 끌고 갔겠어.

요망한 생쥐는 비웃는 목소리로 물었다.

밤에 먹이를 주러 갔다고? 혼자서? 오리한테 먹이 주는 게 그렇게나 급한 일이야?

지유는 답을 찾지 못했다. 생각해보니 엄마는 그날 오리 먹이를 만드는 것도 혼자 해치웠다. 자신에겐 2층에서 내려오지 말라고 해놓고. 그전엔 그러지 않았다. 곁에서 모든 걸 지켜보게 해줬다. '조수'로 임명하고 이런저런 심부름을 시켰다. 뭔가를 물어보면 친절하게 가르쳐줬다. 그러니까 기분이 좋을 때에는.

요망한 생쥐는 세 번째 질문을 던졌다.

창턱에 앉아 있는 걸, 엄마가 봤을까.

지유는 그렇다고 생각했다. 처음엔 보지 못했을 것이라 여겼다. 엄마가 모자 속 어딘가를 만지기 전까지는. 외등보다 환한 불빛이 창문으로 쭉 뻗어오기 전까지는. 빛이 눈에 닿자 자동으로 악, 소리가 튀어나왔다. 날카로운 것에 눈을 찔린 것처럼, 몸을 뒤로 젖혔다. 그 바람에 창턱에서 떨어져버렸다. 뒤통수로 방바닥을 들이박으면서, 쿵 소리가 울릴 만큼 호되게. 와중에 현관문 열리는 소리를 들었다.

지유는 기겁해서 침대로 몸을 날렸다. 뒤통수의 통증 따윈 느낄 겨를조차 없었다. 아빠 인형을 베개 밑으로 집어넣고, 이불을 가슴까지 끌어올리며 눈을 감았다. 귀를 세우고 아래층에서 들려오는 소리를 들었다. 엄마가 욕실로 들어가는 소리, 샤워기 물소리, 욕실을 나와 방으로 들어가는 소리…….

이후 엄마는 방에서 나오지 않았다. 밥도 먹지 않았다. 아침이 오고, 비바람이 몰아치는 한낮이 지나고, 저녁이 오도록 잠만 잤다. 지유는 종일 창턱에 앉아 아빠 인형과 놀았다. 아래층엔 얼씬도 하지 않았다.

아, 딱 한 번 배가 고파 주방에 내려가기는 했다. 냉장고는 텅 비어 있었다. 사과 하나, 달걀 한 알 없었다. 지유는 조리대 위로 올라가서 수납장 위 칸을 열어봤다. 마찬가지였다. 먹을 수 있는 건 두 가지뿐이었다. 전기밥통에 든 누런 밥과 냄비에 든 채로 굳어진 굴라시.

주스와 치즈와 빵은 어디로 갔을까? 엄마가 버렸을까? 설마 어제 혼자 다 먹어버렸을까. 지유는 배 속이 허기로 화끈거리는 걸 느꼈다. 도리 없이 접시에다 밥을 펐다. 떡이 된 굴라시를 한 국자 얹었다. 발소리를 죽여 2층으로 돌아왔다. 창턱에 걸터앉아 허겁지겁 먹어치웠다. 다 먹은 그릇은 창틀에 올려놓았다. 개수대에 넣으려고 주방에 갔다가 엄마와 마주칠까봐. 마주치면 엄마의 얼굴을 제대로 보지 못할 것 같았다.

다음날도 엄마는 방에서 나오지 않았다. 지유는 방에서 나가기로 마음먹었다. 혼자 갈대 습지에 가는 건 금지사항이었으므로,

몰래 다녀올 생각이었다. 그사이 엄마가 깰까봐 걱정스럽긴 했지만, 나가고 싶은 마음이 더 컸다.

창으로 내다보이는 하늘이 높고 파랬다. 양떼구름 사이로 햇살이 쏟아졌다. 새들이 떼 지어 습지 위를 날고, 반달늪에선 되강오리가 울고 있었다. 그제 밤처럼 비명을 지르는 게 아니었다. 평소에 듣던 늑대 울음으로 돌아와 있었다. 지유는 안도감을 느꼈다. 엄마 말이 맞았어. 그날 밤 일은 꿈이었던 거야.

지유는 옷장에서 코트를 꺼내 걸쳤다. 도둑 걸음으로 계단을 내려가 현관문을 빠져나왔다. 앞마당을 가로질러서 엄마 방 창문이 있는 마당 옆쪽으로 살금살금 움직였다. 창은 두꺼운 커튼에 가려져 있었지만 안을 들여다보는 데는 문제가 없었다. 커튼 아래쪽이 조금 벌어져 있었다. 발을 들거나 굽힐 필요도 없었다. 눈높이가 딱 맞았다.

처음엔 아무것도 보이지 않았다. 방 안이 너무 어두웠다. 눈을 대고 한참 기다린 후에야 원하는 것을 보게 됐다. 엄마는 창문 쪽으로 얼굴을 둔 채, 엎드린 자세로 누워 있었다. 눈을 감고 움직이지 않는 걸로 보아 깊이 잠든 것 같았다.

지유는 창문에 붙어 선 채 오백까지 셌다. 그사이 엄마는 손가락 한 번 까딱하지 않았다. 비로소 창문 앞을 떠날 용기가 났다. 다시 앞마당으로 나가서, 단풍나무 아래를 통과한 뒤, 창고 앞에 도착했다.

창고 문을 열자 건초 수레가 앞을 가로막았다. 바퀴에도 몸체에도 흙덩이가 잔뜩 들러붙어 있었다. 손잡이에는 검은 우비가 걸쳐 있었다. 수레만큼이나 더러웠다. 수레 안에 던져둔 파란 장화는 두 배로 더러웠다. 지난밤 봤던 장면이 다시 떠올랐다. 엄마와 눈을 마주쳤던 순간도.

지유는 고개를 흔들어 '그 순간'을 털어버렸다. 수레 옆 틈새를 통해 창고 안으로 들어갔다. 사다리 옆에 자신의 장화와 아빠가 신었던 큰 장화가 나란히 놓여 있었다. 사다리 뒤편에 놓인 종이 상자를 발견한 건, 막 장화를 신고 났을 때였다. 우체국 택배 상자였다. 뚜껑이 닫혀 있었지만, 테이프로 봉인되어 있지는 않았다.

원래 저 자리에 있던 것일까. 기억은 아니라고 대답했다. 지유는 창고 속 물건들을 잘 알고 있었다. 시골집에 올 때마다 창고를 들락거렸고, 창고 안에서 온종일 혼자 놀 때도 있었으니까. 몇 번을 되짚어봐도 처음 보는 상자였다. 엄마가 가지고 온 것도 아니었다. 이곳에 도착한 후, 엄마가 차 트렁크에서 꺼낸 건 마트 장바구니뿐이었다.

열어볼까, 생각하다 지유는 물러섰다. 상자에 대한 호기심을 떨쳐버리려고 허둥지둥 창고를 빠져나왔다. 인형 상자를 열어본 것만으로도 이미 충분히 불안했다. 더 불안했다간 심장이 터져 죽을지도 몰랐다. 발각되는 날엔 처벌이 두 배가 될 테니까.

날이 추웠다. 생각했던 것보다 훨씬 더. 햇빛은 깨진 유리조각 같았다. 쨍쨍하면서도 차갑고 날카로웠다. 반달늪에서 불어오는 바람은 겨울을 품고 있었다. 거칠고 사납고 힘이 셌다. 지유의 어깨를 홱, 밀쳐버릴 만큼. 지유는 턱을 목 밑으로 붙이고 뜀박질로 길을 건넜다.

습지는 폭풍이 지나간 자리 같았다. 갈대들은 진창 속에 드러누웠고, 샛길은 시커먼 개흙으로 뒤덮여 있었다. 발이 쑥쑥 빠질 정도로 땅이 물렀다. 찔꺽거리면서도 미끄러웠다. 한 발짝 뗄 때마다 장화 밑에선 개구리 울음소리가 났다. 반달늪은 평소보다 두 배쯤 멀리 있는 것 같았다. 밥터 앞에 도착했을 땐 높은 산에 올라온 것처럼 다리가 아팠다.

밥터 위에선 되강오리 한 마리가 졸고 있었다. 생김새가 눈에 익었다. 아빠와 함께 온 날 물속에서 습격해왔던 그놈 같았다. 털색도 그렇고, 크기도 그렇고.

우리 복수할까?

어디선가 아빠의 목소리가 들리는 것 같았다. 지유는 왁, 소리치며 바위로 뛰어올랐다. 놈은 날개를 퍼덕이고 허둥거리다 물 위로 떨어졌다. 그때처럼, 지유는 코끝을 엄지로 쓸며 말해봤다.

눈 깔고 꺼져.

그때처럼 재미있지 않았다. 둘레길을 돌며 아빠와 갔던 곳들을 차례로 둘러봤지만 기분은 나아지지 않았다. 나아지기는커녕 점점 더 시무룩해졌다. 아빠는 왜 가버렸을까. 아침에 다시 오자고 약속해놓고.

지유는 물가에 쪼그려 앉았다. 아빠와 왔을 때, 되강오리 둥지가 건너다보이던 자리였다. 지금은 아무것도 없었다. 둥지도, 알도. 둥지를 받쳐주던 수초는 허리를 꺾고 물속에 엎어져 있었다. 지난밤 비바람에 어디로 떠내려간 모양이었다. 아니면 물속에 가라앉아버렸거나.

지유는 반달늪 둘레길을 열 번쯤 돌았다. 늪을 떠다니는 오리들의 숫자를 세어보기도 하고, 둘레길 끝에서 발아래 골짜기를 우두커니 내려다보고 서 있기도 했다. 엄마가 하지 말라고 했던 일을 모조리 해치운 셈이었다. 그것도 열 번이나.

골짜기는 생각보다 무섭지 않았다. 그렇다고 재미있지도 않았다. 건너편 봉우리에는 어느새 빨간 저녁해가 내려앉고 있었다. 골짜기 밑에서 솟구친 바람은 손톱이라도 달린 것처럼 뺨을 긁고 팠다. 먼 하늘에선 검은 구름이 떼를 지어 몰려왔다. 또 비가 올 것 같았다.

엄마가 깨어났을까? 지유는 집 쪽을 돌아보았다. 지금쯤이면 깨고도 남았을 것 같았다. 그랬다면 2층에 올라가 자신을 찾고 있을 터였다. 어쩌면 베개 밑에 숨겨둔 아빠 인형을 발견했을지도 몰랐다. 갑자기 엉덩이에 불이 붙는 기분이었다.

지유는 서둘러 습지를 빠져나왔다. 집에 도착했을 땐 땅거미가 내리고 있었다. 가장 먼저 엄마 방 창가로 가서 안을 들여다봤다. 엄마는 아직 자고 있었다. 아까와는 반대쪽으로 얼굴을 돌리고 있어 장담할 수는 없었지만.

지유는 마당 수돗가로 되돌아왔다. 호스로 물을 뿌려 장화에 붙은 흙을 씻어내고 창고로 들어갔다. 신발만 갈아 신고 나올 생각이었다. 그러니까 상자에 눈이 들러붙어버리기 전까지는 그랬다.

살짝 뚜껑만 열어봐.

요망한 생쥐가 또 요망하게 부추겼다.

안에 든 걸 만지지만 않으면 돼. 그냥 보기만 하면, 엄마는 절대 모를걸.

지유는 정말로 보기만 할 작정이었다. 눈에 익은 물건이 나타나지 않았다면 그리했을 것이다. 왕벌 참이 달려 있는 아빠의 가방이었다. 지유는 무언가 뱃속으로 쿵 떨어져내리는 느낌을 받았다.

귓속에선 맥박이 왕벌처럼 윙윙대기 시작했다.

거기서 멈췄다면 좋았을 것이다. 아빠가 깜박 잊고 가방을 두고 갔다고 생각할 수 있었을 테니까. 지유는 멈추지 않았다. 손이 저 알아서 가방을 들어내고 있었다. 가방 밑에서 잘 개킨 재킷과 셔츠, 청바지가 나타났다. 아빠가 입었던 옷이었다. 상자 밑바닥에 놓인 갈색 운동화 역시 아빠 것이었다. 운동화 속에는 아빠의 휴대전화가 들어 있었다.

지유는 혼란에 빠졌다. 두서없는 질문들이 머릿속에서 뒤엉켰다. 아빠는 뭘 입고 갔을까. 옷도 신발도 없이 어떻게 갔을까. 가방은 왜 두고 갔을까. 혹시 휴대전화를 찾으러 다시 돌아오지는 않을까. 엄마는 이걸 왜 창고에다 두었을까. 그런데 왜 이렇게 가슴이 두근거릴까. 왜 이렇게 무서운 기분이 들까.

다른 건 몰라도 자신의 상태에 대한 질문에는 명확한 답이 있었다. 엄마한테 들킬까봐 겁이 나서였다. 지유는 물건들을 꺼내놓은 순서대로 다시 담았다. 운동화, 청바지…….

마지막으로 가방을 얹고 보니, 상자 뚜껑이 닫히지 않았다. 상자는 금방이라도 터져버릴 것처럼 빵빵했다. 지유는 처음부터 다시 정리를 시작했다. 마찬가지였다. 세 번째도 똑같았다. 네 번째 시도는 하지 않았다. 대신 기억을 수정해버렸다. 상자는 처음부터 빵빵했어. 뚜껑 따윈 잘 닫혀 있지 않았단 말이야.

지유는 뒤도 돌아보지 않고 창고를 나왔다. 곧장 2층으로 올라갔다. 창밖은 어느새 깜깜해져 있었다.

새록새록 밤이 깊어갔다. 엄마는 깨어나지 않았다. 지유는 이불을 뒤집어쓴 채 잠들려 애쓰고 있었다. 배가 고파서인지 애쓰면 애쓸수록 눈이 말똥말똥해졌다. 생각은 우체국 상자를 벗어나지 못했다. 창고에서 발견한 것들이 무엇을 의미하는지 짐작조차 되지 않았다. 베개 밑에 숨겨둔 아빠 인형을 향해 물어보기도 했다.

왜 아빠 물건을 다 두고 갔어요?

대답이라도 하듯 되강오리가 울기 시작했다. 지유는 이불을 뒤집어쓰고 귀를 막았다. 소리는 사라지지 않았다. 점점 더 크게 점점 더 사납게 울었다. 습지에서 들려오는 소리가 아니었다. 벽 너머에서 울리는 소리도 아니었다. 울음소리는 자신 안에서 들려오고 있었다. 어떻게 해도 막을 수 없는 소리였다.

지유는 이불을 젖히고 일어나 앉았다. 순간 창밖이 환하다는 걸 깨달았다. 무언가 타는 냄새가 나는 것도 같았다. 냄새에 홀려 침대에서 내려갔다. 창가로 다가선 뒤 커튼 뒤에 몸을 숨기고 눈만 내밀어 마당을 내다봤다.

단풍나무 외등에 불이 들어와 있었다. 단풍나무 아래 화덕에서도 불길이 타올랐다. 화덕 뒤편으로 피어오른 잿빛 연기는 바람을 타고 솟구쳐올랐다. 화덕 옆 수돗가엔 엄마가 앉아 있었다. 빨랫돌에 엉덩이를 걸치고, 다리를 두 팔로 감싸고, 등을 동그랗게 만 채, 화덕 속 불길을 바라보고 있었다.

엄마의 새하얀 뺨 위에서 불그림자가 너울너울, 춤을 췄다. 엄마의 발치에는 종이상자 하나가 놓여 있었다. 지유는 곧바로 알아차렸다. 화덕 안에서 타고 있는 게 뭔지. 하마터면 유리창을 두드리며 소리칠 뻔했다. 엄마, 그러지 마요. 아빠 거 태우지 말아요.

정말로 그리해버릴까봐, 지유는 손으로 입을 틀어막았다. 침대로 돌아와 아빠 인형을 꺼내 안고 누웠다. 눈을 감고 잠이 오기를 기다렸다. 기적처럼 잠이 들었다. 잠든 기억은 없지만 잠들었던 게 분명했다. 어떤 소리에 놀라 눈을 뜬 걸 보면. 창밖에서는 햇살이 쏟아져 들어왔다.

차 소리였어. 생각하다, 지유는 소스라치게 놀랐다. 차 소리? 아빠가 돌아왔을까?

지유는 벌떡 일어났다. 침대에서 뛰어내려 창가로 날아갔다. 아빠가 아니었다. 엄마의 흰 승용차가 대문 앞을 막 떠나고 있었다. 잠시 후 산모퉁이를 돌아서 아랫마을 쪽으로 사라져버렸다.

지유는 어안이 벙벙했다. 엄마가 자신만 남겨두고 떠나버리는 꿈을 꿀 때가 종종 있었다. 그럴 때마다 흐느끼며 눈을 뜨곤 했다. 정신없이 방에서 나가보면, 엄마는 주방에서 무언가를 만들고 있었다. 아직 자고 있거나, 욕실에서 샤워를 할 때도 있었다. 그곳이 새아빠 집일 때도 있고, 시골집일 때도 있었지만, 엄마가 정말로 사라진 적은 없었다. 그저 꿈이었을 뿐.

이번에도 그럴 것이다. 아니, 반드시 그래야 했다. 지유는 방을 뛰쳐나갔다. 어두컴컴한 계단을 두 칸씩 뛰어 내려갔다. 불 꺼진 주방은 계단만큼이나 어두웠다. 어디에서도 엄마가 움직이는 기척이 느껴지지 않았다. 그렇다면 아직 자고 있을 터였다.

엄마를 부르는 대신, 지유는 거실 문을 살짝 열어봤다. 어둠이 기다리고 있었다. 전등 스위치를 올리자 텅 빈 거실이 나타났다. 거실을 가로질러 가 안방 문을 열었다. 마찬가지였다. 뒷문을 열고 뒤뜰로 나가봤다. 가끔 엄마는 옹벽 위 소나무 숲을 산책하기도 하니까.

없었다. 앞마당, 창고, 대문 밖, 그 어디에도 엄마는 없었다. 지유는 현기증을 느꼈다. 스르르 다리가 풀렸다. 그 바람에 단풍나무 밑에 무너지듯 주저앉아버렸다. 화덕 안에 쌓인 잿더미를 보자 그만 울고 싶어졌다. 꿈이 아니었다. 엄마는 진짜로 가버린 모양이었다.

끔찍하게 긴 하루가 갔다. 지유는 아빠 인형을 품고 창턱에 앉아 시간을 보냈다. 밥도 먹지 않고, 씻지도 않았다. 창고나 다락방을 뒤지고 다니지도 않았다. 습지에 나가지도 않았다. 창가를 떠날 수가 없었다. 그사이에 엄마가 자신을 데리러 올까봐. 왔다가 안 보이면 그냥 가버릴까봐.

밤이 되어도 엄마는 돌아오지 않았다. 지유는 여전히 창가에 앉아 있었다. 사방은 너무나 고요했다. 어쩌면 바깥의 소리를 듣지 못했을지도 모른다. 매서운 목소리가 귀를 점령하고 있었으니까. 자신의 잘못을 하나하나 지적하고 탓하는 목소리였다.

엄마가 떠나버린 건 꿈속에서 1층으로 내려갔기 때문이며, 다락방에 들어가 아빠 인형을 훔쳐냈기 때문이며, 습지에 다녀오는 엄마를 훔쳐봤기 때문이며, 엄마 몰래 습지에 다녀왔기 때문이며, 허락도 없이 우체국 택배 상자를 뒤졌기 때문이며…….

지유는 자신이 울고 있다는 것도 몰랐다. 인형을 끌어안고 몸을 흔들면서 소리 내어 빌고 있다는 것도 몰랐다. 엄마가 돌아와주기만 하면, 다시는 나쁜 짓을 하지 않겠노라고. 요망한 생쥐의 말에 넘어가지도 않겠노라고.

그 바람에 차 소리를 듣지 못했다. 대문 소리도, 현관문 소리도 듣지 못했다. 지유야, 부르는 엄마의 목소리를 들었으나 그것을 믿지 못했다. 진짜 엄마가 불렀는지, 너무나 간절히 원한 나머지

들었다고 착각한 것인지.

"차지유."

소리는 계단 쪽에서 들려왔다. 착각이 아니었다. 엄마가 돌아온 것이었다. 지유는 엄마를 부르고 싶었으나 입이 열리지 않았다. 그저 강아지처럼 낑낑대면서 창턱에서 내려섰다. 그와 함께 아빠 인형이 발밑으로 툭, 떨어졌다. 방문 밖에선 계단을 올라오는 발소리가 울리고 있었다.

"지유야."

세 번째 부름은 아주 가까운 곳에서 들려왔다. 느낌상 계단참인 것 같았다. 지유는 낑낑대던 소리가 뱃속으로 빨려 들어가는 걸 느꼈다. 재깍 제정신이 돌아왔다. 요망한 생쥐가 촉새처럼 튀어나왔다.

빨리빨리. 다섯을 세기 전에 엄마가 들어올 거야.

아빠 인형을 숨기기엔 늦었다는 뜻이었다. 침대에 도착하기도 전에 엄마가 들어올 테니까. 지유는 아빠 인형을 책상 밑으로 슬쩍 차넣었다. 눈물과 콧물로 범벅이 된 얼굴을 티셔츠 자락으로 문질러 닦았다. 동시에 방문이 열렸다. 엄마가 들어왔다.

"왜 대답을 안 하니?"

엄마가 지유 쪽으로 다가오며 물었다. 화가 난 표정은 아니었다. 짜증스러운 목소리도 아니었다. 어딘가 아픈 사람처럼 힘이 없어 보였다. 붕대를 감은 손은 어깨에 멘 보호대에 걸려 있었다. 붕대 밑으로 빠져나온 손가락이 프랑크소시지처럼 통통하고 빨갰다.

"못 들었어요."

지유는 한 발짝 앞으로 나서며 대답했다. 엄마에게 달려가 안길 마음은 이미 사라져버렸다. 달려간들 안아줄 손도 없었다. 다른 손은 샐러드가 든 팩을 들고 있었으니까.

"얼굴이 왜 그러니?"

엄마는 책상 앞에 멈춰 섰다. 지유는 눈을 내리뜨고 엄마의 발을 봤다. 아빠 인형과 딱 한 뼘 거리였다. 고개만 숙이면 곧장 볼 수 있는 위치였다. 입이 저절로 열리고 거짓말이 술술 나왔다.

"엄마 기다리다 깜박 잠이 들었는데, 무서운 꿈을 꿨어요."

엄마가 고개를 슬쩍 틀어서 침대를 봤다. 금방 자다 일어난 것처럼 이불이 흐트러져 있었다. 당연한 일이었다. 아침에 일어난 이후 정리한 적이 없으니. 이불 정리를 하지 않아 다행이라고 여긴 건 태어난 이래로 처음이었다.

"무슨 꿈?"

"엄마가…… 저만 놔두고 가버리는 꿈이요."

엄마는 고개를 슬쩍 옆으로 기울였다. 입가에 보일 듯 말 듯한 미소가 어렸다.

"그래서 눈이 퉁퉁 붓게 운 거야?"

"꿈인지 진짠지 헷갈려서요."

지유는 필사적으로 엄마의 눈을 붙들고 있었다. 눈 한 번 깜박거리지 않았다. 그새에 엄마가 눈을 돌려 책상 밑을 볼까봐.

"엄마가 오는 거 보려고 창가에 앉아 있었단 말이지?"

지유는 고개를 끄덕였다.

"저런……."

엄마는 샐러드를 책상에 올려놓았다. 큼직한 플라스틱 팩에 완두콩과 양상추가 꽉꽉 차 있었다. 아무리 봐도 염소 모이 같았다.

"이리 와."

엄마는 비어 있는 팔을 지유 쪽으로 뻗었다. 지유가 한 발짝 다가서자, 어깨를 안고 다독거려주었다.

"엄마가 지유 두고 어딜 가. 손이 심하게 아파서 병원에 다녀온 거야. 소독하고, 꿰매고, 링거 맞느라고 좀 늦은 거지."

지유는 슬쩍 몸을 틀어 엄마의 품을 빠져나왔다.

"이제 다 나은 거예요?"

"내려가서 쉬면 더 나아질 거야. 근데 내 딸이 울면서 엄마를 기다렸다니, 좀 미안하네."

엄마는 소리 없이 웃었다.

"엄마 그냥 여기서 쉴까? 샐러드도 함께 나눠 먹고."

지유는 움찔해서 고개를 저었다. 먹지도 않은 완두콩이 목에 딱 걸리는 기분이었다. 그 바람에 염소 목소리가 흘러나왔다.

"아니에요."

"정말? 안 서운해?"

지유는 진심을 다해 고개를 저었다.

"저랑 있으면 더 아플지도 몰라요. 제가 잠버릇이 나쁘잖아요."

진심이냐고 묻듯, 엄마는 살피는 눈으로 쳐다봤다. 마음을 바꿀 시간을 주겠다는 듯 말없이 서 있었다. 지유는 벌벌 떨리는 다리에 힘을 주고 엄마의 시선을 견뎠다. 엄마가 돌아오기를 간절히 바라던 게 불과 몇 분 전이었다. 이제는 엄마가 나가주기만 간절하게 바라고 있었다.

"그래, 그럼 엄마 내려가서 쉴게."

마침내 엄마는 방에서 나갔다. 완두콩 샐러드를 염탐꾼처럼 책상 위에 남겨두고.

시골집을 나선 건, 일요일 오전이었다. 청연으로 간다고 했다. 운전하는 내내 엄마는 말이 없었다. 지유는 평소처럼 뒷좌석에 앉았다. 앉자마자 《새로운 운명》을 꺼내 들고 읽는 척했다. 신경은 온통 유치원 가방에 쏠려 있었다. 가방 밑바닥에 감춰둔 아빠 인형 때문이었다. 본래 자리에 갖다 놓을 기회가 얼마든지 있었는데도, 기어코 가져오고야 말았다.

처음에 아빠 인형은 그저 위안을 주는 물건이었다. 이젠 자신을 지켜주는 존재가 되었다. 방 안에 갇혀 혼자 견뎌야 하는 시간으로부터. 다시 만난 이후 눈을 뜬 아빠에 대한 그리움으로부터. 시도 때도 없이 들려오는 되강오리의 울음소리로부터, 밤마다 반복되는 악몽으로부터. 엄마의 말을 의심하는 무서운 죄로부터.

"지유, 엄마가 물어볼 게 있는데."

고속도로로 들어선 후 엄마가 말했다.

"솔직하게 대답해야 해."

지유는 시선만 들어 룸미러를 봤다. 곧장 엄마의 눈과 만났다.

"창고에 있던 택배 상자, 열어봤니?"

지유는 몸속에서 울리는 딸깍, 소리를 들었다. 놀란 갈비뼈가 딸꾹질을 하듯 접히는 소리였다. 잠시 잊고 있었던 일이었다. 그에 대한 말이 없어서 엄마가 모른다고 믿어버렸다. 모를 리 없다는 걸 알면서도.

"네."

대답하고 나자 얼굴이 확 달아올랐다. 애써 숨겨온 게 부끄러웠다. 아무렇지도 않은 듯한 엄마의 목소리가 무서웠다.

"왜?"

엄마가 물었다.

"사실은……."

지유는 머뭇머뭇 고개를 들었다. 룸미러 속에서 엄마의 눈이 웃고 있었다. 희미하지만 희망을 주는 미소였다. 사실대로 말하면 용서할지도 몰랐다. 지금껏 그랬던 적은 단 한 번도 없지만.

"장화를 신으려고 들어갔어요. 반달늪에 가려고요. 그런데 못 보던 상자가 있어서……."

"열어봤다는 거구나."

엄마가 잘라먹은 뒷말을 대신해주었다. 지유는 대답했다

"잘못했어요."

"괜찮아. 그건 엄마 물건이 아니니까. 아빠가 버리고 간 거야."

오래전, 아빠가 집을 나갈 때 두고 간 양복과 구두가 있었다고 했다. 엄마는 아빠에게 전해주려고 그걸 가져왔는데, 때마침 입을 일이 생겼다. 아빠는 한밤중에 친구가 교통사고로 죽었다는 전화를 받았다. 곧바로 장례식에 가야 했기 때문에 아빠는 엄마가 가져온 옷을 입고 갔다고 했다.

"입고 온 게 허드레옷이라고 버려달라고 했는데, 버릴 데가 있어야지. 시골집엔 쓰레기차가 오지 않잖아."

오는지 안 오는지는 몰라도 지유는 일단 고개를 끄덕였다.

"그래서 그냥 태워버렸어. 청연으로 가져갈 수는 없으니까."

엄마는 룸미러로 흘끔 지유를 살폈다. 지유가 고개를 끄덕이자 시선은 다시 앞 차창으로 돌아갔다.

"우리가 함께 있었다는 걸 새아빠가 알면 싫어할 거야. 무슨 말인지, 이해하지?"

"네."

그랬다. 무슨 말인지, 지유는 한 방에 이해했다. 딱 한 가지만 빼고.

"그래. 내 딸은 참 영리해."

엄마의 눈이 다시 룸미러로 돌아왔다. 지유가 좋아하는 눈이었다. 무엇이든 단숨에 풀어 녹이는 따뜻한 물 같은 눈, 네 잘못을 용서한다고 말하는 눈. 지유는 말로써 용서를 확인하지 않았다. 그냥 그렇다고 믿고 싶었다.

"시골집에 간 것도 비밀이야. 지금까지 우리는 외갓집에 있었던 거야."

"네."

"누가 물어도 그렇게 대답해야 해."

"네."

지유는 이유를 묻지 않았다. 그것은 '비밀의 규칙' 중 하나였으므로. 이해하지 못한 한 가지를 물어서도 안 될 것이다. 가까스로 얻은 저 따뜻한 물이 다시 얼어붙어버릴 테니. 지유는 입안에서 빙빙 도는 말을 꿀꺽 삼켜버렸다.

아빠는 왜 휴대전화를 놔두고 갔어요?

　#

지유가 눈을 떴을 때, 아침이 와 있었다. 창문 커튼이 열려 있었지만 밖이 잘 보이지 않았다. 유리창에 빛이 반사된 데다 습기가 뿌옇게 차 있었다. 병실 문은 닫혀 있고, 바깥에선 어수선한 소리가 들려왔다. 두런두런 울리는 사람들의 말소리, 복도를 오가는 발소리, 유모차처럼 바퀴 달린 물건이 굴러가는 소리……

노크 소리가 났다. 문이 열렸다. 의사와 간호사가 떼 지어 와서 침대 앞에 섰다.

"안녕하세요. 과장님."

어디선가 이모가 나타나 대장으로 보이는 의사에게 인사했다. 과장님도 이모에게 고개를 숙여 보였다. 지유는 발가락에 힘이 들어가는 걸 느꼈다. 과장님이 뭔가 아픈 걸 하자고 할까봐 불안했다.

"지유, 잘 잤니."

과장님이 지유를 내려다보며 물었다. 지유는 이모를 올려다봤다. 이모는 눈을 맞추고 고개를 끄덕였다. 인사해, 하듯. 지유는 그렇게 했다.

"안녕하세요, 과장님."

과장님은 갑자기 웃음을 터트렸다. 다른 의사들도, 심지어 이모까지. 그들이 왜 웃는지 몰라 지유는 어리둥절했다.

"아마 잘 잤다는 말이겠지?"

과장님이 되물었다. 지유는 잠시 생각을 해봤다. 잘 잤다고 거짓말을 해도 좋을지.

"잘 잔 것도 같고, 잘 안 잔 것도 같아요."

과장님은 입술을 꾹 닫고 지유를 봤다. 눈가에 주름이 잡혀 있는 걸로 봐서, 여전히 웃고 있는 것 같았다.

"좋아. 그럼 잘 잔 듯, 잘 안 잔 걸로 하자. 선생님이 지금부터 몇 가지를 더 물어볼 텐데, 지금처럼 잘 생각해서 대답하면 돼."

과장님은 여러 가지 질문을 차례로 던졌다. 머리가 아프지 않느냐, 숨쉬기가 편하느냐, 기침이 나느냐, 기분이 어떠냐. 지유도 차례로 대답했다. 머리는 아프지 않고, 숨쉬기도 편하고, 눈을 뜬 이후로 아직까지 기침을 하지 않았으며, 기분은 나쁘지 않다고.

"나쁘지 않다는 건 괜찮다는 뜻이겠지?"

과장님은 자기 멋대로 넘겨짚었다. 정확하게 대답하라 해놓고. 지유는 네,라고 대답했다.

"움직일 때 어지럽거나 아프거나 하진 않니?"

"아직 움직여보지 않았어요."

과장님은 이모를 흘끔 쳐다보며 말했다.

"어디 그럼 지금 움직여볼까."

이모가 재빨리 곁으로 다가왔다. 지유는 이모의 목에 팔을 감고 일어나 앉았다. 어지럽지도 아프지도 않았다. 과장님은 청진기를 가슴과 등에 대본 후 물었다.

"어디 불편한 덴 없니?"

"그런 것 같아요."

과장님은 고개를 끄덕이더니, 무서운 말을 남기고 방을 나갔다.

"이따 보자."

다른 의사들이 과장님을 뒤따라나갔다. 이모는 그들을 배웅하러 나갔다가, 식사가 담긴 쟁반을 들고 돌아왔다.

"자, 우리 밥 한번 먹어볼까?"

이모는 어디선가 컵라면을 가져와 마주 앉았다. 지유는 궁금했던 것을 물었다.

"이모, 저 많이 아팠어요?"

이모가 되물었다.

"아무것도 기억 안 나니?"

지유는 곰곰이 생각을 해봤다. 가장 먼저 자신을 안고 등을 다독여주던 손이 떠올랐다. 이어 이마에 얹혀던 물수건의 축축한 느낌이. 이모의 목소리도 기억났다. 눈 떠, 아가. 괜찮아.

그땐 꿈인 줄로 알았다. 자신을 '아가'라 부르는 사람은 아빠와 외할머니밖에 없었으니까. 이제는 분명하게 알 것 같았다. 꿈꾸는 사이사이 자신을 불러주던 사람은 진짜 이모였다. "또 나쁜 꿈 꾸면 힘껏 이모를 불러"라고 말해준 사람도 진짜 이모였다. 죽을 먹여주고, 화장실에 데려가고, 옷을 갈아입혀주고, 몸을 닦아준 사람도 진짜 이모였다.

지유는 혼란스러웠다. 진짜 이모가 진짜로 이모가 맞는지. 지유가 아는 이모는 '진짜 이모'처럼 다정한 사람이 아니었다. 새아빠처럼, 가만히 바라보는 사람이었다. 가끔 유치원에 데려다주거나, 재미난 말을 가르쳐주기도 했지만 '아가'라 부르며 안아준 적은 없었다.

"아니요. 다 기억나요."

지유는 죽을 한 숟갈 뜨며 말했다.

"어젯밤에 잠깐 깼는데 이모가 노트북을 보고 있었어요. 영화 보셨지요?"

"땡."

이모가 소리 없이 웃었다. 지유는 당황해서 물었다.

"그것도 꿈이에요?"

"꿈은 아닌데 날짜가 틀렸어요, 아가씨."

독감으로 입원한 지 4일째라고 했다. 어제 점심때까지 열이 올랐다 내렸다 하며 잠만 잤다고 했다. 이모가 영화를 본 건 그 저께 밤이었다. 그때에도 열이 완전히 내린 건 아니었다. 해열 제에 힘입어 잠깐 괜찮아졌을 뿐. 안정을 찾은 건 어제저녁부터 라 했다.

"네가 좋아져서 이모도 어젠 푹 잤어. 과장님이 이제 걱정 안 해 도 되겠대."

지유는 죽을 입으로 밀어넣었다. 멀건 풀 냄새가 났다.

"좀 전에 외할머니랑 전화했는데, 열 내렸다니까 좋아하셨어. 지유, 사랑한다고 전해달래."

지유는 목이 꽉 조여드는 걸 느꼈다. 구토증이 날 때처럼, 혀뿌 리가 목구멍 안으로 말려 들어갔다.

이모는 끝내 엄마 얘기를 하지 않았다. 지유도 묻지 않았다. 엄마는 오지 않았다는 답을 들을까봐 겁이 났다. 자신을 이해시 키려고 애를 썼다. 일부러 그런 게 아니야. 엄마가 미리 말해줬 잖아. 당분간 이모랑 지내야 한다고. 엄마는 노아 때문에 바쁠 거라고.

노아가 왜 죽었는지, 지유는 알지 못한다. 다만 그날 새벽 일은 분명하게 기억하고 있다. 꿈을 꾸다 몸부림치며 깨어났을 때였다. 끝나지 않는 계단 꿈이었다. 아빠 인형을 베개 밑에 두고 잤던 지 난 이틀 동안은 꾸지 않은 꿈이었다. 새아빠 집에 와서는 그럴 수 가 없었다. 엄마와 함께 안방에서 자야 했기 때문이었다.

지유는 눈을 뜨자마자 엄마가 없다는 걸 깨달았다. 안방 문이 조금 열려 있다는 것도 알아차렸다. 열린 틈새로 희뜩희뜩한 불빛이 비쳐 들어왔다. 지유는 방문 앞으로 다가가 문틈에 눈을 댔다.

누군가 2층 계단을 올라가고 있었다. 휴대전화 플래시로 발밑을 비추면서 조심조심, 소리 없이. 불빛이 앞을 비추고 있어 뒤쪽에서 움직이는 '누군가'는 잘 보이지 않았다. 뒷모습의 윤곽만 어슴푸레하게 보일 뿐.

계단 꼭대기에서 누군가는 걸음을 멈췄다. 마주 보고 있는 지유의 방문과 노아의 방문을 플래시로 번갈아 비췄다. 빛이 움직이며 '누군가'의 얼굴을 슬쩍 비추고 지나갔다. 옆모습만 봤지만 지유는 누군지 단번에 알아차렸다. 엄마였다.

엄마는 노아 방으로 들어갔다. 지유는 침대로 돌아왔다. 조금 안심이 되는 기분이었다. 도둑이 아니었구나. 엄마는 새아빠한테 갔을 것이다. 두 사람은 항상 함께 자니까.

지유는 눈을 감았다. 이후 잠이 들었는지 깨어 있었는지는 분명하지 않다. 엄마가 돌아와 눕던 순간을 기억할 뿐. 시큼한 땀 냄새를 맡았고, 소곤소곤 묻는 엄마의 목소리를 들었다.

"지유 자니?"

아마 대답하지 못했을 것이다. 목소리가 나오지 않았다. 다시 눈을 떴을 땐 2층에서 새아빠의 비명이 울리고 있었다. 그 소리가 어찌나 크고 갑작스러웠는지, 자다가 눈퉁이를 한 대 얻어맞은 것 같았다.

엄마는 벌떡 일어나 방에서 뛰쳐나갔다. 지유가 뒤따라갔을 땐, 2층 계단을 뛰어 올라가고 있었다. 잠시 후, 새아빠와 엄마, 새할머니의 비명이 한꺼번에 울리기 시작했다. 2층에 불이라도 난 것처럼.

지유는 어째야 할지 알 수가 없었다. 무서운 일이 일어난 것 같은데, 올라가볼 용기가 나지 않았다. 그렇다고 다시 침대로 돌아가 누울 수도 없었다. 무슨 일인지도 전혀 짐작할 수가 없었다. 제각각 울리는 비명과 울음소리 속에서 알아들은 말은 딱 한 마디뿐이었다.

노아야.

지유는 기다렸다. 뭘 기다리는지도 모르고 기다렸다. 계단까지 갔다가 방문 앞으로 돌아온 것도 수십 번이었다. 2층에서는 아무도 내려오지 않았다. 비명과 울음소리는 점점 더 커졌다. 먼 도로에선 사이렌 소리가 울리고 있었다. 소리가 가까워지자 지유는 베란다 유리문 앞으로 달려갔다.

119 구급차가 집 앞에 와서 멈췄다. 차 뒷문이 열리고 두 사람이 뛰어내렸다. 키가 큰 남자와 안경을 쓴 여자였다. 그들은 들것과 큰 가방을 가지고 현관 계단을 뛰어 올라왔다. 무슨 정신으로 그랬는지 모른다. 지유는 벨이 울리기도 전에 냅다 현관으로 달렸다. 문을 열어젖히며 그들에게 소리쳤다.

"2층이에요."

그들이 2층으로 올라간 후, 잠시 고요가 찾아왔다. 지유는 계단 밑을 서성대며 기다렸다. 여전히 뭘 기다리는지 몰랐다. 아는 게 있다면, 노아가 그런 모습으로 나타나기를 기다린 건 아니었다는 것이다.

노아는 이동 침대에 실려 계단을 내려왔다. 눈두덩이 새까맸다.

입술이 파랬다. 무엇에 놀란 것처럼 입을 딱 벌리고 있었다. 담요에 덮인 몸은 아무런 움직임도 없었다. 지유는 주춤주춤 물러섰다. 다리가 후들거렸다. 무수한 질문들이 머리를 오갔다. 노아의 얼굴은 왜 저렇게 됐을까. 왜 가만히 누워 있을까. 또 발작을 일으켰을까…….

노아의 뒤를 새아빠가 따라왔다. 다른 사람을 보는 것 같았다. 머리는 땀으로 함빡 젖어 있고, 셔츠 단추는 모두 풀려 있고, 멍하게 뜬 눈은 불에 달군 것처럼 빨갰다. 한 계단 내려설 때마다 몸이 휘청거렸다. 제대로 계단을 찾아 딛지 못해 몇 번이나 앞으로 거꾸러질 뻔했다. 마치 앞이 보이지 않는 사람이 계단을 내려오고 있는 것 같았다.

새아빠도 노아처럼 구급차 뒤에 탔다. 구급차는 사이렌을 울리며 곧장 집 앞을 떠났다. 잠시 후, 새할머니가 엄마의 부축을 받으며 내려왔다. 다리를 펼 힘조차 없어 보였다. 계단에 주저앉아 노아를 부르며 울음을 터트린 것도 몇 번이나 됐다. 엄마는 새할머니를 소파로 데려다 앉혔다.

"어머니, 괜찮으세요? 병원에…… 가실 수 있겠어요?"

묻는 엄마의 목소리가 흐느낌처럼 떨리고 있었다. 코끝은 빨갛고, 부어오른 눈자위에선 눈물이 흘러넘쳤다.

"아이고, 내 새끼……."

새할머니는 소파에 얼굴을 묻으며 쓰러져버렸다. 엄마는 안방으로 들어가 코트와 가방을 들고 나왔다. 그때까지도 지유는 계단 밑에 서 있었다.

"지유, 몇 시간 정도 혼자 있을 수 있지?"

엄마가 물었다. 지유는 되물었다.

"병원에 가실 거예요?"

"그래. 이따 엄마가 전화할게. 집 전화 잘 받아."

엄마는 새할머니를 부축해 현관문을 나섰다. 잠시 후, 엄마의 차가 차고를 빠져나왔다. 지유는 햇볕이 환하게 드는 소파에서 엄마의 전화를 기다렸다. 다른 곳에는 가고 싶지 않았다. 특히 2층에는.

엄마는 예상보다 빨리 전화를 걸어왔다. 집으로 오는 중이라고 했다.

"곧 도착할 거야. 네 유치원 가방 들고 현관 앞에 나와 있어."

엄마는 정말로 '곧' 도착했다. 지유는 뒷자리에 탔다. 타자마자 물었다.

"엄마, 노아는 어떻게 됐어요?"

엄마의 눈이 룸미러를 통해 지유를 봤다. 눈물의 흔적조차 없는 눈이었다. 몇 시간 전의 슬프고 가슴 아픈 눈은 꿈에서 봤나, 의심스러울 지경이었다. 엄마는 차를 출발시키며 대답했다.

"죽었어."

지유는 충격을 받았다. 시골집에서 "아빠는 갔어" 하던 목소리와 똑같았다. 목소리의 크기도, 높이도, 툭 던지는 말투도. 지유는 용기를 내어 물어봤다.

"엄마도 슬프지요?"

룸미러에서 엄마의 눈이 사라졌다. 교차로를 지나느라 운전에 집중하는 것 같았다.

"엄마는 슬퍼할 틈이 없어."

고속도로로 들어선 후에야 엄마는 입을 열었다.

"새할머니가 쓰러져서 응급실에서 주사를 맞고 있거든. 아빠 대신 경찰서에도 가야 하고. 아빠가 지금 제정신이 아니라서. 엄마는 당분간 바쁠 거야."

"하지만 노아도 엄마 아들이잖아요."

어디서 그런 용기가 났는지 모른다. 몇 번을 물어서라도 확인하고 싶은 심정이었다. 어쩌면 엄마의 눈물이 진짜였다는 증거가 필요했는지도 모른다.

"노아는 엄마 아들이 아니야. 엄마가 낳은 아들만 엄마 아들이야."

이후 엄마는 말이 없었다. 룸미러로 지유를 살펴지도 않았다. 유치원에 도착할 때까지 운전에만 몰두했다. 떠날 때 남긴 말은 딱 한마디뿐이었다.

"이따 이모가 데리러 올 거야."

지유는 노아의 검은 눈두덩을 떠올렸다. 엄마에게 묻고 싶지만 물을 수 없는 것이 하나 더 늘었다. 오늘 새벽에 2층엔 왜 갔어요?

"지유, 이모가 한 가지 물어볼 게 있는데."

이모의 말이 지유를 생각에서 끌어냈다. 지유는 고개를 끄덕이며 죽 한 술을 입에 집어넣었다.

"지난주에 엄마랑 아빠랑 시골집에서 지냈지?"

지유는 하마터면 혀를 깨물어버릴 뻔했다. 금방 밀어넣은 죽 덩이는 목젖에 가서 탁, 들러붙었다.

"아빠랑은 언제 헤어졌어?"

이모는 어떻게 알았을까. 엄마가 말했을까. 지유는 목에 걸린 죽을 꾸역꾸역 삼켰다. 이모의 눈은 자신의 표정을 찬찬하게 살피고 있었다. 그 시선은 엄마의 눈과 닮은 데가 있었다. 거짓말하면 안 돼,라고 말하는 눈이었다. 거짓말을 할 수 없다면, 대답도 할 수 없었다. 그것은 비밀이었으므로.

5장

아내가 집 앞에 차를 세웠다. 은호는 노아의 영정을 들고 차에서 내렸다. 뒷좌석에서 어머니가 말했다.

"뭐 좀 먹어라. 그러다 너까지 죽는다."

이번엔 아내가 말했다.

"어머님 모셔다드리고 바로 돌아올게."

그와 가족들은 영인공원에서 돌아오는 길이었다. 노아를 안치한 곳이었다. 장례 절차가 마무리되기까지는 엿새가 걸렸다. 경찰이 본격적인 수사를 시작하고, 부검이 결정되고, 오늘 아침에야 부검이 끝나 장례가 허용됐다.

그는 이 일이 사고임을 입증해야 할 처지에 놓였다. 정확하게 말하자면, 살인 혐의를 벗어야 했다. 누구도 말하지 않았으나, 누구나 의심하는 바였다. 너무나도 전형적인 이야기였다. 재혼한 남자, 전처 소생 아들, 아들의 석연찮은 죽음.

부검 결과는 언제 나올지 알 수 없었다. 나와봐야 상황이 달라진다는 보장이 없었다. 그에겐 상황을 바꾸려 애쓸 의지도 없었다. 실수든 아니든 근본적인 사실은 바뀌지 않을 테니. 그는 아들

을 죽인 아빠였다. 노아는 아빠를 용서하지 않을 것이다. 그 역시
자신을 용서할 수 없었다.

소식을 듣고 날아온 아버지는 내내 침묵을 지켰다. 그에게도,
어머니에게도, 아내에게도 말 한마디 건네지 않았다. 장례식장을
지키고, 잡다한 일들을 처리해주었을 뿐. 장례가 끝나자 영인공원
앞에서 작별을 고했다. 곧장 제주도로 돌아가겠다고 했다. 그를
끌어안고 뜻 모를 말을 남겼다.

"아무도 믿지 마라."

그는 집 안으로 들어섰다. 기이한 고요가 덮쳐왔다. 집이 아니
라 과거로 들어온 것 같았다. 말끔한 부엌, 얼룩 하나 없는 거실의
대리석 바닥과 소파 등받이에 나란하게 줄 선 쿠션들, 베란다 유
리문 양편으로 주름을 잡아 묶은 커튼. 벵갈고무나무 이파리들은
조금 전 물을 준 것처럼 싱싱하게 부풀어 있었다. 어떤 손이 정성
들여 어루만진 듯, 반들반들한 윤기가 흘렀다. 화분과 소파 사이
에 놓아둔 마커 콘과 축구공은 사라졌다.

2층도 다르지 않았다. 아이들 놀이방인 거실은 잘 정리돼 있었
다. 면 카펫이 깔린 바닥에 레고 한 쪽조차 굴러다니지 않았다. 창
문 커튼은 양쪽으로 열려 있고, 소파 대용인 대형쿠션 두 개가 벽
한쪽에 세워져 있고, 푸른 지붕을 얹은 '동화의 집'은 불그레한 저
녁 햇살 안에 놓여 있고, 노아의 장난감 수납장은 뚜껑이 닫혀 있
었다.

노아의 방문 역시 닫혀 있었다. 그는 닫힌 문 앞을 서성이며 시
간을 보냈다. 사진을 방에 걸어둘 요량이었으나, 문을 열 용기가
없었다. 문만 열면, 그날 아침 자신이 내질렀던 비명이 튀어나올

것 같아서. 결국 문 앞에서 돌아서고 말았다.

그는 내쫓기듯 1층으로 내려왔다. 서재로 들어가 뒷손질로 문을 닫았다. 다시 멍해지는 순간이었다. 수평으로 열린 창문 블라인드, 책장에 얌전하게 누워 있는 그의 가방, 책상 위에 놓인 노트북과 그 옆에 가지런하게 쌓인 책들, 불이 꺼진 멀티탭, 적절한 위치에 반듯하게 위치한 의자, 벵갈고무나무 이파리만큼이나 반짝거리는 책상 유리.

마치 리셋 단추를 누른 것 같았다. 집 전체가 태평한 시절로 돌아간 모양새였다. 흠결 없이 평온한 풍경이었다. '행복'이라는 신화를 이룬 한 가족의 불가침 왕국으로 보였다. 이곳에선 아무 일도 일어나지 않았다는 듯. 아무 일도 없었노라, 선언하는 듯.

그는 알고 싶었다. 아내가 언제 이런 마법을 부렸는지. 자신이 눈멀고, 귀가 닫히고, 입이 막힌 상태로 장례식장에 처박혀 있던 지난 며칠 중 어느 날에? 경찰서에 불려가 횡설수설을 거듭하고 있을 때? 노아가 부검을 마치고 돌아오길 기다리던 그 막막한 시간에?

이 단정한 집은 그의 감정과 끊임없이 충돌하고 있었다. 온 집 안에 흐르는 평화로운 기류는 한 가지만 리셋되면 완전해진다는 압박으로 읽혔다. 바로 자신이었다.

그는 책상 앞으로 가서 앉았다. 노아의 영정은 노트북 옆에 내려놓았다. 꼿꼿하던 어깨와 등허리가 무너지듯 의자에 내려앉았다. 가슴이 답답했다. 손발이 꽁꽁 묶인 채 심연에 빠뜨려진 기분이었다. 뭘 해야 하나. 뭘 해야 숨을 쉴 수 있을까. 냉장고 청소를 할까. 세탁기를 돌릴까. 아니면 세수라도?

알고 있었다. 그는 잘 알고 있었다. 자신에겐 당장 해야 할 일이 있었다. 노트북을 열고 메일 주소록에서 '이윤희'라는 이름을 찾아야 했다. 이 간단한 일이 모래밭에 떨어뜨린 머리카락 찾기보다 어려웠다. 어떤 상황에서도 입을 닥치지 않는 자아의 목소리가 깐족거리고 어기댔다.

메일주소가 여태 살아 있겠어. 벌써 5년 전인데. 백번 양보해 주소가 유효하다 치자. 뭐라고 설명할 건데? 우리 아들이 자다가 죽었는데, 잠결이라 기억나지는 않지만 내가 눌러 죽인 것 같다고?

주소가 살아 있을 거라고 그는 확신했다. 윤희는 유학을 떠나기 전 메일 한 통을 보내왔다. 둘만 쓰게 될 특별한 주소라며 잘 간직해두라고 했다. 이 주소로 가끔 노아의 사진을 보내달라고 했다. 노아와 관련한 소식도 전해달라 했다.

그는 답장을 하지 않았다. 사진이나 소식을 보낸 적도 없었다. 제 인생을 살러 간 전처에게 아들의 성장 과정을 보고할 만큼 벨이 없지는 않았으니까. 지금껏 메일주소를 간직한 이유는 하나뿐이었다. 훗날 노아가 엄마와 연락할 방법을 물었을 때, 답을 주기 위해서. 그는 메일 쓰기 창을 열었다.

윤희에게.

제목만 써놓고 그는 또 한세월을 보냈다. 무슨 말로 시작해야 할지, 막막하기 그지없었다. 머릿속이 노트북 화면과 똑같았다. 텅 빈 공간에서 노아의 얼굴만 커서처럼 깜박거렸다. 술이라도 한잔 들어가면 나을까 생각하다 그는 도리질했다. 그나마 손톱만큼 남아 있는 의지력을 술로 날려버리고 싶지 않았다.

윤희는 노아의 생모였다. 가장 먼저 노아의 소식을 전했어야 할 사람이었다. 적어도 장례를 치르기 전에는 알렸어야 옳았다. 그가 한 번이라도 제정신인 적이 있었다면 그리했을 것이다. 아니, 사실은 제정신으로 있고 싶지 않았다. 단 1분도 제정신으로는 버틸 수가 없었다. 제정신이 돌아오는 순간마다, 시퍼런 현실이 심장을 난도질했다.

노아가 죽었다는 사실은 박제된 새처럼 그의 삶 한복판에 내걸렸다. 머릿속에선 두 개의 목소리가 끊임없이 싸웠다. 자신이 그랬을 리 없다고 도리질하는 목소리와 그럼 조상님이 벌인 짓이냐고 비웃는 목소리. 무슨 짓을 해도 돌이킬 수 없다는 절망은 낙형처럼 그를 지지고 태웠다.

식구 중 제정신인 사람은 아내뿐이었다. 119에 신고를 한 사람도, 아버지에게 연락을 한 사람도, 어머니를 병원으로 데려온 사람도 아내라고 전해 들었다. 그는 입 달린 자라면 누구나 할 수 있는 일로 시간을 보냈다. 병원에 도착할 때까지 노아의 손을 붙들고 우는 일. 내 아들한테 이러지 말라고 신에게 애걸복걸하는 일. 병원에 가면, 의사가 손을 쓰면 뭔가 달라지리라는 어린애 같은 희망에 매달리는 일.

의사는 손을 쓸 수 없었다. 손쓸 시점이 오래전에 지났다고 했다. 질식사 같다고 했다. 진정한 절망이 찾아왔다. 심장의 피가 일시에 빠져나가는 느낌이었다. 주변의 소리는 아득하게 멀어졌다. 등이 접히고 다리에 힘이 풀렸다. 그는 정신을 놓고 주저앉아버렸다.

이후의 일은 대부분 기억하지 못한다. 문득 눈 뜨고 보니 병원 장례식장에 홀로 앉아 있었다. 아내도, 어머니도, 아버지도 보이지 않았다. 그는 사방을 두리번거리다 제단에 놓인 노아의 영정과 눈을 마주쳤다. 노아는 축구공을 끌어안은 채 정면을 향해 활짝 웃고 있었다.

누가 벌써 저런 걸 준비했을까. 멍한 머리에서 금세 답이 나왔다. 아내 말고 누가 했겠는가. 다만 자신의 휴대전화를 어떻게 열었는지 의아하기는 했다. 상대의 비밀번호는 모르고 살자고 한 건 아내 쪽이었는데.

그는 몸을 일으키고 영정 앞으로 다가갔다. 손을 들어 사진 속 아들을 만졌다. 발그레한 뺨과 빠끔 드러난 덧니와 둥글게 벌어진 콧방울. 손끝이 아들의 눈과 만나는 순간, 지난여름 어느 날이 불려 왔다.

여름방학을 하루 앞둔 날이었다. 수업 중이었던 터라, 그는 아내에게서 걸려온 전화를 받지 못했다. 수업이 끝나고 연락했을 땐, 아내가 전화를 받지 않았다. 이후 계속된 수업과 교직원 회의로 연락을 더 해보지 못했다. 아내로부터 장문의 카톡이 온 건 퇴근 무렵이었다.

—자기는 필요할 땐 꼭 연락이 안 되네. 오늘 갑자기 하혈을 해서 병원에 갔는데, 자연유산이래. 난 임신한 줄도 몰랐는데. 결국 혼자 수술했어. 참 기분이 그렇다. 내가 무슨 아비 없는 자식을 임신한 것도 아니고. 할 말이 많지만, 요점만 얘기할게. 당분간 지유랑 지내면서 몸을 추스를 생각이야.

그는 몇 번이나 문자를 다시 읽었다. 길을 걷다 날벼락을 맞은 기분이었다. 임신이라니, 유산이라니…….

아내와의 첫 부부싸움도 아이 문제가 발단이 됐다. 그것도 신혼 여행지에서 싸웠다. 서귀포의 한 호텔이었고 여행 첫날밤이었다. 그가 콘돔을 꺼냈을 때, 아내가 막았다. 아이를 갖고 싶다고 했다. 한 살이라도 젊을 때, 최대한 빨리.

그는 아니었다. 이미 자신들에겐 두 아이가 있었다. 그 아이들마저 직접 키우지 못할 상황이었다. 더하여 노아는 병약한 아이였다. 또 아이를 갖는다는 건 무책임을 넘어 범죄에 가까웠다. 연애 시절부터 그 문제만큼은 입장을 분명히 해두었다. 당시 아내의 답변은 '알겠다'였다. 서로 의논해 적절한 시기에 정관수술을 하자고 약속한 바도 있었다.

그는 아내에게 '알겠다'와 '약속'의 기억을 일깨워줬다. 난데없는 통사론적 논쟁이 시작된 시점이었다. 아내에 따르면, '알겠다'와 '동의한다'는 같은 말이 아니었다. '네 입장은 알겠고, 내 입장은 다르다'는 의미였다. 약속이 목적하는 단어는 정관수술이 아닌, '의논'이었다.

밤을 새우고도 논쟁은 협의에 이르지 못했다. 임신과 정관수술 사이에는 태평양만큼이나 넓은 간극이 있었으니까. 아내는 '그래, 너 잘났다'로 마침표를 찍어버렸다. 이튿날 아침엔 호텔에서 말없이 사라지는 방식으로 최종 통보를 해왔다. 아내는 신혼집이 아닌 친정으로 가버렸다.

쪼는 자와 쪼이는 자가 결판나는 순간은 최초의 싸움에서 이겼을 때가 아니다. 최초로 복종을 끌어냈을 때다. 더하여 모든 관계는 서열이 정해지는 순간부터 고착화된다. 부모와 자식 간에도 그렇고 부부 사이에도 그렇다.

그는 하루 만에 강경노선을 버렸다. 전화를 걸어 아내를 설득했다. 아이를 갖는 데 동의하겠다, 대신 그 시점은 두 아이를 데려온 후로 하자.

말이 좋아 설득이지 애걸복걸에 가까웠다. 뒤늦은 후회지만 그러지 말았어야 했다. 입장을 바꾸지 말았어야 했다. 그랬다면 싸울 때마다 사라져버리는 아내의 전술은 용도폐기 됐을 것이다.

아내는 그의 제의를 받아들였다. 유산 소식이 난데없었던 건 그 때문이었다. 아직 두 아이를 데려오지 못한 시점이었으니까.

그는 아내에게 전화를 걸었다. 아내는 전화를 받았고, 예상보다 화난 목소리는 아니었다. 미안하다는 사과를 순순하게 받아줬다. 몸은 괜찮냐고 묻자 그렇다고 대답했다. 데리러 간다고 하자 오지 말라는 답이 돌아왔다. 한 이틀 쉰 뒤, 지유를 데리고 돌아가겠노라 했다.

바보천치처럼, 그는 곧이곧대로 받아들였다. 당장 자신이 해야 할 일도 없었으므로 예정된 일을 하기로 했다. 그와 아내는 여름방학 동안 아이들과 함께 지낼 계획을 세워두었다. 회사에 나가야 하는 아내 대신 그가 두 아이를 돌볼 예정이었다.

그는 노아를 데리러 갔다. 가는 길에 장난감 가게에 들러 두 아이의 선물을 샀다. 지유는 《겨울왕국Ⅱ-새로운 운명》이라는 이야기책을, 노아는 마커 콘과 축구공이 든 드리블 세트를.

청연에 돌아오자마자 그는 거실 바닥에다 마커 콘을 지그재그로 늘어놓았다. 노아는 눈이 휘둥그레져서 완성된 '드리블 코스'

를 내려다봤다. 그는 축구공을 노아에게 쥐여주었다.

"이제 마음대로 공 차도 돼."

"막 차도 돼?"

노아는 미심쩍은 얼굴로 물었다. 그를 바라보는 아이의 뺨이 사과처럼 붉었다. 그는 고개를 끄덕였다.

"소리 질러도 돼?"

그는 주머니에서 휴대전화를 꺼냈다.

"그 전에 사진 한 장 찍을까."

아이는 축구공을 꽉 끌어안았다. 그가 "치즈" 하자 이를 드러내고 활짝 웃어주었다. 그는 셔터를 눌렀다. 아이가 드리블에 몰두하는 사이, 카톡 프로필에 사진을 올렸다. 아내로부터 메시지가 온 건, 그로부터 두어 시간 후였다.

―난 내 새끼 죽고 쓰러져 있는데, 넌 네 새끼랑 행복한가 보네? 죽은 내 새끼는 네 새끼가 아닌 모양이지?

일순 멍했다. 행복한 기분이 한 방에 가셨다. 자신의 물색없는 행동에 혀라도 물고 싶었다. 하늘에 대고 맹세컨대, 아내를 약 올릴 생각은 아니었다. 걱정하지 않은 것도 아니었다. 잠시 걱정을 잊었을 뿐. 나아가 아내가 몸짓 하나, 말 한마디를 어떤 사안의 방증이나 반증으로 삼는 데 명수라는 점도 잊고 있었다. 그 대가로 자신을 태워버릴 화염방사기를 아내의 손에 쥐여준 셈이었다.

그는 카톡 프로필에서 노아의 사진을 삭제했다. 받지 않을 걸 알면서도 아내에게 전화를 걸었다. 전화를 받지 않자 사과 메시지를 보냈다. 그 밖에 할 수 있는 일이라면, 처분을 기다리는 정도였다. 얼마나 뼈아프게 반성하는지 증명하고자 노아를 끌고 처가로 달릴 수는 없는 노릇이었으니까.

아내는 자기를 분노케 한 사진을 영정으로 택한 셈이었다. 이 선택이 뭘 의미하는지, 그는 생각해보지 않았다. 그럴 여유가 없었다. 아내가 나타나자마자 형사들이 등장해서 동행을 요구했다. 빈소를 나서는 그에게 아내는 귀엣말을 속삭였다.

"사실만 말해. 말 짧게 하고."

형사들은 같은 말을 묻고 또 물었다. 왜 아이를 직접 키우지 않았는지, 전날 술을 마셨는지, 잠결에 이상한 낌새를 느끼지 못했는지, 깨어났을 때 아이가 어떤 자세로 누워 있었는지. 부부 관계와 결혼 과정까지도 꼬치꼬치 캐물었다.

그는 가물가물한 기억을 더듬고, '예'와 '아니오'를 수차례 번복하고, 유도신문에 휘둘리고, 앞뒤 없는 진술을 거듭한 끝에 가까스로 알아차렸다. 자신은 고의성 여부를 추궁받고 있었다.

형사들은 물었다. 갓난아기도 아닌 여섯 살짜리 사내아이가 아빠 몸에 눌려 질식사할 가능성이 얼마나 되겠는지. 아이가 비명을 지르거나 몸부림을 쳤을 텐데, 아빠가 그걸 인지하지 못하거나 깨어나지 않을 확률이 얼마나 되겠는지.

비로소 그는 깨달았다. 노아의 죽음에 충격받은 나머지, 자신은 가장 기본적인 질문을 간과하고 있었다. 그런 죽음이 가능한가 아닌가. 그의 대답은 아니다, 였다.

어제 오후엔 아내도 경찰서에 불려갔다. 형사들은 그의 잠버릇에 대해 물었다고 한다. 아내는 다음과 같은 답변을 들려준 모양이었다. 한번 잠들면 집이 무너져도 아침까지 깨지 않는다. 잠버릇도 고약하다. 나도 목이 깔려 죽을 뻔한 적이 있다. 깨어난 후엔 기억조차 못 한다. 신혼 초엔 기면증이 있나 생각했을 정도다.

그로서는 믿기 힘든 말이었다. 그가 아는 자신의 나쁜 잠버릇은 지나치게 자주 깨어난다는 것이었다. 아내가 돌아눕는 기척에도 눈을 뜰 만큼 잠귀가 밝았다. 잠을 이루지 못해 몸을 뒤척일 때는 많았지만, 잠에 취해 아내의 목을 깔아뭉갠 적은 없었다.

"기억나지? 내가 전에 카톡으로 얘기했던 적 있잖아."

아내가 물었다. 그는 벽에 등을 기대고 눈을 감아버렸다. 귀찮았다. 기억나지도 않았지만 기억난다 한들, 그런 게 무슨 대수란 말인가.

"이거 봐봐."

아내가 어깨를 흔들어댔다. 마지못해 눈을 뜨자 휴대전화를 그의 눈에 들이댔다. 카톡창에 메시지가 떠 있었다.

—나 어제 자기한테 깔려 죽을 뻔했는데, 기억나? 요새 부쩍 잠버릇이 고약해지네. 잠꼬대도 심하고. 혹시 학교에서 스트레스받는 일 있어?

기억이 났다. 몇 달 전에 보낸 메시지였다. 이 무슨 뜬금없고 맥락 없는 말인가, 황당해했던 것도 생각났다. 수업이 시작되던 참이라 답변도 하지 못했다. 퇴근 후에는 깜빡 잊어버려 유야무야 넘어갔다.

"형사들에게 이 메시지도 보여줬어."

아내가 말했다. 그는 다시 눈을 감았다. 의도는 알겠으나 큰 도움이 될 것 같진 않았다. 그 역시 형사들에게 평소 수면 패턴에 대한 질문을 받은 바 있었다. 그는 사실대로 대답했다. 형사는 어이없다는 표정으로 물었다.

"그런데 그날 밤엔 왜 못 깨어난 겁니까?"

그도 알고 싶었다. 왜 못 깨어난 건지. 누가 좀 가르쳐주었으면 했다. 그날 밤 자신에게 무슨 일이 일어난 건지. 그가 추량할 수 있는 답은 하나뿐이었다.

"닷새째 잠을 못 잔 상태였습니다."

노아의 죽음은 사고에서 사건으로 방향이 바뀌었다. 형사들이 그렇게 말한 건 아니지만 흐름이 그랬다. 그가 비록 제정신은 아니었으나, 그 정도 맥락도 읽지 못할 만큼 백치가 된 건 아니었다.

경찰은 부검 결과에 따라 추가로 그를 호출할 터였다. 아니면 직접 찾아와 미란다원칙을 들려준 후 수갑을 채우거나. 그는 아들을 잃은 충격과 살인 혐의에서 동시에 벗어나야 하는 셈이었다. 아무도 믿지 말라는 아버지의 말은 스스로 해결하라는 충고일 터였다.

과연 할 수 있을까. 그는 회의를 느꼈다. 누군가를 믿고자 하면 본인의 주장 하나로 충분한 게 인간이었다. 누군가를 믿고 싶지 않다면, 요구가 많아진다. 증거와 증인과 알리바이……. 요구를 다 충족시켜도, 최초의 의심스러운 인상은 쉬이 거둬지지 않는다. 자기 판단이 틀렸다는 걸 인정하는 게 불편하기 때문일 것이다. 해결과 별개로 낙인은 남는 셈이었다.

경찰은 그를 믿고 싶어 하지 않았다. 그에겐 적극적인 소명 의지가 없었다. 절실한 건 소명이 아니라 잠이었다. 단 한 시간만이라도 꿈 없이 자고 싶었다. 눈 뜨고 맞닥뜨리는 현실도 무서웠지만, 잠들면 찾아드는 꿈은 더 무서웠다. 노아가 죽던 밤에 꾸던 꿈이 무한정 되풀이되고 있었다.

폭발하듯 터지는 섬광, 빛이 사라지기 직전에 본 하얀 손, 덮쳐오는 어둠. 그는 얼어붙은 호수 밑에 갇혀 몸부림치다, 비명을 토하며 깨어나곤 했다.

윤희에게.

알려야 할 소식이 있어 글을 쓴다. 6일 전 새벽…….

그는 편지를 쓰기 시작했다. 진술서를 작성하듯 사실만 전하려 애를 썼다. 냉정하려 안간힘을 다했다. 감정을 통제해야 횡설수설하지 않을 테니. 구질구질한 변명을 늘어놓는 짓도 피할 수 있을 것이고. 그 바람에 편지는 의도보다 간결해졌다. 빠진 이야기나 맥락상 오해할 부분이 있는지, 검토차 한 번 더 읽어봤다.

읽는 내내 기가 찼다. 목이 갑갑해왔다. 심박수가 어찌나 급격하게 올라가는지 갈비뼈 밑에서 웽, 소리가 울리는 것 같았다. 어쩌자고 이따위 편지를 썼나 싶었다. 그것도 몇 시간을 끙끙대면서. 아무리 좋게 봐줘도 통보와 다르지 않았다. 내 아들을 내가 죽였으니, 넌 그리 알라.

그는 생각을 해봤다. 만약 자신이 이 편지를 받는다면 어떤 심정이 될까. 길게 생각할 것도 없이 답이 나왔다. 그길로 총을 찾아

쥐고 한국행 비행기를 탈 것이라고. 그렇다고 다시 쓸 엄두도 나지 않았다. 그는 애먼 키패드만 문질러댔다. 똑똑, 노크 소리에 정신이 퍼뜩 들 때까지.

서재 문이 소리 없이 열렸다. 아내가 얼굴을 내밀었다. 그와 눈이 마주치자 문 안으로 발을 들여놨다.

"자기 여기 있었네."

그는 슬쩍 시선을 내려 화면을 봤다. 총살당하는 심정으로, 보내기 단추를 눌렀다. 윤희에게 연락한 걸 아내에게 숨길 이유는 없었다. 그렇다고 굳이 알릴 마음도 없었다. 아내의 성격상 잘했다고 하지는 않을 테니까.

아마도 그는 연락한 이유를 설명해야 할 터였다. 아내는 내용을 보여달라 할 것이고. 이러쿵저러쿵, 의견을 빙자한 검열이 이어지겠지. 지금 이 순간 가장 하고 싶지 않은 일이 바로 그것이었다. 자신이 한 일을 아내에게 검열당하는 일.

"내내 찾았잖아."

아내가 책상 앞으로 다가왔다. 한 발짝 가까워질 때마다 아내의 키가 10센티미터씩 커지는 기분이었다. 화면엔 메일 발신이 끝났다는 메시지가 떠 있었다. 수신인 이름과 주소도. 그는 한 번 더 손가락을 움직여 확인 버튼을 눌렀다. 아내는 그의 옆으로 와서 붙어 섰다.

"메일 보냈나 보네?"

아내는 그의 어깨에 손을 얹었다. 시선은 화면으로 내려가 있었다. 메시지는 사라졌으나 메인 화면은 여전히 메일 창이었다. 그는 메일을 닫고 로그아웃을 해버렸다.

"누구한테 쓴 거야?"

아내가 물었다. 그는 고개를 돌려 아내를 마주 봤다. 집에서 자주 입는 민소매 원피스 차림이었다. 방금 씻고 나온 듯 코끝이 말갰다. 머리는 길게 풀어 늘어뜨렸고, 몸에선 익숙한 보디오일 냄새가 났다.

언제 돌아온 것일까. 왜 아무 소리도 못 들었을까. 참으로 불가사의였다. 아내가 씻고 머리를 말리고 옷을 갈아입는 동안, 두 개씩이나 되는 자신의 귀는 뭘 하고 있었는지. 오는 길에 동네 목욕탕에라도 들른 것인가.

그는 원피스 밑으로 드러난 아내의 발을 내려다봤다. 발가락 끝에 빨간 페디큐어가 발려 있었다. 그제야 아내가 맨발이라는 걸 깨달았다. 맨발일 때 아내는 고양이처럼 움직인다는 것도 기억났다. 그는 대답했다.

"교무부장한테 보낸 거야. 내일 출근하겠다고 했어."

아내의 말간 눈이 그의 눈을 물끄러미 들여다봤다.

"괜찮겠어?"

대답 대신 그는 눈을 내리떴다. 노트북 옆에 놔둔 노아의 사진이 그의 시선을 붙잡았다.

"아직 삼우제도 안 지냈잖아."

아내는 책상 끝에 엉덩이를 걸치고 앉았다. 자연스레 그를 향해 앉은 자세가 됐다. 왼쪽에선 노아가, 오른쪽에선 아내가 그와 마주 보고 있는 셈이었다.

"힘들면 나가지 마."

그의 어깨에 놓였던 아내의 왼손이 그의 얼굴로 올라왔다. 맥박

이 펄떡거리는 그의 이마 한복판을 엄지로 가만가만 만졌다. 가느
다란 손끝이 이마를 스칠 때마다 등허리 아래로 한기가 돋았다.

"직장 그만둬도 난 괜찮아."

아내는 흐트러져 들러붙은 그의 앞머리를 쓸어올리며 말했다.

"그만두고, 나랑 여행이라도 가든가. 상처가 아물 때까지, 아주
길게."

그는 알고 있었다. 아내가 자신을 위로하고 있다는 걸. 가자, 하
면 기꺼이 가리라는 것도. 다만 아무것도 받아들일 수 없는 때가 있
다. 농담도, 비난도, 배려도, 위로도, 그 어떤 것도 원하지 않는 때.

지금이 그랬다. 그가 아내에게 원하는 건 딱 하나였다. 자신에
게서 떨어져줬으면 했다. 서재에서 사라져주면 더 고맙겠고.

"생각해볼게."

그는 대답했다. 내리뜬 눈은 책상을 짚고 있는 아내의 오른손에
가닿았다. 붕대가 풀린 손가락에 길고 짧은 붉은 줄들이 있었다.
엄지에 하나, 검지와 새끼손가락에 두 개, 손날에는 네 개. 실밥을
뽑은 자리엔 거뭇한 딱지가 박혀 있었다. 고기를 썰다가 벴다고
했던가.

그는 갑작스러운 현기증을 느꼈다. 꿈속의 흰 손이 멀쩡하게 깨
어 있는 그의 시야로 튀어나왔다. 머릿속에선 '왜'와 '그래서'가 교
차했다. 그는 얼굴을 옆으로 젖혀 아내의 손에서 벗어났다. 의자
를 뒤로 밀어 아내에게서 멀어졌다. 양손으로 의자 팔걸이를 짚고
몸을 일으켰다. 휘청거리지 않으려 용을 쓰느라 허벅지 안쪽이 부
들부들 떨렸다.

"잠깐 노아 방에 다녀올게."

스위치를 끈 것처럼, 아내의 얼굴에서 미소가 사라졌다. 눈자위가 서늘하게 굳어졌다. 호의를 무시당했다고 느낄 때 나타나는 아내 특유의 한기였다. 그는 노아의 영정을 집어 들고 서재를 나섰다. 2층 계단을 오르기 시작했을 때, 등 뒤에서 아내의 목소리가 들려왔다.

"빨리하고 와. 저녁 준비할게."

그는 남은 계단을 올라갔다. 뒷덜미로 뻗어오는 아내의 시선에서 날 선 냉담함이 느껴졌다. 이번에는 서성대지 않고 곧장 노아의 방으로 들어갔다. 어둠이 그를 맞았다.

도시에서는 제대로 어두워지는 법이 없다. 가로등과 아파트와 빌딩과 네온사인과 차량의 빛들이 무시로 쳐들어온다. 이 집을 좋아한 건 숲속에 위치한다는 점 때문이었다. 밤이 되면 한적한 산골처럼 제대로 어두워졌다. 그 어둠은 도시 한복판에서 누리는 호사의 다른 이름이었다.

지금은 아니었다. 망령 같은 어둠이었다. 금방이라도 그를 그날의 꿈속으로 끌고 들어갈 듯한 어둠이었다. 얼어붙은 호수 밑에 그를 수장시켜버릴 것 같은 어둠이었다. 그는 허둥지둥 벽을 더듬어 전등 버튼을 눌렀다.

두 번째 현기증이 그를 덮쳤다. 예상치 못한 풍경이 그의 눈으로 쳐들어왔다. 야무지게 여며진 이중커튼, 텅 빈 책장과 책상, 새 침구가 깔린 침대. 그는 영정을 책상에 올려놓고 다시 한번 방 안을 둘러봤다. 펭수가 보이지 않았다. 여기 있으려니 했던 노아의 유치원 가방도, 마커 콘과 축구공도.

옷장 문을 열어봤다. 노아가 입었던 점퍼가 없었다. 집에 두고 갈아입는 옷들도 없었다. 서랍과 옷걸이 모두 텅 비어 있었다. 노아의 흔적이 말끔하게 사라져버린 것이었다. 이곳에 온 적도 없는 것처럼.

그는 정수리 부근이 따끔거리는 느낌을 받았다. 고압 전류가 뻗치는 것처럼 등줄기가 찌릿찌릿했다. 갈비뼈 사이에선 뜨겁고 묵직한 것이 치고 올라왔다. 흔히들 뚜껑이 열렸다고 표현하는 증세였다.

그는 충동적으로 방을 뛰쳐나갔다. 2층 계단을 두어 칸씩 뛰어내려갔다. 주방을 향해 돌진하듯 걸어갔다. 조리대에서 뭔가를 씻고 있던 아내가 뒤를 돌아봤다. 그는 물었다.

"이게 무슨 짓이야?"

\#

책상 위에서 구내전화가 울고 있었다. 교무실은 텅 비어 있었다. 아직 아무도 출근을 하지 않은 것 같았다. 은호는 가방을 내려놓고 수화기를 들었다. 여보세요, 하자 상대가 물어왔다.

"차은호 선생님?"

그는 상대가 누군지 바로 알아차렸다. 교장실 행정보조 일을 하는 아이였다. 교장이 부른다고 했다.

"지금 올라오시랍니다."

부르지 않아도 갈 생각이었다. 일주일씩 자리를 비웠으니 인사를 하는 게 순서였다. 교장과 대면할 때까지도 용건을 궁금해하지 않은 이유다. 자신의 상황을 물을 것이라 여겼다. 적절한 선에서

답할 예정이었다. 당분간은 경찰서에 들락거려야 할 것 같다고.

"부검 결과 나왔습니까?"

그가 자리에 앉자마자 교장이 물었다. 호의적인 첫마디는 아니었다.

"아직 안 나왔습니다."

잠깐 망설이다 그는 덧붙였다.

"그래서 드리는 말씀입니다만, 경찰에서 몇 번 더 부를 것 같습니다. 되도록 수업에 지장이 없도록 시간을 조정……."

"그럴 필요 없습니다."

교장이 말을 잘랐다.

"당분간 좀 쉬시면서 상황 정리하시고, 몸도 좀 추스르세요."

그는 말의 진의를 판단해보려 애썼다. 수업을 할 수 없는 상태라고 여겨서 쉬라는 것인지. 수업을 할 수 없다고 통보하는 것인지.

"차후 거취에 대해선 따로 연락이 갈 겁니다."

후자였다. 노아의 죽음과 관련한 억측이 사실처럼 나도는 모양이었다. 아니면 경찰로부터 수사 개시 통보문이 날아들었든가. 그렇다 해도 지나치게 조처가 빨랐다. 너무 일방적이었다. 적어도 소명할 기회를 줘야 하는 것 아닌가.

"제게……."

그는 입을 열었다가 도로 닫아버렸다. 기회를 준다 하여 특별히 할 말이 있을까. 감정적 호소를 하는 것 말고는.

"지난주 금요일에 긴급회의를 거쳐서 결정한 사항입니다. 이런 상황까지 가고 싶지 않았습니다만, 도리가 없었어요. 학교 홈페이지가 다운되고, 학부모회 임원들이 분노해서 교장실까지 쳐들어왔어요. 교육청에도 해임 청원이 거세게 들어오나 봅디다. 도덕적으로도, 정서적으로도 용납이 안 된다는 겁니다."

교장은 자리에서 일어났다.

"개인적으로는 참 안타깝다고 생각합니다."

안타까워하는 기색은 10원어치도 없었다. 할 말을 마쳤으니 꺼져달라는 표정이었다. 그는 돌아서서 교장실을 나섰다. 머릿속이 하얬다. 얼음물에라도 빠진 것처럼 온몸이 와들와들 떨려왔다. 자신이 어떤 자리에 놓이게 됐는지, 처음으로 인지하는 순간이었다.

곧 그는 인지한 것을 확인하게 되었다. 교무실로 들어섰을 때, 동료들 대부분이 출근해 있었다. 그가 자리로 돌아가자 웅성대던 교무실이 조용해졌다. 누구 하나 그와 시선을 마주치지 않았다. 의례적이나마 인사를 건네는 사람도 없었다. 그저 자기 책상에 앉아 뭔가를 하고 있을 뿐.

진우는 보이지 않았다. 그제야 깨달은바, 녀석을 빼면 조문을 온 이도 없었다. 그들에게 자신은 이미 동료가 아니었던 것이다. 아이를 잃은 불운한 아빠도 아니었다. 자기 자식을 죽인 살인자였다. 그러고도 태연하게 출근한 개자식이었다.

직장 그만둬도 난 괜찮아.

아내의 말이 그의 머리를 스쳐갔다. 이렇게 되리라는 걸, 아내는 이미 알고 있었던 것일까. 그는 몰랐다. 생각조차 하지 않았다. 아무리 얼이 빠져 있었다 해도, 어떻게 이렇게까지 멍청할 수 있을까.

그는 가방을 챙겨 교무실을 나섰다. 책상 서랍에 뭐가 있는지, 가져가야 할 물건이 있는지 돌아볼 마음은 나지 않았다. 살갗이 따갑고 입이 말랐다. 교무실 바닥이 아니라 허공에 발을 내딛는 느낌이었다. 한 발짝 디딜 때마다 1미터씩 추락하는 기분이었다. 아무도 자신을 보지 않건만, 온몸이 시선에 난자당하는 기분이었다.

주차장에 도착해서야 그는 비로소 숨을 쉴 수 있었다. 뭔가를 들을 수도 있었다. 등 뒤에서 진우가 자신을 부르고 있었다.

"은호야. 차은호."

그는 뒤를 돌아봤다. 녀석은 헐레벌떡 뛰어와 그와 마주 섰다.

"교무실 들어갔더니, 너 막 나갔다더라."

녀석은 숨을 고르듯 제 발끝을 잠깐 내려다봤다.

"교장 만났다며."

그는 고개를 끄덕였다.

"그냥 휴가라고 생각해라. 진실은 밝혀지게 돼 있어."

고맙지만 허망한 위로였다. 밝혀질 진실이 뭔지, 그 실체조차 모호했다. 자신에게 고의성이 없었다는 걸 증명하는 것? 노아의 죽음에 외부적 힘이 작용하지 않았다는 결과가 나오는 것? 직관의 풍향계는 불길한 방향으로 돌고 있었다. 상황은 반대로 흐를 공산이 컸다. 자신은 그에 대한 대비가 돼 있지 않았다. 심지어 그럴 의지조차 없었다.

"갈게."

두 음절에 불과한 말을 하려고 그는 목젖을 쥐어짜야 했다. 자신의 차까지 가는 동안 꼿꼿하게 걸으려고 죽을힘을 짜냈다. 녀석 앞에서 휘청거리고 싶지 않았다. 이 순간엔 그것이 세상에서 가장 중요한 일이었다.

진우는 시신도 없는 장례식장에 매일 찾아와준 놈이었다. 밤늦도록 그의 곁을 지키고 있다 돌아가던 놈이었다. 노아의 관을 들어준 유일한 친구이며, 지금 그의 뒤를 따라와준 유일한 동료였다. 그 앞에서 무너지고 싶지 않았다. 놈의 발밑에 주저앉아 엉엉 울어버릴까봐 겁이 났다. 주저앉은 자리에서 다시는 일어설 수 없을까봐, 미치도록 무서웠다.

"혹시나 해서 하는 말인데."

운전석에 앉았을 때, 진우가 차 문을 잡고 말했다.

"나한테 물어볼 게 생기면…… 언제든 연락해."

방송실에서 수업 시작 벨이 울리기 시작했다. 진우는 차 문을 닫고 뒤로 물러섰다. 그는 차를 출발시켰다. 운전하는 내내 녀석의 말을 되새김질했다. 이 무슨 흰소릴까. '도움이 필요하면'도 아니고 '물어볼 게 생기면'이라니. 물어볼 일이 생길 수도, 아닐 수도 있다는 얘긴가. 뭘 물어볼지, 너는 모르지만 나는 안다는 뜻인가. 분명한 건, 농담이 아니라는 점이었다. 어투로 봐서도, 표정으로 봐서도, 상황으로 봐서도.

그는 궁금증을 묻어두기로 했다. 그것 말고도 고민할 거리는 넘치고 찼다. 궁금증을 풀겠다고 가봐야, 녀석은 수업 중일 테고. 그보다는 확인이 가능한 일부터 하는 게 나았다. 자신을 학교에서 몰아낸 세상의 분노가 구체적으로 뭔지.

가능한 것이 쉬운 것은 아니다. 서재로 들어가 책상 앞에 앉았을 때 새삼스레 느낀 바였다. 노트북을 켜고, 인터넷을 열고, 학교 홈페이지로 들어가는 길이 그토록 길고 두려울 줄은 몰랐다. 열린 마당에 도착했을 땐 단두대에 앉은 심정이 됐다. 그와 관련된 글이 몇 페이지에 걸쳐 올라와 있었다.

결혼 1년 만에 이혼했다더라. 이혼한 지 3년 만에 돈 많은 사업가랑 재혼했다더라. 여자한테 미쳐서 자기 엄마한테 아들을 내맡기고 돌아보지도 않았다더라. 여섯 살짜리가 어떻게 아빠 몸에 깔려 죽을 수 있나, 죽이려고 깔아뭉개지 않은 이상. 재혼한 여자가 아이를 싫어했을 거다. 둘이 짜고 계획적으로 죽였을지도 모른다. 경찰도 살인으로 보고 수사한다더라. 그렇지 않다면 부검을 왜 했겠느냐…….

그는 혀 밑에 시디신 침이 고이는 걸 느꼈다. 토하기 직전처럼 목이 조여들었다. 위가 뒤틀리고 배꼽 안쪽이 공처럼 뭉치고, 복통이 덮쳐왔다. 커다란 손이 위장을 움켜쥐고 비틀어버리는 것 같았다. 단발성이 아니라 진통처럼 연쇄하는 통증이었다. 강도를 점증시키며 오는 경련성 통증이었다.

그는 책상에 이마를 대고 엎드렸다. 배를 감싸 쥐고 등을 옹크렸다. 거칠어지는 숨을 조절하려 안간힘을 썼다. 잘되지 않았다. 숨을 내쉴 때마다 울음 같은 신음이 샜다. 눈물인지 땀인지 침인지 모를 것이 턱을 타고 흘렀다. 짐승이 된 것 같았다.

경련이 멈추기까지는 긴 시간이 필요했다. 가까스로 고개를 들었을 땐, 온몸이 땀으로 젖어 있었다. 머릿속은 금방 훈련을 끝낸 포격장 같았다. 그는 서재 바닥에 뻗어버리고 싶었다.

통증에 기진한 것이 아니었다. 혈기 왕성한 아이들의 앞뒤 없는 포격 탓도 아니었다. 과한 바 없지 않았으나 그런 건 곁가지에 불과했다. 어떤 사건이든 이면의 상황과 감정을 제거하면 본질만 남는 법이었다. 자신보다 타인에게 더 명백하게 보이는 것, 알고 있으나 인지하지 않았던 것, 행동이라 불리는 것. 그것에 대한 새삼스러운 각성이 그를 산산조각으로 부쉈다.

지금껏 그는 그렇게 살아왔다. 자기 꼬리를 외면하는 개와 다름 없이. 삶의 행로는 꼬리만큼 길고 분명한 것이었다. 꼬리를 자른 다 하여 사라지지도 않는다. 양쪽 엉덩이 사이에 꼬리가 있었다는 걸 적어도 한 사람은 기억할 테니까. 바로 자신은.

그는 홈페이지를 닫았다. 교육청은 물론 공무용 메일에도 들어가지 않았다. 행여 뉴스라도 떴을까봐 포털화면조차 보지 않았다. 다만 확인을 피할 수 없는 것이 하나 있었다. 그는 메일로 들어갔다. 윤희에게서 답장이 와 있었다. 예상보다 이른 답장이었다. 제목에는 그의 이름만 달랑 적혀 있었다.

차은호.

그는 메일을 열었다.

이 이름을 이런 일로 다시 부르게 될 줄 몰랐네.
혹시 용서받기를 바라고 있다면, 그 바람 고이 접어둬.
행여 죄를 벗길 원한다면, 그 희망 포기해.
우리는 절대로 도망칠 수 없을 거야. 나는 아이를 버린 내 죄로부터, 너는 아이를 죽인 너의 죄로부터.

PS. 다시 생각해봐. 너 자신을 기만하지 말고 정직하게 돌아봐.
정말로 잠결에 그랬는지.
6년간 연애하고 1년 동안 함께 살았던 내 의견을 들려줄게. 아니

256

야. 너는 매트리스를 서너 장씩 겹쳐 쌓아도, 그 밑에 머리핀 하나만 깔려 있으면 잠을 못 자는 인간이야. 기절하도록 술을 마셨거나, 수면제라도 한 움큼 집어삼켰다면 또 모를까.

그는 술도, 수면제도 먹지 않았다. 이미 형사들에게 몇 차례나 밝힌 바였다. 따지고 보면 자신에게 불리한 진술이었지만, 그게 사실이었다. 제대로 먹은 거라곤 모과차 한 잔이 다였다. 아내가 타 온…….

불현듯 색색의 머그잔들이 그의 시야를 지나갔다. 자신은 빨강, 어머니는 파랑, 아내는 노랑. 아니다. 어머니가 노랑이었다. 아내는 파랑…….

그는 머리를 흔들어 색의 잔상을 털어버렸다. 깜부기불처럼 가물가물 깜박이는 어떤 생각도 덮어버렸다. 집중하면 건져올릴 수도 있을 것 같았으나 그렇게 하지 않았다. 그게 뭐였든 말이 안 되는 생각이었다. 반드시 그래야 했다.

그는 다른 고민거리를 끌어왔다. 과연 어떤 아내의 말이 옳은 가, 하는 문제. 한 사람의 잠버릇을 두고 옛 아내와 현재 아내의 의견이 극단적으로 달랐다. 신뢰할 수 있는 제3자의 의견이 필요했다.

어머니는 어떨까. 진우는? 둘 다 아니었다. 기억에 기반한 의견은 의미가 없었다. 잠들어 있는 동안 자신이 하는 짓에 대하여 객관적인 기록을 줄 수 있는 사람이라야 했다.

그는 포털 검색창에 정신과와 잠버릇을 키워드로 넣어봤다. 렘 수면 행동장애, 잠버릇과 우울증 같은 제목의 글들이 떴다. 페이지를 쭉 넘기자 수면장애 클리닉 링크들이 보이기 시작했다. 그중 하나를 클릭했다.

수면다원검사를 소개하는 글이었다. 자는 동안 뇌파와 심전도, 호흡양상, 근육의 움직임 등을 분석하는 검사라 했다. 수면 중 무호흡이나 기면증, 과다수면증 같은 증세가 있으면 건강보험 적용도 된다고 했다. 보험 적용은 무리겠지만, 검사를 받는 데는 문제가 없을 것 같았다. 글을 올린 수면 클리닉의 소재지가 서울이라는 게 문제지.

그는 검색 범위를 청연으로 좁혔다. 집에서 가까운 곳에 수면 클리닉이 있었다. 검사가 끝난 후, 바로 결과를 들을 수도 있다고 했다. 잠시 생각을 정리해봤다. 이 검사를 받아야 하는 이유가 뭔지. 자신은 뭘 증명하고 싶은 것인지. 그 증명이 어떤 결과를 가져올지.

그는 자신이 노아를 죽였다는 사실을 받아들일 수가 없었다. 움직일 수 없는 물리적 증거들이 있는데도 그랬다. 만약 윤희의 말이 옳다면, 상황은 자신에게 더 불리해질 터였다. 검사 결과도 동일하다면, 결과지를 경찰에 제출한다면, 살인 혐의를 굳히는 결과가 될지도 몰랐다. 그래도 해야 할까.

대답은 '그렇다'였다. 경찰이 어떤 식으로 판단하든, 그것은 다음 문제였다. 그에겐 자신이 노아를 죽이지 않았다는 최소한의 단서가 필요했다. 그래야만 살 수 있을 것 같았다. 과실치사든 아니든, 자식을 죽인 아비로는 살아갈 길이 없었다.

그는 클리닉으로 전화해 진료 예약을 잡았다. 환자가 많지 않은지, 당일 검사가 가능했다. 모든 과정을 한 번 내원으로 끝낼 수도 있었다. 5시 40분 사전진료, 8시 30분 검사 시작, 이튿날 아침 검사 결과 확인.

노트북을 끈 뒤, 그는 노아의 방으로 올라갔다. 딱히 이유가 있어 간 건 아니었다. 다리가 저 알아서 데려갔을 뿐.

노아의 책상에 상자가 하나 놓여 있었다. 포장이사를 할 때 쓰는 크고 파란 상자였다. 어젯밤 그가 창고에서 방으로 가져다 놓은 상자이기도 했다. 안에는 노아의 물건들이 담겨 있었다. 노아의 옷가지, 유치원 가방, 펭수, 축구공, 마커 콘…….

상자를 꾸린 장본인은 그가 화내는 이유를 이해하지 못했다. 그를 위해 한 일이라고 강변했다. 펭수가 그날 아침을 상기시킬까봐. 마커 콘과 축구공이 그를 죄책감에 빠뜨릴까봐. 옷가지와 배낭은 삼우제를 지낼 때 태워주기 위해서.

"차마 자기 손으로 못 하는 거, 내가 한 것뿐이야."

아내는 뭐가 문제냐는 표정으로 그를 봤다. 그는 뭐가 문제인지 일러주었다.

"늘 그런 식이야. 내가 원하는 걸, 왜 네가 정해주는데?"

"내가 언제 그랬어?"

아내의 얼굴이 빨갛게 달아올랐다. 반달 모양 눈에는 눈물이 그렁그렁 차올랐다.

"대체 언제까지 그렇게 예민하게 굴 거야? 나라고 속이 없어서 그 신경질 다 받아주는 줄 알아?"

아내의 목소리가 흐느낌의 진동을 품기 시작했다.

"이럴 줄 알았으면 지유가 축구공에 맞은 거 문제 삼지 않았을 거야. 가슴 아프고, 후회스러워. 내가 참았어야 하는데. 나만 참았으면 되는데······."

마침내 아내의 눈자위로 차올랐던 눈물이 뺨을 타고 흘러내렸다. 목소리는 본격적으로 떨리기 시작했다.

"나도 사람이라, 순간적으로 화가 나서······."

늘 느끼는 바이지만, 아내에겐 안아주고 싶게 우는 비범한 재능이 있었다. 애처로운 눈망울로 상대를 응시하면서 눈물을 줄줄 흘리고 어린애처럼 흐느낀다.

"자기가 그렇게 심하게 야단칠 줄은 몰랐어. 그저 한마디 정도만 해주기를 바랐을 뿐인데. 애가 발작을 일으킨 게 꼭 내 탓 같고······."

더하여 정확한 자리에 칼을 꽂는 재능도 겸비했다. 아내는 눈물을 흘리고 흐느끼는 와중에 그의 가장 아픈 곳을 찔러 입을 닥치게 만들어버렸다.

"그게 시발점이 돼서 자다가 또 발작을 일으켰나 싶고. 하필 자기가 곤히 잘 때."

벨소리가 그의 상념을 깨웠다. 현관에서 울리는 소리였다. 그는 아래층으로 내려갔다. 홈 오토 화면 안에 두 남자가 서 있었다.

"누구십니까."

그가 묻자 한 남자가 대답했다.

"경찰입니다."

몸에서 힘이 쭉 빠져나갔다. 올 것이 왔구나 싶었다. 부검 결과가 나온 모양이었다. 호출이 아니라 방문이라면 목적은 하나였다. 자신을 취조하던 형사들은 아니었지만 수갑을 채우러 온 건 분명해 보였다. 그는 현관으로 나갔다.

"신유나 씨 댁이죠?"

파란 방풍 재킷을 입은 남자가 신분증을 내보이며 물었다. 그는 의아했다. 왜 차은호가 아니라 신유나를 찾을까.

"그렇습니다만."

파란 재킷이 물었다.

"댁에 계신가요?"

"아뇨. 그런데 무슨 일로……."

두 남자는 서로 눈을 한 번 맞대더니 다시 물었다.

"어디 가셨습니까?"

"직장에 있을 겁니다."

아아, 하며 파란 재킷은 고개를 끄덕였다.

"일찍 퇴근을 하셨다고 해서 찾아왔습니다만."

그는 혼란스러웠다. 이들은 정말로 아내에게 볼일이 있어 보였다.

"아직 돌아오지 않았는데, 무슨 일이신지……."

"별일은 아닙니다. 그저 몇 가지 물어볼 게 있어서요."

파란 재킷은 명함을 꺼내 그에게 건넸다.

"오시면 이리로 연락 달라고 전해주시겠습니까."

그는 명함을 들여다봤다. 서대문경찰서 소속 형사였다. 참으로 어리둥절한 소속이 아닐 수 없었다. 아내와 서대문은 악어와 목욕탕만큼이나 거리가 멀었다.

"용건을 알려주시면 아내에게 설명하기가 쉽겠습니다만."

형사는 잠시 생각하는 듯하더니 입을 열었다.

"신유나 씨 전남편인 서준영 씨가 실종됐습니다. 지지난주 화요일이니까 오늘로 13일쨉니다. 현재 탐문 수사 중인데 도움을 받을 수 있을까 해서 들른 겁니다."

단어 두 개가 그의 귀에 툭 걸렸다. 지지난주 화요일은 아내가 집을 나간 날이었다. 전남편과 함께 있는 게 아닌지 의심했던 기억도 되살아났다. 화요일부터 토요일까지 5일간 어디에 있었는지, 지금껏 아내에게 묻지 않았다는 것도.

"혹시 짚이는 게 있습니까?"

파란 재킷이 그의 얼굴을 살폈다. 그의 머리에 조준경이라도 들이대고 있는 듯한 시선이었다.

"아닙니다. 전남편 일이라니까 좀 당황스러워서요."

그는 명함을 바지 주머니에 찔러넣었다.

"아내에게 그렇게 전하겠습니다."

그만 가달라는 뜻에서, 그는 길 건너에 정차된 승용차를 바라봤다. 파란 재킷은 베란다 유리문을 통해 집 안을 슬쩍 넘겨다보더니 뒤로 물러났다. 그는 현관 앞에 선 채, 도로 건너편에 세워둔 차로 걸어가는 두 남자를 지켜봤다. 그들이 시야에서 사라진 후에야 집으로 들어왔다.

머릿속이 복잡했다. 심란한 기분으로 명함을 들여다봤다. 아내가 돌아오기 전에 결정해야 할 터였다. 신경 끄고 명함만 전할 것인지. 5일간의 행방을 물을 것인지.

그는 전자를 택했다. 자신의 문제만으로도 머릿속은 이미 포화 상태였다. 지금껏 나가 있던 제정신과 세상의 행운을 모조리 불러들여도 해결이 요원한 상황이었다. 아내와의 문제는 마지막에 풀어야 할 숙제였다.

그는 안방으로 들어가 옷을 갈아입었다. 운동용 셔츠와 바지를 찾아 입고 패딩점퍼를 걸쳤다. 가방에 지갑과 휴대전화, 노트북을 챙겨넣었다. 자동차 키를 찾아 들고 서재를 나섰을 때, 아내는 거실로 들어서고 있었다.

"빨리 왔네."

아내가 말했다. 조금 놀란 얼굴이었다. 한쪽 손엔 큼직한 장바구니가 들려 있었다. 마트에 들러 온 모양새였다.

"근데 또 어디 가려는 거 같은데?"

아내는 식탁에 장바구니를 내려놓으며 물었다. 그는 대답했다.

"병원에."

"왜? 어디 아파?"

아내는 조금 놀란 표정이었다.

"아니, 수면 클리닉에 가."

아……. 아내는 고개를 끄덕였다.

"그래, 잘 생각했네. 일주일 동안 통 못 잤잖아."

아내는 장바구니에서 사 온 물건들을 꺼내며 덧붙였다.

"얼른 다녀와. 맛있는 거 해놓을게."

"오늘 못 들어올 거야. 검사가 내일 아침에 끝난대."

장바구니 안에서 아내의 손이 딱 멈췄다. 시선이 그에게로 왔다.

"무슨 검사를 밤새도록 해?"

"자는 동안 수면 패턴을 기록하는 검사야. 다녀올게."

그는 가방을 고쳐 메고 현관으로 향했다.

"그런 걸 왜 하는데?"

아내는 뒤따라오며 물었다.

"경찰에서 하래?"

그는 그렇다고 대답했다.

"부검 결과 나온 거야?"

"아니, 아직."

"그럼 그걸 왜 하라는 건데?"

대답 대신 그는 바지 주머니에서 명함을 꺼내 건넸다. 아내의 시선이 명함으로 떨어졌다가 다시 그의 얼굴로 되돌아왔다. 설명을 요구하는 눈이었다.

"좀 전에 형사들이 찾아왔었어. 오면 연락 달래."

"나한테?"

짧은 순간, 어떤 빛이 아내의 눈을 스쳐갔다. 너무 빨리 사라져버려 확신할 수는 없지만, 그는 그것을 긴장으로 읽었다.

"서준영이 실종됐다던데. 지지난주 화요일에."

그는 신발장을 열고 운동화를 찾는 척하며 슬쩍 뒤를 봤다. 아내는 멍한 표정으로 명함을 들여다보고 있었다. 그는 소리 없이 현관문을 닫았다. 병원을 향해 차를 출발시켰다.

1차 진료는 간단하게 끝났다. 키, 몸무게, BMI, 기저질환 유무, 약물 전력 등을 묻고, 검사과정을 설명해주었다. 필요하면 먹으라며 수면유도제 한 알을 처방해주었다. 검사를 받기까지는 두 시간이 남았다.

그는 병원 1층 카페에서 시간을 보냈다. 수면에 관한 글을 검색하면서 치즈케이크 한 조각을 저녁으로 먹었다. 바셀린을 퍼넣는 기분이었으나 음료수와 함께 악착같이 삼켰다. 먹어야 머리가 돌아갈 것이다. 머리가 돌아가야 뭐든 생각할 수 있을 것이고.

8시 30분. 그는 병원 별관에 있는 검사실로 들어섰다. 직원이 수면실로 안내했다. 비즈니스 호텔 같은 느낌이었다. 작고 깔끔하고 어둡고 조용했다.

"30분 후에 다시 오겠습니다."

직원은 방을 나갔다. 개인 정비 시간을 준 셈이었다. 샤워하고, 환자복으로 갈아입고, 화장실 용무도 볼 시간. 그는 성실하게 자신을 정비했다. 자는 데 방해될 물건들은 모두 없앴다. 휴대전화를 끄고, 시계를 풀고, 결혼반지까지 뺐다.

침대에 눕자 직원이 들어와 장비를 장치하기 시작했다. 머리와 이마, 관자놀이 등에 전선이 달린 패치를 붙였다. 코에 산소 튜브 같은 걸 꽂고 가슴에는 벨트를 두 개씩 채우고, 손가락에 센서를 붙였다. 마지막으로 생수 한 병을 사이드 테이블에 내려놓았다.

"물은 여기 두겠습니다."

직원이 불을 끄고 나가자 그는 눈을 감았다. 유튜브에서 봐둔 '2분 안에 자는 법'을 떠올렸다. 몸에서 힘을 뺀다. 심호흡을 하면서 다음과 같은 주문을 외운다. 생각하지 마, 생각하지 마, 생각하지 마…….

생각들이 별처럼 떴다. 한 번씩 주문을 외울 때마다 더 선명한 별들이, 더 찬란하게 반짝거렸다. 손가락 센서는 손톱을 짓뭉개는 것 같았다. 가슴 벨트는 바짝바짝 숨통을 조여왔다. 그는 결국 수면유도제를 삼켰다. 가빠오는 숨을 누르며 애처롭게 잠을 기다렸다.

언제부턴가 숨이 막혀오기 시작했다. 기름이 말라버린 기계처럼, 목 밑에서 꺽꺽 소리가 울렸다. 그의 시야엔 어느새 노아가 불려와 있었다. 자신의 몸에 깔려 버둥대는 노아, 자신을 밀어내려 안간힘을 쓰는 노아, 시퍼런 입술을 열고 숨을 쉬어보려 몸부림치는 노아가.

몸서리가 났다. 금방이라도 발작을 일으킬 것 같은 심정이 되었다. 센서를 잡아 뜯어버리고 병실에서 뛰쳐나가고 싶은 충동이 치밀었다. 그는 어금니를 물고, 적외선 카메라를 노려봤다.

행복하게 살 수 있을 줄 알았다. 조금만 참으면, 네 사람이 가족의 울타리 안에서 평범하게 살 수 있을 줄 알았다. 더도 덜도 아닌, 딱 그만큼만 행복하기를 바랐다. 그것이 그리도 어려운 일이었단 말인가.

그는 눈을 감았다. 껌껌해진 시야에 하얀 손이 번득 나타났다 사라졌다. 느닷없는 질문이 머리를 스치고 갔다.

그날 밤, 잠들기 전에 불을 껐던가.

#

"두드러지는 문제는 없습니다."

의사가 말했다. 은호는 의사 책상에 놓인 모니터를 쳐다봤다. 그로서는 판독이 불가능한 그래프들이 화면에 떠 있었다.

"무호흡이나 이상행동도 없고. 수면의 질이 썩 좋은 편은 아닙니다만."

'질'에 대한 설명이 이어졌다. 수면 중 각성 빈도와 근육의 움직임이 잦은 편이었다. 꿈꾸는 단계도 긴 편에 속했다.

"더 알고 싶은 게 있습니까?"

그는 가장 궁금한 것부터 물었다.

"근육의 움직임이 잦다고 하셨는데, 구체적으로 어떻게 움직이는 건가요."

"자주 뒤척여요. 오른쪽으로 돌아눕거나, 돌아누운 쪽으로 엎어져서 자거나."

그는 혀끝이 마르는 느낌을 받았다. 노아는 그의 왼쪽에 있었다. 겁이 났으나 묻지 않을 수 없었다.

"왼쪽으로도 엎어지겠네요?"

"아뇨."

의사의 대답은 단호했다.

"보편적인 경우는 아닌데, 오른쪽으로만 움직입니다."

"왼쪽으론 한 번도 안 움직입니까?"

의사의 얼굴에 의아한 기색이 떠올랐다. 왜 왼쪽에 집착하는지 궁금한 모양이었다. 그는 해명했다.

"제 사정상 아기와 함께 자는데 늘 불안합니다. 제가 잠결에 어떻게 할까봐. 아기를 왼쪽에 두면 괜찮을까요."

아아…… 하며 의사는 고개를 끄덕였다.

"갓난아기라면, 왼편에 두되 좀 떨어져 자는 게 좋겠네요. 세상일에 백 퍼센트라는 건 없으니까."

"갓난아기는 아니고, 여섯 살 남자아인데 몸이 약해서요."

의사는 하하, 웃었다. 누가 봐도 어이없어하는 웃음이었다. 대답은 해주었다.

"여섯 살이면 괜찮습니다."

그는 처음 아내와 잤던 날을 떠올렸다. 러시아에서 돌아온 지한 달쯤 지났을 때였다. 꿈꾸는 것 같았던 밤이 지나고 아침이 되었을 때, 아내는 불같이 화를 냈다. 왜 자기한테 등을 돌리고 자느냐고 물었다. 차단당하고 버림받은 느낌이라 했다. 모욕감마저 든다고 했다. 이후 그는 의도적으로 아내를 끌어안은 채 잠을 청하곤 했다. 소용없는 일이었다. 아침에 눈을 뜨면 어김없이 아내를 등지고 누워 있었다.

이제야 그 이유가 이해됐다. 우측으로 편향된 수면 중 움직임 때문이었을 것이다. 아내가 오른쪽에서 잤다면 아내와 마주 보거나 끌어안은 채로 눈을 떴겠지. 어이없게도 위치를 바꿔볼 생각은 해보지 않았다. 그저 이상하다 생각만 했을 뿐.

생각은 아내가 경찰에게 보여줬다는 카톡 메시지로 뻗어갔다. 뜬금없이 그의 잠버릇을 성토했던 메시지는 거짓일 공산이 컸다. 과학보단 인간이 거짓말할 확률이 훨씬 높으니까.

왜 그런 짓을 했을까. 그것도 뜬금없고 맥락도 없이. 몇 달 뒤에 써먹을 것을 알고 있었던 것처럼. 그는 꼬리를 물고 일어나는 궁금증을 꾹 눌러두었다. 지금은 돈 내고 얻은 질문 시간이었다.

"어제 주신 수면유도제를 먹고 잤는데, 그래도 수면 중 각성이 일어납니까? 실은 새벽에 누가 병실에 들어온 것 같거든요. 제 손가락을 만진 것 같은데, 꿈인가 싶기도 하고요."

"아아……. 우리 직원일 겁니다. 새벽에 보통 검사실을 라운딩하니까요. 검진자 상태를 확인하려고요. 수면유도제는 수면제와 다릅니다. 마취약도 아니고요. 예민한 분이라면 알아차리죠. 각성이라는 게 반드시 의식이 맑게 깨어 있는 것만 뜻하는 건 아녜요. 본인은 꿈으로 기억하는 경우도 종종 있죠."

그는 맥이 빠지는 걸 느꼈다. 말귀를 제대로 알아들었는지, 확인차 다시 물었다.

"실제로 본 걸 꿈으로 착각할 수도 있다는 말씀인가요?"

의사는 그렇다고 대답했다. 그는 정말로 궁금한 것을 물었다.

"수면유도제를 그보다 많이 먹어도 외부자극에 반응할까요? 가령 불빛이라든가……."

"글쎄요. 먹는 양이나 약의 종류에 따라 다르겠죠. 만약 어제 처방한 약을 한두 알 더 먹는 정도라면 그럴 가능성이 큽니다. 더 둔하고 몽롱하게 느껴지겠지만."

그는 세 번째 질문을 던졌다.

"혹시 다른 날, 투약 없이 검사를 하면 결과가 완전히 달라질 수도 있습니까?"

의사는 주저 없이 고개를 저었다.

"큰 차이 없을 겁니다."

그는 집으로 돌아왔다. 전날 검사실에서 꺼두었던 휴대전화를 켰다. 부재중 전화 열 통, 문자 여덟 통. 발신자는 모두 아내였다. 전날 밤과 오늘 오전에 걸쳐 보낸 것들이었다. 마지막 문자의 내용은 이랬다.

—왜 전화를 안 받아. 답답하게. 지금 어디 있어? 아직도 병원이야?

강렬한 기시감이 느껴지는 문자였다. 아내가 가출할 때마다 그가 보내던 문자와 똑같았다. 그때 아내가 어떤 기분으로 휴대전화를 들여다봤을지, 그는 이제 알 것 같았다. 감정적 우위를 점한 느낌이었을 것이다. 마음껏 두드릴 수 있는 키보드 앞에 앉은 기분이었을 것이다. 문장으로 바꾸자면 이제 슬슬 조져볼까, 정도가 될까.

그는 답을 보내지 않았다. 답변하면 바로 전화를 걸어올 테니까. 이런저런 설명을 요구할 것이고. 다 귀찮았다. 방해 없는 시간이 필요했다. 정리를 해봐야 했다. 수면검사 결과가 뭘 의미하는지. 아내는 왜 거짓 카톡을 보냈는지. 잠버릇에 대한 거짓말은 어떻게 해석해야 하는지.

그는 휴대전화를 무음으로 바꿔놓고 서재로 들어갔다. 책상 앞에 앉아 검사결과지를 펼쳐놨다. 낙엽처럼 이리저리 흩어지는 생각들을 붙잡아다 메모지에 묶어 놓았다.

수면 검사―수면유도제 1T 복용.

수면 시 우측 단방향 움직임―아내의 거짓 문자, 노아는 왼쪽에서 잠들었다.

수면 중 각성―꿈과 혼동. 섬광. 하얀 손.

아내의 오른손―붕대가 감긴 손. 손가락과 손날의 흉터.

모과차―빨강, 파랑, 노랑 머그잔.

어머니―

그날 밤―불을 켜둔 채 잠이 들었다.

아내의 유산과 노아의 영정사진―

16일, 화요일―아내가 가출한 날, 전남편이 실종된 날.

진우―물어볼 게 생기면 전화해.

그는 어머니에게 전화를 걸었다. 예상보다는 힘 있고 카랑카랑한 목소리로 전화를 받았다. 숨차게 물어댔다. 몸은 어떠냐, 밥은 먹었느냐, 학교에선 별일 없었느냐……. 어머니의 질문이 끝나자 그가 물었다.

"그날 혹시 어머니가 노아 방에 들어와서 불 끄셨어요?"

"그날이라니? 노아 일 당하던 날 말이니?"

어머니가 되물었다. 그는 그렇다고 대답했다.

"아니다. 어찌나 잠이 쏟아지는지, 씻고 그냥 잤다만. 그건 왜?"

그날 밤 방의 불을 끈 사람은 어머니도 자신도 아니었다. 노아도 아닐 것이다. 지유는 말할 것도 없고.

"어머니도 아침까지 쭉 주무신 거죠?"

"그랬지. 내 새끼가 그리된 줄도 모르고……."

어머니의 목소리에서 힘이 쭉 빠졌다. 틈을 주면 눈물과 자학이 쏟아질 분위기였다. 그는 입막음용 질문을 던졌다.

"원래 그렇게 푹 주무세요?"

"넌 여태 엄마 잠버릇도 모르니. 네가 날 닮아서 노루잠 잔다고 네 아빠가 노상 투덜댔잖니. 그렇게 송장처럼 잔 건 맹장 수술하느라고 마취했을 때 이후로……."

어머니는 이상한 낌새를 느낀 듯 말을 멈추고 물었다.

"근데 그건 왜 물어?"

"그냥 궁금해서요."

그는 전화를 끊고 메모지에 적어두었다.

어머니 ― 마취당한 것처럼 잠들다.

그는 책상 고무매트 밑으로 검사기록과 메모지를 밀어넣었다. 휴대전화를 바지 주머니에 담고 서재를 나왔다. 안방으로 들어가서 화장대 서랍부터 열어봤다. 다음으로 보석함과 옷방에 보관된 가방들을 뒤졌다. 현장 감식을 하듯, 걸려 있는 재킷 주머니까지 일일이 손을 넣어 확인했다.

처음에 그는 자신이 뭘 찾고 있는지도 몰랐다. 수색을 끝내고 거실로 나온 후에야 '무엇'이 무엇이었는지 깨달았다. 수면제였다.

그는 2층 계단 밑에 서서, 손에 쥔 천 원짜리 지폐를 들여다봤다. 한 시간에 걸쳐 벌인 수색의 결과물이었다. 찾는 것이 없다는 데 대한 안도감과 아내를 의심한 데 대한 미안함, 섣부른 탐정 놀이에 대한 부끄러움이 한꺼번에 밀려왔다. 의식 밑바닥에서 꼬물거리는 질문이 없었다면 거기서 끝냈을 것이다. 너라면, 그걸 안방에 두겠어?

손목시계는 5시를 가리켰다. 그는 2층 계단참을 올려다봤다. 지금쯤 아내는 퇴근 준비를 하고 있을 것이다. 곧장 집으로 온다면 7시쯤 도착하겠지. 두 시간 정도 여유가 있는 셈이었다.

그는 지유의 방으로 들어가 불을 켰다. 이 집에서 그가 발 들이지 않는 유일한 장소였다. 아내의 취향이 고스란히 밴 방이었다. 침대 머리맡에 드리워진 핑크색 캐노피, 흰 시트와 이불, 나비 떼가 나는 레이스 커튼, 오두막 모양의 옷장, 피아노 책상과 의자. 책상 서랍에는 포장도 뜯지 않은 새 문구들이 들어 있었다. 색연필, 사인펜, 마커펜, 연필, 스케치북과 공책……

옷장에도 특별한 물건은 들어 있지 않았다. 소매 없는 여름 원피스 두 벌이 걸려 있을 뿐. 뭔가 있어 보이는 곳은 옷장과 벽 틈새였다. 커튼 자락에 가려 있었지만, 두툼한 부피감이 느껴졌다. 그는 틈새로 손을 밀어넣었다.

노트북 크기의 갈색 종이상자가 끌려나왔다. 안에는 잠금 끈으로 봉인된 노란 파일이 들어 있었다. 그는 손목시계를 확인했다. 6시 15분. 아내가 돌아오기까진 시간이 좀 남아 있었다.

그는 잠금 끈을 풀고 겉장을 넘겼다. 금속 바인더에 고정된 비닐 속지들이 나타났다. 연도와 월별로 색인표가 붙어 있었는데 앞은 최근, 뒤로 갈수록 오래된 날짜였다. 맨 앞장은 한 달 전, 맨 뒷장은 8년도 더 전이었다. 파일의 중간을 펼치자 2년 전 1월의 색인표가 붙어 있었다.

속지 안에서 나온 건, 이혼소송 서류였다. 아내가 아니라 전남편이 제기한 이혼소송 소장이었다. 소장이 발송된 날짜는 1월 11일. 그는 기억을 더듬어봤다. 더듬을 것도 없이 곧바로 떠올랐다. 아내와 바이칼 호수에서 만난 날은 1월 18일이었다.

"이혼했어요. 일주일 전에."

그녀의 목소리가 들리는 것 같았다. 뱃속을 간질이던 새털 같은 웃음소리도.

다음 장엔 아내가 반소를 제기한 서류 사본이 들어 있었다. 날짜는 1월 25일. 바이칼 호수에서 함께 움직이던 세 사람은 21일 오후에 이르쿠츠크로 돌아왔다. 그녀와 작별할 도시였다. 그날 밤 그와 진우는 다시 횡단 열차를 타야 했다. 그녀는 이튿날 오전 한국으로 돌아갈 예정이었다.

그는 유심칩을 사서 그녀의 휴대전화에 끼워줬다. 기차를 탄 후 그녀와 문자라도 주고받아보겠다는 일념이었다. 휴대전화가 작동되고, 그녀가 가장 먼저 접한 건 아버지의 사고 소식이었다. 벌써 일주일 전에 들어온 메시지라고 했다. 블라디보스토크 공항에서 유심칩을 잃어버렸던 바로 그 시각에.

기차역으로 가는 발걸음이 무거웠던 걸 기억한다. 그녀의 눈이 빨갛게 부어 있었던 것도. 마음 같아선 그녀와 이르쿠츠크에 남고 싶었다. 한국행 비행기를 탈 때까지 곁에 있어주고 싶었다. 그리하지 못한 건 냉정하게 경고하는 자신의 목소리 때문이었다. 만난 지 나흘 된 여자 때문에 진우의 여행까지 망치지 마.

이튿날 아침, 어느 도시 역에서 그녀의 문자를 받았다. 막 비행기에 탔다고 했다. 그의 기억이 틀리지 않았다면, 그녀는 한국에 도착한 지 사흘 만에 맞고소를 한 셈이었다.

안개 같은 혼란이 그를 덮쳐왔다. 1월 25일이라는 날짜가 의미하는 바가 뭔지 판단이 되지 않았다. 자신과 처음 만났을 때 이혼녀가 아닌 유부녀였다는 사실 말고는.

그녀는 왜 그렇게 말했을까. '이혼했다'와 '이혼소송을 당했다'라는 말이 동의어가 될 수 있을까? 아버지의 소식을 듣고 황망하게 돌아간 사람이 사흘 후 맞고소를 했다는 것도 이해되지 않았다. 테이블에 엎드려 오열하던 그때의 그녀를 생각하면, 더욱더.

더럭 겁이 났다. 다음 장에 또 어떤 거짓말들이 기다리고 있을지 몰라서. 이쯤 되면 거짓말 목록을 작성해둬야 하는 게 아닐까 싶어서. 목록에서 알고는 감당할 수 없는 거짓말을 발견할까봐.

차라리 파일을 닫는 게 낫지 않을까. 그는 복잡한 심정으로 파일을 내려다봤다. 무언지 모를 무언가를 찾고자 하는 열망과 그 무언가가 일상을 무너뜨리는 걸 바라지 않는 마음이 그의 머릿속에서 충돌을 일으키고 있었다. 자신에게 일상이라는 게 남아 있기나 한지는 모르겠지만.

그는 다음 장을 넘겼다. 다음 장, 그다음 장…… . 모두 이혼소송과 관련됐거나 양육권 다툼이 길었다는 걸 암시하는 서류들이었다. 이혼이 성립된 건 1년 후였다. 1년 동안 자신은 신유나의 상간남이었던 셈이다.

이혼 이후로도 법원에서 날아온 것들이 많았다. 면접교섭권과 이행명령에 관련된 서류들이었다. 이 건에서는 전남편이 이긴 것 같았다. 아내는 법원 명령을 불이행한 대가로 벌금 300만원을 물었고, 다시 이행 명령을 받았다. 이행 시한은 11월 30일, 바로 오늘이었다.

그의 머릿속에서 생각이 곁가지를 쳤다. 아내는 이행 명령을 수행했을까. 이번에도 하지 않았다면 어떤 벌이 내려질까. 이전에 받은 벌금형보다는 상위처벌일 텐데.

그가 알기로, 지유는 지금 외가에 있었다. 아내에게 그렇게 전해 들었다. 노아 일이 정리될 때까지 거기 있을 것이라고도 했다. 그렇다면 전남편은 그곳에서 지유를 만났을까. 아니면 그 전에? 문득 집으로 찾아왔던 형사들이 떠올랐다. 전남편이 실종됐다고 했던가. 지지난주 화요일부터…… .

곁가지들이 걷잡을 수 없게 뻗어갔다. 그것들이 시야를 가리기 직전에, 그는 가까스로 생각을 멈췄다. 다음 장으로 넘기자 지금까지와 달리 흰 봉투가 하나 꽂혀 있었다. 안에서 폴라로이드 사진 두 장이 나왔다. 색감이 누르스름했으나 피사체를 식별하는 데 문제는 없었다.

첫 번째 사진의 주인공은 찻잔을 감싸 쥐고 식탁 앞에 앉아 있는 외국 남자였다. 그의 관심을 끈 건 남자가 아니라 남자 뒤쪽 벽감 안에 놓인 물건이었다. 그게 무언지 한눈에 알아봤다. 바실리 성당을 본뜬 오르골이었다. 아마도 태엽을 돌리면 〈모스크바의 밤〉이 연주될 것이다.

그가 횡단 열차의 종착역인 모스크바에 도착했을 때 기념품으로 샀던 물건이었다. 이즈마일로보라는 재래시장에서 똑같은 것을 네 개나. 그중 세 개는 선물했고, 하나는 지금도 그의 서재에 있었다.

사진은 8년 전 1월 20일에 찍힌 것이었다. 그가 알기로 아내가 러시아에서 돌아온 해였다. 그는 기억을 더듬어봤다. 몇 월에 왔다고 했던가. 3월? 4월? 1월은 아닐 것이다. 학기가 시작되기 직전에 왔다고 했으니. 자신의 기억이 맞다면 사진 속 장소는 러시아일 가능성이 컸다.

두 번째 사진엔 두 남자가 등장했다. 구도가 첫 사진과 비슷했다. 식탁 앞에 앉아 있다는 점에서, 찻잔을 앞에 두고 있다는 점에서. 그중 한 남자는 그도 아는 사람이었다. 13년 전 사진이고 얼굴도 흐릿했지만 확신할 수 있었다. 진우였다.

다시 기억이 불려왔다. 진우의 목소리가 들리는 것 같았다. 샤먼 록 앞에서 아내를 만났을 때 했던 말이.

"지운이 이사 가던 날, 유나 씨 집에서. 커피도 얻어 마셨잖아요."

그는 사진들을 방바닥에 내려놓았다. 바지 주머니에서 휴대전화를 꺼내고 카메라를 켰다. 직감이 시킨 일이었다. 뭘 의미하는 사진인지 아직 모르지만, 일단 찍어두라고.

사진을 찍고 나자 7시가 넘었다. 아내가 도착할 시각이었다. 그는 사진과 파일을 상자에 넣고 원위치시켰다. 불을 끄고 지유의 방을 나왔다. 방문을 닫으며 깨달은바, 집 안 전체가 어둠에 잠겨 있었다. 당연한 일이었다. 2층으로 올라올 때만 해도, 불을 켜야 할 만큼 날이 어둡지 않았으니까.

그는 갑자기 망연해졌다. 이제 어쩔 것인가. 아무것도 모르는 사람처럼 행동할 자신이 없었다. 아내와 마주치면 기어코 묻고 말 것 같았다. 집을 나간 후 누구와 어디에 있었는지. 어디서부터 어디까지 거짓인지, 왜 거짓말을 했는지, 간직한 사진의 의미가 무엇인지.

설령 묻지 않더라도 아내는 알아차릴 게 분명했다. 자신의 표정에서 속내를 읽어내는 데 선수니까. 십중팔구 이렇게 물을 것이다. 자기, 나한테 할 말 있지 않아?

그렇다고 대면을 마냥 피할 수도 없었다. 그와 달리 아내는 궁금한 것을 참지 않는다. 세상에서 가장 불행한 남자의 표정과 시든 풀잎보다 더 무기력한 자세로 서재에 처박혀 있어도, 개의치 않고 들어와 다그칠 테다. 왜 전화를 받지 않았는지, 검사 결과는 어땠는지, 종일 무얼 했는지, 메시지를 보고도 왜 답을 주지 않았는지…….

그는 거실 창 앞으로 가서 커튼을 들추고 밖을 내다봤다. 정문 쪽에서 차량의 불빛이 움직이고 있었다. 더 기다리자 집 앞 가로등 아래로 흰색 승용차가 들어섰다. 아내의 차였다.

이제 아래층으로는 내려갈 수 없었다. 집 안에 불이 꺼져 있는 걸, 아내는 이미 봤을 테니까. 그는 노아의 방으로 들어갔다. 손으로 더듬어 책상을 찾고, 상자를 열어 펭수를 꺼낸 후, 침대로 기어들었다. 잠결에 한 것처럼 양말을 벗어 아무 데나 던졌다. 몸을 모로 뉘고 펭수를 끌어안았다. 한쪽 다리를 펭수 배에 올리고, 얼굴 절반은 펭수 목 밑에 묻었다. 온몸의 신경을 귀로 집합시켰다.

차고 문이 열리는 소리가 들려왔다. 어렴풋이 현관문이 열리고 닫히는 소리도 난 것 같았다. 이후 아무런 소리도 듣지 못했다. 아내가 방문을 두드릴 때까지.

그는 숨을 들이마셨다. 하마터면 들어와,라고 말할 뻔했던 그 순간에 자아의 목소리가 속삭여왔다. 사내새끼가 뭐 하는 짓이야. 제집에서, 마누라 보기 무섭다고 자는 척을 하다니.

문이 열리고 눈꺼풀 위로 불빛이 감지됐다. 방 안 전등 빛은 아니었다. 발아래로부터 뻗어오는 희미한 빛이었다. 거실 등을 켰겠지, 싶었다.

"은호 씨. 거기서 뭐 해."

아내가 그를 불렀다. 그가 잠들지 않은 걸 안다는 어조였다. 사내새끼 운운하는 머릿속 목소리도 그를 불렀다. 자연스럽게 눈 뜨는 척해. 어설픈 연기 들켜서 쪽 팔지 말라고.

그는 알고 싶었다. 맹목적으로 사랑했던 시절이 있었고, 견디기 힘든 성격의 몇 가지 측면을 제외하면 여전히 사랑한다고 믿는 자신의 아내가 누군지. 자신이 아는 그 여자인지, 모르는 여자인지. 모르는 여자가 벌이고 다닌 일이 무언지. 그 일이 자신의 과거와 현재, 미래에 어떻게 뒤엉켜 있는지. 그러니 저 시끄러운 자아의 목소리를 재워야 했다.

그는 자신을 향해 소리 없는 자장가를 부르기 시작했다.

자장자장 우리 아기, 꼬꼬닭아 울지 마라 우리 아기 잠을 깰라…….

그는 아내가 다가오는 기척을 느꼈다. 아내는 또 맨발인 모양이었다. 아내의 발소리보다 자신의 귓속에서 울리는 맥박 소리가 더 컸다. 다가오는 시간은 길고도 길었다. 인간이 이토록 느리게 움직일 수도 있을까 싶을 만큼. 긴장이 길어지자 등줄기가 경련을 일으키는 것 같았다. 저릿저릿한 감각이 발끝까지 뻗쳤다. 그 바람에 발가락이 제 맘대로 움찟댔다.

"은호 씨, 자?"

마침내 아내의 목소리가 얼굴 위에서 들려왔다. 그는 그 옛날 할머니가 들려주던 자장가 가사를 읊는 데만 집중했다.

검둥개야 짖지 마라 우리 애기 잠을 깰라.
앞집 개야 짖지 말고 뒷집 개도 짖지 마라.

"왜 여기서 자? 추운데."

아내의 차가운 손가락이 그의 뺨에 닿았다. 반사적으로 숨이 거칠어졌다. 어쩌면 뺨이 움찔했던 것도 같다. 주문을 외우듯, 그는 자장가를 불렀다.

빨강 개도 짖지 말고 파랑 개도 짖지 말고 노랑 개도 짖지 말고…….

아내의 속삭임이 귀를 간질여왔다.

"그럼 자. 이 방 보일러 틀어둘게."

아내가 멀어지는 기척이 났다. 다가올 때만큼이나 하염없이 느리게. 방문 닫히는 소리가 나기까지 한 세기는 걸린 것 같았다. 고요와 어둠이 돌아오자, 그는 참았던 숨을 내쉬었다. 가둬놨던 시끄러운 목소리도 함께 풀려났다. 이제부터 뭘 할 거냐, 물어댔다. 이제부터 그걸 생각할 참이었다. 생각할 시간은 차고 넘치니까.

새벽 3시. 그는 침대에서 일어났다. 아내처럼 그도 맨발로 방을 나섰다. 불을 켜지 않고 벽을 더듬어가며 2층 계단참까지 움직였다. 계단참에서 내려다본 집 안은 한 덩어리의 거대한 어둠이었다. 가로등 빛마저 스미지 않는 걸 보면, 커튼이란 커튼은 모두 닫아버린 듯했다. 베란다 유리문, 뒷문, 부엌 창까지.

그는 주머니에서 휴대전화를 꺼냈다. 플래시를 켜고 소리 없이 계단을 내려갔다. 무언가에 부딪히지 않도록 조심하면서 거실을 통과했다. 안방 문 앞에 이르자 손전등 밝기를 가장 낮은 단계로 조절했다. 만약 아내가 깨어 있다면 자러 들어온 척할 참이었다.

침대 머리맡에 이르러 그는 걸음을 멈췄다. 아내는 벽을 향해 모로 누워 있었다. 얼굴이 보이지 않아 잠들었는지, 깨어 있는지 알 수가 없었다. 돌아누운 목덜미 밑에는 휴대전화가 떨어져 있었다. 숨결이 규칙적인 걸로 봐서, 휴대전화를 보다가 잠든 것 같기도 했다.

그는 휴대전화부터 집어올렸다. 홈버튼을 누르자 대기화면이 나타났다. 혹시나 했지만, 역시나 잠금이 걸린 상태였다. 아내의 오른손은 돌아누운 쪽 턱 밑에 바닥을 짚는 듯한 형태로 놓여 있었다. 잠금을 풀려면 그 손의 엄지가 필요했다.

아내가 반듯하게 누워 있거나, 침대와 벽 사이가 떨어져 있다면 아주 간단하게 해결될 일이었다. 침대와 벽이 붙어 있고, 아내가 벽을 보고 누운 상황에선 전혀 간단하지 않았다. 아내의 팔에다 꺾기 기술을 걸든가, 자신이 아내의 등 너머로 몸을 굽히든가 둘 중 하나를 택해야 했다.

그는 후자를 택했다. 아내가 깰 경우 헤까닥 눈이 돌아 아내를 덮치는 연기도 불사할 생각이었다. 일단 자신의 휴대전화를 침대 밑에 놓아 불빛이 천장으로 가게 했다. 다음으로 한쪽 무릎을 침대에 올리고 체중을 실었다. 침대가 조금 출렁거렸으나 아내는 별 반응을 보이지 않았다. 이번엔 아내의 몸 건너편으로 상체를 내민 뒤, 침대에 한 손을 짚었다. 눈을 내려 아내의 얼굴을 살폈다.

충분히 밝진 않았지만, 눈꺼풀 밑에 정차한 눈동자의 윤곽을 볼 수 있었다. 귀를 기울인 결과, 호흡은 고르면서도 느렸다. 입매는 반쯤 열려 있었다. 어제 읽은 바 있는 수면 관련 정보에 따르면 서파수면 상태일 것이다. 깨우려면 큰 자극이 필요한 상태.

그는 아내의 휴대전화 파워 버튼을 오른엄지 밑으로 밀어넣었다. 마지막으로 아내의 엄지손톱을 눌렀다. 딸깍, 하는 느낌이 올 때까지 꾹.

화면에 불이 들어오며 잠금장치가 열렸다. 동시에 아내의 눈꺼풀이 움찔하는 것 같았다. 눈동자는 눈꼬리 쪽으로 느릿하게 움직였다. 마치 눈을 감은 채 그를 투시하려는 것처럼. 그는 숨을 멈췄다. 여차하면 아내를 덮칠 자세로 움직이지 않았다.

아내의 호흡은 다시 느릿해졌다. 눈동자는 눈꺼풀 중앙에 고정됐다. 그는 화면이 닫히기 전에 서둘러 퇴진을 시작했다. 상체를 들어올리고, 침대에서 다리를 내린 후, 자신의 휴대전화를 주워들고 방을 나왔다. 서재로 들어가 책상 앞에 앉았다. 조심스러운 한숨이 길게 흘러나왔다. 긴장이 탁 풀렸다.

아내는 잠들기 전까지 유튜브를 본 모양이었다. 첫 화면에 러시아 이민과 관련된 동영상들이 올라와 있었다. 투자 이민, 블라디보스토크 소액투자 이주, 모스크바 부부의 일상과 육아, 내가 러시아에 온 이유, 가장 저렴하게 시민권 취득할 수 있는 나라…….

그는 기억을 뒤져봤다. 혹시 아내가 이민에 대한 말을 꺼낸 적이 있는지. 없었다. 유학 시절 추억은 숱하게 들려줬지만.

이번엔 검색창을 눌러봤다. 이해할 수 없으나, 서로 맥락이 닿는 검색어 리스트가 밑으로 펼쳐졌다. 발골법, 뼈와 살 분리하기, 감자탕 끓이기, 고기 다지기…….

또 한 번 기억을 뒤졌다. 아내가 감자탕을 끓인 적이 있었던가. 없었다. 감자탕을 먹는 건 좋아했지만.

그는 휴대전화의 배터리 용량을 확인해봤다. 8%가 남아 있었다. 갑자기 마음이 다급해져왔다. 서둘러 유튜브 창을 끄고 통화 기록부터 살폈다. 모르는 이름 사이에 아는 이름이 하나 찍혀 있었다. 김진우. 통화 시각은 어제 오후 2시 37분이었다. 추측건대, 자신과 연락이 닿지 않자 진우에게 연락한 게 아닐까 싶었다. 그렇다면 학교 일도 알고 있을 것이다. 진우가 얘기해줬을 테니까.

화면을 쭉쭉 내렸다. 서준영이라는 이름이 눈에 걸렸다. 16일 11시 01분, 통화 시간은 51초였다.

다시 집으로 찾아왔던 형사들이 기억났다. 기분 나쁜 상상이 머리를 스쳐갔다. 정말로 아내는 전남편을 만난 것인가. 그들의 용건과 아내의 행적 사이에 어떤 연관이 있는 것일까.

그는 자신의 휴대전화 카메라로 이 화면을 찍었다. 이후 화면을 쭉 내려봤으나 다른 통화기록은 없었다. 그날 딱 한 번뿐이었다. 그것이 뭘 의미하는지는 알 수 없었다. 두 사람이 정기적으로 만난 건 아니리라는 추측이 가능할 뿐.

다음으로 문자 기록을 살펴봤다. 서준영의 흔적은 없었다. 대신 택배회사에서 발송된 문자 하나를 발견했다.

—신유나 님, 11번지에서 주문하신 등산용 로프를 대문 앞에 배달 완료하였습니다.

날짜는 11월 15일이었고, 다른 정보는 기재돼 있지 않았다. 그는 생각을 해봤다. 아내가 로프가 필요한 산에 올라간 적이 있었을까. 그가 알기로 아내에게 가장 높은 산은 산책 삼아 오가는 뒷산 정도였다.

문자를 밑으로 쭉 내려봤으나 다른 택배 문자는 없었다. 카카오톡도 별다른 게 없었다. 알 만한 이름이라곤 '은호 씨'뿐이었다. 일정표나 메모장도 마찬가지였다.

사진첩은 의외로 간소했다. 사진이 그리 많지도 않았고, 대부분

셀카 혹은 가족사진이었다. 장소 역시 여행지나 키즈카페, 간혹 그와 아내가 데이트하던 곳들이었다. 눈에 띄는 게 있다면, 공통된 패턴이었다. 하나같이 '신유나와 졸개들'의 구도를 이루고 있었다. 아내가 가장 앞에 있거나, 가장 중심에 있거나. 나머지 가족은 배경 같다는 점에서 셀카와 다를 바 없었다.

사진첩을 닫고, 그는 생각을 해봤다. 더 봐야 할 것이 남았을까. 배터리는 이제 2% 남았는데.

일단 브라우저를 열어봤다. 포털과 쇼핑몰, 메일 등의 버튼들이 있었다. 메일 버튼을 누르자 곧장 포털 메일로 연결이 됐다. 그도 알고 있는 주소였다. 보관된 메일은 300개가 넘었다. 제목만 훑는 것도 불가능한 분량이었다. 그는 '내게 쓴 메일함'에 든 세 통의 메일을 열어보기로 했다.

맨 아래 메일에는 이미지 파일만 첨부돼 있었다. 나이 지긋한 남자의 사진이었다. 넥타이까지 맨 검은 양복 차림이었다. 남자 앞엔 카페용 플라스틱 컵이 놓여 있었다. 장인이 아닐까 싶었다. 직접 만난 적은 없지만 장인 기일에 처가에서 본 바 있는 영정사진과 비슷했다. 그는 휴대전화로 화면을 찍어두었다.

두 번째 메일에도 사진만 첨부돼 있었다. 주인공은 지유였다. 어떤 남자와 식탁 앞에 나란히 앉아 뺨을 맞댄 채 활짝 웃고 있었다. 지유는 유치원복, 남자는 체크 셔츠 차림이었다. 누가 봐도 둘은 부녀였다. 얼굴형, 이목구비, 심지어 앞을 바라보는 쫑긋한 귀 모양까지 닮았다. 식탁에는 향초와 장미 세 송이가 꽂힌 파란 꽃병, 샴페인과 샴페인 잔과 주스 잔, 음식 접시가 놓여 있었다. 그는 사진 화면을 늘여봤다. 접시에 담긴 음식은 굴라시 같았다.

언제 찍은 것일까. 파일을 업로드한 날짜는 11월 20일이었다. 아내가 지유를 데리고 돌아오기 하루 전이었다. 사진은 셀카가 아니었다. 구도상 누군가 찍어준 사진이었다. 누군가가 누군지는 생각할 필요도 없었다. 의심했던 대로 아내는 전남편과 함께 있었던 것이다. 이 파일 역시 카메라로 찍어두었다.

마지막 메일의 날짜는 11월 22일 03시 42분이었다. 그는 불길한 느낌을 받았다. 논리적으로 이유를 설명할 수는 없지만 느낌만큼은 분명했다. 파일을 열지 말라는 자아의 목소리를 무시하고 그는 파일을 열었다.

직감은 정확하게 들어맞았다. 파일을 열자마자 헉, 소리가 튀어나왔다. 억센 주먹에 명치를 얻어맞은 기분이었다. 사진 속에 그와 노아가 등을 지고 누워 있었다. 노아는 펭수를 끌어안고 왼쪽으로, 그는 강낭콩처럼 몸을 말고 오른쪽으로.

그날 밤, 그 순간이 소환됐다. 섬광이 터지던 찰나, 꿈인지 현실인지 구분되지 않았던 그때. 그는 이제 확신할 수 있었다. 그 순간은 꿈이 아니었다. 현실에서 일어난 일이었다. 폭발하던 섬광은 카메라의 플래시 빛이었을 것이다.

아내는 왜 이런 사진을 찍었을까. 그것도 모두 잠든 밤에, 몰래 들어와서. 팔이 부들부들 떨리기 시작했다. 살갗이 팽팽하게 당겨졌다. 어떤 세계로 통하는 들창을 열어버린 기분이었다. 아내의 얼굴을 한 낯선 여자의 세상.

그는 사진 한 장을 찍는 데 죽을힘을 다해야 했다. 손이 부들부들 떨리는 바람에 제대로 버튼을 누를 수가 없었다. 휴대전화를 놓칠 뻔한 것도 몇 번이나 됐다. 가까스로 사진을 찍고 메일을 닫왔다. 동시에 아내의 전화기 화면이 암전됐다.

그는 멍하니 휴대전화 화면을 들여다봤다. 어느 쪽이 빨랐을까. 메일일까, 전화기일까. 할 수만 있다면, 비디오 판독이라도 해보고 싶은 심정이었다. 후자라면 아내는 알아차릴 터였다. 메일로 들어가면 그가 마지막으로 본 파일이 뜰 테니까.

불안했지만 어찌해볼 도리가 없었다. 그는 자신의 휴대전화 비밀번호를 바꿨다. 제자리에 돌려놓을 요량으로 아내의 휴대전화는 바지 주머니에 담았다. 순간 문이 열리는 듯한 희미한 기척을 느꼈다. 그는 퍼뜩 눈을 들었다가, 하마터면 소리를 질러버릴 뻔했다. 아내가 문간에 서 있었다. 문을 반쯤 열고, 고개만 안으로 들이민 채로.

"여기서 뭐 해?"

아내는 안으로 들어와 그의 곁에 섰다.

"불도 안 켜고."

아내는 책상에 놓여 있는 그의 휴대전화를 내려다봤다.

"유튜브 봤어. 잠이 안 와서."

그는 바지 주머니에서 손을 빼며 대답했다. 자신의 목소리가 아니라 아득한 곳에서 울리는 메아리 같았다. 시야는 어찔어찔 흔들렸다. 어쩌면 몸이 흔들렸을지도 모른다. 아내는 손을 뻗어 부축이라도 하듯 그의 팔꿈치를 잡았다.

"들어와보니까 자고 있던데. 배 안 고파?"

아내가 물었다.

"라면이라도 끓여줄까?"

그는 고개를 저었다.

"이 시간에 뭘. 가서 자야지."

그가 문 쪽으로 움직이자 아내도 따라왔다. 손은 여전히 그의 팔꿈치를 잡고 있었다. 그 손은 안방으로 들어가, 침대에 앉도록 방향을 잡았다. 수갑 없이 연행을 당하는 기분이었다. 그가 눕자 아내도 침대로 들어왔다.

"은호 씨."

아내는 그의 왼팔을 끌어다 베고 그를 향해 몸을 돌렸다. 아직도 동맥이 펄떡펄떡 들뛰는 그의 턱 밑에 아내의 숨결이 와 닿았다. 그는 오른손을 바지 주머니에 넣어 아내의 휴대전화를 꺼냈다.

"혼자 그렇게 힘들어하지 마."

아내는 손을 올려 그의 뺨을 만졌다. 자기를 보도록 힘주어 턱을 비트는 것도 만지는 것이라고 할 수 있다면 말이지만.

"내가 있잖아. 나한테 기대."

아내의 눈과 그의 눈이 손가락 하나 거리로 가까워졌다. 아내는 엄지만 움직여 그의 눈두덩을 쓸었다. 쓸어가는 그 속도가 어찌나 느리고 섬세한지, 엄지의 표면 질감이 느껴질 지경이었다. 지문의 요철과 그 밑에서 피어오르는 모세혈관의 열기까지.

그는 마침내 아내를 향해 몸을 돌렸다. 다리로 아내 엉덩이를 감아 자신에게 끌어당겼다. 동시에 오른손에 쥐고 있던 휴대전화를 아내의 베개 밑으로 밀어넣었다. 임무를 완수한 오른손은 자연스럽게 아내의 뒤통수로 갔다. 참외처럼 작고 길쭉한 뒤통수를 손아귀로 감싸 자신의 가슴으로 밀착시켰다. 눈을 마주친 상태로는 어떤 말도 할 수 없을 것 같았다.

"그만 자자."

그는 아내의 정수리에 입술을 대고 말했다. 아내는 그의 허리에 팔을 두르고 몸을 맞붙여왔다. 셔츠 안으로 손을 밀어넣고 척추뼈를 쓸어올리며 속삭였다.

"아니, 우리에겐 잠보다 위로가 필요해."

6장

회의가 끝나자마자 재인은 회사에서 튀어나왔다. 지유 때문이었다.

지유는 퇴원한 후로도 유치원에 나가지 못했다. 일주일 더 집에서 요양한 후에 등원시켜달라는 유치원 측의 요구가 있었다. 이젠 전염력이 없다는 항변은 통하지 않았다. 지유를 돌봐줄 사람이 필요해진 셈이었다.

유나와는 여전히 연락이 닿지 않았다. 집 전화도 받는 사람이 없었다. 회사로 연락하면 '연가 중이다'는 답만 돌아왔다. 물론 해결법이 없는 건 아니었다. 지유를 데리고 청연으로 쳐들어가는 확실한 방법이 있었다. 애시당초 염두에 두지 않은 방법이기도 했다.

지유는 영리한 아이였다. 예민한 데다 자의식이 강하고 감정을 잘 드러내지 않았다. 그녀가 보기엔 아주 위험한 조합이었다. 아이는 엄마와 이모가 서로 자기를 떠넘긴다고 판단할 터였다. 어디서도 환영받지 못하는 사람이라 생각할 것이고, 이는 자기 존재에 대한 회의로 이어질 터였다. 어린 시절, 자신이 그랬던 것처럼.

그녀는 소개소를 통해 도우미를 구했다. 영 미덥지 않은 아주머니가 왔다. 30년 차 전문 보모라는 경력이 의심스러울 지경이었다. 살갑잖은 언행부터, 손을 씻기보다 바지에 문질러 닦기를 선호하는 취향까지. 계산 분야에만 전문적이었다. 근무시간, 할 수 있는 일과 없는 일, 시간외수당 등등. 그녀로선 선택의 여지가 없었다. 지원자가 '전문 보모'뿐이었으므로.

거리엔 비가 내리고 있었다. 덕택에 도로 곳곳이 막혔다. 인천 시내로 들어선 후엔 가다 서다만 반복됐다. 바퀴 없는 차도 이보다는 빨리 달릴 것 같았다. 조급증이 난 나머지, 그녀는 이리저리 길을 돌았다. 와중에 휴대전화가 울어댔다. 발신지는 집이었다. '저녁이 있는 삶'을 추구하는 도우미 아주머니의 전화일 터였다. 벨소리마저 '빨리 와'로 들렸다. 그녀는 마지못해 전화를 받았다.

"지유이모, 누가 온다는 말 안 했잖아."

쨍하게 튀는 목소리가 수화기 밖으로 튀어나왔다.

"무슨 말씀……."

"뭐 없어져도 난 몰라. 나한테 책임 묻지 마. 매사가 이런 식이면, 나 이 집 일 못 할 것 같아. 이모는 애 맡겨놓고 날마다 늦어. 뭔 이상한 여자가 쳐들어와서 집 안을 발칵 뒤집어놔……."

이 아주머니가 지금 뭐라는 건가, 싶었다. 어찌나 말이 빠른지 끼어들 틈도 없었다. 그녀는 가만히 듣고 있었다. 맥락을 맞춰보니 이런 이야기 같았다.

좀 전에 아이 엄마라는 여자가 왔다. 아이를 데려가겠다고 한다. 이모가 올 때까지 기다리라고 하니, 날 더러 주방에 가서 대기하라고 한다. 애 짐을 싼다며 온 집 안을 뒤지고 엎는데, 어찌나 안하무인인지 막을 엄두도 안 난다. 뭘 물어도 대답도 안 한다. 딸이 아니라 빚을 받으러 온 사람 같다. 아이한테 물어보니 엄마 맞다고 한다.

"아주머니, 잠깐만요."

그녀는 아주머니의 말을 끊고 물었다.

"지금 저랑 전화하는 거 지유엄마가 알아요?"

"지금 안방에 있어, 난 주방에 있고. 안 들릴 거야. 근데 이런 일 자주 있어? 이모는 놀라지도 않네."

놀랄 이유가 없었다. 깜박이도 켜지 않고 훅, 들어오는 건 가장 유나다운 행동이었다. 지유를 데려가지 못하도록 막을 마음도 없었다. 유나는 막기 어려운 상대가 아니었다. 막는 게 불가능한 상대지. 용써봐야 내상을 입는 건 자신이었다.

"아주머니, 지유엄마한테 저랑 통화했다는 얘기 하지 마세요."

이 단순한 명령문을 아주머니는 다른 의미로 해석한 모양이었다. 짜증이 선명하게 읽히는 어조로 되물었다.

"이모는 안 오겠다는 거야?"

"가고 있는데 길이 막혀서요. 30분 안에는 도착할 거예요."

"나더러 30분씩 저 꼴을 보라고? 이모, 지금 몇 신 줄이나 알아?"

그녀는 시계를 봤다. 7시 35분.

"그럼 지금 퇴근하세요."

대답 없이 전화가 끊겼다. 그녀는 핸들을 쥔 손에 힘이 들어가는 걸 느꼈다.

유나에게 인간은 딱 세 종류였다. 승자, 패자, 모르는 자. 상대에 따라 대응 방식도 달랐다. 승자에겐 입안의 혀처럼 굴고, 패자에겐 송곳니로 군림했다. 모르는 자는 입 냄새쯤으로 취급했다. 유나에게 그녀는 패자 부류였다. 패자에겐 설명하지 않는 게 '유나의 법칙'이었다.

그녀는 지유를 데려가는 이유를 듣지 못할 것이다. 그저 알아서 받아들여야 할 테다. 지유를 맡길 때 보냈던 문자와 같은 맥락이라고. 그렇기는 하나 지유와 작별 인사라도 하고 싶었다. 가능할지 모르지만 필요한 정보도 몇 가지 얻고.

도로 사정은 좀 전보다 약간 나았다. 적어도 가다 서다 수준은 아니었다. 그녀는 질주를 시작했다. 상향등을 깜박이고 차선을 넘나들면서 배달 오토바이처럼 내달았다. 그런 식의 운전은 아버지의 사고 소식을 들었던 날 이래로 처음이었다. 덕택에 10분 만에 아파트 지하 주차장에 도착했다.

때를 맞춘 것처럼, 유나는 주차장 출입문을 빠져나오는 중이었다. 한 손으로 대형 캐리어를 끌고, 한 손에는 휴대전화를 쥐고.

그녀는 가방과 코트를 들고 차에서 내렸다. 유나의 뒤에 붙어 작은 캐리어를 끌고 오던 지유가 먼저 그녀를 발견했다. 아이는 멈칫해서 걸음을 멈췄다. '이모' 하고 부르는 대신 제 엄마 뒤통수로 시선을 던졌다. 유나는 휴대전화에 정신을 팔고 있었다. 엄지를 바삐 놀리는 걸로 보아 누군가와 메시지를 주고받는 것 같았다.

그녀는 차 문을 닫았다. 탁, 하는 소리에 유나가 고개를 들었다. 시선이 그녀를 향해 뻗어왔다. 휴대전화는 코트 주머니로 들어갔다. 그녀는 그 자리에 멈춰 서는 유나를 건너다봤다. 아무래도 시간은 저 아이만 편애하는 모양이었다. 몇 년 만에 보는데도 거의 변함이 없었다. 길게 풀어 내린 검은 머리, 유난히 흰 피부, 복숭앗

빛 뺨과 발레리나처럼 길고 곧은 종아리.

유나는 캐리어를 끌고 움직이기 시작했다. 턱을 들고, 허리를 펴고, 긴 머리를 펄럭거리며 그녀를 향해 걸어왔다. 한 발짝 뗄 때마다 딱총을 쏘는 듯한 하이힐 소리가 그녀의 귀에 날아와 박혔다. 딱, 딱, 딱⋯⋯.

지유는 고개를 숙인 채 종종걸음으로 따라왔다. 흡사 여왕의 어린 시녀를 보는 것 같았다. 속이 뒤틀려도 보지 않을 도리가 없는 광경이었다. 그녀는 코트를 입고 가방을 멨다. 링에 올라서는 심정으로 자신의 차 앞으로 가서 섰다. 날이 추워서인지 등허리가 으스스 떨려왔다.

잠시 후, 유나가 그녀의 차 옆에 주차된 흰 BMW 앞에 도착했다. 한쪽 뺨 위로 쏟아진 머리를 귀 뒤에 꽂아넣고, 몸을 돌려 그녀와 마주 섰다. 동시에 코트 주머니에서 자동차 키를 꺼내 버튼을 눌렀다. 시선은 그녀에게 둔 채로 입술만 움직여 말했다.

"차지유. 차에 들어가 있어."

차지유라. 그녀는 궁금했다. 언제 아이 성을 바꾼 걸까. 준영이 허락했을까.

"앞자리에 앉아요?"

지유는 제 엄마 뒤에서 고개만 빼고 물었다.

"아니, 뒤에."

비로소 지유는 제 엄마 뒤에서 나왔다. 고개를 숙인 채 눈꺼풀만 위로 당겨서 그녀를 봤다. 이어 곁눈질로 제 엄마를 봤다. 총총, 그녀의 시야 바깥으로 빠져나갔다. 잠시 후, 차 문이 열리는 소리가 났다. 유나가 말했다.

"문 닫아야지."

"네" 하는 대답과 함께 차 문이 닫혔다.

"헐레벌떡 달려온 거야? 숨차 보여."

유나가 말했다. 눈은 얄따랗게 길어지고 있었다. 눈동자에 어른 대는 것은 아마도 미소일 것이다. 어린 시절부터 봐온 익숙한 표정이었다. 할 수만 있다면 책 모서리로 이마를 콕 찍어버리고 싶게 만들던 웃음이었다.

"걱정됐어? 내가 네 물건에 손이라도 댈까봐?"

말투로 짐작건대 당황한 것 같았다. 당황하거나 민망한 상황에 부닥치면 상대를 조롱하는 게 유나의 습성이었다. 무주공산에 쳐들어와 지유를 데려가려 한 게 맞는 모양이었다. 물론 자신과 만나는 게 껄끄러워 그런 건 아닐 터였다. 대면 자체가 성가셨겠지. 수고스럽게 입을 열어 겉치레 인사라도 한 말씀 해야 할 테니. 그녀는 물었다.

"지유, 완전히 데려가는 거니?"

유나는 턱을 삐딱하게 기울였다. 미소도 함께 그쪽으로 기울어졌다. 그녀는 주차장 불빛을 받아 반짝거리는 유나의 갈색 눈동자를 잠자코 쳐다봤다. 늘 느끼는 바지만, 참으로 경이로운 아이였다. 어쩌면 저리도 자기 눈동자를 손가락처럼 다룰 수 있는지. 얼음장 같았다가, 칼날 같았다가, 별빛 같았다가, 봄 햇살 같았다가. 지금은 앵무새를 발견한 고양이 같았다.

"수고했어, 그동안."

유나가 대답했다. 그녀는 소리 없이 숨을 마셨다. 몸종에게 '그만 물러가거라' 할 때나 쓸 법한 어조였다. 물론 그걸 기분 나빠해선 안 된다. 이런 반응이 돌아올 테니. 왜 또 까칠하게 굴어? 고맙고 미안해서 한 말인데.

그녀는 머릿속에 거울로 방벽을 세웠다. 무엇이 들어오든 곧장 부딪혀 튕겨나가도록.

"지유 성 바꾸는 거, 애 아빠가 동의했니?"

그녀의 질문에 유나도 질문으로 답해왔다.

"며칠 애 좀 봐줬다고, 시어미 행세하는 거야?"

그녀 역시 질문으로 받았다.

"김진우라고 알아?"

유나는 즉각적으로 반응하지 않았다. 눈만 두어 번 깜박거렸을 뿐. 그녀는 좀 더 건드려봤다.

"너랑 같은 학교 출신이라던데. 친하니?"

"네가 김진우를 어떻게 알아?"

유나는 되묻는 걸로 대답을 대신했다. '안다'는 뜻이었다. 그녀는 고개를 끄덕였다.

"아, 취재 때문에 우연히 만났어. 제부 친구면서 네 친구도 된다고 해서."

"그래서 어쨌다는 건데?"

그녀는 이제 확신할 수 있었다. 민영이 말한 K는 김진우였다. 그녀가 알아본 바로, 청연고 생물 선생은 둘이었다. 공교롭게도 둘 다 남자였다. 둘 다 차은호와 연령대가 비슷했다. 김진우라는 이름을 택한 건 이니셜 때문이었다. 아무래도 K는 박씨보단 김씨에게 쓸 가능성이 높으니까.

"어쨌다고 할 만큼 길게 만난 건 아냐. 그저 인사를 나눴다는 거지."

　그녀는 이쯤에서 물러나기로 마음먹었다. 유나에게 불안감을 느끼게 해서는 안 되었다. 적어도 아직은.

　"엄마한테는 내가 말할까? 네가 지유를 완전히 데려갔으니까, 마음 놓고 연말까지 보내고 오라고."

　"그러시든가."

　그녀는 고개를 돌려 유나의 차 안을 살폈다. 지유가 앞 좌석 사이에 얼굴을 들이밀고 있었다. 눈이 마주치자 아이는 움찟해서 목을 뒤로 뺐다. 그녀는 고개를 원위치시키고 물었다.

　"지유한테 작별 인사 정도는 해도 되지? 그래도 내가 열흘씩이나 돌봤잖아."

　유나는 똑같은 답변을 내놨다.

　"그러시든가."

　그녀는 유나의 곁을 스쳐 지유에게 걸어갔다. 차 뒷좌석 문을 열고 고개를 안으로 밀어넣으면서 가방에서 명함 지갑을 꺼냈다.

　"이모."

　지유가 작은 소리로 그녀를 불렀다. 그녀는 입술 모양으로 쉿, 했다. 명함 한 장을 지유의 손에 쥐여주며 속삭였다.

　"이모가 필요할 때 전화해."

　지유는 눈만 한 번 깜박거렸다. 그녀는 지유를 안아주고 싶었으나 꾹 참았다. 아이 입장을 곤란하게 만들고 싶지 않았다. 언제 그렇게 이모랑 친해졌느냐고, 지유를 족칠 거라는 데 자신의 손가락을 걸 수도 있었다.

　"지유, 잘 가."

그녀는 작별 인사를 건네고 차에서 몸을 뺐다. 아니나 다를까 유나가 이쪽을 빤히 쳐다보고 있었다. 유나의 시선을 한 몸에 받으며 그녀는 제자리로 돌아왔다. 섭섭해할까봐 유나에게도 작별 인사를 건넸다.

"우리, 엔간하면 다시 보지 말자."

유나는 눈을 가늘게 떴다. 무슨 말인가 할 것처럼 입술을 달싹거렸다. 그녀는 무시하고 걸음을 옮겼다. 지하 출입문 앞에 다다라서야 슬쩍 돌아봤다. 유나는 막 운전석 문을 열고 있었다.

집 안은 빚쟁이가 쓸고 간 자리 같았다. 예상은 했지만 그 수위를 사뿐하게 넘어갔다. 현관 신발장 문은 열려 있고, 지유의 신발들이 바닥에 흩어져 있었다. 낡은 운동화, 여름에 신던 샌들, 슬리퍼, 유치원 실내화…….

지유의 방도 다르지 않았다. 옷장과 서랍장을 발칵 뒤집어서 겨울옷만 쏙 빼갔다. 코트, 패딩점퍼, 스웨터, 머플러와 모자 같은 방한용품까지 모두. 침대엔 선택받지 못한 옷가지들이 쌓여 있었다.

책상 서랍은 빠져나와 있거나, 제대로 닫히지 않은 상태였다. 안에 든 내용물을 아예 뒤집어엎은 모양새였다. 크레파스, 색연필, 연필, 스케치북 같은 것들이 뒤죽박죽 섞여 있었다. 지유의 유치원 가방은 책상 밑에, 그녀가 선물한 미술 키트 케이스는 입을 벌린 채 방바닥에 누워 있었다.

거실 역시 마찬가지 꼴이었다. 거실장 서랍들이 모두 열려 있었다. 심지어 어머니의 방까지 그랬다. 옷장 안에 들어 있던 앨범까지 방 한가운데로 끌려나와 있었다. 이것은 단순히 짐을 싸고 난 현장이 아니었다. 무언가를 찾느라 집 안을 샅샅이 뒤졌다고 보는 게 적절했다.

무언가가 무얼까. 지유와 관련된 것일 텐데. 찾긴 찾았을까?

그녀는 지유의 방부터 치웠다. 서랍 속 물건들을 정돈하고, 침대에 널린 옷가지를 옷장에 개켜 넣었다. 침대 헤드에 세워진 어피치 베개를 제자리에 놓았다. 아빠 인형이 눈에 띈 건, 바로 그때였다. 침대 헤드와 매트리스 사이 틈새에 깊숙하게 쑤셔 박혀 있었다.

지난주 목요일이었을 것이다. 지유가 입원한 지 사흘째 되던 날이니까. 지유는 그녀에게 아빠 인형을 가져다달라고 부탁했다. 그녀는 모르는 척 물었다.

"그게 어디 있는데?"

"유치원 가방에 들어 있어요."

그녀는 인형을 가져다주었다. 지유는 인형을 손에서 내려놓지 않았다. 별다른 놀이를 하는 건 아니었다. 품에 안고 자거나, 손에 끼고 물끄러미 들여다볼 뿐. 그녀가 보기엔 인형에게 끊임없이 말을 걸고 있는 것 같았다. 깨어 있을 때는 물론, 잠들어 있을 때조차. 그날부터 비명을 지르며 잠에서 깨는 일이 사라졌다. 그녀는 물어봤다.

"지유 이제 꿈 안 꾸니?"

"네. 아빠 인형이 지켜줘요."

지유에게 아빠 인형은 침대 틈새에 처박아버릴 물건이 아니었다. 원주인의 눈에 띄지 않게 숨겼다고 보는 게 더 적절할 것이다. 뒤집어 말하면, 인형은 엄마 몰래 가져온 것일 테다.

유나는 자기 물건을 타인에게 주지 않는다. 빌려주지도 않는다.

만지는 것조차 싫어한다. 그나마 제 딸에겐 조금 다른가 보다 했다. 착각이었다. 사람은 그리 쉽게 변하지 않는 것을. 그녀는 인형을 다시 틈새에 꽂아넣었다. 언제든 지유가 돌아오면 바로 꺼낼 수 있도록.

그녀는 안방으로 건너갔다. 난장판 속에 나앉은 앨범이 다시 주의를 끌었다. 지유의 돌 사진 페이지가 열려 있었다. 좀 전만 해도 무심코 넘겼던 부분이었다. 지금은 어떤 의미를 갖고 시야로 들어왔다. 이 집에서 사라진 물건이 뭔지 알려주는 단서였다. 지유의 여권이었다.

어머니는 떠나던 순간까지 유나가 지유를 데려올지도 모른다고 생각했다. 공항으로 바로 올 것에 대비해 여권을 끝까지 가지고 있었다. 입국장 안으로 들어가기 직전에야 여권은 그녀에게 건너왔다. 지유의 앨범에 꽂아두라는 명령과 함께. 돌 사진 페이지는 그녀가 여권을 꽂아둔 자리였다.

감탄사부터 나왔다. 참 대단하다 싶었다. 유나는 이걸 어떻게 찾아냈을까. 아니 어떻게 여기 있으리라는 추론이 가능했을까. 감탄에 이어 혼란이 찾아왔다. 갑자기 지유의 여권이 필요해진 이유가 뭘까. 뒤늦게 지유를 데리고 어머니한테 갈 셈인가.

생각난 김에 그녀는 어머니에게 전화를 걸었다. 어머니는 전화를 받자마자 대뜸 퀴즈를 냈다.

"엄마는 지금 어디게?"

입안에 뭔가 넣고 우물거리는 느낌이었다. 당연히 집 안은 아니겠지. 퀴즈를 풀 기분이 아니었지만 그녀는 장단을 맞춰주었다.

"엄마는 이모와 레스토랑에서 식사를 한다."

"땡."

상트페테르부르크로 가는 고속열차 안이라고 했다. 러시아 기차는 비행기 수준의 서비스를 해준다고 했다. 스튜어디스도 있고 기내식과 커피도 준다고 좋아했다. 묻지도 않았건만 3박 4일간의 여행 일정을 알아서 알려주었다.

상트에 도착하면 가장 먼저 마티스의 그림을 보러 갈 거다. 그 다음엔 멋진 레스토랑에서 저녁을 먹고, 밤에는 마린스키 극장에서 〈백조의 호수〉를 볼 예정이다. 버킷리스트 열 가지 중 두 가지를 하루에 다 해치우는 거다. 멋지지 않냐.

그녀는 어머니의 멋진 판을 깰 마음은 없었다. 그렇다고 어머니의 자랑을 계속 들어줄 마음도 없었다. 통화료는 어머니가 내주는 게 아니니까.

"엄마, 물어볼 게 좀 있는데 복도로 나와서 전화 받아봐."

어머니는 왜냐고 물으면서도 복도로 나가는 기색이었다.

"이제 말해봐. 뭔데?"

"아버지 돌아가신 날, 유나가 집에 왔었다고 했지?"

어머니는 그렇다고 대답했다.

"그날 이혼하겠다는 말을 꺼낸 거야?"

"서 서방이 집을 나가서 이혼소송을 걸었다고 하더라. 근데 왜 갑자기 그런 걸 물어?"

"이유는 나중에 말할게. 그때 이야기 먼저 해봐."

그날 아침, 유나는 지유를 데리고 집에 나타났다. 한 손에 붕대를 감고 있어 어머니는 이유를 물었다. 유나는 이런 대답을 내놨다. 준영이 자신 몰래 지유를 성추행해왔고, 그 일로 큰 싸움이 일어났으며, 다 같이 죽자고 칼을 들고 설치는 준영을 막으려다 상처를 입었다. 준영은 그날로 집을 나가서 이혼소송을 걸었다.

어머니는 말문이 턱 막혔다고 했다. 엎드려 빌어도 시원찮을 마당에 집을 나가 이혼소송을 걸다니. 아들처럼 예뻐하던 준영에게 배신감을 느꼈다고 했다. 지유를 성추행했다는 대목에선 가슴이 터지는 줄 알았다고 했다. 선걸음에 쫓아가 손모가지를 절단 내고 싶은 심정이었다고도 했다.

유나는 준영의 손모가지를 잘라달라고 온 게 아니었다. 지유를 맡기기 위해서였다. 일주일가량 블라디보스토크에 다녀올 예정이며, 그사이 지유가 안전하게 있을 곳이 필요하다는 게 유나의 설명이었다. 어머니는 기꺼이 지유를 맡았다. 딸이 한적한 곳에 가서 마음을 추스를 수 있도록. 그날을 기점으로 지유를 떠맡게 될 줄도 모르고.

"엄마는 그 말을 다 믿었어?"

하나 마나 한 말인 줄 알면서도 그녀는 물어봤다.

"그럼 안 믿니? 내 딸이 손을 난자당해서 왔는데."

어머니의 목소리가 돌연 차가워졌다.

"너 아직도 유나를 싫어하니?"

좋고 싫고의 문제가 아냐. 그 아이는 그냥 나쁜 년이야. 어쩌면 미친년일지도 몰라. 그녀는 하고 싶은 말을 꿀꺽 삼키고 물었다.

"유나가 회사 그만뒀다는 얘긴 안 했어?"

"뭔 소리를 하는 거야? 걔가 회사 재정 관리를 도맡아서 했는데."

"그런데 뭔 수로 일주일씩 회사를 비워? 그것도 갑자기. 아빠가 그러라고 했대?"

"네 아빠가 보낸 거야. 서 서방 이야기를 했더니, 지유를 나한테 맡겨두고 어디든 잠깐 나가 있으라고 한 모양이더라. 아빠가 수습하겠다고. 그런데 그날 사고를 당한 거야."

그래, 그랬겠지. 그녀는 고개를 끄덕였다. 흡사 카드로 만든 집을 보는 것 같았다. 한 장만 삐끗하면 와르르 무너질 거짓의 집. 궁금하기도 했다. 제가 한 거짓말을 다 기억하려면, 얼마나 머리가 좋아야 할까? 지금껏 삐끗하지 않고 버텨온 걸 보면, 그쪽 방면으론 천재일지도 몰랐다.

"근데 왜 갑자기 그때 얘기를 캐고 그러니?"

어머니는 정나미 떨어진다는 목소리로 덧붙였다.

"대체 어디서 무슨 말을 듣고 또 이 난린데?"

또라니. 자신이 지금껏 유나 일로 난리를 피운 적이 있었던가. 유나라는 이름 자체를 입에 담지 않고 살았는데. 더 묻지 말라는 의미라면, 그녀도 받아들일 수 있었다. 그렇지 않아도 그럴 참이었으니까.

"그만 들어가세요. 너무 오래 나와 있어서 이모가 이상하게 생각하겠다."

"유나 들쑤시지 마라. 이제 좀 행복하게 사는 아이야. 짠하지도 않니?"

어머니에게 짠한 대상은 왜 늘 유나일까. 그녀는 울컥해서 대답했다.

"아, 네네."

전화를 끊은 후 그녀는 이모에게 문자를 보냈다.

—이모, 재인이에요. 한 가지 여쭤볼 게 있는데, 엄마가 들으면 안 돼요. 20분 후에 전화할 테니 복도로 나와서 받아주세요.

20분 후, 이모는 러시아 말로 전화를 받았다. 추측해보자면, 지금 복도로 나간다는 말 같았다. 잠시 기다리자 알아들을 수 있는 말로 언어가 바뀌었다.

"너 네 엄마한테 뭔 말을 한 거니? 얼굴이 벌게서 들어오더니, 지금까지 혼자 씩씩거린다."

속삭이는 소리였지만 재미있어 하는 기미가 느껴졌다. 그녀는 하나도 재미있지 않았다. 어머니가 씩씩거리며 내뱉었을 말이 귀에 들리는 것 같았으니까. 하나뿐인 제 동생 못 잡아먹어 안달 난 년이라고 했겠지. 그녀는 곧장 본론으로 들어갔다.

"이모, 유나 한국 돌아오기 직전에 남자친구가 사고로 죽었다고 했죠?"

"응?"

의아한 목소리였다. 뜬금없이 그건 왜 묻느냐는 반문일 테다.

"사고 원인이 졸음운전이었어요?"

"내가 그 얘기도 했었니?"

이모는 되물었다. 조금 놀란 기색이었다.

"아닌가요?"

"블랙박스 확인 결과가 그렇게 나왔다고 하더라."

"그 남자 이모 조교였죠?"

"응. 덕택에 걔 부모가 모스크바로 올 때까지 내가 보호자 노릇 했잖니."

그녀는 확인하고 싶은 이야기를 요약했다.

"결혼을 전제로 유나 아파트에서 동거했고, 와중에 남자가 마음이 변했고, 짐 싸서 나가는 길에 졸음운전으로 교통사고가 났어요. 제가 맞게 알고 있나요?"

이모는 대답 대신 물었다.

"그게 네 엄마 몰래 해야 할 얘기니? 네 엄마도 이미 아는 얘긴데."

"엄마 성격 잘 아시잖아요."

"왜 그 얘길 묻는지는 말 안 해줄 모양이네?"

"나중에요. 참, 그 남자 이름이 뭐예요?"

"이슈트반."

이모와 통화를 끝낸 후, 그녀는 의자 등받이에 깊숙이 기대앉았다. 거실장 옆에 걸린 가족사진이 시야로 들어왔다. 흰 벽 앞에 나란히 놓인 파란 철제 의자 네 개, 사람도 네 명. 중앙의 두 의자에는 푸른 셔츠와 흰 바지로 옷의 화음을 맞춘 아버지와 어머니가 앉아 있었다. 어머니 옆자리엔 흰 셔츠에 청바지 차림인 그녀.

유나의 자리는 아버지 옆이었다. 등을 덮는 풍성하고 윤기 나는 머리. 어깨를 드러낸 흰 드레스, 손에 쥔 파란 풍선 하나. 아버지의 환갑 기념이 아니라, 유나의 결혼 기념 가족사진 같았다.

저 무렵 유나는 스물세 살이었다. 대학 졸업반이었고. 민영이 전달한 정보가 사실이라면, 제 동기와 결혼을 꿈꾸며 동거하던 시절일 것이다. 그것이 사실인지 확인해봐야 했다. 만약 사실로 확인된다면……

텅 빈 위장 속으로 먹구름 같은 두려움이 흘러들었다. 낯선 세상으로 진입하는 문 앞에 선 기분이었다. 이제 겨우 문턱에 섰는데, 그녀는 여기서 멈추고 싶었다. 문을 열면 돌이킬 수 없는 영역으로 들어설 것 같았다. 지유와 어머니, 그 밖에 많은 것을 잃을지도 몰랐다. 어쩌면 자신이 단단하게 발 디디고 있다고 믿는 세계까지도.

그녀는 식탁에 이마를 대고 엎드렸다. 유나에 대한 감정이 자신을 끌고 가지 않도록 저지해보려 애썼다. 잘되지 않았다. 귓속에선 노랫소리가 울리고 있었다. 듣기 좋은 저음의 목소리로, 핸들을 톡톡 치면서 속삭이듯 부르는 노래.

마리아, 마리아. 사랑하는 마리아……
그대를 보내고 나서 꽃을 심었네.
서러운 마음에 꽃을 심었네…….

#

재인은 서대문경찰서 취조실에 앉아 있었다. 김기범이라는 형사를 기다리는 중이었다. 벌써 20분째였다.

문화부로 옮기기 전까지, 그녀는 사회부 밥을 10년이나 먹었다. 그 시절엔 회사보다 경찰서에서 뭉개는 날이 더 많았다. 이런 식으로 취조실에 혼자 고립시켜놓고 기다리게 하는 의도를 모를 리 없었다. 알면서도 감정이 의도대로 끌려갔다.

울화가 치밀면서도 불안하고, 초조했다. 온몸의 신경이 취조실 문밖으로 뻗치고 있었다. 말소리나 발소리가 들리는지, 이쪽으로 오는지, 문 앞을 지나쳐 가는지. 눈 한 번 깜박하지 않고 취조당해 줄 자신이 있었건만, 막상 부닥치니 전혀 아니었다. 취재하러 온 것과 취조당하러 온 입장은 완전히 달랐다.

출두 요청 전화를 받은 건 오늘 오전이었다. 프레스센터였고, 자칭 타칭 '국민작가'의 신작 출간 기자간담회가 시작되기 직전이었다. 전화를 걸어온 남자는 자신을 서대문경찰서 강력계 형사 김기범이라고 밝혔다. 그녀에게 서준영을 아느냐고 물었다. 그렇다고 답하자, 용무를 밝혔다.

"몇 가지 물어볼 게 있는데, 오늘 오후에 서로 잠깐 나와주시겠습니까."

"무슨 일이신데요."

서준영이 실종된 지 16일째라는 답변이 돌아왔다. 그녀는 앉아 있는 의자가 일순 흔들리는 느낌을 받았다. 예상하고 있으면서도 그랬다. 진심으로 오지 않기를 바랐던 연락이었다. 결국 오고야 말았으니, 준영은 무사하지 못할 터였다. 그날 오전 자신과 준영의 행적이 드러났다는 뜻이기도 했다. 그렇지 않다면 부를 이유가 없었다. 그것도 강력계 형사가. 그녀는 물었다.

"제가 어떤 자격으로 호출되는 건가요?"

김기범은 '참고인 자격'이라고 대답했다. 지금 와줄 수 있느냐고 덧붙였다.

"지금은 안 되고, 오후 6시까지 갈게요."

출석 시기를 며칠 뒤로 미룰 수도 있었지만, 그녀는 그렇게 하지 않았다. 맞을 매라면 빨리 맞는 게 나았다. 맞을 준비도 돼 있었고. 변호사를 찾아갈 마음도 없었다. 적어도 아직은 피의자가 아니었으므로.

그녀는 책상에 올려놓은 것들을 내려다봤다. 밖에서 받아들고 온 자기변호 노트, 메모지, 볼펜, 비행 모드로 녹음 대기 중인 휴대 전화. 머릿속에는 지난주 내내 정리해온 답변이 들어 있었다. 그 것들을 하나씩 소환해 최종 점검을 시작했다. 들썽거리는 머릿속 도 다스릴 겸, 시간도 죽일 겸 검사검사.

잘되지 않았다. 검은 재킷을 입은 중년 형사와 애송이 하나가 취조실에 등장하자, 심장이 말처럼 뛰기 시작했다. 그녀는 의자에 서 몸을 일으켰다. 인사를 건네면 목소리가 떨릴 것 같아 잠자코 그들을 바라봤다.

중년 형사가 그녀의 정면으로 와서 책상을 사이에 두고 섰다. 바지 주머니에 양손을 꽂아넣으며 그녀와 시선을 밀치듯 맞댔다. 자기를 소개할 마음은 없는 것 같았다. 대신 뒤따라 들어온 애송 이가 쓸데없이 히죽대며 말을 붙여왔다.

"많이 기다리셨죠. 갑자기 상황이 바빠져서. 앉으시죠."

그녀는 자리에 앉았다. 중년 형사는 앉지 않았다. 선 채로 턱을 삐딱하게 틀고, 그녀 앞에 놓인 것들을 느릿느릿 훑어봤다. 이런 진기한 물건들은 처음 본다는 듯이. 그녀는 명치 부근에서 화기가 재부팅되는 걸 느꼈다. 25분이나 늦게 와서 또 남의 시간을 축내 고 있었다.

"이렇게 협조적으로 출두해주셔서 고맙습니다."

애송이가 사근사근하게 말을 붙이며 자리에 앉았다. 중년 형사 도 자리에 앉았다. 애송이의 소개에 따르면 중년 형사의 이름이 김기범이었다. 곧바로 인정신문이 시작됐다. 주민번호, 이름, 직업

등을 묻고 확인했다. 다음으로 변호사 배석 및 진술거부 권리를 고지했다. 그저 형식적인 질문이라는 어조로 권리 행사 여부를 물어왔다.

그녀가 알기로 진정한 참고인이라면 이따위 고지를 하지 않는다. 자신이 사실상 피의자의 위치에 놓여 있다는 걸 의미하는 고지였다. 그녀는 대답했다.

"필요에 따라 행사하겠습니다."

애송이는 그녀와 김기범을 번갈아 쳐다봤다. 반쯤 벌어진 입에서 얼뜨기 같은 말이 튀어나왔다.

"아, 뭐 그러셔야죠."

"그리고 지금부터 대화를 녹음해도 될까요?"

그녀는 휴대전화를 들어 보였다. 이번엔 김기범이 대답했다.

"기자라 그러신가, 녹음 꽤 좋아하시는구면."

그러라는 말은 하지 않았지만, 하지 말라는 말도 없었다. 그녀는 녹음 버튼을 눌렀다. 그사이 김기범의 눈은 그녀의 손끝을 향해 있었다. 시선으로 손톱에 구멍이라도 뚫을 기세였다. 적대적인 느낌은 아니었다. 그보다는 압박에 가까웠다. 경찰은 아군이 아니며, '너의 죄'를 증명하려는 사람이라는 점을 일깨우는 태도이기도 했다.

그녀는 머릿속 엔진에 전진 기어가 들어가는 걸 느꼈다. 몸의 떨림은 마술처럼 멎었다. 애송이가 물었다.

"여기 오신 이유, 알고 계십니까?"

'도를 아십니까'와 비슷한 어조였다. 김기범이 '쪼기'를 맡았다면, 애송이는 '아양' 담당인 모양이었다. 그녀는 대답했다.

"모릅니다."

애송이는 사건 요지를 설명했다. 서준영이 11월 16일 새벽녘에 집을 나선 후 지금까지 행방이 묘연하며, 현재 범죄의 가능성을 염두에 두고 수사 중이고, 인천 주안역 근처 공영주차장에서 서준영의 자동차가 발견됐는데, 조사 결과 같은 날 8시경 주차한 걸로 확인되었다고. 그녀는 잠자코 다음 말을 기다렸다.

"우선 신재인 씨가 그날 아침에 어디서 뭘 했는지 듣고 싶소만."

김기범이 물었다. 그녀는 대답했다.

"8시경에 집에서 나왔어요. 취재차 충주에 가는 길이었고요."

그녀는 그날 일을 설명하기 시작했다. 몇 번씩 연습했건만, 입 밖으로 출력되는 진술은 썩 정연하지 않았다. 궁여지책으로 자기변호 노트에 일일이 메모를 해가면서 진술을 진행했다. 말의 속도는 평소의 반으로 떨어졌다. 말투는 구어체가 아닌 문어체가 되었다.

"정리를 해봅시다. 아침 8시경에 집을 나왔고, 20분 후에 주안역에서 서준영 씨와 만났고, 함께 차를 타고 충주로 갔는데, 잠시 자리를 비운 사이에 말없이 사라졌다, 이후로 연락이 안 된다. 맞소?"

재인은 김기범의 '정리'를 메모한 뒤, 자신의 기록을 확인해가며 수정을 해주었다.

"제가 취재하러 간 네 시간 사이에 사라졌고, 일이 있어 급히 돌아간다는 문자를 남겼으며, 이후로 연락을 해보지 않아 그 사람 상황을 모른다,라고 말씀드렸습니다."

김기범이 입술만 길게 늘여 소리 없이 웃었다. 제멋대로 뻗친 사자 이빨이 두툼한 입술 새로 삐죽삐죽 솟아났다.

"그 말이 그 말 아니오?"

그녀는 대답하지 않았다.

"두 사람 어떤 관곕니까? 아침에 만나 함께 충주에 갈 정도면, 게다가 차 안에서 한숨 푹 주무실 정도라면 상당히 친밀한 관계 같은데."

"대학 시절 친구라고 말씀드렸습니다만."

"그럼 신재인 씨 남자친구인지 애인인지와 여동생이 결혼한 거요?"

김기범은 애송이를 돌아보며 물었다.

"어째 좀 막장 냄새가 나지 않나?"

그녀는 반응하지 않았다. 대신 김기범의 말을 기록해두었다. 혹시라도 말을 조심해줄까, 기대했으나 그런 기색이 전혀 없었다. 김기범은 그녀를 향해 히죽대는 표정으로 물었다.

"그러니까 여동생과 결혼한 옛 애인을 지금껏 만나고 있었다는 거죠?"

"거기에 대해선 더 답변하지 않겠습니다."

김기범은 한쪽 뺨에 손을 괴고 그녀를 빤히 응시했다. 그녀는 그 눈을 피하지 않으려고 기를 썼다. 맞닿은 시선 사이로 시간이 흘러갔다. 째깍째깍.

"그날 아침, 서준영과 만난 게 정확히 몇 시요?"

김기범은 처음부터 다시 시작했다. 그녀 역시 자기변호 노트를 봐가며, 대본을 읽는 심정으로 답변했다. 성내거나 토를 달아봐야 자신만 손해였다. 감정적 피로도가 높아지면 꼬투리를 잡히게 마련이었다. 취조실에 앉아 있는 시간을 줄이는 유일한 방법이기도 했다. 저 사자 이빨은 자기가 지켜볼 때까지 같은 말을 되풀이할 테니까.

"서준영 씨가 보냈다는 문자, 나한테 보여줄 수 있어요?"

그녀는 녹음을 중단하고 문자를 찾았다. 휴대전화를 건네주자 김기범은 흘끔 들여다본 후 돌려주었다.

"화면캡처 해서 내 전화로 보내주시겠소? 좀 차분하게 봅시다."

마치 열 장짜리 리포트라도 되는 듯한 말투였다. 재인은 캡처를 한 후, 김기범이 알려주는 번호로 보내주었다.

"신재인 씨가 문자를 확인한 건 몇 시경이오?"

김기범이 휴대전화 화면을 만지작거리며 물었다.

"오후 3시쯤이에요."

"차에서 내린 게 11시라면서요. 문자는 11시 4분에 왔는데, 3시에 확인했단 말이오?"

"문학관에 들어가기 직전에 휴대전화를 비행 모드로 해놨어요. 일할 때 전화가 오면 집중할 수가 없으니까요. 녹음도 해야 하고."

그녀는 자신의 휴대전화를 들어서 화면을 보여주었다.

"지금처럼요."

아아…… 하더니 김기범은 갑자기 화제를 돌렸다.

"서민영 씨 알죠?"

"네."

"지난주 월요일에 신재인 씨를 찾아갔다면서요?"

다시 네, 했다.

"그땐 서준영 씨 만난 걸 숨겼다던데. 왜 그랬어요?"

"숨긴 적 없습니다. 그쪽에서 말할 틈을 주지 않았을 뿐이지. 별

안간 찾아와서 무슨 짓을 했는지, 거기에 대해선 말하지 않던가요?"

김기범은 검지 끝으로 책상을 톡톡 치며 그녀를 봤다. 네가 말해봐, 하는 표정이었다. 그녀는 그렇게 했다. 가능한 무덤덤하게, 핵심만 요약해서.

"얼마나 성질을 부리면 신재인 씨를 도망치게 만들 수 있는지, 난 감이 잘 안 오는데. 그거 녹음한 거 있죠? 좀 들어봅시다."

그녀는 대답하지 않았다. 김기범은 깐죽대기 신공으로 계속해서 성미를 건드렸다.

"없어요? 왜 없어요? 녹음 좋아하잖소."

"정 궁금하시면, 그때 근무한 직원에게 물어보세요."

그는 별로 궁금하지 않은 기색이었다. 슬쩍 다음 질문으로 넘어갔다.

"바로 다음날 도와달라는 메일을 보냈던데, 그땐 알려줄 수 있었잖소."

'보냈던데'와 '보냈다던데'는 용법이 다르다. 전자는 본인이 봤을 때, 후자는 전해 들은 경우에 쓴다. 그녀는 확인을 해봤다.

"메일 내용을 보셨나요?"

김기범은 대답하지 않았다. 그녀는 봤다는 뜻으로 받아들였다.

"저로서는 답장하기 쉬운 메일이 아닙니다."

"그러니까 기분 나빠서 말해주지 않았다, 그거구먼. 신재인 씨한텐 사람 목숨보다 본인 기분이 더 중요한가?"

그녀는 그의 어조에서 경멸을 읽었다. 머리는 '그 느낌 무시하라' 명령하는데, 몸은 직격탄을 맞았다. 불이 붙은 것처럼, 얼굴이 확 달아올랐다. 열 받은 나머지 눈알까지 팽창하는 느낌이었다.

볼펜을 쥔 손가락엔 있는 대로 힘이 들어갔다. 메모지에 쓴 글씨가 얼음판에서 미끄러진 것처럼 난잡해졌다.

그녀가 민영에게 답장을 보내지 않은 데는 두 가지 이유가 있었다. 우선 자신이 받은 충격이 너무 컸다. 그 부분은 아직도 해결되지 않았다. 자신이 어째야 하는지조차 판단이 서지 않았다. 판단을 흐리는 가장 큰 방해꾼은 '혈육'이라는 관계였다. 어쨌거나 동생이었다. 다른 누구의 동생이 아니라, 자신의 친동생이었다. 그점이 그녀를 검사가 아닌 변호사로 만들려 하고 있었다. 모든 건 정황과 추측일 뿐이라고. 유나가 무언가를 했다는 물리적 근거가 없다고.

두 번째는 순전히 감정적인 이유였다. 말해주기 싫었다. 말한다 하여 고마워할 아이도 아니고. 쫓아다니면서 숨긴 이유를 추궁하고, 꿋꿋하게 싸가지 없이 굴 터였다. 첫 만남 때 말하지 않았다는 이유로 자신을 궁지에 몰아넣을 가능성도 컸다. 바로 지금처럼.

그녀는 기다리기로 했다. 준영의 신변에 문제가 생긴다면 경찰이 나설 거라 판단했다. 그땐 자신을 소환할 거라 예상했다. 경찰에게 직접 말하리라, 마음먹었다. 적어도 그들은 민영보다는 제정신일 거라 기대했다. 김기범을 보니 인정하지 않을 수 없었다. 자신의 판단은 틀렸다.

"본인 기분이 그렇게 대단해요?"

김기범이 대답을 재촉했다. 그녀는 대답했다.

"대답하지 않겠습니다."

김기범은 고개를 돌려 벽을 봤다. 혀 차는 소리가 귀에 들리는 것 같았다.

"이봐요. 신재인 씨. 그날 서준영 씨가 만난 사람은 신재인 씨뿐
이고, 그 이후로 실종됐어요. 그게 무슨 뜻인지 알아요?"

그녀는 머릿속에 감탄부호를 찍고 있었다. 유나가 용케 CCTV
의 거미줄을 피했다는 점에서. 피하지 못했다면 저들이 자신을 족
칠 이유가 없었다.

"신재인 씨?"

김기범이 불렀다. 재인은 대답했다.

"시간 관계가 어긋난 것 같은데요. 그 사람이 제 차에서 사라진
후에 전화통화를 한 사람이 있잖아요."

"누구?"

김기범은 멀쩡한 표정으로 되물었다.

"실종신고를 한 당사자요. 그 아이가 형사님께 말씀드리지 않던
가요. 저한테 말하기로는, 그날 오후 2시경에 제 오빠와 통화했고
이후로 연락이 끊겼다던데요. 저는 그때 인터뷰 중이었어요."

"무슨 인터뷰를 한나절씩이나 하나?"

그녀는 가방에서 명함 지갑을 꺼냈다. 다행히 문학관 직원 명함
이 제일 앞에 있었다.

"그날 저와 취재를 함께 진행한 담당자 명함이에요. 제 동선과
일정을 확인해줄 거라 생각합니다."

김기범은 명함을 받아들고 들여다보다가 주머니에 담았다.

"기왕이면, 서민영 씨가 보냈다는 메일 내용이 사실인지도 확인
해주면 좋겠는데."

김기범은 다시 좀 전의 주제로 돌아갔다. 그녀는 대답했다.

"그 아이 말 중, 사실은 딱 하나뿐이에요. 아버지가 교통사고로

314

돌아가셨다는 거요. 나머지는 일방적인 주장이죠."

"서준영이 연애는 언니와 하고, 결혼은 여동생과 했다는 것도 사실이잖소. 그 일로 여동생과 의절까지 했다면서."

그녀는 잠시 생각해봤다. 자꾸 자신과 준영이 연인이었던 걸로 몰아가는 의도가 뭔지. 설마 '친구'라는 한국말의 뜻을 모르진 않을 텐데. 실연의 원한이 뼈에 사무친 나머지 옛 남자친구를 불러내 어떻게 한 것,이라고 자기들끼리 결론 내리고 있는 것인가. 하기는 그게 가장 쉬운 길일 것이다.

"와중에 또 서준영과 뒤에서 따로 만나고 있었다? 이거 뭐 아침 드라마가 따로 없구먼."

그녀는 입술 안쪽을 꽉 깨물었다. 피를 봐서라도 냉정을 유지해야 했다. 갈비뼈 사이에서 오르내리는 불덩이에 스스로 데지 않으려면.

"7년 만에 만났다고 말씀드렸습니다만."

아무렴 그러시겠지, 하듯 김기범은 고개를 가볍게 끄덕거렸다.

"7년 만에 옛 애인을 만났다. 그런데 그 남자가 차에서 잠만 자다가 자리를 비운 사이에 사라져버렸다. 당신 같으면 이 이야기를 믿겠소?"

그녀는 다시 호흡을 골랐다.

"믿든 못 믿든 사실이에요."

김기범이 검지 끝으로 관자놀이를 벅벅 긁었다.

"서준영 씨가 신재인 씨 차에서 사라졌다는 걸, 뭘로 믿으란 말이오?"

"문자 보셨잖아요."

"그거야 얼마든지 조작할 수도 있는 거고."

그녀는 물었다.

"그 사람 휴대전화 신호가 마지막으로 잡힌 곳이 어디인가요? 충주던가요? 제가 서민영에게 전해 듣기로는, 그날 제 오빠와 통화했을 때 교촌이라고 했다는데요. 저는 그때 충주 문학관에 있었습니다만."

김기범은 고개를 갸우뚱하게 기울이며 눈을 내리떴다.

"글쎄, 그게 댁이 서준영과 마지막까지 함께 있었던 사람이 아니라는 증거는 아니란 말이지."

마지막 사람이라. 신유나를 불러서 물어보지 그래요. 그녀는 하고 싶은 말을 참느라 입술을 앙다물었다. 아직 무슨 말을 할 때가 아니었다. 유나와 준영과 우혜리 집, 아버지의 죽음과 그 이전의 죽음들이 어떤 식으로 연관이 돼 있는지 확인하기 전엔 말하지 않을 작정이었다.

유나가 가족이라는 이유 때문만은 아니었다. 자신이 할 수 있는 이야기는 나무위키 수준에 불과했다. 정황에 기댄 발언이 불러올 후폭풍을 계산하지 않을 수 없었다. 자칫하면 지유와 어머니, 자신의 삶이 혼돈 속으로 처박힐 테니까. 그녀는 입을 열었다.

"서준영을 태우고 교촌으로 간 택시 기사를 찾으면 확인될 문제 같습니다만."

김기범이 고개를 갸우뚱하게 기울였다.

"서준영 씨가 택시를 타고 갔다고 어떻게 확신하시오?"

"버스를 타고 가진 않았을 겁니다. 2시쯤 교촌에서 전화를 받기엔 시간이 아슬아슬하니까요."

김기범은 한동안 그녀의 눈을 응시했다. 그녀는 피하지 않았다.

"좋아요. 그 얘긴 이따 다시 하기로 하고……."

마침내 김기범의 시선이 그녀에게서 자신의 메모지로 옮겨갔다.

"충주에서 올라온 후엔 어디로 갔어요?"

"집으로 갔습니다."

김기범이 재차 확인했다.

"그때부터 쭉 집에만? 아침까지?"

그녀가 네, 하자 김기범이 물었다.

"그거 증명해줄 사람 있어요?"

"없습니다."

"왜 없어요?"

재인은 자신도 모르게 고개를 갸우뚱 기울이고 김기범을 봤다.

"혼자 있었으니까요."

아아……. 김기범은 고개를 끄덕였다. 입가에 다시 사자 미소가 어리고 있었다. 그녀는 뭔가 잘못됐다는 느낌을 받았다. 뭐가 잘못됐는지는 알 길이 없었다.

"혼자 뭐 했어요?"

"새벽 2시까지 기사를 썼어요. 확인할 수 있는 부분이잖아요."

"어떻게? 방법 좀 가르쳐주시지."

김기범은 팔짱을 끼면서 의자 등받이에 몸을 기댔다.

"아파트 CCTV를 확인해보세요. 제 차 들어오는 거 찍혔을 거예요. 만약 중간에 나갔다면 그것도 찍혔을 테고요"

어머나, 그런 기가 막힌 방법이? 하듯 김기범은 눈을 크게 떴다. 큼지막한 콧구멍을 그녀를 향해 벌름대면서. 그녀는 쥐고 있던 볼펜을 그 콧구멍에 찔러넣어버릴 뻔했다. 손을 책상 밑으로 내리지 않았다면, 실제로 그랬을지도 모른다. 그녀는 다리를 꼬면서 자세를 바꿔 앉았다.

겨울밤은 느릿느릿 깊어갔다. 신문을 받는 사람들이 왜 거짓 자백을 하는지 이해한 밤이었다. 같은 질문과 진술이 계속해서 반복됐다. 충주에서 올라온 이후의 행적에 대해선 거의 열 차례 이상 물었을 것이다. 신문이 끝났을 땐 김기범의 목소리만 들어도 울렁증이 일었다.

"조서 열람 해보시겠습니까?"

모처럼 애송이가 입을 열었다. 그녀는 그러겠다고 했다. 잠시 후 프린트된 조서를 받았다. 첫 문장부터 자기들 입맛대로 편집돼 있었다.

"이 문장의 주어가 틀렸습니다만."

그녀는 볼펜으로 편집된 부분을 가리켰다.

"전화를 건 쪽은 서준영이에요. 제가 아니고요."

또 한 시간이 갔다. 자신의 메모와 저들의 문장을 하나하나 비교하느라. 그사이 김기범은 모두에게 들리는 혼잣말로 그녀의 집중력을 흐트러뜨렸다.

"참 대단한 인내심이야. 서준영이 실종됐다는 말을 들었다면서 우리가 부를 때까지 입 닫고 가만있었다는 게."

그럼 어쨌어야 한다는 말인가. 자진해서 출두하고 싶어도 그럴 상황이 아니었다. 우선 민영이 실종신고를 한 경찰서가 어딘지 몰랐다. 표면적으로 사건화되지도 않은 마당에 아무 경찰서나 찾아갈 수도 없었다. 찾아간다 한들, 뭐라고 말할 수 있을까. 제가 실종됐을지도 모를 서준영 씨를 마지막으로 만난 사람입니다, 할까.

그녀는 조서 서명란에 준비해온 도장을 찍었다. 조서를 돌려받으며 김기범이 말했다.

"신재인 씨, 차량 블랙박스 보여줄 수 있어요?"

그녀는 아차, 싶었다. 왜 여태 블랙박스를 확인하지 않았을까. 그날 녹화 분량이 남아 있기는 할까. 남아 있지 않을 가능성이 백 퍼센트였으나, 포렌식이 가능할지도 몰랐다. 그녀는 두 형사를 꼬리에 달고 주차장으로 갔다. 김기범은 그녀가 떼어준 블랙박스를 쥐고 한 발짝 물러섰다.

"일단 확인해보고 연락드리죠. 시간이 좀 걸릴지도 몰라요."

형사들이 지켜보는 가운데, 그녀는 주차장을 빠져나왔다. 도로의 차량 속으로 합류하면서 멀미가 나는 걸 느꼈다. 시야가 어지러웠다. 얼마나 긴장했는지 온몸의 근육이 숨을 쉬듯 벌끈거리고 있었다. 몸도 마음도 너덜너덜하게 뜯겨나간 기분이었다.

그녀는 당장이라도 우혜리에 가보고 싶었다. 어쩌면 가장 먼저 가봤어야 했는지도 몰랐다. 문제는 그럴 시간이 없었다는 것이다. 출근 후엔 회사 일로 정신이 없었다. 갑작스러운 연가로 미뤄둔 일이 많았다. 퇴근 후엔 꼼짝없이 지유에게 매어 있었다.

지유는 입이 무거웠다. 제 엄마에게 어떤 교육을 받았는지 몰라도, 시골집이 관련되면 입을 다물어버렸다. 직선적으로 묻든, 에둘러 묻든, 유도 질문을 하든. 그렇다고 아이를 다그칠 수도 없는 노릇이었다. 그녀는 준영의 신상에 대한 실마리조차 얻지 못했다.

그렇기는 하나 준영이 그 집에 있었다는 건 분명해 보였다. 최소한 머문 적은 있을 것이다. 이 추측을 확인하려면 우혜리에 가봐야 할 것이다. 김기범이 사자 이빨을 드러내고, 콧구멍을 벌름 거리며 미란다원칙을 고지하러 오기 전에.

　#

주말 아침이었다. 백 살 먹은 나무처럼, 몸이 무겁고 뻣뻣했지 만 재인은 자리를 박차고 일어났다. 할 일이 많았다. 약속도 있고 갈 곳도 있었다.

커피로 아침을 때우고 외출 준비를 시작했다. 준비라 해봐야 움 직이기 편한 옷을 찾아 입는 정도였지만. 비니, 마스크, 스웨터, 레 깅스, 패딩점퍼. 장갑과 휴대전화, 카드지갑은 점퍼 주머니에 담았 다. 마지막으로 지퍼가 달린 하이탑 캔버스화를 꺼냈다. 그때 점 퍼 주머니 안에서 진동이 느껴졌다.

그녀는 휴대전화를 꺼냈다. 화면에 뜬 발신자는 '유나네 집'이 었다. 물론 유나는 아닐 것이다. 전화할 이유가 없었다. 차은호는 더더욱 아닐 것이고. 그녀는 통화 버튼을 눌렀다. 여보세요, 하자 전화기 건너편에서 지유의 목소리가 들려왔다.

"이모."

작고 조심스러운 목소리였다. 마치 잠자는 사자 옆에서 전화하 는 것처럼. 미처 인식하지 못하고 있던 것을 깨닫는 순간이었다. 자신이 얼마나 이 아이를 그리워하고 있었는지. 목 밑에서 울컥 치미는 뜨거운 기운이 그러하다고 말하고 있었다.

당황한 나머지 얼른 대답을 하지 못했다. 스스로 민망했다. 이 무슨 호들갑일까. 떠난 지 며칠 되지도 않았는데. 이제는 느끼지 못한다고 생각했던 호들갑이었다. 자신은 이제 바싹 마른 가랑잎 같아서 쥐어짜봐야 눈물 한 방울 안 나올 거라 여겼다. 아버지가 돌아가신 이후부터 쭉 그랬다.

"이모, 지유예요."

아이의 목소리는 더 조심스러워졌다.

"그래, 알아."

대답해놓고 그녀는 혀를 물고 싶었다. 기껏 나온 말이 그래 알아,라니. 더 다정한 말로 답해줄 수도 있었을 텐데. 하다못해 '안녕'이라는 흔한 인사라도.

"이모, 오늘 바쁘세요?"

아니나 다를까. 지유는 보이지도 않는 상대의 눈치를 살피는 기색이었다. 그녀는 상황수습용 호들갑을 시전했다.

"아니야. 토요일이잖아. 할 일 하나도 없어. 너어무 심심하고 졸려서 혼자 혀 깨물기 놀이 하는 중이야."

조그맣게 키득거리는 소리가 수화기를 넘어왔다. 그 수줍은 웃음소리에 그녀는 단번에 기분이 좋아졌다.

"지유, 이모 명함 안 버렸구나."

"사실은요, 아주 작게 찢어서 변기에 버렸어요. 번호를 다 외웠거든요."

그녀는 자못 놀란 목소리를 냈다.

"정말?"

"진짜예요. 지금 외워볼까요?"

지유는 열한 자리 숫자를 차근차근 외웠다. 좋았던 기분이 다시 '울컥'으로 뒤집혔다. 추측건대 제 엄마에게 들킬까봐 그랬을 것이다.

"맞지요?"

지유가 물었다. 그녀의 기분은 또 뒤집혔다. 목 안에서 쿡쿡, 웃음이 터졌다. 바보야, 맞았으니 이모가 전화를 받았지.

"버리기 전에 다섯 번이나 시험을 해봤어요. 백지에다 전화번호를 쓰고, 명함하고 맞춰보는 거예요. 그래도 혹시 잊어버릴지 모르니까, 저만 아는 곳에다 적어놨어요."

지유 특유의 조곤조곤한 설명에 그녀는 깔깔 소리 내어 웃고 말았다.

"근데요, 이모…… 정말 미안해요."

그녀는 웃음을 멈췄다. 아이의 난데없는 사과가 어리둥절해서.

"뭐가?"

"저번에 이모가 사주신 미술 키트를 못 가지고 왔어요. 엄마가……."

지유는 말을 멈췄다. 아차, 하는 기색이었다. 그녀는 다음 말을 캐묻지 않았다. 알 만한 내막이었다. 이모가 사준 거라고 하자 가져가지 말라고 했겠지.

"외할머니 집에 또 올 거잖아. 그때 가지고 놀면 되지."

"이모. 저 영영 못 갈지도 몰라요."

그녀는 남아 있던 웃음기가 완전히 가시는 걸 느꼈다.

"엄마가 그렇게 말했니?"

지유는 맥없이 "네" 했다.

"지유, 엄마 집에 있기 싫으니?"

이번에도 풀기 없는 대답이 돌아왔다.

"아니요. 싫은 건 아니에요. 잘 때 무서워서 그렇지. 저 혼자 자니까요."

"외할머니 집에서도 혼자 잤잖아."

"외할머니네는 아파트잖아요. 옆방은 할머니 방이고, 앞방은 이모 방이고. 여기서는 2층에 저 혼자 있어요. 앞방은 노아의 방이고요. 문만 열면 그 방문이 보여요. 그래서……."

지유는 두 번째로 말을 멈췄다. 이번엔 아차, 하는 기색이 아니었다. 말할지 말지 망설이는 느낌이었다. 그녀는 슬쩍 앞서나가봤다.

"또 꿈꾸는구나."

"네. 그 아이가 방문을 열고 나와서 자꾸 제 방문을 두들겨요. 축구공을 돌려달라고 소리 질러요."

축구공에 대한 이야기는 지유한테 이미 들은 바 있었다. 말해주면서도 아이는 줄곧 제 탓을 했다. 축구공을 돌려줬더라면 노아가 발작을 하지 않았을 거라 여기는 눈치였다. 그로 인해 죽지도 않았을 거라고 믿고 있었다. 축구공 악몽은 그 죄책감에서 비롯됐을 것이다. 그녀는 대안을 제시해봤다.

"엄마한테 방을 바꿔달라고 하면 어때?"

"그건 안 돼요."

왜 안 되는지, 그녀는 묻지 않았다. 물을 필요가 없었다. 유나는 자신의 결정을 타의에 의해 바꾸지 않는다. 아니, 타의 자체를 불쾌해했다. 지유는 그 점을 경험으로 터득하고 있을 터였다. 그녀는 두 번째 대안을 제시했다.

"그럼 이모가 아빠 인형을 가져다줄까?"

"네."

총알 같은 답변이었다. 너무 빨리 속내를 드러냈다고 생각했는지 지유는 얼른 덧붙였다.

"이모가 괜찮으시다면요."

때마침 청연으로 가는 길이었다. 갈 일이 없더라도 가야 할 일이었다. 아빠 인형은 지유의 악몽에 특효가 있었으므로. 다만 유나 몰래 건네야 할 것이다. 그녀는 확인을 해봤다.

"엄마 없지?"

"네."

"새아빠는?"

"안 계세요."

그녀는 시계를 봤다. 10시 50분. 재빨리 시간을 계산했다. 주유소까지 5분, 기름 넣는데 5분, 청연까지 한 시간 남짓.

"그럼 이모가 12시까지 갈게."

"근데 이모, 아빠 인형 어디 있는지 알아요?"

"알아."

정오가 조금 넘어, 그녀는 유나의 집 앞에 도착했다. 중간에 맥도날드에 들르는 바람에 5분 늦었다. 집 건너편에 차를 세운 뒤 아빠 인형과 해피밀 세트를 들고 차에서 내렸다.

바람이 거친 날이었다. 대기는 차고 하늘은 잿빛이었다. 파란 지붕 위에선 낙엽들이 구르고 있었다. 눈이 올 것 같은 날씨였다.

그녀는 뛰어서 길을 건넜다. 현관 계단도 뛰어서 올랐다. 현관문 앞에 다다랐을 때 안에서 문이 열렸다. 지유가 튀어나왔다. 그녀의 품으로 뛰어들며 환호성에 가까운 소리를 질렀다.

"이모."

그녀는 지유를 가슴팍에 꼭 붙여 끌어안았다. 거의 반사적인 반응이었다.

"이모, 이모오……."

지유는 그녀의 허리에 팔을 감고, 갈비뼈 부근으로 뺨을 밀어붙이며 연거푸 그녀를 불렀다. 지난주 월요일 유치원에 데리러 갔을 때처럼, 아이의 부름은 울음처럼 들렸다. 그녀는 흘낏 2층 창문들을 올려다봤다. 세 개의 창이 나란히 붙어 있었다.

어느 쪽이 지유의 방 창문일까. 어느 쪽이든 아이는 창문으로 밖을 지켜보고 있었을 것이다. 5분이 50분 같았을 것이다. 맨발로 튀어나온 걸 보면. 게다가 종아리가 훤히 드러난 수면 원피스 차림이었다.

"안 오시는 줄 알았어요."

지유는 뺨을 떼어내고 그녀를 마주 봤다.

"온다고 했잖아."

"그래도요."

그녀는 아빠 인형을 지유의 손에 쥐여주었다.

"엄마가 못 찾을 곳을 생각해봐. 침대 틈새는 위험해."

"알아요. 비밀 장소에……."

지유는 말을 멈췄다. 눈이 커지는 걸로 보아 조언의 의미를 깨달은 것 같았다.

"이모 알고 계셨어요?"

"걱정하지 마. 비밀 지킬 테니까."

그녀는 해피밀 세트를 내밀었다. 지유의 눈이 휘둥그레졌다.

"집에 아무도 없다면서."

고맙다는 말 대신 지유는 해피밀 세트를 내려다봤다.

"미니어처는 일부러 빼놓고 왔어. 먹고 나서 뒤처리 잘해야 해. 종이 팩 작게 접는 법, 이모가 가르쳐줬지?"

"네, 잘 접어서 분리수거 통에 넣으면 돼요. 쓰레기는 새아빠가 버리니까요."

그녀는 한 발짝 물러섰다.

"자, 아가씨. 얼른 들어가서 물건을 비밀 장소에 숨기시오."

지유는 고개를 끄덕이면서도 움직이지 않았다.

"필요하면 언제든 전화해. 항상 켜놓고 있을 테니까."

그녀는 다시 뒷걸음질로 계단을 한 칸 내려섰다.

"이모 간다."

지유는 움직이지 않았다. 두 칸, 세 칸……. 계단을 모두 내려가도록 그녀를 바라보고 있었다. 몸을 돌리고 길을 건너 차 옆에 도착할 때까지도.

그녀도 움직임을 멈추고 지유를 마주 봤다. 헝클어진 채로 길게 풀어 내린 머리, 바람에 펄럭이는 흰 원피스 자락, 가늘고 긴 종아리와 맨발, 한 손으로 아빠 인형을 끌어안고, 한 손엔 해피밀 세트를 들고 우두커니 선 채 자신을 바라보는 모습을.

그녀는 갈비뼈 밑으로 서늘한 기운이 번지는 걸 느꼈다. 지유를 둘러싼 모든 것이 쓸쓸해 보였다. 아이의 등 뒤에 버티고 있는 커다란 이층집도. 지붕 위에서 날뛰는 낙엽과 잿빛 하늘도. 아이의 그림자처럼 옆에 서 있는 화단 측백나무도. 귓가에선 아이의 속삭임이 들리는 것 같았다.

이모, 우리 엄마 건드리지 마요.

때늦은 질문 하나가 그녀의 머리에 떠올랐다. 자신이 예감하고 있는 어떤 일이 사실로 드러난다면, 그리하여 유나를 잃게 된다면, 지유는 그걸 감당할 수 있을까.

대답은 '아니다'였다. 그녀가 판단하기로 유나는 단순한 엄마가 아니었다. 아이의 영혼을 지배하는 절대자였다. 유일무이한 세계였다. 유나를 잃는다는 건 모든 걸 잃는다는 의미였다. 자신은 바로 그런 일을 하려 하고 있었다. 아이에게서 유나를 빼앗는 일. 아이의 세계를 무너뜨리는 일.

그녀는 지유로부터 등을 돌렸다. 점퍼 주머니에서 차 키를 꺼내 버튼을 눌렀다. 딸깍, 개폐 장치가 열리는 소리가 났다. 동시에 차 소리를 들었다. 반사적으로 눈을 돌렸다가, 진입로 쪽에서 다가오는 흰 SUV를 봤다. 그녀는 시선만 돌려 현관 쪽을 봤다. 어느새 지유는 사라지고 없었다.

흰 SUV는 그녀의 차 뒤에 붙어 섰다. 운전석 문이 열리고 차은호가 내렸다. 그녀는 잠깐 멍했다. 사람이 저렇게 변할 수도 있을까. 그것도 단 2주 만에. 왼쪽 귀 위쪽으로 머리칼이 하얗게 세어 있었다. 눈은 퀭하게 꺼졌고, 소년처럼 발그레하던 뺨은 홀쭉하게 패어 있었다. 10년을 뭉텅이로 건너뛴 듯한 몰골이었다.

바람이 그녀의 목덜미를 베고 갔다. 한기와 기시감이 함께 왔다. 준영의 마지막 모습이 떠올랐다. 어찌하여 유나의 남자들은 저런 몰골에 도달하는 걸까. 아니면 죽거나.

"여긴 웬일이십니까."

차은호가 그녀 앞에 버티고 서며 물었다. 약간 숨이 찬 기색이었다. 그녀에겐 답이 준비돼 있지 않았다. 당연한 결과로 말이 뒤죽박죽으로 나왔다.

"그냥 지유가 잘 있는지 궁금해서 왔어요. 보고 싶기도 하고. 지나다가 들른 거예요. 꼭 지유를 보러 온 건 아니고요."

차은호는 귀를 그녀 쪽으로 슬쩍 기울였다. 그녀의 말을 진지하게 듣는 표정이었다. 그 바람에 그녀는 뭔가 더 설명해야 한다는 이상한 강박에 사로잡혔다.

"뭘 훔치지는 않았어요. 현관 앞에서 얼굴만 잠깐 봤어요."

농담이었으나 그는 웃지 않았다. 그녀는 덧붙였다.

"저 본 거, 유나에겐 비밀로 해주세요. 유나가 없다고 해서 왔거든요."

그는 자신의 운동화 끝을 내려다보며 고개를 끄덕였다. 한 번, 두 번, 다섯 번, 여섯 번…… 제지하지 않으면 내일 아침까지 끄덕일 기세였다. 그녀의 요구에 대한 답이 아니라, 할 말을 찾고 있는 기색이었다.

그녀는 이 상황이 조금 우스웠다. 생각해보면 애써 말을 찾으면서 마주 서 있을 이유가 없었다. 그럴 시간도 없었다. 집이 코앞인 차은호야 상관없겠지만, 자신에겐 만나야 할 사람이 있었다. 무엇보다 유나가 오기 전에 이곳을 빠져나가고 싶었다. 그녀는 인사를 건넸다.

"그럼 가볼게요."

비로소 그는 고개 끄덕이기를 멈추고 얼굴을 들었다.

"잠깐만요. 여쭤볼 게 좀 있습니다."

그녀는 잠자코 기다렸다.

"11월 16일 화요일부터 21일 일요일 오전까지, 아내가 친정에 있었습니까?"

질문의 의도가 뭘까, 그녀는 궁금했다. 치매가 아니라면, 유나를 만나러 찾아왔던 토요일 아침을 기억할 텐데. 어쨌거나 물었으니 답은 해줘야 했다.

"아뇨."

"그전에는요?"

유나가 습관적으로 가출한다는 전제가 깔린 질문이었다. 그때마다 우혜리에 갔던 걸까. 그녀는 대답했다.

"며칠씩 머문 적이 있는지 묻는 거라면, 제 대답은 같아요."

그는 다짐을 받듯 물었다.

"한 번도요?"

"네."

어떤 표정이 그의 눈을 스쳐갔다. 짧은 순간이라 확신할 수는 없지만, 고개 끄덕이기와 비슷한 느낌이었다. 그랬겠지, 혹은 그랬구나. 차은호는 바지 주머니에 손을 꽂아넣더니 다시 자기 운동화를 내려다봤다. 운동화 코에 다음 할 말이라도 적혀 있는 것처럼.

그녀는 시선을 슬쩍 집 쪽으로 돌렸다. 2층 창문 세 개 중 하나에 불이 들어와 있었다. 지유의 방 같았다. 두꺼운 커튼이 내려져 있었지만, 아이가 뭘 하고 있을지는 쉽게 상상할 수 있었다. 나름 몸을 숨기고 바깥을 내다보고 있을 터였다. 이 난처한 상황에 대해 이모가 어떻게 설명할지, 가슴을 졸이면서.

"그럼 어디 있었을까요? 처형은 알 것 같은데."

차은호가 물었다. 그녀는 시선을 원위치시켰다. 이 무슨 앞뒤 없는 질문일까.

"차은호 씨, 본인이 지금 무슨 말을 하는지 알고 계세요?"

차은호는 의아한 눈으로 그녀를 봤다. 내가 뭔 말을 했는데,라고 되묻는 것처럼.

"그날 아침에 저는 유나를 만나러 여기 왔어요. 지금 그 질문은 제가 유나와 짜고 차은호 씨를 상대로 쇼를 했다는 말로 들리는데요."

차은호는 고개를 숙이고 잇새로 숨을 들이마셨다. 쓰읍, 하고 울리는 들숨 소리를 그녀는 의심스러운 마음으로 듣고 있었다. 설마 나한테 욕을 한 건 아닐 테지.

"그런 뜻은 아닙니다."

변명거리를 찾아낸 듯, 그는 고개를 들고 말했다.

"그저 아는 게 있을까, 하고 물은 거죠. 가족이잖습니까."

부부는 닮는다더니. 차은호의 해명은 유나가 좋아하는 '왜 이렇게 예민해?'와 비슷했다.

"유나의 가족은 차은호 씨지, 제가 아니에요."

그는 반응이 없었다. 송곳니 끝으로 아랫입술을 잘근잘근 깨물고 있을 뿐. 그녀는 그의 질문을 더 받지 않기로 했다. 손목시계가 12시 30분을 가리키고 있었다.

"저는 이만 가봐야겠어요."

그녀는 몸을 돌리고 차 문을 열었다. 등 뒤에선 세 번째 질문이 날아들었다.

"지유말입니다. 뭘 잘 먹습니까?"

참으로 난데없는 질문이었다. 그녀는 답변하지 않았다. 지금껏 아이 식성도 모르느냐는 비난도 접어두었다. 그의 무지는 이해가 가능했다. 의붓아빠였고, 그간 함께 살지 않았다는 점에서. 다만, 그런 문제를 엄마가 아닌 이모한테 묻는 의도를 알 수가 없었다. 모르는 문제는 답을 달지 않는 게 나았다.

그녀는 운전석에 올라앉았다. 시동을 거는 순간, 그가 차 문과 운전석 사이로 얼굴을 들이밀었다. 삽시에 그의 머리가 개인적 거리 안으로 들어왔다. 그는 거의 10센티 거리에서 눈을 맞대고 말했다.

"아이마다 열광하는 외식 메뉴 하나쯤 있잖아요."

그녀는 대답해줘야 했다. 그의 머리통을 차 문에 끼우고 출발할 수는 없었으므로.

"맥도날드 해피밀 세트를 좋아해요. 불고기버거와 프렌치프라이, 콜라로 구성해야 하고요."

그는 고개를 끄덕이며 차에서 한 발짝 물러섰다. 친히 문까지 닫아주었다. 그녀는 그의 돌연한 친절이 마음에 들지 않았다. 원하는 것을 얻은 듯해 보여서, 그것이 뭔지 모르겠다는 점 때문에.

그녀는 출발했다. 약속장소로 가는 내내, 머릿속이 복잡했다. 차은호가 던진 세 가지 질문을 정리하느라. 첫 질문의 의도는 짐작이 가능했다. 차은호와의 첫 만남을 복기하자 짐작은 확신으로 굳어졌다. 닷새간의 행방에 대한, 유나의 거짓말을 확인하는 질문이었을 것이다.

세 번째 질문은 가장 맥락이 없었다. 지유의 식성이, 왜 갑자기 이 남자의 진지한 주제가 됐을까. 뒤늦게 지유의 아빠 노릇을 하고 싶은 것인가. 그래서 점심으로 사 들고 가려 했던 걸까. 그렇다면 자신이 과잉 해석을 하고 있는 셈이었다. 그렇지 않다면 해석이 불가능했다. 누가 아내의 행적을 의심하며 뒤를 캐는 와중에, 그 딸의 비위를 맞추겠는가. 특별한 목적이 있지 않는 한.

특별한 목적……. 개연성이 있는 이야기였다. 지유는 그가 궁금해하는 문제의 정답을 알려줄 수 있을 테니까. 11월 16일부터 5일 동안 유나는 어디 있었나, 하는 문제.

성공 가능성은 없다고, 그녀는 단언할 수 있었다. 지유는 유나라는 종교의 신도로 길러진 아이였다. 교리를 어기거나 불신하면 지옥에 가는 줄 아는 광신도였다. 해피밀을 1톤 트럭으로 가져다 바쳐도 그 입은 열리지 않을 터였다.

약속장소에는 10분 늦게 도착했다. 카페엔 사람이 꽤 많았으나 두리번거릴 필요가 없었다. 그녀는 단번에 그 남자를 알아봤다.

페이스북 사진 속 모습 그대로였다. 교복 입은 남학생 넷과 어깨동무를 하고 찍은 사진 속에서, 남자는 독보적인 존재감을 뿜어냈다. 누구든 한 번 보면 잊지 않을 사람이었다. 얼굴과 체격이 똑같이 생긴 사람은 세상에 그리 흔치 않으니까. 얼굴도 네모, 몸통도 네모. 누군가 그의 별명을 지어보라 한다면, 그녀는 1초도 망설이지 않고 '네모인간'이라 답할 터였다. 그녀는 남자 앞으로 가서 섰다.

"신재인입니다."

남자는 엉거주춤 몸을 일으켰다. 앉은 것도 선 것도 아닌 자세로 인사를 받았다.

"김진웁니다."

그녀는 허리를 굽혔다.

"늦어서 죄송합니다."

별말씀을, 하며 그도 허리를 굽혔다. 둘의 입에서 동시에 "앉으시죠"라는 말이 나왔다. 그녀는 앉았고, 그는 여전히 서 있었다.

"뭘 드시겠습니까."

표정을 보아 하니, 1초 만에 답해야 할 분위기였다. 그녀는 나오는 대로 주워섬겼다.

"카페라테, 따뜻한……."

김진우는 뒷말은 듣지도 않고 사라졌다. 보아하니 아예 받아서 돌아올 모양이었다. 주문을 끝내고 곧장 픽업 카운터 앞으로 갔다. 첫인상만 보자면 그리 까다롭진 않을 것 같았다. 전화상으로는 꽤 빡빡하겠다, 싶었는데.

처음 학교로 전화를 했을 땐, 그와 통화가 되지 않았다. 전화를 받은 이에 따르면 수업 중이었다. 그녀는 자신의 이름과 전화번호를 남겼다.

연락이 온 건 30분 후였다. 본인 휴대전화가 아닌 학교 전화 같았다. 그녀가 자신을 유나의 언니라고 소개하자, 그는 언니가 있다는 말은 들어보지 못했다고 대답했다. 어떻게 증명하면 되겠느냐고 묻자, 확인해보고 다시 전화를 주겠노라 했다. 유나에게 확인하면 낭패였으므로, 그녀는 다른 방법을 제시했다.

"신분증을 보내드리면 어떨까요."

그는 마지못한 어조로 자신의 휴대전화 번호를 알려주었다. 그녀는 기자증을 찍어 카톡으로 보냈다. 잠시 후, 카톡으로 용건이 뭐냐는 답이 왔다.

―유나와 관련해 여쭤볼 게 있어요. 카톡이나 전화로 나눌 얘기가 아니라서, 직접 뵀으면 합니다. 시간 많이 뺏지 않겠다고 약속합니다.

잠시 후, 만나겠다는 답이 왔다. 그녀는 이 만남에 대해 유나가 몰랐으면 한다는 의사를 전했다. 김진우는 "네"라고 답했다. 약속 장소와 시간도 그가 정했다.

"점심은 어떻게 하셨습니까? 못 드셨을 것 같은데."

커피를 그녀 앞에 놓아주며 그가 물었다. 먹지 않았지만 먹었노라, 했다. 행여라도 상대가 부담을 가질까봐. 이후 대화가 잠시 끊겼다. 그녀는 머릿속으로 할 말을 정리하느라, 그는 커피를 마시느라.

"유나랑 대학 동기죠?"

그녀는 입을 뗐다. 돌려 묻지 않을 생각이었다. 취재하듯, 직선적으로 물을 작정이었다. 상대의 답변도 그러기를 바랐기 때문에.

"유나랑 동거하던 남자의 친구였고요?"

"맞습니다."

"그 친구가 사고로 죽기 직전에 유나 집에 함께 가셨다고 들었는데요."

그는 입안에 있던 커피를 꿀꺽 소리 나게 넘겼다. 그녀는 남은 말을 마저 꺼냈다.

"그 얘기를 듣고 싶어서 찾아왔어요."

3부

완전한
행복

7장

은호는 재인의 차가 멀어지는 것을 지켜봤다. 진입로 쪽으로 사라진 후로도 한동안 그 자리에 서 있었다. 그녀의 대답은 친절하지 않았으나 모호하지도 않았다. 다만 '분명하다'와 '정직하다'는 별개의 문제였다. 그로서는 후자에 대한 판단을 내리기 어려웠다.

아내에 따르면 처형은 거짓말의 고수였다. 온갖 거짓말로 아내를 궁지에 몰아넣어 '문제적 아이'로 만들었다. 아내가 어린 시절을 시골 할머니네에서 보낸 이유라고 했다. 할머니는 아내를 가엾게 여겨 시골집과 넓은 땅을 물려줬다고 들었다. 그 시골이 어디라고 했더라…….

그는 고개를 들어 지유의 방을 올려다봤다. 창문 커튼이 출렁거리는 게 눈에 들어왔다. 짐작건대 방금까지 거기에 지유의 눈이 있었을 것이다. 제 이모가 사라진 후로도 쭉 자신을 지켜본 모양이었다. 이모와 무슨 얘기를 나눴는지 궁금했겠지.

아내는 어디 갔을까. 그가 집을 나설 때만 해도 종일 집에 있을 분위기였는데. 아이 점심은 엉뚱하게도 이모가 해결한 셈이었다. 그 점을 아내가 알아서는 안 되나 보았다. 비밀로 해달라, 당부한 걸로 보아.

그는 다시 차에 탔다. 진우를 찾아갈 생각이었다. 이제 물어볼
게 생겼기 때문이었다. 녀석은 집에서 전화를 받았다. 약속이 있
으니 오후에 만나자고 했다. 아이를 계속 혼자 둬도 될까, 싶었지
만 집으로 들어가고 싶지는 않았다. 곧 아내가 돌아오겠지 해버렸
다. 아니, 그렇게 믿고 싶었다.

차를 타고 이리저리 배회하는 내내, 어떤 목소리가 귀에 맴돌
았다.

"두 사람은 한패예요."

아침나절, 그는 목소리의 주인으로부터 전화를 받았다. 샤워를
끝내고 막 몸을 닦던 참이었다. 아내가 욕실로 전화기를 가져다주
었다. 건네받은 휴대전화 화면엔 모르는 번호가 떠 있었다. 아내
는 욕실 문에 어깨를 기대고 서며 물었다.

"뭐 해? 전화 안 받아?"

그는 버티고 있는 아내를 쳐다봤다. 넌 안 가고 뭐 하는데.

전화벨은 시끄럽게 울어댔다. 아내가 퇴장할 때까지, 끈질기게.

"차은호 선생님이시죠?"

통화 버튼을 누르자 어떤 여자가 물었다. 낯선 목소리였다. 누
구냐고 묻자, 자신을 서준영의 여동생이라 밝혔다. 그와 만나고
싶다는 게 용건이었다.

"내가 왜요?"

그가 묻자 당돌한 답변이 돌아왔다.

"만나셔야 할걸요. 아드님 죽음에 대한 의문을 풀고 싶다면요."

뒷머리를 털던 그의 손이 딱 멈췄다. 아내의 전남편이 실종됐다

는 사실은 그도 이미 아는 바였다. 그것이 노아의 죽음과 어떤 연관성이 있다는 걸까. 대답처럼, 기억 속에서 두 장의 사진이 튀어나왔다. 지유와 서준영, 자신과 노아.

경계심이 뒤따라왔다. 여자의 말이 공수표가 아니라면, 노아의 죽음에 대한 단서를 주겠다면, 그쪽도 바라는 게 있다는 얘기였다. 적어도 줄 것에 상응하는 무언가일 테고. 그게 뭔지 짐작도 되지 않았다. 아무리 생각해도 자신에겐 줄 만한 것이 없었다.

그는 망설였으나 만나기로 마음먹었다. 지푸라기라도 잡고 싶은 심정이었다. 적의 적은 동지라는 말도 있지 않던가. 동지까지는 아니더라도 길을 알려주는 역할은 해줄지도 몰랐다. 법정에서 원수처럼 싸웠던 전남편의 여동생이라면, 적어도 아내와 손잡을 일은 없을 테니까.

여자는 그가 만나줄 거라 확신했던 것 같았다. 이미 집 근처에 와 있다고 했다. 자신의 인상착의도 알려줬다.

"머리를 묶고, 검은 원피스를 입었어요. 보면 금방 아실 거예요. 지유와 닮았을 테니까."

와 있는 장소도 알려주었다.

"모조라는 카페인데, 어딘지 아시겠어요?"

타운하우스 뒤편 숲길에 있는 카페였다. 저녁을 먹은 후 그와 아내가 산책하면서 곧잘 들르는 곳이었다. 그 점이 께름칙했으나 그 점 때문에 장소를 바꾸는 건 내키지 않았다. 아내 몰래 바람을 피우는 것도 아닌데. 그는 생각을 바꿨다. 설마 아침부터 아내가 거기 올 일이 있겠느냐고.

"나가?"

아내는 옷을 입고 나오는 그에게 물었다. 그는 고개를 끄덕이며 현관문 쪽으로 향했다.

"어디 가는데?"

"변호사 만나러."

자동으로 거짓말이 나왔다. 타고난 거짓말쟁이처럼, 눈 한 번 깜박하지 않고.

"언제 변호사 샀어? 어딘데? 근데 왜 주말 아침에 만나재?"

아내가 앞을 막아서며 숨차게 물었다. 그는 대답했다.

"곧 부검 결과가 나올 거야. 나도 대비를 해야지."

"어떻게?"

아내는 정말로 궁금한 모양이었다. 그는 딱히 해줄 말이 없었다.

"바로 그 얘길 해보려고 만나는 거야."

"잠깐만 기다려. 나도 같이 가."

아내가 그의 팔에 손을 얹으며 말했다.

"금방 옷 갈아입고 나올게."

그는 기겁한 심정이 됐다. 그 심정이 얼굴에 드러나지 않기를 바라며, 아내의 손을 떼어냈다.

"다음에. 오늘은 나 혼자 갈게."

"자기 혼자 가면 안 되지. 이 사람은 가족도 없나, 할 거 아냐. 무엇보다 상황을 객관적으로 말할······."

"나도 말할 줄 알아. 입도 달렸고."

그는 정색하며 말을 잘랐다. 더 말을 붙일 수 없도록, 냉정한 목소리로 덧붙였다.

"지유나 잘 챙겨."

말해놓고, 그는 아내의 표정을 살피지 않았다. 곧장 현관으로 향했다. 신발을 신고 현관문을 나설 때까지 돌아보지도 않았다. 그런데도 아내가 베란다 창으로 내다본다는 걸 느낄 수 있었다. 그가 뒷문 쪽이 아닌 차고로 간 이유다. 덕택에 걸어서 5분 거리를 차로 10분 만에 도착했다.

차에서 내리기 전, 그는 휴대전화를 꺼냈다. 비행 모드로 바꾸고 녹음 버튼을 눌렀다. 카페로 들어서자 곧장 어떤 여자가 눈을 마주쳐왔다. 창 쪽 구석 자리에 검은 원피스를 입고 앉아 있었다. 여자는 그가 다가오는 걸 빤히 주시하고 있었다. 총명을 넘어 영악해 보이는 눈이었다. 본인 평가와 달리 지유와 닮지도 않았다. 두 사람이 같은 성을 쓴다는 것 말고는.

"서민영 씨 맞습니까?"

그가 묻자 여자는 자리에서 일어섰다. 얼굴에 묘한 미소가 감돌고 있었다.

"새언니 취향을 알 것 같네요."

무슨 뜻인지는 몰라도 첫인사로 적절한 말 같지는 않았다. 그는 시선을 내려 테이블을 봤다. 커피 한 잔이 놓여 있었다. 그가 서민영의 맞은편에 앉기까지는 약 5분이 더 걸렸다. 곧장 카운터로 가서 자신의 커피를 주문했고, 앞에 서서 기다렸다가 아예 받아들고 돌아왔다. 이야기하다 중간에 불려가는 일이 없도록.

통상적인 인사 같은 건 나누지 않았다. 서민영은 탐색하듯 그를 살폈다. 조급해 보이는 시선이었다.

"아드님 일, 안됐어요."

서민영이 입을 열었다. 그는 아무런 반응도 하지 않았다. 대신 커피를 한 모금 넘겼다. 뜨거운 감각이 혀에 퍼지자 현실이 치고 들어왔다. 자신은 아내의 전남편의 여동생과 커피를 놓고 마주 앉아 있었다. 일생 동안 만날 가능성이 있는 이들을 한 줄로 세운다면 가장 멀리 있을 사람이었다. 당연히 궁금했다. 여자가 왜 노아를 명분 삼아 찾아왔는지.

"그날 일을 자세하게 말씀해주셨으면 해요."

그에겐 그럴 마음이 없었다. 이미 경찰에게 수도 없이 했던 이야기였다. 더는 입에 담고 싶지 않았다. 난생처음 만난 여자 앞에선 더더욱. 그는 말했다.

"그런 말을 하기 전에, 내게 해명할 것이 있을 텐데요."

서민영은 입술을 뾰족하게 모으고 그를 봤다. 무슨 말이냐 묻는 표정이었다. 정말로 모르는 눈치였다. 아니면 백치미 작전을 펼치고 있든가.

"내 연락처는 어떻게 알았습니까?"

아, 하듯 서민영은 턱을 슬쩍 들어올렸다. 멀쩡하다 못해 해맑아 보이는 표정으로 되물었다.

"그게 뭐 그리 중요한가요? 만났다는 게 중요하지."

아내와 서민영은 그리 친하지 않았을 거라고, 그는 추측했다. 단순히 친하지 않은 정도가 아니라 서로 잡아먹으려 들었을지도 모른다. 그가 보기에 서민영과 신유나는 같은 과였다. 세상이 자신을 중심으로 도는 사람. 누가 상위 버전인지는 좀 더 두고 봐야 알겠지만. 그는 말했다.

"전문가 도움을 받은 것 같은데요. 아내가 가르쳐줬을 리는 없고, 제 주변에 그쪽과 선이 닿을 사람도 없으니까."

서민영이 되물었다.

"제 얘기를 듣고 싶어서 나오신 거 아닌가요?"

"얘기를 들으러 나온 게 아닙니다. 질문에 답하러 나온 것도 아니고요. 그쪽이 왜 내 뒷조사를 했는지 알려고 왔어요."

"아드님 죽음에 전혀 의문이 없으신가요?"

서민영의 목소리에 날이 섰다.

"정말로 본인이 죽었다고 생각하세요?"

그는 귓밑에서 뜨거운 기운이 솟구치는 걸 느꼈다. 어쩌면 실제로 빨개졌을지도 몰랐다. 옆자리는 물론, 시야 밖에 있는 뒷자리 사람들의 시선까지 또렷하게 감지됐다. 대답 대신 그는 시선을 내렸다. 쓰읍, 소리가 나게 잇새로 숨을 들이마셨다. 동네 개도 알아들을 제지의 언어건만, 서민영은 아랑곳하지 않았다.

"잠을 원래 그렇게 깊이 주무시나요? 그럴 때 보통은 깨지 않나요? 이상하다는 생각 안 해보셨어요?"

"나는 이 자리에서 서민영 씨를 신고할 수도 있어요. 개인정보……."

"그날 밤, 주무시기 전에 뭐 마시지 않았어요?"

서민영은 그의 말을 가로챘다. 그는 가슴이 쿵쿵 뛰기 시작하는 걸 느꼈다. 이 여자는 어떻게 그걸 알고 있을까.

"무슨 뜻입니까?"

서민영은 즉각적인 대답을 하지 않았다. 웃음기 어린 눈으로 그의 표정을 살필 뿐. 그는 조급한 기색을 드러내지 않으려 애를 썼다. 그럴수록 이 교활한 여자는 패를 꺼내지 않을 테니까.

"새언니 말이에요. 11월 16일에 집에 없었죠?"

서민영이 물었다. 그는 슬슬 짜증이 치미는 걸 느꼈다. 이 여자는 언제까지 질문만 퍼부을 생각일까.

"아내는 전업주부가 아닙니다. 평일 낮에는 집에 없어요."

"아뇨, 밤에도 안 들어왔을 거예요. 그날 오빠랑 같이 있었으니까요."

그는 입을 꾹 다물었다. 헉, 하는 숨소리가 튀어나오지 않도록. 느닷없이 옆구리로 훅이 들어온 기분이었다. 이 여자는 뭘 알고 있기에 이런 확신을 하는 것일까.

"경찰 말로는, 오빠가 마지막으로 카드를 쓴 곳이 교촌에 있는 한 맥도날드래요. 해피밀 세트를 샀다더군요. 성인 남자가 선호할 만한 메뉴는 아니죠."

그는 의자 등받이에 등을 기대고 깊숙하게 앉았다.

"지유에게 주려고 산 거죠. 근처에서 지유를 만났을 테고요. 물론 지유 혼자 오진 않았을 거예요. 새언니가 데리고 왔겠죠. 제가 오빠와 마지막으로 통화한 게 2시예요. 사실 통화라고 할 수도 없죠. 오빠가 전화를 일방적으로 끊어버렸으니까. 이후로 지금까지 전화기가 아예 꺼져 있고요."

서민영은 마른기침을 두어 번 하더니, 물컵을 집어 들었다. 고양이처럼 할짝할짝 물을 마셨다. 잠시 후 다시 입을 열었다.

"저는 이렇게 생각해요. 오빠가 제 전화를 받았을 때, 이미 새언니의 차에 탄 후였을 거예요. CCTV가 없는 어딘가에서요. 제 전화를 끊은 건 새언니 때문일 테고요. 아실지 모르겠는데, 오빠는 지유를 만나려고 꽤 오래 법정투쟁을 했어요. 새언니 심기를 거스르고 싶지 않겠죠. 무려 3년 만에 딸을 만났으니까요. 앞으로 계속 만나고 싶었을 테니까요. 그런데 오빠의 휴대전화 신호가 끊긴 곳도 그 부근이래요. 단순히 전화를 끊은 게 아니라, 아예 껐다는 얘기죠. 이후 지금까지 실종상태고요."

그는 지유와 서준영의 사진을 떠올렸다. 그곳은 어디였을까. 분위기상 호텔 같지는 않았다. 펜션이었을까. 혹시······.

"경찰이 교촌을 기점으로 각 도로의 CCTV를 확인하고 있다고 들었어요. 그 시각에 지나간 차량 중에 새언니나 신재인 씨의 차가 있는지."

순간적으로 그는 등을 바짝 세우고 앉았다. 서민영은 얇은 입술을 한쪽으로 밀어올리며 소리 없이 웃었다.

"놀랍죠? 자매가 제 오빠와 얽혀 있다는 게."

그랬다. 잘못 들었나 했다. 처형의 이름이 거기서 왜 나오는지 이해되지 않았다.

"오빠의 차가 발견되지 않았다면, 아마 경찰은 수사를 시작하지 않았을 거예요. 그런데 말이에요. 어디서 발견됐는지 아세요?"

알 리가 있을까. 그는 잠자코 다음 말을 기다렸다.

"인천 주안역 근처 공영주차장이에요. 경찰이 어느 날 저를 부르더니 묻더라고요. 신재인 씨와 오빠가 무슨 관계냐. 주안역에서 오빠가 신재인 씨의 차에 탔다는 거예요. 어떻게 된 일인지 바로 알겠더라고요. 두 사람 예전에 연인이었거든요. 잠깐도 아니고, 스무 살 때부터 11년간이나요."

그는 마른침을 삼켰다. 그러니까 이 여자의 오빠라는 사람이 스무 살 때부터 연인이었던 여자를 버리고 그 여동생과 결혼을 했다는 말인가.

"두 사람은 한패예요."

서민영은 말해놓고 부연 설명을 하지 않았다. 그저 가만히 그를 쳐다봤다. 무슨 말인지, 아시겠어요? 묻듯. 그는 묻지 않을 수 없었다.

"그게 무슨 뜻입니까?"

"두 사람이 오빠를 납치했다는 뜻이에요. 신재인 씨가 오빠를 불러내서 새언니가 기다리는 곳에 내려주고, 새언니는 지유를 미끼 삼아 오빠를 태운 거예요. 오빠는 지유를 만나게 해준다면 지옥이라도 따라갔을 사람이고요."

앞뒤가 맞지 않았다. 서민영의 말대로라면, 처형이 나설 이유가 없었다. 아내가 지유 옷자락만 한 번 흔들어도 서준영은 곧장 달려갔을 테니까.

"아마도 수사에 혼선을 주려고 그랬겠죠. 덕택에 지금 경찰이 헤매고 있잖아요. 신유나인지 신재인인지 초점조차 못 맞추는 눈치예요. 제가 보기엔 둘이 공범인데."

그 역시 이해되지 않는 주장이었다. 처형이 사이도 좋지 않은 여동생과 공모해 옛 애인을 납치할 이유가 있을까. 그것도 7년이나 지난 시점에. 이 여자는 자기 생각을 확신한 나머지, 가장 기본적인 전제를 무시하고 있었다. 더하여 입증할 수 있는 것과 직관적인 것을 구분하지 못하는 것 같았다.

"만약 11년간 애인이었던 남자가 자기 여동생과 결혼해버렸다면, 어땠을 거 같아요? 만약 저였다면, 남자를 죽여버렸을지도 몰라요. 신재인 씨도 크게 다르지 않았을걸요. 어쩌면 기회가 오기를 기다렸을지도 모르죠."

그는 넌더리가 났다. 서민영은 정작 해야 할 이야기를 계속 보류하고 있었다. 서준영의 실종이 노아와 무슨 상관이 있는가, 하는 데 대한 이야기.

"그날이 11월 16일이요. 다시 물을게요. 그날 새언니 집에 들어오지 않았죠?"

그는 이번에는 답해야 한다고 판단했다. 그래야 다음으로 넘어갈 것이다.

"친정에 있었다고 들었습니다만."

서민영은 고개를 저었다.

"틀렸어요. 새언니는 친정에 있지 않았어요. 미리 준비한 장소로 오빠를 데려갔을 거예요. 그날 밤 오빠는 거기서 뭔가를 마셨을 테고요."

그는 서준영과 지유의 사진을 떠올렸다. 정확하게 말하자면, 서준영의 샴페인 잔, 지유의 주스 잔을. 그는 커피를 한 모금 마셨다. 목이 탔다. 안달이 났다. 여자의 입을 쫙 벌려서 안에 든 말을 통째로 꺼내보고 싶을 만큼.

"새언니는 대학 시절에 어떤 남자와 동거를 한 적이 있어요. 그 남자는 교통사고로 죽었어요. 졸음운전이었대요. 새언니와 헤어지고 짐을 빼러 간 날이었죠. 근데 그때 같이 갔던 사람은 용케 살아 있다네요."

서민영은 턱을 치켜들고 그와 눈을 맞대며 덧붙였다.

"바로 선생님 친구분이에요."

그는 횡격막이 확 조여드는 걸 느꼈다. 뜨거운 커피가 목구멍에 턱, 걸렸다. 흐트러지는 시야로 진우와 낯선 남자의 사진이 지나갔다. 귓가에선 진우의 목소리가 들려왔다. 나한테 물어볼 게 생기면…… 언제든 연락해.

"졸음운전으로 죽은 남자가 하나 더 있어요. 바로 새언니의 아버지죠. 새언니가 공금유용으로 회사에서 잘린 후에 일어난 사고예요. 새언니는 그분이 죽은 후 회사를 이어받았다고 하더군요."

그럴 리가. 그는 자신도 모르게 고개를 저었다. 장인의 죽음을 알았을 때, 아내는 자신과 함께 이르쿠츠크에 있었다. 사고를 알리는 문자가 일주일 전에 와 있었으니까……. 날짜를 계산해보려 했으나 머리가 돌아가지 않았다. 커피 컵을 들고 활짝 웃는 장인의 사진 속 얼굴만 떠오를 뿐.

"혹시 최근에 새언니에게 이혼을 요구하신 일이 있나요?"

그가 가장 자신 있게 대답할 수 있는 질문이었다. 그런 일은 없었다.

"아니면, 그런 사인을 주셨든가."

그는 궁금했다. 무릎을 꿇지 않은 것도 이혼 사인에 들어갈까?

"그 대가로 선생님은 아드님이 죽기 전날, 뭔가를 마셨을 거예요."

이미 그도 의심하고 있는 바였다. 뒷받침할 증거가 없다는 게 문제지.

"선생님이 깊이 자는 동안에, 아드님이 죽은 거고요."

그는 자신과 노아의 사진을 떠올렸다. 섬광이 터지던 꿈도. 볼근육이 경련하듯 꿈틀거렸다. 그런데 왜 자신이 아닌 노아였을까.

"아마 경고였을 거예요. 너도 갈 수 있다는 경고요."

서민영은 물끄러미 그를 바라봤다. 제 주장에 대한 반응을 확인하고 싶은 모양이었다. 그는 시선을 피하지 않았다. 혹시 미친 여자가 아닌지 진심으로 의심하고 있었다. 경고용 살인이라니.

"선생님은 본인의 살인 혐의를 벗고 싶을 거예요. 저는 오빠를 찾고 싶고요. 아직 오빠가 살아 있다고 믿으니까요. 그렇지 않다면 진작에 시신이 발견되지 않았겠어요? 서로 원하는 바를 얻으려면, 너무 늦기 전에 말해주셔야 해요. 11월 16일에 새언니가 어디에 있었는지. 최소한 갈 만한 곳이라도……"

"서민영 씨."

그는 서민영의 말을 잘랐다. 이 여자의 주장을 인정할 수가 없었다. 자기가 원하는 결론을 도출하고자 앞뒤를 꿰맞춘다는 느낌이었다. 이야기가 덜컥거리는 건 그 때문이었다. 그가 듣고 싶은 건 개연성 있는 이야기였다. 정황에 기댄 알량한 추측이 아니라.

"지금 내게 내 아내와 처형이 댁의 오빠를 납치하고, 내 아들을 죽였다고 말하고 있는 게 맞습니까?"

"선생님이 새언니에 대한 태도 변화를 보여주지 않는 한……"

서민영은 그의 얼굴을 빤히 응시하며 덧붙였다.

"다음 순서는 선생님이 될 거라는 데 제 손목을 걸겠어요."

그는 자리에서 일어났다.

"그 손목 잘 간수하는 게 좋을 겁니다."

그가 판단하기에, 알아야 할 것은 이제 다 안 것 같았다. 남은 절차는 자연스러운 퇴장뿐이었다. 서민영이 원하는 걸 줄 마음도, 능력도 없었으므로.

"또 이런 식으로 내게 접근해서 헛소리하면 수갑을 찰 수도 있으니까."

그는 호주머니에서 휴대전화를 꺼내 보였다.

"다 녹음됐어요."

서민영은 입술을 물고 그를 노려봤다. 그 입이 열리기 전에 그는 몸을 돌려 카페를 나왔다. 행여 뒤를 쫓아올까, 허둥지둥 차를 출발시켰다. 아니 어쩌면 믿고 싶지 않은 진실로부터 달아났을지도 모른다. 설마 했던 일이 사실일 수도 있겠다는 진실.

정신을 차리고 보니, 그는 집 앞에 도착해 있었다. 무의식 상태에서 집으로 왔다는 걸 깨닫자 당황스러웠다. 그 순간 가장 만나고 싶지 않은 사람이 있었다면 바로 아내였는데, 아내는 없고 처형이 와 있어 더 당황스러웠다. 동시에 반가웠다. 확인하고 싶은 몇 가지를 직접 물을 기회가 생겼으므로.

"맥도날드 해피밀 세트를 좋아해요. 불고기버거와 프렌치프라이, 콜라로 구성해야 하고요."

처형의 마지막 대답이 그의 머리를 스쳐갔다. 서준영도 그날 해피밀 세트를 샀다고 했다. 계산상 서준영은 지유가 네 살 때 이혼을 했을 것이다. 햄버거를 즐겨 먹기엔 너무 어린 나이였다. 그 남자는 지유의 식성을 어떻게 알았을까. 처형에게 물어봤을까. 아니면 아내에게 직접?

늦은 오후, 그는 진우의 아파트로 들어섰다. 지하주차장에 차를 대고 6층으로 올라갔다. 진우는 반바지만 입고 있었다. 그는 자신의 허벅지와 맞먹는 진우의 팔뚝을 흘끔 훔쳐봤다. 사납게 생긴 가슴골은 번들번들하게 젖어 있었다.

"약속 있다더니 어디서 쇠질하다 온 모양새네."

그의 말에 진우는 가슴근육을 불끈거리며 씩 웃었다.

"나 요새 체육관에 안 가. 문간방에다 홈 짐 차렸잖냐."

거금 주고 렉도 설치했다고 했다. 벤치프레스, 데드리프트, 스쿼트 합계 500킬로그램에 도달하는 게 목표라고 했다. 이제 반려 도구가 닌텐도에서 렉으로 바뀔 모양이었다. 그는 진심으로 걱정돼서 물었다.

"아래층에서 뭐라고 안 해?"

"바닥공사 했지. 한번 들어가볼래?"

그는 고개를 저었다. 들어갔다 하면, 바닥공사와 렉과 층간소음의 관계에 대한 설명으로 두어 시간을 보낼 테니까.

"점심 먹었어? 뭐 먹을래?"

진우는 엄지를 젖혀 식탁을 가리켰다.

"네가 뭘 좋아할지 모르겠지만 다 준비돼 있어."

소시지부터 스테이크까지, 온갖 형태로 가공된 닭가슴살이 주르르 놓여 있었다. 그는 선택했다.

"맥주."

"해 떨어지기도 전에 뭔 정신 나간 소리래?"

진우는 뒤 베란다로 나가더니, 맥주를 상자째 들고 왔다. 안주는 녀석이 좋아하는 탄두리 닭가슴살이었다. 그는 소파에 등을 기대고 바닥에 앉았다. 바람이 베란다 창을 우당탕 흔들고 지나갔다. 하늘은 우중충한 잿빛이었다. 비든 눈이든 한바탕 쏟아질 듯한 날씨였다.

"부검 결과 나왔어?"

진우가 곁에 와서 앉으며 물었다.

"아직."

그는 첫 캔을 단숨에 비웠다. 술이 들어가자 몸이 좀 풀렸다. 여기 오기 전까지, 자신이 얼마나 긴장하고 있었는지 깨닫는 순간이었다. 2주 전 진우를 만난 날 이후 술을 입에 댄 게 처음이라는 것도. 그간 맨정신으로 어찌 견뎠는지, 신기하기도 했다.

"물어볼 게 생겼어."

그는 주머니에서 휴대전화를 꺼내 둘 사이에 놓았다.

"일단 들어봐."

녹음 파일을 열자 그의 목소리가 먼저 흘러나왔다. 그는 두 번째 캔을 땄다. 진우는 꿈쩍도 하지 않고 제 발끝만 응시하고 있었다. 본인이 언급될 때에도 별 반응이 없었다. 그가 녹음을 끄자, 비로소 고개를 들었다. 끙도 아니고 응도 아닌 이상한 소리를 냈다.

"봐야 할 것도 있어."

그는 휴대전화 사진첩에서 며칠 전 찍어둔 사진들을 열었다. 백인남자 사진부터 클릭해서 진우에게 건넸다.

"뒤로 넘기면서 봐."

진우는 말없이 사진들을 넘겼다. 한 장씩 넘길 때마다 사진 자체가 감정의 증폭제로 작용하는 것 같았다. 처음에는 놀라는 눈치였고, 점점 혼란스러워하는 기색이었다가, 마지막 사진에선 충격에 빠진 표정이 됐다. 짐작건대 사진의 패턴을 이해한 것 같았다.

"내가 뭘 물어보러 왔는지 알고 있지? 아마 언제쯤 오나 보자 이 멍청이가, 했을 거다."

그는 세 번째 캔을 땄다. 반 캔을 한입에 마셔치운 후, 덧붙였다.

"그냥 그때 말해주지 그랬냐."

진우의 대답은 한참 후에야 나왔다.

"말은 그렇게 했는데…… 확신이 없었어. 설마, 했고. 오늘 오전까지도 혼란스럽더라. 만약 네가 찾아온다면 그 얘길 할 것인지, 해도 되는 얘긴지, 하는 게 무슨 의미가 있는지."

'오늘 오전까지'라는 말이 그의 귀에 딱 걸렸다. 그는 넘겨짚어 물었다.

"오늘 오후엔 확신이 생겼다는 말로 들리는데, 왜?"

"점심때 너랑 똑같은 걸 궁금해하는 사람과 만났거든."

그는 맥주를 입으로 가져가다 멈칫했다. 예상치 못한 말이었다.

"누구?"

"신재인."

그는 말문이 막혔다. 상상조차 해보지 못한 인물이었다. 처형이 진우를 어떻게 알고 찾아왔을까.

"너랑 비슷한 경로로 알게 된 모양이야. 아마 너보다 먼저 그쪽을 찾아갔지 싶은데, 녹음 듣고 나니까 좀 혼란스럽다. 신재인과 신유나가 한패라는 거. 게다가 유나 전남편이 신재인의 애인이었다니까."

"그래서 처형한테 얘기해준 거야?"

진우는 창밖을 물끄러미 바라보았다. 어딘가에서 산비둘기들이 울고 있었다.

"처음엔 말할 마음이 없었어. 너 같으면 쉽게 할 수 있겠냐. 그랬더니 아버지 이야기를 꺼내더라고. 자기는 진실을 알아야겠다는 거야. 내가 우연의 일치일 수도 있지 않느냐고 했더니, 러시아 유학 시절에 사귀던 남자도 교통사고로 죽었다는 얘기를 하더라고. 거기도 졸음운전이었대."

그는 부지중에 자신의 휴대전화를 내려다봤다. 그 폴라로이드 사진 속 백인남자일까. 직관은 그렇다고 말하고 있었다.

"실은 아직도 얼떨떨하다. 이게 가능한 얘긴가 싶고. 여럿이 공모해서 멀쩡한 사람을 잡는 거 아닌가 싶고. 내 기억이 과연 정확한지 불안하기도 하고."

진우는 고개를 돌려 그를 봤다. 그는 말했다.

"그 얘길 해봐."

예상한 대로였다. 두 번째 폴라로이드 사진의 주인공과 바이칼 호수에서 진우가 들먹인 지운이라는 남자는 동일 인물이었다. 진우는 서민영에게 들은 것과 비슷한 이야기를 들려줬다. 지운과 유나가 동거 중이었다는 얘기, 졸업 후 러시아로 동반 유학을 갈 계획이었다는 얘기…….

그때 진우는 막 제대해 복학한 참이었다. 학교에서 모르는 사람이 없는 유나를 녀석만 몰랐다. 유나를 처음 만난 건, 공교롭게도 사고가 났던 날이었다.

사고가 나기 전날 밤, 느닷없이 지운이 진우를 찾아왔다고 했다. 집 앞 호프집에서 지운은 유나와 헤어졌다고 털어놓았다. 지운에 따르면 맨몸으로 함께 살던 집을 뛰쳐나온 지 일주일째였다. 단순히 말다툼이나 연인 간의 사랑싸움 정도가 아니었다. 지운은 유나를 두려워하고 있었다.

유나는 삶의 매 순간에 몰입하는 여자였다. 그 바람에 감정적 항상성이 유지되지 않았다. '이리 와'와 '저리 가' 사이를 무시로 오갔다. '이리 와' 시간에는 천사였고, '저리 가' 시간에는 미친 여자였다. 사소한 일로 트집을 잡고, 트집 잡히지 않도록 처신하면 왜 자신에게 거리를 두느냐고 화를 내고, 화를 내기 시작하면 기어코 극단까지 갔다. 자해를 하거나 가해를 하거나. 헤어질 위기도 여러 번 겪었다. 그때마다 유나는 이렇게 물었다고 한다. 네가 나한테 어떻게 이래?

지운은 혼자서 유나와 대면하는 걸 겁냈다고 했다. 말하자면 진우에게 짐을 빼러 함께 가달라고 부탁하러 온 것이었다. 이튿날 오후 진우는 지운과 함께 유나의 집으로 갔다.

"선입견 때문이었을 거야. 나는 아주 화려하고 드센 여자를 상상하고 있었던 것 같아. 아니면 전설 속 마녀처럼 굉장한 흡인력 있다든가."

유나의 첫인상은 놀라움을 넘어 충격적이었다고 했다.

"네가 더 잘 알 거야. 그 느낌에 반했을 테니까. 비 온 후 말갛게 갠 하늘 같은 느낌. 가해나 자해를 할 것 같은 독한 구석은 어디에도 없었어. 수수하고 순수해 보이고, 나이에 맞지 않게 성숙한 기품도 있고. 난 진짜 의심했다니까. 이놈이 헤어지고 싶어서 멀쩡한 여자를 미친년 만든 거 아냐?"

유나는 주방 앞에 선 채 짐 싸는 걸 말없이 지켜봤다. 짐 꾸리기가 끝나자 커피라도 마시고 가라고 권했다. 지운은 그냥 가자는 눈짓을 보냈지만 진우는 식탁에 앉았다. 커피 머신에 가득 내려둔 커피가 너무도 슬퍼 보여 뿌리치고 갈 수가 없었다고 했다. 결국 지운도 식탁에 앉았다. 유나가 폴라로이드 카메라를 꺼낸 건 바로 그때였다.

"작별 기념으로 사진이라도 한 장 간직하고 싶다고 하더라. 지운인 마지못해 그러라 했고."

사진은 세 장 뽑아서, 각자 한 장씩 나눠 가졌다고 했다. 이후 세 사람은 한마디도 하지 않았다. 집을 나설 때, 유나가 한마디 했을 뿐.

"잘 가."

목소리가 너무 작고 무덤덤해서, 진우는 뒤를 돌아봤다고 했다. 눈이 마주치자 유나는 진우에게도 한마디 했다.

"잘 가요."

진우는 쥐고 있던 맥주를 한입에 다 털어넣은 후 빈 캔을 바닥에 내려놨다.

"누가 알았겠어. 그놈이 정말로 잘 가게 될 줄. 사실 서민영의 말은 좀 틀렸어. 떠도는 소문을 주워들은 모양인데, 난 그놈 차에 타지 않았어. 놈은 분당 본가로 가는 길이었는데, 굳이 내가 따라갈 이유가 없잖아. 저녁에 약속이 있기도 했고. 그런데 말이지……."

집에 들어오면서 몸이 노곤했다고 한다. 그때까지도 이상하다는 생각은 하지 않았다. 긴장 상태로 짐을 싸느라 피곤했으려니 했다. 5분만 누워 있어야지, 하며 침대에 누웠다. 눈을 뜬 건 이튿날 아침이었다. 깨어나자마자 강지운의 사고 소식을 들었다. 올림픽대로에서 한강으로 급발진해버렸다고 했다. 졸음운전이었다.

"사고소식 듣고, 맨 처음 떠오른 게 뭔지 아냐?"

커피였다고 했다. 커피를 마신 두 사람 중 하나는 죽은 듯 잠들고, 하나는 졸음운전으로 죽은 게 우연일까 싶었다는 것이다. 유나는 장례식장에 나타나지 않았다. 학교에서도 볼 수 없었다. 사고 직후 러시아로 가버렸다는 얘기만 들었다. 긴 세월 진우는 무서운 의심을 가슴에 품고 살았다고 했다. 바이칼 호수에서 다시 만날 때까지.

"왜 그때 나한테 이야기 안 했어?"

하나 마나 한 말이었다. 물으면서도 그는 이미 답을 알고 있었다. 할 수가 없었을 것이다. 했다면, 진우를 천하의 악질 훼방꾼으로 취급했을 테니까. 이혼남이라고 소개했다는 정도로도 이미 앙심을 품었는데. 2주 전 술집에서 했던 녀석의 말이 무슨 뜻인지 이제야 알 것 같았다.

잘해라. 잘못하면 자다 가는 수가 있다.

자다 간 건 그가 아니라 노아였다. 왜 노아였을까. 아내를 화나게 한 상대는 자신인데. 이 질문에 답해줄 수 있는 사람은 오로지 아내뿐일 것이다.

"노아 일이 터지자마자 그때 생각이 나더라. 욕을 먹더라도 결혼을 말렸어야 했나 싶고. 왜 바이칼 호수에서 유나를 아는 척했을까 자책되고. 술자리만 마련하지 않았어도 너랑은 스쳐가는 사람일 수 있었잖아."

그는 물었다.

"근데 왜 그렇게 했어?"

"확인하고 싶었을 거야. 이 여자가 정말 그랬을까. 웃기지 않냐?"

진우는 실없이 웃었다.

"내가 그랬어,라고 얼굴에 써 붙이고 있는 것도 아닌데."

진우는 새로 맥주를 터서 훌쩍 들이켰다. 이후 말이 없었다. 그역시 더 묻지 않았다. 뭔가를 알고 나면 좀 정리가 될 줄 알았건만 여전히 혼란스러웠다. 여전히 믿기지 않았고, 여전히 길이 보이지 않았다. 그저 대답 없는 질문만 머릿속을 빙빙 돌고 있었다.

신유나. 너는 대체 누구냐.

#

해거름 같은 오후였다. 떳장구름이 하늘을 뒤덮고, 대기는 무쇳빛으로 짙어지는 중이었다. 아직 5시도 되지 않았는데. 재인은 허리를 세우고 핸들을 고쳐 잡았다. 곧 나타날 표지물을 지나치지 않으려고 중심 시야를 우측으로 옮겼다.

우혜리 마을 진입로는 눈 한 번 깜박하면 놓치는 길이었다. 가로수 뒤에 비밀통로처럼 숨어 있는 데다, 명확한 표식도 없었다. 도로에서 마을이 들여다보이지도 않았다. 버스 승강장이 유일한 표지였다. 승강장이라 해봐야, 손바닥만 한 표지판 하나가 전부였지만.

우혜리
1001번 — 북면, 수리산

그녀는 표지판을 끼고 우회전해 마을 진입로로 들어섰다. 곤포 짚단이 공룡알처럼 나뒹구는 다랭이 논을 끼고 1킬로미터쯤 들어가자 인가가 보이기 시작했다. 산자락을 따라 20여 가구가 길게 흩어져 있는 작은 마을이었다.

다랭이 논이 펼쳐지는 산모퉁이를 돌자 폐가 한 채가 나타났다.

담장은 흔적조차 없고 대문 역시 떨어져나간 데다 마당가 비닐하우스는 천장이 길게 찢겨나간 집이었다. 그녀가 기억하기로 이 마을에 마지막으로 왔던 3년 전에도 비슷한 몰골이었다.

그때만 해도 저 집에 들어가볼 일은 없겠다 싶었다. 지금은 '볼일'이 생겼다. 그녀는 폐가로 차를 밀어넣었다. 비닐하우스 뒤쪽에 차를 세웠다. 달리 차를 숨길 만한 곳이 없었다.

할머니네는 마을의 막다른 곳에 있었다. 마을 길이 끝나는 곳이었다. 울창한 소나무 숲이 집의 삼면을 감싸고 있어 차가 들어갈 공간이 없었다. 그녀는 폐가 밖으로 나와 길에서 차가 보이는지 확인해봤다. 잘 보이지 않았다.

그녀는 500여 미터 언덕길을 뛰어 올라갔다. 흉악한 대문이 기다리고 있었다. 들뜨고 떨어져내린 푸른색 페인트, 눈물 자국처럼 길게 흘러내린 자홍빛 녹물, 대문 밑엔 겨울 잡초가 덩굴처럼 우거져 있었다.

혹시나 해서 그녀는 대문을 밀어봤다. 역시나 잠겨 있었다. 이번엔 문설주에 달린 초인종을 누르고 기다렸다. 아무 반응이 없었다. 최종 확인 차원에서, 집주인을 목청껏 불러봤다.

"누구 없어요?"

대답이 없었다. 이만하면 아무도 없다고 단정해도 될 것 같았다. 그녀는 덩굴장미 가지가 휘감긴 철제 담장 앞으로 움직였다. 고철 폐기물 같은 몰골이었지만, 기둥은 튼튼하게 박혀 있었다. 발로 밀고 차도 꿈쩍하지 않았다. 칸살 틈에 발을 디디고 올라타도 그녀의 체중을 안정감 있게 견뎌냈다.

그녀는 단풍나무 밑에 연착륙했다. 몸을 일으키자 당황스러운 풍경이 진격해왔다. 기억하고 있던 집, 동화 속 집처럼 알록달록한 색감과 아기자기한 형태의 이층집은 없었다. 천년만년 버려져 있던 집으로 들어선 기분이었다.

단풍나무는 가지만 앙상하고, 화단 향나무들은 멋대로 웃자라 둥근 모양을 잃은 지 오래였다. 집 외벽을 타고 올라간 덩굴줄기들은 지붕까지 덮어버린 상태였다. 거실 테라스엔 낙엽이 수북하게 쌓인 채 썩어가고 있었다. 유리창은 더럽기가 아랫집 폐가 못지않았다.

그녀는 마당 포석을 건너뛰어 현관문 앞으로 다가섰다. 문이 잠겨 있었다. 테라스 유리문도, 마당 옆쪽으로 난 할머니 방의 창문 역시. 두꺼운 커튼이 창을 가리고 있어 방 안이 들여다보이지도 않았다.

뒤꼍으로 돌아가자 앞마당보다 더 황폐한 풍경이 나타났다. 쩍쩍 갈라지고, 군데군데 내려앉은 콘크리트 옹벽, 찢어진 비닐 조각과 잡초로 뒤덮인 텃밭, 매년 열매를 맺던 감나무 밑에는 기다란 고지 가위가 다리를 벌리고 널브러져 있었다. 축축하게 젖은 땅에선 이끼가 파랗게 자라고, 옹벽 아래로 드리워진 숲의 그늘에선 매서운 산바람이 오갔다.

그녀는 무른 땅을 훌쩍훌쩍 건너뛰어 뒷문으로 갔다. 예외 없이 잠겨 있었다. 뒷문 옆에 뚫린 1층 욕실 창문마저도. 열려 있다 한들 통과할 수 있는 건 자신의 머리통 정도겠지만. 고개를 뒤로 젖혀 2층을 올려다봤다. 왼쪽 끝에 창문이 하나 있었다. 폭이 좁아 보였으나 몸을 욱여넣을 크기는 되는 것 같았다. 열려 있느냐, 하는 문제는 올라가봐야 알 테지만.

그녀는 창고로 달렸다. 문을 열자 작은 수레가 앞을 막았다. 할머니가 텃밭 일을 할 때 쓰던 건초 수레였다. 엊그제까지 텃밭 일을 한 것처럼, 바퀴와 몸체가 흙투성이였다. 수레의 짐칸에는 흙 묻은 파란 장화가 내던져져 있었다.

전등 스위치를 올리자 장작더미 옆에 세워진 접이식 8단 사다리가 눈에 들어왔다. 감을 따거나 지붕 수리를 할 때 쓰던 물건이었다. 사다리 밑엔 장화 두 켤레가 나란히 놓여 있었다. 검은 장화는 크기로 봐서 남자용 같았고, 노란 장화는 아동용이었다. 둘 다 흙투성이였다.

흙 묻은 장화 세 켤레……. 그녀는 장화를 기억 속에 밀어넣고 생각의 문을 닫았다. 자신에겐 덩치 큰 사다리를 창문 밑으로 끌고 가서 8단으로 펼쳐야 한다는 당면과제가 있었으므로.

힘이 세면 살기 편한 면이 좀 있다. 사다리를 끌고 가는 일이나, 사다리 끝을 움직여 지붕 끝에 맞추는 일도 거기에 속한다. 그녀는 수월하게 해냈다. 사다리를 타고 창문까지 올라가는 정도야 일 축에도 속하지 않았다. 운도 좀 따라주는 것 같았다. 창문 걸쇠가 풀려 있어, 유리창을 두들겨 깰 필요가 없었다. 창문 폭이 넓어서 몸을 욱여넣을 필요도 없었다. 더하여 미닫이창이었다.

그녀는 창문을 밀어 열고 안으로 진입했다. 내려선 곳은 욕실이었다. 세면대 수도꼭지 옆에 머리 고무줄과 비눗갑이, 세면대 선반엔 어린이용 샴푸, 카카오 어피치 칫솔과 치약과 양치 컵이 놓여 있었다. 문턱 밑에 놓인 욕실화 역시 카카오 어피치였다. 지유가 좋아하고 모으는 캐릭터였다. 스티커 같은 자잘한 물건부터, 베개, 양말까지.

이 집에 오면 유나는 1층, 지유는 2층을 쓰는 모양이었다. 그녀는 선 자리에서 신발을 벗어들고 욕실을 나섰다. 복도가 어두웠으므로 욕실 문을 열어둔 채 옆방으로 갔다. 방 안으로 들어서자, 30년 전 풍경이 그녀를 맞았다. 침대, 책상, 옷장, 하다못해 조명등까지 기억 속 유나의 방 그대로였다. 마법에라도 걸린 것처럼 시선이 창턱으로 끌려갔다.

명찰을 단 손 인형 가족이 식탁에 앉아 차를 마시고 있었다. 엄마, 아빠, 유나, 아기. 다리가 잘리고, 배가 찢기고, 눈알이 뽑힌 재인 오리가 그들의 발밑에 널브러진 채, 시커먼 눈구멍으로 그녀를 바라봤다. 그녀를 향해 속삭이고 있는 것도 같았다. 유나가 오기 전에 이 집에서 도망쳐.

그녀는 질끈 눈을 감았다. 진짜가 아니야. 환영이야. 기억 속에서 기어나온 망령이라고. 그러니 눈을 번쩍 뜨고 할 일을 해.

눈을 떴을 때, 창턱에는 아무것도 없었다. 흰 레이스 커튼 위에서 노랑나비들만 날고 있을 뿐. 그녀는 뒷걸음질로 방을 나갔다. 기억과 문을 동시에 밀어 닫았다. 두꺼비 등처럼 차갑고 끈적끈적한 손을 바지에 문지르면서 복도 끝방으로 갔다. 방문에 자물쇠가 걸려 있었다.

그녀는 기억을 더듬어봤다. 예전에도 이런 게 있었던가. 생각나지 않았다. 대신 밤마다 되풀이되던 지유의 잠꼬대가 생각났다.

되강오리가 울어요. 다락방 밑에서 울어요.

이 방이 다락방일까? 만약 그렇다면…… 집의 구조상, 다락방 밑은 1층 욕실이었다. 기억이 맞는지 가서 확인할 필요가 있었다. 그녀는 점퍼 주머니에서 휴대전화를 꺼냈다. 플래시를 켜고 껌껌한 계단을 내려가 욕실로 향했다. 들고 내려온 신발은 뒷문을 열어 밖에 두었다.

욕실은 복도보단 어둡지 않았다. 쪽창으로 빛이 들어오고 있었다. 그녀는 욕실 안 물건들을 하나하나 들여다봤다. 치약과 칫솔, 목욕용품, 수건걸이에 걸린 흰 수건. 휴지통은 말끔하게 비운 상태였다. 수납장엔 락스와 하수구 클리너가 들어 있고, 변기 옆엔 청소용 솔 두 개가 세워져 있었다.

준영의 흔적이라 여길 만한 것은 없었다. 플래시로 욕조 배수구까지 비춰봤지만 머리털 한 올 걸려 있지 않았다. 그러리라고 예상했으나 되강오리의 흔적 역시 없었다. 그녀는 서둘러 욕실을 나왔다. 락스 냄새 때문에 목이 간지럽고 기침이 났다. 숨을 마실 때마다 기관지와 폐까지 표백되는 기분이었다.

복도를 지나 부엌으로 돌아갔다. 이곳에서도 냄새가 먼저 마중을 나왔다. 이번엔 락스 냄새가 아니었다. 사골을 고았을 때 공기에 배는 고기 비린내에 가까웠다.

그녀는 냉장고를 열어봤다. 사골국은커녕 생수 한 병도 없었다. 플러그도 뽑힌 상태였다. 주방 앞쪽 아일랜드 식탁에는 향초와 파란 화병이 놓여 있었다. 주방 수납장 상단엔 그릇과 컵들이, 조리대 아래 서랍에는 수저나 포크, 와인 따개 같은 도구들이. 대부분 오래되고 평범해 보이는 부엌살림이었다.

평범하지 않은 물건은 하단 수납장에 있었다. 첫 번째 칸에 든 것은 통나무 도마와 거치대에 걸린 네 개의 칼이었다. 길고 얇은 칼, 짧은 칼, 회칼, 손도끼처럼 생긴 칼. 다음 칸을 열자 민서기와 대형 믹서가 나타났다. 그다음 칸엔 들어앉아 목욕도 할 수 있겠다 싶은 대형 찜통 두 개.

찜통만 공기에 밴 시골 냄새와 부합하는 물건이었다. 나머지는 가정집이라는 장소에는 부적절한 물건들이었다. 부적절한 물건은 사람을 어리둥절하게 만든다. 이게 여기에 왜 놓여 있을까,라는 질문을 부른다. 할아버지의 기일이면 불려와 부엌일을 도운 자로서 단언컨대, 할머니의 살림살이도 아니었다. 소나 돼지, 닭이나 오리 같은 남의 살을 다루는 자의 도구였다.

유나는 저 도구로 뭘 했을까. 다른 것을 상상하기엔 도구들의 목적이 지나치게 명확했다. 칼은 해체, 찜기는 삶기, 민서기와 믹서기는 갈기. 해체와 삶기와 갈기는 같은 맥락 안에 위치할 수 있는 단어들이었다.

외풍 같은 한기가 그녀의 뒷덜미를 베고 갔다. 어떤 상상이 머릿속에서 번뜩 불을 켰다. 그녀는 수납장 문을 후려치듯 닫았다. 막 열리기 시작한 상상의 문도 닫아버렸다. 후다닥, 몸을 일으키고 거실로 도망갔다.

플래시 빛 안으로 눈에 익은 풍경이 들어왔다. 형광등 두 줄을 끼운 천장 직갓등, 할아버지의 책들이 꽂혀 있는 책장, 낡은 천 소파와 작은 원탁. 벽에 걸린 달력은 할머니가 떠난 2년 전 9월에 멈춰 있었다.

할머니가 쓰던 거실 안쪽 방도 마찬가지였다. 침대에 깔린 침구까지 그 시절에 머물러 있었다. 겉은 폐가건만 집 안에는 여전히 할머니가 살고 있는 것 같았다. 플래시 빛이 닿는 곳마다 할머니가 앉아 있는 듯했다. 유나에겐 이 집에서 살겠다는 의사가 전혀 없어 보였다. 가끔 혹은 주말에라도 와서 머물 요량이라면 할머니의 흔적을 이처럼 고스란히 두진 않았을 테니까.

그녀는 장롱부터 뒤지기 시작했다. 이어 서랍장, 화장대 순으로. 유나의 것으로 보이는 물건은 없었다. 특별히 눈을 끄는 물건도 없었다. 반짇고리까지 뒤지고 나자 방 안은 더 살펴볼 데가 없었다. 그녀는 방을 나가려다, 멈칫해서 섰다. 머릿속에서 튀어나온 자신의 목소리가 덜미를 틀어잡았다.

여기서 뭘 찾고 있는 건데? 준영이 여기 있었다는 증거야, 여기 없었다는 증거야? 입장을 분명하게 하라고. 편의에 따라 눈을 감았다 떴다 하지 말고. 깜박 잊은 것 같아서 말인데, 네가 이 사건에서 구경꾼이나 행인1이 될 가망은 없어. 왜냐하면 가장 유력한 '피의자'이기 때문이지.

그랬다. 그녀는 그새에 자신의 처지를 깜박 잊었다. 여기에 왜 왔는지도. 그 바람에 '무언가'를 발견하고도 눈을 감아버린 것이었다. 아니, 눈을 감은 정도가 아니었다. 그 '무언가'가 아무것도 의미하지 않는다는 반증을 찾고 있었다. 거실로 들어온 이후부터 쭉. 수용 불가능한 직감에 대한 본능적 반발이었다. 어찌해볼 수 없는 무의식의 저항이었다. 흔히들 '설마'라 부르는 자기 함정이었다.

무언가에 놀라 도망치는 사람처럼, 그녀는 허둥대며 거실로 나왔다. 다리에 힘이 빠지는 바람에 소파 한쪽에 철퍼덕 주저앉았다. 순간 엉덩이 밑에서 어떤 소리가 난 것 같았다. 아니, 소리라기보다 플라스틱 같은 물체가 빠지직, 금이 가는 느낌에 가까웠다.

그녀는 몸을 일으켰다. 앉았던 자리의 바닥 쿠션을 들어올렸다. 길쭉하고 작은 물체가 팔걸이 밑으로 절반쯤 들어가 있었다. 꺼내고 보니 볼펜이었다. 손끝이 떨리기 시작했다. 뚜껑 클립에 각인된 S, J, Y라는 이니셜은, 그녀가 이제 막다른 길에 도착했다고 알려왔다. 그것은 준영의 극본이 처음 무대에 오르던 날, 유나와 함께 대학로에 갔던 그날, 자신이 선물한 볼펜이었으므로.

"은호 말입니다. 노아 장례식장에서 경찰한테 하는 말을 얻어 들었는데……."

불현듯 김진우의 말이 떠올랐다.

"전날 밤, 유나가 건넨 모과차를 마셨답니다. 아이가 죽는 줄도 모르고 깊이 잠들었고요."

아이가 죽는 줄도 모르고 잤다. 그렇다면 자기가 죽는 줄 모르고 잘 수도 있을까. 그녀의 시야에 좀 전 주방에서 본 물건들이 불려오기 시작했다. 전문가용 칼, 민서기, 믹서기, 찜통까지, 착착.

중학 시절, 담임이 '직각의 순간'에 대해 말해준 적이 있었다. 어떤 세계를 하나의 그림으로 이해해내는 섬광 같은 순간이라고. 지금이 바로 그 순간이었다. 눈을 가리고 있던 무의식의 막이 한 손에 찢겨나갔다. '설마'라는 저항의 벽이 한 방에 부서졌다. 갇혀 있던 상상이 급류처럼 쏟아져내렸다. 그런 걸 상상할 수 있는 자신의 머리통이, 정말이지 끔찍스러웠다.

가서 확인해. 다시 자아의 목소리가 명령을 내렸다.

자물쇠가 잠겨 있던 2층 방에 뭐가 있는지, 두 눈으로 보라고. 자물쇠든, 문이든 때려 부수고 들어가란 말이야. 있다면 그 상상은 망상이겠지만, 없다면…….

그녀는 볼펜을 점퍼 주머니에 담고 부엌으로 갔다. 하단 수납장 문을 열고 칼 거치대를 끌어냈다. 네 개의 칼 중, 문을 깨는데 가장 가망 있어 보이는 걸 골랐다. 크고 묵직하면서 날이 새파란 것. 손도끼칼을 쥐고 몸을 일으켰을 때, 등 뒤에서 딸깍, 소리가 울렸다. 동시에 현관문이 열리는 기척을 느꼈다.

찬바람이 그녀의 목덜미를 스쳐갔다. 아무래도 오늘은 운이 요동치는 모양이었다. 그녀는 서서히 현관 쪽으로 돌아섰다. 샛노란 빛이 쏟아져내리는 현관 센서등 밑에 유나가 서 있었다. 놀란 얼굴은 아니었다. 하기는 놀랄 사람은 유나가 아니라 자신이었다.

"내 집에 손님이 와 있었네."

유나는 구두를 벗고 마룻바닥으로 올라섰다. 검은 원피스에 현란한 스카프, 검은 코트, 한 손엔 접이식 밀차를, 다른 쪽 손목엔 제 얼굴만 한 말발굽 장식이 달린 손가방을 걸고 있었다.

"난 초대한 적이 없는 것 같은데."

유나는 밀차를 벽에 세워두고 거실 문 앞으로 걸어가 실내등을 켰다. 커튼콜에 불려나온 배우처럼, 환하고 즐거운 표정이었다. 그녀는 아일랜드 식탁으로 걸어와 마주 서는 유나를 잠자코 지켜봤다. 아니 사실은 흔들리는 시선을 고정해보려 안간힘을 쓰고 있었다.

그날로 돌아간 기분이었다. 난자당한 오리 인형을 쥐고, 몸을 떨며 유나 앞에 서 있던 그때로. 그때처럼 다리가 후들거리고, 뒷덜미가 따끔거리고, 뱃가죽이 움찔움찔 조여들었다. 갈비뼈 안에선 심장이 질주하고 있었다.

"근데 표정이 왜 그래? 말벌이라도 삼킨 것 같아."

유나는 긴 스카프를 풀어 식탁에 내려놓으며 말했다. 금방이라도 깔깔대고 웃을 것 같은 목소리였다. 그녀는 알맞은 대답을 찾지 못했다. 그저 자신 안에서 일어나고 있는 화학적 광란을 수습하려고 주문을 걸고 있었다. 떨지 마, 넌 유나보다 키도 크고, 덩치도 크고, 머리통도 크잖아. 덤으로 손도끼칼까지 들고 있잖아. 그러니 덩칫값 좀 하라고.

쉽지 않았다. 우선 생각이 돌아가지 않았다. 그 많은 세월이 지났는데도 유나에 대한 항체는 생기지 않은 모양이었다.

"왜 왔어? 도둑년처럼 담까지 넘어서."

유나가 물었다. 여전히 생글거리는 표정이었다. 그녀는 플래시를 끈 뒤, 휴대전화를 점퍼 주머니에 담았다. 축축한 손아귀에 걸린 손도끼칼을 고쳐 잡았다. 도둑년 운운하는 유나의 상냥한 주둥이를 노려보며 물었다.

"준영이 어디 있니?"

"그 사람을 왜 여기서 찾아?"

유나는 영문을 모르겠다는 표정으로 되물었다. 그녀는 친절하게 가르쳐주었다.

"네가 데려왔잖아. 겨우 20일 전인데, 기억 안 나?"

유나의 얼굴이 살짝 기울어졌다. 사선으로 뻗어온 시선은 아무런 숨김도 없어 보였다.

"나 그 사람 마지막으로 본 게 3년 전인데."

감탄사가 절로 나왔다. 저 정직한 눈으로 무슨 거짓말인들 못할까? 그녀는 점퍼 주머니에서 볼펜을 꺼내 보였다.

"이거, 7년 전에 내가 걔한테 선물한 거야. 근데 이 집 소파 밑에 있더라."

"그래서?"

유나가 되물었다. 그녀도 질문으로 되받았다.

"그래서 어디 있느냐고 물었잖아?"

"그러니까, 네가 왜 찾는지 묻고 있잖아?"

"어제 경찰서에 불려갔어. 11월 16일부터 20일까지 네가 정말로 친정에 있었는지, 굉장히 궁금해하더라고. 이유를 물었더니, 그날 준영이가 실종됐다고 하대."

유나는 계속해봐, 하듯 한쪽 눈썹을 슬쩍 들어올렸다.

"그간 나도 이상하다, 생각하고 있었어. 일주일째 연락이 안 돼서."

그녀는 자신의 각본이 맞아떨어지기를 기대하며 말을 이었다.

"그날 네가 전화했을 때, 나랑 충주에 있었거든."

유나는 고개를 똑바로 세웠다. 눈동자 위를 빙글빙글 돌던 미소는 싹 사라졌다.

"교촌까지 내가 데려다줬어. 멀리서 네 차에 타는 것도 지켜봤고."

"너 나 몰래 그 사람 만나고 있었어?"

유나의 목소리 끝이 미세하게 흔들렸다. 동요하고 있다는 표지였다. 비로소 그녀는 조금씩 차분해지는 걸 느꼈다. 마음먹은 것을 행동으로 옮길 용기도 생겼다.

"준영이 어디 있니?"

그녀는 볼펜을 주머니에 담고 식탁을 돌아서 유나에게 다가갔다. 유나는 그녀를 향해 몸을 돌리고 섰다. 정신 나간 사람처럼 그녀를 향해 중얼거렸다.

"그랬단 말이지?"

그녀는 유나와 20센티미터 거리를 두고 걸음을 멈췄다.

"또 내 것에 손을 댔단 말이지."

유나는 거듭 중얼거렸다. 초능력을 발휘하고 있는 모양이었다. 듣고 싶은 것만 들리고, 듣기 싫은 건 안 들리게 만드는 초능력. 그녀는 잠을 깨우는 심정으로 대화의 주제를 짚어주었다.

"준영이 어디 있냐고 물었잖아."

유나는 대답하지 않았다. 대신 "도둑년"이라고 말했다. 이번만 큼은 그녀도 참지 않았다. 손도끼칼을 곧장 유나의 턱밑에 대고 말했다.

"셈 잘해. 까불어서 득이 되는지, 아닌지."

칼날을 통해 유나의 목 근육이 꿈틀 뛰는 게 전달돼왔다.

"잘하는 짓이네."

유나의 말투가 순식간에 차분해졌다.

"이게 언니가 동생한테 할 짓이야?"

틀린 말은 아닌데, 네가 할 말은 아니지. 그녀는 퀴즈를 냈다.

"강지운, 이슈트반, 아버지. 이 세 사람은 공통점이 뭘까."

유나는 대답 없이 그녀를 쏘아봤다.

"힌트는 그들이 누군가와 커피를 마셨다는 거야. 그리고 몇 시간 후에 교통사고로 죽었어. 사고 원인은 졸음운전이고."

그녀는 칼을 쥔 손에 힘을 줬다. 칼날 위에서 유나의 경동맥이 팔딱거렸다.

"정답을 가르쳐줄게. 그들은 신유나를 버린 사람들이야. 특히 아버지는 너를 두 번이나 버렸지."

유나는 눈을 얄따랗게 떴다. 길게 누운 눈꺼풀 밑으로, 그녀를 태워 죽일 것 같은 불길이 새어나왔다.

"어릴 때야 당해줬지만, 두 번씩은 용서할 수 없었을 거야."

그녀는 내킨 김에 한 발짝 더 나아갔다.

"준영이는 아버지보다 죄가 더 컸겠지. 널 버렸을 뿐 아니라, 몇 년씩 끈질기게 열 받게 하고, 심지어 지유를 안 보여주면 유치장에 처넣어버리겠다고 협박했으니까. 네 성미에 재워서 보내는 정도로는 양에 안 찼을 거야."

"글은 네가 쓸 걸 그랬네. 그 사람이 아니라."

유나가 입술을 거의 열지 않고 말했다. 그 바람에 발음이 반쯤 뭉개졌다. 목이 아니라 잇새로 새어나오는 것처럼.

"그래서 하는 말인데, 2층 방 좀 보여줄래? 자물쇠가 잠긴 방 말이야. 내 생각이 망상인지 아닌지 확인 좀 해보게."

그녀는 몸을 옆으로 비키며, 턱을 들어 계단을 가리켰다.

"앞장서."

유나는 움직이기 시작했다. 사뿐사뿐 발끝으로 계단을 향해 걸었다. 그녀는 어깨 하나 사이를 두고 유나 뒤에 붙어 갔다. 손도끼칼의 위치는 귀밑에서 목덜미로 옮겨갔다. 팔이 저릿저릿하고 손끝이 바르르 떨려왔다. 유나의 뒤통수는 전혀 긴장한 것 같지 않았다.

새삼 놀라웠다. 얼굴을 마주친 순간부터 지금까지, 유나는 움찔 이상의 반응을 보이지 않았다. 목에 칼이 들어와 있는데도, 긴장하는 기색이 아니었다. 자신을 우습게 봐서인지, 상황 자체가 그리 겁나지 않는 건지는 모르겠지만. 만약 떨지 않는 연기를 하는 중이라면, 타고난 배우일 것이다. 실제라면……

그녀는 생각을 멈췄다. 시선이 손가방을 걸고 있는 유나의 손목으로 향했을 땐, 이미 늦었다. 손가방이 섬광처럼 허공을 돌아 그녀의 눈으로 날아들고 있었다. 거의 반사적으로 고개를 젖혔으나, 돌연한 습격을 피할 수는 없었다. 손가방에 붙은 묵직한 말굽 장식이 오른쪽 눈꺼풀에 들이박혔다.

눈알이 박살 나는 듯한 충격이 머리를 덮쳤다. 동시에 자신의 어깨를 떠밀어버리는 우악스러운 힘을 느꼈다. 헉, 소리가 튀어나오고, 몸이 뒤로 젖혀지며 발꿈치가 계단에서 붕 떴다. 그녀의 몸은 허공을 활강해서 단단한 마룻바닥에 머리부터 떨어져내렸다.

비명조차 지를 틈이 없었다. 입 한 번 열기도 전에 새카만 어둠이 몰밀어왔다. 눈이 내리 감겼다. 그녀가 마지막으로 본 것은 손도끼칼을 치켜든 유나였다. 그것이 자신을 향해 내리꽂히기 직전, 어둠이 그녀를 집어삼켰다. 아득한 곳에서 유나의 목소리가 들려왔다.

도둑년…….

#

엄마는 밤늦게 돌아왔다. 그때 지유는 거실 소파에 앉아 '발레리나'라는 애니메이션을 넋 놓고 보는 중이었다. 펠리시와 까미유가 춤 대결을 하는 장면이었는데, 갑자기 엄마 목소리가 비집고 들어왔다.

"차지유."

지유는 번득 정신이 들었다. 고개를 돌리자, 거실 입구에 서 있는 엄마가 눈에 들어왔다. 한 손엔 코트를, 한 손엔 큼직한 비닐봉지를 들고 있었다. 지유는 잽싸게 몸을 일으키고 섰다.

"여태 안 잤니?"

엄마는 벽에 걸린 시계로 흘끔, 시선을 던졌다. 지유도 그 시선을 따라갔다. 11시. 시간이 이렇게 된 줄은 몰랐다.

"영화 보다가 그만……."

엄마는 주방으로 향했다. 비닐봉지와 코트를 식탁 위에 내려놓고 의자에 다리를 꼬고 앉으며 말했다.

"그거 끄고 이리 와."

지유는 시키는 대로 했다. 식탁 앞에 다가서자 엄마는 맞은편 의자를 눈으로 가리켰다. 거기 앉으라는 뜻이었다. 이번에도 그렇게 했다.

"저녁은 먹었니?"

"아니요."

"배고프겠네. 이건 내일 주려고 했는데."

엄마는 비닐봉지에서 해피밀 세트를 꺼내 지유 앞에 놓아주었다. 엄마 앞에는 감자튀김 한 봉지를 꺼내놨다.

"먹어."

지유는 치즈버거를 싫어한다. 치즈스틱은 질색이다. 우유는 좋아하지 않는다. 엄마가 사 온 해피밀 세트엔 세 가지가 다 들어 있었다. 함께 따라온 미니어처는 벌써 세 개나 갖고 있는 스펀지밥과 집게리아였다. 이렇게 맞춰 오기도 힘들 것 같았다. 못 먹게 하려고 사 온 건가 의심스럽기도 했다.

물론 엄마에게 그런 말은 하지 못한다. 먹기 싫다는 말은 더더욱. 엄마의 기분이 좋을 때도 통하지 않는 투정이다. 자야 할 시간에 영화를 보다가 들켰다면, 엄마의 표정이 그리 좋지 않은 때라면, 행복한 표정으로 먹어야 한다. 알고 있으면서도 입이 생각대로 움직여주지 않았다. 지유는 토할 것 같은 심정으로 빵 부분만 앞니로 갉았다.

"왜 토끼처럼 먹니?"

엄마가 물었다. 늘 그렇듯 질문이 아니었다. 깨작거리지 말고 제대로 먹으라는 명령이었다. 지유는 그러겠다는 답으로, 크게 한 입 베어 물었다. 치즈 맛을 느끼지 않으려고, 씹지 않고 꾸역꾸역 넘겼다. 그날 차 안에서 아빠가 그랬듯이.

"점심 뭐 먹었니?"

엄마는 감자튀김을 하나 집어 들고 물었다. 지유는 목에 걸린 걸 서둘러 삼켰다. 목구멍이 뻑뻑해서 잘 넘어가지 않았다. 그 바람에 목이 졸린 듯한 소리가 새어나왔다.

"밥이요."

"카레가 그대로 있는데?"

엄마가 전자레인지 옆에 놓인 '3분 카레'를 곁눈으로 가리켰다. 지유는 다급하게 우유팩을 열었다. 목에 걸린 햄버거가 배 속으로 내려갈 때까지, 꿀꺽꿀꺽 넘겼다. 와중에 적절한 답을 찾아 바쁘게 머릿속을 뒤졌다.

"사실은…… 안 먹었어요."

엄마가, 응? 하듯 눈을 한 번 깜박거렸다. 지유는 자신도 모르게 고개를 숙였다.

"거짓말해서 죄송해요."

엄마는 뾰족한 손톱 끝으로 식탁을 톡톡 두드렸다. 한 번, 두 번, 세 번…….

"왜 안 먹었니?"

지유는 카레를 치즈만큼 싫어한다.

"배가 아파서요."

저절로 거짓말이 나왔다.

"지금도 아프니?"

지유는 점점 더 불안해졌다. 정말로 궁금해서 묻는 게 아닌 것 같았다. 조곤조곤하면서도 무성의한 말투였다.

"조금요."

엄마는 고개를 끄덕였다. 그뿐이었다. 지유는 용기를 내어 물었다.

"저, 그만 먹어도 돼요?"

"그래."

엄마는 감자튀김 하나를 더 입에 넣었다.

"아빠, 낮에 안 왔니?"

지유는 잠깐 헷갈렸다. 아빠인지, 새아빠인지. 새아빠 집이니 새아빠겠지, 생각하자 가슴이 조여들었다. 솔직하게 말하려면 이모 이야기를 해야 할 터였다. 말을 하지 않자니 후환이 두려웠다. 새아빠가 말해버리면 모든 게 들통날 테니.

걱정하지 마. 새아빠가 비밀 지켜줄 거야.

새아빠가 차를 몰고 떠난 후, 이모는 전화를 걸어 그렇게 말했다. 그 말을 믿어도 될지 판단이 서지 않았다. 새아빠에 대해선 아는 게 없었다. 말이 없고 잘 웃지도 않는다는 것 말고는. 지유는 새아빠가 아니라 이모를 믿기로 했다. 이모가 그렇다면 그럴 것이다.

"잘 모르겠어요. 배가 아파서 내내 잤어요."

"전화도 없었어?"

지유는 한참이나 생각한 끝에 답을 찾아냈다.

"벨소리를 못 들었어요."

엄마는 아무 말도 하지 않았다. 고개를 끄덕이지도 않았다. 그저 감자튀김을 식탁에 놓고 손톱 끝으로 눌러 툭툭 끊고 있었다. 지유는 망설이다 물었다.

"저 이제 자러 가도 돼요?"

"그래. 가서 자."

엄마의 눈은 지유가 내려놓은 치즈버거에 가 있었다. 마치 치즈버거에게 가서 자라고 하는 것 같았다. 엄마는 자주 그런다. 딴 짓을 하면서, 딴 곳을 쳐다보고, 딴 것에게 말한다. 자신의 행동이나 말이 비위에 거슬리고 있다는 신호였다. 지유는 "가서 자"라는 말을 듣고도 선뜻 일어나지 못했다.

"뭐 하고 있니?"

엄마가 눈을 들고 물었다. 지유는 그제야 몸을 일으켰다. 엄마의 시선을 느끼며 거실로 빠져나갔다. 아직도 배가 아픈 것처럼, 느릿느릿 2층으로 올라왔다. 한달음에 뛰어 올라가고 싶었지만 온 힘을 다해 참았다. 원하는 대로 몸이 바뀔 수 있다면 얼마나 좋을까, 생각했다. 그러면 작은 애벌레가 돼서 기어갈 텐데. 엄마의 눈에 띄지도 않고, 주의를 끌지도 않도록.

2층에 올라와서도 지유는 마음이 편하지 않았다. 노아가 방문 앞에 서서 자신을 노려보고 있는 기분이었다. 당장이라도 '축구공 내놔'라는 말이 들릴 것만 같았다. 지유는 귀를 막고 고개를 숙인 채로 노아의 방을 지나 욕실로 갔다. 세수를 하고 나온 후에도 똑같이 했다. 단 몇 발짝을 걷는 사이 두 개의 마음이 끊임없이 싸웠다. 정말로 노아가 있는지 돌아보고 싶은 마음. 후다닥 방으로 뛰어들고 싶은 마음.

지유는 둘 다 하지 않았다. 앞만 보고 걸어서 방으로 들어갔다. 문을 잠그고 싶었으나 그렇게 하지 않았다. 엄마가 싫어하는 일이었다. 잘 자라고 인사하러 왔는데 문이 잠겨 있으면 부아가 치민다고 했다. 그것은 '꺼져'와 같은 말이라고 했다.

지유는 불을 끄고 침대로 기어들었다. 협탁에 놓인 작은 조명등을 켜고 반듯하게 누웠다. 시선이 자동으로 옷장 위쪽으로 올라갔다. 아빠 인형을 숨겨둔 곳이었다. 이제부턴 새아빠가 오기를 기다려야 할 것이다. 그래야 엄마가 안방으로 들어갈 테니까. 그러면 아빠 인형을 베개 밑에 넣어두고 잠들 수 있을 테니까.

지유는 수를 세기 시작했다. 1, 2, 3…… 1000을 셌지만 새아빠는 돌아오지 않았다. 다시 1000. 1000을 다섯 번 셀 때까지도. 집 안은 고요했다. 엄마가 움직이는 소리도 들을 수 없었다. 지유는 엄마가 잠들었다고 생각하고 싶었다. 그래도 좋을까? 요망한 생쥐가 '그렇다'고 대답했다.

지유는 침대에서 일어났다. 책상으로 올라가 옷장 위에 둔 아빠 인형을 꺼냈다. 본래 자리로 돌아와 인형을 베개 밑에 밀어넣었다. 안도감이 몰려왔다. 이제 안심하고 잠들어도 좋을 것이다. 할머니네를 떠날 때 가져올 수 있었다면 더 좋았겠지만. 그랬다면 이모에게 전화할 일도 없었을 텐데.

엄마가 데리러 왔던 날, 지유는 저녁을 먹고 있었다. 도우미 아주머니가 해주는 것들은 대체로 입맛에 맞았다. 달걀 비빔밥이나 닭고기 조림 같은 것들. 그날 저녁엔 쇠고기와 버섯을 구워주었다. 쇠고기는 맛있었지만 두어 점밖에 먹지 못했다. 엄마가 갑자기 나타나 온 집 안을 뒤지고 다녔기 때문이다. 도우미 아주머니는 엄마를 말리려다 무안만 당했다. 지유는 아빠 인형을 숨겨둔 침대 옆에서 안절부절못하고 서 있었다.

다시 할머니네로 돌아올 일은 없을 거라고, 엄마는 말했다. 지유가 아끼는 물건들은 대부분 두고 가라고 했다. 할머니와 이모가 사준 옷과 미술 키트, 동화책, 심지어 유치원 가방까지. 당연히 아빠 인형을 가져올 수가 없었다. 그 바람에 새아빠 집에 온 날부터 악몽에 시달리고 가위에 짓눌렸다. 밤에도 낮에도 잠만 들면 그랬다.

지유는 이모가 다녀간 후에야 비로소 안심할 수 있었다. 오늘부턴 편하게 잠들 수 있겠구나. 아빠가 지켜줄 테니까. 되강오리의 울음으로부터, 끝없이 내려가는 계단으로부터, 습지의 부름으로부터.

아빠 인형을 베개 밑에 넣고 누운 지금, 지유는 새로운 사실을 깨달았다. 이제부턴 악몽이 아니라 아빠 인형을 들킬지도 모른다는 불안으로 잠들지 못하리라는 걸. 그래도 가위보다는 불안이 나을 것이다. 인형은 감출 수 있지만, 악몽은 막을 수 없으니까. 언제까지나 잠들지 않고 버틸 수는 없으니까.

지유는 몸을 돌리고 베개 밑으로 손을 밀어넣었다. 아빠 인형과 손을 맞잡자 위안을 받는 기분이 됐다. 뭉쳤던 뱃속이 풀어지는 느낌이었다. 그러다 잠이 들어버린 것도 같다. 쏟아지는 불빛에 퍼뜩 눈을 뜬 걸 보면. 날카로운 백색광이 눈 위로 쏟아졌다. 지유는 번득 손을 올려서 눈을 가렸다.

"차지유."

엄마의 목소리였다. 손을 내렸으나 엄마를 제대로 볼 수가 없었다. 시야가 흐릿했다. 부연 덩어리가 침대로 다가오는 것 같았다. 방 안 사물들은 두세 개, 네 개로 겹쳐 보였다. 뭔가를 볼 수 있게 됐을 땐, 모든 것이 끝난 후였다. 담요가 걷히고, 아빠 인형이 손에서 뽑혀나갔다.

"일어나."

부드럽게 속삭이는 목소리였다. 세상에서 가장 무서운 속삭임이었다. 지유는 벌떡 일어나 앉았다.

"이게 뭐니?"

엄마는 손에 쥔 아빠 인형을 흔들었다. 살짝살짝, 깐닥깐닥. 지유는 앉은 채로 굳어져버렸다. 시야가 어지러웠다. 눈알이 빙글빙글 도는 것 같았다. 아빠 인형이 멀어졌다 가까워졌다 했다.

"대답 안 할 거니?"

엄마의 목소리는 더 작아졌다.

"잘못했어요."

반사적으로 튀어나온 대답이었다. 엄마는 고개를 저었다.

"그건 대답이 아니지. 설명을 해야지."

지유는 고개를 숙이고 자신의 무릎을 노려봤다. 어떻게 설명을 해야 할까. 답이 나오지 않았다.

"차지유."

엄마가 다시 불렀다. 지나치게 고요한 엄마의 목소리는 경고하고 있었다. 오늘 밤 너는 무사하지 못할 것이라고. 사실을 말하든, 말하지 않든.

"잘못했어요."

"뭘?"

"아빠 인형을…… 엄마한테 허락을 받지 않고 가져왔어요."

"그것뿐이니?"

지유는 식초처럼 신 침이 목 밑에서 솟구치는 걸 느꼈다. 아랫배가 조여들고 화장실에 가고 싶은 느낌이 덮쳐왔다.

"엄마 몰래 갖고 있었던 거요."

"그리고?"

"그리고……."

지유는 잇새에 고인 침을 꿀꺽 삼켰다. 머릿속은 망설임과 두려움으로 새까매졌다. 그리고. 그리고…….

엄마가 물었다.

"낮에 정말 배가 아팠니?"

지유는 엄마가 다 알고 있다는 걸 깨달았다. 솔직하게 말할 마지막 기회를 놓쳤다는 것도. 엄마는 등 뒤에 감추고 있던 무선전화기를 지유의 눈에 들이댔다.

"우리 지유 똑똑하니까, 이게 뭔지 알 거야."

지유는 숨을 삼켰다. 통화목록에 이모의 전화번호가 연달아 두 번 떠 있었다.

"넌 훔친 인형을 외할머니 집에 감춰두고 왔어. 오늘 아침에 이모한테 전화를 걸어 이걸 가져다달라고 했고. 이모는 인형만 가지고 오지 않았을 거야. 점심때였으니까. 아마 네가 좋아하는 해피밀을 사 왔겠지? 그래서 넌 엄마가 사 온 걸 안 먹은 거야."

지유는 고개를 흔들었다.

"아니에요, 엄마. 정말로 배가 아팠어요."

엄마는 카디건 주머니에서 뭔가를 꺼냈다. 지유가 접어서 분리수거함에 넣은 감자튀김 팩과 작게 묶어서 쓰레기통에 버린 맥도날드 비닐봉지였다.

"이래도 아니야?"

지유는 갈비뼈 아래가 훅, 조여드는 느낌을 받았다. 숨이 턱턱 막혔다.

"엄마는 너한테 솔직하게 말할 기회를 줬어."

엄마는 인형과 전화기를 침대로, 감자튀김 팩과 비닐봉지는 방바닥에 내던졌다.

"기회를 줄 때 말했어야지. 그랬다면 인형을 훔친 벌만 받았을 거야. 이젠 거짓말로 엄마를 속이려 한 벌까지 받아야겠지?"

침대에서 한 발짝 물러서며 엄마는 덧붙였다.

"내려와."

지유는 엄마 앞으로 내려섰다.

"옷장에서 네 캐리어 꺼내와."

엄마의 목소리는 눈보라처럼 차고 매서웠다. 지유는 뒷덜미 털이 모조리 곤두서는 걸 느꼈다. 왜 갑자기 캐리어를 꺼내오라는 것일까.

"너는 엄마 명령을 어기고, 엄마 물건을 훔치고, 엄마한테 거짓말을 했어. 만약 몰라서 그랬다면 한 번쯤 용서할 수도 있겠지."

어떤 예감이, 확신에 가까운 예감이 지유의 머리를 스쳐갔다. 너무도 무서운 예감이어서 떠올리는 것조차 끔찍했다. 지유는 도리질했다. 아닐 거야. 그렇게까지 하지는 않을 거야.

"그런데 넌 아니야. 아주 잘 알면서, 이모랑 짜고 엄마를 바보로 만들었어."

엄마의 목소리는 더 작아졌다.

"세상 사람이 다 배신해도 너는 늘 엄마 편일 거라고 믿었는데."

지유는 필사적으로 고개를 저었다.

"아니에요. 엄마, 저는……."

"나는 배신자를 데리고 살 수 없어."

예감은 틀리지 않았다. 지유는 자신의 입에서 튀어나오는 비명 같은 소리를 들었다.

"엄마. 아니에요. 그게 아니라……."

"네 캐리어 가져와."

지유는 한 발짝 뒤로 물러섰다. 엄마를 향해 기도하듯 손을 모았다. 절박한 마음으로 용서를 빌었다.

"엄마, 잘못했어요. 다시는……."

"이미 두 번 말했어. 한 번 더 하게 만들면, 내복 바람으로 쫓아낼 거야."

지유는 한 발짝 더 물러섰다. 허벅지에 침대가 닿았다. 시야가 흐릿해지며, 눈자위에 뜨뜻한 눈물이 차올랐다. 지금 일어나고 있는 일이 실감 나지 않았다. 이 밤중에, 정말로 자신을 쫓아내려는 건 아니라고 믿고 싶었다. 자신을 평소보다 좀 더 엄하게 혼내는 것이라 생각하고 싶었다.

"엄마. 그러지 마세요."

지유는 엄마 발치에 무릎을 꿇고 주저앉았다. 목소리는 흐느낌으로 떨리기 시작했다.

"저를 쫓아내지 마세요."

울음이 울컥울컥, 목을 넘어왔다. 목구멍이 경련하듯 움찔거렸다. 머리가 터질 것처럼 아팠다. 그 바람에 지유는 자신이 상황을 점점 나쁘게 만들고 있다는 걸 깨닫지 못했다.

지유는 이미 두 가지 실수를 범했다. 잘못을 빌 땐 울어서는 안된다. 우는 소리는 엄마의 화만 돋우는 짓이었다. 무엇을 잘못했는지, 왜 그런 일을 저질렀는지 솔직하게 설명해야 한다. 두 번째 실수는 '그러지 말라'고 엄마를 제지했다는 점이었다. 어떤 벌을 내릴지는 엄마가 결정할 일이었다. 나아가, 돌이킬 수 없는 세 번째 실수를 저질렀다. 주제넘게도 자신이 받을 벌을 스스로 정한 것이었다.

"차라리 외할머니 집으로 갈게요. 엄마가 오라고 할 때까지 오지 않을……."

순간, 한쪽 뺨이 옆으로 획 돌아갔다. 이어 반대쪽 뺨에서 다시 벼락이 쳤다. 그 힘에 떠밀려 지유는 침대 모서리에 머리를 찧고 바닥에 널브러졌다. 비명이 터졌다. 머리 위에선 천장이 빙글 돌았다. 세상이 훌쩍 멀어졌다. 아득한 곳에서 엄마의 목소리가 들려왔다.

"일어나."

지유는 머리를 들었다. 순간 비릿하고 미지근한 액체가 목구멍으로 흘러내렸다. 구역질과 딸꾹질이 동시에 났다.

"빨리."

지유는 일어섰다. 몸이 휘청했다. 발밑이 빙글빙글 돌고 있었다. 턱 끝에선 무언가 뚝뚝 떨어졌다. 방바닥과 잠옷 바지 위엔 새빨간 점들이 피어났다. 핏방울이었다. 지유는 필사적으로 눈의 초점을 맞추고 엄마를 봤다. 코피가 나는 걸 엄마가 알아봐줬으면 했다. 헛된 바람이었다. 냉정한 손길이 지유의 어깨를 잡아서 밀쳤다.

"옷장 앞으로 가."

지유는 비틀거리며 옷장 앞으로 갔다. 엄마가 따라와 등 뒤에 섰다.

"문 열고 캐리어 꺼내."

문은 열었으나, 캐리어는 꺼내고 싶지 않았다. 꺼내면 정말로 나가야 할 테니까.

"엄마, 제발 용서해주세요."

지유는 몸을 돌리고 무작정 엄마의 허리를 끌어안았다.

"이거 놔."

엄마는 지유를 밀어냈다. 지유는 얼굴을 엄마의 몸으로 밀어붙이며 도리질했다.

"싫어요. 나가기 싫어요. 엄마, 엄마……."

지유는 자신이 얼마나 막무가내로 소리를 지르고 있는지 몰랐다. 엄마를 필사적으로 밀어붙이고 있다는 것도 몰랐다. 지유를 떼어내려고 안간힘을 쓰던 엄마의 입에서, 마침내 벼락같은 고함이 터져나왔다.

"놔, 이 쌍년아."

동시에 지유의 몸은 벽으로 날아갔다. 아마도 벽에 머리를 찧은 것 같았다. 쿵 소리가 울리더니 엄마의 얼굴이 아득하게 멀어졌다. 눈앞이 하얗게 흐려졌다. 세상이 훅, 사라졌다.

"지유야, 눈 떠봐. 지유야."

새아빠의 목소리였다. 지유는 눈을 떴다. 놀란 눈이 자신을 들여다보며 묻고 있었다.

"나 보이니?"

네,라고 말하려 했으나 입이 열리지 않았다. 지유는 대답 대신 눈을 깜박거렸다.

"정신 드니?"

아마도 그런 것 같다고, 지유는 생각했다. 다만 이대로 움직이지 않는 게 좋겠다고 판단했다. 정신을 못 차리는 척하고 있으면 엄마가 자비를 베풀어줄지도 몰랐다. 지유는 다시 눈을 감았다.

"끼어들지 마."

엄마의 목소리가 귀 옆에서 들려왔다. 새아빠는 지유를 안아올렸다.

"지유 내려놔."

엄마가 다시 소리를 질렀다. 새아빠는 지유를 침대로 데려갔다. 지유의 심장은 몸 밖으로 뛰쳐나올 것처럼 날뛰고 있었다.

"내 말 안 들려?"

새아빠는 대답 없이 침대에 지유를 내려놓았다. 엄마는 쿵쿵 발꿈치를 찍으며 다가와 새아빠의 몸을 밀쳤다.

"내 딸 만지지 말란 말이야, 개자식아."

도저히 엄마에게서 나왔다고 생각할 수 없는 목소리였다. 쌍년아,라고 소리칠 때 들었던 그 무서운 목소리였다. 새아빠는 지유를 안은 채로 침대로 엎어졌다. 그 바람에 지유는 실눈을 뜨고 말았다. 어느새 새아빠는 몸을 일으키고 엄마를 향해 소리치고 있었다.

　"이게 무슨 짓이야."

　엄마는 팔을 뻗어 새아빠의 가슴을 밀쳤다.

　"내 딸 만지지 말라고 했지."

　새아빠는 엄마의 두 번째 공격을 예상치 못한 것 같았다. 중심을 잃고 뒷걸음질로 한 발짝 물러났다. 곧바로 세 번째 공격이 이어졌다. 엄마는 들이받듯이, 새아빠를 벽으로 밀쳐버렸다. 쿵, 소리와 함께 벽이 흔들리는 느낌을 받았다.

　"만지지 말라고 했지?"

　엄마는 주먹으로 새아빠를 밀치며 재차 악을 썼다.

　"너, 미쳤니?"

　새아빠는 엄마의 손목을 틀어쥐었다. 엄마는 잡힌 손목을 빼려고 몸을 이리저리 틀며 다시 소리를 질렀다.

　"놔, 이 새끼야."

　"정신 차려. 애 앞이야."

　새아빠는 엄마를 두어 번 흔들다가 밀치듯 놔버렸다. 버둥거리던 엄마는 뒷걸음질로 나가떨어졌다. 지유는 숨을 죽인 채 두 사람의 몸싸움을 지켜봤다. 기억들이 되살아났다. 오래전 아빠와 싸울 때도 엄마는 저랬다. 제정신이 아닌 것처럼 악을 지르고, 아빠를 밀치고, 주먹질을 하고, 당하기만 하던 아빠가 엄마를 밀쳐내면······.

주방으로 달려가 칼을 가지고 왔다.

"지금 날 쳤어?"

엄마는 새아빠를 노려보며 서서히 몸을 일으켰다. 눈자위가 크리스마스트리 전구처럼 빨갰다.

"계속하고 싶으면 1층에서 하자."

새아빠가 말했다. 엄마는 입술을 오므려 붙이며 반듯하게 섰다.

"주방에 가서 물 한 잔 마시고, 서재로 와."

새아빠의 말에 엄마는 시선만 돌려 지유를 봤다. 지유는 잽싸게 눈을 감았다. 잠시 후, 문소리가 났다. 마침내 엄마가 나간 모양이었다.

"이제 괜찮아."

새아빠가 말했다. 지유는 눈을 떴다. 새아빠는 침대에서 아빠 인형을 집어 들고 유심히 들여다봤다.

"이거 때문에 혼났니?"

지유는 고개를 끄덕였다.

"아빠가 선물한 거라서?"

이번에는 고개를 저었다.

"이거 지유 거 아니었어?"

지유는 대답하지 않았다. 새아빠는 물끄러미 지유를 쳐다봤다.

"그래, 말하기 싫으면 안 해도 된다."

새아빠는 방을 나갔다가 잠시 후에 물수건을 만들어서 돌아왔다. 침대에 엉덩이를 걸치고 앉아 얼굴을 닦아주었다.

"아프진 않니?"

"괜찮아요."

지유는 가까스로 목소리를 짜냈다. 인사를 해야 할 것 같아 덧붙였다.

"도와주셔서 감사합니다."

새아빠는 이상한 표정을 짓고 지유를 봤다. 지유는 그런 표정을 짓는 사람을 한 번도 본 적이 없었다. 슬픈 것 같기도 하고, 화가 난 것 같기도 하고, 무슨 말인가 하고 싶은 것 같기도 하고, 웃는 것 같기도 했다.

"불 꺼줄까?"

새아빠가 이불을 덮어주며 물었다. 지유는 "네" 했다.

"잘 자라."

새아빠는 전화기를 집어 들고 불을 끈 뒤 방에서 나갔다. 지유는 아빠 인형을 가만히 끌어안았다. 눈을 감았으나 잠은 오지 않았다. 엄마는 쉽게 넘어가는 사람이 아니다. 잊어버리지도 않는다. 징벌의 순간은 미뤄졌을 뿐, 끝난 것이 아니었다. 한없이 불안하고 미치도록 무서웠다. 불안과 두려움을 합한 만큼 궁금했다.

엄마는 주방에 가서 물만 마시고 갈까. 아니면 아빠한테 그랬듯 칼을 가지고 갈까.

8장

은호는 서재에서 아내를 기다렸다. 벌써 30분째였다. 그가 계단을 내려올 때, 아내는 거실 소파에 앉아 있었다. 뭘 하는지는 알 수 없었다. 계단을 등지고 앉아 있는 데다, 실내등을 꺼놓아 아래층 전체가 어둑했다. 테라스 창에 비치는 가로등 빛으로 간신히 아내의 뒤통수만 봤을 뿐.

그의 기척을 느꼈을 텐데도 아내는 돌아보지 않았다. 그도 아내를 부르거나 말을 붙이지 않았다. 알아서 따라오겠지 했다. 아내는 알아서 따라오지 않았다. 자러 가버리지도 않았을 것이다. 아내의 성격상 상황을 마무리하러 와야 맞았다. 알면서도 그는 초조했다. 오늘 밤, 아내에게 반드시 해야 할 말이 있었다.

그가 진우의 집을 나온 건 밤 10시경이었다. 차는 진우네 아파트 지하주차장에 놔두고 걷는 쪽을 택했다. 도로가 아닌 천변길을 따라 터벅터벅 걸었다. 반나절에 걸쳐 마셔댄 술도 깰 겸, 충격과 혼란으로 초토화된 머릿속도 정리할 겸. 걷는 내내 기억 속에서 울리는 아내의 목소리를 되풀이해 들었다.

"행복은 뺄셈이야. 완전해질 때까지, 불행의 가능성을 없애가는 거."

불행의 가능성이라⋯⋯. 그는 천변 계단을 올라가 거리로 들어섰다. 횡단보도 신호등 옆에 서자, 다시 아내의 목소리가 속삭여 왔다.

"나는 그러려고 노력하며 살아왔어."

신호등이 몇 번이나 바뀌도록, 그는 눈만 껌벅이며 서 있었다. 아내의 대학 시절 남자와 유학 시절 남자와 아버지와 전남편, 그리고 노아. 행복은 가족의 무결로부터 출발한다고 믿는 아내의 신념. 머릿속에서 딸깍, 소리가 났다. 어긋나 있던 톱니바퀴가 착, 맞물리는 느낌이었다.

서민영과 진우의 말을 조합해봤을 때, 남자 넷은 어떤 이유로든 아내를 불행하게 만든 사람들이었다. 변심, 해고, 이혼, 그 어떤 이유로든 간에. 노아는 다른 여자를 모태로 한다는 점에서 무결하지 않았다. 삶의 저류에 지속적인 위협으로 존재한다고 믿었을 것이다. 아니면 존재 자체를 용서할 수 없었거나.

그는 거친 바람 속에서 몸을 떨기 시작했다. 물리적 한기가 아니라 깨달음에서 온 한기였다. 지금껏 보지 못한 무언가가 보이는 것 같았다. 그들은 아내가 말한 '노력'의 대상이었다. 지유의 친양자입양 문제나, 자신의 아이를 갖겠다는 고집은 그와 맥락을 같이 하는 또 다른 노력이었을 테고. 한 뿌리에서 자라난 두 개의 다른 가지처럼.

처음부터 그와 아내가 그리는 가족이 완전히 달랐던 것이다. 아내의 가족에 노아는 없었다. 아내와 자신, 자신의 친양자인 지유, 자신과 아내 사이에서 태어날 아기가 무결한 가족이었다. 아내가 꿈꾸는 완전한 행복의 기본요건이었을 것이다.

집 앞에 도착한 후로도 그는 안으로 들어가지 못했다. 길바닥을 서성이며 집을 바라보고 있었다. 1층 거실과 2층에 불이 환하게 켜져 있건만 빛이 와닿지 않았다. 집이 아니라 깊고 어두운 심연을 보는 것 같았다. 그 안으로 들어가는 게 무서웠다. 너무나 무서워 몸서리가 났다.

그는 이제 선택을 해야 했다. 돌아서든가, 들어가든가. 돌아선다는 건 도망친다는 것이었다. 불편한 것을 한사코 덮고 살아온 자신의 삶과 정확하게 일치하는 행동이었다. 들어간다는 건 자신을 미끼로 던지겠다는 의미였다. 지금껏 해본 적이 없는 일이었다.

어느 쪽을 택하든 결과는 비슷할 것이다. 자식을 죽인 살인범으로 감옥에서 늙어 죽든가, 푹 잠든 새에 죽든가.

그는 현관 계단을 올라갔다. 한 계단 오를 때마다 귀에서 휙휙 소리가 들렸다. 맥박이 온몸을 두들기고, 뒷덜미가 따끔거리고, 머릿속에선 종이 울렸다. 한심스러웠다. 이래서야 입이나 제대로 열 수 있을까.

현관문을 열자, 지유의 울음소리가 중문을 뚫고 그를 마중 나왔다. 이어 있는 대로 감정이 실린 아내의 고함이. 전에 없던 일이었다. 지유가 우는 것도, 아내가 지유에게 악을 쓰는 것도. 그는 거실을 지나 서재로 향했다. 저 모녀의 일에는 끼어들고 싶지 않았다.

그는 서재 문을 열었으나 들어가지는 못했다. 지유의 울음이 비명으로 바뀌고 있었다. 거의 정신을 놔버린 듯한 소리였다. 겁먹은 아이의 본능이 내지르는 소리였다. 가방을 내던지고 2층으로 달려 올라간 것도 그의 본능이 시킨 행동이었다.

지유의 방문 앞에서 그는 쿵 소리를 들었다. 문을 열자마자 코피를 쏟으며 쓰러지는 아이를 봤다. 아내는 기절해 널브러져버린 아이를 틀어쥐고 악을 썼다.

"눈 떠, 일어나. 죽여버리기 전에."

아내는 발작 버튼이 눌린 상태였다. 희끔희끔 번들대는 눈이 그 증거였다. 꼴사납긴 했으나 놀랍지는 않았다. 처음 보는 모습이 아니었으니까. 진정으로 놀란 건, 아내를 떼어내고 지유를 안아올렸을 때였다. 뒤통수로 날아든 아내의 말에 머리가 띵해왔다.

"내 딸 만지지 말라고, 개자식아."

만지지 말라……. 말의 뉘앙스가 교묘하게 악의적이었다. 더하여 그에게 주먹질을 퍼부으며 같은 말을 몇 번이나 되풀이했다. 그가 알기로 이런 경우에 적절한 말은 '끼어들지 말라'일 것이다. 보통은 그렇게 한다. 어린 딸에게 저 남자가 너를 추행하고 있다고 학습시키려는 의도가 아니라면.

오싹한 직감이 그의 머리를 스쳐갔다. 아내의 전남편도 이혼소송에서 이런 식으로 내몰린 게 아닐까. 그로 인해 양육권을 빼앗기게 된 것은 아닐까.

그는 질문의 방향을 자신 쪽으로 틀었다. 만약 자신이 이혼소송을 제기한다면 어떻게 될까. 답변을 도출하고자 상상을 망상 수준으로 밀어붙여봤다. 자신에겐 빼앗길 양육권이 없었다. 다만 의붓딸의 성추행범으로 몰릴 수는 있겠지. 지유가 증언을 하게 된다면, 제 엄마의 언사를 고스란히 재현할 테고. 친아들 살해에다 의붓딸 성추행 혐의가 추가되는 셈이었다.

'내 딸을 만지지 말라'는 아내의 말은 실언이 아니었다. 너도 곧로 보낼 수 있다는 암시이자 '밑밥 깔기'의 일환이었다. 밑도 끝도 없이 카톡으로 보냈던 자신의 '잠버릇'에 대한 언급처럼.

"은호 씨."

아내의 부름이 그를 상상에서 깨웠다. 그는 고개를 들었다. 문 밖에서 아내의 목소리가 들려왔다.

"문 좀 열어줄래. 내가 뭘 들고 있어서."

그는 의자에서 일어났다. 문을 열자 초점이 풀린 적갈색 눈동자가 그와 시선을 맞대왔다. 숨결에선 술 냄새가 났다. 물 마시고 오랬더니 술을 마시고 온 모양이었다. 껌껌한 거실에 홀로 앉아서.

이래서야 이야기가 될까. 그는 불안해하며 옆으로 비켜섰다. 아내는 문 안으로 한 발짝 들어섰다. 한 손에는 얼음이 든 잔 두 개를, 다른 손에는 새 보드카병을 들고 있었다.

"나랑 한잔해."

아내가 보드카병을 들어 보이며 말했다. 발음이 뭉개지는 걸로 봐서 꽤 마신 것 같았다. 그는 보드카를 받아들고 책상 앞으로 돌아갔다. 보조 의자를 펴서 책상 옆에 놔두고, 자신은 본래 자리에 앉았다.

아내는 그가 펴준 의자에 앉지 않았다. 책상 모서리에 엉덩이를 반쯤 걸치고 서서 그를 마주 봤다. 들고 있던 잔 두 개는 그의 앞으로 밀어놨다. 그는 들고 있던 술병을 따서 술을 따랐다.

"우리 축하부터 해."

아내가 잔을 집어 들었다. 그는 얼결에 잔을 들었다. '뭘?'이라고 묻기도 전에 아내가 쩽, 소리 나게 잔 끝을 부딪쳤다.

"오늘이 처음이잖아. 자기가 지유 아빠로 행동한 거."

아내는 술을 한 모금 삼키고 나서 그를 내려다봤다. 왜 안 마셔? 라고 묻듯 빤하게 쳐다봤다. 그는 술잔에 입술만 갖다 댔다. 이미 술이 깬 탓인지 코를 톡 쏘는 보드카 냄새가 역하게 느껴졌다.

"나 자기한테 감동받았어."

아내가 말했다. 그는 대답하지 않았다. 눈이 뒤집혀서 상대에게 주먹질을 퍼붓고, 몸을 밀치는 방식으로 감동을 표현하다니. 서른 여섯 해를 사는 동안 듣도 보도 못한 표현 방식이었다.

"예전 같았으면, 내가 애한테 뭘 하든 관심도 없었을 텐데. 근데 이젠 나랑 싸우면서까지 애 편을 들어주네?"

아내는 달각달각 소리 나게 술잔을 흔들었다.

"무슨 바람이 분 거야?"

그는 아내의 술잔에 든 얼음에다 눈의 초점을 맞췄다. 무슨 말을 하고 싶은 건지 짐작이 되지 않아 잠자코 기다렸다.

"실은 나 오늘 화가 많이 났어. 재인이하고 지유 때문에."

아내는 후, 소리 나게 숨을 뱉었다. 제 발끝을 내려다보며 머리를 절레절레 흔드는 의미 없는 고갯짓이 이어졌다. 다음 말을 잊어버렸나 싶을 즈음에야 아내의 입이 다시 열렸다.

"집안 얘기라 부끄러워서 자기한테 말 안 했는데, 재인이가 전 남편을 짝사랑했거든. 대학 시절부터 지금까지 쭉."

그는 자신의 손아귀에 든 술잔으로 눈을 내렸다. 머릿속으로는 시기를 재고 있었다. 언제 말을 꺼내야 가장 타격이 클까.

"그래서 그런가? 걔가 지유한테 집착이 심해. 자꾸 제가 엄마 노릇을 하려 들어. 오늘도 나 없는 틈을 타서 왔다 갔지 뭐야. 재활용품박스에 해피밀 세트 팩이 있는 거 보고 바로 알았어. 게다가 이상한 인형까지 갖다 안겼더라고. 지유야 어리니까 그런 거 좋아하지. 저 좋아하는 거 다 사주고, 수시로 선물 안겨주면. 그 바람에 이젠 재인이랑 입을 맞춰서 거짓말까지 해. 빤히 알고 묻는 건데, 이모가 온 적이 없다는 거야."

아내는 남은 술을 털어넣고 잔을 그에게 내밀었다. 그는 잔을 채워주었다.

"그래서 혼 좀 냈어. 근데 하필 그때 자기가 들어와서 물색없이 아빠 노릇을 하지 뭐야."

정리하면 제 딸에게 점심을 사다 준 언니 때문에 약이 올랐고, 그걸 숨긴 딸 때문에 화가 났고, 딸을 집어던져 기절시킨 현장에 나타나 뜯어말린 자신 때문에 꼭지가 돌았다는 얘기였다. 요약하자면 가만있는 날 미친년으로 만든 건 너네야, 정도가 될까. 이는 아내가 자신의 행동을 설명하는 전형적인 방식이기도 했다.

"어찌나 감동적이었는지, 술이라도 한잔해야겠더라고. 내 기분 이해하지?"

그는 대답 대신 잔을 비웠다. 뜨거운 기운이 식도를 녹이며 배 속으로 내려갔다.

"근데 오늘 자기도 술 마셨더라."

"조금."

그는 목구멍에 들러붙은 목소리를 가까스로 떼어냈다.

"누구랑?"

진우랑 마셨다고 말하고 싶지 않았다. 아내에게 시비를 걸어달라고 말하는 거나 다름없었으니까. 동료 교사랑 마셨다고 할까? 아니면 대학 동기랑? 길 가다 우연히 만난 불알친구? 과연 믿어줄까?

그는 갑자기 넌덜머리가 났다. 행복을 위한 아내의 '노력'을 알 아차린 지금에도, 아들을 죽였다고 확신하는 상황에서조차, 확신 을 확증하기 위해 집으로 들어온 이 마당까지, 아내의 눈치를 살 피는 자신에게 환멸이 났다. 이쯤이면 무의식에 성전이 한 줄 각 인됐다고 봐야 했다. 신유나의 성미를 건드리지 말라.

"누구랑 마셨어?"

아내가 대답을 재촉했다. 그는 대답했다.

"진우랑."

"진우? 만나지 않겠다고 나랑 약속했던 것 같은데."

그랬지. 약속할 때만 해도 신유나의 교도로서 매일 매시간 신앙 간증을 할 때였으니까. 왜 진우를 싫어하는지도 몰랐으니까. 그는 얼음만 남은 자신의 잔에 시선을 고정했다. 그러면 뱃속에서 치미 는 화기가 좀 누그러질까 해서.

"진우는 내 친구야. 노아 장례를 치를 때, 유일하게 곁에 있어준 놈이고."

"아, 맞아. 그랬지. 친구였지."

아내는 느릿느릿 고개를 끄덕거렸다. 박자를 맞춰 잔 속의 얼음 도 깐닥깐닥 흔들거렸다.

"그래 그 대단한 친구를 만나 뭔 얘기를 나누셨을까. 그리 좋은 친구를 못 만나게 하는 마누라 흉이라도 봤어?"

그는 눈을 들어 아내를 마주 봤다. 초점이 명확한 눈동자가 자 신을 응시하고 있었다. 처음 서재에 들어올 때 봤던 몽롱한 기운 은 흔적조차 없었다.

"그냥 신세 한탄을 좀 했을 뿐이야."

"신세 한탄만?"

아내는 눈을 바짝 들이대며 재차 물었다. 그렇게 들여다보면 진실을 가려낼 수 있다고 믿는 것처럼. 그는 시선을 옆으로 비키면서 화제를 바꿨다.

"서대문경찰서엔 전화해봤어?"

"그게 왜 갑자기 궁금해?"

그는 내친김에 찔러봤다.

"형사들이 나한테 자꾸 전화해서 이것저것 물어대니까."

"뭘 묻는데?"

"11월 16일에 너 집에 있었느냐고 묻던데."

아내는 얼굴을 본래 자리로 위치시키며 곁눈으로 그를 봤다. 계속해봐,라고 말하는 눈이었다.

"실은 나도 그간 궁금했어. 닷새 동안 네가 어디 있었는지."

"에이, 설마 그랬으려고."

아내의 입가에 미소가 번졌다.

"아내가 닷새씩 돌아오지 않는데도 전화 한 통 안 한 사람이."

참으로 교묘한 말장난이었다. 관점을 전복시키는 말이었다. '자신이 어디 있었는가'에서 '그사이 넌 뭘 했느냐'로. 예전 같으면 말려들었을 것이다. 대화는 점점 감정적으로 치달았을 것이고. 그는 점점 더 냉정한 기분이 됐다.

"친정에 있는 줄 알았는데, 아니더라고. 처형이 널 만나러 왔거든."

아내의 입가에서 미소가 싹 지워졌다. 언니를 칭하는 단어만 들어도 기분이 상하는 모양이었다.

"너한테 전할 말이 있어서 왔대. 엄마 출발했으니까 지유 데려오지 말라고."

한순간 아내의 눈동자가 왼쪽으로 휙 돌아갔다가 다시 제자리로 돌아왔다. 언제 그런 움직임이 나오는지 그는 잘 안다. 궁지에 몰렸을 때, 돌파를 모색하는 시선이었다. 그는 말을 이었다.

"그래서 물어봤어. 지금 친정에 있지 않느냐고. 무슨 말인지 잘 모르겠다고 의아해하던데……."

"난 자기한테 친정에 간다고 한 적 없어."

아내가 그의 말을 자르고 들어왔다. 벌써 계산이 끝난 모양이었다.

"지유랑 여행 갔었어. 생각할 시간이 좀 필요했거든. 내 딸을 받아들이지 못하겠다는 남자랑 계속 살 이유가 있는지."

그는 비어 있는 자신의 잔에 술을 채웠다. 이제부턴 아무리 마셔도 취하지 않을 것 같았다. 아내는 말을 이어갔다.

"자기한테 한 번 더 기회를 주기로 마음먹고 돌아온 거야. 마지막으로 한 번만 더. 그런데 자기는 변하지 않아. 나는 최선을 다해 노력하고 있는데."

그 노력의 대상이 노아였단 말이지. 그는 술을 한입에 털어넣었다. 배꼽 부근이 꿈틀, 경련을 일으켰다.

"결혼할 때, 함께 노력하기로 약속하지 않았어? 그새 까먹은 거야?"

아내는 엉덩이를 들어서 아예 책상 위에 올라앉았다. 한 손은 책상 모서리를 짚고, 한 손엔 술잔을 든 채 다리를 꼬았다. 아내의 오른발이 허공으로 들리면서, 슬리퍼가 미끄러져 발끝에 걸렸다. 뼈가 없는 것처럼 매끈하고 하얀 발가락이 보일 듯 말 듯 까딱거렸다. 콧속으론 아내의 몸 냄새가 쳐들어왔다.

"이제부터라도 노력할 마음이 있긴 있는 거야?"

아내는 그와 눈을 맞추며 물었다. 결혼 전, 아니 반년 전만 해도 효과가 있었을 유혹이었다. 지금은 이 밀착감이 갑갑하기만 했다. 이런 행동이 아직도 상대에게 영향력을 갖고 있다고 믿는다는 것이 놀라웠다. 이 여자는 자기 안에 거울을 품고 사는 게 분명했다. 자신을 늘 여왕이라 말해주는 마법의 거울을.

"대답 안 하시네?"

아내는 손을 그의 뺨에 갖다 댔다. 따뜻하고 부드러운 손가락이 수염이 거칠거칠 돋아난 그의 뺨을 쓸어올렸다. 아내의 손끝이 지나간 자리마다 소름이 스키드마크처럼 돋았다.

"유나야."

그는 고개를 뒤로 젖혀 아내의 손을 벗어났다.

"너한테 할 얘기가 있어."

아내는 할 일이 없어진 자기 손을 흘끔 보더니 고개를 저었다.

"아니. 내가 먼저 얘기할게. 그다음에 자기가 해."

그는 입을 다물었다.

"나, 회사 정리했어. 조건이 맞아서 넘긴 거고. 어제 인수인계 끝냈어."

그로서는 상상도 하지 못했던 말이었다. 아내는 반응을 확인하듯 한동안 자신의 표정을 살폈다. 그는 시선이 흔들리지 않게 안간힘을 썼다.

"이제부턴 그동안 준비해온 일을 시작할 거야."

러시아 투자 이민을 준비하고 있다고 했다. 하바롭스크 투자 이민 설명회에도 다녀왔다고 했다. 사업 구상도 끝났고, 거주할 집도 물색해놨다고 했다.

"집은 월요일쯤 부동산에 내놓을 거야. 시세보다 싸게 내놓으면 금세 나갈 테고. 남은 건, 우리가 새로 시작하는 것뿐이야."

그는 궁금했다. 어느 틈에 이런 일들을 계획하고 해치웠을까. 오래전부터 구상해온 게 아니라면 불가능한 일이었다. 그가 찬성한다는 전제가 있어야 가능한 일이었다. 당연히 찬성하리라고 믿었을까. 아니면 찬성하게 만들 계획이었을까. 그는 하마터면 물어볼 뻔했다. 노아는 새로운 시작을 위한 '정리' 항목 중 하나였는지.

"어렵겠지만, 노아는 이제 그만 놓아줘. 자기는 자기 인생이 있잖아. 곁에 남은 가족이 있고."

아내는 엉덩이를 옆으로 밀어 그와 정면으로 마주 앉았다. 허공에서 대롱거리던 슬리퍼가 바닥으로 떨어졌다. 한창 좋았던 시절에 아내가 종종 써먹던 수법이었다. 책상에 걸터앉아 그가 앉아 있는 의자 팔걸이에 다리를 올리고, 그를 의자에 가둬버리는 수법. 그가 열광하던 수법이기도 했다. 지금에 와서는 차마 눈 뜨고 봐줄 수 없는 행동이었다. 턱 밑에서 피 도는 소리를 들으며 다음에 일어날 일을 헤벌쭉 기다리던 때가 그리 오래전도 아니건만.

"경찰 수사는 곧 마무리될 거야. 자기는 과실치사로 금고나 벌금형을 받을 거고. 우린 그저 가만있으면 돼. 내 변호사가 한 말이야. 그 사람 대한민국에서 가장 승률이 높다는 형사사건 전문 로펌 소속이거든. 일이 마무리되면……"

아내의 목소리가 아득하게 멀어졌다. 그는 아내의 목을 졸라버리고 싶은 충동과 필사적으로 싸우고 있었다. 자신은 조만간 아들을 살해한 혐의로 정식 기소될 터였다. 그 전에 진실을 밝혀내지 못한다면, 지금 여기서 충동에 진다면, 끝내 살인자가 되고 말 터였다. 그것도 아들과 아내를 모두 죽인 희대의 살인마가 되겠지.

"그러니까 수면검사 결과지 따위를 갖다 바치는 짓 하지 마."

아내는 맨발을 그의 허벅지에 올려놓았다. 발가락이 장난질하듯 허벅지 위로 기어왔다. 그는 경련이 일기 시작한 다리에 힘을 주었다. 비로소 눈치를 챘던 것이다. 아내는 노아의 일에 대해 뭔가를 알고 있다는 걸 알고 있었다. 근거는 없지만 느낌이 그랬다.

"나는 자기를 변호하느라 온 힘을 다하는데……."

주문이라도 걸듯 아내의 눈이 그의 눈을 들여다봤다. 아내의 시큼한 살냄새가 몸 구석구석으로 파고들었다.

"자기가 자꾸 이상한 짓 하면, 힘 빠지잖아. 안 그래?"

그의 직감은 맞았다. 이것은 명시적 협박이었다. 네가 뭘 알았든 잊으라는 의미였다. 아들을 죽인 살인자로 세상에 명성을 떨치고 싶지 않다면.

"유나야."

그는 아내의 눈을 똑바로 마주 봤다. 시선에 감정을 담지 않으려고 애를 썼다. 무덤덤해야 지금부터 하려는 말이 효과가 있을 테니까.

"우리 이혼하자."

아내의 얼굴이 갸우뚱하게 기울어졌다. 이 무슨 재미없는 농담이냐는 듯, 미간을 찌푸리고 그를 응시했다. 그는 눈을 맞댄 채 또

박또박 말을 이었다.

"내가 이 집에서 나갈게. 내일 아침에."

아빠 인형에는 신비한 힘이 있었다. 잠들어 있을 땐, 악몽과 가위로부터 지유를 지켜주었다. 깨어 있을 땐, 무엇이든 견디고 버틸 힘을 주었다.

지난밤 지유는 간간이 잠에서 깨어났다. 눈을 뜨면 곧장 고통이 몰려왔다. 그때마다 아빠 인형에게 마음을 털어놓았다. 한순간의 실수, 들키지 말았어야 할 일을 들켜버린 자신에 대한 자책, 엄마의 믿음을 잃었다는 슬픔과 후회, 그와 별개로 점점 짙어지는 의심과 그로 인한 죄의식, 다가올 징벌에 대한 두려움을.

말하는 동안 마음을 베던 고통이 무뎌지고 다시 잠이 들었다. 아침이 왔을 때 지유는 견딜 만한 상태가 되었다. '요망한 생쥐'를 불러낼 여유도 생겼다. 그러니까 누가 자신을 도와줄 수 있겠는지, 따져보게 됐다는 뜻이다.

새아빠는 아니었다. 지유가 생각하기에, 새아빠는 자신에게 관심이 없었다. 만나면 꼬박꼬박 인사하는 동네 꼬마처럼 대했다. 간밤엔 불쌍한 마음에 도와주었겠지. 누구든 그럴 것이다. 엄마한테 얻어맞고 코피를 흘리며 기절해버린 어린아이를 본다면, 누구든.

이모라면……. 이모라면 다르지 않을까. 사정을 알기만 한다면, 그곳이 어디든 당장 달려오지 않을까. 엄마와 싸워서라도 자신을 외가로 데려가주지 않을까. 엄마가 용서할 마음이 들 때까지, 아니면 외할머니가 러시아에서 돌아오기 전까지라도 돌봐주지 않을까. 몸이 아팠던 지난번에도 그랬으니까. 엄마 대신 간호해주고 밤새 곁을 지켜줬으니까. 꿈을 꿀 때마다 '아가'라 불러주고 안아줬으니까.

지유는 이불을 뒤집어쓴 채로 궁리했다. 어떻게 하면 엄마 몰래 이모에게 연락할 수 있을지. 답이 나오지 않았다. 누군가 방문을 두드릴 때까지도.

"지유, 일어났니?"

새아빠의 목소리였다. 사실 목소리를 듣지 않아도 지유는 누군지 알아차렸을 것이다. 엄마는 방에 들어올 때 노크를 하지 않는다. 엄마가 말하기를, 엄마는 딸의 방뿐만 아니라 마음속까지 들어올 권리가 있다. 어떤 생각을 하고 어떻게 행동해야 하는지도 정해줄 수 있다.

지유가 이유를 묻자 엄마는 이렇게 대답했다. 너는 내 작품이니까. 하지만……이라고 토를 달자 엄마는 되물었다. 지유가 그린 그림은 누구의 것이지? 비로소 지유는 이해했다. 자신은 엄마의 것이었다.

"지유, 아직 자니?"

새아빠가 다시 불렀다. 지유는 이불 속에서 얼굴만 내밀고 대답했다.

"아니요."

늘 그렇듯 새아빠는 방으로 들어오지 않았다. 문밖에서 용건만 전달했다.

"아침 먹게 내려와."

네, 하며 지유는 몸을 일으켰다. 잽싸게 침대를 정리하고 옷을 갈아입었다. 평소보다 두 배쯤 빠른 속도였다. 가뜩이나 화난 엄마를 오래 기다리게 하면 안 되니까.

주방에 엄마는 없었다. 새아빠 혼자 식탁 앞에 앉아 커피를 마시고 있었다.

"안녕히 주무셨어요?"

지유는 손을 앞으로 모으고 허리를 굽혔다.

"잘 잤니?"

묻는 새아빠의 표정이 이전과 조금 달랐다. 웃어주진 않았지만, 어딘지 친근한 느낌을 받았다. 말투는 어색했으나 차갑게 느껴지지 않았다.

"네."

지유는 잠시 망설이다 물었다.

"저어, 엄마는요?"

"일이 있어서 잠깐 나갔어. 점심때쯤 돌아올 거야."

지유는 기쁜 마음으로 고개를 끄덕였다. 징벌의 시간이 점심때로 미뤄진 셈이었다. 즉시 이모가 떠올랐다. 전화를 할 수 있겠구나, 생각했으나 이내 포기했다. 엄마가 저장된 전화번호를 보게 될 테니까. 인형을 들킨 것도 그 때문이고. 새아빠에게 휴대전화를 빌려달라고 해볼까.

"왜 그러고 서 있니. 앉아."

새아빠는 시선으로 건너편 의자를 가리켰다. 식탁에는 시리얼과 요거트, 오렌지주스, 오믈렛, 바나나, 토스트, 딸기잼과 꿀이 놓여 있었다. 동네 아이들을 다 불러다 먹여도 될 만한 양이었다. 설마 이걸 혼자 다 먹으라는 건 아니겠지? 지유는 새아빠를 쳐다봤다.

"네가 뭘 좋아하는지 몰라서."

새아빠는 이를 드러내고 웃었다.

"먹고 싶은 거만 골라 먹어. 나머지는 내가 먹을 테니까."

이후 새아빠는 말이 없었다. 더 먹으라 권하지도 않았다. 지난밤 소동에 대해 묻지도 않았다. 뭔가가 인쇄된 종이를 뒤적거리거나 메모를 하며, 커피만 두 잔째 마시고 있었다.

지유는 긴장이 풀리는 것을 느꼈다. 풀리는 속도가 너무 빨라 당황스러울 지경이었다. 심지어 금세 편안해졌다. 시선은 자꾸 커피잔 옆에 놓인 휴대전화로 끌려갔다. 마음 한구석에선 용기가 치솟고 있었다. 어쩌면 간절함이 부른 용기였을지도 모른다.

"저어……."

응? 하듯 새아빠가 서류에서 눈을 들었다. 머릿속으로 몇 번씩 연습한 끝에 지유는 입을 열었다.

"부탁이 있는데요."

새아빠는 서류를 식탁에 내려놓고 지유를 마주 봤다. 말해봐, 하는 표정이었다.

"전화 한 번만 쓰게 해주시면 안 될까요."

새아빠는 잠깐 생각하는 듯하더니 물었다.

"혹시 핸드폰 말이니?"

"네."

지유는 목소리가 배 속으로 기어드는 걸 느꼈다. 금방 했던 말을 취소해버리고 싶었다. 아니에요, 괜찮아요. 그냥 해본 말이에요.

새아빠는 휴대전화 버튼을 누른 후 지유에게 건넸다. 통화화면이 열려 있었다. 지유는 물었다.

"저 화장실에 가서 전화하고 와도 될까요?"

"아냐. 여기서 해."

새아빠는 의자에서 일어났다.

"그렇지 않아도 화장실에 갈 참이었어."

새아빠는 이유를 묻지 않았다. 누구와 통화할 것인지도 묻지 않았다. 보고 있던 서류인지 메모인지를 들고 자리를 쓱 비켜주었다. 지유는 화면이 꺼지기 전에 서둘러 이모의 번호를 눌렀다. 통화 신호가 가기 시작했다. 한 번, 두 번, 세 번.

이모는 전화를 받지 않았다. 전화기가 꺼져 있다고 했다. 끊고 다시 걸어봤으나 마찬가지였다. 힘이 빠졌다. 아니 그런 말로는 부족했다. 이럴 땐 '절망'이라는 단어를 쓴다고 이모가 가르친 바 있었다. 지유는 절망을 느꼈다. 왜 이모는 전화기를 꺼놨을까. 항상 켜놓겠다고 했으면서.

새아빠는 한참 후에야 돌아왔다. 지유가 열 번쯤 더 절망한 끝에 휴대전화를 내려놓던 순간에.

"다 썼니?"

"네."

감사합니다,라는 인사는 덧붙이지 못했다. 목 안에서 왈칵 울음이 치민 탓이었다. 지유는 고개를 숙이고 토스트를 입에 몰아넣었다. 새아빠와 눈을 마주치면 정말로 울음이 터질 것 같았다. 그 바람에 목이 꽉 막히면서 헛구역질이 났다. 지유는 허겁지겁 주스

잔을 집어 들고 단숨에 마셔버렸다. 빈 컵을 내려놓자 새아빠가 물었다.

"괜찮니?"

"괜찮아요."

정말로 괜찮았다. 어느새 목 아래가 편안해져 있었다. 치밀던 울음도 토스트 덩어리와 씨름하는 사이 사라졌다.

"먹기 싫으면 안 먹어도 돼."

새아빠가 의자에 앉으며 말했다. 미간을 찌푸리고 있었으나 화가 난 것 같진 않았다. 그저 기분을 살피려는 것 같았다. 지유는 고개를 저으며 물었다.

"혹시 밖에 나가세요?"

"아니, 엄마 올 때까지 집에 있을 거야. 왜?"

"아니에요. 저 제 방에 올라가도 돼요?"

그리하라는 답을 들었다. 지유는 의자에서 일어나지 않았다. 말할까 말까, 망설이는 중이었다.

"왜 무슨 할 말 있니?"

고맙게도 새아빠가 물어주었다. 지유는 용기를 내어 속내를 꺼내놓았다.

"저기, 부탁이 하나 더 있어요. 제가 전화 빌린 거 비밀로 해주세요."

"엄마한테 말이지?"

새아빠가 빠진 말을 보충했다. 지유는 고개를 끄덕였다.

"나도 뭐 하나 물어볼 게 있는데. 괜찮니?"

이모는 세상에 공짜는 없다고 했다. 하나를 받았으면 하나를 주는 게 정답이라고 했다. 주기 싫으면 받지 말아야 한다고 했다. 두 개나 받았으니, 하나를 줘야 할 것이다. 어쩐지 대답하기 곤란한 질문을 할 것 같아 불안해하면서도, 지유는 되물었다.

"뭔데요?"

"노아가 여기 온 날 기억하지? 그 전에, 그러니까 화요일부터 일요일 아침까지……."

지유는 점점 더 불안해졌다. 어떤 질문이 나올지 알 것 같았다.

"지유, 엄마랑 어디에 있었니?"

대답하기 곤란한 말이 아니었다. 대답할 수 없는 말이었다. 가슴이 답답해왔다. 좀 전 토스트를 꾸역꾸역 넘겼을 때처럼. 지유는 일단 예전에 써먹었던 답변을 내놔봤다.

"집이요."

새아빠는 그때처럼 넘어가주지 않았다. 좀 더 구체적인 답변을 요구했다.

"어떤 집?"

지유는 고민했다. 비밀을 지켜야 하지만 거짓말은 하고 싶지 않았다.

"엄마한테 물어보시면 안 돼요?"

새아빠는 물끄러미 지유를 쳐다봤다. 지유는 슬그머니 눈을 내리떴다.

"그래."

한참 후에야 새아빠가 대답했다. 지유는 자리를 빨리 빠져나가고 싶었다.

"저 이제 올라가도 될까요?"

이번에도 '그래'라는 답이 돌아왔다. 지유는 몸을 일으켰다. 새 아빠를 향해 허리를 굽히고 인사했다.

"잘 먹었습니다. 감사합니다."

"지유야……"

불러놓고 새아빠는 말을 잇지 않았다. 허리를 펴고 반듯하게 앉더니 "아니야. 됐다" 했다.

"올라가겠습니다."

계단을 오르는 내내 지유는 새아빠의 시선을 느꼈다. 뒤를 돌아보고 싶게 만드는 시선이었다. 켕기고 찜찜하고 궁금했다. 새아빠는 왜 엄마가 아닌 자신에게 묻는지, 무슨 말을 하려다 말았는지. 혹시 자신의 대답이 잘못된 것은 아닌지.

길면서도 짧은 오전이 지나갔다. 창밖을 보는 일 말고는 아무것도 할 수 없는 지루한 시간이었다. 방 안에는 시골집 같은 창턱이 없었으므로 책상 위에 앉아서 가끔 나타나는 차들을 살폈다. 복잡한 심정이었다.

처음엔 차 소리만 들려도 가슴이 벌렁벌렁했다. 조금 지나자 엄마가 밤늦도록 오지 말았으면 했다. 잠들어 있으면 그냥 지나가버릴 수도 있을 것 같아서. 그러다 보면 엄마가 벌주는 걸 잊을 수도 있지 않을까?

아니라는 걸, 지유는 잘 알고 있었다. 엄마는 절대로 잊지 않을 것이다. 언제든 받게 될 벌이었다. 차라리 빨리 받아버리고 싶기도 했다. 보육원에 가더라도 이모에게 전화만 하면 데리러 올 것 같았다. 이모가 빨리 전화기를 켜놓아야 가능한 일이겠지만.

언제부터인가 시야가 흐릿해졌다. 꾸벅꾸벅 졸았던 것도 같다.

창문 아래에서 들리는 소리에 지유는 퍼뜩 눈을 떴다. 반사적으로 고개를 빼서 창밖을 내다봤다. 엄마의 차가 차고 앞에 서 있고, 차고 문이 올라가는 중이었다. 올 것이 온 것이었다.

지유는 서둘러 책상에서 내려왔다. 내려오고 보니 뭘 해야 할지 몰라 막막한 심정이 됐다. 내내 엄마가 오면 어떻게 할지 생각하고 있었으면서도. 낮잠을 자는 척할까. 책을 보는 척할까. 1층으로 내려가 인사를 해야 할까. 아빠 인형은 또 어째야 하나. 이제는 숨길 필요가 없게 됐지만, 엄마가 압수해가지도 않았지만, 그렇다고 버젓이 보이는 곳에 둘 배짱은 없었다.

아빠 인형은 결국 베개 밑으로 들어갔다. 지유는 책상 앞에 앉았다. 책꽂이에 꽂아둔 《새로운 운명》을 빼서 읽기 시작했다. 책을 읽는다 해서 엄마가 벌주기를 취소하지는 않을 테지만, 누워 있는 것보다는 화를 덜 돋울 것 같았다. 와중에도 귀는 바깥을 향해 있었다.

엄마의 움직임이 보는 것처럼 들렸다. 엄마는 차에서 내린 다음 현관문 비밀번호를 누르고 들어와, 거실을 지나 어느 방으로 문을 닫고 들어갔다. 지유는 참고 있던 숨을 길게 내쉬었다. 귓불까지 올라붙었던 어깨가 한숨과 함께 내려앉았다. 이제부터라도 생각을 해놔야 했다. 엄마와 대면했을 때 뭐라고 말할지. 얼마 후면 엄마가 올라올 테니까.

예측은 틀렸다. 새아빠가 올라왔다. 지유는 책상에서 일어났다.

"엄마가 외투 입고 내려오라고 하는구나."

지유는 왜요?라고 묻지 않았다. 이유를 잘 알고 있었다.

"네 캐리어에 소지품을 챙겨서 내려오라던데. 잠옷이랑 내복,

양말 같은 거만 간단하게."

이번에는 왜냐고 묻고 싶었다. 보육원에 간다면 모두 챙기라고 하지 않았을까. 새아빠는 물었다.

"도와줄까?"

지유는 고개를 저었다.

"저 혼자 할 수 있어요."

왜 그랬는지는 모르지만, 굳이 하지 않아도 될 말을 덧붙였다.

"저 잘해요. 몇 번이나 해봐서."

"그래도 캐리어 가지고 계단 내려와야 하잖아."

지유는 다시 고개를 저었다. 놀이공원에 가는 것도 아니고 보육원으로 가는 길이었다. 새아빠의 도움까지 받아서 쫓겨나고 싶지는 않았다.

"곧 내려갈게요."

새아빠는 양손을 바지 주머니에 꽂아넣은 채, 지유를 바라봤다. 지유는 눈을 내려 발가락을 쳐다봤다. 어차피 새아빠는 엄마를 말리지 못한다. 그러니 빨리 방에서 나가주었으면 했다. 무엇을 가져가고, 무엇을 두고 갈지 차분하게 결정할 수 있도록.

"그래, 그럼 난 내려간다."

마침내 새아빠가 나갔다. 지유는 방 한가운데에 멍하니 서 있었다. 막상 캐리어를 꺼내고 보니 선택을 할 수가 없었다. 모두 가져가야 할 것도 같고, 모두 필요 없는 것도 같았다. 지유는 캐리어 윗부분에 붙은 자신의 이름표를 내려다봤다. '선택'에 대해 이모가 해준 말이 생각났다.

"뭔가를 선택할 땐, 가장 소중한 게 뭔지를 생각하면 돼."

지유는 아빠 인형과 《새로운 운명》을 선택했다. 맨 뒷장에 잊어버릴 경우에 대비해 적어둔 이모의 전화번호가 있었다. 나머지 공간은 엄마가 말한 것들로 채웠다.

엄마와 새아빠는 소파에 나란히 앉아 있었다. 두 사람 다 패딩 점퍼에 청바지 차림이었다. 테이블 밑엔 큼직한 여행 가방이 놓여 있었다. 지유는 의아했다. 새아빠도 보육원까지 함께 갈 셈일까.

"속옷도 챙겨 입었니?"

엄마가 소파에서 일어나며 물었다.

"네."

"장갑이랑 모자는?"

지유는 손에 쥔 것을 들어 보였다. 됐다는 듯, 엄마는 새아빠를 쳐다봤다. 새아빠는 여행 가방을 들고 일어났다.

"갈까, 그럼."

차고엔 엄마의 차만 있었다. 운전도 엄마가 할 모양이었다. 새아빠가 가방을 트렁크에 넣고 뒷좌석에 앉은 걸로 봐서. 지유의 몸에 안전벨트를 채워준 사람도 새아빠였다.

"얼마나 걸려?"

청연 시내를 벗어난 후 새아빠가 물었다. 엄마는 대답했다.

"두 시간쯤. 아마 자기도 좋아하게 될 거야."

두 사람의 대화로 지유가 추측할 수 있는 건 이런 내용이었다. 엄마는 자신을 두 시간이나 떨어진 곳에 버리려 한다. 새아빠도 자신이 보육원에 가는 게 좋다고 생각한다. 정말 그럴까. 지유는 슬쩍 새아빠를 곁눈질했다가 여지없이 시선을 붙잡혔다. 마주쳐오는 새아빠의 눈에 웃음이 담겼다. 혼란스러웠다. 표정으로 봐선

412

아닌 것 같은데.

"점심을 차에서 때워야 할 것 같은데. 휴게소는 못 들를 것 같아."

엄마는 어느 빌딩 앞에 차를 세웠다. 1층에 맥도날드가 있었다.

"자기가 가서 뭐 좀 사 올래?"

엄마는 자기 몫으로 새우버거와 커피를 부탁했다. 새아빠는 지유를 돌아봤다.

"지유, 같이 갈래?"

지유는 네, 했다. 차 안에 엄마와 단둘이 있기가 무서웠다. 새아빠는 먼저 차에서 내려 손을 내밀었다. 지유는 얼른 맞잡았다. 예전 같았으면 엄마 눈치부터 봤을 테지만 지금은 아니었다. 새아빠는 지유의 마지막 희망이었다. 부탁하고 매달리면 보육원에 가는 걸 반대해줄지도 몰랐다.

"지유, 불고기버거하고 감자튀김, 콜라 좋아하지?"

새아빠가 주문대 앞에서 물었다. 지유는 놀라서 되물었다.

"어떻게 아세요?"

새아빠는 배시시 웃었다.

"이모가 가르쳐줬어."

새아빠의 웃음은 서먹한 분위기를 단숨에 누그러뜨렸다. 지유는 슬그머니 말을 꺼냈다.

"저 지금 보육원으로 가는 거지요?"

응? 하듯, 새아빠가 눈썹을 들어올렸다.

"그런 것 같아서요."

지유는 망설이다 덧붙였다.

"어젯밤에 제가 엄마를 화나게 했으니까요."

새아빠의 얼굴에서 미소가 서서히 가셨다.

"아니야. 우린 여행 가는 거야. 아마……."

테이블에 올려둔 호출벨이 부르르 떨기 시작했다. 새아빠는 자리에서 일어나며 말했다.

"나중에 이야기하자."

각자 주문한 걸 받아서 차로 돌아왔을 때였다. 새아빠의 바지 주머니에서 휴대전화가 울기 시작했다. 새아빠는 전화를 꺼내 화면을 들여다봤다. 받을지 말지 망설이고 있는 기색이었다. 전화는 끈질기게 울렸다. 새아빠는 버튼을 누르고 여보세요, 했다.

"어디냐."

저쪽에서 어떤 남자가 물었다. 지유는 자신도 모르게 룸미러를 봤다. 순간 엄마의 눈과 딱 마주쳤다. 새아빠는 대답 없이 창밖을 내다봤다. 수화기 너머에서 남자가 다시 말했다.

"너 괜찮은……."

"아아, 박 변호사님."

새아빠가 남자의 말을 잘랐다.

"070 번호라 잠깐 헷갈렸습니다."

엄마는 슬그머니 라디오를 껐다. 이번엔 전화기 속 남자가 말이 없었다. 새아빠는 룸미러를 곁눈질하며 말했다.

"그건 좀 어려울 것 같습니다. 딸을 데리고 아내랑 어딜 좀 가는 길이라."

저쪽에서 남자가 뭐라 대답했으나, 소리가 나직해 잘 들리지 않았다.

"아, 네. 이따 제가 전화드리겠습니다."

새아빠는 전화를 끊었다. 차는 위례, 하남이라 적힌 이정표를 따라 고속도로로 들어섰다.

"변호사가 뭐래?"

엄마가 새아빠에게 물었다.

"내일 아침 일찍 사무실로 나와달라고."

"그래서?"

새아빠의 눈이 다시 룸미러로 갔다.

"못 간다고 하는 거 들었잖아."

"그래서 이따 전화해줄 참이냐고."

새아빠가 뭐라 대꾸하기도 전에 엄마가 말을 이었다.

"전화, 하루쯤 내려놓으면 안 될까?"

엄마는 화면이 꺼진 자신의 휴대전화를 들어 보였다.

"나도 꺼놨어. 온전히 우리한테만 집중하려고."

새아빠는 아빠보다 눈치가 빨랐다. 두말없이 전화를 껐다. 엄마는 뒷좌석을 향해 손을 내밀었다.

"그거 내가 맡아둘게."

새아빠는 황당한 표정으로 엄마의 손을 쳐다봤다.

"왜 그러는데. 껐잖아?"

"오늘 아침에 한 약속, 벌써 잊은 거야?"

엄마는 조금 높은 목소리로 덧붙였다.

"딱 하루잖아. 마지막이고."

새아빠는 결국 휴대전화를 넘겨줬다. 엄마는 다시 라디오를 켰다. 이후 누구 하나 입을 열지 않았다. 제각각 자기 몫의 점심을 먹었을 뿐.

지유에게 이 상황은 낯설지 않았다. 아빠가 엄마의 차에 탔을 때와 모든 것이 비슷했다. 그땐 시골집으로 가는 길이었으나, 지금은 모른다는 점만 달랐다. 이정표가 나타나긴 했지만 처음 보는 지명들뿐이었다. 이곡, 삼내, 별내……

언제부턴가 눈이 내리고 있었다. 처음엔 먼지처럼 흩날리다 어느 순간부터 눈보라가 되었다. 2차선 도로로 들어선 후부턴 오가는 차들이 거의 없었다. 엄마는 차를 버스 승강장 옆길로 우회전시켰다. 마법처럼 낯익은 풍경이 나타났다. 눈으로 뒤덮여 있었지만 형체만으로도 충분히 알아볼 수 있는 곳이었다. 엄마는 보육원으로 가는 게 아니었다. 시골집으로 가고 있었다.

길이 내내 낯설었던 건 출발하는 곳이 달랐기 때문이겠지. 이전에 올 때는 인천, 오늘은 청연. 당연히 오는 길도 달랐을 것이다. 지유는 안도와 기쁨을 동시에 느꼈다. 자신은 용서받을 모양이었다.

차는 산모퉁이로 접어들었다. 오며 가며 봤던 폐가가 나타났다. 눈보라에 찢겨나간 것인지 마당 비닐하우스는 뼈대만 남아 있었다. 그 뒤편에 차 한 대가 주차돼 있었다. 일전에 왔을 땐 보지 못한 차였다. 눈을 옴팡 뒤집어쓰고 있어 무슨 차인지는 알 수 없었다. 작은 트럭 같기도 하고 이모가 타고 다니는 지프 같기도 했다.

모퉁이 길을 돌자 저만치에 시골집 지붕이 나타났다. 엄마는 대문 앞에 차를 세웠다.

"다 왔어. 내려."

새아빠가 안전벨트를 풀며 물었다.

"여기가 어디야?"

"할머니 집이야. 전에 얘기했잖아. 돌아가시면서 나한테 물려줬다고."

엄마는 차에서 내리더니, 가방에서 열쇠를 꺼내 대문을 열었다. 그사이 새아빠는 차 트렁크에서 물건들을 끌어냈다. 마트용 장바구니 하나, 여행 가방, 지유의 캐리어. 지유도 차에서 내렸다.

이곳에는 오늘 내내 눈이 온 모양이었다. 길바닥으로 내려서자 지유의 발목까지 푹 빠질 정도로 눈이 쌓여 있었다. 소나무 숲도, 갈대 습지도, 시골집 지붕과 2층 창문도, 벽을 타고 올라간 덩굴손도, 마당도 온통 새하얬다. 엄마는 앞장서서 현관으로 향했다. 지유는 캐리어를 끌고 엄마 뒤를 쫓아갔다. 새아빠는 장바구니와 가방을 들고 맨 뒤에 따라왔다. 사방을 두리번거리면서 머뭇머뭇.

현관문을 열자 냄새가 강아지처럼 뛰쳐나왔다. 지유에겐 익숙한 냄새였다. 오리 먹이 냄새였다. 새아빠에겐 당황스러운 냄새 같았다. 현관에 선 채 집 안을 둘러보며 물었다.

"이게 무슨 냄새야?"

"빈집 냄새야."

엄마는 식탁에 가방을 내려놓더니, 레인지후드를 틀었다. 두 번째 조치로 수납장에서 라이터를 꺼내 식탁 위의 향초에 불을 붙였다.

"지유랑 가끔 오는 곳이라 그래. 좀 있으면 괜찮아질 거야."

아아…… 하며 새아빠는 신발을 벗고 올라섰다.

"장바구니 어디다 둘까. 냉장고에 넣어놔?"

"그냥 주방 조리대에 올려놔. 내가 알아서 할게."

엄마는 거실 문을 열고 들어가더니 소파 옆 테이블에 둔 향초에도 불을 붙였다. 다음에는 안방 문을 열고 들어갔다. 새아빠는 주방으로 들어가더니, 조리대가 아닌 식탁에 장바구니를 내려놨다. 눈은 엄마의 뒷모습을 따라가고 있었다. 무언가에 홀린 사람처럼 표정이 멍해 보였다.

"엄마, 제 가방 2층에 갖다 둘게요."

지유는 엄마를 향해 소리쳤다.

"코트도 벗어두고 내려와."

안방 안쪽에서 엄마의 목소리만 들려왔다. 지유는 캐리어를 끌고 2층 계단 쪽으로 움직이기 시작했다. 막 계단 앞에 이르렀을 때, 머리 위에서 쿵, 하는 소리가 울렸다. 그와 함께 되강오리의 울음소리도 들리는 것 같았다. 지유는 천장을 올려다봤다가 새아빠에게 시선을 옮겼다. 새아빠는 지유의 머리 위를 올려다보고 있었다. 엄마는 어느새 거실 문 앞에 와 있었다.

"이게 무슨 소리야?"

새아빠가 혼잣말처럼 중얼거렸다. 지유도 혼잣말처럼 대답했다.

"되강오리가 우는 소리예요."

엄마가 즉각 지유의 답을 수정했다.

"지붕이 흔들리는 소리야."

엄마의 말이 끝나자마자 다시 쿵, 소리가 났다. 이번엔 소리도 울림도 더 크고 길었다. 되강오리의 울음은 들리지 않았다.

"지붕이 흔들리는 소리는 아닌 거 같은데. 내가 올라가볼까?"

새아빠가 엄마에게 눈을 돌리며 물었다.

"그럴 거 없어. 자기가 뭘 안다고. 바람이 심하게 불면 늘 이상한 소리가 나. 오래된 집이라."

지유는 이상하다는 생각이 들었다. 이 집에 와 있는 동안 지붕이 흔들린 적은 한 번도 없었다. 바람이 심한 날 창문 유리창이 흔들린 적은 가끔 있었지만. 게다가 처음에 들린 것은 분명 되강오리 울음소리였다. 다락방 쪽이었다. 그날 밤 꿈에서 그랬듯이.

"지유."

엄마가 불렀다.

"아빠한테 습지 구경시켜줄래? 반달늪에도 가보고."

"지금요?"

지유는 자신도 모르게 되물었다. 2층에서 울리는 소리만큼이나 당황스러운 말이었다. 눈이 이렇게 많이 내리는데 습지에 가라니. 게다가 조금 전에 말하길, 2층에 코트를 벗어두고 오라 하지 않았던가.

얼른, 하듯 엄마는 턱을 현관 쪽으로 틀었다. 기억이 한숨에 되살아났다. 아빠가 이곳에 왔을 때에도, 엄마는 똑같은 말을 했다. 지유도 그때와 같은 말을 물었다.

"엄마는요."

엄마도 똑같은 답변을 내놨다.

"엄마는 저녁 준비해야지. 청소도 해야 하고. 아빠랑 둘이 다녀와."

"가방은 어떻게 하고요. 2층에다 갖다 두고 내려올까요?"

엄마 대신 지붕이 대답했다. 한 번은 크게 쿵, 한 번은 작게 쿵. 새아빠가 다시 중얼거렸다.

"이러다 지붕 무너지는 거 아냐?"

엄마는 지유를 봤다. 눈매가 사나웠다. 재깍 말을 듣지 않는다고 나무라고 있는 것이었다.

"가방 거기 두고 가. 엄마가 갖다 놓을 테니까."

지유는 캐리어를 놓고 현관으로 갔다.

"저 따라오세요."

새아빠에게 한 말이었으나 반응이 없었다. 새아빠는 천장에서 나는 소리에 정신이 팔린 눈치였다.

"은호 씨, 지유가 기다리잖아."

엄마가 말했다. 새아빠는 마지못한 기색으로 주방에서 나왔다.

"어두워지기 전에 돌아와."

지유는 창고로 가서 장화로 갈아신었다. 엄마가 말하지는 않았지만 습관적으로 그렇게 했다. 잠깐 망설이다 새아빠에게도 장화를 내주었다. 새아빠는 장화를 받아들고 한참이나 들여다봤다. 어쩐지 찔리는 기분이었다. 물론 아빠가 신었던 것이라는 말은 하지 않았다.

날은 이미 어두워지고 있었다. 아직 저녁이 된 것도 아닌데. 하늘은 먹구름으로 뒤덮였고, 습지는 눈보라에 휩싸여 있었다. 샛길 안쪽에선 아무런 소리도 들려오지 않았다. 새들이 갈대밭을 차고 오르는 소리도, 되강오리 울음소리도. 눈바람만 윙윙 소리를 지르며 습지를 휘돌았다.

"제 뒤를 따라오세요."

지유는 샛길로 한쪽 발을 들여놓았다. 습지는 집 앞보다 눈이 더 많이 쌓인 느낌이었다. 시야가 흐릿해서 샛길과 갈대밭도 쉽게 구분되지 않았다. 납작하게 쓰러져 누운 갈대 위로도 눈이 소복하게 쌓여 있었기 때문이다.

"습지가 아니라 설원이네."

새아빠가 사방을 두리번거렸다. 어쩐지 불안해하는 눈치였다.

"원래는 갈대밭이에요. 눈이 와서 지금은 잘 안 보이지만요."

지유는 바닥 높낮이로 길과 갈대밭을 구분해가며 걸었다. 발이
푹푹 빠져 빨리 걸을 수는 없었지만 바닥이 미끄럽지는 않았다.
발꿈치 밑에선 뽀득뽀득 눈 밟히는 소리가 울렸다.

"지유는 여기 자주 오나 보다. 잘 아는 걸 보니."

새아빠가 말했다. 지유는 엄마가 이미 한 말을 대답으로 골랐다.

"엄마 집이니까요."

"엄마 집이라고 다 아는 건 아니지. 와봐야 아는 거지. 지유, 저
번에도 여기 있지 않았니?"

'저번'이 언제를 가리키는 것인지, 지유는 곧바로 알아차렸다.
바로 오늘 아침에 했던 질문이니까. 지유는 대답하지 않았다.

"아빠랑 같이 있었던 거 알아."

지유는 걸음을 멈췄다. 칼바람이 부는데도 얼굴이 뜨겁게 달아
오르는 느낌이었다. 거짓말을 해야 할 때 나타나는 증세였다. 새
아빠는 오늘 아침에 물어볼 때 이미 답을 알고 있었을 것이다. 그
런데 왜 물었을까. 왜 거짓말을 한다고 혼내지 않았을까. 새아빠
도 걸음을 멈추고 지유를 내려다봤다.

"화내는 거 아니야. 너를 곤란하게 만들려는 것도 아니고."

"저는……."

"네 잘못이 아니니까. 거짓말을 시킨 사람 잘못이겠지."

지유는 반사적으로 엄마를 옹호하고 나섰다.

"아니에요. 엄마가 시키지 않았어요. 그냥……."

제가……. 지유는 말을 멈췄다. 뭔가 실수를 한 기분이었다. 새아빠는 눈을 맞춘 채로 고개를 저었다. 표정이 조금 이상했다. 화가 난 것 같기도 하고, 자신을 불쌍하게 보는 것 같기도 하고, 할 말이 있는 것 같기도 하고.

"내가 너를 곤란하게 만들었나 보다."

새아빠가 말했다.

"이 얘기는 우리만 알고 잊어버리자. 그럼 됐지?"

지유는 대답하지 않았다. 불안하고 이상하고 의심스러웠다. 엄마가 거짓말을 시킨 게 아니라고 말했을 뿐인데, 뭘 알았다는 건지. 아빠가 여기 왔다는 건 어떻게 알고 있는지. 왜 자꾸 같은 말을 묻는지. 새아빠의 얼굴을 살폈지만, 표정에는 아무것도 쓰여 있지 않았다.

"그럼 갈까."

새아빠는 걷기 시작했다. 지유와 조금 떨어져서 한쪽 발은 샛길을 디디고, 한쪽 발은 갈대밭을 디디면서. 한동안 침묵이 계속되었다. 지유는 할 얘기를 찾다가 입을 열었다.

"갈대밭에 발을 디디면 안 돼요. 진흙탕이라 발이 빠지면 못 빠져나와요."

새아빠가 슬쩍 웃으면서 대답했다.

"땅이 얼어서 딱딱해졌는데."

지유는 새아빠 앞으로 한 발짝 나섰다.

"그래도요. 제 뒤를 따라오세요."

새아빠의 얼굴이 보이지 않게 되자 지유는 마음이 조금 편해졌다. 달아올랐던 얼굴도 차차 가라앉았다. 덕택에 방향을 잡는 데만 집중할 수 있었다. 갈대밭과 샛길의 경계는 갈수록 희미해졌다. 거의 다 왔다고 생각했는데 반달늪은 보이지 않았다. 평평한 설원 위로 비죽 올라온 밥터 바위를 발견하고서야, 이미 반달늪에 도착했다는 걸 알아차렸다.

"다 왔어요."

지유는 눈이 소복하게 쌓여 있는 밥터 바위로 올라섰다. 발을 헛디디지 않도록 발끝으로 바닥을 확인해가며 조심조심. 새아빠도 뒤따라 올라와 곁에 섰다.

"여기가 반달늪이니?"

네, 하고도 지유는 확신이 들지 않았다. 풍경이 너무 낯설었다. 초록빛 수면 대신 하얀 눈밭이 생겨나 있었다. 수영장이 스케이트장으로 바뀐 기분이었다. 수초도 오리들도 보이지 않았다. 이곳이 반달늪이라는 증거는 발을 디디고 서 있는 밥터뿐이었다.

"오리들이 다 어디로 가버렸어요."

새아빠가 물었다.

"물이 얼어서 따뜻한 데로 피했나 보다. 근데 원래 여기 사는 오리들이니?"

"네. 별별 오리가 다 있는데……."

지유는 반달늪 너머 산봉우리를 넘겨다봤다. 눈보라에 휩싸여 아무것도 보이지 않았다. 귀를 기울여도 새 한 마리 울지 않았다. 들리는 거라곤 습지 위로 눈을 몰고 다니는 바람의 울음소리뿐이었다.

지유는 그날 밤 샛길을 따라 움직이던 불빛을 떠올렸다. 수레를 끌고 마당 외등 빛 속으로 들어서던 엄마의 모습도. 애써 눌러두 었던 의문들이 악몽처럼 되살아났다. 엄마는 왜 혼자 반달늪에 왔 을까.

새아빠가 말했다.

"그만 돌아갈까?"

\#

마리아, 마리아.

사랑하는 마리아…….

어둠 속에서 아버지의 노래가 들려왔다. 재인은 꿈을 꾸고 있다 고 생각했다. 트럭 조수석에 앉아 아버지의 노래에 귀를 기울이는 꿈. 때로 노래는 머릿속에서 울렸고, 때로 아득하게 먼 곳에서 들 렸다. 때로는 바람이 울부짖는 소리에 휩쓸려 사라지기도 했다.

그대를 보내고 나서 꽃을 심었네.

서러운 마음에 꽃을 심었네…….

추위에 몸서리치며 깨어나면, 자신은 여전히 어둠 속에 누워 있 었다. 다리를 오므리고 팔을 뒤로 꺾이고, 등을 옹크린 태아 자세 로. 눈을 뜨고 싶었으나 눈이 뜨이지 않았다. 고개를 들고 싶었으 나, 손가락 하나 움직일 수 없었다. 가위에 눌린 것처럼 눈을 빤히 뜨고도 자신을 제어할 수 없었다. 그러다 다시 까무룩한 어둠 속으로 빨려 들어갔다.

그대 봄은 또다시 오고 꽃은 피었네.
그리움처럼 꽃은 피었네.

꿈인지 현실인지 모를 차원을 오가는 사이, 그녀는 새로운 사실을 알아차렸다. 자신은 가위에 눌린 게 아니었다. 움직일 수 없도록 자신을 짓누르는 건 통증이었다. 숨을 쉴 때마다 목을 화살처럼 날카롭게 꿰뚫는 통증, 심장이 뛸 때마다 흉곽을 조이는 통증. 아버지의 노래 역시 꿈속에서 울리는 것이 아니었다. 주술을 거는 것처럼 귓속에서 울리는 소리였다.

그녀는 눈을 떠보려 했다. 그마저도 되지 않았다. 다친 눈은 말할 것도 없고, 성한 눈꺼풀마저 코끼리가 깔고 앉은 양 무거웠다. 입은 이중 재갈로 막혀 있고, 손목과 발목도 밧줄로 묶여 있었다. 더하여 목에 걸린 올가미가 발목의 밧줄과 연결돼 있었다. 목이든 다리든 뻗대기만 하면 올가미가 확 조여들도록.

그대를 잊으려고 꽃을 꺾었네.
눈물을 흘리면서 꽃을 꺾었네.

그녀는 정말로 울고 싶었다. 울컥한 나머지 소리 없는 고함을 질렀다. 아버지, 그런 노래 부르지 마요. 꽃 따위 싫다고요. 꽃 말고 칼을 달란 말이에요. 내 목에 걸린 올가미를 끊을 수 있게. 덤으로 이 악질적 결계를 걸어둔 아버지 둘째 딸년 목도 따버리게.

그녀는 자신이 유나를 이겨낸 줄 알았다. 정확하게 말하자면, 뼛속 깊이 심어진 유나에 대한 죄책감을 극복한 줄 알았다. 그것이 착각이었다는 걸, 어젯밤에야 깨달았다. 유나의 손가방이 왼쪽 눈으로 날아들던 바로 그때에.

눈감기, 외면하기, 냉정하게 대하기, 관계 끊기……. 그간 그녀가 이겨내고자 시도해온 일은 모두 섀도복싱이었다. 진정으로 이겨냈다면 스스로 온갖 합리화를 해가며 혼자 여기 오는 짓은 하지 않았을 것이다. 망설임 없이 경찰에게 이 집 주소를 알려줬을 것이다. 최소한 유나가 나타났을 때, 자신이 칼자루를 쥐고 있었을 때, 손이라도 묶었겠지. 그것이 위험을 대하는 인간의 보편적 방식이니까.

그녀는 그중 아무것도 하지 않았다. 그 대가로 찍소리도 못 해보고 눈을 얻어터진 후, 계단에서 굴러떨어져 의식을 잃어버린 것이었다. 정신이 돌아왔을 땐 두 손이 뒤로 묶인 채 계단 밑에 엎어져 있었다. 유나는 한 손에 손도끼칼을, 한 손에 밧줄을 쥐고 그녀의 오른쪽 눈 옆에 서 있었다. 잠시 기절한 새에 공수전환이 끝난 셈이었다.

"그만 일어나. 나 지금 5분째 기다리고 있거든."

유나가 말했다. 그녀는 몸을 일으켰다. 칼도 칼이지만, 눈 옆으로 보이는 발이 더 신경 쓰였다. 얻어터진 왼쪽 눈은 이미 퉁퉁 부어 시야가 차단된 상태였다. 오른쪽 눈마저 걷어차이면 아예 앞을 보지 못하게 될 터였다.

"올라가, 네가 보고 싶어 하는 그 방에 데려다줄게."

유나는 그녀의 목덜미에 손도끼칼을 들이대고 덧붙였다.

"참고로 하는 말인데, 이 칼은 너보다 내가 더 잘 써."

그러시겠지. 암, 그렇고말고. 그녀는 계단을 올라갔다. 불과 열몇 칸을 올라가는 동안, 두 번이나 발을 헛디디고 엎어졌다. 처음엔 무릎을 찧는 데 그쳤으나, 다음엔 콧날로 계단 모서리를 내리찍으며 엎어져버렸다. 왼쪽 시야결손과 어두침침한 계단이 부른 참사였다.

그녀는 엎어진 채로 신음을 삼켰다. 코뼈가 두 동강 난 느낌이었으나, 아프다고 울지는 않았다. 비명을 지르지도 않았다. 아직 그 정도 이성은 살아 있었다. 유나 역시 그런 사소한 사고에 신경 쓰지 않았다. 손도끼칼 등으로 뒤통수를 톡톡 치며 한 말씀 하셨을 뿐.

"언니, 나 바빠. 집에 가서 지유 밥 줘야지."

무려 30년 만에 듣는 언니라는 호칭이었다. 소름이 돋다 못해 머리털이 쭈뼛 섰다. 그녀는 두말없이 일어났다. 잠시 후엔 다락방 문 앞에 서 있었다. 유나는 복도 장식장 서랍에서 열쇠를 꺼내 자물쇠를 땄다. 문이 열리자 차고 눅눅한 공기가 득달같이 덮쳐왔다.

유나가 실내등을 켜고 방을 보여주었다. 그녀는 고개를 돌려가며 한쪽 눈으로 안을 살폈다. 창문이 없는 작고 긴 공간, 지붕 모양을 따라 빗면으로 기울어진 천장, 벽을 따라 쌓아둔 잡동사니와 책과 낡은 선풍기, 종이상자, 큰 고무통, 플라스틱 양동이……

그녀는 이곳이 지유의 잠꼬대에 등장한 다락방이라는 걸 알아차렸다. 예상대로 준영은 없었다. 여기 있었다는 낌새조차 없었다. 종이상자나 고무통에 처박아놓았다면 냄새라도 날 텐데.

"저기 앉아."

방 끝에 이르자 유나가 손도끼칼로 벽 한쪽을 가리켰다. 천장이 가장 높은 쪽에 있는 벽이었다. 집 구조상, 지유의 방과 맞닿아 있을 벽이기도 했다. 그녀는 벽을 따라 쌓여 있는 크고 작은 종이상자들 틈새에 엉덩이를 들이밀고 쪼그려 앉았다.

"안 가르쳐줘도 혼자서도 잘하네."

유나가 그녀 앞에 와서 다리를 벌리고 섰다. 이 상황이 하염없이 재미난 모양이었다. 이를 드러내고 천진난만하게 웃으며 말했다.

"너 그렇게 쪼그리고 앉으면 발에 쥐 난다. 편하게 다리 뻗고 앉아."

그녀는 "내 발에 신경 꺼"라고 응수했다가, 칼등으로 딱밤을 맞았다.

"어째 지유보다 말귀를 못 알아들어. 발을 내밀어야 묶을 거 아냐, 밥통아."

유나는 '절약의 법칙'을 모르는 아이였다. 직설적 표현이 가능한 일에 은유적 수사를 써서는 안 된다. 대화를 나눌 때는 특히 그렇다. '발을 묶겠다'는 말 대신 '발에 쥐 난다'라고 하면 소통에 문제가 생기는 것이다.

그녀는 다리를 뻗고 앉았다. 벽에 등을 기댄 채, 발목에 밧줄을 거는 유나의 흰 손가락을 내려다봤다. 여러 번 해본 솜씨였다. 어찌나 야무지게 묶는지 발목을 자르지 않고는 빠져나가지 못할 것 같았다. 다 묶고 남은 줄은 손도끼칼을 휙 내리쳐서 잘랐다.

움찔, 하지 않을 수 없는 순간이었다. 칼끝은 마룻바닥에 박혔다. 그녀의 복사뼈 바로 옆이었다.

"놀랐어? 생각보다 개복치네."

유나는 잘라낸 밧줄을 옆으로 툭 던지며 또 웃었다.

"아까 나한테 칼 들이댈 때, 그 못생긴 뽕주둥이로 뭐라고 했어? 셈 잘하라고 했나?"

이 세상에 개체의 표현형에 대한 험담만큼 기분 상하는 게 있을까. 그녀는 유나를 쏘아봤다. 유나가 바닥에 박힌 칼을 뽑아 드는 바람에 하고 싶은 말은 꾹 눌러 삼켰다. 모르는 모양인데, 내가 뽕주둥이면 너는 소켓이야.

"네가 이렇게 될 거란 셈은 못 해봤어?"

유나는 칼을 그녀의 눈 사이로 조준하며 물었다. 즐거워서 비명이라도 지를 기세였다. 그녀의 시야로 전문가용 도구가 다시 불려왔다. 믹서기와 믹서기와 찜통까지 덤으로. '설마' 했던 상상이 뒤를 따라왔다.

"준영이는 어디 있니?"

그녀는 물었다. 유나는 웃음기를 싹 지우고 그녀를 똑바로 응시했다. 진지한 물음이 도사리고 있는 눈이었다. 너네 어떤 관계야?

"충주엔 왜 갔어?"

유나가 물었다. 그녀는 유나의 발작 버튼을 눌러보기로 했다. 흥분하면 기총소사 수준으로 말을 뱉어내는 성격이니 뭔가 걸릴 게 있을지도 몰랐다. 기왕지사 이리된 거, 하나라도 얻는 게 있어야 수지가 맞지 않겠는가. 그녀는 대답했다.

"집 보러 갔어."

유나의 눈에 당혹감이 스쳐갔다. 이내 그것은 질문이 돼서 돌아왔다.

"무슨 집?"

"준영이, 예전부터 호암지가 내다보이는 곳에서 살고 싶어 했거든. 글도 쓰고, 지유랑 소풍도 다니고……."

"하, 소풍?"

유나가 말을 자르고 끼어들었다.

"누가 지유를 보내준대?"

그녀는 하던 말을 마무리 지었다.

"신혼집으로 쓰기에도 딱 좋은 집이 있다고 해서 갔어."

"신혼집? 그 사람 결혼할 작정이었어? 누구랑? 설마 너는 아니지?"

유나는 다다다 질문을 쏟아냈다. 질문이 하나씩 추가될 때마다 목소리가 두 음정씩 올라갔다. 이마 한복판의 핏대가 툭툭 불거졌다. 쏘아보는 눈빛은 또 어찌나 뜨거운지 그녀의 이마에 바코드도 새길 수 있을 것 같았다. 버튼이 제대로 눌린 모양이었다.

유나에게 한 번 '제 것'은 영원한 '제 것'이었다. '제 것'이 남의 손에 넘어가는 일은 용납하지 않는다. 차라리 없애버릴지언정. '유나의 것'이었던 남자들의 최후가 바로 그 증거였다. 그녀는 대답했다.

"나 맞아."

"또 혼자 꿈꿨구나. 그러다 땅 치고 울려고. 예전처럼."

말과 달리 이미 믿기 시작한 눈치였다. 말이 빨라진 데다, 높아진 목소리에서 초조한 기색이 묻어났다. 결정적 한 방이 필요한 순간이었다. 그녀는 진부하나 효과가 보장된 레퍼토리를 택했다.

"배 불러오기 전에 결혼할 참이었어. 지금 4개월 차라."

유나의 눈이 그녀의 배 근처로 내려갔다가 제자리로 돌아왔다. 시선이 거의 지그재그로 흔들리고 있었다. 주머니쥐가 고양이 새끼를 뱄다고 해도 그렇게 당황하지는 않을 것 같았다. 그녀는 한마디 더 덧붙였다.

"조카 초음파 사진 한번 볼래? 내 차에 있는데."

"수작 부리지 마."

유나의 감정적 추는 바닥까지 기운 것 같았다. 쪼그려 앉은 다리 사이로 손도끼칼을 늘어뜨린 채 넋 나간 사람처럼 중얼거리기 시작했다.

"뻔뻔한 새끼. 그러면서 지유를 만나게 해달라고 졸랐단 말이지. 안 보여주면 날 유치장에 넣어버린다고 협박하면서."

유나의 눈에 핏줄처럼 툭툭 불거지는 불꽃을, 그녀는 잠자코 지켜봤다. 불꽃이 불길이 되는 데는 그리 시간이 걸리지 않을 것이다. 내버려둬도 활활 타오를 테지만 시간을 절약하는 의미에서 슬쩍 부채질을 해봤다.

"당연한 거 아냐? 지유는 준영이 딸이니까. 결혼하면 내 딸도 될 테고."

"누구 딸?"

유나는 늘어뜨리고 있던 손도끼칼을 힘주어 잡았다.

"네 딸? 지금 네 딸이라고 했어?"

그녀는 움찔하지 않으려고 시선을 유나의 눈에 고정했다. 내친김에 몇 발짝 더 나가볼 작정이었다.

"내가 어떻게 여길 찾아왔는지 말해줄까? 네가 나한테 지유를 떠넘기고 간 날부터 일주일간, 지유가 아파서 입원했어. 몇 날 며칠 고열에 들떠서 헛소리를 할 정도로. 근데 참 이상하지. 그럴 땐 엄마를 찾아야 정상인데, 너를 안 찾아. 단 한 번도. 제 아빠만 부르면서 엉엉 울어. 아빠가 반달늪에 있다는 거야. 엄마가 수레에 실어서 데려갔대."

유나는 움찔하듯 눈을 깜박거렸다. 깜박이는 눈꺼풀 밑에서 아연한 빛이 떠올랐다가 사라졌다. 그 빛의 이름이 무엇이냐고 누군가 묻는다면 그녀는 망설임 없이 '배신감'이라고 답할 터였다.

"반달늪이 여기 말고 또 있니?"

그녀가 묻자 유나는 질문으로 되받았다.

"그래서 애 말이 사실인지 알고 싶어서 왔단 말이지?"

"그래."

대답하는 순간, 손도끼칼이 그녀의 목으로 날아왔다. 그녀는 반사적으로 목을 움츠렸다. 칼은 아슬아슬하게 그녀의 정수리를 스쳐서, 바로 옆 종이상자에 꽂혔다. 유나는 칼을 뽑아내며 말했다.

"어떻게 했냐고?"

칼이 다시 상자로 내리찍혔다. 두 번, 세 번……. 거듭된 칼질에 상자가 무너져내렸다. 뚜껑이 열리면서 안에서 인형들이 쏟아졌다. 테이블과 의자들이 잇달아 떨어져내렸다.

그녀는 무너진 것들 틈새에서 뒹구는 노란 털 뭉치들을 내려다봤다. 기억하기로, 그것은 30년 전에 난자당한 오리 인형 토막들이었다. 유나는 칼끝으로 털 뭉치들을 끌어다가 그녀 앞에 모아놓았다. 마치 그것이 준영의 몸뚱어리라도 되는 것처럼.

"이제 됐어?"

432

유나가 물었다. 그녀는 대답할 수가 없었다. 답을 추측하고 물었으면서도 답을 맞힐 경우에 대한 대비는 돼 있지 않았다. 말굽 장식으로 눈을 얻어맞았을 때보다 더한 충격이 그녀를 덮쳤다. 정말로 그랬단 말인가. 정말로?

"놀란 거 같네?"

유나가 말했다. 그녀는 입을 꾹 다물었다. 목 밑에서 구역질이 치밀고 있었다. 쓸데없이 민첩한 상상력은 그녀를 단숨에 그곳으로 끌고 갔다. 수면제에 취한 준영이 비몽사몽간에 죽어가는 현장으로. 그곳이 1층 욕실이었을까? 지유가 들은 되강오리의 울음은 준영의 비명이었을까.

"은호 말입니다……."

이번엔 김진우의 목소리가 떠올랐다.

"전날 밤, 유나가 건넨 모과차를 마셨답니다. 아이가 죽는 줄도 모르고 깊이 잠들었고요."

아무래도 유나는 역사에 길이 남을 짓을 저지른 모양이었다. 딸 옆에서 아빠를 죽이고, 아빠 옆에서 아들을 죽이는 짓.

"입 좀 벌려봐."

유나는 손도끼칼을 그녀의 입술에 겨눴다. 그녀는 재깍 입을 벌렸다. 저 흉악한 도구 앞에서 공손하지 않을 자가 세상에 어디 있을까. 게다가 칼 주인이 막 돌기 시작한 참이라면 더 생각할 것도 없었다. 오리 머리통이 입속으로 쳐들어왔다. 숨이 막히고, 턱이 빠개질 것처럼 아팠다. 목젖이 압박되면서 식도가 경련을 일으키고 구역질이 났다.

유나는 휑하니 방을 나갔다가 공업용 테이프를 들고 되돌아왔다. 붕대를 감듯 테이프를 빙 둘러 입을 봉한 뒤 손을 놨다. 잘리지 않은 테이프 롤이 귀 옆으로 축 처졌다.

"좀 전에 뭘 한다고 했지?"

유나는 손도끼칼로 그녀의 귀밑으로 늘어진 테이프를 톱질하듯 썰어내렸다.

"그 새끼랑 결혼을 한다고? 내 딸이 네 딸이 된다고?"

그녀는 막대사탕처럼 목을 꼿꼿하게 세우고 움직이지 않았다. 무서웠다. 흥분한 유나가 부들부들 떨리는 손으로 자신의 목까지 썰어버릴까봐.

"좀 내버려뒀더니 많이 컸네, 신재인. 그래서 이젠 내가 우스워?"

유나의 손이 그녀의 점퍼 주머니로 들어왔다. 잠시 후, 볼펜과 휴대전화, 자동차 키가 그 손에 끌려나왔다. 유나는 난생처음 볼펜을 본 사람처럼, 손바닥에서 이리저리 굴리며 들여다봤다.

"참 대단한 순정파야."

중얼거리는 유나의 입술에 다시 생글거리는 미소가 번졌다. 뭔가 좋은 생각이 난 것 같았다. 그녀는 새로운 불안을 느꼈다. 그것이 자신에게도 좋은 생각일 리 없을 테니.

"신재인."

유나의 목소리는 평소의 벌새 지저귀는 소리로 돌아가 있었다. 음의 높낮이를 저글링하듯 조절하는 소프라노 가수를 보고 있는 것 같았다. 그녀는 이 극적인 감정의 낙차를 수도 없이 봐왔다. 그렇기는 하나, 손도끼칼을 쥐고 생글거리며 자신의 이름을 부르는 지금처럼 살 떨리는 순간은 없었다.

"그 결혼 내가 시켜줄게."

유나는 볼펜을 본래 자리로 밀어넣어주었다.

"그 개자식하고, 반달늪에서, 내일."

금방 무슨 말을 들은 걸까. 그녀는 한쪽 눈을 깜박이며 한 음절씩 곱씹어봤다. 반달늪에서, 내일…….

"이건 내가 맡아둘게."

유나는 휴대전화와 차 키를 들어 보였다.

"잘 자. 좋은 꿈 꾸고."

방의 불이 꺼졌다. 유나는 문을 닫고 사라졌다. 그녀는 자물쇠가 잠기는 딸깍 소리를 들었다. 계단을 내려가는 발소리도 들었다. 잠시 후 아래층에서 뭔가 퉁탕거리는 소리가 들려왔다. 잠시가 두어 번 지난 후엔 희미하게 울리는 차 소리를 들었다. 곧 그마저 사라졌다.

고요가 찾아왔다. 그녀는 서늘한 어둠 속에 모로 누웠다. 눈을 감고 생각을 해보려 했다. 뭘 해야 했는지, 뭘 하지 말아야 했는지, 뭘 하면 이 다락방에서 살아 나갈 수 있겠는지.

그녀의 머리는 쓸 만한 일을 할 상태가 아니었다. 생각하지 않으면 상황을 해결할 수 없다는 걸 알면서도, 아무 생각도 하고 싶지 않았다. 그저 멍하니 자신을 힐난하는 자아의 목소리를 들었다. 유나와 마주칠 가능성을 염두에 뒀으면서도 대비책은 간과해버린 안일함에 대해, 마주친 후의 어설픈 대처에 대해.

물론 유나에게 분노를 느끼지 않은 건 아니었다. 감정의 크기가 너무 커서 표출할 엄두가 나지 않을 뿐. 어린 시절엔 '유나를 위한 기도'로 분노를 달랜 적이 많았다. 걷다가 맨홀에 빠지거나, 자다가 천장이 내려앉거나, 인체 자연발화가 일어나게 해달라고.

지금은 반대였다. 유나의 신상에 문제가 생기면 안 되었다. 갑자기 영리해진 경찰에게 체포되거나 쫓겨서도 안 되었다. 그 경우 자신은 이 어두운 다락방에서 시체나 반송장으로 발견될 확률이 높았다. 운이 더 나쁘면 몇 달 후쯤 미라로 발견될 수도 있고. 그러니 유나는 무탈하게 하룻밤을 보내고, 한시바삐 자신을 죽이러 와야 하는 것이었다. 그래야 탈출할 기회나마 쥐어볼 수 있을 테니.

그녀는 바로 그 점에 대해 생각하기 시작했다. 유나가 왔을 때 어떻게 기회를 잡을 것인가.

첫째, 기절한 척하고 있다가 가까이 오면 박치기로 승부를 본다. 이 경우, 칼침 맞을 각오를 해야 할 것이다. 유나가 맨손으로 오지는 않을 테니까.

둘째, 반달늪으로 데려가려고 발을 풀어준다면? 기회를 봐서 냅다 도망칠 수 있을 것 같았다. 마을까지만 가면 도와줄 사람을 만나게 될 테니까. 문제는 가망이 거의 없다는 것이었다. 자신이 유나라면 일 처리를 그런 식으로 하지 않을 것이다. 지금 이대로 건초 수레에 싣고 가서 늪에 빠뜨리겠지.

질문에 대한 답은 찾지 못했으나, 언제 올까에 대한 답은 찾은 것 같았다. 유나는 밤에 올 것이다. 늪으로 끌고 가 빠뜨리려면 야밤이 편할 테니까.

그녀의 생각은 더 근본적인 문제로 뻗어갔다. 유나는 왜 이런 일을 저지를까,라는 주제로. 그냥 미친년이라서? 수비보다 공격을 선호하는 성격 때문에? 목표에 따라온 의도치 않은 부작용이었을까? 혼만 내줄 작정이었는데 죽어버렸다든가. 아니면 본인도 어찌해볼 수 없는 중대한 이유가 있을까.

타인의 행동을 이해한다는 건 행동의 의미를 스스로 설명해내는 일이다. 아무리 애를 써도 그녀는 그 일을 할 수 없었다. 유나를 잘 안다고 자부해왔으나, 막상 까보니 착각이었다. 안다고 여겼던 건 유나가 아니었다. 유나를 향한 자신의 감정이었다. 그녀는 본인에게 가닿지 않을 질문을 하릴없이 되풀이했다. 신유나, 대체 너는 누구냐고.

시간이 고통스럽게 흘러갔다. 물리적 차원이 아니라 심리적 차원을 건너가는 시간이었다. 유나에 대한 분노로 활활 타다가, 내일을 생각하면 무시무시한 한기가 덮쳐왔다. 수면제에 취한 채 반달늪으로 끌려갈 내일이 열 시간 후인지 한 시간 후인지 알 길이 없어서.

몸이 느끼는 고통은 두려움보다 더 실제적이었다. 눈은 욱신거리고, 코는 화끈거리고, 털 뭉치에 막힌 목에선 경련이 일어나고, 고이는 침을 삼키지도 뱉지도 못해 숨이 막혔다. 강제로 벌어진 턱은 금방이라도 두 쪽으로 빠개질 것 같았다. 와중에 목이 말랐다. 방광은 시시각각 부풀어올랐다.

의식은 점점 몽롱해져갔다. 생각이 사라지고, 감정이 희미해지고, 감각이 둔해졌다. 깨어 있으나 깨어 있는 것이 아니고, 잠들었으나 잠든 것도 아닌 시간이 계속되었다.

그러던 어느 순간 차 소리를 들었다. 그녀는 잠깐 의심스러웠다. 진짜 차 소리였는지, 헛소리였는지. 숨을 멈추고, 귀를 세우고 다음 소리를 기다렸다. 끼익, 하는 금속성 마찰음이 들려왔다. 그녀의 시야에 녹슨 대문이 환영처럼 나타났다가 사라졌다. 이어 현관문이 열리는 소리가 났다. 사람들의 목소리가 들리기 시작했다. 남자, 여자, 아이의 소리가 차례로.

물론 뭐라는지는 알아들을 수 없었다. 낮게 웅성대는 데다, 층간을 거치면서 한 뭉텅이로 뭉그러져 음절 구분이 불가능했다. 다만 알아들을 수 있는 목소리가 하나 있었다. 지유였다.

그녀는 심장이 쿵쿵대는 걸 온몸으로 느꼈다. 이제 확신할 수 있었다. 유나가 돌아온 것이다. 무슨 꿍꿍이인지는 모르겠으나 차은호와 지유를 데리고. 그녀로선 기회였다. 한통속이 아닌 이상 두 사람은 다락방 사정을 모를 공산이 컸다. 그러니 무슨 수를 써서라도 알려야 했다. 자신이 여기 갇혀 있노라고.

그녀는 허리를 세우고 똑바로 앉았다. 발에 닿는 게 있는지 알고자 다리를 쭉 뻗어봤다. 발뒤꿈치에 무언가가 걸렸다. 가볍고 얄팍한 느낌으로 미루어 어제 유나가 난자한 종이상자의 잔해 같았다. 이번엔 엉덩이로 바닥을 밀어 옆으로 움직였다. 넓고 평평한 것이 발에 닿았다. 질감상 큰 종이상자였다. 책이라도 들었는지 꽤 묵직했다. 발꿈치로 밀어봐도 꿈쩍하지 않았다.

그녀는 묶인 손을 펴고 힘주어 바닥을 짚었다. 몸을 비스듬히 뒤로 젖히고, 다리를 쭉 뻗어 상자를 밀어 찼다. 고함을 지르면서 두 번 세 번 연달아서. 지유야, 지유야.

상자는 약간 흔들렸을 뿐 넘어가지 않았다. 애먼 발꿈치만 욱신욱신 아렸다. 고함은 그녀의 목 안에서만 울린 것 같았다. 와중에 털 부스러기가 목 밑으로 들어갔는지 연달아 기침이 났다. 기침의 여파로 털 뭉치들이 목구멍을 틀어막았다. 목에 박힌 걸 혀뿌리로 밀어내려다 이번엔 헛구역질이 올라왔다. 헛구역질을 할 때마다 갈비뼈 밑이 훅훅 접혔다.

그녀는 눈물을 줄줄 흘리면서 숨을 골랐다. 실망스럽게도 누군가 2층으로 올라오는 기척은 없었다. 기침과 헛구역질이 완전히 그칠 때까지도. 그녀는 다시 시작했다. 이번에는 고함을 지르지 않았다. 엉덩이로 밀고 다니며 걸리는 대로 찼다. 고무 양동이가 넘어갔고, 뭔지 모를 묵직한 물건이 나자빠졌다.

사이사이 동작을 멈추고 바깥으로 귀를 기울였다. 여전히 사람의 기척이 느껴지지 않았다. 두런두런 들려오던 사람의 소리마저 사라졌다. 주변에 찰 만한 것들도 사라졌다. 그녀는 더 먼 곳으로 원정을 나갔다. 종이상자들이 쌓여 있었다고 기억되는 방향으로.

상자 하나가 발에 걸렸다. 쿵, 소리와 함께 무언가가 바닥으로 와르르 쏟아지고 구르는 소리가 울렸다. 유리그릇은 아니었다. 금속성 소리인 걸로 봐서 할머니가 쓰던 스테인리스스틸 식기들이 아닐까 싶었다. 이번엔 제대로 해낸 것 같았다. 이 정도면 백 년 전에 잠든 조상귀신도 불러들일 수 있을 것 같았다.

그녀는 몸을 일으키고 앉았다. 가쁜 숨을 가누며 올라올 누군가를 기다렸다. 잠시 후, 계단을 올라오는 발소리를 들었다. 이어 자물쇠 풀리는 소리. 문이 열리고 실내등에 불이 들어왔다. 반사적으로 눈꺼풀이 닫혔다.

"아주 신이 났네."

유나의 목소리가 들렸다. 그녀는 눈을 떴다. 유나 혼자 문턱 앞에 서 있었다. 일순 당황스러웠다. 왜 혼자일까. 차은호와 지유는 어딜 가고. 설마 두 사람도 한편을 먹은 것인가. 아니면 함께 어딜 갔을까. 유나가 문턱 안으로 발을 들여놓으며 재차 물었다.

"힘이 막 남아돌지?"

그녀는 미처 몰랐다. 유나가 그토록 민첩하게 움직일 수 있는 줄은. 다가오나, 하는 찰나에 유나는 그녀의 귀뺨을 풀스윙으로 후려쳤다. 그녀는 뒤통수로 바닥을 내리찍으며 나자빠졌다. 숨 쉴 겨를도 없이 목젖에 발꿈치가 박혔다. 목구멍에서 폭탄이 터지는 느낌이었다. 묵직한 통증과 화끈한 열기가 숨통을 단숨에 틀어막았다.

"남아돌아서 얻다 쓸 줄을 모르겠지?"

유나의 두 번째 발차기가 옆구리로 날아들었다. 발등이 아니라 말뚝이 박히는 것 같았다. 그녀는 몸을 접으면서 옆으로 굴렀다.

"그래서 지랄하는 거지?"

유나는 그녀의 머리칼을 움켜쥐고 뒤로 젖혔다. 어찌나 세게 당기는지 눈알이 희번덕 넘어가는 기분이었다. 아마도 서로 눈이 마주친 시간은 1초도 되지 않았을 것이다. 그 짧은 순간에 그녀는 내내 궁금해하던 문제를 풀었다. 유나의 모습을 한 저 생물의 정체가 뭔지.

여자아이였다. 바로 옆방 창가에서 오리 인형을 난자하던 여덟 살짜리 여자아이. 그녀를 '도둑년'이라 부르던 어린 유나였다. 그 아이가 30년이 지난 지금까지 유나를 움직이고 있는 것이었다.

"계속해봐. 누가 너를 구해주러 오는지 보게."

체중이 온전히 실린 유나의 주먹이 그녀의 왼쪽 귀뺨을 후려쳤다. 머리가 반대편으로 홱 돌아갔다. 유나는 돌아간 머리통을 양손으로 움켜쥐고, 제 무릎으로 들이박았다. 처음에는 뒤통수, 다음에는 목덜미, 세 번째는 귀. 귓속에서 폭음이 울렸다. 시야가 까맣게 흔들렸다. 깜부기불처럼 가물대는 의식의 틈새로 유나의 목소리가 파고들었다.

"계속해보라고, 쌍년아."

그녀는 몸을 길게 뻗어버렸다. 정신이 오락가락하는 통증 속에서 유나가 목에 올가미를 거는 걸 느꼈다. 자신을 옆으로 굴려놓고, 다리를 구부려 발목과 올가미를 연결하는 것도, 불을 끄고 방을 나가는 것도.

정신이 제대로 돌아온 지금, 새삼스러운 깨달음이 왔다. 유나는 자신을 죽이는 일에 정말로 진지하게, 진심이었다. 올가미는 유나가 건넨 선택 조항으로 읽혔다. 스스로 죽든가, 좀 더 버텼다가 유나 손에 죽든가.

그녀는 죽고 싶지 않았다. 적어도 이 자리에서 이 꼴로 죽고 싶진 않았다. 그러려면 뭔가를 해야 할 것이다. 한가하게 누워서 아버지의 꽃 노래나 들을 게 아니라.

그녀는 기억을 더듬기 시작했다. 조금 전 유나가 들어올 때 자신은 어디에 있었던가. 방 한복판에 있었던 것 같았다. 그 자리에서 두들겨 맞았으니 위치는 크게 변하지 않았을 것이다.

이번엔 머릿속 GPS를 작동시켰다. 그녀가 본래 앉아 있던 자리를 좌표로 삼았다. 물건들을 걷어차며 전진할 때 직진이었으니, 직진으로 후진하면 될 터였다. 상자에 몸이 닿는다면 제대로 찾아간 거겠지, 잡동사니가 쌓여 있는 곳에 닿으면 잘못 간 것일 테고. 그녀는 다리를 갈비뼈 밑에 붙였다. 이대로 몸을 구르면 이동이 가능할 것 같았다.

가상 수행과 실제 상황의 차이는 돌발변수에 있을 것이다. 그녀가 다리를 움츠리는 순간, 계산에서 빠뜨린 고통이 눈을 떴다. 유나에게 얻어맞은 자리들이 동시다발로 비명을 지르기 시작했다.

턱을 가슴에 붙이자 목뼈 마디마디가 분질러지는 느낌이 났다. 옆으로 몸을 돌리자 갈비뼈가 폐를 찌르고 들어왔다. 이마가 바닥에 닿자 눈알이 쏟아졌다. 다시 한 바퀴 구르자 턱이 바닥을 내리찍었다. 날카롭고 뜨거운 통증이 어금니와 목구멍 사이를 꿰뚫었다. 통증 수용한계치를 훌쩍 넘어가는 느낌이었다.

그녀는 이를 악물고 한 바퀴를 더 굴렀다. 턱을 부들부들 떨면서, 한 바퀴 더. 한 번씩 구를 때마다 신음이 샜다. 몸은 땀투성이가 되었다. 더하여 실망스러웠다. 자신의 몸이 이 정도로 내구성이 떨어질 줄은 몰랐다. 남자도 아닌 여자한테 몇 대 맞았다고 이 지경이 되다니.

마침내 그녀의 이마가 상자 모서리에 닿았다. 다리에는 아무것도 닿지 않았다. 한 바퀴를 더 구르자, 마침내 무릎에 벽이 닿았다. 그녀는 몸을 부리듯 바닥에 내려놨다. 땀에 흠씬 젖은 뺨을 바닥에 댔다. 움츠렸던 어깨에서 힘을 빼고 눈을 감았다. 몸을 활활 태우는 통증이 가라앉기를 기다렸다.

그사이 아래층에서 들려오는 청소기 소리를 들었다. 잠시 후엔 제목을 알 수 없는 바이올린 연주가 들려오기 시작했다. 음악 사이로 칼질하는 소리가 튀어나왔다. 이어 그릇이 달그락거리는 소리, 물소리…….

마침내 사람들의 소리가 나기 시작했다. 그녀는 바닥에 귀를 바짝 붙였다. 뭔 소린지 알아들어보려 애쓴 결과, 유나의 한마디를 포착할 수 있었다.

"손 씻고 와, 저녁 먹게."

9장

"자기가 거기 앉을래?"

아내가 식탁 앞에서 물었다. 아내의 시선은 거실 문 앞 의자를 가리켰다. 딱히 이견이 없었으므로 은호는 잠자코 자리에 앉았다.

"지유는 아빠 옆에 앉고."

지유도 정해준 자리에 앉았다. 낯빛이 창백해 보였다. 반쯤 내리뜬 눈은 식탁에 붙박여 있었다. 그는 지유의 시선을 따라 식탁으로 눈을 돌렸다. 파랗고 가늘고 긴 유리병, 불을 켜둔 향초, 와인잔……. 그는 뺨이 경직되는 걸 느꼈다. 사진에서 본 물건들이었다. 화병에 꽂힌 장미 세 송이까지 똑같았다.

"난 이쪽에 앉을게."

아내는 샐러드 그릇을 가져와 식탁에 내려놓으면서 말했다. 굳이 말하지 않아도 알 수 있는 바였다. 주방 안쪽, 그와 마주 보는 자리에 와인 잔과 식기가 놓여 있었으므로. 아내는 굳이 하지 않아도 될 설명을 덧붙였다.

"이것저것 가지러 왔다 갔다 해야 하니까."

그는 시선만 슬쩍 내려 손목시계를 봤다. 6시. 저녁을 먹기엔 좀 이른 시각이었다.

"이곳엔 밤이 빨리 와."

아내가 말했다. 그의 속내를 향한 답변이었다. 참으로 놀라운 독심술이었다. 그는 물었다.

"내가 할 거 없어?"

"아냐. 내가 할게, 그냥 앉아 있어. 지유랑 얘기라도 나누든가."

아내는 조리대와 식탁을 바지런히 오갔다. 식탁이 차근차근 채워졌다. 얼음 통에 꽂힌 샴페인, 오렌지주스, 빵이 든 바구니, 잼, 땅콩 가루를 뿌린 땅콩버터, 각자 자리엔 굴라시가 담긴 접시. 그 사이 그와 지유는 야단맞는 아이의 자세로 말없이 앉아 있었다.

아내는 평소보다 들떠 있었다. 시종일관 사뿐사뿐 미끄러지듯 움직였다. 뺨은 발그레하게 상기돼 있고, 목소리의 톤이 평소보다 훨씬 높았다. 말도 두 배로 많았다. 오븐이 낡아서 빵이 고루 구워지지 않았다느니, 샐러드 채소가 싱싱하지 않아 짜증이 난다느니, 얼음 양이 적어서 샴페인이 제대로 차가워졌을지 모르겠다느니…….

자리에 앉은 후엔 도무지 궁금하지 않은 샴페인에 대한 소개를 늘어놨다. 벨 에포크라는 샴페인으로 '아름다운 시절'을 뜻하며, 직선적인 느낌과 잔잔하고 지속적인 버블과 피치 향, 라이트한 보디감을 가져 식전주로 좋다나 어쩐다나. 샴페인에 대해 쥐뿔도 아는 바 없는 그에겐 대체 무슨 맛이라는 건지 추측 불가한 설명이었다.

"첫 가족 여행인데 자축해야지."

아내가 미소를 띠고 그를 봤다.

"샴페인, 자기가 딸래?"

어찌나 달착지근하게 묻는지 목소리에서도 복숭아 향이 폴폴 이는 것 같았다. 그는 샴페인을 따서 자신과 아내의 잔에 따랐다. 그사이 아내는 지유의 잔에 오렌지주스를 따라주었다.

"건배할까. 우리의 아름다운 첫 여행을 위해."

아내가 잔을 들었다. 그와 지유도 각자의 잔을 들었다.

"아, 잠깐만."

아내가 갑자기 의자에서 일어났다.

"둘 다 움직이지 마."

그와 지유는 순순히 명령에 따랐다. 아내는 식탁 아래로 허리를 수그려 휴대전화를 꺼냈다.

"기념사진이라도 한 장 남겨야지."

아내는 뒷걸음질로 주방 개수대까지 물러선 뒤, 사진용 포즈를 주문해왔다.

"자기, 지유와 머리 맞대고 다정하게 치즈."

지유가 곁눈으로 그를 봤다. 그는 지유 쪽으로 고개를 기울였다. 머리를 맞대는 일은 그리 어렵지 않았다. 다만 '치즈'가 되질 않았다. 입가에 경련이 일고 등허리 밑에선 한기가 퍼졌다. 마침내 자신도 신유나가 모는 죽음의 열차에 올라탄 모양이었다.

"지유, 뭐 해? 여기 보고 치즈."

아내는 한쪽 팔을 들어올리더니, 손가락을 딱 튕겼다. 지유의 시선이 정면으로 되돌아갔다. 아이의 표정에 곤혹스러워하는 기색이 역력했다. '치즈'를 하려 하면 할수록 입매가 어색하게 일그러지고 있었다. 눈은 울상에 가까워졌다. 아내는 느긋하게 수를 셌다.

"하나아…… 두우울……."

찰칵, 소리와 함께 플래시가 터졌다. 아내는 휴대전화를 만지작대며 식탁으로 다가왔다.

"잘 나왔다. 볼래?"

그는 아내가 내미는 휴대전화를 받았다. 화면을 보는 순간, 바로 이 자리에서 찍은 또 다른 사진이 기억 속에서 불려나왔다. 머리를 맞대고 웃는 남자와 아이, 그들의 등 뒤로 열린 두 개의 어두운 문, 그들 앞에 놓인 장미와 향초, 샴페인병. 두 사진은 설정과 구도가 완벽하게 같았다. 지유의 옆자리 남자가 아내의 전남편에서 현 남편으로 바뀌었을 뿐. 그는 아내에게 휴대전화를 돌려주었다.

"잘 나왔네. 내 핸드폰으로도 보내줘. 저장해놓게."

"나중에. 지금부턴 즐거운 식사 시간이야."

아내는 휴대전화를 끈 뒤 식탁에 엎어놨다. 제 술잔을 들어올리면서, 그놈의 건배를 또 하자고 했다.

"이번엔 진짜야. 우리의 행복을 위해 건배."

그는 아내와 잔을 맞댔다. 긴장을 떨어버리고자 한입에 술을 털어넣었다. 다음 순서를 상상하고 기다리느라 피치 향인지 보디감인지는 느낄 겨를이 없었다.

"습지는 어땠어?"

아내가 잔을 내려놓으며 물었다. 그는 건성으로 대답했다.

"아무것도 없어서 모르겠네. 원래는 오리가 많았다면서?"

지유가 흠칫해서 그를 돌아봤다. 제가 언제 그랬어요,라고 묻는 눈이었다. 아무래도 말실수를 한 모양이었다.

"오리는 봄이 되면 다시 돌아와."

아내는 혼잣말처럼 웅얼거리며 굴라시를 한 숟갈 떴다. 그는 굴라시에 손도 대지 않았다. 아내가 자신에게만 먹여주고 싶은 특별한 것이 있다면, 바로 거기에 넣었을 테니까. 스스로 제단에 올라오긴 했으나 그렇다고 자진해서 목 빼고 엎드릴 마음은 없었다. 그는 빵을 집어 들고 땅콩버터를 발랐다. 그리 좋아하지 않지만 선택의 여지가 없었다. 콩알만큼 놓여 있는 잼은 지유가 가져갔다.

아내의 시선은 땅콩버터를 바르는 그의 손에 붙어 있었다. 좀 전의 들뜬 분위기는 온데간데없이 사라졌다. 기분이 가라앉을 때 나타나는 특유의 무표정이 그늘처럼 드리워져 있었다.

"반달늪 얼었어?"

아내는 불쑥 물었다. 그는 고개를 끄덕였다.

"꽝꽝?"

그는 자신도 모르게 고개를 갸웃했다. 그게 왜 갑자기 궁금할까.

"고갯짓 좀 하지 마. 얼었다, 아니다, 그 말이 그렇게 어려워?"

아내의 목소리에 돌연 짜증이 뱄다. 그는 한 박자 틈을 둔 뒤 대답했다.

"수면 위로 눈이 쌓이기는 했는데, 꽝꽝 얼었는지는 잘 모르겠어."

그는 빵을 입에 넣고 씹기 시작했다. 바지 벨트를 잘라서 씹어도 그보다는 나을 것 같았다. 어쩌면 맛을 느낄 여유가 없는 건지도 몰랐다. 마지막 식사를 하는 사형수가 된 기분이었으므로.

아내는 이후로 입을 열지 않았다. 집 안은 고요해졌다. 들리는 것이라곤 식탁에서 울리는 달그락달그락 소리뿐이었다. 그의 머릿속에는 의심이 마일리지처럼 쌓이고 있었다. 도착하자마자 들려온 정체불명의 소리에 대한 의심이었다. 소리가 나자마자 자신과 지유를 눈보라 치는 습지로 내보낸 아내의 행동도 이상하고, 돌아온 후로는 그 소리가 들리지 않는다는 점도 수상쩍었다.

아내는 바람에 지붕이 흔들리는 소리라 했지만 그는 믿지 않았다. 지붕이 내는 소리였다면 계속 들려야 맞지 않겠는가. 바람은 여전히 집 밖을 배회하고 있는데. 되강오리 울음이라던 지유의 말이 차라리 신빙성 있었다. 그러니까 '되강오리'에 '누군가'를 대입한다면 말이 된다. 이를테면 서준영이라든가…….

그는 이 집으로 올 때 봤던 폐가의 차량을 떠올렸다. 주차된 장소가 생뚱맞았다. 인적 없는 산골 마을, 더하여 보기에도 흉흉한 폐가의 마당 안이라니. 폐차된 차량으론 보이지 않았다. 차체 형태로 미루어 세단형 승용차도 아니었다. 대형 SUV나 지프 같았고, 점점이 드러난 차체의 색은 푸른빛을 띠었다. 찢어진 비닐하우스 뒤에 주차된 데다, 눈을 뒤집어쓰고 있어 단정할 수는 없지만.

"잘 먹었습니다."

지유가 가장 먼저 수저를 내려놓았다. 아이의 접시에 든 굴라시는 거의 줄어들지 않았다. 먹은 거라곤 잼을 바른 빵 두 조각과 오렌지주스뿐이었다.

"잘 먹었어."

그도 들고 있던 버터 칼을 내려놨다. 그 역시 먹은 거라고는 샴페인 한 잔과 땅콩버터를 바른 빵 두 조각이 다였다. 아내는 반응이 없었다. 접시로 시선을 내린 채, 굴라시만 뒤적거리고 있었다. 아까보다 기분이 더 가라앉은 기색이었다. 입술을 뾰족하게 모으고 있는 걸로 봐서 딴 데 정신이 팔려 있는 것도 같았다. 그는 덧붙였다.

"설거지는 내가 할게."

아내는 꿈에서 깨어난 듯한 눈으로 그를 마주 봤다.

"그럴래? 난 2층에 올라가서 지유 재우고 올게."

지유도 흘끔 그를 쳐다봤다. 당황한 기색이었다. 그가 기억하기로 아내는 지유를 재우는 일 따위는 한 적이 없었다. 최소한 청연에서는 한 번도. 오히려 지유에게 인사를 받는 쪽이었다. 엄마, 안녕히 주무세요,라고.

"지유. 그만 올라갈까?"

아내는 수저를 내려놓고 자리에서 일어났다. 지유는 허둥지둥 따라 일어났다. 잠시 후 두 사람은 2층 계단 위로 사라졌다.

그는 식탁을 치우기 시작했다. 개수대로 그릇들을 옮기면서도 귀는 2층의 소리를 더듬고 있었다. 둘 다 아직 방으로 들어가지는 않은 것 같았다. 두런거리는 소리가 계단을 타고 간간이 들려왔다. 워낙 목소리가 작아 뭐라는지는 알 수 없었지만.

개수대 수도꼭지를 틀다가, 그는 문득 생각이 뚝뚝 끊기는 느낌을 받았다. 마치 잠이 들기 직전에 두서없는 상념들이 끼어들었다가 사라지는 것처럼. 눈꺼풀은 거칠거칠했다. 힘주어 눈을 깜박거려봐도 상태는 좋아지지 않았다. 눈꺼풀과 망막이 쩍쩍 들러붙는 느낌마저 들었다. 시야는 어질어질했고 거울을 통해 사물을 보는 것처럼 원근감이 사라졌다.

손의 움직임도 평소와 조금 달랐다. 설거지를 처음 하는 것도 아니건만, 동작이 정확하게 수행되지 않았다. 그 바람에 접시를 두 번이나 손에서 놓쳤다. 숟가락을 헹궈 통에 담으려다 주방 바닥에 와르르 쏟아버리기도 했다. 요란한 소리가 나자 2층에서 아내가 물어왔다.

"자기, 뭐 깼어?"

뭘 하는지는 몰라도 아내는 아직 복도에 있는 모양이었다.

"아니야."

대답하는 자신의 목소리가 멀게 들렸다. 양쪽 귀를 귀마개로 틀어막은 것처럼. 그러고 보니 이 집에 들어온 후부터 코를 습격하던 냄새도 사라졌다. 냄새에 익숙해진 탓인지 감관 자체가 둔해진 것인지는 알 수 없었다. 원인도 딱 짚어 규정지을 수가 없었다.

수면제를 먹었을 가능성은 거의 없었다. 굴라시엔 손도 대지 않았으니. 그렇다면 수면 부족일 공산이 더 컸다. 노아가 죽은 후부터 그는 중증 불면증에 시달리고 있었다. 어젯밤엔 분노한 아내를 피해 다니느라 날을 샜다. 당연한 일이었다. 난데없는 이혼 요구를 순순히 받아들일 여자가 세상에 어디 있겠는가. 그 여자가 신유나라면 더 말할 것도 없고.

물론 그에게는 아내를 설득할 의사가 10원어치도 없었다. 원하는 게 이혼은 아니었으니까. 아내를 홱 돌게 만드는 게 진짜 목적이었다. 따라서 이혼 요구 사유를 고급스럽게 포장하지 않았다. 구구절절 부가설명도 하지 않았다. 직관적이고 단순한 이유를 댔다. 정나미가 떨어져서,라고.

거짓말도 과장도 아니었다. 노아가 죽은 날부터 그는 노아의 방에서 지내고 있었다. 아내의 휴대전화를 훔쳐본 '그날 밤'에도 그랬다. 자신의 품으로 파고드는 아내의 몸을 어떻게든 견뎌보려 했으나 끝내 실패했다. 아내의 혀가 자신의 입술을 열고 들어오는 순간, 헛구역질이 올라왔다. 그는 아내를 집어던지듯 밀치고 노아의 방으로 도망쳐버렸다.

그는 '그날 밤'을 예시로 들어, 환멸의 정도를 알려주었다. '자신이 뭘 잘못했느냐'는 아내의 물음에는 답변하지 않았다. '결혼생활을 힘들게 한 건 너'라는 항변에도 대응하지 않았다.

대화의 상대는 대부분 두 가지 유형으로 갈린다. 자기 기준을 갖고 대응하는 쪽과 상대의 반응에 따라 응수하는 쪽. 후자의 경우 대화는 무한반복의 궤도로 들어서게 마련이었다. 핑 하면, 퐁. 퐁 하면, 핑. 핑퐁핑퐁……

아내는 후자에 속했다. 그가 어떤 식으로든 반응하는 순간부터 감정적 질문과 소모적 답변이 이어진다. 그것이 물리적 충돌에 이를 때까지 그를 몰아붙인다. 그가 냉정을 유지해도 달라질 게 없었다. 아니, 더 나빠진다. 자해도 불사하는 발작 직전의 망아적 단계로 나아갈 테니까. 1년 남짓한 결혼생활에서 넌더리 나게 경험한 패턴이었다. 대응 방법은 오직, 자리를 피하는 것뿐이었다.

그는 분노로 흔들리는 아내의 눈을 똑바로 들여다봤다. 온 힘을 다해 무덤덤한 목소리를 냈다.

"내일 아침에, 맨몸으로 나갈게."

맨몸 말고 네 것이랄 게 있느냐, 되묻는 아내의 숨결이 축축하고 시큼했다. 그는 다시 헛구역질이 치미는 걸 느꼈다. 아직도 의자 팔걸이에 걸쳐져 있는 아내의 다리를 밀치고 의자에서 일어났

452

다. 책상에 던져둔 패딩점퍼를 집어 들고 서재를 빠져나왔다.

"은호 씨."

문을 닫기 직전 아내의 목소리가 등 뒤로 날아왔다.

"이리 와."

고요하게 속삭이는 말이었다. 반사적으로 움찔하게 만드는 말이었다. 언제나 효과가 있었던 말이었다. 아내와의 결혼생활이 천국과 지옥을 오가는 궤도열차였다면, '이리 와'는 천국행을 표지하는 명령어였다. 이리 와, 내가 널 행복하게 해줄게.

그는 서재 문을 닫아버렸다. 선걸음에 집을 나섰다. 뒷문을 통해 가로등이 켜져 있는 산책로로 들어선 후 숲속 쉼터까지 단숨에 올라갔다. 그사이 주머니 속에서 쉴 새 없이 전화벨이 울렸다. 받지 않으면 끊겼다가 1초 후 다시 울렸다. 누구인지 굳이 확인할 필요는 없었다. 이 시간에 그토록 끈질기게 전화할 사람이 아내밖에 더 있을까.

소리 버튼을 꺼버린 후에야 전화기는 조용해졌다. 그는 밤이슬에 축축해진 쉼터 벤치에 앉았다. 무릎에 팔꿈치를 괴고, 손을 깍지 낀 채 발아래 불빛들을 내려다봤다. 바람꽃이 피어난 것처럼 불빛들 위로 잿빛 안개가 흐르고 있었다. 그 너머에서 노아의 목소리가 들리는 것 같았다.

아빠, 거기서 뭐 해?

그러게. 여기서 뭘 하고 있을까. 어쩌다 삶이 여기까지 왔을까. 무엇을 그리 잘못 살았기에.

컴컴한 허공으로 들어선 느낌이었다. 발 디딜 곳 하나 없고 앞이 보이지도 않는 곳으로 무작정 들어선 기분이었다. 아내를 만난 후부터 그는 홀린 듯이 살았다. 어떤 산봉우리에 눈멀어, 죽을 줄 알면서도 오르는 등반가처럼. 지금의 이 상황은 그 눈먼 미혹의 대가일 테고.

뜨거운 기운이 그의 목젖을 태웠다. 관자놀이가 욱신대며 조여들었다. 눈자위로 물기가 차올랐다. 그는 차갑게 언 손으로 얼굴을 감싸고 울기 시작했다. 처음엔 신음처럼 새는 흐느낌이었으나 점점 격한 울음으로 바뀌어갔다. 자신에 대한 연민이나 노아를 잃은 슬픔에서 비롯된 울음이 아니었다. 그 울음은 가장 정제된 형태의 자기 환멸이었다.

두어 시간 후 그는 쉼터를 나섰다. 날 샐 때까지 버텨보려 했으나 추위를 더 견딜 수가 없었다. 가로등이 꺼져버려 으스스한 기분마저 들었다. 진우의 전화를 받은 건 플래시를 켜려고 휴대전화를 꺼냈을 때였다.

"너 어디냐?"

진우가 대뜸 물었다. 이 시간에 웬일이냐고 되물으려다 그는 입을 다물었다. 웬일인지 알 것 같았기 때문이다. 아니나 다를까, 진우는 조금 전 아내가 다녀갔다고 전해줬다. 다녀간 이유 역시 물을 필요가 없었다. 자신이 거기 있으리라, 확신에 차서 갔을 테니까. 너무나 당연하게도 진우는 유나를 막을 수가 없었다.

"없다고 하는데도 소용없더라. 신유나, 대단한 거 알고 있었지만 그 정돈 줄은 몰랐네. 주차장에 네 차가 있다면서 집 안을 뒤지고 다니는데……."

진우는 나머지 말을 하지 않았다. 알아서 상상하라는 뜻이었다. 그는 얼굴이 확 달아오르는 걸 느꼈다. 아랫도리를 벗고 광장에서 있는 것처럼 부끄럽고 참담했다. 녀석이 혼자 살기에 망정이지 애인이라도 있었다면 어떤 일이 벌어졌을까 싶어 끔찍한 기분마저 들었다.

진우는 어디냐고 다시 물었다. 집 뒤 산책로라고 하자 집으로 오라고 말했다. 차도 가져갈 겸 무슨 일인지 얘기도 나눌 겸. 그는 가고 싶지 않았다. 너 여태 이러고 살았냐, 할까봐. 아내가 진우네 아파트 근처에 잠복해 있을 것 같아서. 무엇보다 진우를 자신의 일에 끌어들이고 싶지 않았다.

"아냐. 집에 들어가야지."

그는 집 근처 PC방을 찾아갔다. 생각을 해봐야 했다. 그가 집으로 돌아가 짐을 꾸릴 때, 아내가 취할 수 있는 행동이 무엇인지. 자신이 집을 떠나기 전에 커피를 권할까? 아니면 어딘가로 데려 갈까?

전자는 아닐 공산이 컸다. 차가 진우 집에 있으니 기본요건이 성립되지 않았다. 아내도 그 점을 잘 알고 있겠지. 이미 진우 집에 가봤다니까.

그는 후자에 전 재산을 걸겠다고 생각했다. 자신이 무언가 눈치챘다는 걸, 아내는 눈치채고 있었다. 근거는 없지만 느낌은 분명했다. 그러니 기존의 방식을 되풀이하지는 않을 터였다. 일단은 자신의 결심을 돌이켜보려 애쓸 가능성이 컸다. 그 어딘가, 어쩌면 전남편이 끌려갔던 바로 그곳으로 끌고 가서.

그가 의도하고 원하는 바였다. 다만 여기엔 사소한 문제가 하나 있었다. 어떤 순간이 왔을 때 방어할 방법이 없다는 것이었다. 말 그대로 자신을 제물로 삼은 셈이었다. 그리해서라도 노아의 죽음에 숨겨진 진실을 알고 싶었다. 자신이 아들을 죽이지 않았다는 확증을 얻고 싶었다. 경찰이나 세상이 아니라, 자신에게 증명하기 위해서. 때로 진실이 삶보다 더 무겁다는 걸, 서른여섯이 된 지금에야 절절하게 깨닫고 있었다.

7시경, 그는 집으로 돌아갔다. 아내는 베란다를 내다보며 커피를 마시고 있었다. 아마도 그가 들어오는 걸 봤을 것이다. 현관으로 들어서는 소리도 들었을 테고. 그런데도 뒤를 돌아보지 않았다. 그가 말을 걸어주길 기다리는 뒷모습이었다.

그는 곧장 옷방으로 들어갔다. 아내는 따라 들어오지 않았다. 여행용 배낭에 필요한 옷가지를 담고 다시 거실로 나갈 때까지도. 서재로 들어가 노트북과 소지품을 챙겨넣을 때에야 아내가 등장했다. 노크도 하지 않고 불쑥.

"자기, 나랑 얘기 좀 해."

물론 얘기는 잘되지 않았다. 아내는 대화가 서툰 사람이었다. 아내가 잘하는 것은 연설이었다. 그의 태도가 얼마나 성급하고 잘못됐는지 지적하고, 자기가 지금 얼마나 고통스러운지 토로하고, 밤사이 문제를 해결하고자 얼마나 애썼는지 생색내는 동안, 그는 하품을 열여덟 번쯤 삼켰다.

"정 나가야겠다면, 그렇게 해. 대신 하루만 시간을 줘."

그는 잠이 달아나는 걸 느꼈다. 드디어 아내의 말이 귀에 들리기 시작했다. 낼모레면 지유의 생일이니, 이를 기념해 1박 2일 가족 여행을 가자고 했다. 아직 아빠와 여행을 가보지 못한 지유를 위해 하루만 시간을 내달라고 했다. 그리하면 이혼해주겠노라, 했다.

10여 분간 침묵한 후, 그는 '그리하자' 대답했다. 다음 순서는 그의 예상대로 착착 흘러갔다. 기대하던 '어딘가'에 순조롭게 도착했다. 다만 예상치 못한 두 가지 변수가 있었다.

하나는 아침 일찍 서대문경찰서에서 아내를 불렀다는 점이다. 명목은 '참고인 조사'였다. 아내가 없는 사이 지유와 이야기를 나눌 수 있었다는 점에서 괜찮은 변수였다.

짐작대로 지유는 아내에게 길이 든 아이였다. 다만 의외다 싶은 것이 하나 있었다. 복종의 밑바닥에 도사린 저항감이었다. 은밀하지만 분명하게 감지되는 느낌이었다. 단순히 어떤 일에 한정하는 저항도 아니었다. 다분히 기질적인 것이었다. '엄마 말이 옳아' 하면 '네' 하고 돌아서서 '아니 내가 옳아' 하는 유의 저항. 예민한 아내가 그걸 포착하지 못할 리 없었다. 지난밤 일은 그 느낌에서 비롯된 소동이었을지도 몰랐다.

다른 하나는 진우의 전화였다. 휴대전화를 빼앗겼다는 점에서 좋지 않은 변수였다. 유일한 구조 요청 수단을 빼앗겨서가 아니었다. 그때만 해도 나중에 돌려받을 기회가 있겠지 생각했다. 우선은 아내가 눈치채지 못하도록 하는 게 중요하다 판단했다. 지금에 와서야 그것이 생각도 판단도 아니었다는 걸 깨달았다.

무의식적인 복종이었다. 이는 가출한 아내에게 돌아오라고 빌던 행동과도 맥락이 닿아 있었다. 자신 역시 신유나에게 길이 들었다는 점에서 지유와 크게 다르지 않았다.

그는 집을 떠나기 직전 서민영에게 짤막한 문자를 한 통 보낸 바 있었다.

—아내와 여행을 떠나는 길입니다. 당분간 돌아오지 않을 것입니다.

힌트를 더 줄까, 하다가 그만두었다. 너무 빨리 찾아버리면 곤란하니까. 문자는 지유와 둘이 있을 때 미리 작성해놓았다가 차에 타기 직전에 보내기 버튼을 눌렀다. 그런 다음 서민영을 차단해버렸다.

서민영은 눈이 뒤집혀서 그를 찾을 터였다. 경찰을 동원하든, 자신의 뒷조사를 맡았던 '전문가'를 소환하든. 집이 비어 있는 걸 확인하면, 그들은 곧장 추적에 나설 것이고. 그가 기대하는 최선의 경우였다.

따라서 서민영은 그의 등에 붙어 있는 유일한 안전장치였다. 휴대전화는 추적자들을 이끌어줄 길잡이였다. 그것이 아내 손에 들어가버린 셈이었다. 그는 한량없이 마음이 조급했다. 굳이 돌려받을 필요도 없는데. 찾아내서 켜놓고 제자리에 두기만 하면 되는데.

아내는 아직 2층 복도에서 얼쩡거리는 눈치였다. 그는 수도꼭지를 틀어놓은 채로 주방을 뒤지기 시작했다. 식탁 아래 선반에 있는 건 아내의 휴대전화였다. 홈버튼을 눌러봤으나 전화기는 꺼져 있었다. 혹시나 싶어 수납장을 차례로 열어봤지만 자신의 휴대전화는 없었다. 수납장 위 칸도, 아래 칸도 텅텅 비어 있었다.

"은호 씨, 뭐 찾아?"

위층에서 아내의 목소리가 들려왔다. 조심한다고 했건만, 예민한 아내의 귀는 문 여는 소리를 들은 모양이었다. 그는 입에서 나오는 대로 대답했다.

"키친타월 어디 있어?"

스스로 듣기에 발성이 술 취한 사람처럼 어눌했다. 소리는 바깥에서 들려오는 것처럼 아득하게 느껴졌다. 아내가 대답을 해왔다.

"식탁 밑에 있어."

그는 몸을 일으켰다. 머리가 핑 돌았다. 시야가 파도를 타고 오른 배처럼 출렁거렸다.

"찾았어?"

아내가 물었다.

"응" 하고 나자, 문 닫히는 소리가 들려왔다. 마침내 아내와 지유가 방으로 들어간 모양이었다. 그는 개수대에 엉덩이를 걸치고 섰다. 현기증이 순간순간 증폭되는 느낌이었다. 다리는 한없이 길어져서 발이 몇 미터쯤 아래에 있는 것 같았다. 이것은 일시적인 현상이 아니었다. 수면 부족 증상도 아니었다. 수면제였다.

그는 수면유도제는 잘 듣지 않는 유형이었다. 무기력하게 축 늘어질 뿐 정신은 말짱했다. 수면검사를 받으면서 이미 확인된 바였다. 졸음이 이토록 명징하게 발현된 건 노아가 죽던 밤 이후로 처음이었다. 아마도 그날 밤과 같은 약을 먹은 모양이었다.

조금 전 먹은 저녁 식사가 느릿느릿 그의 눈앞을 지나갔다. 손도 대지 않은 굴라시, 샴페인 한 잔, 역시 쳐다보기만 한 샐러드, 소스 그릇에 담긴 땅콩버터, 땅콩버터를 떠서 빵에 바르는 자신의 손. 화면이 딱 멈췄다. 땅콩버터였다. 그걸 먹은 사람은 세 사람 중 자신뿐이었다.

지유도 알고 있었을까? 그래서 땅콩버터엔 손대지 않은 것일까. 제 아빠한테도 똑같이 했을까? 잇몸에 신 침이 돌았다. 멀미가 나는 것처럼 속이 메슥거렸다. 토하고 싶은 심정이었다. 아니, 토해야 했다.

그는 몸을 돌리고 수도꼭지에 입을 댔다. 숨도 쉬지 않고 쏟아지는 물을 삼켰다. 목 밑까지 물이 차오르자, 손가락을 목구멍에 쑤셔넣고 개수대에 토해버렸다. 같은 짓을 댓 번 되풀이하고 나자 그만 기진해 쓰러질 지경이 됐다. 스웨터는 물벼락을 맞은 것처럼 푹 젖어버렸다. 개수대 아래 바닥도 흥건하게 물이 고여 있었다.

개수대를 씻어낸 후 그는 수도꼭지를 껐다. 키친타월을 마구 뜯어 바닥 물기를 닦았다. 이 애처로운 푸닥거리가 잠 귀신을 잠시라도 막아주길 기대하며 주방을 나섰다. 목표 좌표는 거실에 뒀을 아내의 가방이었다. 보통은 5초 안에 닿을 만한 거리였다. 보통이 아닌 지금은, 우주 공간을 건너가는 것처럼 멀었다. 무엇 하나 정상인 게 없었다.

주변 시야는 흐릿하고 중심 시야는 달리의 그림처럼 왜곡돼 보였다. 벽이 휘고, 천장이 내려앉고, 현관문은 멀어졌다 가까워졌다 했다. 한 발짝 뗄 때마다 발뒤꿈치 밑이 푹푹 꺼졌다. 복도 바닥이 입을 벌리면서 뒤따라오는 것처럼.

아내의 가방은 거실 테이블 위에 있었다. 테이블 밑에는 여행 가방이, 아내의 패딩 점퍼는 소파 팔걸이에. 그는 가방을 열고 안을 들여다봤다. 잘 보이지 않았다. 가방 입구가 좁은 데다 속이 깊고 잡다한 물건이 너무 많았다. 더하여 눈의 초점이 맞지 않았다.

그는 가방 안으로 손을 밀어넣었다. 화장품 파우치가 먼저 손가락에 걸려나왔다. 지퍼를 열자마자, 파우치 한쪽이 매가리 없이 축 처지면서 안에 든 것들이 와르르 쏟아졌다.

그는 숨을 죽인 채 멍하니 지켜봤다. 무언가가 요란한 소리를 지르며 소파 밑으로 사라지는 것을. 또 다른 무언가가 거실 한복판으로 미끄러지는 것을. 묵직한 무언가가 그의 발밑으로 쿵, 떨어지는 것도. 흡사 느릿느릿 흘러가는 동영상을 보고 있는 기분이었다.

그사이 2층에서는 어떤 기척도 나지 않았다. 주변은 다시 고요해졌다. 그는 발밑에 떨어진 것을 내려다봤다. 그의 휴대전화였다. 무릎을 굽히고 그 자리에 앉아 휴대전화를 집어 들었다. 벌벌 떨리는 손으로 홈버튼을 눌렀다. 화면에 불이 들어오면서 부재중 전화 목록이 떴다. 열두 통, 모두 진우에게서 온 것이었다.

그는 전화벨을 무음으로 바꾸고 녹음 버튼을 켠 후 파우치에 다시 담았다. 뒤를 돌아보자, 거실 한복판에 널브러진 약 봉투가 눈에 들어왔다. 두어 발짝 기어가 봉투를 집어 들었다. 안에 든 것은 길쭉하고 흰 알약 다섯 봉지였다. 약 이름은 봉투 겉면에 인쇄돼 있었다.

쉐바 10mg — 수면진정제 — 1일 1회

쉐바라는 글자 두 개가 돋을새김처럼 튀어나왔다. 아내가 썼을 거라 추측했던 바로 그 약이었다. 수면유도제와는 전혀 다른 방식으로 작동한다는 수면진정제계의 대표선수. 그의 기억에 저장된 부작용 증세는 지금 자신이 겪고 있는 증세와 정확하게 일치했다.

처방한 곳은 닥터G 수면 클리닉, 약국 주소지는 청연이 아닌 검단이었다. 아내의 회사가 있는 곳이었다. 병원도 그 근처일 가능성이 컸다. 이제 와 이 가능성이 뭔 의미가 있을까마는.

그는 약 봉투를 파우치에 담다가 움칫했다. 2층에서 문소리가 울린 것 같았다. 귀를 기울이자 계단을 내려오는 발소리가 들려왔다. 그의 다리는 쪼그려 앉은 채로 얼어붙었다. 회수해야 할 물건들이 소파 밑에 남아 있건만, 단 1센티도 움직일 수가 없었다. 맥박수가 갑자기 치솟았다. 겨드랑이 밑에선 차가운 땀이 배어났다. 머릿속에선 자신의 목소리가 다급한 소리를 지르고 있었다. 정신차려. 움직이라고. 빨리 물건들을 주워 담으란 말이야.

"은호 씨."

아내가 거실 문 쪽에서 그를 불렀다. 그는 막 초능력을 발휘한 참이었다. 고장난 트럭 같은 몸을 소파 밑으로 질질 끌고 가서, 립스틱과 손거울을 찾아 파우치에 담고, 가방을 본래 자리에 놓은 다음 젖은 스웨터를 홀떡 벗어 던졌다.

"여기서 뭐 해?"

그는 뒤를 돌아봤다. 옷이 젖어서 갈아입을 걸 찾는 중이야, 라고 말하려 했으나 혀가 목 안으로 말려 들어갔다. 발음이 신음처럼 뭉개졌다. 그의 귀에는 이런 말이 들려왔다.

"오이 어어어 아아이으르……."

의사와 무관하게 그의 머리통이 갸우뚱하게 기울어졌다. 다가오는 아내의 모습이 두 개로 보였다가 세 개로 보였다가 했다. 거실이 새총 고무줄처럼 길게 늘어났다. 이윽고, 그를 향해 쏜살같이 날아왔다. 초능력을 발휘한 보람이 없었다. 그는 새총에 얻어맞고 나자빠져버렸다. 시야가 껌껌해져왔다.

정신이 들었을 때, 그는 얼어붙은 호수에 갇혀 있었다. 노아가 죽던 밤에 떠다니던 꿈속의 호수였다. 그날 밤처럼 그의 몸은 물에 잠겨 수면 빙판 밑을 떠돌았다. 빙판 위에선 정체 모를 빛이 번득이고, 아득한 곳에선 바람이 울부짖었다.

"자기, 왜 그랬어?"

바람 속에서 아내의 목소리가 울렸다.

"왜 약속을 안 지켰어?"

혼잣말을 하듯 억양 없이 중얼대는 물음이었다.

"자기랑 결혼하면서, 내가 얼마나 행복한 꿈을 꿨는지 알아?"

물결이 바람처럼 그의 이마를 깎고 갔다. 그의 몸은 저류에 밀려 흔들리고, 튀어오르고, 내려앉으며 어디론가 흘러갔다. 느릿느릿, 깐닥깐닥, 정처 없이.

"꿈을 이루려고……"

아내의 목소리는 바람에 밀려났다가 잠시 후 되돌아왔다.

"……노력했는지 알아?"

그래, 노력. 너의 노력. 우리를 파멸로 끌고 가는 너의 끔찍한 노력. 돌연하게 솟구친 물결이 그를 등에 태웠다.

"내가 얼마나 자기를 지키려고 애쓴 줄 알아?"

그의 몸은 훅, 솟구쳐 빙판을 들이받고 푹 내려앉았다. 아내의 목소리도 같은 리듬을 탔다. 튕겨 오르고 내려앉고, 솟구치고 가라앉고.

"노아가 죽고 경찰이 자기를 의심할 때, 난 의심을 풀어주려고 온갖 짓을 다 했어. 자기 신경질도 다 받아줬어. 그동안 자기가 내게 준 상처는 잊어버리려고 애썼어. 왜냐하면 이제 우리는 새로 시작……"

바람이 또 아내의 목소리를 지웠다. 그는 생각했다. 몇 시쯤이나 됐을까. 아니, 정신을 잃은 후 얼마나 시간이 지났을까. 두 시간? 세 시간? 다섯 시간?

"……자기는 자꾸 나를 밀어내."

다시 아내의 목소리가 들리기 시작했다.

"피하고, 속이고 배신해. 내가 들어가면 자는 척하고, 내가 잘 때는 핸드폰을 뒤져. 나 몰래 진우와 술을 마시고 와서 이혼을 요구해. 나는 용서하고 또 용서하는데, 끝까지 나를 우습게 봐. 나는 그게 슬퍼."

그는 손가락을 까딱여봤다. 되지 않았다. 눈을 떠보려 했으나 눈꺼풀도 올라가지 않았다. 바람은 이제 그의 이마 위를 오가고 있었다. 몸의 흔들림은 훨씬 실제적으로 느껴졌다. 아내의 혼잣말은 계속되었다.

"여기 도착할 때까지만 해도 나는 희망을 갖고 있었어. 모든 걸 이야기하면 자기가 나를 이해할 거라고. 내가 언제나 자기 편이듯, 자기도 마지막까지 내 편일 거라고. 이혼 이야기는 진심이 아닐 거라고. 평소보다 더 예민해져서, 하지 말아야 할 말을 한 거라고 믿고 싶었어."

그는 깨달았다. 자신은 꿈속의 호수를 흘러다니는 것이 아니었다. 현실 속에서 '무언가'에 실린 채, 지상의 길로 이동하고 있었다. 환각은 사라졌지만 그렇다고 온전히 깨어 있는 건 아니었다. 의식은 깨어 있는데 몸만 잠든 상태였다. 마치 가위에 눌린 것처럼. 그러니 생각과 감각만 작동되고, 수의운동은 안 되는 거겠지.

"그렇지 않다면 왜 나를 따라나섰겠어? 설마 나를 경찰에 넘기려고 왔겠어?"

다시 '무언가'의 바퀴가 움푹 팬 바닥을 넘어갔다. 그의 몸은 헹

가래 치듯, 허공으로 뻗쳐올랐다가 툭 떨어졌다. 머리가 뒤로 홱 꺾였다가 되돌아왔다. 등허리가 분질러지듯이 탁 접혔다. 통증은 거의 느껴지지 않았다. 아내는 쉴 새 없이 중얼거리고 있었다.

"그렇기는 해도 자기 진심을 확인할 필요는 있었어. 내 기대와 진실이 정반대인 경우가 많았거든. 아니지. 많은 게 아니라 다 그랬지. 항상 그랬지."

그는 '무언가'가 자동차는 아닐 거라고 추측했다. 바람의 거친 질감이 점점 더 직접적으로 느껴지고 있었다. 무엇보다 이동속도가 지나치게 느렸다. 바퀴가 달렸고 짐칸이 있으며 사람이 끄는 무언가일 것이다. 이를테면 유모차 같은 것.

"올바른 진실을 확인하면, 그러니까 자기가 내 시험을 통과하면, 나는 자기한테 한 번 더 기회를 줄 생각이었어. 우리는 새로운 곳에서 새롭게 시작할 수 있었을 거란 얘기야. 자기는 그저 따라오기만 하면 됐을 테고. 내가 준비성이 좀 좋잖아."

불현듯 창고 안에 있던 건초 수레가 그의 시야를 스쳐갔다. 비료나 연장을 싣는 농사용 이륜 수레였다. 진우라면 불가능하겠지만, 자신의 몸통을 구겨 박기에는 모자람 없는 크기였다. 다리는 수레 밖으로 늘어뜨려놨을 것이다. 수레를 미는 사람이 누군지는 굳이 추측할 필요조차 없었다. 넋 나간 사람처럼 혼잣말에 몰두하고 있는 아내일 테지.

"난 정말 자신 있었거든. 시험문제가 초등학생도 풀 정도로 쉬웠으니까. 자기 굴라시 좋아하잖아. 빵 안 좋아하잖아. 땅콩버터는 쳐다보지도 않잖아. 근데 굴라시에는 손도 안 대더라. 빵하고 땅콩버터만 다 먹어버리데. 왜 하필 그걸 먹었어? 굴라시에 뭐 탔을까봐?"

아내가 흥흥, 콧소리를 냈다. 그가 판단하기로 비웃는 소리 같
았다.

"지유 재우고 돌아와보니까 내 가방도 뒤졌더라. 그래, 약 봉투
발견해서 좋았어? 핸드폰만 켜놓으면, 살 수 있을 것 같았어? 녹
음 버튼 눌러두면, 날 경찰에 넘길 수 있을 것 같았어? 응?"

돌연 수레가 앞으로 기울어졌다. 급브레이크를 밟은 것처럼, 무
언가에 바퀴가 걸리면서 뒤집히듯 홱. 그의 몸은 허공으로 튕겨나
가 어딘가로 떨어져내린 후, 눈밭을 데굴데굴 구르다 엎어진 상태
로 멈췄다.

이번에도 그는 통증을 느끼지 못했다. 대신 두 번째 깨달음을
얻었다. 손과 발이 무언가로 묶여 있었다. 손이 뒤로 꺾이지 않은
게 그나마 다행이었다. 11번지에서 산 등산용 밧줄을 썼을까? 아
니면 납치범들이 애용한다는 공업용 테이프일까. 어느 쪽이든 스
스로 풀기는 불가능할 것 같았지만.

그는 눈밭에 얼굴을 처박은 채 발소리에 귀를 기울였다. 자박자
박, 눈을 밟는 발소리, 자신을 향해 다가오는 아내의 발소리, 죽음
이 오는 소리를.

"노아가 누구 때문에 죽었다고 생각해?"

아내의 목소리가 귀 옆에서 들렸다. 이어 불빛이 얼굴 주변으로
쏟아졌다.

"나 때문이라고 생각해?"

아내는 그의 옆에 앉더니 뒷머리를 틀어쥐고 얼굴을 들어올렸
다. 백색광이 눈두덩 위로 쏟아졌다.

"아니야."

아내의 차갑고 축축한 입술이 귓불에 닿았다. 그는 눈꺼풀이 움찔거리는 걸 느꼈다.

"너 때문이야."

분노한 목소리가 아니었다. 비웃는 것도 아니었다. 어떤 감정도 느껴지지 않는 목소리였다. 미쳐 날뛰는 꼴이야 몇 번이나 봤지만, 이런 식으로 미친 건 처음이었다. 아내 안의 중요한 장치가 꺼져버린 느낌이었다. 흔히들 '영혼'이라고 부르는 인간의 독자적 운영체계가.

"불쌍한 우리 지유, 자기 친딸로 입양해달라고 할 때 해줬으면 좋았잖아. 서준영은 내가 책임지고 설득한다고 했잖아. 하남 노친네가 노아 데려가라고 했을 때도 그래. 지유의 성을 바꾸기 전엔 우리랑 함께 못 산다는 거, 자기 잘 알잖아. 빤히 알면서 노아를 데려오겠다고 대답하더라."

그것이 노아를 죽인 이유냐고, 그는 묻고 싶었다. 여전히 입은 열리지 않았다. 귓속으로 흘러드는 아내의 숨결만 생생하게 느껴질 뿐.

"자기 아들만 중요해?"

전기밥통 뚜껑을 열듯, 아내는 그의 머리를 뒤로 젖혔다. 목뼈에서 딸깍 소리가 났다.

"네 새끼만 새끼냐고, 개자식아."

아내는 온 힘을 다해 그의 얼굴을 눈밭에다 들이박아버렸다. 그는 충격에 가까운 통증을 느꼈다. 얼굴이 박살 난 기분이었다. 목 안에선 신음이 울렸다. 경련에 가까운 몸서리가 일었다. 마침내 통각이 깨어나는 모양이었다. 지금으로선 썩 반갑잖은 귀환이었다. 맞을 만큼 다 맞은 후에 깨어나도 되는 것을.

"나는 참 운이 없어."

아내는 그의 몸을 굴려서 뒤집었다. 그는 묶인 손이 머리 위로 올라가는 것을 느꼈다. 동시에 눈꺼풀이 가느다랗게 열렸다. 어둡고 좁고 흐릿한 시야로 검은 그림자가 어른거렸다.

"아무리 잘해줘도 사람들은 나를 배신해. 심지어 아빠까지도."

아내는 그의 손목에 묶인 줄을 쥐고 일어났다. 그를 끌고 어딘가를 향해 걷기 시작했다.

"그래도 자기는 아닌 줄 알았지."

그는 만세 자세로 썰매처럼 끌려갔다. 흐릿하게 틔기 시작한 시야로 환한 불빛이 일직선으로 뻗어왔다. 아니, 뻗어갔다. 불빛이 가닿은 곳엔 수레가 있었다.

"지금껏 만난 어떤 남자보다 진실하다고 믿었단 말이야."

수레의 짐칸이 정면을 향해 반듯하게 서 있었다. 바퀴가 깊은 웅덩이나 높은 턱에 걸려 그리된 것 같았다.

"근데 알고 보니까 네놈이 제일 구질구질해."

아내는 발꿈치로 그의 몸통을 밀어 차서 짐칸에 구겨 박았다. 우악스러운 통증이 배 속을 강타했다. 고개가 짐칸 밖으로 꺾이면서 헉, 소리가 튀어나왔다.

"자기 깼구나?"

그는 정신이 든 이후 처음으로 아내의 모습을 가까이에서 봤다. 검은 장화, 검은 우비에 우비 모자를 덮어쓰고 헤드랜턴을 끼었다. 빛의 뒤편에선 무표정한 눈이 시선을 맞대고 있었다.

"불편해도 좀 참아. 이제 거의 다 왔으니까."

아내는 수레 뒤쪽으로 돌아갔다. 양손으로 손잡이를 잡고, 올라타듯 눌러 수레를 끌어내렸다. 수레는 수평을 찾은 후 가던 길을 가기 시작했다. 그의 머리는 수레의 움직임을 따라 흔들거렸다. 아내의 입이 다시 열렸다.

"아까 내가 자기 흉내를 좀 내봤거든. 자는 사람 손가락 빌려다 핸드폰 여는 거 말이야. 근데 그런 거 하지 말걸 그랬다 싶어. 안 했으면, 이렇게까지 빡 돌지는 않았을 거 같거든."

맙소사……. 그는 신음을 삼켰다. 아내를 빡, 돌게 했을 자료들이 차례차례 시야를 지나갔다. 아내의 휴대전화에서 훔친 사진들, 서민영과의 대화가 녹음된 파일, 자동으로 로그인되는 메일 박스와 저장돼 있을 전처와의 메일…….

"어제 아침에 온 전화, 변호사라고 했지? 만나러 나간다고 했지? 그 번호가 남아 있어서 내가 전화를 걸어봤지 뭐야. 아주 잘 아는 목소리가 전화를 받데. 얘가 언제 변호사가 됐나, 당황해서 가만히 있었거든. 근데 걔가 막 다급하게 자기를 부르더라. 차은호 선생님, 말씀하세요. 차은호 선생님, 저 서민영이에요."

아내는 깔깔 웃기 시작했다. 바이칼 호수에서 그의 뱃속을 간지럽히던 새털 웃음이었다. 온몸의 털을 단숨에 곤두서게 만들었던 바로 그 웃음이었다. 지금은 다른 의미에서 털이 곤두섰다. 정말로 미쳤구나, 싶어서.

"근데 있잖아, 자기."

아내의 웃음은 시작할 때처럼 갑자기 그쳤다.

"오늘 아침에 재인이한테 왜 전화했어? 안 받으니까 열 통을 연달아서 걸었더라.”

무슨 말일까. 잠깐 혼란스러웠으나, 곧 그는 아침나절 일을 기억해냈다. 지유가 자신의 휴대전화를 빌려 연락한 사람이 처형이었던가보았다. 그런데 처형은 왜 전화를 받지 않았을까.

“뭐 그리 중요한 사무가 있었던 거야? 언제부터 재인이랑 통화하는 사이가 된 건데? 둘이 사귀는 거야? 나만 또 몰랐던 거야?”

한마디씩 물을 때마다, 아내의 목소리는 한 음정씩 상승곡선을 탔다. 그는 초점이 맞지 않는 눈으로 주변을 둘러봤다. 불빛이 보여주는 것은 새하얀 눈밭과 눈을 몰고 질주하는 바람의 형상뿐이었다. 혹시나 하는 마음으로 귀를 기울여보기도 했다. 눈보라 바깥에서 경찰차 소리가 들려오지는 않는지. 세상은 너무나 고요했다. 흥분해 떠들고 있는 아내를 빼고.

“그래서 얘긴데, 내가 경찰이 껌벅 죽을 걸작을 하나 만들어볼까 해. 이루지 못할 사랑을 비관해 함께 늪에 투신한 불륜 커플. 어때?”

직관처럼 폐가의 차량이 머리에 떠올랐다. 눈을 뒤집어쓴 청색 SUV 혹은 지프.

세 번째 깨달음이 왔다. 2층의 ‘되강오리’는 서준영이 아닌 신재인이었다.

네 번째 깨달음이 연달아 왔다. 이곳은 습지였다. 아내는 반달늪으로 가고 있었다.

#

되강오리가 울고 있었다. 그날 밤처럼. 울음과 울음 사이에 벽 긁는 소리가 끼어들었다. 그날 밤과는 다르게. 소리는 둘 다 크지 않았다. 귀엣말처럼 비밀스러웠다. 이리 와,라고 꼬드기는 소리로 들렸다.

지유는 이불을 덮어썼다. 듣지 않으려고 귀를 막았다. 소용없었다. 소리가 너무 가까웠다. 침대와 붙어 있는 벽 너머였다.

되강오리가 울 때마다 지유는 다리를 움찔거렸다. 사각사각, 벽을 긁으면 배꼽 근처가 간지러웠다. 잔뜩 긴장했을 때처럼, 혹은 긴장하기 직전처럼. 그럴 때마다 엄마와 함께 2층으로 올라왔던 몇 시간 전 일을 떠올렸다. 그때 엄마는 방문 앞에서 걸음을 멈추고 이상한 주문을 해왔다.

"지유, 화장실에 다녀와."

지유는 화장실 쪽을 한 번 돌아보고 다시 엄마를 봤다. 무슨 뜻인가, 했다.

"양치질하고, 세수하고, 발 씻고, 미리 용변 보라는 얘기야."

네, 하면서도 지유는 여전히 의아했다. 그런 건, 엄마가 내려간 후에 해도 되는데. 화장실은 아무 때나 혼자 갈 수 있는데. 엄마는 설명을 덧붙였다.

"내일까지 화장실에 못 갈 수도 있으니까."

보충설명이 더 의아했지만 지유는 잠자코 화장실로 갔다. 엄마는 지유가 돌아올 때까지 방문 앞에 서 있었다. 무언가에 정신이 팔린 것 같았다. 지유가 가까이 다가가도 기척을 알아차리지 못했다. "엄마" 하고 부르자, 그제야 무표정한 얼굴로 돌아봤다.

"다 했니?"

네, 하자, 엄마는 방문을 열어주었다. 지유가 먼저 방으로 들어왔다. 엄마가 뒤따라왔다.

"엄마가 왜 지유를 따라왔을까."

뒷손질로 방문을 닫으며 엄마가 물었다.

"아직 벌을……."

지유는 말을 멈추고 발등을 내려다봤다. 답을 몰라서가 아니었다. 알고 있지만 입 밖에 내놓기가 무서웠다.

"뭐라고?"

엄마는 완전한 문장을 요구했다.

"아직 벌을 안 받았어요."

"그럼 어떡해야 할까."

지유는 눈을 한 번 감았다 떴다. 용서해주세요,라는 말을 꿀꺽 삼키고 죽도록 하기 싫은 말을 끄집어냈다.

"지금부터 받아야 해요."

잠시 침묵이 흘렀다. 눈보라 속에 서 있는 것처럼 춥고 혹독한 잠시였다.

"사람은 누구나 실수를 해."

마침내 엄마가 침묵을 깼다.

"엄마는 이번 일이 실수이자, 첫 실수라고 믿고 싶어."

지유는 자신에게 한 발짝 다가서는 엄마를 쳐다봤다. 혼란스러웠다. 벌주지 않고 용서하겠다는 말일까. 벌을 주고 용서하겠다는 뜻일까.

"지유, 여기 올 때 아빠 인형 가지고 왔지?"

지유는 책상 옆에 세워진 캐리어를 곁눈질했다. 거짓말을 해서는 안 될 것이다. 설령 다시 빼앗기더라도. 엄마는 캐리어를 갖다 둘 때 이미 열어봤을 테니까.

"네."

"엄마한테 돌려줘."

지유는 몸을 돌려 캐리어 옆에 쪼그려 앉았다. 바닥에 캐리어를 눕히고, 지퍼를 열고, 스웨터 밑에 넣어둔 아빠 인형을 꺼냈다. 작별 인사를 하는 마음으로 눈을 맞췄다. 그동안 고마웠어요,라고 소리 없는 말을 전했다.

"뭐 하니?"

엄마가 물었다. 빨리 돌려달라는 재촉이었다. 지유는 몸을 일으키고 엄마에게 아빠 인형을 건넸다.

"너는 이걸 어떻게 찾아냈지?"

엄마는 인형을 받아들고 물었다.

"그러니까…… 잠이 오지 않아서……."

지유는 얼굴이 달아오르는 걸 느꼈다. 말하기가 부끄러웠다. 그것이 부끄러운 행동이라는 걸 알기 때문이었다. 부끄러운 행동을 부끄러움 없이 말한다는 건 쉬운 일이 아니었다.

"혼내려는 거 아니니까 솔직하게 말해봐."

"엄마가 주무시기를 기다렸다가 방에서 나갔어요."

지유는 숨을 크게 들이켰다. 양칫물을 뱉듯 남은 말을 단숨에 해버렸다. 복도 서랍장에서 열쇠를 꺼내 다락방으로 들어갔노라고.

"그러니까 방에서 나가지만 않았다면 그런 일은 저지르지 않았겠구나. 그렇지?"

그랬을 것이다. 나가지만 않았다면, 아마도.

"오늘 밤에 그럴 수 있겠니?"

지유는 대답 없이 엄마를 봤다. 무슨 말인지 이해되지 않았다.

"엄마의 시험이야. 내일 아침까지 이 방에서 나가지 않는다면 너를 용서해줄게."

시험. 용서……. 지유는 혀 밑에 고여든 침을 꿀꺽 삼켰다.

"그리고 용서의 선물로 이 인형을 네게 줄 거야."

"완전히, 가지라고 주신다고요?"

엄마의 말을 잘못 이해한 게 아닌지, 지유는 의심스러웠다. 엄마는 그렇다고 말했다.

"만약 시험을 통과하지 못한다면, 어떻게 될까?"

"용서받지 못해요. 선물도 받을 수 없어요."

대답한 후에야 지유는 깨달았다. 엄마가 화장실에 미리 다녀오라 한 이유가 뭔지.

"용서받지 못한다는 건 무슨 뜻일까?"

'보육원에 가야 해요'라는 끔찍한 답이 떠올랐지만 지유는 말하지 않았다. 말의 힘은 너무도 커서 한 번 뱉으면 정말로 그렇게 돼버리는 경우가 많았으니까.

"모르겠니?"

엄마가 물었다.

"엄마와……."

지유는 다음 말을 찾아 머릿속을 뒤졌다. 보육원이라는 단어를 쓰지 않고도 뜻을 전달할 수 있는 말.

"엄마와 함께 살 수 없어요. 외할머니와도 살 수 없어요."

"맞았어. 자, 이제 다시 물어볼게. 오늘 밤, 방에서 나오지 않을 수 있겠니?"

그거라면 어려울 게 없었다. 아니, 껌 씹기보다 쉬운 일이었다. 온종일 방에만 있었던 적이 얼마나 많은데. 지유는 "네" 했다.

"만약 엄마가 너를 부르면 어떻게 할 거야?"

아주 어려운 질문이었다. 지유는 정답이 무언지 열심히 생각했다. 선택한 답이 맞기를 기도하며 손을 모으고 대답했다.

"그래도 나가지 않을 거예요. 내일 아침까지는, 절대로."

"맞았어."

엄마는 시선으로 침대를 가리켰다.

"그럼 잘 준비를 해야지."

지유는 내복 차림이 되어 침대에 누웠다. 엄마는 불을 끄고 나갔다. 곧 발소리가 계단 밑으로 멀어졌다. 벽 너머에서 되강오리가 울기 시작한 건 바로 그때였다. 마치 엄마가 떠나기를 기다린 것처럼.

지유는 몸을 돌리고 모로 누웠다. 잠은 점점 멀리 달아났다. 분명 벽을 등지고 있는데도 더 많은 소리가 귓속으로 쏟아져 들어왔다. 무슨 소리인지 하나하나 구별해낼 수 있을 만큼 또렷하게 들렸다.

웽웽 불어치는 바람 소리, 창문 유리에 날아와 들러붙는 눈의 소리, 단풍나무 가지들이 몸을 부딪는 소리, 아래층을 오가는 엄마의 발소리, 엄마가 고함치는 소리, 쇠공처럼 무거운 것이 마룻바닥 위로 굴러가는 소리, 현관문이 열리고 닫히는 소리. 잠시 후 대문이 열리는 소리가 났다.

지유는 이불을 걷고 일어나 앉았다. 잠시 잠잠하던 요망한 생쥐도 쏙 기어나왔다. 꿀을 바른 목소리로 뿌리칠 수 없는 충동질을 해왔다.

엄마 말을 다시 생각해봐. 방을 나오지 말라고 했지, 침대에서 나오지 말라고 한 건 아니야. 안 그래?

생각해보니 그랬다. 방 안에선 마음대로 움직여도 좋은 것이다. 방 안이 어둡지도 않았다. 창문으로 비쳐드는 외등 빛 덕에 뭐가 어디에 있는지 구분할 정도는 되었다. 그러니 불을 켜지 않아도 될 것이다.

지유는 침대에서 내려와 창가로 갔다. 성에가 뽀얗게 낀 창문 한쪽을 손끝으로 문질러 창 속의 창을 만들었다. 살그머니 눈을 대고 대문을 내려다봤다. 쪽문이 아닌 큰 대문이 열려 있었다. 누군가 수레를 밀고 나가는 중이었다. 검은 우비에 우비 모자를 덮어쓴 누군가, 그날 밤 창문을 사이에 두고 눈을 마주쳤던 누군가, 엄마라고 믿고 싶지 않은 그 누군가가.

지유는 팅기듯 물러섰지만 한 박자 늦었다. 보지 말아야 할 것을 봐버린 후였다. 못 봤다고 우기고 싶었으나 자신을 속일 수가 없었다. 수레 밖으로 늘어진 두 개의 기다란 물체가 무엇인지 알아차린 후였으므로. 흰 운동화를 신은 사람의 다리였다.

대문이 닫히는 소리가 났다. 지유는 다시 창 속 창에 눈을 댔다. 검은 우비도, 수레도, 흰 운동화를 신은 다리도 보이지 않았다. 보이는 거라곤 길을 건너가고 있는 새하얀 불빛뿐이었다. 불빛은 곧 눈보라에 휩싸인 습지로 들어갔다.

다락방의 되강오리는 이제 속삭이지 않았다. 엄마가 없다는 걸

아는 양, 큰 소리로 울어대고 있었다. 벽을 긁던 소리는 벽을 치는 소리로 바뀌었다. 쿵, 쿵, 쿵…….

지유는 다리에 힘이 빠지는 걸 느꼈다. 무릎이 툭 꺾이면서 몸이 창턱 밑으로 무너졌다. 반쯤 잊힌 꿈의 덤불 밑에서 무언가 머리를 들고 꿈틀거렸다. 시야에선 흰 운동화를 신은 다리가 시계추처럼 흔들리고 있었다. 똑딱똑딱…….

되강오리의 울음은 아빠의 부름이 되어 들려왔다. 무릎 사이로 얼굴을 밀어넣어도, 양손으로 귀를 틀어막아도, 무적함대처럼 지유 안으로 쳐들어왔다.

지유야, 어야 가자.

기어코 그날 밤의 악몽이 덤불을 박차고 뛰쳐나왔다.

그날 밤 언제쯤 잠들었는지 지유는 기억하지 못한다. 아니, 정말로 잠이 든 게 맞는지조차 확신하지 못한다. 어느 순간부터인가 되강오리의 울음이 들려왔다는 것만 기억할 뿐.

처음에는 반달늪에서 들려오는 소리라고 생각했다. 신경이 쓰이거나 귀에 거슬리지도 않았다. 시골집에 올 때마다 듣는 소리였으므로. 점점 더 크게, 더 가까이에서 울자 비로소 이상하다는 생각이 들었다. 아무리 들어봐도 습지가 아니었다. 다락방에서 우는 것 같았다.

지유는 침대에서 발을 내리고 앉았다. 엄마를 불러야겠다는 생각은 하지 않았다. 아빠를 깨울 생각도 없었다. 그 순간엔 아무 생각도 하지 않았다. 그저 홀린 듯 방문을 열고 복도로 나갔다.

전등 스위치를 켜자 벽에 붙은 촛불 전구에 불이 들어왔다. 어슴푸레한 빛이었지만 복도 서랍장을 찾아가기엔 충분한 밝기였다. 지유는 열쇠를 찾아 다락방 자물쇠를 열었다. 무섭다는 생각은 들지 않았다. 어쩌면 꿈속이라 그랬을지도 모른다.

다락방에는 아무것도 없었다. 방에서 들을 땐 다락방 같았는데 다락방에서 들어보니 아래층에서 울고 있었다. 지유는 다시 복도로 나와 자물쇠를 잠갔다. 열쇠도 제자리에 돌려놓았다. 이번에도 별 망설임 없이 계단을 내려갔다. 울음소리는 점점 이상하게 변해갔다. 사람의 비명 같았다가, 울음소리 같았다가, 성난 고함 같았다가…….

계단참을 돌자 주변이 완전히 어두워졌다. 계단이 꺾이면서 2층 복도의 불빛이 차단된 탓이었다. 아래층도 불이 꺼져 있었다. 그제야 지유는 두려움을 느꼈다. 발밑에서 무언가 튀어올라와 발목을 잡아챌 것만 같았다. 어둠 속에 갇힌 채 엄마를 부르면서 발을 동동 구를 것 같은 기분도 들었다.

그런데도 지유는 되돌아가지 않았다. 피리 소리에 홀린 아이처럼 아래층으로 내려갔다. 발끝으로 계단을 더듬어가며, 한 칸 한 칸. 마침내 주방으로 내려섰을 때, 어둠 속에서 비명이 터져나왔다. 너무나 크고 돌연한 소리여서 하마터면 맞고함을 질러버릴 뻔했다. 엄마의 비명이었다. 욕실이었다.

불을 켤 틈도 뭔가를 생각할 틈도 없었다. 엄마에게 무슨 일인가 일어나고 있었다. 무서운 일, 자신이 도와줘야 할 나쁜 일. 앞뒤 없이 욕실로 달려가 주저 없이 문을 열어버린 이유다.

처음에는 그 장면이 뭘 뜻하는지 몰랐다. 이상한 그림책을 보는 기분이었다.

피로 물든 욕조와 욕실 벽, 욕조 옆에 서서 뒤를 돌아보는 엄마, 손도끼칼을 쥔 엄마의 손과 핏물을 뒤집어쓴 얼굴, 욕조 밖으로 늘어진 누군가의 다리와 발가락 하나가 경련하듯 까딱거리는 맨발.

이 모든 것들이 하나의 상황으로 이해되는 순간, 지유의 머릿속에서 무언가가 탁 끊겼다. 훅, 어둠이 덮쳐왔다. 이후에 대한 기억은 없다. 의식을 놓아버리기 전 귀를 찢는 듯한 자신의 비명을 들었다는 것 말고는.

눈을 떴을 때 지유는 침대에 누워 있었다. 어둑한 조명등이 켜져 있고, 엄마가 침대 옆에 서 있었다. 걱정스러워하는 얼굴이었다.

"지유, 괜찮니?"

지유는 주변을 둘러봤다. 자신의 방이었고, 자신의 침대에 누워 있었다.

"갑자기 비명을 질러서 올라왔는데. 꿈에 괴물이라도 만났니?"

엄마는 푸른색 목욕가운을 입고 있었다. 머리에도 푸른 수건을 두르고 있었다. 어디에도 핏자국 같은 건 없었다. 반짝거리는 눈동자엔 웃음기가 어른대고, 둥근 이마엔 젖은 머리카락이 두어 가닥 붙어 있고, 두 뺨은 말갛고 촉촉해 보였다. 금방 욕조에서 뛰쳐나온 것처럼. 지유는 흐느낌 같은 한숨을 토해냈다. 아아, 꿈이었구나.

"어디 아픈 건 아니지?"

엄마가 물었다. 지유의 시야에 욕실의 장면들이 다시 나타났다.

"아니요."

지유는 고개를 흔들어 장면을 지워버렸다. 다시는 생각조차 하고 싶지 않았다.

"아무것도 아니에요. 그냥……."

"그래."

엄마는 고개를 끄덕였다.

"괜찮아. 꿈이야. 아침에 잠을 깨면 다 사라져버릴 꿈."

지유도 고개를 끄덕였다. 꿈일 것이다. 아니, 꿈이어야 마땅했다.

"다시 잠들 때까지, 엄마가 곁에 있어줄까?"

엄마가 걱정스럽다는 듯 물었다.

"아니요."

지유는 엄마가 지켜보는 가운데 잠들어본 적이 없었다. 자신이 기억하는 한은 그랬다. 오히려 엄마가 지켜보면 더 잠들지 못할 것 같았다.

"그래, 그럼 엄마 다시 목욕하러 간다."

엄마는 불을 끄고 방을 나갔다. 엄마가 있던 자리엔 축축하고 비릿한 냄새가 남았다.

엄마의 말은 맞았다. 지유는 계속 그 꿈을 꾸고 있다고 생각했지만 실제로는 아니었다. 꿈은 언제나 계단 밑에서 끝났다. 욕실로 가지 못하도록 엄마의 목소리가 막아섰기 때문이었다. 그 바람에 욕실의 맨발에 대해 까맣게 잊어버리고 있었다. 조금 전 수레에 실려나간 흰 운동화를 보기 전까지는 그랬다.

지유는 생각을 해봤다. 혹시 흰 운동화도 꿈이었을까. 그렇다면 지금 다락방에서 들려오는 되강오리의 울음도 꿈이겠지.

그렇다. 꿈일 것이다. 아빠 인형이 있었다면 꾸지 않을 꿈, 자고 일어나면 다 사라질 꿈. 지유는 자리에서 일어났다. 와중에 시선이 창밖으로 튀어나갔다. 불빛은 샛길 중간에 멈춰 있었다. 눈보라 때문에 흐릿하긴 해도 분명하게 알아볼 수 있었다.

근데 좀 이상하지 않아? 오늘 밤에 잠든 적 있어? 꿈은 잠을 자야 꾸는 거 아냐?

요망한 생쥐가 물어왔다. 지유는 기억을 더듬었다. 자신도 모르게 잠이 든 게 아닌지. 가끔 눈을 감고 누워 있으면 자는 것도 같고 아닌 것도 같은 때가 있으니까. 그날 밤에도 그랬고, 오늘 밤에도 그랬다. 그럴 땐 얕은 잠을 자는 거라고, 병원 '과장님'이 말해준 적이 있었다. 이제 와 조금 후회가 되었다. 얕은 잠을 잘 때도 꿈을 꾸는지, 그때 물어봤어야 했는데.

그러니까 확인을 해보면 되잖아. 꿈인지 아닌지. 지금은 엄마도 없잖아.

요망한 생쥐가 부추기기 시작했다. 지유는 고개를 돌려 침대 쪽 벽을 봤다. 벽을 치는 소리와 울음소리가 좀 달라진 것 같았다. 아까까진 몰래 신호를 보내는 것처럼 조심스러웠지만, 지금은 아니었다. 있는 대로 핏대를 세우고 목청껏 울어대는 느낌이었다. 벽치는 소리가 북 치는 소리처럼 시끄러웠다.

마치 엄마가 없다는 걸 알고 있는 것 같지 않아? 빨리 와달라고 하는 것 같지 않아?

요망한 생쥐는 스스로 묻고, 스스로 답을 냈다.

어쩌면 사람일지도 몰라. 되강오리가 아니라.

그럴 리가. 지유는 고개를 저었다. 여기 올 사람이 누가 있단 말인가. 만약 도둑이 들었다고 해도 자신에게 신호를 보내지는 않을 것이다. 엄마가 없을 때 잽싸게 뭔가를 훔쳐 달아나겠지.

그러니까, 침대로 가.

요망한 생쥐의 앙숙인, 지유 안의 '착한 딸'이 엄마와의 약속을 일깨웠다. 빨리 누워서 잠이나 자라고 했다. 이번에도 약속을 어기면 영원히 용서받을 수 없을 것이라고 경고했다. 캐리어를 끌고 보육원 문으로 들어가는 자신의 모습을 보여주었다.

지유는 침대로 가서 앉았다. 벽 너머의 소리는 줄기차게 이어졌다. 여전히 세 박자로 벽을 두들기고 있었다. 쿵쿵쿵, 쿵쿵쿵…….

좋은 생각이 있어.

요망한 생쥐가 다시 나섰다.

벽에 대고 말을 걸어보는 거야. 정말로 되강오리거나 지금이 꿈속이라면, 대답하지 않을 거야. 진짜 사람이라면 대답할 테고. 말 좀 걸어본다고 어떻게 되는 건 아니잖아. 방에서 나가지 않아도 되니까, 엄마와 약속을 어기는 것도 아니고.

실로 솔깃한 수였다. 지유는 용기를 냈다. 방문을 노크하듯 조심스럽게 벽을 두 번 두드렸다. 되강오리 울음은 딱 그쳤다. 이쪽의 소리에 귀를 기울이는 것처럼. 이번엔 벽에 귀를 대고 작은 목소리로 말을 걸어봤다.

"거기 누구 있어요?"

쿵, 하고 벽을 치는 소리가 났다. 마치 응, 이라고 대답하는 것처럼 딱 한 번.

지유는 소스라쳐서 귀를 뗐다. 정말 사람일까? 아니면 우연일까. 도저히 판단할 수 없었으므로, 다시 물어보기로 했다.

"사람이에요? 그렇다면 한 번, 아니라면 두 번 벽을 쳐보세요."

쿵.

지유는 소리가 울린 곳을 노려봤다. 세 번째 질문을 해봤다.

"혹시 저를 알아요?"

쿵.

지유의 가슴에서도 쿵 소리가 울렸다. 말도 안 되는 일이었다. 이것마저 꿈인 게 분명했다. 그렇다고 해도 퀴즈를 멈추고 싶지는 않았다. 자신을 알고 있고, 되강오리 소리로 울며, 쿵 소리로 대꾸하는 사람이 누군지 알고 싶었다.

"그럼 제 이름을 맞혀보세요. 서지유라면 한 번, 차지유라면 두 번."

쿵.

지유는 벌떡 일어났다. 다리에 힘을 주고 소리가 난 지점을 응시했다. 온몸으로 찌릿한 전기가 뻗치는 기분이었다. 맥박은 아무 데서나 뛰고 있었다. 이마, 귓속, 턱 밑, 가슴, 배꼽……. 머릿속은 하얗게 비어 다음 질문을 생각할 수가 없었다.

바보야, 누군지 확인을 해야지.

요망한 생쥐가 답답해하며 끼어들었다.

벽 너머 쿵쿵이가 네 이름을 알잖아. 그럼 너도 쿵쿵이를 안다는 거잖아. 그러니까 아는 사람을 죄다 불러봐.

옳은 말씀이었다. 지유는 입을 열었다.

"지금부터 제가 아는 사람을 다 불러볼게요. 만약 그 사람이면 벽을 한 번 쳐요. 아니면 치지 마요. 지금부터 시작할게요. 아빠."

소리가 없었다.

"외할머니."

벽 너머는 고요했다. 아닐 거야, 하면서도 지유는 다음 사람을 불렀다.

"이모."

쿵.

"재인 이모?"

비명 같은 말이 지유의 입에서 튀어나왔다. 저쪽은 대답했다.

쿵.

"진짜 이모예요? 진짜로, 우리 재인 이모예요?"

쿵. 이어 되강오리의 울음소리가 울렸다. 지유에겐 그것이 부름으로 들렸다.

지유야.

지유는 앞뒤 없이 문으로 달려갔다. 순간, 착한 딸이 앞을 막아섰다.

나가면 안 돼. 엄마한테 약속했잖아. 엄마가 불러도 나가지 않겠다고.

지유는 고개를 돌려 벽을 노려봤다. 조용해진 벽 너머를 향해 소리를 질렀다.

"이모, 왜 거기 있어요?"

다시 이모의 부름이 들려왔다. 지유야.

지유는 문 앞에서 발이 묶여버렸다. 이럴 수도 없고, 저럴 수도 없었다. 차라리 이것도 꿈이었으면 했다.

꿈이 아니야. 아직도 모르겠어?

요망한 생쥐가 말했다. 지유가 생각하고 싶지 않은 얘기를 가차 없이 꺼냈다.

엄마는 다락방을 자물쇠로 잠가뒀어. 안에는 이모가 있어. 이모는 말을 할 수 없어. 이 세 가지를 합하면 어떤 뜻이 되는지 생각해봐.

생각할 필요가 없었다. 지유는 이미 답을 알고 있었다. 엄마가 이모를 가둔 것이었다. 자신을 이 방에 가뒀듯이. 왜 말을 할 수 없는지는 모르지만, 그런 건 중요하지 않았다. 중요한 것은 이모가 다락방에 갇혀 있다는 사실이었다. 자신이 다락방 문을 열어줄 수 있다는 사실이었다. 그러니까, 마음만 먹는다면.

"눈 떠, 아가. 눈 떠봐."

지유는 꿈속에 들려오던 이모의 목소리를 생각했다.

"또 나쁜 꿈을 꾸면 힘껏 이모를 불러."

약속대로 이모는 늘 곁에 있었다. 아가,라 불러 꿈을 깨워주고, 괜찮다고 말해주고, 울지 말라고 안아주고, 아빠 인형을 가지고 청연으로 달려와주었다. 이모가 애타게 부르는 지금, 자신은 벽 너머에서 망설이고만 있었다.

문을 열고 나가. 이모가 부르잖아.

요망한 생쥐가 말했다. 지유는 숨을 들이마셨다. 손을 뻗어 문의 손잡이를 잡았다.

#

지유가 오고 있었다. 소리 죽여 조심스럽게, 잠자는 사자의 우리로 들어서는 것처럼.

재인의 신경회로는 활화산처럼 활성화됐다. 맥박이 평소의 세 배 속도로 뛰었다. 숨이 턱 끝까지 차고, 목이 바짝바짝 마르고, 머리가 불판처럼 뜨거웠다. 입안에 든 게 오리 머리통이 아니라 불

붙은 숯덩이 같았다. 지나간 수십 시간보다, 지유가 오는 수십 초를 견디기가 더 고통스러웠다.

그녀는 다리를 접어 가슴에 붙이고 뒷머리를 벽에 기댔다. 눈을 감고 아이의 걸음 수를 셌다. 한 발짝 전진할 때마다, 목울대가 아프게 울컥거렸다. 문을 열고 나오기까지 아이가 감당해야 했을 갈등과 두려움을 알기에 그랬다. 몇 시간 전 둘의 대화를 들었기에 더욱 그랬고.

지유와 유나가 복도에 있을 때만 해도 대화 내용은 알아듣기 힘들었다. 그저 유나가 말하고 있구나,라고 인지하는 정도였다. 두 사람이 방으로 들어온 후에야 귀가 틔었다. 벌집으로 벽을 세웠나 싶을 만큼 소리가 직접 전달됐다. 덕택에 지유의 말은 물론, 유나의 벌새 목소리도 대충 알아들었다. 못 들은 얘기는 힘들여 추측하지 않았다. 필요한 소식 두 가지를 건졌으니까.

하나는 지유가 다락방 자물쇠를 열 수 있다는 것이었다. 희망적인 소식이었다. 유나가 손도끼칼로 난도질한 상자에서 인형이 쏟아졌을 때 짐작한 바는 있었다. 지유가 여기서 아빠 인형을 훔쳤겠다고. 그 짐작이 사실로 확인된 셈이었다. 다른 하나는 오늘 밤 지유가 방에서 나올 수 없다는 것이었다. 절망적인 소식이었다. 유나는 지유를 지배하는 신이었다. 자신은 지유가 아니라 지유의 신을 상대해야 하는 것이었다.

승산이 0에 가까웠지만 어떻게든 해봐야 했다. 그녀의 머릿속은 분주해지기 시작했다. 어떻게 하면 지유를 불러들일 수 있을지 연구하느라. 불가능했다. 아이를 위험에 빠뜨리지 않고, 유나가 눈치채지 못하게 불러들일 묘수는 없었다. 한 가지 지유의 주의를 끌 만한 방법이 있기는 했다. 되강오리 울음이었다.

그녀는 벽에 등을 기대고 바짝 붙어 앉았다. 자신이 다락방에 있다는 사실부터 알려야 했다. 유나가 듣지 못하도록 아주 작은 소리로 시작했다. 자신이 기억하는 되강오리 울음을 구현하고자 최선을 다했다. 입이 막혀 있어 목청 조절에 문제가 있었지만 유사한 소리를 구현하는 데는 오히려 도움이 됐다. 짬짬이 검지 끝으로 벽을 긁어 위치를 알렸다. 귀를 열어두고 아래층의 소리도 탐사했다. 해석 불가한 소음과 소리가 난무하는 가운데, 유나의 목소리가 운 좋게 얻어걸렸다.

자기야, 가자.

이어 대문이 열리고 닫히는 소리가 났다. 두 소리를 조합하자 다음과 같은 이야기가 출력됐다.

유나는 차은호를 데리고 집에서 나갔다.

아래층이 고요해졌다. 잠시 기다려봤으나 돌아오는 기척은 느껴지지 않았다. 두 사람이 어디로 갔는지, 뭘 하러 갔는지는 몰라도 분명한 것이 하나 있었다. 이것은 자신에게 주어진 마지막 기회였다.

그녀는 관자놀이의 동맥이 펄떡이는 걸 느꼈다. 벽에 기대앉은 채로 몸이 붕 떠오르는 듯했다. 그 바람에 자각 능력마저 사라져버렸다. 자신이 얼마나 격렬하게 소리를 지르고 있는지, 얼마나 미친 듯이 뒤통수 박치기를 하고 있는지도 몰랐다. 지유가 말을 걸어오던 그 순간까지.

아아, 지유는 얼마나 영리한 아이인지. 이모? 하는 순간, 그녀는 가슴이 터지는 줄 알았다. 마침내 방문이 열리는 소리를 들었을 때, 그만 울음을 터트려버릴 뻔했다. 지금 복도를 걸어오는 저 조심스러운 발소리는 단순히 어린 조카가 이모를 도우러 오는 소리가 아니었다. 한 아이가 제 신의 계명을 어기고 오는 발소리였다.

발소리는 복도 어디쯤에서 멈췄다. 잠시 아무런 소리도 들리지 않았다. 그녀는 턱을 무릎에 붙이고, 아랫배에 힘을 주어 열리기 직전인 방광을 막았다. 가빠오는 숨을 가누며 자신의 몸에게 통사정했다. 제발 3분만 기다려. 아니 1분만 더⋯⋯.

아이가 다시 움직이기 시작했다. 그녀는 숨을 멈추고 복도의 소리를 들었다. 열쇠 뭉치가 달그락대며 흔들리는 소리, 자물쇠에 열쇠를 꽂는 소리, 자물쇠가 풀리는 딸깍 소리. 문이 열렸다. 어둠 속에서 그토록 기다리던 구원의 목소리가 울렸다.

"이모."

실내등이 켜지면서 섬광이 쏟아졌다. 그녀는 질끈 눈을 감았다. 조심스러운 물음이 들려왔다.

"정말 우리 이모예요?"

그녀는 눈을 떴다. 아이가 그녀 앞에 쪼그려 앉아 있었다. 겁에 질린 표정으로 그녀의 얼굴을 살폈다. 어쩌면 당연한 반응일 것이다. 피투성이에다 퉁퉁 부어 이목구비가 사라졌을 자신의 얼굴에서 '우리 이모'와 비슷한 곳은 머리털 색밖에 없을 테니.

그녀는 웃고 싶기도 하고 울고 싶기도 했다. 지유야,라고 부르고 싶었다. 벌떡 일어나 아이를 안고 싶었다. 실제로 할 수 있는 건 아이와 정한 대화의 규칙을 적용하는 것뿐이었다. 그녀는 뒤통수로 벽을 한 번 쿵 쳤다.

"그런데 눈에 피가……."

아이는 그녀의 눈으로 손을 뻗었다가 스스로 소스라쳐서 거둬들였다. 그녀는 고개를 저었다. 성한 한쪽 눈으로 지유의 눈을 향해 열심히 말을 걸었다. 눈이 아니야, 지유야. 입이야.

일순 지유의 시선이 그녀의 봉인된 입으로 내려갔다. 이 영특한 아이는 그녀의 눈이 말하는 걸 단숨에 알아차린 것이었다.

"잠깐만요."

지유는 그녀 앞에 바짝 앉았다. 단풍잎 같은 손으로 입에 두른 테이프를 떼기 시작했다. 쉽지 않은 일이었다. 붕대를 감듯 머리 뒤까지 야무지게 말아놓아 머리 가죽이 홀떡 벗겨지는 기분이었다. 테이프가 제거됐을 땐 얼굴의 감각마저 사라졌다. 마지막으로 아이는 그녀의 입에 박힌 오리 머리통을 끄집어냈다. 동시에 웩, 소리와 함께 토출이라도 하듯 걸쭉한 침이 쏟아졌다.

마침내 호흡이 자유로워졌다. 물 한 방울 없는 곳에서 익사하는 듯한 기분도 사라졌다. 아이가 자신의 등을 두들기고 있다는 것도 알아차렸다. 이모, 괜찮아요?라고 거듭 묻고 있다는 것도.

"지유야……."

그녀는 입을 열었다. 만취한 술꾼처럼 어눌한 말이 흘러나왔다.

"가위가 필요해."

지유는 고개를 끄덕이더니 곧장 방을 뛰쳐나갔다. 부엌 가위를 찾아 들고 바람처럼 돌아왔다. 그녀가 시키는 대로 목에 걸린 올가미부터 잘랐다. 이어 발목과 손목의 밧줄까지, 차례차례.

몸이 자유로워졌다. 그녀는 다리를 뻗고 누워버렸다. 모든 것이 꿈 같았다. 유나와의 일도, 목에 올가미를 걸고 갇혀 있었던 것도, 어깨를 흔드는 지유의 손길도, 혀를 빼물고 차가운 마룻바닥에 드러누운 지금 이 순간도.

현실감각은 가장 현실적인 문제로 인해 돌아왔다. 이제 곧 터진다고, 방광이 사이렌을 울리고 있었다. 그녀는 일어서려다 턱으로 바닥을 찍으며 엎어져버렸다. 무릎이 펴지지 않았다. 발꿈치에 힘이 들어가지 않았다. 지유가 어깨를 붙잡으며 물었다.

"이모 왜 그래요."

그녀는 대답할 수가 없었다. 입만 열면 만 하루를 버틴 방광이 기어코 터져버릴 것만 같았다. 그리하여 자신의 인생에 다시없을 짓을 하기 시작했다. 마비된 입술 새로 침을 질질 흘리고, 바들바들 떨리는 손으로 바닥을 헤엄치듯 쓸면서, 화장실을 향해 물개처럼 기어갔던 것이다. 지유는 눈치 빠르게 앞서 달려가 화장실 문을 열어주었다.

아마도 10여 분은 변기에 앉아 있었을 것이다. 그사이 마비된 근육들이 찌릿찌릿한 감각과 함께 풀리기 시작했다. 용무가 끝나자 다리를 질질 끌고 세면대로 갔다. 수도꼭지를 틀고 손바닥으로 물을 받아 마셨다. 처음엔 모이를 쪼듯 조금씩, 곧 말처럼 퍼마셨다. 마지막으로 핏물로 들러붙은 눈을 씻어내고 거울을 봤다.

낯선 여자가 서 있었다. 지유가 못 알아본 것도 무리가 아니었다. 아니, 이모라고 믿어준 것이 신기할 지경이었다. 5라운드까지 일방적으로 얻어터지다 판정패를 당한 UFC 선수 같았다.

피멍이 든 눈꺼풀은 눈두덩과 맞붙어버렸고, 코가 있던 자리엔 군만두처럼 생긴 물건이 붙어 있고, 유나에게 '뽕주둥이'라 혹평

받은 입술은 '빵주둥이'가 돼버렸다. 공업용 테이프에 짓눌렸던 뺨엔 두드러기 발진이 뒤덮여 있었다. 시야가 흐릿해 그나마 다행이었다. 보기 싫은 걸 자세히 보지 않아도 됐으니.

그녀는 눈가의 물기를 손으로 훔쳐냈다. 그제야 자신의 뒤에 수건을 들고 서 있는 지유가 보였다. 시선이 마주치자 지유가 물었다.

"이모, 괜찮아요?"

대답 대신 그녀는 몸을 돌려 지유를 끌어안았다. 고맙다는 말이 흐느낌처럼 흘러나왔다. 당장 지유를 데리고 이 집을 빠져나가고 싶었다. 그 전에 경찰에 전화부터 걸어야 할 것이다. 그러려면 1층으로 내려가 전화기를 찾아야 했다.

"엄마. 어디 갔는지 아니?"

그녀는 품에서 지유를 떼어내고 물었다. 지유는 입을 꾹 다물고 눈을 내리떴다. 무언가 망설이는 표정이었다.

"지유야, 말해줘야 해. 아빠하고 관련된 일이야."

지유의 눈에 갑자기 눈물이 차오르기 시작했다. 이해할 수 없는 말이 튀어나왔다.

"그거 꿈이 아니지요? 다 사실이었던 거지요?"

그녀는 얼결에 되물었다.

"무슨 꿈? 혹시 되강오리 꿈 말이니?"

지유는 고개를 흔들더니, 왁, 하고 울음을 터트렸다. 그 바람에 아이의 말이 토막토막 잘렸다.

"아래층 욕실에서…… 피가 고인 욕조에…… 다리 두 개가…… 발이 달린…… 진짜 다리…….."

그러지 않을까, 했던 일이 '그랬다'로 바뀌는 순간이었다. 그녀는 아연한 심정이 됐다. 그 일을 아이가 봤단 말인가.

"아빠가…… 온…… 그날 밤에…….."

자신도 모르게 그녀는 아이를 끌어안았다.

"쉿…… 쉿…… 그만. 그만해도 돼. 이모 다 알아들었어."

지유는 그만하지 않았다. 꺽꺽 소리 나게 목젖을 떨면서도 말을 이어갔다.

"엄마는 꿈이라고 했지만……. 나는…… 알고 있어요. 그건 꿈이 아니에요. 자고 일어나도 사라지지 않아요. 다 기억나요."

무슨 얘긴지 감이 잡혔다. 그날 아래층 욕실에서 벌어진 일을 지유가 봤고, 유나는 그것이 꿈이라고 지유의 머리에 욱여넣은 모양이었다.

"그다음 날 밤에, 엄마는 수레를 끌고 반달늪에 갔어요. 오리 먹이를 주러 갈 때 쓰는 수레요."

지유의 반복된 꿈이 뭘 의미했는지, 그녀는 비로소 이해했다. 아이가 몇 날 며칠 의식을 놔버릴 만큼 앓았던 이유를 알 것 같았다. 아빠 인형에 그토록 집착했던 이유 역시. 아이는 아빠 인형과 대화를 나누면서 무의식적으로 착각했을 것이다. 아빠 인형이 아니라 아빠와 이야기를 나눈다고. 나아가 아빠가 살아 있다고 믿었을 것이며, 자신이 본 것을 스스로 꿈이라 우겼을 것이다.

아이의 격렬한 울음은 차츰 흐느낌으로 바뀌었다. 그녀는 몇 번이나 입을 열었다가 닫았다. 아이를 달랠 엄두가 나지 않았다. 달래는 걸로 해결할 문제도 아니었다. 일곱 살짜리 아이가 이 무서운 비밀을 가슴에 담고 얼마나 고통스러웠을지, 헤아리기조차 불가능했다. 그저 아이 스스로 진정할 때를 기다리는 것 말고는.

그 '때'는 의외로 빨리 찾아왔다. 아이는 눈물과 콧물이 뒤범벅된 얼굴을 들고 그녀에게서 떨어졌다. 흐느낌이 배어 있긴 하지만 또박또박한 발음으로 물었다.

"엄마가 어디 갔느냐고, 물으셨지요?"

그녀는 고개를 끄덕였다.

"따라오세요."

지유는 그녀의 손을 끌고 자신의 방 창문으로 데려갔다. 그녀는 지유가 가리키는 곳을 내다봤다. 희뿌연 눈보라 속에서 불빛 하나가 느릿느릿 움직이고 있었다. 갈대 습지 안이었다.

"엄마니?"

그녀는 물었다. 지유는 네, 했다.

"얼굴은 못 봤지만요. 수레에 그……."

그녀는 아픈 목으로 마른 침을 넘겼다. 정말이지 묻고 싶지 않은 말을 물었다.

"수레에도 다리가 있었니?"

지유는 고개를 끄덕였다. 그녀는 창밖으로 시선을 돌렸다. 다리의 주인은 차은호일 것이다. 아직 살아 있는지, 벌써 죽었는지는 잘 모르겠지만. 수레에 싣고 습지로 가는 이유도 짐작이 됐다. 눈보라 치는 밤에 반달늪에서 술래잡기를 하자고 데려가지는 않았을 테니까.

"집에 혹시 전화 있니? 핸드폰 말고 그냥 전화."

지유는 고개를 흔들었다.

"없어요."

그렇겠지. 그녀는 고개를 끄덕였다. 전날 자신도 집전화는 보지 못했다. 휴대전화를 찾지 못한다면, 경찰에 신고할 수 없다는 뜻이었다. 만약 자동차 키도 찾지 못한다면 어째야 할까. 습지로 직접 가야 할까.

회의와 의심이 그녀를 흔들었다. 눈보라 치는 야밤에 만신창이가 된 몸으로 유나를 따라잡을 수 있을까? 지유를 홀로 남겨두고 가도 될까. 가서 뭘 할 수 있을까. 만약 차은호가 살아 있다면…….

"지유, 집에 혼자 있을 수 있겠니?"

그녀는 물었다. 지유는 네, 했다.

"이모가 돌아올 때까지, 이 방에서 나가면 안 돼."

"습지에 가실 거예요?"

"어쩌면 그래야 할지도 몰라."

지유는 번득 눈을 들었다.

"그럼 샛길로 가야 해요. 샛길은 제가 잘 알아요."

그녀는 고개를 저었다.

"이모도 길 알아. 지유는 여기 있어야 해. 그게 이모를 돕는 거야."

하지만……이라고 토를 다는 지유의 얼굴에 실망감이 어려 있었다. 그녀는 지유를 침대로 데려가 마주 앉았다.

"이모는 두 사람을 한꺼번에 보호할 수 없어."

지유는 답답하다는 듯 도리질했다. 맞대오는 시선에 맹목적인 애원이 어리고 있었다.

"하지만 저는 이모를 방해하지……."

"시간이 없어."

그녀는 지유의 말을 잘랐다.

"어쩌면 빌써 늦었는지도 몰라. 빨리 이모를 보내주지 않으면……."

잠깐 말을 멈추고 그녀는 생각해봤다. 아이는 이 일을 얼마나 이해하고 있을까. 그녀의 상상 이상으로 잘 이해하고 있다는 결론이 나왔다. 그렇지 않다면, 자신을 창가로 데려가서 습지의 불빛을 보여줬을 리 없었다.

"지유가 걱정하고 있는 일이 일어날 거야."

지유는 슬그머니 시선을 내렸다. 꽉 틀어쥐고 있던 그녀의 손도 놓았다. 그녀는 아이의 어깨를 힘주어 잡았다가 놓아주었다.

"최대한 빨리 돌아올게."

그녀가 방문 앞에 섰을 때, 등 뒤로 지유의 목소리가 날아왔다.

"이모, 우리 엄마랑 함께 돌아올 거지요?"

그녀는 뒤를 돌아봤다. 지유가 맥없는 소리로 덧붙였다.

"그러니까, 엄마에게 잘 말해서요."

대답할 수 없는 말이었다. 잘 말한다고 유나가 잘 들어줄까. 가망 없는 일이었지만 그녀는 약속했다.

"노력해볼게."

그녀는 아래층으로 뛰어 내려갔다. 거실과 주방을 빠른 속도로 뒤졌다. 유나의 가방에서 자동차 키를 찾아냈다. BMW 마크가 붙은 걸로 보아 유나의 것이었다. 휴대전화는 찾지 못했다. 그녀의 것은 물론이고 다른 누구의 것도 없었다. 더하여 주방 하부장에 있던 전문가용 도구도 사라졌다. 네 개의 칼은 물론, 민서기와 믹서기, 찜기까지.

궁금증 하나가 풀리는 순간이었다. 어제 유나가 이 집에 나타난 이유가 뭔지. 도구를 치우려고 왔을 것이다. 이는 경찰이 유나의 행적을 어느 정도 파악했으며, 유나도 그걸 눈치챘다는 걸 의미했다. 혹시 차은호도 그걸 알아차렸을까? 수레에 실려 습지로 끌려간 건 그 때문일까?

그녀는 손에 쥔 차 키를 들여다봤다. 차은호는 아직 살아 있을까. 그렇다면 경찰서로 갈 시간이 없었다. 설령 죽었다 해도 마찬가지였다. 경찰서를 오가는 새에 유나가 돌아온다면 자신이 없어진 걸 알게 될 터였다. 그 경우 지유가 위험했다. 선택의 여지가 없는 셈이었다.

그녀는 무기로 쓸 만한 것을 찾았으나 부엌칼조차 보이지 않았다. 다락방에 있을 가위가 떠올랐지만, 2층으로 올라가는 게 내키지 않았다. 올라갔다가 가까스로 떼어놓고 온 지유와 다시 대면하게 될까봐. 그녀는 신발장 옆에 세워진 밀걸레의 알루미늄 자루를 뽑아 쥐고 맨발로 뛰쳐나갔다.

고맙게도 차는 대문 앞에 세워져 있었다. 그녀는 앞 차창과 뒤 차창의 눈을 손으로 쓸어낸 후 차에 탔다. 밀걸레 자루를 좌석 틈새에 쑤셔 박고, 시동을 걸고, 안전벨트를 매고, 라이트를 상향으로 조정했다. 길 끝까지 후진한 뒤 차를 수레바퀴 자국이 있는 지점으로 밀어넣었다. 튀어나갈 준비가 끝난 셈이었다.

그녀는 눈보라에 휩싸인 습지를 노려봤다. 자신에게 최면을 걸었다. 바로 지금이 버킷리스트 중 하나를 실현할 기회라고. 눈보라 치는 설원을 '남의 차'로 활주하는 짓. 그녀는 핸들을 틀어쥐고 액셀을 밟았다.

웽, 소리와 함께 차가 튀어나갔다. 그녀의 턱 밑에서도 피가 웽,

하고 돌았다. 아드레날린이 몸 구석구석으로 돌진하는 기분이었다. 현기증이 나고, 시야가 흔들리고, 머리가 홱 젖혀지고, 엉덩이가 들썩거렸다. 차는 튕겨 오르고, 꺼지듯 내려앉고, 지그재그로 흔들렸다.

그렇기는 해도 어딘가에 처박히지는 않았다. 예상보다 땅이 무르지 않았다. 눈이 쌓여 있었지만 바닥이 거칠거칠해 미끄러지지도 않았다. 왼쪽 시야가 완전히 막혀 있었지만 운전에는 크게 문제가 되지 않았다. 수레바퀴 자국이 남아 있는 샛길을 따라 눈을 덮어쓰고 쓰러진 갈대 더미를 깔아뭉개면서, 차는 탱크처럼 나아갔다.

시간은 다락방에서와는 또 다른 방식으로 작동했다. 그때는 호수를 떠도는 물결 같았다면, 지금은 폭류 계곡으로 강하하는 물줄기 같았다. 주변 시야에 무언가 보인다고 생각하는 순간, 그 무언가 앞에 다다라 있었다. 순간 시력이 알리는바, 반달늪을 둑방처럼 에워싼 둘레길이었다. 그 길 위에 누군가 서 있었다.

그녀는 유나라고 판단했다. 한 방에 상황을 끝낼 수 있는 기회였다. 그리 어렵지도 않았다. 유나를 향해 곧장 직진하면 되었다. 속도도 충분하고, 둘레길은 높지 않았으며, 발판처럼 지면과 부드러운 경사를 이루며 이어져 있었으므로.

과연 할 수 있을까? 하듯, 유나는 꼼짝하지 않았다. 수레와 나란히, 무방비 상태로 팔을 늘어뜨린 채, 그녀를 바라보고 서 있었다.

할 수 없었다. 그녀는 둔덕을 눈앞에 두고 핸들을 오른쪽으로 꺾어버렸다. 몸이 조수석 쪽으로 고꾸라질 만큼 온 힘을 다해서. 차는 보닛 모서리로 둑방을 들이받고 직각으로 회전한 뒤, 눈 쌓인 갈대밭을 파헤치며 둘레길 한 면을 따라 돌진했다. 그녀는 핸들을 움켜쥐고 브레이크를 밟으면서, 요란한 굉음과 차체의 요동과 차창으로 쏟아지는 눈더미를 견뎠다. 흡사 폭파가 시작된 철거 빌딩 안에 갇힌 기분이었다.

차는 둑방의 모서리 지점에서 가까스로 멈췄다. 갈대밭 속으로 차체가 주저앉았지만, 용케 에어백은 터지지 않았다. 찐빵이 되어 차 안에 갇히는 신세를 가까스로 면한 셈이었다. 그녀는 안전벨트를 풀고 밀걸레 자루를 찾아 쥔 다음, 조수석 쪽으로 내렸다.

차의 전조등은 습지 아래로 이어지는 다랭이 논을 비췄다. 둘레길 위에선 유나가 수레의 손잡이를 잡고 늪을 향해 서 있었다. 쇼도 끝났으니 제 볼일을 보겠다는 모양새였다. 유나의 헤드랜턴 빛은 얼어붙은 늪의 수면을 부옇게 비췄다. 지면과 수면의 높이 차가 거의 없어 늪은 눈 쌓인 설원처럼 보였다. 그 위로 바람이 눈더미를 양떼처럼 몰아가고 있었다. 먼 도로에선 사이렌 소리가 울렸다. 경찰차인지 소방차인지는 알 수 없었지만.

그녀는 둘레길 위로 뛰어올랐다. 유나를 부르거나, 멈추라 고함치는 짓은 하지 않았다. 대신 유나를 향해 달리기 시작했다. 거리는 좀처럼 좁혀들지 않았다. 평소라면 몇 초 만에 도달할 거리건만, 행성 간 거리만큼이나 멀어 보였다. 유나는 수레의 손잡이를 서서히 들어올렸다. 그녀는 마지막 몇 발짝을, 도움닫기를 하듯 내달았다.

세 가지 일이 동시에 일어났다. 유나는 수레의 손잡이를 들어올려 짐칸을 비워버렸다. 차은호로 짐작되는 남자는 눈 쌓인 늪으로 미끄러져 내려갔다. 그녀는 달려간 힘에 체중을 실어, 온몸으로 유나를 들이받았다. 그 결과로 세 사람은 나란히 늪으로 굴러 떨어졌다.

늪은 단단하게 얼지 않았다. 눈이 높게 쌓여 있었지만 지탱해주는 수면 빙판은 살얼음이었다. 그녀가 떨어지자마자 수면 빙판이 날카로운 소리를 내지르며 푹 꺼져내렸다. 그녀는 곧장 물속으로 곤두박질쳤다. 삽시에 얼음물이 그녀 안으로 쏟아져 들어왔다. 코와 입과 귓구멍까지 물이 들어찼다. 얼음물을 삼키는 바람에 호흡이 뒤엉켰다.

아마도 당황한 탓이었을 것이다. 늪이 깊지 않은데도 그녀는 자신의 몸을 민첩하게 제어하지 못했다. 바닥을 디디고 일어서기까지 시간이 꽤 걸렸다. 그녀는 차단된 왼쪽 시야에서 빛이 비치는 걸 느꼈다. 고개를 돌리자 위로 뻗치는 헤드랜턴 빛이 눈에 들어왔다. 빛의 방향으로 미루어 하늘을 보고 누운 것 같았다. 유나일 터였다. 거리가 좀 있어 실제 모습은 확인되지 않았지만.

늪은 완전히 어둡지 않았다. BMW의 상향등이 늪 한 면을 비스듬하게 비추고 있어 사물의 형상을 구별할 정도는 되었다. 덕택에 그녀는 자신의 오른편에서 검은 구멍처럼 보이는 곳을 찾아낼 수 있었다. 빙판이 갈라진 자리일 터였다. 차은호가 떨어진 자리일 테고.

그녀는 구멍을 향해 움직이기 시작했다. 차은호는 수면제에 취해 있을 가능성이 컸다. 멀쩡한 정신으로 수레에 실려나와 순순하게 투기당할 사람은 없을 테니. 잠든 채로 익사하기 직전인 셈이었다. 마음이 다급해졌지만 달려갈 수 있는 형편이 아니었다.

늪 바닥이 진흙 뻘이었다. 발을 디딜 땐 쑥 빠져 들어가고, 발을 뺄 땐 발등이 덫에 걸린 양 빠져나오지 않았다. 단 두 발짝 만에 양쪽 양말이 다 사라졌다. 미끄덩거리기까지 했다. 불과 다섯 발짝을 전진하는 데 두 번이나 미끄러져 주저앉았다. 뻘 속에 박힌 돌이나 유리 조각들은 발을 베고 찔렀다. 물이 깊다면 수영이라도 해볼 텐데 물은 겨우 허벅지 근처에서 찰랑거렸다. 무엇보다 물이 너무 찼다. 등허리가 덜덜 떨리고 다리가 뻣뻣했다. 숨 한 번 쉴 때마다 폐가 쪼그라드는 것 같았다.

이러다 올 크리스마스에나 도착하는 건 아닐까, 싶을 무렵 그녀의 무릎에 무언가 걸려들었다. 묵직하면서도 부드럽게 압박해오는 물체였다. 그녀는 물에 잠긴 자신의 무릎으로 머뭇머뭇 시선을 내렸다. 주변이 어두웠지만 단번에 알아볼 수 있었다. 검고 탁한 물 밑에 떠 있는 것은 사람의 얼굴이었다. 눈을 뜨고 있었다. 심지어 시선이 딱 마주친 것 같았다.

순간적으로 움찔했다. 하마터면 비명을 지르며 둑으로 내달려버릴 뻔했다. 자신이 찾는 그 얼굴이라는 걸 알아차리지 못했다면, 정말로 그랬을지도 모른다. 그녀는 비명 대신 물속의 얼굴을 소리쳐 불렀다.

"차은호 씨."

그녀는 허리를 굽히고, 그의 겨드랑이에 손을 걸었다. 힘주어 끌어올리자 그의 머리가 갸우뚱하게 기울어진 채 수면 밖으로 끌려나왔다.

"차은호 씨, 정신 있어요?"

그에 대한 대답은 없었으나 희망적인 반응은 있었다. 물 밖으로 머리를 끌어내자마자 자력으로 숨을 쉬었다는 것이다. 참았던 숨을 몰아쉬듯 길고도 큰 소리로, 수차례에 걸쳐. 몸을 가누지 못할 뿐 의식이 깨어 있다는 뜻이었다. 의식이 없는 사람은 물속에서 숨을 참을 수 없으니까. 그녀는 확인을 해봤다.

"차은호 씨, 눈을 한 번만 깜박해봐요."

차은호는 어렵사리 한쪽 눈을 감았다가 떴다. 부자연스럽고 느릿한 동작이었지만 그런 건 상관없었다. 의식이 있다는 게 중요하지. 그녀는 차은호의 겨드랑이에 한쪽 팔을 걸었다. 다리로 살얼음을 깨면서 둑방을 향해 움직이기 시작했다.

불과 여남은 발짝 거리였고, 물속이라는 특성상 차은호를 끌고 가는 게 어렵지도 않았다. 그런데도 목적지에 닿기까지 꽤 긴 시간이 걸렸다. 미끄러지지 않고 진흙 뻘에 발을 넣고 빼는 일이 암벽을 타는 일만큼 힘들었다.

멀리서 봤을 때와 달리 둑방과 늪의 수면은 높이 차가 좀 있었다. 그녀는 차은호의 어깨만 끌어올려 둑에 걸쳐놓았다. 나머지는 자신이 올라가서 끌어올려야지, 셈했다. 잘못된 셈법이었다. 유나라는 변수가 누락된 계산이었다. 그러니까 자신이 올라갈 수 없는 경우를 셈하지 않았다는 뜻이다.

둑방 위에 손을 짚고 몸을 들어올렸을 때, 그녀의 등 뒤가 갑자기 환해졌다. 동시에 덜미를 잡혔다. 그녀는 무방비 상태에서 늪으로 떨어져버렸다. 무슨 일이 일어났는지 깨달았을 땐, 이미 물속에 드러누운 상태였다. 물 밖으로 얼굴을 내밀고자 몸부림쳤으나 꿈쩍도 할 수 없었다. 유나가 그녀를 깔고 앉아 있었다. 두 손으로 얼굴을, 양 무릎으론 그녀의 어깨를 내리눌렀다. 물 밖에서도 숨 막힐 꼴을 물속에서 당한 것이었다.

머릿속이 컴컴해져왔다. 생각이 삽시에 마비됐다. 본능만이 살아서 필사적으로 팔을 휘젓고 있었다. 유나의 발목이 손아귀에 걸린 건 숨이 턱 끝까지 차올랐을 때였다. 그녀는 공황에 빠진 자신에게 말을 걸었다. 인클라인 벤치프레스로 네 몸무게를 들어올린 날을 떠올려봐. 코치가 우리 체육관에서 최고로 힘센 여자라고 칭찬했잖아. 그때처럼 해.

그녀는 늪 바닥에 발꿈치를 박고 등허리로 버티면서, 유나의 발목을 들어올려 위로 넘겨버렸다. 유나의 몸이 자신의 머리 위로 고꾸라져 넘어갔다. 그녀의 얼굴을 덮었던 손도, 어깨를 짓누르던 무릎도 자동으로 떨어져나갔다.

그녀는 상체를 일으키고 수면 위로 고개를 내밀었다. 숨을 쉬고, 기침을 터트리고, 삼킨 물을 토해냈다. 가까스로 숨이 틔는 순간, 똑같은 일이 반복됐다. 순식간에 부활한 유나가 등 뒤에서 끄덩이를 잡아챘던 것이다.

그녀는 머리채를 잡혀 다시 물속으로 끌려갔다. 물고문이 되풀이됐다. 방식이 그새 진화해 있었다. 잡아챈 끄덩이를 밑으로 당겨 물속에 얼굴을 담그는 동시에 그녀의 목을 팔로 감아서 조여댔다.

경이로운 힘이었다. 아무리 버둥거려도 그녀는 유나의 손아귀를 빠져나갈 수가 없었다. 폐가 터질 지경이었다. 접시 물에 빠져 죽는 기분이 어떤 것인지 알 것 같은 기분이었다. 아득한 어딘가에선 아버지의 노랫소리가 들려오기 시작했다.

마리아. 마리아, 사랑하는 마리아……

……서러운 마음에 꽃을 심었네.

　　그녀는 진저리를 쳤다. 지옥이 아니라 지옥의 지옥까지도 따라
올 꽃 노래의 정체가 뭔지 깨닫는 순간이었다. 저것은 아버지의
노래가 아니었다. 스스로 부르는 노래였다. 자라는 내내, 독립한
후에도, 삶의 순간순간마다 자신을 향해 걸었던 주문이었다. 아무
것도 하지 말고 물러서라고. 그러면 평화가 오리라고.
　　더하여 새삼스러운 진실 하나를 깨달았다. 자신이 유나에게 당
하고만 살아온 이유가 무엇인지. 스스로 당하고 싶었기 때문이었
다. 당하고 물러서야 아버지의 착한 딸로 남을 수 있기 때문이었
다. 사력을 다해 맞대응하는 순간 아버지의 신뢰를 잃게 될 것이
기 때문이었다. 아버지가 믿는 딸이 될 때 비로소 가치 있는 사람
이라 여겼기 때문이었다.
　　자신은 유나와 다르지 않았다. 자신을 움직이고 있는 것 역시
여덟 살짜리 어린아이였다. 꽃 노래를 부르는 아이의 망령이, 죽
음의 위기에 도달한 이 순간까지 자신의 사지를 결박하고 있다는
점에서.
　　그녀는 저항을 멈췄다. 의식을 놔버린 것처럼 몸에서 힘을 뺐다.
바르작거리던 팔을 물 밑으로 늘어뜨렸다. 손끝만 움직여서 바닥
을 더듬었다. 길고 날카로운 돌멩이가 걸리자 손아귀에 쥐었다. 수
를 세기 시작했다. 하나, 둘, 셋…….
　　뒤통수를 당기는 힘이 조금 줄어들었다. 목을 조르는 팔도 느
슨해졌다. 그녀는 기다렸다. 유나가 자신의 머리를 끌어올려 뭔가
확인하려는 때를. 목표 지점은 유나가 끼고 있는 헤드랜턴 바로

아래였다.

그때는 생각보다 빨리 왔다. 헤드랜턴 빛이 얼굴로 쏟아졌다. 그녀는 번득 눈을 떴다. 동시에 팔을 휘둘러서 정해둔 목표점을 돌멩이로 찍어버렸다. 악, 하는 비명이 터졌다. 유나는 눈을 감싸면서 뒤로 물러났다.

그녀는 몸을 일으켰다. 성능 좋은 헤드랜턴 덕에 유나가 있는 곳은 바로 알 수 있었다. 네댓 발짝쯤 떨어진 곳에서, 선혈이 흐르는 눈을 감싸 쥔 채 유나는 비명을 질러대고 있었다. 그 비명마저 그녀를 향한 것이었다. 쌍년, 개 같은 년, 도둑년.

그녀는 유나 쪽으로 한 발짝 다가섰다. 머릿속에선 다시 아버지의 노래가 시작되고 있었다.

마리아, 마리아…….
……서러운 마음에 꽃을 심었네.

그만해요, 아버지. 그녀는 돌멩이를 쥔 손에 힘을 주었다. 한 발짝 더 전진했다. 나는 아버지의 착한 딸이 아니에요. 나는…….

그녀는 걸음을 멈췄다. 사이렌 소리가 울리고 있었다. 그것도 바로 코앞에서 울리고 있었다. 이렇게 가까이 오는 동안, 왜 못 들었을까.

집이 있다고 생각되는 지점으로 그녀는 고개를 돌렸다. 껌껌한 지평선에서 점멸하는 경광등 빛들이 빠르게 이동하고 있었다. 한두 대가 아니었다. 여러 대였다. 경찰차일까? 어떻게 알고 왔을까? 혹시 차은호가 의식을 잃기 전에 신고를 한 것일까?

그녀는 차은호가 있던 곳으로 시선을 옮겼다. 그는 둑방 사면에 길게 드러누워 있었다. 혼자 힘으로 물에서 완전히 빠져나온 것이었다. 조금씩 운동능력이 돌아오는 모양이었다.

그녀의 시선은 다시 유나에게로 돌아갔다. 없었다. 위치를 잘못 찾았나 해서 주변을 둘러봤다. 보이지 않았다. 좀처럼 고장나지 않는 유나의 헤드랜턴은 늪 건너편 기슭을 향해 나아가고 있었다. 처음엔 이유를 몰랐다. 도망치고자 한다면 퇴로를 잘못 골랐다. 산이 있는 왼편 기슭으로 움직여야 했다. 오른편은 마을로 통하는 다랭이 논이 이어지고, 건너편은 깊은 골짜기였다.

골짜기…… 그녀는 비로소 알아차렸다. 잘못 고른 길이 아니었다. 선택한 길이었다.

그렇게는 안 되지. 그리 쉽게는 안 되지. 그녀는 유나를 쫓아 늪을 건너기 시작했다. 아니, 사실은 유나를 쫓아간 게 아니었다. 아버지가 사랑한다고 여겼던 그녀 안의 '착한 아이'를 죽이러 가고 있었다. 절대로, 영원히 살아나지 못하도록.

사이렌 소리는 점점 커졌다. 바로 귓가에서 울리는 것처럼 가까웠다. 주변이 갑자기 환해졌다. 그녀는 이 변화가 뭘 의미하는지 알지 못했다. 눈은 저 앞에서 움직이는 헤드랜턴의 움직임에 집중돼 있었고, 귀는 아버지의 노래가 틀어막고 있었다.

그대 얼굴을 보듯이 꽃을 보았네.
내 품에 돌아오라고 꽃을 보았네.
마리아, 마리아……

반달늪을 향해 달려오는 차들이 있다는 걸 알았을 땐, 유나가 건너편 둑방에 손을 짚고 있었다. 그녀는 몸을 날려 유나의 발목을 낚아챘다. 유나는 주르르 둑방 아래로 미끄러져 내려왔다.

"놔. 손 놔."

유나가 다리를 버둥거리며 소리를 질러댔다. 그녀도 맞받아 소리를 질렀다. 유나가 아니라 아버지의 노래를 향해서.

"닥쳐. 닥치고 죽어버려."

허공에서 버둥거리던 유나의 발꿈치가 그녀의 왼쪽 눈에 내리찍혔다. 번쩍, 하고 번개가 머리를 갈랐다. 눈알이 호떡처럼 납작해지는 기분이었다. 맞은 데를 또 맞은 탓에 비명이 튀어나왔다. 그래도 틀어쥔 발목은 놓지 않았다. 이제 경광등 불빛과 사이렌은 등 뒤까지 와 있었다.

"놔. 놓으라고."

유나는 당나귀처럼 뒷발질로 차대며 악을 썼다. 등 뒤에선 사이렌 대신 메가폰이 소리를 지르고 있었다. 둘 다 움직이지 말라고.

그녀는 쏟아지는 유나의 발길질을 견디며 옆을 봤다. 어느새 경찰들이 둑방 길을 에워싸고 유나를 향해 다가들고 있었다.

"둘 다 움직이지 마. 그대로 가만있어."

오른편에서 접근하는 남자가 소리를 질렀다. 유나는 돌연 발길질을 멈췄다. 고개를 돌려 어깨 너머로 그녀를 봤다. 이를 악문 것처럼, 나직하게 눌린 소리로 속삭였다.

"놔. 도둑년아."

헤드랜턴 아래로 드러난 유나의 눈이 동굴처럼 어두웠다. 그녀는 유나가 진심으로 그렇게 믿는다는 것을 깨달았다. 그녀가 제 삶을 끝없이 훔쳐왔다고. 그것은 어떤 식으로도 바뀌지 않을 신념 같은 것이었다. 바로 그 힘으로 살아왔을 테니까.

그녀의 손아귀에서 스르르 힘이 풀렸다. 유나의 발목이 손아귀를 빠져나갔다. 그녀는 늪에 발을 디디고 선 채 멍하니 지켜봤다. 유나가 둑방 끝으로 성큼 다가서는 것을. 검은 우비를 입고 벼랑 끝에 서 있는 어린아이의 뒷모습을. 경찰이 팔을 뻗으면 닿는 거리까지 다가오는 것을. 유나에게 달래듯 말을 거는 것을.

"가만. 괜찮아. 가만있어. 움직이지 말고."

경찰이 유나에게 손을 뻗었다. 그 손이 닿기 직전, 유나는 껌껌한 골짜기로 몸을 날렸다. 아버지의 노래는 더 이상 들려오지 않았다.

에필로그

"왜 이혼했어요?"

유나는 종종 꿈속으로 찾아와 묻는다. 은호는 망설이다 대답한다.

"자기한테서 꺼지라고 해서요."

유나는 깔깔, 웃는다. 새털 같은 웃음소리가 눈보라 속으로 흩어진다. 별들은 그의 이마 위로 활주해온다. 그는 유나가 속삭이는 소리에 귀를 기울인다.

"그거, 참…… 안됐네요."

\#

"자기 왜 그랬어?"

아내는 또 꿈속으로 쳐들어와 묻는다. 은호는 초점이 맞지 않는 눈으로 아내를 찾는다. 눈보라 뒤편으로 거무레한 형상이 보인다.

"자기 하는 짓이 딱 우리 할아버지 같아."

아내가 고개를 숙여 그를 들여다본다. 헤드랜턴 빛이 그의 시야를 가린다.

"아, 자기는 우리 할아버지 잘 모르지?"

세상은 너무나 고요하다. 반달늪은 아직 보이지 않는다.

"우리 할아버지가 꽤 유명한 조류학자였거든. 근데 뇌졸중으로 쓰러지는 바람에 스타일이 좀 망가졌지. 잘 걷지도 못하고, 바지에다 실수도 하고, 주정뱅이처럼 말하고. 아무튼 할아버지는 아침마다 이곳으로 산책하러 나왔어. 그때마다 나를 데리고 왔고. 반달늪에 도착하면 오리에 대해 말해주고는 했어. 난 할아버지랑 여기 있을 때가 제일 좋았어. 왜냐하면⋯⋯."

아내는 경사진 곳을 올라가며 말을 멈춘다. 그는 아내 몰래 손가락을 움직여본다. 움직여진다. 손끝을 깐닥깐닥 떠는 것도 움직이는 거라 할 수 있다면.

"왜냐하면 집에 있으면 할머니 때문에 숨이 막혔거든."

아내는 다시 말을 시작한다. 숨차면 그만해도 좋을 텐데.

"우리 할머니는 옛날에 초등학교 선생이었대. 학교에서 소문난 마녀 선생. 난 은퇴한 늙은 마녀의 마지막 제자였던 거지. 날마다 할머니가 정해놓은 시간표대로 움직여야 했어. 아침에 참새처럼 일찍 일어나야 하고, 제시간에 밥을 먹어야 하고, 일찍 자야 하고. 텔레비전은 하루 한 시간밖에 못 봤어. 남은 시간엔 할머니와 공부를 해야 했거든. 할머니가 내준 숙제도 해야 했고, 할머니한테 시험도 봐야 했고, 점수가 나쁘면 벌을 받아야 했어. 자기 같으면 그런 걸 참을 수 있겠어?"

수레가 멈춘다. 아내는 잠시 틈을 두었다가 덧붙인다.

"난 2년이나 참았잖아. 할머니까지 나를 버릴까봐."

그는 추위를 느낀다. 접힌 등허리가 걷잡을 수 없이 떨린다. 살얼음이 끼고 눈이 덮인 얼굴은 시리다 못해 아프다.

"좀 춥네. 자긴 괜찮아?"

아내가 묻는다. 미지근한 입김이 그의 귀에 닿는다.

"텀블러에 뜨거운 커피라도 담아 올 걸 그랬다. 그치?"

소풍이라도 나온 것처럼 다정한 말투다. 모자 속에서 생긋 웃는 아내의 눈이 보이는 것도 같다. 그는 눈을 뜨지 않는다. 이 매서운 눈보라를 뚫고 자신을 죽이러 가는 아내를 보고 싶지 않아서. 이 여자를 사랑했던 것이 백만 년 전의 일인 것만 같다. 벌어진 입술 새로 흐느낌이 샌다. 두려움 때문이 아니라, 너무나 참담해서.

"좀 쉬었으니 다시 가볼까."

아내는 움직이기 시작한다.

"근데 내가 어디까지 이야기했더라. 아, 맞다. 우리, 할머니 이야기를 나누고 있었지?"

수레는 눈길을 잘도 굴러간다. 눈보라는 점점 드세진다. 아내는 이야기를 이어간다.

"나는 아빠가 올 때마다 집에 간다고 졸랐어. 할머니하고 살기 싫다고 울고 매달렸어. 아무리 졸라도, 아무리 울어도, 아무리 매달려도, 아빠는 언제나 나를 매정하게 떼어놓고 가버렸어. 아버지가 가고 나면, 할머니는 화를 냈어. 집안 사정도 모르고 철딱서니 없이 군다는 거야. 나는 할머니한테 대들었지. 내가 성질이 좀 있잖아? 아니지. 누구라도 나 같은 일을 당하면 없던 성질도 생길걸. 그러면 나를 달래줘야 맞잖아? 성질부릴 때마다 다락방에 가둘 게 아니라."

아내가 잠깐 말을 멈춘다. 그는 주변 소리에 귀를 기울여보지만 여전히 고요하다. 경찰은 끝내 오지 않을 거라는 절망감이 밀려든다.

"근데 말이지, 더 미운 건 할아버지야. 할머니보다 내가 더 좋다고 해놓고, 할머니가 날 가두면 자기는 안방에 들어가서 잠만 자. 비겁한 돼지처럼. 나중에 엄마한테 들었는데, 내가 2년이나 여기 있었던 게 다 할아버지 때문이었어. 원래는 1년만 있다가 집으로 데려올 참이었는데 할아버지가 말렸대. 할머니와 잘 지내고 있으니 학교 들어갈 때 데려가라고 했대. 사람 좀 만들어서 보낸다고 했대. 완전히 뒤통수를 맞은 기분이었지 뭐야. 내가 사람이 아니면 뭐야? 짐승이야? 벌레야? 만약 여기서 살 때 그걸 알았다면, 난 할아버지를 반달늪에 밀어넣어버렸을 거야."

아내는 수레를 불끈 밀어 경사가 가파른 곳으로 올라간다. 말이 끊기고, 아내의 가쁜 숨소리가 이어진다.

"옛날이야기 하다 보니까, 벌써 다 왔네."

수레가 선다. 아내가 말한다.

"손님. 이제 내리실까요?"

#

꿈은 언제나 수레에서 내리기 직전에 끝났다. 눈을 뜨면 은호는 해무가 눈보라처럼 쳐들어오는 애월의 바닷가 집에 누워 있었다. 실컷 울고 난 후처럼 얼굴이 뻣뻣했다. 목 안에선 흐느낌이 끓었다. 기억은 그를 1년 전, 그날 그 순간으로 끌고 갔다. 정체 모를 자동차가 상향등을 번득이며 반달늪을 향해 달려오던 순간으로.

아내는 수레의 손잡이를 놓고 전조등을 향해 돌아섰다. 그는 짐칸 밖으로 꺾인 고개를 들어올리려 해봤다. 목에 힘이 들어가지 않았다. 고개를 옆으로 틀어 굉음과 함께 질주해오는 차를 볼 수 있었을 뿐.

전조등이 눈부셔 무슨 차인지 알아볼 수 없었다. 다만 경찰차가 아니란 것만은 분명했다. 차는 한 대뿐이었다. 사이렌도 경광등도 없었다. 아내를 봤을 텐데도 속도를 줄이지 않았다. 곧장 둑방 위로 돌진해서 아내를 들이받아버릴 기세로 달려왔다. 아내는 피할 기미가 없었다. 놀란 눈치도 아니었다. 자신의 정면으로 쇄도해오는 차를 물끄러미 바라보고만 있었다. 먼저 피하는 쪽이 지는 게임에 돌입한 모양새였다.

차는 둑방을 들이받기 직전에 돌연하게 방향을 바꿨다. 차 앞머리가 90도 각도로 꺾이면서, 눈 쌓인 습지를 긁어 파며 미끄러지다 둑방 끝머리에서 섰다. 비로소 그는 누구의 차인지 알아차렸다. 번호판을 보려 애쓸 것도 없었다. 아내의 BMW였다.

"저게 또 내 것에 손댔네."

중얼대는 아내의 목소리에 짜증이 배어 있었다. 그는 아내의 인간관계 안에서 '저게'에 해당될 사람이 누굴지 헤아려봤다. 자신과 지유, 처형밖에 떠오르지 않았다.

"지유는 또 나를 배신하고……."

아내는 몸을 돌리더니 그의 등판을 거칠게 젖히고 뭔가를 꺼냈다. 부엌칼이었다.

"자기는 내가 죽었으면 좋겠지? 그렇지?"

512

그는 대답할 수 없있다. 자신의 머리 위에서 오락가락하는 부엌칼의 움직임을 따라다니느라. 칼이 자신의 배 근처로 휙, 내려오자 눈을 질끈 감아버렸다. 뭔가 이상하다 느꼈을 땐 손과 발의 밧줄이 잘려나간 후였다. 그의 몸은 자유를 찾았으나 전혀 자유롭지 않았다. 마음은 이미 수레에서 튀어나갔건만 몸이 꿈쩍하지 않았다. 안간힘을 다한 결과 고개를 한 번 들썩거리긴 했지만. 아내는 칼과 밧줄을 던져버리고 수레 손잡이를 틀어잡으며 중얼거렸다.

"나는 참 운이 없어."

수레의 손잡이가 위로 올라가는 사이, 불과 3초도 안 될 짧은 순간에 그는 사이렌 소리를 들었다. 어디서 들리는지 확인할 겨를까진 없었다. 들린다, 하는 찰나에 그의 몸은 수레를 빠져나가 늪으로 떨어져버렸다. 착지와 함께 늪 수면은 맥없이 꺼져내렸다. 그는 꺼진 구멍 속으로 빨려 들어갔다.

칼끝처럼 날카로운 얼음물이 온몸으로 짓쳐 들었다. 땀구멍까지 한숨에 얼어붙었다. 심장이 땅콩만 하게 오그라드는 느낌이었다. 머릿속에선 겁먹은 짐승이 앞뒤 없이 들뛰고 있었다.

알고 있었다. 늪이 깊지 않다는 것을, 지유에게 들어 그도 알고 있었다. 버둥거려선 안 된다는 것도 알고 있었다. 숨을 참고, 힘을 빼고, 생각을 해야 한다는 것도 잘 알고 있었다. 문제는 '안다'와 '한다'가 연동하지 않는다는 점이었다. 죽음이 엄습해오는 그 순간엔 본능이 최전선에 나섰다.

머릿속이 껌껌해지고, 귀가 닫히고, 몸은 죽은 수초처럼 흐느적거렸다. 입이 저절로 열렸다. 차가운 얼음물이 배 속으로 쏟아졌다. 시야에선 숨이 막혀 몸부림치는 노아가 되살아났다. 마지막 순간까지 아이가 비명처럼 불러댔을 이름도.

아빠. 아빠…….

어디선가 윤희의 목소리도 들려왔다.

우리는 절대로 도망칠 수 없을 거야. 나는 아이를 버린 내 죄로부터…….

그는 흐느적거리기를 멈췄다. 가만히 물속에 엎어진 채 귓속으로 파고드는 윤희의 말을 들었다.

너는 아이를 죽인 너의 죄로부터.

서서히 제정신이 돌아오는 걸 느꼈다. 그제야 자신이 왜 여기에 왔는지 기억났다. 바로 그 죄를 벗고자 온 거였다. 살기 위해서가 아니라, 진실을 알기 위해서. 그러려면 이렇게 죽어서는 안 되었다. 살아 있어야 했다. 적어도 아직은.

그는 생각을 하기 시작했다. 좀 전에 들은 사이렌이 경찰차의 소리였다면, 자신을 찾으러 오는 경찰차였다면, 반달늪에 도달하기까진 얼마나 걸릴까. 2분? 3분? 5분? 과연 그때까지 물에 잠긴 채 견딜 수 있을까. 그 전에 물에서 나갈 길은 없는 것일까?

뒤늦게야 그는 사이렌보다 먼저 도착한 BMW를 기억해냈다. 만약 운전자가 짐작대로 처형이라면, 2층에 갇혀 있었던 이가 처형이 맞다면, 적어도 아내를 응원하러 온 건 아닐 것이다. 어쩌면 자신을 도우러 왔을지도 몰랐다. 그러니까 어쩌면, '어쩌면'을 위해 할 수 있는 일은 하나뿐이었다. 그녀가 자신을 건져올릴 때까지 살아 있는 것.

그는 몸에서 힘을 빼고, 사지를 늘어뜨렸다. 숨 쉬지 않고 견디는 데 정신을 모았다. 잠시 후 몸이 스르르 뒤집히는 것을 느꼈다.

얼굴이 수면으로 떠오르는 것도. 다만 물 밖까지 뜨지는 못했다. 얼굴 위에 빙판이 덮여 있었다. 살얼음이긴 했지만 얼굴이 닿는 걸로 깨질 두께는 아니었다. 박치기라도 해보고 싶었으나 머리가 들리지 않았다. 발이 바닥에 닿았으나 바닥을 디디고 일어날 수도 없었다. 가슴은 터질 것처럼 답답했다. 너무나 답답했던 나머지 목이라도 쥐어뜯고 싶었다. 그럴 힘만 있었다면 정말로 그랬을지도 모른다.

그의 몸은 빠른 속도로 감각을 잃어갔다. 아무것도 들리지 않고 아무것도 보이지 않았다. 의식은 점점 꿈과 현실을 구분하지 못하게 되었다. 어느 순간엔 꿈속의 호수를 시체처럼 떠돌았고, 문득 눈을 뜨면 여전히 반달늪의 수면 빙판 밑에 갇혀 있었다.

아마도 그래서였을 것이다. 그는 자신이 어느새 빙판 밖으로 흘러나와 있었다는 것을 몰랐다. 무언가에 팔이 걸리는 느낌이 났지만 신경 쓰지 않았다. 탁하고 어두운 수면을 사이에 두고 어떤 눈과 마주쳤을 땐, 꿈이라고 생각했다. 눈의 주인이 자신을 물 밖으로 끌어올릴 때까지도 그랬다. 자신을 부르는 목소리가 들린 건 한참이 지난 후였다.

"차은호 씨."

처형이었다. 둑방으로 옮겨지는 동안에도 제정신이 온전히 돌아오지 않았다. 숨통이 틔고, 산소가 온몸의 혈관으로 폭주하고, 그 여파로 살갗이 벌에 쐰 것처럼 따갑다는 것만 느꼈을 뿐. 그 바람에 처형 뒤로 다가오는 불빛이 뭘 의미하는지 깨닫지 못했다. 처형이 아내 손에 잡혀 물속으로 끌려 들어간 후에야 무슨 일이 일어났는지 알아차렸다.

사이렌 소리를 들은 것도 그때였다. 수레에서 떨어질 때 들었던 소리보다 훨씬 가깝게 느껴졌다. 어쩌면 집 근처에서 울리는 것도 같았다. 만약 그렇다면 경찰차가 맞을 것이다. 그는 눈 쌓인 둑방 비탈에 손가락을 박고, 애벌레처럼 몸통을 꿈틀거려서 위로 올라가기 시작했다. 처음엔 힘이 들어가지 않았으나 거듭할수록 힘이 붙었다. 진땀이 나고 근육이 따뜻해지고 추위가 잠시 가셨다. 반달늪으로 다가오는 사이렌 소리를 들으며, 물에서 완전히 빠져나왔다.

그는 둑방 위에 털썩 드러누웠다. 둑방 앞에 경찰차들이 도착했다.

이튿날, 그는 병원에서 깨어났다. 처형은 나흘이 지나서야 깨어났다. 아내는 영원히 깨어나지 못했다. 다음날 오후에야 골짜기 바닥에서 시신으로 발견됐다. 다음날까지 눈보라가 계속된 데다 골짜기 지형이 험해 수색이 어려웠다고 들었다.

진우에 따르면 경찰을 움직인 건 서민영이었다. 그의 기대대로 문자를 받자마자 경찰에 알린 모양이었다. 담당 형사들은 곧장 청연으로 출동했고 그곳에서 진우와 만났다. 진우는 그와의 통화가 못내 마음에 걸려 막 집으로 찾아온 참이었다. 그때까지 동반도주로 봤던 경찰은 그가 위험하다는 의견을 수용하지 않았다. 경찰의 태도가 바뀐 건 처형마저 사라졌다는 걸 확인한 후였다.

경찰은 처음부터 아내에게 혐의를 두고 수사를 해온 모양이었다. 청연을 떠나기 전 아내는 서대문경찰서에 불려갔었다. 그때가 이미 두 번째 호출이었다. 아마도 세 번째엔 호출이 아닌 검거가 되리라는 걸 감지하고 있었을 것이다. 아내는 첫 번째 호출 이후

범행도구를 처리하러 시골집에 갔던 것이다.

그날이 처형과 아내가 시골집에서 만난 날이었다. 지유가 제 엄마에게 폭행을 당한 밤이며, 그가 이혼을 요구한 날이기도 했다. 아내는 이미 벼랑 끝에 서 있었던 셈이다.

추적 수사는 쉽지 않았다. 그와 아내, 처형의 전화가 각각 다른 지점에서 끊긴 탓이었다. 처형은 청연 정인동 천변 부근에서, 아내는 청연 집에서, 그는 청연 외곽에서. 훗날 경찰은 이 부분에 대해 이렇게 설명했다. 아내는 시골집에서 처형의 휴대전화를 가져다가 청연천에 버렸다. 그래야 시골집이 눈길을 끌지 않을 테니까.

경찰이 시골집을 특정하게 된 건 그가 의식을 잃기 전 켰던 휴대전화 때문이었다. 아내의 휴대전화가 동일한 장소에서 잠깐 켜졌고, 처형 역시 같은 장소를 경유한 것으로 밝혀지자 확신을 갖고 출동하게 된 것이었다.

경찰은 반달늪 토양에서 서준영의 DNA를 확보했다. 아내가 고물상에 넘긴 민서기와 믹서기에서도 같은 결과가 나왔다. 아내가 서준영을 살해했다는 것이 인정되었다. 다만 아내의 아버지와 이전 남자들의 사건은 혐의가 인정되지 않았다. 노아의 사건은 미제로 남았다. 정황만 있고 물증이 없었다. 피의자가 죽었으니 영구 미제사건이 된 셈이었다. 그는 살인 혐의를 벗었으나 자신의 삶으로는 돌아갈 수 없었다.

#

그날 이후 은호는 처형을 만난 적이 없다. 지유를 데리고 러시아로 떠났다는 소식만 얻어들었을 뿐. 아마도 이 땅에서 더 살 수 없었을 것이다.

수많은 언론이 '유일하게 살아남은 신유나의 남자'로 불렀던 그 역시 살던 곳에서 더 살 수 없었다. 사건이 종결되자마자 사표를 내고 아버지가 사는 제주도로 내려왔다. 애월에 집을 얻어 지내기 시작한 지 벌써 1년째였다. 그동안 그는 죽은 사람처럼 살았다. 말도 하지 않고, 일도 하지 않고, 사람을 만나지도 않았다. 가끔 등대가 보이는 카페에 나가 앉아 있거나, 바닷가를 걷는 일 말고는.

애월의 아침은 늘 해무와 함께 온다. 그는 동틀 무렵 집을 나서서 바닷길을 걷는다. 파도 소리를 들으며 안개 속을 걷다 보면 생각은 늘 지난밤 꿈에 머문다. 어젯밤엔 아내가 찾아와 이렇게 물었다.

"자기, 나랑 왜 결혼했어?"

왜 했을까. 그때의 그는 신유나의 행성이었다. 매일 매 순간 그녀를 생각했다. 아침에 눈을 떴을 때, 출근길 교차로 신호에 걸렸을 때, 수업을 하다 잠시 숨을 고를 때, 퇴근 후 편의점에 들러 맥주를 고를 때, 그녀를 생각했다. 거실에 앉아 혼자 맥주를 마시며 깔깔 웃는 그녀의 웃음소리를 생각했다. 자신의 집 현관문을 열고 들어서던 그녀가 얼마나 눈부셨는지 생각했다. 잠자리에 누우면 잠이 들 때까지 온전히 그녀를 생각했다. 그런 여자와 결혼 말고 무엇을 해야 한단 말인가.

선택의 대가로 그는 자신의 모든 것을 잃었다. 아직도 자신이 아들을 죽였을지 모른다는 의심에 시달린다. 의심으로 잠 못 드는 밤마다 아내가 가르쳐준 죽음의 묘약 '쉐바'를 먹는다. 약에 취해 잠들면 그날 밤으로 돌아가고, 아내는 그를 죽이러 온다. 아내가 오면 그는 묻는다.

이제 행복해?

아내는 무표정하게 대답한다.

아니. 나는 참 운이 없어.

나는 삶의 어느 한순간에 참된 행복의 길에서 벗어나고 말았다.
문득 정신을 차리고 보니 홀로 어두운 숲을 헤매고 있었다.
—《신곡 – 지옥편》, 단테 알리기에리

이 소설은 '행복'에 대한 이야기다. 완전한 행복에 이르고자 불행의 요소를 제거하려 '노력'한 어느 나르시시스트의 이야기이기도 하다.

흔히 자아도취형 인간을 나르시시스트라 부르지만, 병리적인 자기애성 성격장애(Narcissistic Personality Disorder)는 의미가 좀 다르다. 통념적인 자기애나 자존감과도 거리가 있다. 덧붙이자면 모든 나르시시스트가 사이코패스는 아니지만 모든 사이코패스는 기본적으로 나르시시스트다.

그들은 사이코패스보다 흔하다는 점에서 두렵고, 자존심이 하늘을 찌르지만 정작 자아는 텅 비어 있다는 점에서 비극적이며, 매우 매혹적이라는 점에서 위험한 존재다. 그들에게 매혹된 이는 '가스라이팅'에 의해 길들여지고, 조종되고, 황폐화된다. 때로는 삶이 통째로 흔들린다.

고백건대 내게도 그런 경험이 있다. 아주 야금야금 길이 들었고, 관계에서 벗어났을 땐 이미 회복 불가능한 상처를 안고 있었다. 나르시시스트가 내게 언제고 한번은 다루고 싶은 문제적 인물이 된 이유다. 나아가 이 인물이 형상화된다면, 아마도 그것은 '행복'에 대한 이야기가 될 거라고 생각했다.

언제부턴가 사회와 시대로부터 읽히는 수상쩍은 징후가 있었다. 자기애와 자존감, 행복에 대한 강박증이 바로 그것이다. 자기애와 자존감은 삶에 중요한 의미를 가지는 미덕이다. 다만 온 세상이 '너는 특별한 존재'라 외치고 있다는 점에서 이상하기 그지없었다.

물론 개인은 '유일무이한 존재'라는 점에서 고유성을 존중받아야 한다. 그와 함께 누구도 '특별한 존재'가 아니라는 점 또한 인정해야 마땅하다. 자신을 특별한 존재라 믿는 순간, 개인은 고유한 인간이 아닌 위험한 나르시시스트가 될 수 있기 때문이다.

《완전한 행복》은 한 나르시시스트의 행복 강박과 어떤 사건이 결합하는 지점에서 태어난 이야기다. 책을 다 읽은 독자라면 주인공이 행복하기 위해 어떤 '노력'을 했는지 알 수 있을 것이다. 어쩌면 읽기 시작한 순간부터 직감적으로 누군가를 떠올렸을지도 모르겠다.

아마도 직감은 틀리지 않을 것이다. 그러나…….

그 '누군가'의 실제 이야기가 아니라는 점을, 지면을 빌려 밝혀둔다. 이야기를 태동시킨 배아이긴 하나, 그 밖의 요소는 소설적 허구다. 플롯도, 인물도, 시공간적 배경도, 서사도.

더하여 악인의 이야기를 다루고 있지만, 주인공은 화자가 아니다. 단 한 번도 이야기 전면에 등장하지 않는다. 주인공의 입에 지퍼를 채워 커튼 뒤에 세워둔 셈이다. 이야기의 목적을 위한 선택이었다. 악인의 내면이 아니라, 한 인간이 타인의 행복에 어떻게 관여하는지, 타인의 삶을 어떤 식으로 파괴할 수 있는지 보여주고 싶었으므로.

나로서는 새로운 도전이었다. 주인공을 화자로 내세우지 않으면서 그 인물을 명확하게 조각해내는 일은 한 번도 시도해본 적이 없었으니. 이 새로운 과제를 해결하는 과정에서 큰 도움을 준 프로파일러 배상훈 교수님, 치명적인 실수를 모면하게 해준 전남대학교 의과대학 국현 교수님, 구체적이고 현실적인 조언을 준 문화일보 최현미 부장님께 깊이 감사드린다.

우리는 누구나 행복을 추구한다. 그것은 인간의 본능이며 삶의 목적이 되기도 한다. 다만 늘 기억해야 한다. 우리에겐 행복할 권리와 타인의 행복에 대한 책임이 함께 있다는 것을.

2021년 6월 광주에서
정유정

완전한 행복

1판 1쇄 발행 2021년 6월 8일
1판 47쇄 발행 2024년 10월 11일

지은이 · 정유정
펴낸이 · 주연선

(주)은행나무
04035 서울특별시 마포구 양화로11길 54
전화 · 02)3143-0651~3 ㅣ 팩스 · 02)3143-0654
신고번호 · 제 1997-000168호(1997. 12. 12)
www.ehbook.co.kr
ehbook@ehbook.co.kr

ISBN 979-11-6737-028-0 (03810)